Earl of Night

Ein erotischer Liebesroman
aus der
Regency-Ära
von

Clannon Miller

Über die Autorin

Clannon Miller wurde in den Sechzigern in eine große Nachkriegs-Patchworkfamilie in Süddeutschland hineingeboren und ist eine Frau mit viel Lebenserfahrung, frecher Sprache und einem ganz eigenen, unverwechselbaren Humor.
Nach Schule, Studium und etlichen Umzügen lebte sie heute mit ihrer Familie am Rand von Berlin. Neben ihrem Beruf schreibt sie in ihrer Freizeit epische Romane. Ob Liebesroman, Fantasy, Krimi oder historische Liebesromane, sie schreibt wozu sie gerade Lust hat, wichtig ist ihr nur, dass die Liebe und die Erotik in ihren Geschichten nicht zu kurz kommen. Ja, sie glaubt tatsächlich an Romantik und an die wahre Liebe und daran, dass Bücher die Leser verzaubern müssen.

***
Earl of Night
ISBN-13: 9798617550797
Imprint: Independently published

Lektorat: Anne Nordmann
Korrektorat: Sybille Weingrill www.swkorrekturen.eu
Coverdesign: Giusy Ame www.Magicalcover.de
Bildquelle: Depositphoto / Periodimages
Druck: Amazon Media EU S.à r.l., 5 Rue Plaetis, L-2338, Luxembourg

© by Clannon Miller
c/o Papyrus Autoren-Club
Pettenkoferstr. 16-18
10247 Berlin
E-Mail: autorin@clannonmiller.de
Website: www.clannonmiller.de
Facebook: www.facebook.com/Autorin.ClannonMiller
Die Buch- und Coverrechte liegen bei der Autorin

Das Werk ist urheberrechtlich geschützt. Jede Verwertung und Vervielfältigung – auch auszugsweise – ist nur mit ausdrücklicher schriftlicher Genehmigung der Autorin gestattet. Alle Rechte, auch die der Übersetzung des Werkes, liegen bei der Autorin. Zuwiderhandlung ist strafbar und verpflichtet zu Schadenersatz.

Prolog

Colebridge Hall, Devonshire – Anfang Juli 1815

Der Anblick der Magd brachte den jungen Offizier dazu, anzuhalten und vom Pferd zu steigen, obwohl das Herrenhaus noch nicht in Sicht war. Er starrte das Mädchen eine ganze Weile mit weit aufgerissenen Augen an, bevor er sich bemerkbar machte, denn sie bot ein Bild, das ihm den Atem nahm.

Breitbeinig stand sie in einem eingefriedeten Gemüsegarten und hackte gelbe Rüben aus der Erde. Ihre nackten Füße steckten in großen Holzpantinen. Den Saum ihres Kleides hatte sie hochgerafft und in den Gürtel gesteckt, der eng um ihre schmale Taille gebunden war. Man konnte ihre Beine bis hinauf zu den Knien sehen, und immer, wenn sie sich bückte, um eine Rübe aufzuheben und die Erde abzuschütteln, zeigten sich die Rundungen ihres Hinterteils überaus vorteilhaft unter dem sommerlichen Stoff. Jedes Mal, wenn sie sich wiederaufrichtete, bog sie ihren Rücken durch, reckte ihre Brüste nach vorn und strich sich die Haare aus dem Gesicht. Sie trug zwar eine Haube, doch diese hatte sich bei der körperlichen Arbeit gelockert und gab den Blick auf einen blonden Lockenkopf frei. Die Wangen der Magd waren rot von der Anstrengung in der Sommerhitze und ihre vollen Lippen standen halb offen, während auf ihrer Stirn und an ihrem Nacken der Schweiß glänzte.

Seine Männlichkeit erwachte bei diesem Anblick wie von selbst zum Leben. Dabei war dies der denkbar unangemessenste Zeitpunkt, um in derartige Aufwallung zu geraten – erst recht, wenn die Ursache besagter Aufwallung eine einfache Bauernmagd war. Er räusperte sein Unbehagen hinweg und zog den Hut.

»Gott zum Gruß!«, rief er und führte sein Pferd näher an die niedrige Gartenmauer heran. »Ich bin auf dem Weg nach Colebridge Hall. Ist es noch weit?«

»Direkt hinter der Biegung.« Sie wedelte mit der Hand in Richtung der Serpentine. »Was wollt Ihr dort?«

Es gehörte sich nicht für eine Magd, solch eine Frage an einen Gentleman und Offizier zu richten, aber sie lächelte ihn kess an und zeigte dabei zwei so entzückende Grübchen auf ihren Wangen, dass er für einen kurzen Moment seinen Stand und jedwede Etikette vergaß und zurücklächelte.

»Ich suche den Squire, Sir Henry Stewart. Arbeitest du für ihn?«

»Das kann man wohl sagen.« Sie lachte und warf dabei den Kopf zurück. Ihr schlanker Hals war wie ein Magnet für seine Augen, feucht vom Schweiß, aber weiß und zart wie Seide. Sein Blick haftete an ihrer Kehle, an dieser einen Stelle direkt unterhalb ihres Ohrs, wo ihr Puls so heftig pochte. Sie dort mit den Lippen zu berühren ... Lieber Himmel, er durfte solche Dinge nicht denken, seine Uniformhose war nicht so geschnitten, dass sich die Ausdehnung darin dezent verbergen ließ.

Die Magd strich sich mit dem Handrücken den Schweiß von der Stirn, lehnte die Hacke an die Gartenmauer und kämmte sich mit den Fingern durch ihr Lockengewirr. Dann löste sie den Zipfel ihres Rocksaums aus dem Gürtel und ließ das Kleid herabfallen, sodass ihre Beine wieder sittsam bedeckt waren. Ein Jammer. Sie hatte wohlgeformte Waden, und ihre Haut dort war hell und zart. Es fiel ihm nicht schwer, sich ihre Schenkel vorzustellen, weiß wie Elfenbein, weich und trotzdem fest. Guter Gott, er musste seine Gedanken zügeln, bevor sein Starren ungehörig wurde. Was hatte sie doch gleich gesagt?

»Dann ... dann kennst du also die Familie Stewart?«, fragte er mit einem weiteren lauten Räuspern.

»Nun, was denkt Ihr wohl, Herr Offizier?«, spottete die Magd und beschattete ihre Augen mit der Hand. Dabei rümpfte sie ihre freche Nase, während sie ihn ungeniert von oben bis unten musterte. »Hat Seine Majestät viele solcher scharfsinnigen Offiziere wie Euch in seinen Diensten?«

Unwillkürlich brach ein Lachen aus ihm heraus.

»Ich gestehe, meine Frage war dumm.« Wenn sie als Magd im Herrenhaus der Stewarts arbeitete, dann kannte sie die Familie selbstverständlich in- und auswendig. Die Tatsache, dass ihn ihre freche Erwiderung zum Lachen brachte, war der beste Beweis dafür, dass sich sein Verstand bereits gänzlich in andere Gefilde seines Körpers verabschiedet hatte.

»In Wahrheit habe ich nur nach einem Grund gesucht, noch ein wenig länger mit dem schönsten Mädchen zu plaudern, das ich je erblickt habe, bevor ich ins Herrenhaus weitermuss«, sagte er freiheraus. Er war eigentlich kein Mann, der mit Mägden oder Dienstmädchen anbändelte oder überhaupt mit Frauen eitel herumtändelte. Er war schnörkellos und klar in seinem Denken und seinen Zielen. Wenn er eines Tages eine Frau mit Komplimenten beehren würde, dann wäre es die Frau, die er zu heiraten gedachte. An diesen Vorsatz hatte er sich stets gehalten, zumindest bis gerade eben.

»Es gefällt mir, dass Ihr so ehrlich seid«, antwortete sie und lächelte ihn abermals strahlend an.

»Ich gefalle dir also?«

»Das habe ich nicht gesagt.«

»Findest du mich etwa hässlich?« Herrje, was war nur mit ihm los? Bettelte er soeben tatsächlich um ein Kompliment von einer Magd? Dabei war er doch nicht einmal eitel. Er war ein genügsamer Soldat, der darauf achtete, dass seine Uniform sauber und gepflegt war und dass sie nicht zu eng wurde. Natürlich wusste er, dass er ein anziehendes Äußeres hatte und wohl etwas wie Männlichkeit ausstrahlte – es gab viele Frauen jeden Alters und Standes, die ihm schöne Augen machten –, aber er war viel zu ernsthaft und ehrenwert veranlagt, um mit Frauenherzen zu spielen oder sich auf Liebeleien einzulassen, die zu nichts führten.

»Nun ja.« Das freche Ding legte den Zeigefinger an ihre weichen Lippen und ließ erneut einen kecken Blick über ihn wandern, von seinem verschwitzten schwarzen Haar über die rote Uniformjacke bis hinunter zu den hohen schwarzen Stiefeln. »Ich habe schon schönere Komplimente von hässlicheren Männern bekommen.«

»Ach wirklich?« Nun lachte er aus vollem Halse und ertappte sich dabei, dass er für ein paar unbeschwerte Augenblicke sogar den Krieg vergessen hatte und den traurigen Grund, warum er hier war. »Du möchtest also noch ein paar schönere Komplimente von mir hören? Dann warte hier auf mich, bis ich meine Pflicht erfüllt und mit dem Squire gesprochen habe, dann komme ich wieder und erzähle dir, wie das azurne Blau deiner Augen in mein Herz hineinstrahlt und wie deine rosigen Lippen meinen Verstand betören.«

»Welche Pflicht meint Ihr?«, fragte sie und ihr unbeschwertes Lächeln war schlagartig verschwunden. Zwei tiefe Furchen zeigten sich zwischen ihren Augenbrauen. »Seid Ihr etwa gekommen, um Geld einzutreiben?«

»Das kann ich nur mit dem Squire persönlich besprechen.« Seine eigene Unbekümmertheit war ebenfalls dahin und dem Bewusstsein gewichen, dass er der Familie von Edmund Stewart eine schlimme Nachricht überbringen musste.

Edmund Stewart war erst vor wenigen Wochen in sein Regiment und unter sein Kommando gekommen. Er hatte ihn kaum gekannt, dennoch bedauerte er den sinnlosen Tod eines so jungen und guten Mannes zutiefst. Man hatte die Dragonereinheiten für den Feldzug nach Frankreich neu gegliedert und so waren einige unerfahrene Offiziere in seiner Einheit gelandet, unter ihnen auch der zurückhaltende Lieutenant Stewart. Er wusste nicht viel über den jungen Mann, nur, dass dieser ein exzellentes Händchen für Pferde gehabt und niemals an einem Karten- oder Würfelspiel teilgenommen hatte. Das war ein Umstand, der ihn unwillkürlich zum Außenseiter unter den Offizieren gemacht hatte.

So war er selbst am Ende der Einzige aus dem Offizierscorps gewesen, der am Krankenlager des verwundeten Lieutenants gesessen und dessen Hand gehalten hatte, als dieser seinen letzten Atemzug tat. Das Wundfieber hatte ihn dahingerafft und in seinen Fieberfantasien hatte Stewart oft von seiner Familie gesprochen, hauptsächlich von seiner süßen kleinen Schwester, die ein ungebärdiger Wildfang sei. Offenbar trug er die Verantwortung für das Mädchen, seit die Mutter vor drei Jahren gestorben war.

»Der Squire ist in London und wird vermutlich erst wieder heimkommen, wenn er Geld braucht«, sagte die Magd schroff und riss ihn aus seinen tristen Gedanken. »Wenn es etwas zu besprechen gibt, müsst Ihr schon mit mir Vorlieb nehmen. Sollte er Euch allerdings Geld schulden, dann könnt Ihr Euch gleich wieder davonmachen.« Sie wedelte mit der Hand in die Richtung des Weges, den er heraufgeritten war. »Ich kann nicht einmal die Bediensteten bezahlen, geschweige denn die Spielschulden meines Vaters.«

»Deines Vaters?« Er riss die Augen auf und hielt die Luft an. »Du bist ... Ihr seid ... guter Gott ... Ihr seid Miss Stewart?« Sofort straffte er den Rücken und schlug die Hacken zusammen. Jede Art von Albernheit und Ungezwungenheit war in Gegenwart einer Dame undenkbar. Der Umstand, dass das Mädchen überhaupt nicht gekleidet war wie die Tochter eines Squires und sich auch keineswegs benahm, wie es sich für eine solche gehörte, galt nicht als Entschuldigung. Sie war dennoch eine Dame und er hatte sich ihr gegenüber absolut inakzeptabel verhalten. Wie ein lüsterner Jüngling hatte er sie angeschmachtet, die Schwester des Mannes, der in seinen Armen gestorben war.

Er salutierte. »Verzeiht mein unannehmbares Betragen, Miss Stewart, wenn ich geahnt hätte, dass Ihr keine Magd seid, dann hätte ich …«

»Ach Unfug, entschuldigt Euch doch nicht so hochgestochen für eine amüsante Unterhaltung. Ich weiß doch, wie ich aussehe. Ich habe ein altes Kleid angezogen, damit meine guten Kleider bei der Gartenarbeit nicht schmutzig werden. Leider habe ich keine andere Wahl, als selbst in der Erde zu wühlen.« Sie strich sich wieder eine dieser bezaubernden goldenen Locken aus dem Gesicht und verteilte dabei einen dünnen Streifen brauner Erde auf ihrer Stirn. Lieber Himmel, er musste für einen Moment die Augen schließen. Dieser Anblick war so bestrickend, dass er die Reaktionen seines ungehorsamen Körpers kaum unter Kontrolle halten konnte.

»Die Dienstboten haben dieses Jahr noch keinen Lohn bekommen, da vermochten auch das azurne Blau meiner Augen und meine rosigen Lippen sie nicht zum Bleiben zu bewegen«, sagte sie leichthin und zuckte die Schultern.

Er hätte über ihren Spott gelacht, wenn die Situation nicht so ernst gewesen wäre. Das konnte unmöglich die kleine Maddy sein, von der Stewart erzählt hatte, der Wildfang, der ohne Sattel auf Pferden ritt, durch Flüsse schwamm und auf Bäume kletterte, während die Gouvernante sie nicht zu bändigen vermochte. Was hätte er sich unter einem süßen kleinen Wildfang denn anderes vorstellen sollen als ein Kind? Entweder hatte Edmund Stewart eine ziemlich verklärte Wahrnehmung vom Alter und der Reife seiner Schwester gehabt, oder die besagte süße kleine Maddy befand sich im Herrenhaus und spielte mit Puppen, während ihre betörende erwachsene Schwester einer archaischen Sirene gleich einsame Reiter von der Landstraße lockte und sie um den Verstand brachte.

»Habt Ihr noch eine jüngere Schwester namens Maddy?«, fragte er.

»Ich bin Maddy, eigentlich Madeleine, aber seit ich denken kann, nennt man mich Maddy. Warum fragt Ihr?«

»Ich hatte den Eindruck, dass Lieutenant Stewart von einem kleinen Mädchen sprach, als er mir von seiner Schwester erzählte.«

»Ihr kennt meinen Bruder?«, rief die Sirene. »Seid Ihr im gleichen Regiment wie er? Bei den schweren Dragonern? Ihr tragt eine andere

Uniform. Ich erkenne es an den Schulterstücken. Wie geht es Edmund?« Ein sonniges Strahlen breitete sich über ihrem Gesicht aus. Sie musste ihren Bruder genauso lieben, wie er sie geliebt hatte. »Wir haben keine Nachricht mehr von ihm erhalten, seit er auf den Kontinent verschifft wurde. Sicher kommt er nun bald nach Hause, jetzt, wo die französischen Truppen besiegt sind und Napoleon gefangen wurde.«

Er schluckte und riss seine Augen von ihren Lippen los. Warum war er diesem faszinierenden Geschöpf nicht unter anderen Umständen vorgestellt worden – in einem Ballsaal in London zum Beispiel? Er wäre ihr auf Anhieb verfallen und hätte ihr nach allen Regeln der Kunst den Hof gemacht. Dann wäre er heute vielleicht nach Colebridge Hall unterwegs, um ihren Vater um ihre Hand zu bitten, und nicht, um die traurige Nachricht vom Tod des Bruders zu überbringen.

»Er kommt nicht wieder«, sagte er dumpf.

»Napoleon? O ja, ich hoffe, dass man ihn dieses Mal besser einsperrt.« Ihr Lächeln schwächelte schon, denn sie ahnte sehr wohl, was seine Worte bedeuteten, wollte es aber nicht wahrhaben.

»Euer Bruder ist in der Schlacht gefallen, Miss Stewart.«

Ihm war schmerzlich bewusst, wie nüchtern dieser Satz klang. Aber im Krieg und im Tod gab es keine Schonung. Wie sonst hätte er ihr die schreckliche Wahrheit denn beibringen sollen? Edmunds Familie war nicht die erste, die er seit Waterloo besuchte, und dies war der feinfühligste Satz, zu dem er in diesem Moment imstande war. Er konnte ihr doch nicht sagen, dass ihr Bruder von mehreren Gewehrkugeln getroffen und unter seinem eigenen Pferd begraben worden war, dass der Feldscher ihm das Bein amputiert hatte und er vier Tage später am Fieber und unter jämmerlichen Schmerzen gestorben war, während er in seinem letzten Atemzug noch nach seiner Mutter geweint hatte? Alle bejubelten den glorreichen Sieg über Napoleon, aber niemand fragte nach dem entsetzlichen Preis, den er gefordert hatte.

Er war Edmunds vorgesetzter Offizier gewesen, und er hatte es sich auferlegt, die Angehörigen seiner gefallenen Untergebenen persönlich zu informieren, anstatt bloß eine förmliche Depesche zu senden. Für das Gespräch mit Stewarts Vater hatte er sich die üblichen Floskeln zurechtgelegt: Lieutenant Stewart habe mutig gekämpft, viele Gegner besiegt und sei als Held für sein Vaterland gefallen. Es war für die meisten Väter ein Trost, zu hören, dass ihre Söhne tapfer und mutig gestorben waren, auch wenn es in vielen Fällen eine Lüge war. Aber für eine liebende Schwester war das zweifellos die falsche Form von Trost. Nur, er wusste einfach nicht, was er sonst sagen sollte. Ihr Bruder war tot. Bestattet in einem anonymen Grab in Frankreich. Er würde nie wieder zu ihr zurückkehren.

Maddys rote Wangen wurden schlagartig bleich, und sie schüttelte wild den Kopf, sodass ihre Locken hin und her flogen, aber über ihre Lippen kam nur ein leise gehauchtes »Nein«.

»Mein Beileid, Miss Stewart. Er hat von Euch gesprochen und mich gebeten, Euch seine Liebe zu übermitteln.« Wenigstens das war keine Lüge. Er hatte Stewart auf dem Sterbebett schwören müssen, nach seiner Schwester Maddy zu sehen, was immer der Mann genau damit gemeint hatte, er hatte sich große Sorgen um sie gemacht.

»Nein, er ist nicht tot. Edmund kann nicht tot sein. Er kann mich nicht allein lassen«, rief sie und dann sank sie zu Boden. Einfach so.

Er hatte schon einige Frauen in Ohnmacht fallen sehen. Die meisten planten es bewusst, um in einem strategisch günstigen Moment einem Mann in die Arme sinken zu können, den sie dann über kurz oder lang vor den Traualtar zu führen gedachten. Im Falle von Miss Stewart war der Moment jedoch weder strategisch günstig noch bewusst geplant. Gerade eben hatte sie ihn noch mit schreckensweiten Augen angestarrt, und im nächsten Augenblick war sie in sich zusammengesackt, als hätte sie keine Knochen mehr im Leib.

Mit einem schnellen Sprung setzte er über die Mauer, aber er konnte sie nicht mehr rechtzeitig auffangen, sondern nur erschrocken zusehen, wie sie in ein Beet mit Rhabarberstauden fiel.

Der Anblick, wie sie dahingestreckt im Rhabarber lag, hätte ihn nichts als schockieren sollen. Doch ganz gegen seinen Willen weckte er auch noch andere Gefühle in ihm. Gefühle, die hier eindeutig nicht hingehörten. Ein wahrer Gentleman hätte die Dame ohne Zögern hochgehoben und hinüber zum Herrenhaus getragen, wo hoffentlich Dienstboten bereitstanden, um ihrer Herrin zu helfen, das Mieder aufzuknöpfen, ihr Luft zuzufächeln oder ihr Riechsalz zu reichen. Aber in diesem Moment verhielt er sich nicht wie ein Gentleman, sondern wie ein Soldat. Er warf seinen Hut zu Boden, kniete sich neben sie und riss das hoch taillierte Oberteil des Kleides mit einem kräftigen Ruck entzwei. Dann zückte er sein Messer und schnitt die Bänder des vorn geschnürten Mieders auf. Sie brauchte Luft, das Mieder war vermutlich viel zu eng geschnürt. Sein Messer durchschnitt die Bänder wie Butter und schon kam ein durchscheinendes Leinenhemd zum Vorschein. Ein Mann brauchte wahrlich nicht viel Fantasie, um sich die festen Brüste vorzustellen, die sich darunter verbargen. Er gaffte. Wie ein grüner Knabe, der noch nie eine Frau gesehen hatte, gaffte er auf die prallen Rundungen unter dem dünnen Hemd.

Miss Stewart japste nach Luft und schlug die Augen auf.

»Verzeiht den derangierten Zustand Eurer Kleidung, aber ich musste Euch Luft verschaffen«, krächzte er und versuchte sich zu fassen. Sie stöhnte, ihre Augenlider flatterten und ihre Augen füllten sich mit Tränen. O Gott, was sollte er jetzt nur tun? Ach ja: Hilfe suchen, sie ins Herrenhaus bringen, sie irgendwie trösten, irgendwie … Bevor sie noch ein Wort sagen konnte, hob er sie hoch und lief mit ihr auf den Armen den Weg entlang bis zur Biegung und dann über den Hof hinüber zum Herrenhaus.

»Zu Hilfe!«, rief er, als er sich dem zweigeschossigen Gutshaus näherte. Ein Huhn rannte gackernd vor ihm davon und der struppige Hund, der auf der Steintreppe vor der Haustür lag, sprang mit einem ungnädigen Bellen auf, nur um sich an einem anderen Platz ein paar Yards entfernt wieder in der Sonne niederzulassen. Miss Stewart wehrte sich nicht dagegen, dass er sie trug, aber ihr zierlicher Körper bebte in seinen Armen von den Weinkrämpfen, die sie schüttelten, und er konnte es kaum ertragen, dass es seine Worte gewesen waren, die ihr diesen Schmerz zugefügt hatten.

Es dauerte eine ganze Weile, bis sich zwei Dienstboten zeigten, während er in der Halle des Herrenhauses stand und »Hierher!« und »Zu Hilfe!« brüllte. Die Haustüren waren in dieser einsamen Gegend von Devonshire nicht verschlossen oder von einem Hausdiener bewacht. Wenn er sich umschaute, schien das aber auch nicht erforderlich, er konnte nichts entdecken, was für Diebe von Wert gewesen wäre. Nicht mal die Kerzenleuchter auf der schmalen Truhe an der Wand waren mehr wert als das Blei, aus dem sie gegossen waren. Der absolute Mangel an Zierrat und Mobiliar zeugte von einer Armut, die ihn verblüffte. Er hatte in primitiven Fischerkaten und den Häusern von Minenarbeitern schon bessere Ausstattung gesehen.

Aus einer schmalen Seitentür kam schließlich ein alter, tatteriger Mann heraus, der sich mit der Geschwindigkeit einer Schnecke voran bewegte. Gleichzeitig eilte eine großmütterliche, ganz in Schwarz gekleidete Frau die Treppe herunter. Sie war klein und rund wie ein Butterfass, und sie keuchte atemlos, während sie ihren Weg nach unten nahm.

»Jesus Christus, steh uns bei!«, rief sie, als sie Miss Stewarts derangierten Zustand gewahr wurde. Die Frau in seinen Armen reagierte nicht. Nur an ihrem Zittern erkannte er, dass sie bei Bewusstsein war und weinte. Die rundliche Dienstmagd schwenkte ihre dicken Arme, unsicher, was sie tun sollte. »Was habt Ihr der armen Miss Maddy nur angetan?«, rief sie.

Ihrem Blick und ihrem Geschrei nach zu schließen, hielt sie ihn offenbar für einen Wüstling und Mädchenschänder und er fühlte sich tatsächlich ein wenig schuldig. Zumal sich seine unerhörten Gedanken mehr um die weichen Schenkel und festen Brüste von Miss Stewart drehten als um ihre Notlage. Und wenn er ihren zierlichen, bebenden Körper noch ein wenig länger an sich drückte, würden seine schamlosen Gedanken für jeden, der auf seine Hose schaute, beschämend sichtbar werden.

»Wo kann ich sie ablegen?« Er räusperte sich ein paarmal, um sich wieder zu fassen.

»Im Salon, im Salon«, gackerte die alte Frau und lief mit schnellen, watschelnden Schritten durch die leere Halle in die Wohnstube, wo neben einem kleinen, alten Tisch und drei Stühlen eine schäbige und völlig abgewetzte Chaiselongue vor einem Kamin stand. Er legte seine süße Last vorsichtig ab, aber sie ließ das Revers seiner Uniformjacke nicht los. Sie hatte ihre Hand förmlich darin festgekrallt, und so war er genötigt, sich noch einmal über sie zu beugen und ihre Finger mit sanftem Nachdruck von dem Stoff zu lösen. Ohne es zu wollen, strich er ihr eine Strähne von dem seidigen Lockenhaar aus der Stirn und legte seine Hand für einen kurzen Moment an ihre Wange.

»Was ist nur passiert?«, jammerte die Dienstmagd und rang die Hände.

»Ich habe ihr die Nachricht vom Tod ihres Bruders überbracht, da ist sie in Ohnmacht gefallen«, antwortete er mit kratziger Stimme. Gleichzeitig versuchte er, mit den Händen dezent zu kaschieren, was dieses Wesen mit ihm anstellte. »Einfach so.« Er hätte es ihr taktvoller beibringen müssen. Nur wie? Hätte er sagen sollen: *Setzt Euch zuerst und sammelt Euch, denn ich muss Euch etwas Schlimmes sagen?* Wäre sie dann nicht in Ohnmacht gefallen? Ihr geliebter Bruder war tot und auch die sanftesten Worte erweckten ihn nicht mehr zum Leben.

»Deshalb musste ich ihr Mieder öffnen, damit sie wieder Luft bekam«, fügte er mit einem unbehaglichen Räuspern hinzu.

»Ach wie schrecklich! Wie schrecklich! Mister Edmund ist tot?« Die alte Dienstmagd schlug sich aufheulend die Hand vor den Mund. »Ach du lieber Gott, das kann unmöglich wahr sein. Kein Wunder, dass meine Miss Maddy das nicht verkraften konnte. Sie hat so sehr auf seine Rückkehr gewartet.« Die Dienerin ging nicht weiter auf die Sache mit dem Mieder ein, wofür er ausgesprochen dankbar war, sondern schluchzte leise in den Zipfel ihrer Schütze.

»Sie hat jeden Tag an der Biegung vorne gestanden und gesagt, jetzt, wo dieser Napoleon besiegt ist, kommt Mister Edmund bald wieder.«

Miss Stewart regte sich, legte beide Hände auf die Augen und rollte sich wie ein kleines Kind zusammen. Ihre Beine waren bloßgelegt bis zu den Knien, und so weinte sie hemmungslos weiter. Er fühlte sich, als würde jemand ein Schwert in seine Lenden stoßen.

»O süßer Jesus, Mister Edmund. Der arme Mister Edmund. Gott sei ihm gnädig«, jammerte die Dienerin im Einklang mit dem Weinen ihrer Herrin.

»So hilf ihr doch und rede nicht so viel«, befahl er der Magd. »Bring ihr etwas Erfrischendes zu trinken und ... und ... einen kühlen Lappen für ihre Stirn und ihr Dekolleté. Und befreie sie von der beengenden Kleidung.«

»Ach du lieber Gott, Ihr habt recht, mein Herr. Ich bin ganz durcheinander. Ihr habt völlig recht, aber ... aber Ihr solltet nicht hier im Raum sein. Es ziemt sich nicht, dass Ihr Miss Maddy in diesem Zustand seht.«

Nein, das ziemte sich wirklich nicht, und seine enge Hose war der beste Beweis dafür, dass gewisse Anstandsregeln durchaus ihren Sinn hatten.

»Verzeiht, Miss Stewart«, sagte er, aber sie hörte ihn vor lauter Weinen nicht. »Ich warte draußen.« Er schlug die Hacken zusammen, salutierte und wirbelte auf dem Absatz herum.

»Caleb wird Euch in der Küche eine Erfrischung reichen, werter

Herr«, rief die Dienerin ihm hinterher. Der alte Mann stand mit gezogener Kappe in der Halle und zitterte ein wenig. Vielleicht war es seinem Alter geschuldet, aber vermutlich hatte ihn die Nachricht von Stewarts Tod ebenso hart getroffen wie die Schwester und die Magd.

»Eine Erfrischung, Herr Major?«, fragte der alte Mann.

Er nickte nur. Seine Kehle war wie ausgedörrt und unter der roten Uniformjacke kochte er förmlich. Ja, eine Erfrischung käme ihm jetzt mehr als gelegen. Sein Kopf war rot und schwirrte vor lauter Hitze und vor anderen Dingen, die er mit aller Kraft zu verdrängen versuchte.

»Wenn der Herr mir vielleicht in die Küche folgen möchte«, murmelte der alte Diener und trottete langsam zu einer Tür, die er für ihn aufhielt. Sie betraten einen angenehm kühlen Raum im hinteren Teil des Herrenhauses.

»Es ist kein Bier mehr im Haus und auch kein Franzosenwein mehr, Herr Major. Aber Miss Stewart hat Brombeerwein gemacht und der ist ordentlich stark, wenn der Herr damit vielleicht Vorlieb nehmen will?«

»Es ist mir gleich. Ein Schluck Brunnenwasser tut es auch«, antwortete er. Zwar wäre ihm ein kühles Bier aus dem Keller mehr als willkommen gewesen, aber er konnte nicht verlangen, dass er hier fürstlich empfangen oder gar standesgemäß bedient wurde. Die Leute kannten ja nicht einmal seinen Namen. Er hatte bei all der Aufregung vergessen, sich geziemend vorzustellen. Der Alte konnte nur an seinen Rangabzeichen erkennen, dass er ein Major war.

»Miss Stewart hat auch einen Pfefferminztee gemacht, der im Sommer sehr erfrischt, wenn er gekühlt ist.« Der Alte sprach mehr mit sich selbst, während er aus einem Regal einen irdenen Becher nahm. Falls es Gläser oder Porzellan in diesem Haushalt gab, so wurde das gute Geschirr offenbar nur bei feierlichen Anlässen hervorgeholt.

»Dann nehme ich den kalten Tee.«

»Sie hat gehofft, dass Mister Edmund bald zurückkommt und wieder nach dem Rechten sieht«, sagte der alte Diener, während er besagten Tee aus einem Krug in den Becher schenkte und ihn dem Gast reichte. »Es steht nicht gut um Colebridge Hall. Sir Henry, unser Herr, verbringt die meiste Zeit in London.« Nach einer längeren Pause, die er benötigte, um den Krug zurück in einen

Schrank zu stellen, fügte er dann leise hinzu: »Am Spieltisch.«

»*Ich kann nicht einmal die Bediensteten bezahlen, geschweige denn die Spielschulden meines Vaters*«, hatte Miss Stewart gesagt.

»Ist das Gut verschuldet?« Das würde den Lebensstil und die ärmliche Einrichtung erklären.

»Darüber bin ich nicht im Bilde, Herr Major. Mister Edmund hat mich nicht in diese Dinge eingeweiht. Aber Sir Henry hat die Kupferminen und einen Gutteil der Ländereien beim Kartenspiel verloren, das weiß ich«, erzählte der alte Diener und stellte ein Brett mit einem großen Stück gepökeltem Schinken vor ihm ab, dazu legte er ein Messer und einen halben Laib Brot.

»Bitte sehr. Das ist alles, was wir haben«, sagte er dann und zeigte auf das einfache Essen. Selbst im Feld hatte man ihm weniger schlichte Speisen vorgesetzt, aber er war nicht hungrig, deshalb ließ er den Schinken unbeachtet und nahm nur einen kräftigen Schluck Pfefferminztee. Dieser schmeckte überraschend gut. Er war herb, nicht zu süß und erfrischend kühl.

»Seit Mister Edmund bei den Dragonern ist, kümmert sich Miss Stewart um alles allein. Sie ist erst siebzehn, aber sie schafft von früh bis spät und verrichtet Tätigkeiten, die eine Dame von Stand nicht tun sollte. Aber ohne einen Mann im Haus bleibt die Arbeit an ihr hängen und das Geld ist knapp.«

Der Diener schaute ihn abwartend an, als wolle er sich von ihm die Erlaubnis einholen, weiterzureden. Der Major kniff die Lippen zusammen und nickte. Diese Geschichte verursachte ihm Unbehagen.

»Zwei der Stallknechte sind schon gegangen, weil sie keinen Lohn mehr bekommen haben«, fuhr der Alte fort. »Wenn der dritte erfährt, dass Mister Edmund nicht mehr heimkehrt ...« Er schüttelte müde seinen wackeligen Kopf. »Miss Maddy wird die Kühe und die Schafe verkaufen müssen. Ich bin zu alt, ich kann keine Sense und keine Mistgabel mehr halten und tauge auch für sonst nichts mehr. Früher hat sie auf dem Piano Forte gespielt und gesungen, jetzt hat sie abends Schwielen an den Händen von der Arbeit. Es ist eine Schande! Eine Schande.«

»Schwielen an den Händen?«, krächzte der Major. Hätte der alte Mann gesagt, dass sie an den Pocken erkrankt sei, hätte er nicht schockierter sein können.

»Sie kämpft und lässt sich nicht unterkriegen; versucht zu retten, was zu retten ist. Sogar für die Arbeit auf dem Feld ist sie sich nicht zu schade.«

Der Major nickte stumm. Der Anblick, den sie ihm im Gemüsegarten geboten hatte, war vermutlich für den Rest seines Lebens in seinem Gedächtnis eingebrannt. Er hatte noch bei keiner Frau eine solch starke körperliche Wirkung verspürt. Jetzt schämte er sich dafür, weil er gewahr wurde, dass Miss Stewart sich keineswegs aus Schamlosigkeit so präsentiert hatte, sondern weil das Leben sie dazu zwang.

»Sie war immer so fröhlich, voller Lachen und Übermut, aber in letzter Zeit ...« Wieder schüttelte der alte Diener seinen wackeligen Kopf. »Sie hat ihrem Vater nach London geschrieben, er solle Geld schicken, aber stattdessen kam der Geldeintreiber und hat das Piano Forte und das Tafelsilber mitgenommen.«

Aus dem Unbehagen in seinem Magen wurde regelrechte Wut auf diesen Sir Henry, den Vater, der seine Familie in den Ruin trieb und die Tochter zu schwerer körperlicher Arbeit nötigte, während er selbst sich in London amüsierte. Was für ein gewissenloser Lump!

Er zischte einen leisen Fluch zwischen den Zähnen hervor, denn langsam begriff er, warum Lieutenant Stewart ihn auf dem Sterbelager angebettelt hatte, nach seiner Schwester zu sehen. Er hatte geweint wie ein Kind und ihn angefleht. »Sie ist ganz allein. Schwört mir, dass Ihr nach ihr sehen werdet.«

Der Major hatte zuerst nicht geantwortet, denn alles in ihm sträubte sich dagegen, einem Sterbenden einen Schwur zu leisten, den er nicht halten konnte. Er kannte Stewart doch kaum und das kleine Mädchen erst recht nicht.

»Bei meiner unsterblichen Seele, schwört mir, dass Ihr Euch um meine kleine Maddy kümmern werdet!« Die Schmerzen hatten den armen Mann fast um den Verstand gebracht. Stewart hatte sich verkrampft und aufgebäumt. »Ich kann sonst nicht in Frieden gehen.«

»In Gottes Namen, ja, Mann!«, hatte er geschnaubt. »Ich kümmere mich um Eure Schwester.« Er hätte in diesem Moment alles geschworen, um dem Sterbenden seinen Frieden zu geben. Außerdem hatte er geglaubt, Stewart würde von einem Kind sprechen und dass er im besten Falle eine neue Gouvernante oder eine Pflegefamilie für sie finden müsste.

Gouvernante? Pflegefamilie? Pah!

Er leerte den Becher mit dem Pfefferminztee und knallte ihn auf den Tisch zurück. Dann stand er auf und kramte hektisch in der Ledertasche, die an seiner Seite hing. Er hatte für das vermeintlich kleine Mädchen etwas mitgebracht, eine Porzellandose mit Bonbons, die er in Calais gekauft hatte, und dazu eine Stoffpuppe aus rotem Samt und gelbem Wollhaar. Die beiden Mitbringsel warf er auf den Tisch neben den Becher und kam sich auf einmal so närrisch vor.

Edmunds Schwester brauchte weitaus mehr als ein paar Bonbons oder eine Puppe. Sie brauchte weder eine Gouvernante noch eine Pflegefamilie. Sie brauchte einen Bruder, der das Gut führte und Bedienstete einstellte. Aber Edmund Stewart würde nicht wiederkehren und Miss Stewart würde über kurz oder lang ihr Elternhaus verlieren und im Armenhaus landen oder an irgendeinem schändlichen Ort, wo Männer bereit waren, für ihre Schönheit zu bezahlen.

Ihm wurde speiübel bei dieser Vorstellung.

Sie brauchte jemanden an ihrer Seite, einen Mann mit Vermögen und Einfluss, der alle Schulden beglich und ihren Vater zur Rechenschaft zog. Aber allein ein Ehegatte hätte das Recht, sich auf diese Weise in ihr Leben einzumischen. Alles andere wäre absolut unschicklich und würde sie schlimmer ruinieren als die Schulden ihres Vaters. Es gab nur einen akzeptablen Weg, ihr zu helfen.

»Ich muss leider weiter«, sagte er knapp und stürmte zur Tür, als wäre der Teufel hinter ihm her. »Richte Miss Stewart meine Grüße und mein aufrichtiges Beileid aus.«

»Und von wem soll ich die Grüße ausrichten, der Herr?«, rief ihm der Diener hinterher.

»Ich komme schon bald zurück, um offiziell meine Aufwartung zu machen«, antwortete er.

Er würde mit seiner Mutter und seinem Bruder sprechen und sie über sein Vorhaben informieren. Und wenn er dann seinen Dienst quittiert hätte, würde er nach Colebridge Hall zurückkehren, um der entzückenden Miss Stewart nach allen Regeln der Kunst den Hof zu machen.

Selten hatte ihn ein Plan so beflügelt.

Seine Mutter drängte ihn seit Langem, endlich zu heiraten, und Miss Stewart gefiel ihm über alle Maßen. Ihre kecke und natürliche Art bezauberte ihn, und ihr Körper sprach seine Sinne stärker an, als es schicklich war. Zu den Bildern von Miss Stewart im sommerlichen

Gemüsebeet gesellten sich nicht besonders sittsame Fantasien darüber, wie sie aussehen würde, wenn sie erst im Ehebett unter ihm läge.

Kurz gesagt, er hatte sich bis über beide Ohren verliebt.

Sie gehörte zwar dem einfachen Landadel an und war damit für ihn nicht standesgemäß, aber er war nur der zweite Sohn und wohlhabend noch dazu, so war er nicht gezwungen, eine besonders reiche oder besonders hochgeborene Frau zu ehelichen. Ihm war das Glück beschieden, die Frau heiraten zu können, die sein Herz erwählt hatte.

Was er nicht ahnte, war, dass er schon wenig später selbst dem Tod gegenübertreten würde.

1. Drei Jahre später

Maddy trug die Hosen und die viel zu großen Stiefel ihres Bruders, als der Advokat von Sutton kam, um sie abzuholen. Genauer gesagt kam Mrs Oats, die Frau des Pfarrers, die ihr beim Packen ihres spärlichen Besitzes geholfen hatte. Maddy konnte diese klatschsüchtige und aufdringliche Person nicht besonders leiden, aber sie war der einzige Mensch, der ihr nach dem Ruin und Freitod ihres Vaters beigestanden hatte.

»Nun beeilen Sie sich doch, Miss Stewart! Der Advokat Seiner Lordschaft ist soeben vorgefahren, und er sagt, dass er es sehr eilig hat. Er hat die prachtvollste Kutsche, die ich je gesehen habe, mit Wappen auf beiden Türen in Blau und Gold«, rief Mrs Oats. Sie war ganz außer Atem, als sie in den Stall gelaufen kam. Da entdeckte sie Maddy mit der Mistgabel in der Hand und stemmte empört die Fäuste in die üppigen Hüften. »Ach du lieber Himmel, Sie tragen ja schon wieder Männerkleidung, Miss Stewart. Wenn das Ihre Mutter sehen würde, Gott hab sie selig. Sie sollten doch längst angekleidet und abreisebereit sein.«

»Ich habe noch einmal nach Plummer gesehen«, sagte Maddy dumpf und stellte die Mistgabel in die Ecke. Sie warf einen letzten Blick zurück zu ihrem Pferd. Das war der schwerste Abschied für sie. Ihr Heim zu verlieren, hatte wehgetan; dass ihr Vater sich selbst das Leben genommen hatte, hatte sie schockiert, aber Plummer zurückzulassen – das brach ihr das Herz. Doch das Pferd gehörte ihr jetzt nicht mehr. Nichts gehörte ihr mehr. Nicht mal sie selbst.

Ein gewisser John Sutton, der Earl of Dunlow, hatte alles beim Glücksspiel gewonnen. Der neue Verwalter des Earls würde im Laufe des Tages eintreffen und Colebridge Hall übernehmen. Nachdem das Anwesen seit zehn Generationen im Besitz der Stewarts gewesen war, hatte ihr Vater es vermocht, dies alles an einem einzigen Abend an den Earl zu verlieren. Sogar ihr Pferd Plummer und der Hofhund Pepper gehörten zum Inventar.

»Aber warum sind Sie nur so unvernünftig, Miss Stewart, du liebe Güte!«, rief Mrs Oats aufgebracht und zeigte auf Maddys schmutzige Stiefel. »Sie sehen aus wie ein Knabe und sind nicht gebührlich frisiert. Der Advokat Seiner Lordschaft ist ausgesprochen ungeduldig und verlangt, dass Sie den Earl nicht länger warten lassen. Sie wissen doch, was über den Earl und über seine Bösartigkeit gesprochen wird.« Mrs Oats faltete die Hände und wandte den Blick zum Himmel.

Man sagte dem Mann, der sie beim Glücksspiel gewonnen hatte, allerhand schlimme Dinge nach; Dinge, von denen Maddy nicht wusste, ob sie sie glauben konnte. Die Leute waren sich darin einig, dass der Earl seinen Bruder, den vorherigen Earl, und dessen Familie auf dem Gewissen hatte, auch wenn es keine Beweise dafür gab. Außerdem war er durch ein Feuer schrecklich entstellt worden, was sich bedauerlicherweise auch auf seine Manieren niedergeschlagen hatte, hieß es. Er sei ein grausamer und herzloser Unhold und hasse die vornehme Gesellschaft wie die Pest. Alle anderen Menschen hasste er ebenfalls, aber mit einfachen Leuten verkehrte er aufgrund seines Standes eh nicht. Streng genommen pflegte er mit niemandem mehr Umgang. Er verbrachte sein Leben abgeschottet wie ein Einsiedler auf seinem Schloss Kelston Abbey und zeigte sich, wenn überhaupt, dann nur in der Nacht. Was er all die Zeit trieb, in den geheimen Verliesen und hinter den düsteren Mauern, das wusste niemand so genau, doch es wurde von Hexenkunst und satanischen Riten gemunkelt. Maddy kannte den Earl of Dunlow nicht, aber wenn man den Leuten und vor allem Mrs Oats glauben durfte, war er der scheußlich entstellte Zwillingsbruder von Luzifer persönlich.

Es hieß, ihr Vater habe an jenem verhängnisvollen Mittwoch vor einer Woche seinen ganzen Besitz an Sutton verspielt, und da habe der Earl ihm vorgeschlagen, er könne alles wieder zurückgewinnen, wenn er die Hand seiner Tochter Madeleine als Einsatz bieten würde. Auf dieses Ansinnen hatte sich ihr törichter Vater eingelassen, und anstatt alles zurückzugewinnen, hatte er auch noch Maddy an den Earl verloren. Daraufhin war ihr Vater aufgestanden, hatte sich in das Kaminzimmer des Clubs begeben und sich eine Kugel in den Kopf geschossen. Am anderen Morgen war der Advokat des Earls nach Colebridge Hall gekommen und hatte Maddy in wenig einfühlsamen Worten über den Tod ihres Vaters unterrichtet und darüber, dass das Anwesen nun dem Earl of Dunlow gehöre, genauso wie sie selbst. Der Beweis war ein Dokument, verfasst in der Handschrift ihres Vaters, in dem sinngemäß stand, dass sie jetzt mit Sutton verlobt sei.

»Ich habe die ganze Nacht für Sie gebetet, Miss Stewart«, jammerte Mrs Oats und riss Maddy aus ihren Gedanken. »Sie armes Ding. Wie kann ein Mann so gottlos sein und sein eigenes Fleisch und Blut am Spieltisch verspielen? Ich habe wahrlich Angst um Ihre Seele. Dieser teuflische Sutton wird Sie in Schande stürzen.«

Mrs Oats meinte mit Schande das, was alle in der feinen und auch in der weniger feinen Gesellschaft dachten: nämlich, dass der abscheuliche Earl Maddy zwingen würde, sein Bett zu teilen und seine Mätresse zu werden, dass er keine ehrenhafte Absicht hegen und sie auf gar keinen Fall ehelichen würde.

»Schließlich ist er ein Earl. Der nimmt keine einfache Landadelige zur Frau«, erklärte ihr Mrs Oats, während Maddy die Stalltür sorgsam verriegelte und sich zwei Strohhalme aus ihrem wirren Haar zupfte. »Er ist zwar abscheulich entstellt und könnte Gott dankbar sein, wenn überhaupt eine ehrbare Jungfrau bereit ist, ihn zu ehelichen, aber er wird sich freilich nicht so weit herablassen. Kein britischer Earl, der etwas auf sich hält, würde so etwas tun.«

»Ich weiß, Mrs Oats«, seufzte Maddy. Sie seufzte nicht etwa über Mrs Oats' taktlose Art, mit der diese ihr zu verstehen gab, dass sie eines Earls nicht würdig war, sondern weil die Pfarrersfrau ihr das inzwischen zum dritten Mal darlegte. Zuletzt hatte sie ihr vorgestern nach dem Begräbnis ihres Vaters ins Gewissen geredet. Dabei wusste Maddy selbst ganz genau, wie Ehen in den Kreisen des Hochadels arrangiert wurden. Auch wenn die Stewarts zu den ältesten Familien in Devonshire gehörten, zählten sie nur zum einfachen Landadel. Ihr Vater war ein Squire gewesen, und vor ihm dessen Vater und so weiter. Colebridge Hall gehörte den Stewarts schon seit der Zeit von Heinrich dem VIII. Maddy war zwar nicht in überbordendem Reichtum aufgewachsen und rauschende Bälle in London hatte sie noch nie besucht, aber in ihrer Kindheit hatten sie doch über einen gewissen Wohlstand verfügt, und sie hatte immerhin die Erziehung einer Lady erhalten – zumindest bis vor sechs Jahren, als ihre Mutter gestorben war und ihr Vater die Gouvernante nicht mehr hatte bezahlen können. Dann war ihr Bruder zu den Dragonern gegangen und hatte sie allein mit dem Gut und der Verantwortung zurückgelassen. Ab da waren Klavier- und Gesangsunterricht sowie Tanz- und Malstunden zu einem Luxus geworden, den sie sich nicht mehr hatten leisten können.

Der Verzicht auf all die kleinen weiblichen Eitelkeiten war Maddy nicht schwergefallen, denn sie liebte das einfache Landleben – und vor allem die Tiere – mehr als alles andere. Und Colebridge Hall war zwar nicht prunkvoll, aber gemütlich. Ihr Urgroßvater hatte noch einen eleganten Anbau hinzugefügt, damit er mehr Platz für den einzigen Sohn und seine acht Töchter hatte. Die Stewarts waren schon immer fruchtbar gewesen, doch aus unerfindlichen Gründen hatten sie meist viele Töchter und wenige Söhne hervorgebracht. Edmund war der letzte männliche Stewart gewesen.

»Noch ist es nicht zu spät, Miss Stewart. Noch können Sie zu meiner Schwester nach Newcastle fliehen, statt in die Kutsche des Teufels zu steigen. Ich habe das Empfehlungsschreiben schon vorbereitet«, drängte Mrs Oats nicht zum ersten Mal und tätschelte dabei Maddys Wange.

»Nein, ich fliehe nicht!«, sagte die energisch. »Wettschulden sind Ehrenschulden.«

Um der Wahrheit die Ehre zu geben: Es hatte durchaus den einen oder anderen Moment gegeben, in dem Maddy über eine Flucht nachgedacht hatte. Sie hatte überlegt, wie es wäre, ihr Bündel zu packen und wegzulaufen, sich Arbeit zu suchen, in einem Haushalt oder auf einem anderen Anwesen. Sie war gebildet genug, um Gouvernante oder Gesellschafterin zu sein – sie sprach sogar Latein –, und sie wäre sich auch nicht zu schade, um Stalldienst zu tun, im Gegenteil, die Arbeit mit Tieren behagte ihr am meisten. Aber dann hatte sie sich gefragt, was wohl ihr Bruder Edmund an ihrer Stelle tun würde. Er war immer ein Ehrenmann gewesen – ganz im Gegensatz zu ihrem Vater. Hätte er Wettschulden gehabt, hätte er alles darangesetzt, um sie ehrenhaft zu begleichen. Die Ehre der Stewarts war ihm heilig gewesen.

»Ach, Wettschulden!«, rief Mrs Oats und winkte ab. »Das ist doch nichts, womit sich eine junge Dame belasten sollte. Ehrenschulden sind Männerangelegenheiten. Und was ist denn das für eine Ehre, wenn Sie sich dem abscheulichen Earl in Schande hingeben müssen, mein armes Kind? Sie ahnen vermutlich gar nicht, was Sie im Bett eines Mannes erwartet. Ihre Mutter ist ja viel zu früh gestorben.«

Maddy mochte es gar nicht, wenn Mrs Oats sie Kind nannte oder ihre Wange tätschelte. Sie war schon zwanzig, und wenn ihre Mutter noch lebte, wäre sie längst verheiratet, vermutlich mit einem der Albright-Söhne aus der Nachbarschaft, die alle fünf so dumm waren, dass Maddy es nicht bedauerte, keinen von ihnen abbekommen zu haben. Außerdem ahnte sie durchaus, was sie im Bett eines Mannes erwartete. Auch wenn sie keine exakte Vorstellung von den speziellen Ausschweifungen hatte, die man dem Hochadel im Allgemeinen und dem Earl im Besonderen nachsagte, so wusste sie doch, wie eine Paarung vonstattenging. Schließlich gab es genügend Tiere auf dem Hof, die dieser Beschäftigung mit großem Eifer nachgingen.

Selbstverständlich durfte eine junge, unverheiratete Dame nichts von solchen Dingen wissen, aber Maddy war ja keine andere Wahl geblieben, als sich damit zu beschäftigen. Wer hätte denn die Kuh zum Farren führen sollen oder die Ziege zum Bock, wenn nicht sie selbst? Der letzte Stallknecht war, wenige Tage nachdem die Nachricht von Edmunds Tod sie erreicht hatte, auf und davon gegangen.

»Bei meiner Schwester geht es gottesfürchtig und rechtschaffen zu, und sie kann jede Hilfe gebrauchen mit ihren sechs kleinen Kindern«, drängte Mrs Oats ein weiteres Mal. Die Schwester von Mrs Oats war ebenfalls mit einem Geistlichen vermählt und lebte oben im Norden. Niemand würde Madeleine Stewart dort kennen, hatte sie gesagt, und die Schande, in die ihr Vater sie gestürzt hatte, würde verborgen bleiben. Aber Maddy schüttelte den Kopf. Sie hatte keine Angst vor einem Haushalt mit vielen Kindern, doch wenn die besagte Schwester nur halb so gottesfürchtig und rechtschaffen war wie Mrs Oats, dann würde Maddy mehr Zeit mit Beten zubringen als unter freiem Himmel. Sie war ein ehrbares Mädchen, aber besonders fromm war sie nicht.

»Ich fliehe nicht. Ich begleiche die Schulden meines Vaters«, sagte sie entschlossen und stapfte an Mrs Oats vorbei über den schlammigen Platz hinüber zum Herrenhaus, wo sie schon von Weitem die große, vierspännige Reisekutsche sehen konnte.

Sie hatte gründlich über alles nachgedacht und fand ihre Situation nicht annähernd so ausweglos, wie Mrs Oats sie darstellte. Der Earl konnte sie nicht zwingen, seine Mätresse zu werden. Er hatte beim Glücksspiel ihre Hand gewonnen und nicht ihren Körper für Liebesdienste. So stand es auf dem Schuldschein ihres Vaters, der sowohl dessen Unterschrift als auch die des Earls trug. Deshalb würde sie sich dem Earl als Ehefrau anbieten, was dieser selbstverständlich ablehnen würde. Sie hatte vor, ihm freundlich zu erklären, dass sie für seine Zurückweisung größtes Verständnis habe, aber ihm nicht mehr als die Ehe schuldig sei. Dann würde sie sich höflich, aber für immer von ihm verabschieden, und damit wäre sie von der Wettschuld ihres

Vaters befreit und hätte der Ehre der Stewarts dennoch Genüge getan. Sie war sich sicher, wenn sie den griesgrämigen Advokaten des Earls um seine juristische Meinung zu diesem Thema fragte, würde er ihr recht geben müssen.

Maddy lächelte zuversichtlich, als sie bei der Kutsche ankam, wo Mr Gibson, der Advokat, ungeduldig auf sie wartete. Der große, hagere Mann, der einen schwarzen Anzug und einen ungewöhnlich hohen Zylinder trug, war vermutlich schon mit einem mürrischen Gesichtsausdruck auf die Welt gekommen. Missmutig stand er neben der Kutsche und starrte auf seine goldene Taschenuhr.

»Miss Stewart, neun Uhr war als Zeit für die Abreise vereinbart.« Er zeigte auf seine Uhr. Maddy knickste ein wenig unbeholfen, was an den riesigen Stiefeln ihres Bruders lag.

»Verzeihung, ich habe das Morgenläuten nicht gehört.« Sie hatte es gehört, aber in dem Moment war sie mit Plummer beschäftigt gewesen und hatte nicht mehr daran gedacht, dass sie ja längst abreisebereit sein sollte. Ihr Leben richtete sich selten nach der Uhrzeit. Sie stand mit dem Sonnenaufgang auf und ging meist mit dem Sonnenuntergang schlafen und dazwischen lag die Arbeit im Haus und auf dem Hof.

»Seine Lordschaft ist äußerst ungehalten«, kam es sauertöpfisch von Mister Gibson.

Maddy knickste noch einmal, weil sie nicht wusste, was sie darauf erwidern sollte. Warum sollte seine Lordschaft ungehalten sein, während er in seinem Schloss oder in seinem Londoner Stadthaus auf sie wartete? Pünktlichkeit war hier auf dem Land nicht möglich. Ein Rad konnte während der Fahrt brechen. Es konnte ein Unwetter geben und der Regen konnte die Wege unbefahrbar machen. Ein Pferd konnte lahmen, ja, es konnten ihnen sogar Straßenräuber auflauern. Erst letztes Jahr im Herbst waren auf der Straße von Exeter nach Plymouth mehrere Reisekutschen überfallen worden. Was bedeuteten da also ein paar Minuten Verzögerung?

»Ich ziehe nur schnell meine Reisekleidung an und kämme mich, dann bin ich bereit«, sagte sie und strich sich die wirren blonden Locken aus den Augen. Die kleine Truhe mit ihren Habseligkeiten war bereits unter dem Kutschbock verstaut und von seiner hohen Position herunter betrachtete der elegant livrierte Kutscher sie mit einer Mischung aus Entsetzen und Mitleid, während sich die mürrische Miene des Anwalts nur noch ärger verfinsterte.

»Dafür ist jetzt keine Zeit. Steigen Sie unverzüglich in die Kutsche.«

»Aber ich trage Männerkleidung und Stiefel, an denen Pferdemist haftet.«

»Ich bin nicht blind, Miss Stewart, und auch mein Geruchssinn funktioniert einwandfrei. Sie werden sich während der Fahrt umziehen. Man wird Ihnen angemessene Kleidung reichen.«

Maddy fragte sich, wie das vonstattengehen sollte, wie sie sich in einer fahrenden Kutsche umziehen oder woher die Kleider kommen sollten, deshalb schüttelte sie energisch den Kopf. Sie hatte ihre Reisekleidung doch drinnen im Haus schon auf dem Bett bereitgelegt. Das dunkelblaue Kostüm von ihrer Mutter, das sie etwas enger genäht hatte, dazu deren seidene Haube mit den feinen Spitzen an der Krempe und die passende Pelerine. Alles war wie neu, wenn auch nicht mehr modern. Daneben hatte sie ihre besten Strümpfe gelegt und ihre braunen Stiefeletten, die Anne extra blank poliert hatte.

»Außerdem möchte ich mich von den Dienstboten verabschieden«, sagte sie trotzig und zeigte zum Haus, wo Anne und Caleb unter dem Vordach der Tür standen wie zwei verlassene Zinnsoldaten. Ohne die Zustimmung des mürrischen Advokaten abzuwarten, lief sie die paar Schritte hinüber und stürmte die Treppe hinauf. Pepper, der Hofhund, verließ mit einem wehleidigen Jaulen seinen Stammplatz in der Sonne. Er lief schon die ganze Woche mit eingezogenem Schwanz herum. Wie das bei Tieren so üblich war, spürte er, dass etwas nicht stimmte. Er schien zu ahnen, dass Maddy ihn und Colebridge Hall verließ.

Sie umarmte Anne, obwohl sich das für eine feine Dame nicht gehörte. Ihre Mutter hatte ihr stets eingebläut, sich bloß nicht mit der Dienerschaft zu verbrüdern, da die sich sonst nur Frechheiten herausnähme. Aber was war daran frech, dass die beiden Diener geblieben waren, obwohl sie schon lange keinen Lohn mehr bekamen? Anne war immer mehr eine Mutter als eine Bedienstete für Maddy gewesen, und ihr brach das Herz bei dem Gedanken, dass sie die beiden alten Leute in Colebridge Hall zurücklassen musste und sie damit der Willkür des neuen Verwalters ausgesetzt waren.

»Leben Sie wohl, Miss Maddy. Gott beschütze Sie. Gott beschütze Sie«, sagte Anne mit Tränen in der Stimme.

»Ich werde dich und Caleb so bald wie möglich besuchen«,

antwortete sie, auch wenn sie nicht wusste, was der nächste Tag oder die nächste Woche für sie bringen würde oder wohin sie gehen sollte, nachdem der Earl festgestellt hatte, dass sein Wettgewinn nicht seine Mätresse werden wollte. »Ich schreibe euch.«

Anne und Caleb konnten zwar nicht lesen, aber sie würden sich den Brief von Lady Albright oder von Mrs Oats vorlesen lassen.

»Ach, Miss Maddy. Ihre Mutter würde sich im Grabe umdrehen«, weinte Anne. Diesen Satz wiederholte sie immer wieder seit letzter Woche und Maddy konnte ihre Tränen inzwischen kaum noch ertragen. Es nützte ja nichts, die rotierenden Toten in ihren Gräbern zu beschwören, man musste sich selbst helfen, sonst tat es niemand. Das hatte sie früh im Leben gelernt.

»Macht euch keine Sorgen. Mir wird es gut gehen, ich wünschte nur, ich könnte euch beide mitnehmen.« Aber das hatte der Advokat Seiner Lordschaft rundheraus abgelehnt, als sie ihn letzte Woche darum gebeten hatte.

»Gott schütze Sie, Miss Stewart«, sagte nun Caleb mit dünner, ältlicher Stimme und zog den schmuddeligen Hut. Für eine Verbeugung war er zu tatterig, und Maddy ergriff seine knorrige Hand, um sie ein letztes Mal zu drücken.

»Sie werden die beiden doch nicht von Colebridge Hall fortschicken, wenn ich weg bin?«, fragte Maddy an den Advokaten gewandt, der ihr bis zur Haustür hinterhergelaufen war.

»Wie ich Ihnen schon bei unserer vorangegangenen Unterredung dargelegt habe, wird alleine der Verwalter entscheiden, was mit dem Anwesen und seinem beweglichen und unbeweglichen Inventar geschieht.«

»Anne und Caleb sind kein Inventar, sondern Menschen aus Fleisch und Blut«, fauchte Maddy. »Sie dienen den Stewarts schon seit ... seit ... schon immer.«

»Steigen Sie nun umgehend in die Kutsche, oder ich lasse Sie von den Lakaien dahinein schaffen«, befahl der Advokat und zeigte hinüber zur Kalesche, auf der hinten auf einer hohen Pritsche zwei Diener saßen. Maddy rümpfte nur die Nase und fragte sich, wozu der Earl den halben Hofstaat vorbeischickte, als wäre sie selbst eine Countess.

»Niemand will den Zorn Seiner Lordschaft erregen, glauben Sie mir«, fuhr der Advokat verärgert fort. »Das kann sehr unangenehme Konsequenzen für alle haben, sogar für diese beiden da.« Er nickte in Richtung von Anne und Caleb und die versteckte Drohung wirkte bei Maddy besser, als wenn er ihr eine Pistole vor die Nase gehalten hätte.

Sie schnaubte empört, wirbelte herum und rannte zur Kutsche, wo sie mit einem weiteren Schnaufen die Tür aufriss. Sie wartete nicht ab, bis jemand den Wagenschlag für sie aufhielt und die Treppe herunterklappte oder ihr gar die Hand reichte, sondern kletterte allein in das riesige Gefährt hinein, wie ein Kind auf einen viel zu hohen Stuhl klettern würde. Wenn ihre Mutter sie so gesehen hätte, dann hätte sie ihr einen gepfefferten Vortrag über damenhaftes Benehmen gehalten. Ihre Mutter war die Tochter eines Viscounts gewesen, die Maddys Vater aus Liebe, aber unter ihrem Stand geheiratet hatte. Nur der Vernarrtheit des Viscounts in seine einzige Tochter war es zu verdanken gewesen, dass er der Ehe zugestimmt und für Maddys Mutter sogar eine beachtliche Mitgift ausgesetzt hatte. Sie, die selbst die allerbeste Erziehung genossen hatte, hatte Maddy immer wegen ihrer burschikosen Art getadelt. »Eine junge Dame tut so etwas nicht«, war vermutlich der häufigste Satz, den sie zu ihrer Tochter gesagt hatte.

»Selbst schuld«, murmelte Maddy und ließ sich mit einem wütenden Zischen auf den weich gepolsterten Sitz fallen, wobei sie damit natürlich nicht sich selbst meinte, sondern diesen dämlichen Anwalt. Was hätte es geschadet, wenn er ihr Zeit gelassen hätte, sich umzuziehen? Jetzt stank die ganze dämliche Kutsche nach Stall und Pferdemist. Aber solche ordinären Worte wie dämlich oder stinken durfte eine Dame natürlich nicht einmal denken.

Im Innern der Kutsche war es stockfinster. Schwarze Vorhänge aus schwerem Samt waren vor die Fenster gezogen. Nur ein Spalt an der Seite ließ einen dünnen Sonnenstrahl herein, sodass der Platz, auf den Maddy sich setzte, wie eine kleine Insel aus Licht in einem Meer von Schwärze wirkte.

»Ich wünsche, dass es in meiner Kutsche dunkel bleibt!«, knurrte eine tiefe Stimme, als sie einen der Vorhänge zur Seite ziehen wollte, und vor Schreck quiekte sie wie eines ihrer Ferkel im Stall.

»Jesus! Haben Sie mich erschreckt.« Für einen Moment dachte sie, es wäre Mister Gibson, der Anwalt, der sie so unhöflich angeraunzt hatte. Aber wie sollte er so schnell in die Kutsche hineingekommen sein? Gerade eben hatte er noch bei Anne und Caleb gestanden.

»Sie sind nicht Gibson«, sagte sie mit einem atemlosen Keuchen und fasste sich an ihr rasendes Herz. Dieser Satz war freilich überflüssig, denn die unfreundliche Stimme gehörte eindeutig nicht dem näselnden Anwalt. Der Mann in der Kutsche hatte einen dunklen Bariton. Er antwortete ihr nicht, sondern schlug mit irgendetwas, vermutlich seinem Gehstock, kräftig gegen die schmale Holzluke, die zum Kutschbock hin zeigte und ebenfalls mit einem schwarzen Vorhang verdeckt war.

»Losfahren, jetzt! Wir haben's eilig!«, befahl er dem Kutscher, und spätestens da ahnte Maddy, wen sie vor sich hatte.

»Sie sind doch nicht etwa der Earl?«, rief sie, dann besann sie sich auf ihre Erziehung. »Ich meinte: Ihr seid doch nicht etwa der Earl, Mylord?«

»Ich bevorzuge es, wenn man mich Sutton nennt«, kam es düster aus dem Dunkel, in dem der Mann auf der gegenüberliegenden Sitzbank saß. Sie erkannte nicht mehr als einen Schatten von ihm. Zumindest war er nicht kleinwüchsig. Seine langen und muskulösen Beine ragten weit aus dem Dunkel heraus in die Kutsche hinein. Er trug hohe, blank polierte Stiefel aus edlem Leder.

»Euer Lordschaft, Mylord Sutton, ich wusste nicht, dass Ihr persönlich ...«

»Als meine künftige Gemahlin stelle ich es Euch frei, mich mit meinem Vornamen anzusprechen, der John lautet«, unterbrach er sie barsch. »Das erscheint mir nicht so gestelzt.«

»Künftige Gemahlin?« Maddy lachte hysterisch auf. Gewiss hatte er das Gegenteil gemeint. Vermutlich war er nicht nur teuflisch und entstellt, sondern auch noch ein Zyniker.

»Wie mein Advokat Euch mitteilte, habe ich Eure Hand beim Glücksspiel gewonnen, und ich beabsichtige, diesen Wettgewinn einzulösen«, kam es bedrohlich aus der Finsternis.

»Mei-meine Hand?«, stotterte Maddy, doch bevor der Earl antworten konnte, fuhr die Kutsche mit einem heftigen Ruck an und direkt in das größte Schlagloch hinein, das es auf dem Hof gab. Das gigantische Gefährt schwankte und knarzte bedenklich, als es wieder auf ebenem Grund fuhr. Die Pferde wieherten und der Kutscher fluchte in einem Dialekt, den vermutlich nur Kutscher sprachen. Maddy hingegen wurde mit einem heftigen Ruck nach vorn geschleudert, geradewegs vor die Knie des Mannes im Schatten. Dieser gab ein ärgerliches Räuspern von sich, reichte ihr dann aber seine

Hand, die in einem schwarzen Lederhandschuh steckte. Mit einem kräftigen Ruck half er ihr aus ihrer misslichen Lage empor und zurück auf ihre Bank.

Maddy fragte sich, ob er wohl tatsächlich so schrecklich entstellt war, wie Mrs Oats behauptete? Gewiss war das der Grund, warum die Vorhänge zugezogen waren. Er wollte nicht, dass jemand seine Verunstaltung sah.

»Ich verabscheue Unpünktlichkeit«, sagte er düster. »Ich erwarte nicht viel von meiner Gemahlin, aber ein Mindestmaß an Verlässlichkeit gehört dazu.«

»Ihr meint mich?«

Maddy bekam ein verärgertes Schnauben zu hören. »Außer uns beiden befindet sich niemand in der Kutsche, den ich meinen könnte.«

»Ich … ich habe mich nur von meinem Pferd verabschiedet«, stammelte sie kleinlaut.

»Das rieche ich«, grollte die dunkle Stimme.

»Ich wollte mich ja umziehen«, erwiderte sie. »Aber Euer däml… Euer unfreundlicher Advokat hat es mir verweigert. Was ist denn nur so dringend, dass selbst dafür keine Zeit war?«

»Der Vikar wartet.«

»Welcher Vikar?«

»Peter Walters, der Vikar von Saint Mary in Exeter.«

Mit dieser Antwort wusste Maddy nichts anzufangen, daher starrte sie etwas dümmlich in die dunkle Ecke, in der der Earl saß. Es irritierte sie, dass der Mann vermutlich jedes Detail ihrer unpassenden Erscheinung sehen konnte, sie von ihm aber nicht mal die Umrisse. Von seinen Knien aufwärts umhüllte ihn Dunkelheit.

»Ich verstehe nicht.«

»Ich habe eine Sondererlaubnis erwirkt und alles für unsere Vermählung arrangiert. Nach der Zeremonie fahren wir sofort weiter, denn ich möchte Kelston Abbey noch vor Einbruch der Dunkelheit erreichen. Eine Übernachtung unterwegs kommt nicht infrage. Die Zeit drängt also. Und wenn ich sage neun Uhr, dann meine ich neun Uhr und nicht irgendwann, wenn Ihr Euch von Eurem Pferd oder Euren Dienstboten verabschiedet habt.« Er sprach mit herrischer Stimme, jedes Wort klang wie ein scharfer Tadel, aber das Einzige, was Maddy von seinem Vortrag behalten hatte, war das Wort Vermählung.

»Das ist doch bestimmt nur ein Scherz.« Sie lachte unsicher. Lieber Herr Jesus, sie kam sich so dumm vor, aber sie verstand es einfach nicht. »Ihr wollt mich doch nicht heiraten.«

»Ich scherze nie, Miss Stewart. Und ich wiederhole mich auch nicht gern.«

»Aber warum wollt Ihr denn so etwas Unvernünftiges tun?«, rief sie aufgebracht.

Er konnte es unmöglich ernst meinen. Sie hatte doch alles so schlau geplant. Er würde ihr erklären, dass sie eine vorzügliche Mätresse abgäbe, sie würde ihm darlegen, dass es bei der Wette um eine Ehe und um nichts anderes gegangen war. Er würde sie wegen ihrer Anmaßung auslachen und sie abweisen und sie würde ihm daraufhin alles Gute wünschen und sich von ihm verabschieden. Das herablassende Lachen aus der dunklen Ecke riss sie aus ihren Überlegungen.

»Weil ich einen legitimen Erben benötige und der entsteht bekanntlich nur im Rahmen einer legitimen Ehe. Deshalb wartet der Vikar um zwölf Uhr auf uns.«

Einen Erben? Legitime Ehe? Vikar? Hinter Maddys Stirn brausten die Gedanken wie in einem Wirbelwind. »Aber ich dachte …« Sie unterbrach sich und schüttelte energisch den Kopf. »Also nein, das geht nicht. Ihr seid ein Earl und ich entstamme dem Landadel. Ihr könnt doch nicht so weit unterhalb Eures Standes heiraten.«

»Ich kann alles, was ich will, Miss Stewart. Findet Euch am besten gleich damit ab, das spart uns künftige Auseinandersetzungen. Im Übrigen war ich der Meinung, dass mein Advokat Euch hinlänglich aufgeklärt hat, was Euch heute erwartet.«

»Pah, dieser eingebildete Schnösel!«

»Hat er Euch etwa ungebührlich behandelt?«, fragte der Earl scharf.

»Nein … doch … also er hat mich behandelt, wie ein Advokat eben Leute behandelt, die kein Earl sind, denke ich.« Der Advokat hatte geredet, ohne Luft zu holen, und ihr ein Schriftstück nach dem anderen unter die Nase gehalten. In ihren Ohren hatte ihr Herzschlag gedonnert und ihr war speiübel gewesen. Alles, was sie an diesem unseligen Morgen verstanden hatte, war, dass ihr Vater tot war und dass sie eine Woche Zeit hatte, um ihre Angelegenheiten zu ordnen und Colebridge Hall zu verlassen, weil sie jetzt einem Earl gehörte.

»Aber ich möchte Euch doch gar nicht heiraten«, fasste sie ihre verworrenen Gedanken in einem verzweifelten Ausruf zusammen.

»Dennoch sitzt Ihr jetzt in meiner Kutsche, Miss Stewart, und ich interpretiere das als Eure Bereitschaft, die Schulden Eures Vaters zu begleichen und meine Gemahlin zu werden.«

Wieder rumpelte die Kutsche in vollem Tempo in ein Schlagloch hinein, sodass Maddy einen ungalanten Hüpfer nach oben machte und sich den Kopf am Kutschendach stieß. Der Earl hingegen saß unbewegt auf seinem Platz, als ob er eine Tonne wiegen würde oder festgeschnallt wäre.

»Aber welches normale Mädchen, das bei einer Wette gewonnen wird, rechnet denn damit, von einem normalen Earl geheiratet zu werden?«, rief sie, nachdem sie sich die Haare wieder aus dem Gesicht gestrichen hatte.

Ein seltsames Gluckern kam aus der dunklen Ecke, was vielleicht ein Lachen oder ein Schnauben war. »Normale Mädchen werden üblicherweise nicht bei Wetten gewonnen. Und wie Ihr zweifellos schon bemerkt habt, bin ich auch kein normaler Earl.«

»Ihr seid der erste Earl, dem ich begegne«, antwortete sie. »Vielleicht ist es in Euren Kreisen ja üblich, einen Mann beim Kartenspiel in den Ruin zu treiben und dann noch dessen Tochter als Einsatz zu verlangen. Wie kann ein ehrbarer Mensch nur auf so eine absurde Idee kommen?«

»Ich hatte tatsächlich auf etwas mehr Begeisterung von Eurer Seite gehofft, Miss Stewart«, zischte der Earl sie an. »Immerhin bedeutet diese Ehe für Euch ein sorgenfreies Leben ohne körperliche Arbeit, mit großem Wohlstand und einem enormen gesellschaftlichen Aufstieg. Und das ist weitaus mehr, als Ihr vor zwei Wochen noch hoffen durftet. Die meisten jungen Damen, die sich in einer vergleichbaren Situation befänden, wären wohl erleichtert, wenn nicht sogar dankbar.«

»Ja!«, zischte sie, denn er hatte recht. »Aber ich ... ich bin wütend.«

Sie war wütend auf ihren Vater, obwohl das einem Toten gegenüber respektlos war. Aber ihr Vater hatte den Untergang der Stewarts dank seiner Trunksucht und Spielsucht verschuldet. Und dann hatte er noch nicht einmal die Ehre besessen, ihr beizustehen, sondern hatte sich wie ein Feigling aus dem Leben und der Verantwortung verabschiedet.

»Ihr solltet Eure Wut zuvörderst gegen Euren Herrn Vater und nicht gegen mich richten«, antwortete der Earl kühl, als hätte er ihre Gedanken gehört. »Sir Henry hat an jenem Abend mit Eurer Schönheit und Tugend geprahlt und auch andere, weniger hochstehende Gentlemen herausgefordert, um Eure Hand zu spielen.«

Maddy kannte ihren Vater gut genug, um zu wissen, dass der Earl die Wahrheit sagte. Prahlerei und Provokation passten leider haargenau zu ihm.

»Ich musste diese Herausforderung annehmen, sonst hätte ich mein Gesicht verloren.« Der Earl machte eine Pause, vermutlich weil ihm die Ironie seiner Worte bewusst wurde. »Wie dem auch sei, Euer Vater war schon lange vor diesem Abend im White's ruiniert. Colebridge Hall ist bis unters Dach verschuldet und alles, was ich bei diesem fragwürdigen Kartenspiel gewonnen habe, sind Schuldscheine.«

»Schuldscheine?« Maddy war nicht überrascht.

»Und natürlich eine Gemahlin.«

»Aber ich ... ich bin im Grund nur ein Bauernmädchen mit Stammbaum.«

»Und ich bin seit einem unseligen Feuer entstellt, und die am Heiratsmarkt verfügbaren Kandidatinnen kommen für mich nicht infrage. Ich lebe zurückgezogen in Kelston Abbey und nehme nicht an gesellschaftlichen Ereignissen teil. Dennoch brauche ich einen Erben.«

»Ich ... also ... ich dachte ...« Süßer Jesus, sie konnte gar nichts mehr denken und wusste nicht, was sie noch sagen sollte. Sie saß in einer Kutsche und war auf dem Weg zu ihrer Hochzeit mit einem leibhaftigen Earl – einem Mann, den sie nicht kannte, ja von dem sie nicht einmal wusste, wie er aussah. Doch gerade die Frage nach seinem Aussehen brannte heiß hinter ihrer Stirn. Wie schlimm musste ein Mensch entstellt sein, dass andere seinen Anblick nicht ertragen konnten, ja, dass er nicht mal eine Frau fand, die ihn aus freien Stücken heiraten wollte?

Viele junge Mädchen wurden an hässliche, alte und fette Männer verheiratet. Doch weil diese Männer reich und mächtig waren und klangvolle Titel besaßen, spielte ihr Aussehen keine Rolle. War es möglich, dass der Earl of Dunlow schlimmer aussah als ein alter, dickleibiger Tattergreis mit Glatzkopf und Grindflechte im Gesicht? Ihre Fantasie bot eine Menge Spielraum für die schlimmsten Vorstellungen. Sie hatten mal ein Lämmchen gehabt, das ohne

Unterkiefer und Zunge geboren worden war. Es konnte nicht trinken und war nach zwei Tagen gestorben, obwohl sie versucht hatte, es zu füttern … Ach herrje, sie sollte solche Gedanken lieber gar nicht denken. Wenn der Earl keinen Kiefer mehr hätte, würde er nicht sprechen können. Auch seine Ohren schienen gut zu funktionieren, und seine Beine waren eindeutig nicht die Beine eines alten oder dicken Mannes, sondern die eines großen, athletischen Gentleman. Auch schien seine Männlichkeit nicht beeinträchtigt zu sein, sonst würde er ja wohl kaum davon sprechen, Erben zeugen zu wollen. Wo wanderten ihre Gedanken nur hin?

Wenn sie den Mann doch nur sehen könnte, wissen würde, womit sie zu rechnen hatte.

Ihr Gesichtsausdruck musste sie verraten haben, denn der Earl gab ein ungehaltenes Schnauben von sich.

»Ich erwarte keine Dankbarkeit von Euch. Es ist auch nicht erforderlich, dass Ihr Euch in mich verliebt oder mich mögt. Mein Charme und meine Schönheit sind nicht gerade dazu angetan, Frauenherzen zu erobern.« Er lachte ein kurzes höhnisches Lachen. »Ich erwarte lediglich die absolut zuverlässige Einhaltung unseres Arrangements.«

»Wir haben ein Arrangement?« Sie beugte sich ein wenig vor in der Hoffnung, zumindest seine Konturen erkennen zu können.

»Noch nicht, aber wir werden ein Arrangement treffen, das mir einen Erben sichert und Euch ein sorgenfreies Leben als meine Countess, sodass wir beide von dieser Eheschließung profitieren.«

»Profitieren?« Das Wort gefiel ihr nicht, obwohl sie wusste, dass eine Ehe nichts mit Liebe zu tun hatte. Ehen wurden geschlossen, um den Beteiligten und ihren Familien Nutzen zu bringen. Das war auch beim Landadel nicht anders. Edmund war mit der reichen, aber deutlich älteren Guinevere Barnett verlobt gewesen. Er hatte nicht mal Sympathie für sie empfunden, aber sie war das einzige Kind des Barons, und Maddys Mutter hatte die Verbindung noch zu ihren Lebzeiten arrangiert, in der Hoffnung, die beachtliche Mitgift von Miss Barnett würde Colebridge Hall vor dem Ruin retten. Edmunds Tod hatte diese Rettung vereitelt und Miss Barnett wieder zurück auf den Heiratsmarkt katapultiert, wo sich sofort ein verarmter und verwitweter Viscount mit vier Kindern für sie gefunden hatte.

»Ja, profitieren«, sagte der Earl. »Eure Bereitschaft, sich mit mir zu vermählen und meinen Sohn zur Welt zu bringen, soll Euer

Schaden nicht sein.« Er musste Frostbeulen auf den Stimmbändern haben, so kalt und abweisend klang er. »Bevor wir die Kirche in Exeter betreten und Ihr mir das Jawort gebt, werden wir uns detailliert über die Bedingungen unseres Ehelebens verständigen. Ich hatte vor, das während der langen und ermüdenden Kutschfahrt mit Euch zu besprechen, aber ich muss gestehen, der Gestank, den Ihr verbreitet, trübt mir die Sinne, Miss Stewart.«

Obwohl er ärgerlich klang, musste Maddy kichern. »Ihr habt mir ja keine Zeit gelassen, um mich umzuziehen, Mylord Sutton.«

»Ich mag es nicht, wenn man über mich lacht«, fuhr er sie an.

»Wie gut, dass ich nicht über Euch, sondern über mich selbst gelacht habe. Ich lache übrigens gern, also findet Euch am besten damit ab, das spart uns künftige Auseinandersetzungen.« Sie wiederholte mit Absicht seine eigenen Worte und ahmte auch seinen herablassenden Tonfall von vorhin nach, was dazu führte, dass er wieder dieses seltsame Gluckern von sich gab, das vielleicht Wut oder Belustigung oder Atemnot zum Ausdruck brachte. Aber dann schlug er plötzlich mit seinem Stock gegen das hölzerne Schiebefenster, das zum Kutschbock zeigte. »Wo ist das Kleid, das für meine Braut angefertigt wurde?«, brüllte er. Das kleine Fensterchen wurde aufgeschoben und helles Tageslicht flutete die Sitzbank gegenüber.

»Sofort zumachen!«, schrie der Earl.

»Verzeiht, Euer Lordschaft«, murmelte jemand durch den Holzverschlag, und schon wurde der Laden mit einem Rums wieder zugeklappt. »Die Bekleidung befindet sich in der Kiste unter der Sitzbank, Mylord«, sagte der Lakai, seine ängstliche Stimme war gedämpft durch das Holz. Alles, was Maddy in diesem winzigen Moment der Helligkeit erkannt hatte, war das glatt rasierte Kinn von Lord Sutton gewesen und etwas Schwarzes, das den Rest seines Gesichts verhüllte. War es sein Haar, das ihm ins Gesicht fiel, oder trug er eine Maske?

Das Kleid, das Maddy aus der Kiste unter der Sitzbank hervorholte, war aus hauchzartem pfirsichfarbenem Musselin. Der tiefe, runde Ausschnitt war mit Perlen besetzt und die gerafften Ärmel waren mit kleinen Rosenblüten bestickt. Dazu lagen gleichfarbige flache Schuhe bereit und ein Paar hauchdünne Seidenstrümpfe sowie ein

Mieder, das mit zarter Spitze verziert war. Alles zusammen sah erlesen und vornehm aus und hatte gewiss ein Vermögen gekostet.

»Mister Gibson hat sich von Eurer Magd die Maße geben lassen«, erklärte der Earl, als er Maddys skeptischen Blick sah. »Das Kleid dürfte also passen.«

Sie strich mit ihren rauen Fingerkuppen vorsichtig über den dünnen Musselin. Dabei entdeckte sie die schwarzen Ränder unter ihren Nägeln und versteckte die Hand schnell hinter dem Rücken. Sie hätte sich waschen sollen, bevor sie in die Kutsche gestiegen war, aber sie hatte ja nicht geahnt, dass sie geradewegs zu ihrer eigenen Hochzeit fahren würde.

»Soll ich mich etwa hier drin umziehen?«

»Und diese stinkenden Kleider und Schuhe werden umgehend aus der Kutsche entfernt.«

»Aber ich sitze hier im Licht und Ihr im Dunkeln«, maulte sie. »Wie kann ich sicher sein, dass Ihr wegseht, während ich mich ausziehe?«

»Ich werde nicht wegsehen. Im Gegenteil, ich beabsichtige, genau hinzusehen.« Seine herrische Stimme schickte ihr ein ängstliches Kribbeln den Rücken hinunter.

»Aber das ... das ist unschicklich. Ich habe mich noch nie vor einem Mann ausgezogen.«

»Das hoffe ich doch sehr, aber nun werdet Ihr damit anfangen.«

»Ich denke nicht daran«, brauste sie auf und verschränkte trotzig die Arme vor der Brust. Weil aber die Kutsche mal wieder durch ein Schlagloch fuhr, machte sie dabei einen Hüpfer auf der Sitzbank, der ihrer vehementen Weigerung leider jede Würde nahm. Der Earl blieb unbewegt in seiner dunklen Ecke und schnaufte ungeduldig.

»Eure Tugendhaftigkeit in Ehren, Miss Stewart, aber ab jetzt ist es damit vorbei. In etwa drei Stunden werden wir vermählt sein. Und das wird eine der Bedingungen unseres Arrangements sein.«

»Dass Ihr mir beim Auskleiden zuseht?«

»Dass ich meine Gemahlin nackt sehen kann, wann immer mir der Sinn danach steht.«

»Das ... das ist ...« Sie schnappte empört nach Luft. »Das ziemt sich nicht.« Genau genommen wusste sie nicht, was sich zwischen Ehegatten ziemte. Wenn es nach Mister Oats, dem Pfarrer, ginge, dann waren nicht einmal Gedanken an Blöße angebracht. Ihre Eltern hätten sich niemals voreinander ausgezogen. Sie hatten getrennt geschlafen und ihre Mutter war immer auf Anstand bedacht gewesen. Gewiss hätte sie sich ihrem Gemahl gegenüber nicht nackt präsentiert.

»Das tut man einfach nicht. Niemand tut das«, argumentierte Maddy ein wenig hilflos.

»Wie erwähnt, ich tue alles, was ich möchte, und jetzt zieht endlich diese widerlichen Stiefel aus.«

»Ein Arrangement ist eine Übereinkunft, das heißt, ich muss einverstanden sein und nicht nur Befehle befolgen. Sonst ist es kein Arrangement.«

Wieder kam dieses undefinierbare Geräusch aus dem Dunkeln, das ein Lachen oder ein Wutschnauben sein konnte. Wenn sie wenigstens sein Gesicht sehen könnte und wüsste, ob er verärgert oder amüsiert war.

»Nun gut, dann wünscht Euch etwas, Miss Stewart.«

»Was meint Ihr damit?«

»Exakt das, was ich sagte. Ich biete Euch die Erfüllung eines Wunsches an, wenn Ihr mit meiner Bedingung einverstanden seid. Eine Übereinkunft.«

Sie rümpfte die Nase und schüttelte den Kopf. Meinte er das ernst, oder war das eine bizarre Art von Hohn? Sie sollte sich ausziehen gegen die Erfüllung eines Wunsches?

»Ihr seid wirklich ...« ... *verrückt*. Aber das letzte Wort sprach sie nicht laut aus, schließlich war er ein Earl und ein angeblich teuflischer noch dazu.

»Nun?«, drängte er ungnädig.

»Anne und Caleb!«, rief sie und vergaß Schicklichkeit und Scham. »Meine beiden Dienstboten, Anne und Caleb. Der Advokat hat mir nicht gestattet, sie mitzunehmen.«

»Gibson sagte, sie seien zu alt.«

»Und genau deshalb möchte ich sie bei mir haben. Niemand wird sich um sie kümmern, und ich will nicht, dass sie nach Jahrzehnten der Treue zu meiner Familie plötzlich in der Gosse landen oder gar hungern müssen.«

»Einverstanden«, sagte er barsch. »Ich werde veranlassen, dass sie nach Kelston Abbey gebracht werden und dort Kost und Logis erhalten. Dafür will ich Euch, Miss Stewart, nackt sehen, wann und wo immer ich es wünsche.«

»Ich zeige mich aber nur Euch nackt, sonst niemandem«, rief sie, weil ihr die Worte von Mrs Oats wieder in den Sinn kamen, wonach der Earl es noch viel sündiger treiben würde als die Männer von Sodom und Gomorrha. »Falls Ihr denkt, ich ziehe mich auf lasterhaften Orgien für Eure Freunde aus, dann könnt Ihr das Arrangement gleich vergessen.«

»Ich habe keine Freunde, und ich würde jeden anderen Mann töten, der es wagt, Euch nackt zu betrachten.«

»Wirklich?« Seltsamerweise beruhigten sie seine barschen Worte.

»Absolut.«

»Na gut.«

»Dann also, in Dreiteufelsnamen, runter mit dieser unsäglichen Stallburschenverkleidung.«

Die Straßen waren ausgewaschen vom Regen der letzten Wochen, deshalb war es gar nicht so leicht, sich in einer Kutsche umzuziehen, die mit rasender Geschwindigkeit dahin donnerte und mit perfekter Zielgenauigkeit jedes Schlagloch zu treffen schien, das sich zwischen Colebridge Hall und Exeter befand. Während Maddy sich abmühte, Schuhe und Strümpfe, Kittel und Hose auszuziehen und dabei ihre Würde zu bewahren, herrschte in der dunklen Ecke des Earls absolute Stille. Totenstille. Sein Schweigen verunsicherte sie so sehr, dass ihre Hände zitterten, als sie das neue Mieder nahm, um es überzustreifen. Gefiel ihm, was er sah, war er enttäuscht oder war er womöglich zu Stein erstarrt?

»Stopp!«, fuhr er sie an, und vor Schreck fiel ihr das Mieder aus der Hand, während die Kutsche einen weiteren Schlaglochholperer vollführte, der nicht nur Maddys Hinterteil von der Sitzbank hob, sondern auch ihre nackten Brüste unschicklich auf und ab hüpfen ließ.

»Mylord«, bat sie, obwohl sie nicht genau wusste, worum sie ihn überhaupt bitten sollte. Als Gegenleistung dafür, dass Anne und Caleb das Ende Ihres Lebens sorgenfrei verbringen konnten, würde sie sogar eine ganze Woche lang nackt dasitzen.

Er schwieg eine Weile und Maddy saß da und wartete. Nackt. Nackt. Nackt.

»Jetzt habe ich genug gesehen«, sagte er endlich, und bevor er es sich noch einmal anders überlegte, zog sie schnell das Mieder an. Dann die Strümpfe, die mit roten Seidenbändern über den Knien gebunden wurden, und schließlich schlüpfte sie in das Kleid und die Schuhe. Zwar hätte ihr fertiges Erscheinungsbild noch lange nicht den Vorstellungen ihrer Mutter von einer perfekten Dame entsprochen, aber es war bei Weitem das schönste und exquisiteste Kleid, das sie je besessen hatte.

»Die Haare müssen noch gebändigt werden, dann können wir vor den Altar treten, ohne dass der Vikar um unser Seelenheil fürchten muss.«

Falls das ironisch gemeint war, so konnte Maddy nicht darüber lachen. Sie war sich nicht sicher, ob man dafür in die Hölle kam, wenn man sich einem Mann völlig nackt zeigte, selbst wenn es der künftige Ehemann war. Oder war Gott gegenüber Aristokraten nicht so streng wie bei einfacheren Leuten? Ärgerlich strich sie sich die Haare aus dem Gesicht. »Ich habe kein Band und keine Haarnadeln.«

»Da muss noch etwas in der Kiste sein«, sagte die raue Stimme von Gegenüber.

Sie schaute erneut in die Truhe unter dem Sitz. Dort hatte sie tatsächlich einen Beutel aus schwarzem Samt übersehen, den sie herausfischte und ins Licht hielt.

»Darin sollten sich noch ein paar Kämme finden«, sagte er, als Maddy den Beutel langsam aufschnürte und vier vergoldete Steckkämme mit glitzernden blauen Steinen entdeckte. Sie kannte sich nicht allzu gut mit Juwelen aus, aber die in zig verschiedenen Blautönen funkelnden Steine wirkten überaus wertvoll.

»Habt Ihr die für mich erstanden?«, keuchte sie. Dass er Kleidung für sie hatte schneidern lassen, ohne sie zu kennen oder zu wissen, wie sie aussah, war schon irritierend genug, aber kostbaren Haarschmuck zu kaufen, ohne sicher zu sein, ob sie überhaupt in seine Kutsche steigen und mit ihm mitkommen würde, das war fast ein bisschen größenwahnsinnig.

»Ich habe sie anfertigen lassen.«

»Aber diese Kämme sind doch viel zu kostbar.« Sie hatte noch nie wertvolle Dinge besessen: die Ohrringe ihrer Großmutter mit den Aquamarinen und eine goldene Halskette mit einem Kreuz, das mit Granatsteinen besetzt war, mehr nicht. Beides hatte sie verkauft, um den Doktor bezahlen zu können, der Anne wegen ihres Fiebers im Winter zur Ader gelassen hatte.

»Diese Kämme sind lächerlicher Tand gemessen an dem, was einer Countess of Dunlow zusteht. Aber ich konnte in so kurzer Zeit nichts Angemesseneres anfertigen lassen und die Saphire passen zu Euren Augen.«

Die Worte trafen sie wie ein Fausthieb. Nicht, weil es sich bei den blauen Glitzersteinen offenbar um Saphire handelte, sondern weil er sie Countess of Dunlow genannt hatte.

Sie eine Countess? Das war einfach unmöglich.

»Ich brauche keinen Schmuck«, sagte sie kleinlaut und winkte ab.

»Selbstverständlich braucht eine Countess Schmuck. Sobald wir in Kelston Abbey sind, wird meine Mutter die Sutton-Juwelen in die Obhut meiner Gemahlin übergeben.«

»Eure Mutter?«

»Nun, im Gegensatz zu der weitverbreiteten Meinung stamme ich nicht direkt aus der Hölle, sondern wurde aus dem Schoß einer Frau geboren«, sagte er zynisch.

Lieber Gott, ihr war gerade gar nicht nach Zynismus zumute. Der Irrwitz ihrer Situation wurde ihr langsam bewusst. Sie saß in einer dunklen Kutsche mit einem Fremden, der sein Gesicht nicht zeigte, und sie wusste nicht, was die nächsten Stunden, der Abend oder die kommenden Tage für sie bringen würden. Lagen schreckliche Dinge vor ihr? Obszöne Begebenheiten, vielleicht sogar Grausamkeiten? Oder wartete am Ende der Reise tatsächlich ein sorgenfreies Leben in Wohlstand auf sie, wie er es versprochen hatte? Sie wusste nur, dass ihr bisheriges Leben für immer vorbei war. Sie würde ihr Elternhaus vermutlich nie wiedersehen, nie wieder einen Stall ausmisten, nie wieder tun können, was sie wollte, ohne dass andere darüber die Nase rümpften, nie wieder im Fluss baden oder mit hochgegürteten Röcken und nackten Beinen durchs Gras laufen. Sie hatte das Gefühl, in ein überdrehtes Bühnenstück gerissen worden zu sein, in dem ihr die Rolle der Hauptdarstellerin zufiel. Ihr Kopf schwirrte bei all den Gedanken, und da, plötzlich, brach es aus ihr heraus, der Schock und die Angst, die sich in ihr aufgestaut hatten.

»Das ist doch verrückt. Ich kenne Euch gar nicht und weiß nichts über Euch«, rief sie und schluchzte gleichzeitig. »Warum sitzt Ihr im Dunkeln und zeigt Euer Gesicht nicht?« Wieder schluchzte sie. Sie war eigentlich keine Heulsuse und neigte überhaupt nicht zur Hysterie. Ganz im Gegenteil, normalerweise packte sie die Dinge unerschrocken an, sei es die Geburt eines Fohlens, eine vereiterte Wunde oder ein Stall, der ausgemistet werden musste. Aber jetzt fühlte sie sich so machtlos wie nie zuvor. »Wo fahren wir hin? Wo liegt Kelston Abbey? Habt Ihr eine große Familie, viel Personal? Ich … ich weiß nicht, was mich als Eure Ehefrau erwartet, welche

Pflichten und Aufgaben ich als Countess erfüllen muss.«

»Eure erste Pflicht als Countess ist es, mir einen Sohn zu schenken«, sagte er so ungerührt, als hätte ihr Gefühlsausbruch nicht stattgefunden. »Womit wir direkt beim wichtigsten Punkt unseres Arrangements wären: der Ausführung der ehelichen Pflichten.«

»Eheliche Pflichten?«, stammelte sie und wischte sich schnell die Tränen weg. Sie wusste durchaus, was er meinte, aber allein, dass er über dieses Thema sprach, als ginge es um das Wetter und nicht um etwas ... etwas, nun ja, etwas Intimes, schockierte sie.

»Ich werde jeden Abend um punkt zehn Uhr in Euer Gemach kommen. Ihr werdet dort nackt in Eurem Bett liegen und auf mich warten. Alle Vorhänge sind zugezogen, ich gestatte kein Licht. Keine Kerzen, kein Feuer. Verstanden?«

Sie schluckte nur und nickte. »Und dann? Werdet Ihr dann Eure Pflichten erfüllen?«

»Ja.«

Eine Weile herrschte dumpfes Schweigen, das so schwer auf Maddys Brust drückte, als wäre sie unter Tonnen von Gestein begraben.

»Sobald Ihr mir einen Sohn geboren habt, erlöse ich Euch von diesem Arrangement«, sagte er nach einer endlosen Zeit, während der sich Maddys Gedanken um die besagten ehelichen Pflichten drehten und darum, wie es bei den Tieren vonstattenging, wie der Hengst auf die Stute stieg oder der Bulle auf die Kuh. Sie hatte das nie als abstoßend, sondern als natürlich empfunden. Da Menschen zur Schöpfung Gottes gehörten, war es bei ihnen gewiss nicht sehr viel anders als bei den anderen Lebewesen.

»Und was ist, wenn ich eine Tochter bekomme?« Das war ein dezenter Hinweis darauf, dass die Stewarts von jeher ein unausgewogenes Verhältnis an Söhnen und Töchtern hervorgebracht hatten. Auf einen Sohn kamen üblicherweise vier bis acht Töchter.

»Ich werde Euch so lange allabendlich aufsuchen, bis das Unterfangen gelungen ist«, antwortete er. »Bei diesem Arrangement gibt es absolut keine Abweichungen und keine Ausnahme. Ich verlange die akribische Einhaltung Eurer Pflicht als meine Gattin.«

Maddy hatte sofort zwanzig Einfälle im Kopf, warum es unmöglich war, so ein seltsames Arrangement akribisch einzuhalten. Was wäre, wenn sie ihre monatliche Blutung hatte? Was wäre, wenn sie krank würde und Fieber bekam? Was wäre, wenn irgendetwas anderes Unvorhersehbares dazwischenkäme und sie nicht punkt zehn Uhr nackt im Bett liegen konnte, ganz abgesehen davon, dass sie noch niemals nackt geschlafen hatte.

»Ich sehe, Ihr seid schockiert«, sagte er mit Spott in der Stimme. »Gewöhnt Euch an den Gedanken, denn diesbezüglich lasse ich nicht mit mir verhandeln.«

»Ich bin nicht schockiert.« Höchstens ein bisschen. »Ich weiß, dass eine Ehefrau ihrem Gatten ... dass sie für ihren Gatten ... nun, eben zur Verfügung stehen und stillhalten muss.«

Er schnaubte. »Ich kann Euch beruhigen, sobald Ihr mir einen gesunden Sohn geschenkt habt, spreche ich Euch frei von jedweden weiteren ehelichen Pflichten und vom Stillhalten-Müssen. Danach gestatte ich Euch, Euch einen Liebhaber zu nehmen, vorausgesetzt, Ihr lasst in diesem Punkt Diskretion walten. Bis mein Sohn geboren ist, erwarte ich allerdings uneingeschränkte eheliche Treue. Solltet Ihr mich betrügen ...«

»Ihr gestattet mir einen Liebhaber? Das ist das Unverschämteste und Verrückteste, das ich je gehört habe!« Die Worte waren aus ihr herausgeplatzt, bevor sie darüber nachdenken konnte, mit wem sie hier sprach oder dass sie den Earl mitten im Satz unterbrochen hatte, was man als Dame von Stand niemals tat. Absolut niemals. Aber sie fühlte sich durch seine Worte maßlos gekränkt. Wie konnte er nur so etwas Ungeheuerliches von ihr denken? »Haltet Ihr mich denn für so liederlich? Ich bin doch keine ... keine, nun, Ihr wisst schon, was ich meine, eben keine solche. Ich würde niemals Ehebruch begehen. Ihr seid nicht ganz bei Trost, wenn Ihr das von mir glaubt.«

»Ich bin also nicht ganz bei Trost?«, fragte er. »Manchmal wünschte ich, ich wäre es, aber leider funktioniert mein Verstand noch recht gut, und ich habe ein paar Jahre mehr an Lebenserfahrung als Ihr, Miss Stewart. Eines Tages werdet Ihr dankbar sein für meine Großzügigkeit und Euch einen Liebhaber zulegen.«

»Ganz bestimmt nicht.«

»Wir werden sehen«, sagte er kühl.

2. Die neue Countess

*S*tillhalten wollte sie also.

Er wusste nicht, ob er darüber lachen oder fluchen sollte, denn in seinen diversen, recht unkeuschen Fantasien wünschte er sich alles andere als eine Ehefrau, die *stillhielt*. In dem Moment, als sie ihre Stiefel ausgezogen hatte und ihre nackten Füße mit den zierlichen Fesseln zum Vorschein gekommen waren, war seine Männlichkeit zum Leben erwacht. Der Anblick ihres kurvigen nackten Körpers war beinahe zu viel für ihn gewesen und hatte seine Selbstbeherrschung auf eine arge Probe gestellt. Jetzt saß sie ihm gegenüber, kämmte mit den Fingern durch ihre dichten, goldenen Ringellocken und dabei ragten ihre vollen Brüste verlockend aus dem tiefen Dekolleté der Chemise. Das Kleid passte perfekt zu ihr. Es hatte die Farbe von Pfirsichen und ließ ihre Haut samtig und rosig wirken. Sie war so schön, dass es wehtat. Seine Einbildungskraft gaukelte ihm Bilder vor, wie er ihr besagtes Kleid wieder ausziehen würde, wie sie unter ihm liegen und er in sie eindringen würde, wie sie jeden seiner schnellen Stöße mit wilden Bewegungen zurückgeben würde.

Stillhalten? Bei Gott, nein! Er hoffte inständig, dass sie nicht zu dieser Sorte von Frauen gehörte, die dalagen wie ein totes Stück Fleisch und die Aktivitäten ihres Gatten teilnahmslos über sich ergehen ließen. Es gab leider mehr als genug davon, da konnte ein Mann sich abmühen, wie er wollte, sie blieben wie Seelenlose, starrten ins Leere und machten kein Geräusch. Sie taten, als wäre der Beischlaf das reinste Martyrium, und vermutlich war es das auch für sie. Mochte es an der Erziehung der jungen Damen liegen oder an einem Mangel an Leidenschaft, aber gemeinhin galt es nun mal als ungeziemendes Verhalten für eine Gattin, sich im Ehebett gehen zu lassen. Aus diesem Grund nahmen sich die Männer seines Standes ja auch Mätressen. Aber er wollte keine Geliebte, er wollte sie, Madeleine Stewart, das betörendste Wesen, das ihm je begegnet war, und er wollte nicht, dass sie einfach stillhielt.

Doch das waren freilich nur Träume. Unerfüllbare Wunschträume für einen Mann wie ihn. In Wahrheit konnte er zufrieden sein, dass sie überhaupt den Mut besaß, die Wettschulden ihres Vaters einzulösen, ohne Wenn und Aber. Sie hatte ihre neue Situation sehr viel gelassener aufgenommen, als er hatte hoffen dürfen: kein hysterisches Geschrei, kein Betteln, kein Riechsalz, keine Ohnmachtsanfälle und keine gehässigen Vorwürfe, nur ein paar wenige Tränen und Schluchzer, für die selbst er im Stillen Verständnis gehabt hatte. Er hatte sich auf eine anstrengende Kutschfahrt eingestellt mit viel Wehklagen und empörtem Gezeter. Dass er stattdessen eine vernünftige, ja sogar amüsante Unterhaltung mit ihr führte, war die angenehmste Überraschung.

Sie wirkte so lebendig und umtriebig, nicht wie jemand, der gerne den Mund hielt oder gar stillhielt, auch nicht im Ehebett. Vielleicht wusste sie ja gar nicht, wovon sie redete, wenn sie vom Stillhalten sprach. Womöglich hatte sie überhaupt keine Ahnung vom Geschlechtsakt. Ach Gott, ganz gewiss hatte sie keine Ahnung. Das wurde ihm schlagartig bewusst. Schließlich war es die Aufgabe der Mutter, eine junge Frau vor der Hochzeitsnacht in die Vorgänge beim ehelichen Geschlechtsverkehr einzuweihen. Aber ihre Mutter war ja schon seit vielen Jahren tot. Wer sonst hätte das junge Mädchen darüber in Kenntnis setzen sollen?

Diese Erkenntnis jagte ihm einen regelrechten Schock durch Mark und Bein. Noch schlimmer als eine Ehefrau, die stillhielt, wäre eine, die in völliger Ahnungslosigkeit dalag und in Panik geriet oder gar angewidert war. Er musste es ihr erklären. Vorher. Nur wie? Er war, das wusste er, das Gegenteil von einfühlsam und geduldig.

Die restlichen zwei Stunden der Fahrt grübelte er schweigend vor sich hin und überlegte, wie er seiner angehenden Gattin verständlich machen sollte, was sie im Bett erwartete.

Die große Kirche war dunkel und leer, nur vorn am Altar brannten zwei Kerzen. Außer dem kleinen, dicken Vikar war keine Menschenseele zu sehen. Mister Gibson schritt zu Maddys Rechten und einer der Lakaien, die hinten auf der Kutsche gesessen hatten, folgte ihnen. Es war der Kammerdiener des Earls, ein junger, südländisch aussehender Mann, und Maddy dachte bei seinem Anblick unweigerlich an einen spanischen Eroberer, aber sein Name lautete Franklin und war somit absolut britisch. Der Earl war in der Kutsche sitzen geblieben, und Gibson erklärte ihr flüsternd, dass er und Franklin die Rolle der Trauzeugen übernehmen würden. Seine

Lordschaft würde die Kirche erst betreten, wenn alle Formalitäten erledigt seien.

»Er verabscheut die Nähe anderer Menschen«, wisperte der Advokat ihr zu, während sie auf wackligen Beinen vor dem Altar stehen blieb.

Maddy antwortete nicht. Ihre Kehle war wie zugeschnürt, und sie bemerkte nichts mehr von dem, was um sie herum geschah. Der Vikar sagte etwas zu ihr. Sein Lächeln wirkte wie eine Fratze. Der Advokat reichte ihm einige Schriftstücke und dazu einen gut gefüllten Beutel, in dem Münzen klimperten. All das kam ihr fern vor und so bizarr wie in einem verzerrten Albtraum.

Dann erschien der Earl.

Er trat geräuschlos neben Maddy und sagte kein Wort. Sie hätte ihn vielleicht gar nicht bemerkt, wenn nicht sein Geruch sie auf seine Anwesenheit aufmerksam gemacht hätte. Es war kein unangenehmer Duft, aber sie konnte nicht genau sagen, wonach er roch, nicht nach Parfum jedenfalls und auch nicht nach Pferdemist. Nach Rauch, nach Campher oder Mandeln – seltsam, aber durchaus ansprechend.

Sie warf einen verstohlenen Blick nach rechts, während ihr das Herz bis in den Hals pochte, doch nichts von ihrem zukünftigen Gatten ließ sich erkennen. Nicht nur, weil es so dunkel in der Kirche war, sondern auch, weil er einen langen schwarzen Mantel trug, dessen Kapuze er so tief ins Gesicht gezogen hatte, dass sie an der Stelle, an der sein Gesicht sein sollte, nur einen schwarzen Schatten sah. Aber der Mann war riesig und breitschultrig, fast so groß wie Edmund. Und ihr Bruder war von seinen Freunden im Spaß immer Goliath genannt worden. Goliath, ein schrecklicher Riese.

In Maddys Kopf wirbelten die verrücktesten Gedanken herum. Sie war gerade dabei, in den Stand der Ehe zu treten, umgeben von fremden Menschen. Ihr künftiger Gatte war ein Earl, ein geheimnisvoller, angeblich mörderischer und bösartiger Mann ohne Gesicht. Und in dem Moment, in dem sie Ja sagte, würde sie ihm gehören. Er würde, wie jeder Ehemann, über sie bestimmen dürfen, als wäre sie sein Eigentum. Lieber Himmel, sie hatte so große Angst wie noch nie in ihrem Leben. Aber sie würde jetzt nicht davonlaufen, auch wenn alles in ihr danach schrie, die Röcke zu raffen, auf dem Absatz kehrtzumachen und aus der Kirche zu flüchten.

Nein, sie würde die Schulden ihres Vaters begleichen, und die

Ehre der Stewarts retten – und auch ihre Ehre wäre gewahrt. Denn entgegen all der Gerüchte, die die Leute über ihn erzählten, hatte der Earl of Dunlow nicht vor, sie mit Schande zu überziehen, sondern sie zu seiner rechtmäßigen Frau zu nehmen.

»John Frederic William Sutton, siebter Earl of Dunlow«, hörte sie den Vikar sprechen.»… und Miss Madeleine Evangeline Stewart…« In ihren Ohren summte es so laut, als wären tausend Hornissen darin gefangen. Sutton nahm ihre Hand, sein Griff war fest, aber er trug Handschuhe und das fühlte sich merkwürdig kalt und distanziert an. Sie hörte kaum, was der Vikar predigte, irgendetwas von Gehorsam, Unterwerfung und ewiger Treue. Erst als der Earl die Hand um ihre Hüften schlang und sie näher an sich heranzog, merkte sie, dass sie schwankte. Sein Körper war fest und muskulös und gab ihr Halt, bis der Vikar endlich seine Predigt beendet und die letzten Worte gesprochen hatte. Dann ließ Sutton sie abrupt los, machte auf dem Absatz kehrt und marschierte aus der Kirche hinaus. Sein langer schwarzer Mantel flatterte hinter ihm her wie eine Fahne im Wind.

Es gab keinen Kuss, der die Vermählung besiegelte, keinen Tausch der Ringe. Das war alles gewesen.

»So schnell seid Ihr nun also zur Countess geworden. Da bleibt mir nichts übrig, als Euch zu gratulieren und Glück zu wünschen«, sagte der Anwalt. Dann bot er ihr seinen angewinkelten Arm. »Lasst mich Euch zur Kutsche geleiten, Mylady.«

Dass er sie mit Mylady ansprach, änderte nichts an seinem spöttischen Tonfall oder an seinem herablassenden Lächeln. Vermutlich fand er diese Eheschließung genauso absurd wie sie selbst. Sie nahm den angebotenen Arm nicht, sondern raffte das Kleid hoch und lief so schnell ihre wackeligen Beine sie trugen hinaus aus der düsteren Kirche in das helle Licht der Mittagssonne.

Es war Sommer und auf den Tag genau drei Jahre her, seit Edmund in Waterloo gefallen war. Ob es wohl ein schlechtes Omen war, dass sie ausgerechnet heute geheiratet hatte, oder war es die ausgleichende Gerechtigkeit Gottes? Während ihre Mutter ihr immer vorausgesagt hatte, dass sie mit ihrer ungebärdigen Art nur einen plumpen Bauern zum Gatten bekäme, hatte Edmund sie stets geneckt und gesagt, dass eines Tages ein Prinz nach Colebridge Hall kommen würde. Der besagte Prinz würde sie auf sein Pferd zerren und sie von dort in sein verzaubertes Schloss entführen. Ein Earl mit einer dunklen Kutsche und einem Wappen auf dem Türverschlag kam Edmunds Prophezeiung vom Prinzen deutlich näher als die Vorahnungen ihrer Mutter.

Als Franklin ihr in die Kutsche half, hatte Sutton längst wieder seinen Platz in der dunklen Ecke eingenommen, und Maddy erkannte nichts von ihrem frischgebackenen Ehemann außer dessen schwarze Lederstiefel, die in den Fußraum hineinragten. Kein Wunder, dass die Kutsche solche Ausmaße hatte, wenn deren Besitzer ein zweiter Goliath war.

»Ein Wort mit Gibson!«, bellte er, als der Lakai die Tür wieder schließen wollte.

»Euer Lordschaft?«, fragte der Advokat unterwürfig und streckte seine lange Hakennase durch einen schmalen Spalt zur Tür herein.

»Sorgen Sie dafür, dass die beiden Lakaien meiner Gemahlin nach Kelston Abbey gebracht werden. Sie sollen dort behaglich einquartiert werden und eine angemessene Altersrente erhalten«, befahl Sutton.

»Aber, Euer Lordschaft, der alte Mann ist für nichts ...«

»Kein Wort!«, unterbrach er den Advokaten mit einer Stimme, die die Hölle überfrieren lassen könnte oder sie anheizen, je nachdem. »Ich will die beiden so bald wie irgend möglich in Kelston Abbey wissen.«

»Sehr wohl, Euer Lordschaft«, antwortete der Advokat mit wehleidiger Stimme.

»Und jetzt los!« Sutton schlug mit seinem Stock wieder gegen die geschlossene Holzluke und augenblicklich setzte sich die Kutsche in Bewegung.

»Danke, Euer Lordschaft«, sagte sie zu ihrem Gemahl im Dunkeln. »Das bedeutet mir viel. Die beiden hielten mir die Treue, als alle anderen Dienstboten mich verlassen hatten, weil ich sie nicht mehr bezahlen konnte.«

»In Gottes Namen«, zischte er. »Hör auf, mich mit Euer Lordschaft anzureden, jetzt bist du meine Frau und ich werde schon bald mit dir ...« Er zögerte und räusperte sich ein paarmal. »Wir werden uns sehr nahekommen, und ich habe vor, dich bei deinem Vornamen zu nennen, wenn ich die Ehe mit dir vollziehe. Wenn dir mein Vorname John zu intim ist, nenn mich wenigstens Sutton.«

»Ja, Mylord Sutton.« John? Das kam ihr falsch vor. Sie kannte den Mann erst seit wenigen Stunden und hatte sein Gesicht noch nie gesehen. Sie konnte ihn nicht mit seinem Vornamen ansprechen.

Vielleicht nach der Hochzeitsnacht, wenn sie ihn besser kannte.
»Warum darf ich Euer Gesicht nicht sehen?«
»Weil ich weder dein Mitleid noch deine Abscheu erregen möchte.« Er klang so kalt, hart wie Eis.
»Aber Ihr könnt doch gar nicht wissen, ob ich Abscheu empfinde. Der jüngste Sohn der Albrights ist auch bei einem Feuer ...«
»Damit ist alles zu dem Thema gesagt.«
»Aber ich bin jetzt Eure Ehefrau.«
»Ich sagte, es ist alles gesagt.«
»Wollt Ihr Euch denn für immer vor mir verstecken? Sollen wir uns nur im Dunkeln treffen oder wenn Ihr diesen Mantel tragt?«
»Ich will kein Wort mehr davon hören. Nie wieder! Ist das klar?« Er brüllte so laut, dass Maddys Ohren gellten und sie vor Schreck zusammenzuckte. Sogar die Pferde hatten sein Geschrei gehört, denn sie wieherten und galoppierten los, während der Kutscher unchristliche Flüche ausstieß und die Peitsche knallen ließ.

Maddy konnte sich nicht erinnern, jemals von irgendjemandem angeschrien worden zu sein, und der Schreck über die Wut und vor allem über die Lautstärke des Earls jagte ihr glühende Hitze in die Wangen, während ihr gleichzeitig der Atem stockte. Tränen stiegen in ihr hoch und steckten in ihrem Rachen fest wie ein heißer Kloß. Sie weinte nicht. Auf keinen Fall würde sie jetzt weinen. Mit aller Macht unterdrückte sie die Tränen und auch jedes andere Geräusch. Sie riss die Augen auf, presste den Mund zu und quetschte sich in die entgegengesetzte Ecke der Kutsche, so weit wie möglich weg von ihm. Und dann schwieg sie. Seine Wut hatte ihr regelrecht die Sprache verschlagen.

Sie schwieg eine halbe Ewigkeit lang, so kam es ihr wenigstens vor. Der Earl sprach ebenfalls nichts. Nicht mal ein lautes Atmen kam aus seiner Ecke, doch die Stille in der dunklen Karosse erschien ihr lauter als das Geschrei des Kutschers, das Rattern der Räder und das Quietschen der ledernen Federung. Wenigstens bestätigte ihr das Schaukeln und Knarzen des Gefährts, dass sie nicht in einem Grab tief unter der Erde lag.

»Ich muss mich erleichtern«, sagte sie, als der Druck auf ihrer Blase so schlimm geworden war, dass sie es nicht mehr aushalten konnte. Sie wusste nicht, wie lange sie schon schweigend in der Kutsche gesessen hatte, ohne einen Schluck zu trinken oder einen Bissen zu essen, gewiss waren Stunden vergangen. Ihre Blase ließ sich jedenfalls nicht länger ignorieren.

Der Earl reagierte eine ganze Weile gar nicht, und sie war sich nicht sicher, ob er sie überhaupt gehört hatte, ob er schlief oder ob er sie absichtlich ignorierte, weil er verärgert über sie war.

»Euer Lordschaft?«, fragte sie leise. »Mylord«, sagte sie etwas lauter, als er nicht antwortete. »Sutton?«

»Wir sind in Kürze da. Kaum mehr eine halbe Stunde«, kam es frostig aus der Dunkelheit.

»Ich kann es wirklich nicht mehr aushalten, bitte.«

»Anhalten!«, rief er plötzlich und schlug mit dem Stock gegen den Holzverschlag. »Die Countess braucht eine Pause.«

»Es tut mir wirklich leid. Vermutlich pinkelt eine echte Countess niemals auf einer Wiese, sondern sie unterdrückt das Bedürfnis so lange, bis man einen vergoldeten Nachttopf unter ihren Rock hält«, sagte Maddy und hoffte von ganzem Herzen, dass da draußen am Straßenrand wenigstens ein Strauch oder ein Baum stand, der ihr ein wenig Diskretion bot.

»Pinkeln?« Dieses seltsame Grunzen kam wieder einmal aus seiner Ecke.

»Wasser lassen, meinte ich.«

»In diesem Punkt, meine Liebe, sind wohl alle Menschen gleich beschaffen und es gib keine Standesunterschiede. Auch eine Countess muss, wenn sie muss.«

Die Kutsche kam zum Stillstand und die Tür wurde geöffnet. Das Licht von draußen war so grell, dass Maddy die Augen zukneifen musste. Franklin der Kammerdiener reichte ihr die Hand, um ihr beim Aussteigen zu helfen.

»Alle schließen die Augen und schauen in die andere Richtung, solange die Countess Pause macht!«, brüllte Sutton. »Wehe euch, wenn nicht.«

Das war wirklich nett von ihm, auch wenn er schrie, als würde er eine Hinrichtung ankündigen. Als Maddys Augen sich an das Licht gewöhnt hatten, stellte sie fest, dass es keineswegs mehr so hell war, wie sie gedacht hatte, sondern dass der Abend dämmerte und die grünen Hügel in der Ferne schon in das Rot der untergehenden Sonne getaucht waren. Zu ihrer Freude wuchsen am Rand der befestigten Straße hohe Farne, hinter denen sie sich niederhockte. Als die Kutsche weiterfuhr, war der Fluch des Schweigens zwischen ihnen endlich gebrochen.

»Danke, dass wir angehalten haben«, sagte sie und ließ sich mit einem erleichterten Seufzen auf die Bank plumpsen.

»Ich habe wegen der großen Eile meine Pflichten vernachlässigt. Sicherlich bist du auch hungrig und durstig. Ich entschuldige mich in aller Form für diese Unaufmerksamkeit.«

Sie nickte nur dumpf. Sie war viel zu verängstigt, um Hunger zu haben, und da es ein recht kühler Sommertag war und die Straßen eher schlammig als staubig waren, hielt sich ihr Durst in Grenzen. Es hätte ihr viel mehr bedeutet, wenn er sich für sein wütendes Geschrei von vorhin entschuldigt hätte als für den Mangel an Essen und Trinken, doch diese Gedanken behielt sie lieber für sich, sie wollte ihn nicht noch einmal schreien hören.

»Sobald wir in Kelston Abbey sind, stehen über fünfzig Dienstboten für dein Wohlergehen bereit. Du wirst ein Mahl bekommen, ein heißes Bad und das schönste Gemach im ganzen Schloss beziehen. Es liegt im Ostturm und ist hell und warm. Das Turmzimmer bietet einen Blick über den Park, der sich bis hinunter zur Kelston Bay erstreckt. Mein Schlafzimmer befindet sich direkt neben dem deinen.«

»Wie praktisch«, sagte Maddy und meinte es keineswegs spöttisch. Ihre Eltern hatten sich ein Schlafzimmer geteilt, bis zu einem gewissen Tag im Spätherbst, den sie aber nicht mehr genau benennen konnte. Sie war neun oder zehn Jahre alt gewesen, und damals hatte ihr Vater angefangen, viel Zeit in London und in den diversen Herrenklubs dort zu verbringen. Auf einmal hatte ihre Mutter ein separates Schlafzimmer im entgegengesetzten Teil des Hauses bezogen, das bisher leer gestanden hatte, zwei Flure und ein Stockwerk vom Zimmer ihres Mannes entfernt.

»Madeleine ...« Sutton räusperte sich wieder und richtete sich vermutlich in der Sitzbank auf, denn er zog seine Füße in den Schatten zurück. »Hat dich deine Mutter über die, ähm, Vorgänge im Schlafzimmer informiert?«

»Meine Mutter? Ganz bestimmt nicht«, rief sie, ohne lange nachzudenken, und lachte herzhaft los. Sie war nicht einmal vierzehn gewesen, als ihre Mutter gestorben war, und sie hatte damals offiziell schon als Frau gegolten, aber selbst über ihre monatliche Blutung hatte ihre Mutter nicht mit ihr gesprochen. Vermutlich hätte sie sich lieber die Zunge abgebissen, als dieses Wort überhaupt in den Mund zu nehmen. Maddy war völlig verzweifelt gewesen, als sie das Blut an sich entdeckt hatte. Sie war überzeugt, dass sie nun sterben würde, und war weinend in den Stall geflohen, wo sie sich stundenlang versteckt hatte. Anne hatte sie schließlich gefunden und sie über diese weibliche Besonderheit aufgeklärt. Sie hatte ihr versichert, dass das alles mit rechten Dingen zugehe und das Blut ein Grund zur Freude und nicht zum Weinen sei, denn sie sei nun eine Frau und könne heiraten und Kinder gebären.

Sutton blies zischend die Luft zwischen den Zähnen heraus. »Dann fällt es wohl oder übel mir zu, dir zu erklären, wie ich ... wie wir beide ... wie ein Erbe gezeugt wird. Dazu muss eine gewisse Verbindung zwischen Mann und Frau stattfinden. Sodass ein Mann seinen Samen in den Bauch einer Frau pflanzen kann. Kannst du das verstehen?«

»Natürlich«, sagte sie unbefangen und fragte sich, worauf Sutton hinauswollte. Er würde doch hoffentlich nicht über dieses eine besagte Thema mit ihr reden wollen, über welches Männer und Frauen nie miteinander redeten.

»Wir haben vorhin über die körperliche Beschaffenheit von Menschen geredet.«

»Haben wir das?«

»Als es um das Wasserlassen ging. Was ich dir zu erklären versuche ...« Er seufzte. »Männer sind anders ausgestattet als Frauen an gewissen Körperstellen. Aber wenn sie zusammen sind, ähm, dann passen sie sozusagen perfekt ineinander, wie ein ... ein Haken und eine Öse oder wie ein Schlüssel in ein Schlüsselloch.« Er räusperte sich wieder ein paarmal. »Der Mann passt mit seinem Schlüssel in das Schlüsselloch der Frau an dieser besagten Körperstelle. Kannst du nachvollziehen, was ich dir zu sagen versuche?«

»Schlüssel und Schlüsselloch?« Ob sie da wohl etwas missverstanden hatte? »Ich dachte, es ist wie bei den Tieren. Der Hengst springt auf die Stute und führt seinen Schlauch in ihre Scham ein. Die Stute empfängt seinen Samen, und wenn die Bedeckung geglückt ist, wird sie trächtig.« Sie lächelte frohgemut in seine dunkle Ecke hinüber, in der es plötzlich mucksmäuschenstill geworden war. Nicht einmal mehr ein Räuspern oder Schnaufen war zu hören.

»Habe ich etwas Falsches gesagt?«, fragte sie ängstlich, weil in der Ecke Grabesstille herrschte. »Oder etwas Ungehöriges?« Ach, natürlich hatte sie etwas Ungehöriges gesagt, und ihre Mutter würde vermutlich nach Riechsalz rufen, wenn sie noch lebte. Aber Edmund hatte immer ungezwungen über die Pferdezucht mit ihr gesprochen, und sie hatte zugehört, wenn er sich mit den Stallknechten unterhielt. Wenn es darum ging, welchen Hengst man zu welcher Stute brachte, hatte er sie sogar um ihre Meinung gefragt – damals, als sie noch mehr Pferde gehabt hatten.

»Nein, nein, nichts Falsches«, räusperte er aus sich heraus. »Es ist genau das, was ich zu erklären versuchte. So sind im Prinzip auch die praktischen Abläufe im Ehebett.«

»Da bin ich froh!«, rief sie. »Ich hatte mich schon gefragt, wie es einem Mann gelingen sollte, seinen Schlüssel im Schlüsselloch der Frau herumzuderhen. Das würde ja unmögliche Verrenkungen von uns beiden verlangen.«

Der Earl keuchte und räusperte sich erneut. »Ein Umdrehen in diesem Sinne ist nicht erforderlich. Der Vergleich hinkte vielleicht ein bisschen. Es funktioniert tatsächlich eher so wie bei den Pferden. Nur, dass es bei Menschen natürlich nicht ganz so, ähm, schnell geht, und … und … der Hengst … also der Mann muss nicht grundsätzlich von hinten auf seine Gemahlin aufsteigen.«

»Nicht? Wie dann?«

»Nun, üblicherweise bevorzugen Damen, ähm … Nun ja, sei's drum, das sind unwichtige Nebensächlichkeiten, die wir zu gegebener Zeit, ähm, erörtern. Ich bin jedenfalls erleichtert, dass du so gut informiert bist. Im Übrigen sagt man nicht Schlauch zum männlichen … männlichen …«

»Glied.«

»Genau. Man nennt ihn … es … nennt es Penis oder eben ein Glied oder Lenden.«

»Oder Gemächt oder Phallus oder Zepter.«

Es kam ein Schnaufen aus der Dunkelheit – oder war es ein Lachen? »Für eine Lady wäre es vermutlich am besten, wenn sie so etwas gar nicht in den Mund nähme. Ich meinte natürlich die Worte. Ich meinte, solche Worte wie Glied, ähm, nicht in den Mund nehmen.«

»Gut, ich werde versuchen, es nicht in den Mund zu nehmen.«

Als Antwort schlug er laut mit seinem Stock gegen die Schiebetür zum Kutschbock, peng, peng, peng. Das geschah so überraschend, dass Maddy vor Schreck ein Quieken von sich gab.

»Wie lange dauert das noch, bis wir endlich in Kelston Abbey sind?«, brüllte Sutton und, peng, peng, peng, der Stock trommelte gegen den Holzverschlag. »Gebt den Pferden die Peitsche, verdammt noch mal.«

Als sie ankamen, war die Nacht hereingebrochen und das Schloss lauerte wie ein großes, schwarzes Monstrum im Halbdunkel auf einer Anhöhe über der Kelston Bay. Es hatte zwei wuchtige Türme, drei Stockwerke, dunkle Dächer, viele Kamine und hinter keinem der unzähligen Fenster war auch nur das Flackern einer Kerze zu sehen. Alles war in pechschwarze Dunkelheit getaucht. Das Mauerwerk, das zweiflügelige Haupttor, die hohe Empfangshalle und die breite Treppe, die hinauf in die Gemächer führte, alles wirkte düster und bedrohlich.

»Was ist hier los?«, brüllte Sutton durch die Halle. Er hatte das Schloss hinter Maddy betreten, und sie drehte sich neugierig nach ihm um, aber er trug immer noch seinen schwarzen Umhang, der sein Gesicht verhüllte, und zudem war es so dunkel in dem gruseligen Haus, dass sie sein Antlitz vermutlich auch ohne den Überwurf nicht hätte erkennen können.

»Her da!«, donnerte der Earl mit seiner Höllenfürststimme. »Sofort jemand hierher mit einer Kerze, aber plötzlich!« Falls es irgendein lebendes Wesen in diesem Haus gab, dann musste es das Geschrei hören, selbst wenn es sich im entferntesten Verlies versteckt hatte, aber erst als er ein drittes Mal »Her da!« gerufen hatte, kam jemand mit einer einzelnen Kerze in die Halle geschlichen. Es war eine große schlanke Frau, und soweit Maddy das im Kerzenschein erkannte, war sie vornehm gekleidet und jung.

»John, mein Lieber«, sagte sie mit sanfter Stimme. »Für gewöhnlich möchtest du bei deiner Ankunft absolute Dunkelheit und kein Begrüßungskomitee. Ich wusste nicht, dass du einen Gast mitbringst.«

Wer war die Frau wohl? Suttons Schwester vielleicht? Oder seine Mutter? Aber nein, dafür war sie zu jung. Sie war höchstens dreißig. Maddy kniff die Augen zusammen, um die Lady im spärlichen Licht der Kerze besser erkennen zu können, und gleichzeitig spürte sie einen merkwürdigen Stich im Magen, als sie deren Eleganz, ihre aufrechte Haltung und die ebenmäßigen Gesichtszüge sah. Das war keine Eifersucht, lieber Himmel nein, um Eifersucht zu spüren, müsste sie ja zuerst einmal Gefühle für Sutton empfinden. Aber es war ein Hauch von Neid, eine Menge Verwirrung und große Angst vor dem, was ihr bevorstand – die Angst davor, den Aufgaben einer Countess niemals gewachsen zu sein. Es war die Angst, dass die Menschen in Suttons Familie und in seinem erlauchten Umfeld Erwartungen an sie stellen würden, die sie nicht erfüllen konnte. Denn in Wahrheit war sie doch nur ein Bauernmädchen, welches sich in einer dunklen Kutsche ein nobles Kleid angezogen hatte.

»Sie ist kein Gast, sondern meine Gattin Madeleine Sutton, die neue Countess of Dunlow.«

»Das ist doch sicher ein Scherz.« Die Frau lachte ein wenig unbehaglich. »Deine Ehefrau?«

»Ich scherze nie«, blaffte Sutton und ging an der Frau vorbei zu einer Tür, die er aufriss. »Headly!«, brüllte er in den Raum hinein. »Wo ist dieser gottverfluchte, stinkend faule Taugenichts von einem Hausdiener?«

Maddy zuckte vor Schreck zusammen, nicht, weil er so laut brüllte – das war ihr inzwischen nicht mehr neu –, sondern weil er so entsetzlich fluchte. Selbst der Kutscher hätte sich davon noch eine Scheibe abschneiden können.

»Ich hatte ausdrücklich angewiesen, dass meine Frau gebührend empfangen wird, wenn ich ankomme. Steht ein Mahl für sie bereit? Wo ist die Kammerzofe, die man für sie anstellen sollte? Warum ist hier alles verlassen und dunkel? Verdammt noch mal!«

»O lieber Himmel, John, das tut mir unendlich leid«, rief die Frau und schlug sich die Hand vor den Mund. »Ich bin untröstlich, aber ich wusste nichts davon, andernfalls hätte ich die Dienstboten doch entsprechend instruiert. Ich dachte, du würdest in Stille und Dunkelheit heimkehren wollen.« Sie warf einen kurzen Seitenblick auf Maddy, bevor sie sich wieder Sutton zuwandte. »Wie hätte ich wissen können, dass du eine Frau mitbringen würdest.«

»Das ist nicht *eine* Frau. Wie oft muss ich es noch sagen? Das ist *meine* Frau, die Countess of Dunlow. Und außerdem habe ich meiner Mutter geschrieben und klare, unmissverständliche Anweisungen erteilt.«

»Ich weiß nichts von einem Brief. Ich bedaure das unendlich. Möglicherweise hat deine Mutter ihn gar nicht bekommen oder sie hat ihn ignoriert. Du weißt doch, wie sie ist.«

»Headly!«, röhrte Sutton ein weiteres Mal in den angrenzenden

Raum hinein, ohne auf die Entschuldigungen der Frau zu antworten. »Wo ist dieser gottverdammte Hausdiener, wenn man ihn einmal in seinem verdammten, nutzlosen Leben braucht?«

Die Lady schien Suttons schlechtes Benehmen offenbar gewöhnt zu sein, denn sie lächelte seinen Rücken an und legte dann die vier Schritte zurück, die sie von Maddy trennten. Dabei hob sie die Kerze ein wenig höher in der Absicht, den unerwarteten Gast etwas genauer zu sehen.

»Ich bin Larissa Ingram«, stellte sie sich mit einem freundlichen Lächeln vor und Maddy machte unwillkürlich einen Knicks zur Begrüßung.

»Ma'am.« Sie versuchte, das Lächeln zu erwidern, auch wenn ihre Lippen ein wenig zitterten.

»Lass das!«, fuhr Sutton sie an. »Eine Countess knickst nicht vor einer Frau unter ihrem Stand. Das ist meine Kusine. Sie knickst vor dir, nicht umgekehrt. Weißt du das denn nicht?«

»Doch, das weiß ich«, sagte Maddy. »Ich hatte nur vergessen, dass ich inzwischen eine Countess bin. Und es nützt Euch übrigens nichts, wenn Ihr mich andauernd anbrüllt oder böse auf mich seid, dann vergesse ich vor lauter Schreck, dass Ihr ein Earl seid, und brülle zurück.«

Die Kusine Larissa schnappte nach Luft und schlug sich die Hand vor den Mund, entweder war sie von Maddys frecher Antwort schockiert oder sie hatte Angst vor der Reaktion des Earls. Aber Sutton gab dieses grunzend-gurgelnde Geräusch von sich, das er schon in der Kutsche öfter gemacht hatte. Nur dieses Mal war es eindeutig als Lachen erkennbar. Dann ging das Gurgeln in ein lautes Lachen über. Das war jenes typische Männerlachen, das natürlich in Gegenwart einer Dame absolut unmöglich war, aber es erinnerte Maddy schmerzhaft an ihren Bruder Edmund. Genauso hatte er auch gelacht, wenn er unter Freunden war und einen Schluck über den Durst getrunken hatte.

»Du brüllst zurück? Ach ja?« Der Earl lachte immer noch, aber nicht höhnisch, sondern so, als wäre er über alle Maßen amüsiert. Dann unterbrach er sein Lachen plötzlich und verbeugte sich knapp vor ihr, bevor er sich wieder umwandte, nur um unbeeindruckt wieterzubrüllen. »Headly! Her mit dir, aber plötzlich, sonst gerbe ich dir das Fell.«

Der besagte Headly kam endlich in die Halle geschlurft. Er trug einen dreiarmigen Leuchter, auf dem aber nur zwei Kerzen brannten, und er schwankte bedenklich, als er sich vor Sutton verbeugte.

»Euer Lordschaft«, lallte er kaum verständlich. Er war ein hagerer Mann um die fünfzig, der eine altmodische weiße Perücke trug, die aber schief auf dem Kopf saß. Seine Nase war blaurot und dick wie eine Gurke und zeugte davon, dass er gerne und viel trank. Sein Atem, der bis zu Maddy herüberwehte, legte die Schlussfolgerung nahe, dass der Hausdiener auch an diesem Abend großzügig dem Bier oder dem Gin zugesprochen hatte.

»Ich sollte den Stock an dir erproben, du nichtsnutziger Trunkenbold«, fluchte der Earl. »Kümmere dich umgehend darum, dass meine Gemahlin etwas zu essen bekommt, und wenn es keine gottverfluchte Zofe gibt, dann schicke ein anderes Mädchen ins Rosenzimmer, damit man ihr dort aufwartet. Und ich will, dass ein Bad für sie vorbereitet wird. Sofort!«

»Ähm ...« Headly kratzte sich unter seiner Perücke, sodass sie noch ein wenig schiefer auf seinem runden Kopf saß. »Die Köchin is nich hier. Die is ins Dorf. Soll ich sie holen lassen?«, fragte er mit verwaschener Sprache.

»Sogleich.«

»Und ... und ... äh, ich kann vielleicht eins von den Küchenmädchen nach oben schicken, für Ihre ... ähm Ladyschaft, die neue Ladyschaft, mein ich.« Die glasigen Augen des betrunkenen Hausdieners wanderten träge über Maddy hinweg, zeigten aber keinerlei Anzeichen einer Gefühlsregung, sei es nun Freude oder Schreck oder Überraschung. »Das heiße Wasser dauert aber.«

»Ich werde dich grün und blau prügeln, du Faulpelz, wenn meine Befehle nicht binnen einer halben Stunde ausgeführt sind.« Jetzt hob Sutton den Stock und schwenkte ihn bedrohlich durch die Luft, und so, wie er ausholte, hatte er offenbar vor, den Hausdiener an Ort und Stelle windelweich zu prügeln.

»Ich habe keinen Hunger«, rief Maddy dazwischen. Sie wollte nicht, dass die Dienstboten ihretwegen Prügel bezogen, kaum dass sie das Haus betreten hatte, und dieses Schimpfen und Brüllen von Sutton ängstigte sie außerdem. Das musste ein Ende haben.

»Du wirst ein vernünftiges Mahl essen und dich stärken. Du wirst baden und dich dann ins Bett im Rosenzimmer legen und auf mich warten!«, fauchte er und hob erneut den Stock in Richtung des Hausdieners. Doch bevor er ihn auf dessen Rücken herabsausen lassen konnte, lief sie zu ihm und hielt ihn am Arm fest.

»Ich bin nicht hungrig.« Sie hatte zwar seit dem Frühstück nichts gegessen, aber die Aufregungen dieses ganzen verrückten Tages, gekrönt von seinem Wutausbruch, hatten ihr gründlich den Appetit verdorben. »Es ist also nicht nötig, jemanden zu schlagen.«

Er schnaubte.

»Bitte. John.«

Ob es ihr »Bitte« war oder die Nennung seines Vornamens wusste sie nicht, aber er senkte den Stock und trat von dem Hausdiener namens Headly zurück.

»Wenn mir jemand den Weg in mein Zimmer zeigt und mir einen Tee bringt, bin ich vollauf zufrieden.« Sie blickte zu ihm hinauf und sah jetzt, wo sie so dicht vor ihm stand, sein Kinn von unten, das überzogen mit dunklen Bartstoppeln war, aber immerhin, das war ein menschliches, kantiges Kinn. Er war ein normaler sterblicher Mensch mit viel Wut in seinem Innern, vielleicht auch mit Mordlust, aber er war aus Fleisch und Blut und kein Teufel. »Danach werde ich mich ins Bett legen und auf Euch warten, wie wir es vereinbart haben«, sagte sie so leise, dass nur er es hörte. »Ich benötige keine Zofe.«

Sutton holte mit einem langen Zischen tief Luft, doch bevor er etwas sagen konnte, meldete sich seine Kusine zu Wort.

»Ich kümmere mich um alles, John, und bitte dich für dieses Malheur unendlich um Verzeihung. Kommt, Mylady, folgt mir bitte, ich geleite Euch in das Rosenzimmer«, sagte sie dann freundlich zu Maddy und zeigte auf die breite Treppe, die hinauf führte in die Dunkelheit des nächsten Stockwerks.

»Bitte nennt mich Maddy«, antwortete sie. Gestern noch wären die Rollen vertauscht gewesen und sie hätte als einfache Landadelige einen tiefen Knicks vor der Kusine machen müssen.

»Nun, ich werde mich persönlich davon überzeugen, dass alles in Euren Räumen in Ordnung ist«, fuhr sie mit einem Lächeln fort. »Und ich werde das Personal wecken und veranlassen, dass Euer Gepäck sofort in Euer Gemach gebracht und ausgepackt wird. Und natürlich werde ich dafür sorgen, dass so schnell wie menschenmöglich heißes Wasser gemacht und nach oben geschafft wird. Dann lasse ich Euch Tee bringen, und wenn Ihr zunächst mit einem kalten Imbiss Vorlieb nehmen wollt, so brauchen wir nicht auf die Köchin zu warten. Es ist ein weiter Weg nach Kelston.« Sie lächelte

Maddy an und die gab ihr ein zittriges Lächeln zurück. Wenigstens lebte ein freundlicher Mensch hier in diesem düsteren Haus. »Ich kann nur noch einmal betonen, dass ich es unendlich bedauere, nicht auf Eure Ankunft vorbereitet gewesen zu sein.«

»Nicht schlimm«, sagte Maddy leise. »Ich war auch nicht vorbereitet.«

»Erwarte mich in genau einer Stunde, Madeleine!«, rief der Earl ihr hinterher, während die Kusine schon die Treppe hinaufstieg und Maddy ihr eilig folgte.

In genau einer Stunde, dachte sie voller Bangen und starrte mit weit aufgerissenen Augen auf die großen Gemälde an der Wand, die das vorbeihuschende Kerzenlicht kurz zum Leben erweckte. Schlecht gelaunte, dunkelhaarige Männer in schwarzen Rüstungen oder mit Pelzumhängen, edelsteinverzierten Mützen und prunkvollen Kleidern starrten auf sie herab, als würden sie sich fragen, was dieses dahergelaufene Bauernmädchen unter dem erhabenen Dach von Kelston Abbey zu suchen hatte.

3. Die Hochzeitsnacht

Während Franklin ihm aus der Kleidung half und vorsichtig die schwarze Maske von seinem Gesicht löste, stellte sich John an das versteckte Guckloch in der Wand, das ihm einen heimlichen Blick in das Schlafzimmer seiner frischgebackenen Gemahlin gewährte. Auf der anderen Seite des Zimmers waren die beiden Öffnungen als Rosenknospen getarnt, die Bestandteil eines großen, obszönen Gemäldes waren. Das Bild stellte zwei nackte Satyrn und die griechische Göttin Aphrodite beim Liebesspiel in einem Rosengarten dar. John hielt es für ein geschmackloses Bild, das die ausschweifende Erotik einer Ménage-à-trois nicht überzeugend eingefangen hatte, aber es erfüllte seinen Zweck: Er konnte seine Frau unbemerkt beobachten. Johns Großvater hatte das Rosenzimmer einst für seine Geliebte einrichten lassen, und offensichtlich war er von den gleichen obszönen Neigungen getrieben wie sein Vorfahr, denn er sah jetzt mit angehaltenem Atem zu, wie eines der Küchenmädchen das Mieder ihrer Herrin aufschnürte.

Seine Männlichkeit reagierte sofort, und das nicht zum ersten Mal an diesem Tag. Wenn jenes Geschöpf, das nun seine Frau war, jemals erfahren würde, welche Macht der bloße Anblick ihres Halses, ihres Dekolletés oder ihrer nackten Beine auf ihn hatte, wäre er verdammt und verloren.

»Das Bad ist bereit, Mylord«, meldete sich Franklin mit einem diskreten Räuspern.

»Einen Moment noch«, sagte er, ohne die Augen von den Gucklöchern zu nehmen. Franklin wusste alles über ihn. Er war der einzige Mensch, der ihn wirklich kannte. Nicht nur seine sündhafte Wollust und seine rasende Wut, sondern auch seine schwache Seite, die Hässlichkeit, die Schmerzen, die Einsamkeit und den Selbsthass. Vor Franklin brauchte er sich nicht zu verstellen.

Madeleine war nun nackt, und die Küchenmagd half ihr dabei, in den großen Badezuber zu steigen. Das Mädchen, das Larissa aus der Küche geholt hatte, war eine junge, unscheinbare und ungeschickte Trine. Sie hatte in ihrem Leben vermutlich noch nie etwas anderes getan, als Fische zu schuppen, und Johns Wut flammte sofort wieder auf, wenn er an dieses vermeintliche Missverständnis dachte. Warum hatte man die Ankunft der neuen Countess ignoriert? Zweifellos steckte seine Mutter dahinter, die seinen Brief vermutlich in der Luft zerfetzt und dann beschlossen hatte, ihn nicht zu beachten, um es ihrer Nachfolgerin so unangenehm wie möglich zu machen. Seit dem Tod seines Bruders George schien es ihr oberstes Streben zu sein, Johns Existenz zu ignorieren.

Madeleine ließ sich jetzt mit einem zufriedenen Seufzen in den Badezuber sinken und allein das Geräusch aus ihrem Mund machte ihn noch steifer. Gott, was würde er dafür geben, zusammen mit ihr in diesem Bottich zu sitzen, sie zu halten, sie an sich gedrängt zu fühlen, ihr Haar zu waschen oder die feuchten Perlen von ihrem Hals zu küssen. All diese Wünsche waren ihm verwehrt, für immer. War es also so verwerflich, dass er ihr heimlich beim Baden zusah und sich vorstellte, wie es wäre, bei ihr zu sein?

Er musste ein Stöhnen von sich gegeben haben, denn Franklin trat neben ihn. »Soll ich etwas Laudanum in den Wein geben, Mylord?«

»Nein, nicht heute«, sagte er und winkte ab. Franklin dachte offenbar, dass er wieder unerträgliche Schmerzen hatte. Seit das Feuer sein Gesicht verunstaltet hatte, gab es keine Stunde in seinem Leben ohne Schmerzen. Die Wunde war nie richtig verheilt, und je nach Wetter oder weiß der Teufel nach welcher Gegebenheit war die Entzündung so schlimm, dass er ohne Schmerzmittel nicht leben konnte. Er hasste das verdammte Laudanum, aber ohne dieses Gift hätte er sich schon längst vom Turm des Schlosses gestürzt. Doch heute Abend wollte er klar im Kopf sein, ganz bei sich selbst, wenn er Madeleine besuchte und sich mit ihr vereinigte. Er wandte sich von den Gucklöchern ab und zu Franklin herum, der hinter ihm stand und einen Becher mit starkem Franzosenwein für ihn bereithielt.

»Ich werde wohl etwas für meine Entspannung unternehmen müssen, wenn ich nicht wie ein wildes Tier über das unschuldige Ding herfallen möchte«, sagte er mehr zu sich selbst als zu Franklin, aber der wusste, was gemeint war. Seine Lordschaft, der hochwohlgeborene Earl of Dunlow, würde sich, wie der Sünder Onan aus der Bibel, erst mal mit eigener Hand Erleichterung verschaffen, bevor er seine jungfräuliche Gattin mit seiner Wollust behelligte.

»Soll ich Euch nachher einen Verband anlegen?«, fragte Franklin und ignorierte das herausragende Problem zwischen Johns Beinen geflissentlich.

Sobald John in seinen Gemächern war und alle Türen verschlossen waren, nahm er die schwarze Maske ab, die seine Mitmenschen vor seinem Anblick schützen sollte. Es war jedes Mal eine unendliche Erleichterung, wenn endlich Luft an die Wunde gelangte. Jede Berührung, jede Faser, selbst hauchzarte Seide schmerzte wie das Höllenfeuer.

»Es muss wohl sein, oder?«, antwortete John und versank bis zum Kinn im Zuber mit kaltem Wasser. Je kälter, desto größer war die Abhilfe für seine Wollust und die Schmerzen.

»Falls Ihre Ladyschaft versehentlich Euer Gesicht berührt.«

»Ich kann wohl kaum ihre Hände fesseln, nicht wahr?«, sagte er mit einem bitteren Auflachen, obwohl ihn die Vorstellung durchaus beflügelte, trotz des kalten Wassers.

»Ich würde mir diesbezüglich nie eine Meinung anmaßen, Mylord.«

»Ich fürchte, es wird schwer sein, sie zu bändigen. Auf lange Sicht betrachtet«, überlegte John laut weiter. Sie war wirklich ein selbstbewusstes, ungebärdiges Ding, ganz anders als all die gezierten Damen, mit denen er früher zu tun gehabt hatte. Bei den Gedanken an ihre impulsive und unverstellte Art zeichnete sich auf seinem Gesicht ein schwaches Lächeln ab, zumindest auf der intakten Hälfte seines Gesichts, die andere Hälfte schmerzte jedes Mal, wenn er versuchte, irgendeine Grimasse zu ziehen.

»Ihr habt vorhin laut gelacht, Mylord«, sagte Franklin.

»Ja«, antwortete John mit einem zufriedenen Stöhnen. »Sie hat mich tatsächlich zum Lachen gebracht.« Es war das erste Mal seit sehr langer Zeit, dass er schallend gelacht hatte. »Sie ist wie eine wilde Rose, wunderschön und stachelig.« Er war leider kein Poet und tat sich mit schwülstigen Umschreibungen schwer, aber gerade ihre Dornen waren es, die ihm gefielen.

»Sie scheint Euch gutzutun«, stellte Franklin fest.

Auch wenn er es nicht wörtlich aussprach, verstand John, worauf sein Diener anspielte. Auf die fortwährend schlechte Laune seines Herrn, unter der nicht nur Franklin zu leiden hatte, sein Jähzorn, die Wut, die Verbitterung und die Unfreundlichkeit, mit der er seine Mitmenschen traktierte.

»Mag sein«, knurrte John und hoffte gleichzeitig, dass er das Monster, zu dem er geworden war, in Gegenwart der neuen Countess ein wenig im Zaum halten konnte.

Larissa schloss die Tür auf und ließ Maddy in einen dunklen Raum eintreten, der sich das Rosenzimmer nannte.

»Ich bitte noch einmal um Verzeihung, dass wir auf Eure Ankunft nicht vorbereitet waren«, sagte sie und ließ einen leichten Knicks folgen. »Die Countess ist seit dem Tod von George schwierig. Verzeihung, ich meine natürlich die ehemalige Countess, die Dowager Countess.«

Mit George war vermutlich der vorherige Earl gemeint, der Bruder von Sutton, der im Feuer ums Leben gekommen war, aber Maddy fragte nicht nach, denn sie wollte nicht unverschämt erscheinen. Sie wusste selbst zu gut, was es bedeutete, einen geliebten Menschen zu verlieren.

»Die Rosengemächer gelten als die ungewöhnlichsten im Schloss«, erzählte Larissa. »Allerdings sind sie seit Jahrzehnten nicht mehr bewohnt, weil sie auch sehr … nun ja, Ihr werdet schon sehen. Und ich fürchte, es hat sich einiges an Staub angesammelt in den Jahren.«

Maddy schaute sich um, erkannte aber im Schein der einzelnen Kerze, die Larissa hochhielt, nicht viel. Ein riesiges Vierpfostenbett, Sitzmöbel, Truhen, Schränke und einen Kamin, dessen dunkle Esse wie ein gefräßiges Maul erschien.

»Ich lasse schnellstmöglich Licht bringen und Feuer im Kamin machen. Dann suche ich jemanden, der einen Zuber heraufschafft und ein heißes Bad für Euch vorbereitet, und natürlich schicke ich jemanden mit Essen zu Euch und ein Mädchen, das Euch als Kammerjungfer dienen kann, bis sich eine angemessene Zofe gefunden hat. Ach, und all der Staub und frisches Bettzeug! Gleich morgen bei Tagesanbruch schicke ich jemanden, der alles reinigt.« Sie seufzte und strich sich über die Stirn, als wollte sie sich eine Strähne aus dem Gesicht schieben, aber ihr Haar war so akkurat frisiert, dass sich nicht eine einzige ungehörige Locke an der falschen Stelle befand, wie das bei Maddy üblicherweise der Fall war.

»Bitte macht Euch keine Umstände meinetwegen, Miss Larissa«, sagte Maddy schuldbewusst. Obwohl sie sich von Herzen über eine Kerze und Feuer im Kamin freuen würde. Trotz des Sommers war es draußen kühl und windig und drinnen im Gemach unangenehm klamm.

»Ach, Ihr wisst nicht, wie grausam John sein kann, wenn seine Wünsche nicht erfüllt werden«, sagte Larissa mit einem traurigen Seufzen. »Es wohnt ein böser Geist in ihm. Ich muss mich also wirklich sputen.« Sie seufzte erneut und dann drehte sie auf dem Absatz herum, und Maddy blieb mutterseelenallein in dem dunklen, kühlen Gemach zurück, das ein wenig nach abgestandener Luft und dicken Staubschichten roch.

Die Worte der schönen Kusine hatten es auf direktem Weg in ihren Kopf und ihr Herz geschafft und rasten dort herum wie ein wild gewordener Hengst: *»Wie grausam John sein kann, wenn seine Wünsche nicht erfüllt werden. Wie grausam John sein kann ... seine Wünsche erfüllen. Grausam. Wünsche.«* Die Brust wurde ihr eng und die Luft knapp. Es war so stickig und staubig und roch so furchtbar alt in diesem Raum, und die Angst griff nach ihrer Kehle, als hätte sie Klauen aus Eisen.

Maddy tastete sich bis zu einem der hohen Fenster und kletterte vorsichtig auf das breite Fensterbrett, um an den Griff zu gelangen. Als sie das Fenster endlich offen hatte, warf sie einen ersten vorsichtigen Blick hinaus in die Welt, in der sie von nun an leben sollte. Zu ihren Füßen ging es steil hinab in die Tiefe. Sie erkannte in der Dunkelheit nicht, was unter ihr lag. Gesträuch, ein Garten oder nur ein Abgrund? Es wäre ein Leichtes, da hinunterzuspringen, denn es gab keine Brüstung und keinen Vorsprung am Fenster, kein Gitter, das man überklettern müsste. Sie könnte sich einfach fallen lassen ... Aber das waren dumme Gedanken, denn abgesehen davon, dass es eine Sünde wäre, liebte sie das Leben viel zu sehr. Es konnte nicht alles schlecht und grausam oder gar teuflisch an diesem Mann sein. Er hatte sie immerhin in einer Kirche vor Gott geheiratet, hatte schallend gelacht und sich von ihr abhalten lassen, seinen Hausdiener zu schlagen.

Und es gab nicht nur die Nacht auf Gottes Erde, es würde bald schon wieder Morgen werden, die Sonne würde aufgehen und es war Sommer. Da draußen in der Welt um Kelston Abbey herum mussten Blumen blühen, Lämmer und Fohlen zur Welt kommen und Babys. Vielleicht würde sie schon bald ein eigenes Baby haben. Diese Vorstellung erschreckte sie kein bisschen, ganz im Gegenteil. Es gehörte zum Leben einer Frau dazu wie das Atmen und das Essen, dass sie Kinder empfing und sie zur Welt brachte. Mit den Gedanken an das kleine Menschenwesen, das der Earl schon heute Nacht in ihren Leib pflanzen könnte, ein Geschöpf, das sie lieben und umsorgen würde, ließ sich ihre Angst vortrefflich im Zaum halten, während sie in der hohen Fensternische stand und wartete. Auf der breiten Fensterbank hatten vor vielen hundert Jahren vielleicht die Schlossherrinnen gesessen, und sie hatten gestickt und hinunter auf Wiesen oder Baumkronen geschaut. Sutton hatte gesagt, dass man von hier sogar das Meer erblicken könne. Jetzt war der Mond hinter schwarzen Wolken versteckt und sie konnte kaum die eigene Hand vor den Augen erkennen, aber bei Tag würde die Welt ganz anders aussehen.

Sie ließ sich die frische Luft um die Nase wehen und versuchte, nicht an nachher zu denken, an die Nacht, die vor ihr lag. Der Vollzug der Ehe konnte nicht schlimmer sein als das, was Pferde und Hunde oder Schafe taten, und der Earl war sogar so fürsorglich gewesen, sie vorzuwarnen. Wäre es ihm gleichgültig, wie sie sich dabei fühlte, hätte er kein Wort darüber zu verlieren brauchen.

Nach einer Weile kamen endlich die Dienstboten mit Kerzen und Holz für den Kamin. Zwei junge Burschen trugen einen schweren, kupfernen Badezuber herein und zwei Mägde schleppten Holzeimer mit dampfendem Wasser hinterher. Einer der Lakaien brachte die Kiste mit ihren paar Habseligkeiten, und schließlich tauchte die Zofe auf, vielmehr eines der Küchenmädchen, das man als vorübergehende Zofe für sie ausgewählt hatte. Das Mädchen war klein und zierlich und mit ihren fünfzehn Jahren wohl kaum erwachsen zu nennen.

»Miss Larissa schickt mich, Mylady«, stammelte sie und hielt dabei den Blick gesenkt. »Ich soll Eurer Ladyschaft als Kammerzofe dienen, Mylady.« Das Mädchen trug ein Tablett mit Tee und einem Teller, auf dem Brot und Käse bereitlagen. Sie schien Angst zu haben und zitterte dabei so sehr, dass das Teegeschirr auf dem Servierbrett leise klapperte.

»Komm herein!«, rief Maddy, erfreut, dass überhaupt jemand mit ihr sprach. Die anderen Dienstboten hatten es nicht einmal gewagt, sie anzusehen, geschweige denn ein Wort zu sprechen. Ob sie Angst vor ihr oder vielmehr vor dem Earl hatten? *Ihr wisst wohl nicht, wie grausam John sein kann, wenn seine Wünsche nicht erfüllt werden,* hatte Larissa gesagt. *Es wohnt ein böser Geist in ihm.* Offenbar dachten das alle im Schloss und vielleicht stimmte es ja.

Das Mädchen trat zögernd in das Gemach und machte einen

unbeholfenen Knicks, der die Teekanne zum Rutschen brachte. Maddy lief zu ihr und nahm ihr schnell das Servierbrett ab. Dann umrundete sie damit die Dienstmädchen, die zum vierten Mal Eimer mit dampfendem Wasser heraufgeschleppt hatten, und stellte ihr Abendbrot auf den kleinen Tisch, der im Arrangement mit zwei eleganten Stühlen vor dem Kamin stand. In diesem knisterte inzwischen ein kleines Feuer und achtzehn Kerzen erleuchteten den Raum. Wenn es hell und warm war, wirkte das sogenannte Rosenzimmer recht gemütlich. Morgen, bei Tageslicht würde sie sich alles genau ansehen, die schweren Brokatvorhänge, die Wandgemälde, die kunstvollen Möbel, die aus dem letzten Jahrhundert zu stammen schienen, und vor allem den Ausblick aus dem Fenster.

Während ihre frischgebackene Kammerzofe etwas verloren im Raum stand und die anderen beiden Mägde unermüdlich die schweren Eimer hereintrugen und den Zuber befüllten, schenkte Maddy sich Tee ein und goss viel Milch dazu. Sie war so durstig, dass sie die erste Tasse ohne Rücksicht auf Etikette in wenigen Zügen leer trank. Dann biss sie herzhaft von dem großen Stück Käse ab, ohne das Messer oder die Gabel zu beachten, die auf dem Teller bereitlagen. Das Brot war altbacken und der Käse trocken, aber es war ihr gleichgültig, denn sie war es gewohnt, sparsam zu haushalten und auch altes Brot zu essen. Wer hungrig war, brauchte keine Delikatessen.

»Das Bad ist bereit, Mylady«, murmelte eine der Mägde, die das Wasser getragen hatte und knickste. Die Frau war schon etwas älter, wenn auch nicht so alt wie Anne, aber im Grunde zu alt, um schwere Eimer über zwei Etagen in einen Turm hinaufzuschleppen.

»Danke für die Mühe«, sagte Maddy und versuchte gegen ihre eigene Verlegenheit anzukämpfen. Ihre Mutter hätte es nicht gutgeheißen, wenn sie sich bei Dienstboten dafür bedankte, dass die ihre Arbeit erledigten, aber sie wusste zu gut, welche Schinderei es war, eine so große Wanne mit heißem Wasser zu füllen. Baden war für Maddy seit Langem ein großer Luxus, den sie sich nicht allzu oft gönnte. Im Sommer war sie mit einem Stück Seife hinunter zum Fluss gegangen, an die Stelle, wo er eine große Biegung machte und das Wasser ruhig und tief genug zum Baden war. Im Winter hatte sie in der Küche gebadet. Da war es durch den Herd nicht nur angenehm warm gewesen, sondern es sparte auch die Mühsal, die Wassereimer in ihre Kammer zu schleppen. Sie hatte Leintücher als

Sichtschutz aufgehängt und war so lange im Wasser geblieben, bis es kalt geworden war.

Aber nun stand das Bad für sie bereit und dicke Dampfschwaden stiegen aus dem Zuber empor, während der Duft von Lavendelblüten sie lockte. Eine der Mägde hatte die Blüten auf das heiße Wasser gestreut und ein Brett über den Zuber gelegt, auf dem ein Stück blaue Seife und ein großer brauner Schwamm lagen. *Ein echter Schwamm*, dachte Maddy und war begeistert. Der Schwamm stammte vielleicht von der levantischen Küste und gehörte zu den Dingen, die man nur in Paris kaufen konnte. Maddy interessierte sich nicht für Luxusgegenstände, aber sie interessierte sich für alles, was mit fernen Ländern zu tun hatte. Sie hatte früher viel gelesen. Sie hatte Bücher über Geografie und Veröffentlichungen der Royal Society verschlungen, damals, bevor ihre Tage mit harter Arbeit und ihre Abende mit Nähen und Stricken angefüllt waren. Und sie hatte schon immer davon geträumt, einmal an die Adria zu reisen oder in die Provence, dorthin, wo man den Lavendel anbaute, um Parfum daraus zu machen. Einmal würde sie gerne das Mittelmeer sehen und die berühmten Schwammhändler auf den Märkten und die Gewürzhändler in den Basaren bewundern. Wie exotisch und bunt und wohlriechend es dort wäre. Träume waren etwas Wundervolles. Sie konnten einem auch den dunkelsten Tag im Leben erhellen.

Mit einem Seufzen kehrte sie aus ihren Erinnerungen zurück.

»Mylady, soll ich Euch vielleicht beim Auskleiden helfen?«, fragte die Küchenmagd, die offenbar genauso wenig wusste, was eine Kammerzofe zu tun hatte, wie Maddy wusste, was eine Countess zu tun hatte.

»Bei den Knöpfen und beim Mieder«, sagte sie. Die Hälfte der zig kleinen runden Knöpfe hatte sie bereits selbst geöffnet, als sich das Mädchen mit ungeschickten Fingern daran zu schaffen machte.

»Wie heißt du?«, fragte Maddy.

»Jane, Mylady«, kam die leise Antwort. Das Mädchen hatte den Kopf tief gesenkt. Die dunkelgraue Haube, die sie trug, war hässlicher als die Kappe der alten, zahnlosen Trödlerin, die zweimal im Jahr in Colebridge Hall vorbeikam, um geheimnisvolle Arzneien und Tinkturen zu verkaufen.

»Und woher kommst du?«, fragte Maddy weiter.

»Aus dem Dorf, Mylady, Kelston, unten an der Bucht«, antwortete sie, ohne den Blick zu heben.

»Lebt dort deine Familie?«

»Meine Mutter ist tot, Mylady.« Endlich hatte sie es geschafft, einen der Knöpfe mit ihren zittrigen Fingern zu öffnen. Maddy wäre längst entkleidet gewesen, wenn sie es selbst erledigt hätte, aber so hatte sie wenigstens Gelegenheit zu einer Unterhaltung.

»Meine Mutter ist auch gestorben. Als ich vierzehn war. Sie war lange krank, wurde immer schwächer und konnte am Ende nicht einmal mehr aus eigener Kraft aufstehen. Dann hat sie plötzlich ein Fieber bekommen und ist gestorben. Einfach so. Ich konnte nichts tun.«

Der Arzt hatte nicht einmal kommen wollen, weil ihr Vater seine letzten beiden Rechnungen nicht bezahlt hatte. Ihr Vater war in London, und der Bote, den sie geschickt hatten, um ihn über den Zustand der Mutter zu informieren und um Geld zu bitten, war ohne ihn und auch ohne Geld zurückgekommen. Zum Schluss war Edmund mitten in der Nacht losgeritten, dreißig Meilen bis nach Exeter. Dort hatte das Kavallerieregiment sein Winterlager aufgeschlagen, und Edmund hatte den dortigen Militärarzt geholt, einen Freund, den er aus seiner Zeit in Eton kannte. Aber er hatte dem Arzt als Gegenleistung für diese Gefälligkeit ein Fohlen aus der neuen Zucht versprechen und ihm sein Wort geben müssen, dass er selbst den Dragonern beitreten würde. Im Morgengrauen war Edmund dann endlich mit dem Arzt in Colebridge Hall angekommen. Dieser hatte ihre Mutter zur Ader gelassen und ihr Laudanum verabreicht, aber sie war im Verlaufe des Vormittags dennoch gestorben. Zwei Wochen später hatte Edmund sich bei den Dragonern gemeldet. Sein Offizierspatent hatte er mit dem Schmuck der Mutter bezahlt. So hatte Maddy letzten Endes Mutter und Bruder am gleichen Tag verloren. Der Schmuck war ihr gleichgültig.

»Meine Mutter ist im Kindbett gestorben, als mein kleiner Bruder geboren wurde«, murmelte Jane und hatte endlich den Dreh mit den Knöpfen heraus. Immerhin taute sie ein wenig auf und wagte sogar einen kurzen verstohlenen Blick in Maddys Gesicht, die sie aufmunternd anlächelte.

»Die Älteste, meine Schwester Mary, ist jetzt wie unsere Mutter. Sie sorgt für alle und für Vater.«

»Ich hatte nur einen Bruder. Der ist in Frankreich gefallen. In der Schlacht gegen Napoleon.«

»Ich habe vier Schwestern und den kleinen Sam, Mylady. Mein

Vater schimpft, dass wir ihm die Haare vom Kopf fressen. Er ist Fischer und wir haben auch eine Ziege und Hühner. Manchmal ... also während der Blockade, also im Krieg, da hat er manchmal auch Sachen vom Kontinent verkauft.«

Maddy wusste, was Jane meinte. Ihr Vater war ein Schmuggler gewesen, wie so viele andere auch, die am Meer lebten und versucht hatten, über den Winter zu kommen und ihre Familien sattzubekommen. Sogar die Albright-Söhne hatten während der Blockade geschmuggelt. Branntwein und kostbare Stoffe aus Frankreich und manchmal auch Waffen.

»Ich wollte nicht im Schloss arbeiten, aber Vater sagt, das ist mein Glückstag, und ich soll Gott jeden Tag dankbar sein, dass ich die Anstellung hab.«

Solche Anstellungen waren sehr begehrt unter den Dorfleuten, denn so saß ein Esser weniger am Tisch, und meist brachte derjenige auch noch einen geringen Lohn mit nach Hause. Das half der ganzen Familie über die Runden.

»Warum wolltest du nicht im Schloss arbeiten?«

»Na ja«, druckste Jane herum und machte sich an Maddys Mieder zu schaffen. Es war eigentlich nicht schwer auszuziehen, weil es vorn geschnürt war, aber Janes Finger zitterten wieder. »Ich weiß ja, dass alle im Dorf neidisch auf mich sind und meinen, dass ich ein riesengroßes Glück habe, hier in Anstellung zu sein. Der Lohn ist auch gut, und Mrs Longfields schlägt kaum mal jemanden, und Vater sagt jetzt immer Euer Hoheit zu mir, weil ich als Einzige auf dem Schloss arbeite.« Sie lachte und Maddy lachte ebenfalls.

»Aber warum wolltest du die Stellung dann nicht haben?«

»Weil ich mich fürchte, Mylady. Sie sagen, dass Seine Lordschaft ... also Euer Gemahl ...« Sie verstummte und nestelte mit zittrigen Fingern weiter an den seidenen Bändern, die die gleiche Farbe hatten wie das Kleid, das der Earl für sie ausgesucht hatte – ein hinreißendes Kleid, wie Maddy zugeben musste.

»Was sagen die Leute über meinen Gemahl?«, drängte sie. Sie gab nichts auf Tratsch und Gerüchte, aber sie konnte nicht leugnen, dass sie vor Neugier brannte und vor Angst zitterte.

»Ach nichts.« Jane senkte den Blick.

»Nun rede schon.«

»Sie sagen, dass er verrückt ist und ... und vom Teufel besessen«, platzte es aus der Küchenmagd heraus. »Und dass er den Turm angezündet hat, damit er selbst Earl werden kann. Alle sind bei dem Feuer ums Leben gekommen.«

»Was meinst du mit alle?«

»Die Kinder und die Countess und Seine Lordschaft und das Kindermädchen.«

»Jesus Christus«, keuchte Maddy. Aus irgendeinem Grund hatte sie bis jetzt gehofft, dass die Gerüchte, die Mrs Oats über Sutton erzählt hatte, maßlos übertrieben oder erfunden waren, denn für sie war es einfach unvorstellbar, dass irgendein Mensch so ein schreckliches Verbrechen beging – erst recht nicht der Mann, mit dem sie nun verheiratet war. Sutton war düster und übellaunig und mehr als nur exzentrisch, außerdem war er wütend geworden und hatte sie angeschrien. Aber auf der anderen Seite war er auch freundlich und fürsorglich ihr gegenüber gewesen. Er hatte sie geheiratet und seinem Advokaten befohlen, Anne und Caleb nach Kelston Abbey zu holen. Außerdem hatte er gelacht. Konnte jemand, der vom Teufel besessen war, lachen?

»Glaubst du das, was die Leute sagen?«, fragte sie mit angehaltenem Atem.

»Ich weiß nicht, was ich glaube, Mylady«, murmelte Jane und senkte den Blick wieder. »Ich habe Angst vor Seiner Lordschaft. Alle haben Angst vor ihm. Gott möge seiner Seele gnädig sein.«

»*Und meiner*«, dachte Maddy, während ein eisiger Schauder ihren Rücken hinabrieselte.

Wie er es befohlen hatte, war es dunkel in ihrem Zimmer, als er eintrat.

»Madeleine?«, fragte er leise in die Dunkelheit. »Bist du wach?«

»Ja.«

»Bist du nackt?«

»Ja.«

Ihr Ja zitterte vor Angst und er seufzte innerlich. Dieses erste Mal würde nicht einfach werden, weder für sie noch für ihn. Auch er war aufgeregt, begierig nach ihrem Körper und ängstlich, dass er sie nicht glücklich machen konnte, dass ihre Angst sie lähmen würde, dass sie Schmerzen haben würde, weinen und schreien würde oder noch schlimmer, dass sie gänzlich angewidert von ihm wäre ...

»Gottverdammt noch mal. Wir bringen es einfach schnell hinter uns«, murmelte er leise zu sich selbst und zog den seidenen Hausmantel aus, unter dem er ebenfalls nackt war. Dann stieg er zu ihr ins Bett und tastete nach ihr, aber als er ihre samtweiche Haut spürte, entschied er sich anders. Er wollte es nicht einfach nur hinter sich bringen, erst recht nicht schnell. Er wollte sie spüren, jeden einzelnen Zoll ihres Körpers fühlen und streicheln und sie auf eine Weise kennenlernen, wie kein anderer Mensch sie kannte. Er strich zärtlich über ihren flachen weichen Bauch und weiter zu ihren Schenkeln. Der Weg seiner Hand führte über ihre Schamhaare, die genauso weich waren wie alles an ihr. Er verweilte nicht lange an dieser Stelle, weil sie ein ängstliches Zischen von sich gab.

»Hab keine Angst, Madeleine«, wisperte er ihr zu. »Ich werde versuchen, es so angenehm wie nur möglich für dich zu machen.«

Sie holte tief Luft, antwortete jedoch nicht und regte sich auch nicht, als er ihre zarten Schenkel langsam, aber fest streichelte. Es dauerte lange, und er hatte schon die Hoffnung aufgegeben, dass er mehr als nur ängstliches Zischen bei ihr hervorrufen würde, doch auf einmal hauchte sie ein leises Stöhnen aus. »Oh.« Und noch leiser. »O ja.« Da hatte er ihre Brust umfasst und spürte, wie ihre Brustwarze sich verhärtete und gegen seine Handfläche drückte. Er spielte sanft mit diesem zarten Ding, rieb es langsam, zupfte vorsichtig daran und drehte es zwischen seinen Fingern, während sein Glied so hart war wie das verdammte Gestein, aus dem die Abbey erbaut worden war. Er konnte sie nicht küssen oder ihre Brustwarzen in den Mund nehmen, dann würde sie seine Narben spüren, aber er blieb unermüdlich bei seinen Liebkosungen. Er lauschte auf ihre leisen Geräusche der Lust, wurde mal fester bei seinen Berührungen, mal wieder zärtlicher, bis sie ihren Rücken durchbog und die Hände auf seinen Brustkorb legte.

Das war das erste Mal seit langer, langer Zeit, dass ihn eine Frau berührte. Er ließ es zu, solange ihre Hände nicht in Richtung seines Gesichtes wanderten, und gleichzeitig wagte er den ersten Vorstoß zwischen ihre Beine. Langsam tastete er sich mit den Fingern voran und suchte nach der zartesten Stelle, die eine Frau besaß. Zu seiner größten Freude ließ sie die Berührung zu, ohne ein Zeichen von Schrecken oder Scham. Sie öffnete sogar ihre Beine für ihn, um seiner Hand mehr Bewegungsfreiheit zu gewähren. Gewiss war sie sich dessen gar nicht bewusst, denn sie warf den Kopf hin und her und gab leise Seufzer von sich. Es war nur ein Glück, dass er sich zuvor im Bad selbst befriedigt hatte, sonst hätte er kaum die Selbstbeherrschung gehabt, ihrer wachsenden Lust noch länger zu widerstehen. Aber dass er sie zum Stöhnen und Seufzen brachte, machte ihn glücklicher, als er je zu hoffen gewagt hatte.

Nun waren seine Finger am Ziel seiner Sehnsucht, und er ächzte erfreut, als er diese zarte Körperstelle fühlte. Vorsichtig liebkoste er sie dort.

»O nein. Nicht doch«, wisperte sie erschrocken und versteifte sich, dabei presste sie ihre Beine schnell wieder zusammen. Viel zu intim und zu ungehörig war diese Berührung für eine arglose Jungfrau, das war ihm bewusst, aber er konnte nicht von ihr lassen, nicht aufhören, wo sie doch schon so herrlich feucht dort war.

»Lass mich gewähren. Wir haben ein Arrangement«, erinnerte er sie, auch wenn das Unfug war. Das Arrangement erstreckte sich nur auf den Vollzug der Ehe, nicht auf Spielereien davor oder danach. Aber sie war zum Glück nicht in der Stimmung für rechtsgelehrte Wortklaubereien und öffnete ihre Beine wieder für seine Hand. Langsam und zärtlicher als zuvor berührte er sie und lauschte dabei auf die leisen Töne, die von ihr kamen. Zuerst nur ein gehauchtes »O Gott«, nach einer Weile noch ein paar weitere Ohs und Ahs und schließlich ein seliges Stöhnen. Irgendwann, es war ihr gar nicht bewusst, bewegte sich ihr Unterkörper zusammen mit seinen Fingern, und seine Liebkosungen wurden fester, während die Geräusche ihres Glücks ein wenig lauter wurden. Er hatte nicht erwartet, dass sie einen Höhepunkt erreichen würde, die wenigsten Frauen konnten das, und selbst Huren spielten ihr Glück zumeist nur vor. Für eine Lady galt es sogar als ungehörig, sich so gehen zu lassen, erst recht eine Lady, die noch keinerlei Erfahrung in diesen Dingen hatte. Umso ärger überwältigte ihn der Moment, als sie plötzlich anfing zu beben und sich aufzubäumen, um dann mit zitternder Stimme zu wispern:

»O Sutton.«

Sie flüsterte seinen Namen unter seiner Berührung und ihm stockte der Atem vor Schreck und Überraschung und Lüsternheit.

»Ich kann mich nicht länger zurückhalten, Madeleine«, sagte er und legte sich zwischen ihre Beine, die weit gespreizt waren, während ihr Körper von ihrem Glücksrausch zitterte. Mit einem einzigen harten Stoß drang er in sie ein in die unendliche Zartheit und Feuchtigkeit und Enge, nach der er sich in seinen Träumen verzehrt hatte. Schon so lange.

»Es wird wehtun«, warnte er sie, als es längst zu spät war und er die Hürde ihrer Jungfräulichkeit bereits durchbrochen hatte. »Bitte verzeih mir.«

Das war der letzte zusammenhängende Satz, den er noch sprechen konnte, bevor er sich der Wollust überließ und dem süßen Gefühl, in ihr zu sein, sie in Besitz zu nehmen und ein winziges Stück vom Himmel zu spüren, ohne Schmerzen und Verzweiflung.

Sei es auch nur für wenige Momente.

4. Kelston Abbey

Ein Sonnenstrahl schien Maddy direkt ins Gesicht und weckte sie auf. Sie brauchte ein paar Momente, bis ihr wieder einfiel, wo sie war, denn sie hatte so fest geschlafen wie seit Edmunds Tod nicht mehr. Sie wusste nicht mehr, wie sie eingeschlafen war oder wann der Earl das Bett und das Zimmer wieder verlassen hatte. Er hatte sich nach vollbrachter Tat neben sie gelegt und sie gestreichelt, ähnlich wie man ein Tier streichelte, um es zu beruhigen, aber er hatte kein Wort gesprochen. Sie war von dem, was geschehen war, viel zu überwältigt gewesen, als dass sie gewusst hätte, was sie zu ihm sagen sollte. Was redeten ein Mann und eine Frau, nachdem sie ihre ehelichen Pflichten erfüllt hatten?

Vermutlich gar nichts. Aber Maddy gehörte nun mal zu den Zeitgenossen, die gern redeten und häufig das Bedürfnis hatten, sich mitzuteilen.

»Das war ganz anders, als ich gedacht habe«, hatte sie ihm zugeflüstert. »Gar nicht wie bei einem Hengst und einer Stute. Ich will nicht damit sagen, dass es schlimm gewesen wäre. Ich meine nur, es war anders. Es war schön. Schöner als erwartet, wollte ich sagen.«

»Still«, hatte er nur gesagt und seine raue Fingerkuppe auf ihre Lippen gelegt. Seine Berührung war so sanft gewesen, dass sie die Augen geschlossen und den Mund gehalten hatte. Dann hatte er mit ebendiesen Fingern ihre Wange, ihren Hals und ihren Bauch gestreichelt und darüber musste sie eingeschlafen sein.

Als ihr jetzt langsam wieder in Erinnerung kam, was vergangene Nacht passiert war – oder vielmehr *wie* es passiert war –, schlich sich ein Lächeln auf ihre Lippen. Sie hatte ja keine Ahnung gehabt, dass eheliche Pflichten so … so angenehm sein konnten. Wenn das wirklich sündig oder gar teuflisch sein sollte, was ihr Gemahl in der vergangenen Nacht mit ihr getan hatte, dann würde sie in der Hölle enden, weil es ihr so gut gefallen hatte. Mit einem glücklichen Lächeln hüpfte sie aus dem Bett und trat an das hohe Fenster, das jemand schon weit geöffnet hatte, um die frische Morgenluft hereinzulassen. Der muffige Geruch eines unbewohnten, kalten Zimmers war verschwunden.

Unterhalb des Turms erstreckte sich ein ausgedehnter Park mit großen, alten Bäumen. Runde Sträucher säumten die Kieswege, und inmitten einer grünen Rasenfläche stand ein Zierbrunnen mit wasserspeienden Delfinen. An den Weggabelungen waren Terrakottavasen platziert, in denen dichte Lavendelbüsche wuchsen, und am Wegrand standen Marmorstatuen, die griechische Helden und Götter zeigten, aber Maddy hatte nur Augen für die Rosen. So weit das Auge reichte, wuchsen Rosensträucher in allen Sorten und Farben; sie rankten an Spalieren und Torbögen empor und säumten als Sträucher, Büsche und kleine Bäumchen die Pfade und die Beete.

Zur Linken war der Park durch eine alte Mauer begrenzt, die vermutlich einst zu einer Wehranlage gehört hatte, jetzt aber von Efeu überwuchert war. Hinter der Mauer stiegen die Hügel an, auf denen in der Ferne eine Schafherde graste, während sich zur Rechten des hohen Turms das Meer erstreckte. Es schien, als würde die Abbey auf einer Anhöhe oder auf einer weitläufigen Klippe oberhalb der Kelston Bay liegen, und bestimmt konnte man von der Turmspitze aus sogar Schiffe beobachten, die vorbeisegelten.

Ihr Herz schlug schneller bei diesem Ausblick. Sie konnte sich nicht vorstellen, dass es im Schloss einen Raum gab, der schöner lag als ihr Gemach oder der einen weiteren Blick ermöglichte, von der Rosenpracht zu ihren Füßen ganz zu schweigen. Maddy liebte die Natur, die gezähmte genauso wie die ungezähmte, und sie konnte es kaum erwarten, hinunter in den Park zu kommen oder bis zur Küste zu reiten und sich alles aus der Nähe anzusehen.

Sie wusste nicht, wie lange sie da in der Fensternische gestanden und auf ihre neue Heimat hinabgeblickt hatte, irgendwann wurde es ihr zu kühl, und da erst wurde ihr bewusst, dass sie unschicklicherweise nackt war. Schnell stieg sie von der hohen Stufe herunter, die die Fensternische bildete, und lief zurück in ihr Gemach. Dort sah sie, dass auf einer Chaiselongue bereits Kleidung für sie bereitgelegt war. Neben einer bunten Morgenjacke aus schwerem Brokat, die am Kragen und an den Ärmeln mit Spitzen und Rüschen versehen war, lag ein hellblaues Sommerkleid parat, dazu passende hellblaue Seidenstrümpfe, eine Haube aus Stroh, die mit blauen Seidenbändern gebunden wurde, und ein Paar zierliche Schuhe aus weichem Leder. Diese Kleidungsstücke stammten definitiv nicht aus ihrer Reisekiste. Entweder sie waren eine Leihgabe von Larissa, oder der Earl hatte sie, ebenso wie das pfirsichfarbene Hochzeitskleid, eigens für sie anfertigen lassen. Maddy strich ehrfürchtig über den dünnen Stoff.

Dieses Mal waren ihre Fingernägel sauber, und sie scheute sich nicht, ihre Nase in den Berg aus zartem Musselin zu drücken. Das Kleid roch frisch, nicht so, als wäre es schon getragen oder in einer Truhe zusammen mit Mottenkugeln aufbewahrt worden. Es roch, als hätte es jemand mit Rosenöl parfümiert.

Offenbar waren hier dienstbare Geister am Werk gewesen, während sie geschlafen hatte. Der Kamin war gesäubert worden, frisches Holz lag bereit, obwohl es nicht mehr kalt im Raum war, denn von draußen strömte angenehme Sommerwärme herein. Auf dem Tisch vor dem Kamin stand ein Tablett mit Tee und getoastetem Weißbrot mit Butter, und Maddy fragte sich, wie spät es eigentlich war. Normalerweise wachte sie bei Sonnenaufgang auf und ging in den Stall, um die Tiere zu füttern und die Kuh zu melken, lange bevor Anne und Caleb ihre alten Knochen aus den Betten hievten. Aber normalerweise ging sie auch früh zu Bett, nachdem die Sonne untergegangen war, und üblicherweise trieb sie des Nachts nicht solche Sachen, Sachen, die ihr den Atem raubten, ihr Herz zum Rasen und ihren Körper zum Zittern brachten – solche ehelichen Dinge. Sie erinnerte sich nicht, jemals so zufrieden und beglückt gewesen zu sein wie in der vergangenen Nacht, nachdem ihr Gemahl mit ihr ... nun ja, eben nach getaner Pflicht. Sie schlüpfte in die Morgenjacke, nahm eine Scheibe Brot, und während sie daran knabberte, tänzelte sie durch den Raum und sah sich etwas genauer um.

Die Möbel waren staubig, aber elegant. Gewiss stammten sie von dem bekannten Möbelbauer Thomas Chippendale und hatten ein Vermögen gekostet. Die meisten Einrichtungsgegenstände in Colebridge Hall waren alt und klobig gewesen und schon von ihrem Urgroßvater angeschafft worden. Nur im Salon standen ein neues Kanapee und ein Büfett, das von der Mitgift ihrer Mutter gekauft worden war. Die übrigen Möbel, auch die hohen wuchtigen Betten, waren seit Generationen im Besitz der Stewarts und hatten einige Macken und Kratzer. Sie knarzten und quietschten zwar, aber sie hätten auch noch weiteren Generation standgehalten. Es gab keine verschnörkelten eleganten Füße, die Polster waren abgewetzt oder ausgebessert, aber Maddy hatte den Ohrensessel in der kleinen Bibliothek ihres Vaters über alles geliebt. Dort hatte sie früher oft gesessen und gelesen – früher, bevor ihr Vater das Vermögen durchgebracht hatte und bevor sie die meisten Bücher hatte verkaufen müssen.

Im Vergleich zu den spärlichen Möbeln ihres Elternhauses war das sogenannte Rosenzimmer geradezu obszön prunkvoll eingerichtet und überfrachtet mit luxuriösen Möbeln.

Apropos obszön. Ein erster argloser Blick nach links ließ sie zur Salzsäule erstarren, denn über die ganze Länge der dortigen Wand befand sich ein großes Gemälde, das sicher aus dem letzten Jahrhundert stammte, so überladen waren die Farben und Motive. Mitten in einem Garten voller Rosen in allen nur denkbaren Rottönen tummelten sich drei nackte Personen an einem Springbrunnen. Die Frau hatte milchweiße Haut und üppige Hüften, aber kleine Brüste. Sie lag wie hingeworfen auf einem goldenen Mantel im Gras und schien zu schlafen. Vermutlich stellte es die Göttin Aphrodite dar, die damals das beliebteste Motiv aller Maler gewesen war, zumindest wenn es um die Darstellung nackter Frauen ging. Der Göttin, die mit einladend gespreizten Beinen schlief, näherten sich zwei nackte Männer mit feisten roten Wangen und Hörnern, die zwischen ihren goldenen Locken herauslugten. Aber nicht die Hörner der Satyrn schockierten Maddy, sondern deren nackte Männlichkeit, die unnatürlich groß und steil zwischen ihren Bocksbeinen emporragte. Sie hatte noch niemals das Bildnis eines nackten Mannes gesehen und der Schock traf sie wie eine Ohrfeige.

Sie stand gaffend vor dem großen Wandgemälde und starrte zuerst auf den einen haarigen Satyr mit seinem emporragenden Glied, dann auf den anderen. Das gewaltige Geschlechtsorgan war gebogen und gerötet, mit einer Spitze, die wie der Kopf einer Schlange wirkte. Dagegen nahm sich selbst Edmunds bester Zuchthengst noch bescheiden aus.

»O Jesus«, wisperte sie, während ihr Blick zwischen den beiden exorbitanten Geschlechtsorganen hin und her wanderte. Ihre Wangen glühten vor Schreck und Scham und auch von etwas anderem: Neugier. Sie wurde von einer so brennenden Neugier ergriffen, dass sie die Augen nicht abwenden konnte, auch wenn es zweifellos eine Sünde war, solche unschicklichen Bilder überhaupt anzusehen. Und da war noch etwas, was ihren Schock überdeckte: ein Ziehen und Pochen zwischen ihren Beinen und ein paar recht unzüchtige Gedanken, die sich nicht zurückhalten ließen. Bestimmt wollten die beiden Satyrn über die schlafende Göttin herfallen und sich mit ihr paaren, so wie der Earl es heute Nacht mit ihr getan hatte. Hatte das Glied des Earls etwa auch so ausgesehen? So gewaltig? Wie ein dicker Speer? Der Schmerz, von dem er gesprochen hatte, war nicht schlimm gewesen, nur ein kurzes Brennen, und das war schnell dem berauschenden Gefühl von Lust gewichen. Allein die paar Blutflecken auf dem Laken bestätigten ihr, dass sie heute Nacht tatsächlich ihre Unschuld verloren hatte. Ob es wohl als Sünde galt, dass sie ihre ehelichen Pflichten so genossen hatte? Es gab niemanden, den sie danach fragen konnte ... oder wollte.

Sie fasste zaghaft unter die Morgenjacke und berührte ihre harte Brustspitze, die der Earl in der Nacht so zärtlich gestreichelt hatte, bis ihr heiß und schwindelig geworden war. Sie schloss die Augen und erinnerte sich, wie sich seine rauen Finger angefühlt hatten, wie er sich in ihr angefühlt hatte, wie er sich bewegt hatte, die Geräusche, die er von sich gegeben hatte ... O Gott, am liebsten würde sie dies gleich noch einmal mit ihm machen.

Ein lautes Klopfen an der Tür riss sie aus ihren Träumen und mit einem erschrockenen Keuchen zog sie schnell die Hand unter ihrer Morgenjacke hervor.

»Ja bitte!«, rief sie. Ihre Stimme zitterte und ihr Kopf wurde noch heißer, sogar ihre Ohren glühten.

Jane, ihre Kammerzofe, trat ein, gefolgt von drei weiteren Mägden. Eine trug Bettwäsche und Leintücher auf den Armen, die andere Putzeimer und Besen und die dritte eine schwere kobaltblaue Porzellanvase, die mit einem üppigen Rosenstrauß gefüllt war, als wüsste sie, wie sehr Maddy Rosen liebte. Sie blieben abwartend in der Tür stehen. Vor der Tür, knapp außerhalb der Türschwelle, stand Franklin und verneigte sich mit einem Kratzfuß, dabei schaute er dezent zur Seite, während er darauf wartete, dass Maddy ihn zum Sprechen aufforderte.

»Franklin, was ist?«

»Seine Lordschaft schickt mich«, sagte er betonungslos. Er hob zwar den Blick, vermied es aber, Maddy in ihrem Morgenmantel anzusehen. Sie war natürlich nicht angemessen gekleidet, um sich mit einem Mann zu unterhalten, auch wenn der nur ein Diener war. »Er wünscht Euch einen guten Tag und hofft, dass es Euch wohl ergeht.«

»Danke.« Sie verkniff sich einen Knicks – sie war ja jetzt eine Countess – und verdrängte die Enttäuschung, die sie empfand, weil der Earl nicht selbst gekommen war, um sie zu begrüßen und sie vielleicht sogar zu küssen oder zu umarmen.

»Jane wird Euch ankleiden, danach soll ich Euch im Auftrag Seiner Lordschaft herumführen und Euch in Euer neues Heim einweisen. Die Dienerschaft wird sich Euch vorstellen und Ihr könnt Küche und Haushalt inspizieren.«

»Und was ist mit dem Park und den Ställen und den Feldern und den Pächtern?«, fragte sie, als Franklin sich mit einer knappen Verbeugung abwandte.

»Die Ställe und Pächter?« Der Kammerdiener furchte die Stirn und suchte sichtlich überrumpelt nach Worten. »Nun, also ... die Ställe und die Pächter ... ähm, darum kümmert sich Morris, der Verwalter Seiner Lordschaft. Bisher hat sich noch nie eine Lady dafür interessiert. Unsere Stallungen sind nicht gerade ein Ort, der einer Countess angemessen wäre, und ...«

»Warum führt mich mein Gemahl eigentlich nicht selbst herum und stellt mich vor?«, unterbrach sie seine Ausflüchte.

»Er verlässt seine Räume nicht bei Tag.« Offenbar behagten dem Kammerdiener ihre Zwischenfragen nicht, denn er spitzte pikiert die Lippen, als er weitersprach. »Weiterhin bittet Seine Lordschaft Euch, den Lunch zusammen mit seiner Mutter in deren Gemächern einzunehmen. Die Dowager Countess wünscht, Euch kennenzulernen.«

»Es gibt einen Lunch hier im Haus?«, fragte sie verwundert. In ihrem bisherigen Tagesablauf hatte es nur ein reichhaltiges Frühstück, den Tee und das Dinner gegeben. Tagsüber, wenn sie im Stall oder auf dem Feld war, hatte sie den Hunger mit einem Stück Brot und Käse gestillt, denn mitten an einem arbeitsreichen Tag war keine Zeit geblieben, ins Haus zurückzukehren, sich umzuziehen und sich an einen Tisch zu setzen. Aber sie wusste, dass die Albrights diese Sitte seit Neuestem eingeführt hatten, wenn auch nicht bei ihrem Gesinde.

»Die Dowager Countess wünscht es so.«

Maddy nickte und freute sich eigentlich über die Gelegenheit, ihre Schwiegermutter kennenzulernen und sich mit ihr zu unterhalten. »Wird der Earl auch an dem Lunch teilnehmen?«

»Seine Lordschaft isst grundsätzlich allein, Mylady, aber er lässt Euch ausrichten, dass Ihr Euch nicht vor dem Lunch mit seiner Mutter zu fürchten braucht. Er wird Lady Imogen Sutton entsprechend instruieren. Der Lunch ist eine reine Formalie. Üblicherweise werdet Ihr allein speisen können.«

»Wie überaus beruhigend«, sagte sie mit einem unglücklichen

Lachen. Wie überaus beängstigend, dachte sie. Bevor Franklin darauf hingewiesen hatte, dass sie sich nicht vor ihrer Schwiegermutter zu fürchten brauchte, hatte sie sich auch nicht gefürchtet. Jetzt schon.

»Wann treffen meine beiden Diener Anne und Caleb ein?«

»Nächste Woche, Mylady. Seine Lordschaft hat angeordnet, dass die beiden in der alten Meierei untergebracht werden, in der früher der Verwalter gewohnt hat. Dort müssen zuvor aber noch ein paar Reparaturen am Dach durchgeführt werden.«

»Können die beiden nicht in meiner Nähe wohnen. Hier im Turm?«

»Es sind nur Lakaien«, antwortete Franklin und versuchte, seine Verwirrung zu verbergen.

»Das ist mir bewusst.«

»Ich werde Seine Lordschaft fragen, Mylady.«

»Wir haben eine Abmachung, er und ich.«

»Ich werde Seine Lordschaft darauf hinweisen. Wenn Ihr nun gestattet, dann warte ich vor der Tür, bis Ihr angekleidet seid, Mylady.« Franklin verneigte sich mit einem weiteren Kratzfuß.

Ein Dienstmädchen, das eine zweite wuchtige Blumenvase brachte, knickste und trat ein. Mit einem Seufzer stellte sie die Vase auf die Fensterbank, auf der Maddy vor Kurzem noch gestanden und auf den Park hinuntergeschaut hatte. Dann knickste sie erneut und huschte wieder aus dem Zimmer. Maddy entdeckte ein gefaltetes Stück Papier zwischen den rosaroten Blüten und lief hinüber zum Fenster. Ihre kleine Kammerzofe, die bereits nach dem Sommerkleid gegriffen hatte, um ihr beim Anziehen zu helfen, gab ein albernes Kichern von sich, als Maddy das Papier zwischen den herrlich duftenden Rosenblüten herauszog.

Es stand nur ein Wort in gestochen scharfen Buchstaben ohne jeden Schnörkel darauf geschrieben: *»Danke.«*

Die Lakaien waren furchtsam, und Maddys Mutter hätte gewiss ihre Freude an der Menge der dienstbaren Geister gehabt, die sich alle in einer akkuraten Reihe in der hohen Eingangshalle aufgestellt hatten. An erster Stelle der oberste Hausdiener Headly, der die Perücke inzwischen geradegerückt hatte, eine saubere Livree trug und einen nüchternen Eindruck machte. Seine dicke blaurote Nase, die wie ein großer Fremdkörper aus seinem aufgedunsenen Gesicht herausragte, zeugte aber davon, dass die Abstinenz für ihn eher ein Ausnahmezustand war. Er hielt seinen Blick gesenkt, als er sie mit einem genuschelten »Mylady« und einer Verbeugung begrüßte.

Franklin schritt mit ihr die Reihe entlang und stellte ihr das Personal vor, als wäre er selbst der Schlossherr. Ab und zu richtete Maddy eine Frage an die Leute, auf die sie stets eine angsterfüllte Antwort bekam, ohne dass man es wagte, den Blick zu heben und sie anzusehen. Da war ein Laufbursche, der nur für das Holz und die Kamine zuständig war. Sie fragte ihn, woher er komme, und er nuschelte mit leise zitternder Stimme: »Aus Ferrymoor, Mylady.«

Ein blondes, junges Mädchen mit roten Wangen war für das Silber und das Porzellan verantwortlich, sie hieß Rose. »Bestimmt magst du Rosen genauso sehr wie ich, wenn du so einen schönen Namen hast«, sagte Maddy scherzhaft zu dem Mädchen.

»D-d-das würde ich n-n-nie wagen, Eure Ladyschaft«, stotterte sie und schielte ängstlich unter ihrer Haube hervor. Auch die hochgeschossene und dürre Köchin Sally wagte es nicht, die neue Countess anzusehen, als Maddy sie grüßte. Auf ihre freundliche Frage, was denn heute auf dem Speiseplan stünde, murmelte sie kaum hörbar: »Dasselbe wie immer, Mylady.«

Die korpulente Haushälterin hieß Mrs Longfields, sie war in der Mitte ihrer Fünfziger und erinnerte Maddy ein wenig an Mrs Oats. Offenbar führte sie die Aufsicht über das Hauspersonal und schien nicht so viel Angst wie die anderen zu haben. Sie traute sich sogar, Maddy kurz in die Augen zu sehen und sie zu mustern, bevor sie einen Knicks machte.

»Mylady«, sagte sie mit einem freundlichen Säuseln. »Bitte gestattet mir, dass ich sogleich ein dringendes Problem des Haushalts an Euch herantrage. Es sei denn, Eure Ladyschaft wünschen nicht, mit Problemen der Haushaltsführung behelligt zu werden. Dann werde ich Miss Larissa um eine Entscheidung bitten.« Ihre Stimme klang ein wenig zu süß und ihr Lächeln war ein wenig zu übertrieben für Maddys Geschmack, aber sie nickte und lächelte freundlich zurück.

»Man kann mich selbstverständlich immer um Rat fragen«, sagte sie. »Schließlich bin ich ja nun die neue Herrin.« Sie wollte mit diesen Worten nicht prahlen, aber sie führte den Haushalt von Colebridge

Hall schon seit ihre Mutter krank geworden war und deshalb sah sie es als gegeben an, dass man sich in Haushaltsdingen mit ihr besprach.

»Es fielen ungeplante Ausgaben für eine neue Suppenterrine an, Mylady. Sie ging zu Bruch.« Mrs Longfields bedachte Maddy mit einem weiteren freundlichen Lächeln. Dabei zeigte sie eine Reihe schadhafter Zähne, die Maddy unwillkürlich an ihren Hofhund Pepper erinnerten.

»Ich soll die Ausgaben für die Terrine der Köchin in Rechnung stellen«, fuhr Longfields bedächtig fort.

»War die Terrine denn aus Porzellan?« Maddy hatte das Stewart-Porzellan verkauft und wusste deshalb, wie überaus kostbar eine Suppenterrine aus feinem Porzellan war.

»Ja Mylady, Porzellan aus Sachsen. Das war ein Hochzeitsgeschenk für den Großvater Seiner Lordschaft von der russischen Zarin.« Mrs Longfields schenkte ihr noch einmal ein Lächeln mit gefletschten Zähnen.

»Oje, dann war die Suppenterrine ganz besonders wertvoll. Warum soll die Köchin dafür aufkommen? Hat sie die Terrine denn absichtlich zerbrochen?« Maddy wandte sich halb der Köchin zu, die aber den Kopf gesenkt hielt und nicht reagierte.

»Nein, Mylady, Seine Lordschaft hat die Terrine zerbrochen«, antwortete Longfields. Ihr Lächeln schien irgendwie festgebacken zu sein.

»Das erscheint mir sehr ungerecht.« Das war nicht nur ungerecht, sondern sogar bösartig und gemein. Eine Köchin verdiente in einem Jahr weitaus weniger, als eine Suppenschüssel aus Porzellan kostete, und ein reicher, launenhafter Earl sollte nicht arme Lakaien für seine Fehler bestrafen.

»Nicht wahr, Mylady?« Longfields zog ein leidendes Gesicht, und Maddy beschlich das merkwürdige Gefühl, dass die Frau irgendetwas im Schilde führte und sie ihr womöglich ahnungslos auf den Leim gegangen war. Sie wandte sich zu Franklin herum, der schräg hinter ihr stand.

»Warum hat mein Gemahl das getan?«

»Seine Lordschaft hat die Schüssel mitsamt der Suppe gegen die Wand geschleudert, weil sie ihm nicht geschmeckt hat. Er hat befohlen, dass man der Köchin den Schaden vom Lohn abziehen soll als Strafe für ihre erbärmliche Kochkunst«, erklärte der

Kammerdiener unbewegt. Dann trat er näher und beugte sich zu ihr hinunter. »Es wäre unklug, den Befehl Seiner Lordschaft hier vor dem Personal infrage zu stellen oder gar ihn zu widerrufen, auch wenn er Euch ungerecht erscheinen mag«, flüsterte er ihr ins Ohr, und Maddy nickte, dankbar für den Hinweis.

»Wenn Seine Lordschaft es so angeordnet hat, wird es auch so gemacht«, sagte sie. »Künftig will ich über solche Vorfälle sofort informiert werden.« Vielleicht konnte sie ihren jähzornigen Gemahl von weiteren Ungerechtigkeiten abhalten. Ihre Angst vor ihm war in der vergangenen Nacht gänzlich weggeblasen oder, genauer gesagt, weggestreichelt worden. Jemand, der so sanft und vorsichtig mit einer Frau umging, konnte kein durch und durch verdorbener Teufel sein. Das war auch bei Menschen so, die Tiere gut behandelten. Das passte nicht mit Bosheit zusammen.

Drei Stunden währte die Führung durch das Schloss, und am Ende kannte sie jeden noch so unbedeutenden Laufburschen, jeden Schrank, jeden Kamin im Haus, jeden dunklen Winkel und jedes verlassene Zimmer. Bei Tageslicht betrachtet erschien ihr Kelston Abbey nicht mehr gar so unheimlich. Es war ein gut geführtes, prunkvoll ausgestattetes Schloss mit über hundert Räumen. Es war der Stammsitz der Familie Sutton, die den Grafen-Titel und die Ländereien sowie den unerschöpflichen Reichtum erst vor drei Generationen von einem kinderlosen Großcousin geerbt hatten.

Auf dem Weg zum Westflügel kamen sie durch die lange Ahnengalerie, und so lernte Maddy nicht nur die Dienerschaft, sondern auch die Vorfahren ihres Gemahls kennen. Ein Gemälde am Ende der Galerie zog sie völlig in ihren Bann.

»Seine Lordschaft, der verstorbene Earl of Dunlow George Sutton und seine Gemahlin Lady Selena sowie deren Söhne George und William«, sagte Franklin betonungslos und deutete auf das große Bild, ohne selbst hinzusehen. Das Gemälde reichte bis zum Boden und zeigte die Dargestellten in Lebensgröße. Licht und Schatten waren so gut gesetzt, dass die vier Personen wie echt wirkten, als befänden sie sich direkt vor ihnen.

»Ist das der Bruder meines Gemahls, der bei dem Feuer getötet wurde?«

Franklin nickte nur knapp, während es Maddy den Atem verschlug. George war Mitte dreißig, ein blonder, stämmiger Mann, der prachtvolle Kleidung in Gold und Blau trug. Aufrecht und mit stolz herausgereckter Brust stand er hinter seiner Frau, die auf einem Stuhl saß. Er zeigte ein schwaches Lächeln, das einen leicht grausamen Zug hatte, während seine Augen kalt wirkten. Maddy hätte die Gefühllosigkeit in den Gesichtszügen als Unfähigkeit dem Maler angelastet, wenn dieser nicht die junge Countess so trefflich eingefangen hätte. Lady Selena war kaum älter als Maddy und eine atemberaubende Schönheit. Sie hatte ihr hellbraunes Haar kunstvoll frisiert, trug ein glitzerndes Diadem auf dem Kopf und kostbaren Hals- und Ohrschmuck. Aber sie lächelte so unendlich traurig, als wüsste sie, dass ihre ganze Familie schon bald einen grausamen Tod sterben würde. Auf ihrem Schoß saß ein Kleinkind, kaum alt genug, um überhaupt zu sitzen. Es trug ein weißes Kleidchen und hatte speckige Ärmchen und rosige Wangen. Der süße Wonneproppen war der zweitgeborene Sohn William. Neben dem Stuhl der Mutter stand ein Junge, der vielleicht drei Jahre alt war und ein kleines braunes Pferd aus Holz in der Hand hielt, während seine schwarzen Locken ihm bis hinunter auf den weißen Rüschenkragen fielen. Er schaute den Betrachter mit dunklen Kulleraugen an, die halb angstvoll, halb unleidig wirkten. Vielleicht war dem Kleinen das lange Stillstehen während des Malens zu viel geworden, und er hatte gequengelt, wann er denn endlich wieder spielen dürfe. Man spürte es regelrecht, wenn man das Gemälde betrachtete. Es war so ein entzückendes und gleichzeitig so ein entsetzliches Bild.

»O Gott«, wisperte Maddy atemlos. Diese ganze Familie war verbrannt, ausgelöscht. Franklin antwortete nicht, sondern ging weiter, ohne dem Bild Beachtung zu schenken. Vielleicht hatte er es schon zu oft betrachtet.

Schließlich gelangten sie in den Westflügel und betraten durch eine Seitentür eine große Eingangshalle, die einst zum feudalen Wohnbereich von George und seiner Familie gehört hatte. Jetzt herrschte dort Verwüstung. Die breite Treppe, die in die oberen Stockwerke führte, war zur Hälfte zerstört, die Fenster waren zersprungen und die Wände schwarz von Ruß. Ein verkohlter Balken ragte wie ein fleischloser Knochen aus der Wand heraus, und Bilder, Teppiche oder Möbel suchte man vergebens.

»Es ist zu gefährlich, weiterzugehen, Mylady«, sagte Franklin und hob warnend die Hand, als sie in Richtung der Treppe ging.

»Wegen der Schäden, die das Feuer angerichtet hat?«, fragte Maddy. Ihr Magen fühlte sich seit ihrer Begegnung mit dem

Gemälde wie ein eisiger Klumpen an und der Anblick der verwüsteten Halle machte es nicht besser.

»Ja, Mylady. Die oberen Stockwerke sind betroffen und der Westturm ist völlig ausgebrannt. Seine Lordschaft hat noch nicht mit dem Wiederaufbau beginnen lassen.«

»Und alle, die hier wohnten, kamen dabei ums Leben?«

»Der Bruder Seiner Lordschaft, der sechste Earl of Dunlow, und dessen Gemahlin sowie die Söhne und deren Kinderfrau sind bei dem Feuer ums Leben gekommen. Sie schliefen in ihren Betten und jede Rettung kam zu spät«, antwortete Franklin betonungslos. Dann machte er plötzlich auf dem Absatz kehrt und marschierte wieder zurück in die Richtung, aus der sie gekommen waren.

»Die Leute behaupten, dass mein Gemahl das Feuer gelegt hat«, sagte Maddy, während sie versuchte, mit ihm Schritt zu halten. »Sind das nur Lügen oder ist es wahr? Was hat es mit dem Feuer auf sich? Wie ist es entstanden?«

»Ich gebe nichts auf Gerüchte, und es steht mir nicht zu, darüber zu tratschen«, sagte Franklin frostig und lief noch schneller.

Es stand ihm vielleicht nicht zu, darüber zu tratschen, aber wenn er nicht über das Unglück hätte reden wollen, dann hätte er sie gar nicht erst durch die Ahnengalerie an diesen furchtbaren Ort zu führen brauchen.

»Warum hat mein Gemahl sich dabei so schwer verletzt? Hat er ebenfalls im Westturm geschlafen?«

»Nein, Mylady, er hat im Ostflügel geschlafen, und mehr kann ich dazu nicht sagen, da ich auch nicht mehr weiß.«

»Ist es passiert, als er das … das Feuer …« Nein, sie brachte es nicht über sich, den Satz zu Ende zu sprechen. Fünf Menschen waren bei diesem schrecklichen Brand ums Leben gekommen, und es gab nicht viele Erklärungen dafür, warum das Gesicht ihres Mannes dabei so schrecklich entstellt worden war, dass er es niemandem zeigen wollte.

Franklin antwortete ihr nicht, und so herrschte auf dem Weg zurück bedrückendes Schweigen, nur untermalt von dem Klackern der Absätze an Franklins Schnallenschuhen.

»Die Gemächer von Lady Imogen Sutton, Dowager Countess«, sagte Franklin, der plötzlich vor einer hohen, zweiflügligen Tür stehen geblieben war. »Hier findet der Lunch um zwölf Uhr statt. Es empfiehlt sich, pünktlich zu sein und hochgeschlossene, dunkle

Kleidung zu tragen, Mylady.«

»Und wo sind die Gemächer von Larissa?«

»Ihre Räume grenzen an die der Dowager Countess an. Sie unterhält die Dowager Countess als Gesellschafterin.« Franklins Gesichtsausdruck war seltsam abweisend, als er antwortete. Vielleicht mochte er Larissa nicht oder vielleicht mochte er sie auch zu sehr. Lakaien durften niemals sagen oder sich anmerken lassen, was sie dachten oder fühlten.

»Das ist wohl der Grund, warum ich sie heute noch gar nicht gesehen habe«, antwortete Maddy. Sie hatte bei ihrem Rundgang durch das Haus immer wieder nach Larissa Ausschau gehalten, einem freundlichen Menschen, aber sie hatte sich den ganzen Vormittag nicht gezeigt, nicht einmal bei der Vorstellung der Dienstboten war sie anwesend gewesen.

»Miss Larissa weicht selten von der Seite der Dowager Countess, nur wenn Seine Lordschaft in der Nähe ist«, antwortete Franklin, und kaum hatte er die Worte gesprochen, lief er schon weiter, einen Flur entlang, wieder eine Treppe hinauf, um eine Balustrade herum und durch weitere Korridore hindurch. Das Schloss war das reinste Labyrinth aus prachtvollen Fluren und breiten Treppen, die mit dicken roten Teppichen bedeckt waren. Maddy war froh, dass Franklin sie bis vor die Tür des Rosenzimmers brachte, denn sie hätte den Rückweg nicht ohne fremde Hilfe gefunden.

In ihrem Gemach lag schon ein weiteres neues Kleid bereit, das zwar nicht dunkel war, sondern von einem hauchzarten Gelb wie ein Weizenacker, aber es war hochgeschlossen und musste den Ansprüchen ihrer Schwiegermutter genügen. Bevor sie losging, schrieb sie eine kurze Nachricht an ihren Gemahl. Sie hatte Papier und Feder in dem kleinen Sekretär entdeckt, der am anderen Fenster stand. Das zierliche Möbelstück war ein Wunderwerk der Möbelbaukunst. Sein goldgelbes Furnier war aus Honigmahagoni und Nussbaumholz, und es war mit Intarsien verziert, die Rosenblüten in jedem nur denkbaren Braunton darstellten. Alles um sie herum hatte etwas mit Rosen zu tun. Rosengemälde, Rosenmöbel, ja sogar Vorhänge mit Rosenmuster. Inzwischen hatten die Mägde die schweren, staubigen Brokatvorhänge am Bett entfernt und durch hauchdünne rosafarbene Gardinen ersetzt. Die frische Bettwäsche duftete nach Rosen und zwei weitere große Blumenvasen voller Rosen hatten ihren Weg auf den Tisch und auf eine Truhe gefunden. Jemand musste wissen, dass sie Rosen liebte.

»*Werter Gemahl*«, schrieb sie. Wenn er mit ihr schriftlich kommunizieren wollte, dann war das besser, als sich gar nicht miteinander zu unterhalten. »*Ich würde gerne die Ställe und die Tiere sehen und auch die Pächter aus der Umgebung möchte ich kennenlernen. Mir ist bewusst, dass sich Euer Verwalter um alles kümmert und eine Lady nichts in einem gewöhnlichen Stall zu suchen hat, dennoch ist es mein innigster Wunsch, denn ich liebe Tiere über alles und die Menschen, für deren Wohl Ihr verantwortlich seid, sind jetzt auch meine Verantwortung. Ihr habt über Euch gesagt: ‚Ich kann alles, was ich will‘. Da ich jetzt in jeder Hinsicht Eure Frau und eine Countess bin, sollte man diese Regel auch auf mich anwenden. Ich erwarte Euren Besuch heute Abend. Eure Maddy.*«

Sie war nicht besonders durchtrieben, aber natürlich wollte sie ihren Gemahl wohlgesonnen für ihr Anliegen stimmen, und sie hoffte, dass ihm der intime Gruß »Eure Maddy« ein wenig gefallen würde. Sie faltete den kurzen Brief zusammen, dann schrieb sie mit schwungvollen Schnörkeln »John Sutton« auf die Vorderseite und zeichnete eine Rosenblüte darunter, fertig war der erste Liebesbrief, den sie je verfasst hatte. Nun ja, genau genommen hatte das mit Liebe nichts zu tun, wenn man die Tatsache außer Acht ließ, dass sie sich wirklich auf den Abend freute und sich danach sehnte, wieder von ihm gestreichelt und beglückt zu werden. Aber das gehörte im Prinzip in die Kategorie Pflichterfüllung.

Bevor sie zu den Gemächern ihrer Schwiegermutter aufbrach, blieb sie kurz vor der Tür stehen, die zum Schlafgemach des Earls führte. Der Raum lag direkt neben ihrem und die Türen waren nur wenige Schritte voneinander entfernt. Aber während das Rosenzimmer ein Teil des gewaltigen Turmes war, gehörten die Räume des Earls zum sogenannten Ostflügel, dem neu erbauten Teil des Schlosses und lagen deshalb drei Stufen tiefer. Sie klopfte an die Tür und wartete.

Ungeduldig trat sie von einem Fuß auf den anderen, denn sie war zu spät dran, weil das Umkleiden so lange gedauert hatte. Früher hatte Maddy sich zweimal am Tag umgezogen, morgens an und abends aus, denn in ihrem Leben hatte es seit vielen Jahren keine Anlässe mehr gegeben, um von schlichter Kleidung auf elegante Garderobe zu wechseln. Nur an Sonntagen hatte sie das dunkelblaue Kleid ihrer Mutter getragen. Aber sie hatte verstanden, dass sie sich zum Lunch mit Suttons Mutter aus Gründen der Etikette umkleiden musste. Das Problem war, dass Maddys neue Zofe Jane zwei linke Hände hatte und mit der Schnürung des Korsetts genauso wenig zurechtkam wie mit den Haken und Ösen, die auf dem Rücken unter einer Biese versteckt waren. Es hatte eine kleine Ewigkeit gedauert, bis das Kleid endlich angezogen und ihre Haare frisiert waren, sodass Maddy sich auf den Weg machen konnte.

Als niemand Johns Tür öffnete, schlug sie, ohne Rücksicht auf die Etikette, mit der Faust dagegen, und endlich streckte Franklin seine Nase aus einem winzigen Spalt heraus. Sie erkannte nichts in dem Raum dahinter, außer dass es stockfinster war.

»Seine Lordschaft wünscht nicht, in seinen Räumen besucht zu werden«, zischte Franklin sie an.

»Gib ihm meinen Brief«, befahl sie.

Franklin musterte das Stück Papier, das sie ihm entgegenhielt, und nahm es erst nach längerem Nachdenken entgegen.

»Sehr wohl, Mylady.«

Na also.

Es war ihr äußerst unangenehm, dass sie gleich bei der ersten Begegnung mit ihrer Schwiegermutter zu spät kam und dadurch einen schlechten Eindruck machte. Deshalb waren ihre Knie weich wie Butter, als sie deren Räume betrat und die Kammerzofe sie durch einen eleganten kleinen Salon in das angrenzende Teezimmer führte. Die Zofe war eine ältere Frau in schwarzem Kleid und mit weißer Haube. Sie sah ein wenig aus wie die weibliche Ausführung des stocksteifen Anwalts Mister Gibson. Sie sprach mit französischem Akzent, was Maddy daran erinnerte, dass französische Kammerzofen gerade sehr in Mode waren, und das trotz der Verachtung, die man allgemein für alles Französische empfand. Sogar Lady Albright hatte ein Mädchen aus Frankreich angestellt. Das war jedoch schnell wieder entlassen worden, nachdem Lord Albright mit ihr herumgetändelt hatte.

Suttons Mutter saß bereits an einem gedeckten Tisch, der gerade so groß war, dass vier Personen daran Platz fanden. Ihr gegenüber saß Larissa in dunkles Blau gekleidet. Maddy knickste vor ihrer Schwiegermutter, und diese nickte ihr erhaben wie eine Königin zu.

Sie trug ein schwarzes, schmuckloses Kleid ohne Rüschen und Farbtupfer, die Ärmel waren trotz der sommerlichen Wärme lang und der Kragen reichte ihr bis unters Kinn. Sie hatte den Kopf hoch erhoben und betrachtete ihre Schwiegertochter mit ausdruckslosem Blick. Zu Maddys Überraschung war die Dowager Countess nicht alt und ihr ebenmäßiges Gesicht hatte kaum Falten. Auch ihr dunkles Haar, das sie streng in einem Knoten ohne Löckchen und Zöpfchen trug, hatte nur wenige silberne Fäden. Sie war höchstens fünfzig, was bedeutete, dass sie entweder sehr jung Mutter geworden war oder dass der Earl selbst kaum älter als dreißig sein konnte.

»Ihr seid zu spät!«, sagte sie. »Nehmt Platz.« Sie zeigte auf den freien Stuhl.

»Ich bitte herzlich um Entschuldigung. Es wird nicht wieder vorkommen«, antwortete Maddy und schenkte Larissa ein strahlendes Begrüßungslächeln, das die mit einem ebenso freundlichen Lächeln erwiderte.

»Um Himmels willen, entschuldigt Euch nicht, als wäret Ihr eine Bauerntrine. Ihr seid jetzt die Countess und solltet Euch dementsprechend verhalten«, rief die Schwiegermutter streng.

»Ich wollte nur höflich sein, oder sind Countesses grundsätzlich unhöflich?«, fragte Maddy mit einem kessen Lächeln, aber ihre Schwiegermutter beantwortete den Scherz mit eisiger Miene.

»Setzt Euch. Wir wollen endlich mit dem Essen beginnen.«

Es gab Suppe, und schon nach den ersten drei Löffeln verstand Maddy, warum der Earl die Terrine gegen die Wand geschleudert hatte. Es war eine Art Haferschleim, in welchem undefinierbare grüne Kräuter schwammen, womöglich war es Petersilie, vielleicht Kresse, auf jeden Fall aber hatte man kein Salz verwendet. Obwohl Maddy gerne aß und hungrig war, legte sie den Löffel nach einer vierten Kostprobe zur Seite. Ihre Mutter hatte ihr beigebracht, dass eine Dame das Essen nicht hinunterschlang und immer einen gebührenden Rest auf dem Teller zurückließ, damit sie den Eindruck von Appetitlosigkeit erweckte. Das galt bei Hofe als fein. Nichts war unkultivierter als eine Dame, die mit gesundem Appetit aß, und zum ersten Mal in ihrem Leben wurde Maddy diesen Anforderungen an gutes Benehmen gerecht.

»Sprechen wir zuerst über die Formalien«, sagte Suttons Mutter und nippte mit ihren Lippen an der Spitze des Löffels. »Ich möchte nicht, dass Ihr mich mit Schwiegermutter anredet, und ich lehne die

Anrede Lady Imogen ab. Das klingt, als wäre ich eine beliebige Landedelfrau. Da Ihr nun die neue Lady Sutton seid, sprecht Ihr mich also am besten mit Mylady oder mit Dowager Countess an, je nachdem, wie es sich aus der Situation ergeben sollte.«

»Ja, Mylady«, sagte Maddy kleinlaut und sehnte sich plötzlich von ganzem Herzen nach ihren Tieren im Stall und ihrem Gemüsegarten in Colebridge Hall. Pferdemist und gelbe Rüben hatten durchaus ihre Reize.

»Im Übrigen halte ich es für unangemessen, dass ich Euch als meine Schwiegertochter mit Mylady ansprechen soll.« Wieder nippte die Dowager Countess ein wenig Haferschleim von ihrem Löffel, während Kusine Larissa Maddy ein aufmunterndes Lächeln zuwarf, als wollte sie sagen: »*Macht Euch keine Gedanken, sie ist immer so.*«

»Warum nennt Ihr mich nicht einfach Maddy?«, schlug sie mit einem Lächeln vor.

»Du liebe Güte«, keuchte ihre Schwiegermutter. »Man nennt vielleicht eine Kuhmagd Maddy, aber ganz gewiss keine Lady Sutton. Wie lautet Euer Taufname?«

»Madeleine Evangeline, Mylady.«

»Das klingt französisch. Entsetzlich!«

»Ich bin nach meiner Großmutter mütterlicherseits benannt. Sie war die Tochter des Comte du Rodez und musste während der Revolution nach England fliehen.« Und ihre Mutter hatte immer behauptet, dass Maddy ihr wie aus dem Gesicht geschnitten sei, aber diesen Hinweis ersparte sie sich lieber, denn die Dowager Countess verdrehte ehedem schon die Augen. Man machte sich dieser Tage nicht gerade beliebt, wenn man sich auf eine französische Abstammung berief, es sei denn, man war Schneiderin oder Kammerzofe.

»Ich nenne Euch also Madeleine«, sagte ihre Schwiegermutter mit einem Seufzen und sprach den Namen betont englisch aus. »Wenn Ihr einen männlichen Erben geboren habt, dann denke ich über eine andere Anrede für Euch nach.«

Maddy versuchte, nicht zu grinsen, aber sie empfand diese Unterhaltung als zunehmend lächerlich. Wie wollte ihre Schwiegermutter sie denn ansprechen, wenn dieser besagte Erbe geboren wäre? Vielleicht mit »Mutter des Erben«? Oder – was zweifellos für alle eine Katastrophe wäre – mit: »Die Ehefrau des Earls, die nur eine Tochter geboren hat«? Maddy verkniff sich eine entsprechend freche Frage, weil es der Dowager Countess eindeutig an Humor mangelte und Larissa ihr ein verschwörerisches Blinzeln über den Tisch zusandte.

»Somit komme ich zum nächsten Punkt«, fuhr die Dowager Countess fort und tunkte die Spitze ihres Löffels erneut in die Suppe. »Der geregelte Ablauf hier in Kelston Abbey ist von essenzieller Bedeutung. Unser Vikar, Reverend Pollard, hält jeden zweiten Sonntag einen Gottesdienst in unserer Schlosskapelle ab. Am anderen Sonntag ist er in Kelston. Die Kirche dort bietet kaum genug Platz für die Dorfleute, geschweige denn für unsereins. Daher kommen wir leider nur vierzehntägig in den Genuss eines Gottesdienstes. Dieser ist verpflichtend für die Mitglieder der Familie Sutton. Mein Sohn, der Earl, ist davon ausgenommen. Die Mahlzeiten nimmt jeder allein zu sich.«

»Auch das Dinner?«, rief Maddy.

»Wenn ich Mahlzeiten sage, meine ich *alle* Mahlzeiten.«

»Wie schade.« Das gemeinsame Abendessen war für Maddy früher immer das wichtigste Ereignis des Tages gewesen, schon in ihrer Kindheit, als ihre Welt noch heil gewesen war. Da hatten alle zusammen bei Tisch gesessen und sich unterhalten, selbst an Abenden, an denen sie mit Edmund allein war, hatten sie sich im Speisezimmer zum Essen getroffen. Und nach Edmunds Tod hatte sie das Abendessen zusammen mit Anne und Caleb dort eingenommen. Das war immer ihr Anker gewesen.

»Das Familienspeisezimmer wurde abgebaut, die Möbel in anderen Räumen verteilt. Es steht jetzt leer und ist verschlossen. Der Speisesaal wird nur bei festlichen Anlässen genutzt. Da mein Sohn stets allein speist und in Kelston Abbey keine Festlichkeiten mehr stattfinden, besteht keine Notwendigkeit, den Speisesaal zu beheizen oder zu beleuchten.«

Maddy öffnete den Mund, um vorzuschlagen, dass man das sogenannte Familienspeisezimmer ja mit Möbeln bestücken und wieder einweihen könnte, aber die Dowager Countess schnitt ihr mit einer herrischen Geste das Wort ab, bevor sie ihre Idee laut aussprechen konnte.

»Ich werde immer freitags den Lunch mit Euch einnehmen, um die laufenden Angelegenheiten und den Stand Eurer Schwangerschaft zu besprechen.«

»Ich bin nicht schwanger«, informierte Maddy ihre Schwiegermutter mit einem Kichern.

»Das ist mir bewusst, aber ich bete zu Gott, dass sich das umgehend ändern wird und die Geburt eines Erben dieser ganzen Farce immerhin einen gewissen Sinn verleiht. Ich habe Euer Bettlaken in Augenschein genommen und mit Erleichterung konstatiert, dass Eure Unschuld intakt war und Ihr somit nicht den Bastard eines anderen zur Welt bringen werdet.«

»Mein Bettlaken?« Maddy riss die Augen auf, während ihre Wangen vor Scham brannten. *Farce, Bettlaken, Bastard eines anderen,* die Worte knallten wie Peitschenschläge um ihre Ohren und nahmen ihr geradewegs die Sprache. »Also ich ... ich bin nicht ...« Sie verstummte kopfschüttelnd.

»Ich habe gehört, dass Ihr aus einer recht fruchtbaren Familie stammt«, fuhr die Dowager Countess unbeeindruckt fort. »Hoffen wir also, dass mein Sohn sich nicht allzu sehr mit Euch abmühen muss.«

»Mit mir abmühen?« Jetzt passierte es doch, ein herzhaftes und sehr anzügliches Lachen platzte aus ihr heraus. Ihr Gemahl hatte sich in der vergangenen Nacht nicht so angehört, als hätte er große Mühe gehabt. Na gut, am Ende der besagten Pflichterfüllung hatte er gestöhnt, aber wenn sein Stöhnen die gleichen Ursachen gehabt hatte wie das Ihre, dann hatte es nicht mit Mühe zu tun, sondern mit unerträglicher Lust.

»Nun, ich sehe, Ihr seid satt«, sagte ihre Schwiegermutter mit gespitzten Lippen und ignorierte Maddys vulgäres Gelächter. »Dann will ich Euch nicht länger aufhalten. Der Lunch ist beendet. Ihr findet den Weg gewiss allein zurück, denn meine Zofe Camille ist gerade anderweitig beschäftigt.«

Maddy legte die Serviette zurück auf den Tisch und erhob sich. In ihrem ganzen Leben war sie noch nie irgendwo hinausgeworfen worden, nicht mal aus dem Schlafzimmer ihrer Mutter, wenn diese Migräne und schlechte Laune gehabt hatte. Die meisten Leute mochten sie und fanden ihre Fröhlichkeit sympathisch. Sogar die griesgrämige Lady Albright lachte, wenn Maddy sie manchmal besuchte. Aber die Dowager Countess schien Maddys Humor nicht zu mögen. Genau genommen schien sie gar nichts an Maddy zu mögen. Sie reckte den Kopf hoch und drückte die Schultern durch, als sie den beiden Damen zum Abschied zunickte.

»Miss Larissa, Mylady.«

Larissa sandte ihr ein mitfühlendes Lächeln nach, bevor Maddy auf wackligen Beinen aus dem Zimmer hinausstakste. Was für ein schrecklicher Lunch! Und dabei war sie nicht mal satt geworden. Als sie die Tür hinter sich geschlossen hatte, ließ sie sich im angrenzenden Salon auf einen der Sessel fallen, der neben dem Kamin stand. Sie war sich nicht sicher, ob ihre Beine sie überhaupt noch bis zur Tür, geschweige denn bis zum Turmzimmer trugen, so schlotterten sie.

»Sie ist eine ungehobelte Bauerntrine!«, hörte Maddy die Stimme ihrer Schwiegermutter und wunderte sich, warum sie so deutlich zu verstehen war, fast, als würde sie direkt neben ihr sitzen. Ihre Augen huschten zur Tür, aber die hatte sie fest hinter sich zugezogen.

»Was erwartest du, liebe Tante? John hat das Mädchen angeblich am Spieltisch gewonnen.« Larissas Antwort war ebenso deutlich zu verstehen, aber dieses Mal konnte Maddy erkennen, woher sie kam. Neben dem Kamin, direkt hinter dem Sessel, auf dem sie saß, war ein schmaler Lüftungsschacht, der den Salon mit dem Teezimmer verband. Die beiden schienen nicht zu wissen, wie deutlich man sie hörte oder gar, dass sie belauscht wurden. Eine wohlerzogene Dame hätte sich umgehend und diskret zurückgezogen, um sich selbst und den anderen solch eine peinliche Situation zu ersparen, aber Maddy war ja bekanntermaßen nicht wohlerzogen. Eine Bauerntrine war sie also. Aha. Sie spitzte die Ohren, hielt den Atem an und lauschte.

»Selbst als Mätresse wäre sie noch unter der Würde eines Earls of Dunlow«, sagte die Dowager Countess. »Man kann nur hoffen, dass sie schnell einen Erben zur Welt bringt und nicht gänzlich wertlos bleibt.«

»Ihr Großvater scheint ein Viscount zu sein von mütterlicher Seite her«, sagte Larissa. »Und wenn es stimmt, dann stammt die Großmutter aus dem französischen Hochadel.«

»Ein geringer Trost für das bäuerliche Benehmen, das sie an den Tag legt, aber John muss wohl dankbar sein, dass sich überhaupt eine gefunden hat, die bereit war, ihn zu nehmen, nach allem, was er getan hat … was man ihm nachsagt, getan zu haben.«

»Ach, liebe Tante, ich wünschte nur, ich hätte ihn in jener verhängnisvollen Nacht nicht mit der Fackel gesehen, wie er zum Turm schlich. Hätte ich doch niemals jemandem davon erzählt. Ach.«

»Ja, ja, ja. Das sagtest du schon des Öfteren. Ich wünschte noch ganz andere Dinge«, fauchte Suttons Mutter grimmig.

»Gleichwie, man hat ihn von der Tat freigesprochen«, antwortete

Larissa mit einem traurigen Seufzen. »Du weißt, dass ich John sehr mochte und unter dem leide, was ich gesehen habe. Vielleicht gibt es ja …«

»Erspare mir dein Gejammer«, bellte die Dowager Countess. »Sein Verhalten ist empörend. Er hätte mich wenigstens informieren und mich darauf vorbereiten können, dass er beabsichtigt, zu heiraten und mir eine neue Countess vor die Nase zu setzen. Es zeugt von seiner menschenverachtenden Arroganz und Respektlosigkeit, ohne jedwede Ankündigung mit diesem … diesem Geschöpf hier hereinzuplatzen.«

Maddy japste leise nach Luft und legte sich schnell die Hand auf den Mund. Hatte John nicht gestern Abend aus genau demselben Grund getobt? Weil seine Mutter seinen Brief angeblich ignoriert hatte? Was war mit diesem ominösen Brief geschehen, war er unterwegs verloren gegangen? Das war offenbar ein Missverständnis zwischen Mutter und Sohn, welches Larissa leicht aufklären konnte.

»Das ist wirklich respektlos. Ach«, antwortete Larissa mit einem weiteren Seufzen, ohne den Irrtum zu erklären. »Seit dem Feuer ist John einfach nicht mehr er selbst. Ich habe Angst, dass es sich verschlimmern könnte, wenn seine junge Gemahlin ihn …«

»Genug davon«, unterbrach sie die Dowager Countess erneut und dann läutete sie die Tischglocke. Das stürmische Klingeln erinnerte Maddy daran, dass sie sich besser nicht beim Lauschen erwischen lassen sollte. Eilig raffte sie ihr Kleid hoch und trippelte auf Zehenspitzen aus dem Salon.

Leider verirrte sie sich bei ihrem Weg zurück in den verwinkelten Fluren des Schlosses, und anstatt im Rosenzimmer, landete Maddy unversehens in der riesigen Bibliothek. Die erstreckte sich über zwei Etagen und schien Abertausende von Büchern zu enthalten. Franklin hatte es leider versäumt, ihr diesen Raum zu zeigen. Sie hätte ihn sofort zu ihrem liebsten Aufenthaltsort erklärt und aller Wahrscheinlichkeit nach hätte er sie gar nicht mehr von dort wegbekommen. Aber wer weiß, womöglich war Franklin der Meinung, eine Frau habe in einer Bibliothek nichts zu suchen. Dabei liebte Maddy Bücher über alles, und der Anblick der hohen Regale hatte eine magische Anziehungskraft auf sie. Wie hypnotisiert trat sie ein. Die Bibliothek war verlassen und düster, weil die Vorhänge zugezogen waren, aber es roch nach frischem Bohnerwachs, und nirgendwo war ein Staubkörnchen zu finden, was darauf hindeutete, dass man sie regelmäßig säuberte. An den hohen Regalen standen Schiebeleitern und vor einem gereinigten Kamin, in dem schon frisches Holz bereitlag, gab es eine elegante Sitzgruppe aus klobigen, braunen Ledersesseln. Eine Schachtel mit Zigarren lag auf dem Tisch, eine halbvolle Kristallkaraffe mit einer bernsteinfarbenen Flüssigkeit stand neben einem einsamen Whiskeyglas und ein aufgeschlagenes Buch lag davor. Ohne zu überlegen, nahm Maddy das Buch hoch. Es trug den Titel »Waverly«, war aber anonym veröffentlicht worden. Neugierig trat sie mit dem Buch ans Fenster, zog einen der Vorhänge zurück und las die ersten paar Zeilen.

»Vor sechzig, und wir dürfen heute wohl sagen, vor mehr als hundert Jahren nahm Edward Waverley, der Held der folgenden Blätter, Abschied von seiner Familie, um in das Dragonerregiment zu treten, in welchem er kürzlich eine Anstellung erhalten hatte. Es war ein trüber Tag in Waverley-Haus, als der junge Offizier Abschied von Sir Everard nahm, dem freundlichen alten Oheim, dessen mutmaßlicher Universalerbe er war.«

So lauteten die ersten Sätze der Geschichte, die Maddy sofort in ihren Bann schlug. Ein junger Mann, der als Offizier zu den Dragonern ging – wie hätte das nicht ihr Herz berühren können? Sie las weiter, fieberte förmlich nach der Geschichte von Edward Waverly, denn schnell wurde ihr klar, dass sie einen spannenden Roman in Händen hielt, der von der Vergangenheit handelte. Einen Roman, wie sie noch nie einen gelesen hatte. Er erzählte die Abenteuer des jungen Dragoners, der in den letzten Jakobitenaufstand verwickelt wurde und zwischen den Fronten hin- und hergerissen war. Während sie las, setzte sie sich auf die halb hohe Fensterbank und hielt das Buch ein wenig höher, sodass sie genügend Tageslicht hatte, ohne die Vorhänge ganz aufziehen zu müssen. Nach und nach verlor sie jegliches Gefühl für Zeit und Raum. Sie hatte schon über hundert Seiten gelesen, als es draußen dämmerte und sie die Augen zusammenkneifen musste, um überhaupt noch einen Buchstaben zu erkennen.

Da riss plötzlich jemand die Tür auf und trampelte herein. Vor Schreck wich Maddy hinter den Vorhang zurück. Aber es war nur Headly, der Hausdiener, der allem Anschein nach gekommen war, um den Whiskey in der Karaffe nachzufüllen und Kerzen anzuzünden. Erleichtert kam Maddy hinter dem Vorhang hervor, denn der Mann würde ihr den Weg zurück ins Rosenzimmer zeigen können, aber Headly war so vertieft in seine Arbeit, dass er sie gar nicht bemerkte. Wobei der Ausdruck Arbeit nicht passend war für das, was er da tat. Zuerst zündete er unter gemurmelten Flüchen einen großen sechsarmigen Kandelaber an, der auf dem Kaminsims stand. Dann füllte er ein wenig Whisky aus einer Flasche in die Karaffe um. Danach nahm er selbst einen kräftigen Schluck aus der besagten Flasche und murmelte ein paar weitere, recht obszöne Flüche, die sich hauptsächlich auf seinen hundsgemeinen, teuflischen Herrn bezogen. Nachdem er genug Beschimpfungen wie »hässlicher Bastard« und »widerlicher Teufel« vor sich hin genuschelt hatte, trippelte er um den Tisch herum, entzündete den nächsten Kandelaber und füllte wiederum ein wenig Whiskey in die Karaffe, bevor er die Flasche noch einmal an die Lippen setzte und sie fast leerte.

»Headly«, rief Maddy empört und trat aus dem Halbschatten heraus.

Der Mann erstarrte förmlich zu Stein, als er ihrer gewahr wurde. Alle Farbe wich aus seinem Gesicht, die Hand mit der Whiskyflasche verharrte auf halbem Weg zu seinem Mund, der sperrangelweit offen stand. Hätte er den Teufel persönlich getroffen, hätte er kaum schockierter sein können.

»My ... my ... my ...«, stotterte Headly und nahm die Flasche langsam herunter. »Eure Ladyschaft. Was habt Ihr hier zu suchen? Ich meine ... meine ... also ich meine, warum seid Ihr hier? Warum seid Ihr nicht ... nicht ... da, wo Ihr hingehört, also ich meine, in Euren Gemächern?«

»Ich habe gelesen«, antwortete sie. Sie war von Natur aus ein umgänglicher Mensch, der selten nörgelte oder zankte, und Ärger empfand sie nur, wenn jemand einem Tier etwas zuleide tat, aber jetzt gerade spürte sie Zorn in sich aufsteigen. Sie dachte an ihren Bruder Edmund und fragte sich, was er in so einer Situation getan hätte. Er hätte einem Diener so ein Verhalten niemals ungestraft durchgehen lassen. Dass Headly den Whisky seines Herrn trank, war schon schlimm genug, aber dann auch noch bösartige Beschimpfungen über ihn auszustoßen, das ging zu weit.

»Aber das ist die Bib-Bib-liothek.«

»Deshalb habe ich auch gelesen.«

»Die gehört dem ... dem Earl, Seiner Lordschaft.« Headlys Hände zitterten, während er die Whiskyflasche unauffällig hinter dem Rücken verschwinden ließ.

»Wie alles hier im Schloss. Auch der Whisky gehört dem Earl«, sagte sie streng und trat näher. Liebe Güte, der Mann hatte eine Fahne, die man meilenweit gegen den Wind roch.

»Ich meine ... was ich sagen will, Mylady, ich meine, dass Seine Lordschaft jeden Abend hierherkommt und ... und ... dass er es nicht will, wenn jemand hier ist. Er will ganz allein sein. Also nicht gestört. Von jemand.«

»Ich bin nicht jemand, ich bin seine Frau.«

»Ja, Mylady. Ja, das stimmt ... tatsächlich. Hm.« Der Diener kratzte sich ratlos unter der Perücke, die dadurch wieder in Schieflage geriet. »Aber Seine Lordschaft bringt mich um, wenn jemand hier ist, wenn er nachher kommt.«

»Und was wird er tun, wenn er herausfindet, was mit seinem Whisky passiert und welch schmeichelhafte Namen sein betrunkener Hausdiener sich für ihn ausgedacht hat?«

»Gott steh mir bei!«, heulte Headly. »Er schlägt mich tot. Er schlägt mich ... Gewiss schlägt er mich mausetot. Ihr dürft ihm nichts sagen, Mylady! Habt Erbarmen mit mir.« Auf einmal ging er auf die Knie wie jemand, dem man ein Todesurteil verkündet hat, und weinte. Maddy war angewidert und erschrocken zugleich. Wie konnte ein Mensch nur so tief sinken? Edmund würde Headly umgehend vor die Tür setzen, ohne Lohn und Zeugnis, und sie wunderte sich, warum Sutton das nicht schon längst getan hatte, denn offensichtlich war ihm die Trunksucht seines Hausdieners bekannt.

»Aufstehen!«, zischte sie Headly an. Sie wollte nicht, dass Sutton diesen armseligen Mann prügelte. Sie musste erst einmal darüber nachdenken, wie sie mit dieser Situation verfahren sollte.

»Ich tue alles, was Ihr befehlt, Mylady. Was Ihr wollt, ich tu es, sagt es nur nicht Seiner Lordschaft.«

Maddy antwortete nicht, sondern zeigte auf den Tisch mit der Whiskykaraffe, und Headly verstand, was sie meinte. Flinker als sie es ihm in seinem betrunkenen Zustand zugetraut hätte, rappelte er sich auf die Beine und füllte den spärlichen Rest des Whiskys in die Karaffe um. Dann verneigte er sich schwankend vor Maddy.

»Ich bitte Euch, Ihr müsst gehen, bevor es zu spät ist, Mylady«, flehte er. »Seine Lordschaft kommt gleich, und wenn jemand hier im Raum ist, geht es mir an den Kragen. Ich höre Schritte. Hört Ihr sie auch?« Er schaute sich verängstigt in der Bibliothek um.

Maddy schüttelte den Kopf, denn sie hörte nichts als den Wind draußen vor den Fenstern, aber es hatte keinen Sinn, mit diesem Trunkenbold ein weiteres Wort zu reden.

»Am besten, Ihr nehmt den alten Dienstbotengang, damit Ihr ihm nicht draußen begegnet«, rief Headly und zeigte auf eine Tapetentür zu seiner Linken. »Es gibt ein Stiegenhaus für die Dienstboten, das führt direkt bis zum Turm«, drängte er und winkte ihr zu, sie solle ihm folgen. »Dies ist der kürzeste Weg zum Turmzimmer. Nur da hinein, beeilt Euch bloß.« Er öffnete die Tapetentür, die sich zwischen zwei Regalen befand. »Immer die Treppe hinauf bis zum Ende und dann geradeaus. Da steht Ihr schon vor der Tür zum Rosengemach.« Er überreichte ihr seine Kerze und fuchtelte wild, aber sie trat nur zögernd in den dunklen Gang, der direkt in eine steile Treppe mündete. Sie gruselte sich.

In Colebridge Hall hatte es keine separaten Stiegen und Flure für die Dienstboten gegeben, aber sie hatte schon einmal in einem Schauerroman darüber gelesen. Allerdings war der Roman wenig erquicklich gewesen, denn darin war ein verfluchter Herzog jede Nacht aus dem Grab gestiegen und über die Dienstbotentreppe seines düsteren gotischen Schlosses zum Gemach der blutjungen und unschuldigen Gouvernante geschlichen in der Absicht, sie zu vergewaltigen und zu töten. Nur dem Zufall und der Beherztheit des jungen, lebendigen Herzogs war es zu verdanken gewesen, dass der hübschen, aber wie Maddy fand auch reichlich dämlichen und schwächlichen Gouvernante kein Leid geschah.

»Wehe dir, wenn ich dich noch einmal ein schlechtes Wort über meinen Gemahl sagen höre«, sagte sie zu Headly, bevor er ihr die Tapetentür vor der Nase zudrücken konnte.

»Nie wieder, Mylady. Ich schwöre es. Bei meiner Ehr. Nie wieder. Gott schütze Euch, Mylady, und reichen Kindersegen soll er Euch schenken und Gottes Segen.«

Und rums! Er schlug die Tapetentür so heftig zu, dass die Kerze in ihrer Hand wild flackerte und beinahe erloschen wäre.

5. Eheliche Pflichten

Allen Unkenrufen seiner Mutter zum Trotz hatte John Sutton eine Frau gefunden und er hatte sie zu der seinen gemacht.

Wie einfach das gewesen war. Viel einfacher, als er gedacht hatte. Dank ihrer natürlichen Wesensart und Lebensfreude war sie auch den körperlichen Freuden gegenüber nicht verschlossen und hatte es ihm wahrlich nicht schwer gemacht, die Ehe zu vollziehen. Jetzt war er also ein Ehemann. Was für ein bizarres Gefühl das war. Fremdartig und unbehaglich, aber gleichzeitig auch seltsam leicht und wohltuend. Er wusste nicht, was genau es war, das den Druck von seinem Herzen nahm und seine Schmerzen linderte, aber es war ein gutes Gefühl, eines, das er seit Langem nicht mehr verspürt hatte.

Vielleicht war es ja sogar ein Hauch von Glück, vielleicht auch nur eine kurze Verschnaufpause vom Unglück.

Wenn er auf sein bisheriges Leben zurückblickte, erinnerte er sich nur an wenige glückliche Momente. Wenn seine Kinderfrau ihm zum Einschlafen alte Sagen von Rittern und verwunschenen Schlössern erzählt oder wenn die Köchin ihm in der Küche heimlich ein Stück Kuchen zugesteckt hatte. Aber die Kinderfrau war schon bald durch einen Hauslehrer mit Stock ersetzt worden, und die gute, alte Becky aus der Küche war gestorben und hatte einer missgünstigen Hexe Platz gemacht, die jedes einzelne Biskuit bewacht hatte, als wäre sie ein Hund und das Kuchenstück ihr Knochen.

An diesem Morgen hatten seine Gedanken nicht wie sonst um die Schmerzen in seinem Gesicht gekreist, die sich normalerweise über den Hals hinab bis zum Arm und zur Brust erstreckten, sondern er hatte nur an seine Gemahlin denken können. Und zum ersten Mal seit sehr langer Zeit hatte er sich nicht gefragt, wie er noch einen weiteren verdammten Tag mit diesem Gesicht und diesen Schmerzen überstehen sollte, sondern er hatte darüber nachgedacht, wie er es bis zum Abend ohne Madeleine aushalten sollte, bis er wieder bei ihr – in ihr – wäre. Er erinnerte sich noch genau, wie sie sich in der Nacht angefühlt, wie sie sich ihm hingegeben hatte. Und wie er sie zu seiner Frau gemacht hatte. Er dachte an ihren weichen Körper und an die Erlösung, die er bei ihr gefunden hatte. Ihre Enge zu spüren, ihre Geräusche zu hören, ihr zartes Fleisch unter sich zu fühlen – lieber Gott, das war, als wäre er aus dem Grab erweckt worden.

Wie lange hatte er schon keine Frau mehr gehabt? Selbst Huren waren von ihm abgeschreckt, und es bereitete wenig Spaß, in ihre entsetzten Gesichter zu sehen, während er sie bestieg. Doch jetzt hatte ihm Gott Madeleine geschenkt, und wenn er an dieses lebendige, warme und sonnige Geschöpf dachte, wurde ihm leichter ums Herz, während sich heiße Sehnsucht in seiner Hose ausbreitete.

Sie gehörte ihm. Nur ihm allein. Von jetzt an jede Nacht, sooft er sie wollte, wie und wann er sie wollte.

Zuerst hatte er sich über ihren Brief und ihre Bitte geärgert und war versucht gewesen, ihren Wunsch kategorisch abzulehnen. Warum wollte sie Ställe besichtigen oder mit den Pächtern sprechen? Dafür gab es doch den Verwalter und den Stallmeister. Das war unter der Würde einer Countess. Je öfter er aber ihre Worte gelesen hatte, desto weicher war sein Gehirn geworden, während sein verfluchter Schwanz (wie sollte er diesen ungehörigen Tyrannen wohl sonst titulieren?) immer härter geworden war.

»Ich erwarte Euren Besuch heute Abend. Eure Maddy«, hatte sie in ihrem Brief geschrieben. Sie freute sich also. Pah, sie hatte keine Ahnung, wen sie da in ihr Bett ließ und in ihrem Schoß aufnahm. Log sie nur, um ihn zu betören und ihren Willen zu bekommen? Wenn ja, dann gelang ihr das ausgezeichnet.

»Ich erwarte Euren Besuch heute Abend. Eure Maddy.«

Seine Maddy.

Na gut, dann sollte sie halt ihren Willen haben, ausnahmsweise, als Dankeschön für diese ausgesprochen zufriedenstellende erste Nacht mit ihr.

Dieses freche Ding brachte ihn doch tatsächlich dazu, am helllichten Tag das Haus zu verlassen und angetan mit der abscheulichen Maske und dem Mantel den Weg zu den Pferdeställen anzutreten. Normalerweise schickte er Franklin, um seine Befehle und Wünsche zu übermitteln und ein Pferd oder gar eine Kutsche zu ordern. Die Reisen, die er in den vergangenen drei Jahren unternommen hatte, konnte er an einer Hand abzählen – an zwei Fingern genau genommen. Und Ausritte unternahm er nur in der Nacht. Aber heute wollte er sich selbst ein Bild vom Zustand der Stallungen und der Tiere machen, bevor er Madeleine den Zutritt gewährte. Er war schon viel zu lange nicht mehr dort gewesen. Also marschierte er den ganzen Weg zu Fuß durch den kleinen Wald bis zu den Stallungen. Das warme Sonnenlicht, das muntere Vogelgezwitscher, der Duft des Waldbodens an diesem milden Tag … all diese Sinneseindrücke stürmten auf ihn ein wie eine große Woge und begruben ihn unter sich, so mächtig waren sie. All das hatte er sich versagt, während er nur in der Nacht das Haus verlassen hatte und gelegentlich zum Meer hinunter gewandert oder zu den Klippen geritten war. Wenn er um diese Tageszeit überhaupt jemandem begegnet war, einem Wilderer, Schmuggler oder vielleicht auch einem Trunkenbold, der den Heimweg nicht mehr fand, dann hatten die armen Seelen den Heiland um Hilfe angerufen und schreiend die Flucht vor ihm ergriffen.

Kein Wunder, dass im Dorf und bei den Pächtern die schauerlichsten Gerüchte über ihn die Runde machten, dass man ihn als nächtlichen Dämon oder sogar als Satan bezeichnete.

Er stürmte mit großen Schritten voran und überquerte die Sandfläche, auf der man gewöhnlich Pferde longierte, aber die Fläche war leer und der Stallmeister lungerte müßig im Schatten der Stallmauer herum und döste.

»He, du da. Auf die Beine! An die Arbeit, aber dalli!«, brüllte er, und da war sie schon wieder: seine altbekannte Wut, mit der er jeden Morgen erwachte und die nur an diesem Morgen kurzfristig verschwunden gewesen war.

Der Stallmeister erwachte aus seinem Mittagsschläfchen und schnellte erschrocken hoch. Die Augen fielen ihm fast aus dem Gesicht, als er seinen Herrn erkannte. Hastig verbeugte er sich und murmelte eine Entschuldigung, dabei verlor er beinahe das Gleichgewicht vor lauter Katzbuckeln. Wie hieß er gleich noch mal, Halston oder Hilton? John hatte den Namen des Mannes vergessen. Offenbar war sein Gehirn dank all der Dunkelheit, mit der er sich umgab, auch schon ganz dunkel und stumpf.

Sein Überraschungsbesuch versetzte nicht nur den Stallmeister in helle Panik, sondern auch jeden einzelnen Stallknecht – und das aus gutem Grund. Die Ställe waren nicht ordentlich ausgemistet und die Reitpferde waren vernachlässigt. Es gab nur noch wenig Verwendung für die Tiere. Seit dem Feuer fanden keine Jagden mehr statt und es wurden auch keine Gäste mehr eingeladen. Ob Abendgesellschaften, Bälle oder sommerliche Picknicks, nichts dergleichen konnte er ertragen. Er wollte keine Menschen um sich haben, weder Freunde noch Fremde. Dennoch hatte der Stallmeister selbstverständlich dafür zu sorgen, dass die Kutschpferde und edlen Reittiere genügend Auslauf und Bewegung bekamen und gepflegt wurden. Aber dieser Aufgabe war er eindeutig nicht nachgekommen. Madeleine liebte Tiere, das hatte sie geschrieben, und sie wäre vermutlich entsetzt, wenn sie sehen würde, wie schlampig der Stall geführt war.

Die Wut explodierte in John und er brüllte drauflos. Er konnte sich hinterher nicht mehr genau erinnern, was er alles zu dem Mann gesagt und ihm angedroht hatte. Vermutlich Tod und Hölle, und dass er ihn höchstpersönlich bis zum nächsten Armenhaus prügeln würde, aber alles Brüllen nützte nichts, dies wurde ihm irgendwann im roten Nebel seiner Wut bewusst. Madeleine wollte den Stall besichtigen, und wenn er den Stallmeister totschlug oder dieser vor lauter Angst tot umfiel, dann wäre die Stallung hinterher immer noch nicht präsentabel. Also versuchte er, sich wieder zu beruhigen.

»Du hast bis übermorgen Zeit!«, zischte er den Mann an, der mit gezogener Kappe und gesenktem Blick vor ihm stand und am ganzen Körper schlotterte. Die vier Stallburschen hielten sich in respektvollem Abstand hinter dessen Rücken versteckt. »Ich will, dass man hier drin vom Boden essen kann.« Er wedelte mit seiner behandschuhten Hand wild herum und deutete auf das alte Stroh, das in den Boxen und im Durchgang lag.

»Sehr wohl, Mylord.« Der Stallmeister verbeugte sich tief.

»Das Fell der Tiere soll glänzen. Bürstet sie, bis euch die Finger bluten.«

»Sehr wohl, Mylord.« Noch eine Verbeugung.

»Sie bekommen Auslauf und nur das beste Futter.«

»Wie Seine Lordschaft befehlen.«

»Und wenn die Countess auszureiten wünscht, dann wird das schönste, beste, friedvollste und sanftmütigste Pferd für sie gesattelt.« Er fing wieder an zu brüllen, wohl wissend, dass das schönste Pferd im Stall keineswegs auch das sanftmütigste war.

»Die Countess?«, fragte der Stallmeister verdutzt.

»Ich habe geheiratet!«, bellte er. Hatte sich das etwa noch nicht bis zu den Pferdeställen herumgesprochen? Dabei hätte er schwören können, dass die Gerüchteküche unter seinem Personal überkochte vor lauter haarsträubender Mutmaßungen über die bedauernswerte

Frau, die er beim Glücksspiel gewonnen hatte und die nun gezwungen war, das Bett mit ihm zu teilen. Pah!

»Glück-Glückwunsch, Euer Lordschaft«, murmelte der Stallmeister. Er begriff vermutlich nicht, warum sein Herr sich deswegen so in die Brust warf.

Das Dinner wurde Maddy von einer Küchenmagd in ihrem Gemach serviert. Ihr Name war Weena, wie sich Maddy von der Vorstellung am Morgen erinnerte, ihr Vater war Pächter mit ein paar Schafen drüben in den Abbey Hills. Wo immer die auch genau liegen mochten, Maddy war entschlossen, es herauszufinden und alle Pächter dort zu besuchen. Ein anderes Mädchen deckte das Bett auf, schürte das Feuer im Kamin und entzündete die Kerzen. Jane kam mit einem schneeweißen Nachthemd über dem Arm herein, und dann standen alle drei bereit und beobachteten Maddy dabei, wie sie sich Fleisch und Kartoffeln mit grüner Soße auf ihren Teller legte und lustlos darin herumstocherte.

»*Was für ein trauriges Mahl*«, dachte sie. Drei Menschen sahen ihr beim Essen zu und sie fühlte sich so einsam wie noch nie. Außerdem schmeckte die Mahlzeit zum Erbarmen. Das Fleisch war fade und ungewürzt, die Kartoffeln nur halbgar und die grüne Soße versalzen. Morgen würde sie zuerst einmal ein Wort mit der Köchin reden und ihr erklären, wie man grüne Soße machte. Das war nun wirklich nicht schwer. Selbst sie konnte das besser. Sie dachte noch einmal daran, dass Sutton die Suppenschüssel gegen die Wand geschleudert hatte, und nach dem dritten Bissen wuchs in ihr ebenfalls der Wunsch, wenn auch nicht das Porzellan, so doch zumindest das Besteck durchs Zimmer zu werfen.

Als es klopfte, ließ sie ihr Messer fallen und sprang vor Freude vom Tisch auf. Sie wusste nicht, wen sie erwartet hatte, aber sie hatte ein klein wenig darauf gehofft, dass Larissa ihr beim Dinner Gesellschaft leisten würde. Die musste sich doch genauso einsam fühlen allein in ihrem Gemach und mit geschmacklosem Fleisch auf dem Teller, doch vor der Tür stand nur Franklin, der Jane einen Brief aushändigte: »Für Ihre Ladyschaft von Seiner Lordschaft.«

Jane überreichte Maddy den Brief mit einem ungeschickten Knicks und die faltete ihn sofort auf und las. Post von ihrem

Gemahl! Egal, was dort stand, es konnte nicht schlimmer sein als dieses Abendessen.

»*Ich komme in einer Stunde. Lass Dein Haar offen, setze Dich nackt vor Deine Frisierkommode, zünde nur eine Kerze neben Dir auf der Kommode an und erwarte so meine Ankunft. John.*«

Brennende Röte breitete sich über ihr gesamtes Gesicht und ihren Hals aus. Noch eine Stunde.

Maddy bürstete ihr Haar und wartete. Der dreiteilige Spiegel warf das Licht der einzelnen Kerze in zigfacher Weise wieder zurück und beleuchtete dadurch ihr Gesicht und ihre Vorderseite, während der Rest des großen Raums im Dunkeln lag. Und das war wohl der Grund, warum sie vor ihrer Frisierkommode sitzen sollte. So konnte er wieder einmal alles von ihr sehen und sie nichts von ihm. Aber sie freute sich trotzdem auf ihn, nicht nur wegen der angenehmen Abendgestaltung durch das Erfüllen ehelicher Pflichten, sondern weil sie dringend mit ihm reden musste – weil sie überhaupt mit irgendjemandem reden musste. Sie war nun mal ein geselliges Wesen und sprach gerne über Tiere, Menschen, Bücher, die Natur, das Wetter, ferne Länder, über einfach alles, was es auf der Welt gab. Das fehlte ihr hier so sehr.

Sie hatte nicht gehört, wie er hereingekommen war, denn ihre Gedanken waren zu dem Buch gewandert, das sie am Nachmittag gelesen hatte und das Sutton zweifellos ebenfalls las. Sie wollte ihn fragen, wie es ihm gefiel und ob ihn der junge Held genauso fesselte.

Ein lautes Räuspern von der Tür her riss sie aus ihren Überlegungen.

»Bleib genau so!«, befahl Sutton mit forscher Stimme, bevor Maddy sich zu ihm herumdrehen und ihn ansehen konnte. »Beweg dich nicht.«

Sie hielt mitten in der Bewegung inne. Die Bürste in der Hand, das blonde Lockenhaar über die rechte Schulter geworfen, den Kopf leicht zur Seite geneigt, saß sie mit angespannten Muskeln auf der Kante des Stuhls und spürte, wie ihr Herz schneller schlug und sich angstvolles Bangen gepaart mit abenteuerlicher Vorfreude in ihrem Bauch ballte. Eine ganze Weile herrschte Stille, und das Bewusstsein, dass er sie in ihrer Nacktheit betrachtete, während sie nicht das kleinste bisschen von ihm sah, jagte ihr gruselig schöne Schauder den Rücken hinunter.

»Nimm die Kerze, stelle sie auf den Nachtschrank und lege dich dann auf das Bett.«

Während sie mit der Kerze von ihrem Frisiertisch aufstand und durch das Zimmer ging, warf sie einen vorsichtigen Seitenblick zur Tür, wo sie die schattenhaften Umrisse ihres Mannes sah. Groß war er und breite Schultern hatte er, das wusste sie schon, seit er in der Kirche neben ihr gestanden hatte. Sein Gesicht lag erwartungsgemäß im Schatten, und das Einzige, was sie erkannte, war ein kleiner Schimmer nackter Haut in Höhe seines Brustkorbs. Wenigstens trug er nicht diesen schrecklichen Umhang, mit dem er am Altar neben ihr gestanden hatte. Vielleicht hatte er ja auch schon seine Unaussprechlichen ausgezogen und war ebenfalls nackt. Sie atmete zitternd ein, dann kletterte sie auf das hohe Bett, um unter die Decke zu kriechen.

»Nein! Nicht!«, kam es herrisch von der Tür her. »Lege dich auf die Decke, damit ich dich sehen kann, und öffne deine Beine weit.«

»Das ... das kann ich nicht«, wisperte sie und legte sich zurück in die Kissen. Die Beine aber presste sie extra fest zusammen.

»Warum nicht?« Klang er etwa amüsiert?

»Weil das unschicklich ist. Weil ... weil ich mich schäme.«

»Du selbst hast mich daran erinnert, dass wir ein Arrangement haben. Deine beiden Diener treffen nächste Woche hier ein, und ich habe angeordnet, dass die alte Meierei hergerichtet wird. Das ist ein hübsches kleines Häuschen am Ende des Parks. Zu Fuß nur wenige Minuten von hier. Die Reparaturen am Dach haben bereits begonnen, und es wird auch eine neue Esse gemauert, sodass deine alten Diener es trocken und wohnlich vorfinden werden. Wenn du die beiden unbedingt hier im Turm haben möchtest, könnte die alte Frau die fensterlose Zofenkammer bewohnen, aber die ist sehr beengt und nicht beheizt. Der alte Mann müsste sich mit Franklin die Kammer teilen, was wohl keinem der beiden gut gefallen würde. Deshalb schlage ich vor, dass du dir selbst ein Bild von der Meierei machst und dann ...«

Noch während er redete, hatte sie ihre Beine geöffnet, so weit wie es nur ging, und plötzlich verstummte er mitten im Satz. Bitte schön. Sollte er sich eben sattsehen. Sie selbst hatte keinerlei Vorstellung davon, wie eine Frau in diesem Bereich dort unten aussah. Sie hätte es niemals gewagt, sich dort in einem Spiegel zu betrachten. Das wäre sicher eine Sünde. Ein einziges Mal hatte sie sich dort berührt, nur um zu fühlen, wie es sich anfühlte, aber danach hatte sie drei Gebete gesprochen, denn es hatte sich leider sehr gut angefühlt. Sie war sich sicher, dass das, was ihre eigene Berührung in ihr ausgelöst hatte, nicht gut für ihre unsterbliche Seele war. Jetzt berührte sie sich nicht, sondern hielt die Luft an, während sie sich den Augen ihres Ehemannes aufs Frivolste darbot. Dennoch breitete sich zwischen ihren Beinen langsam ein süßer Schmerz aus, ein Ziehen und Sehnen, das nach Berührung verlangte.

»Lieber Himmel«, krächzte der Earl. »Ich kann dir versichern, dass es nichts zu schämen gibt. Was ich sehe, ist mit Abstand das Schönste, was Gott je erschaffen hat.«

Die Hitze in ihrem Bauch wurde intensiver. »Schöner als die Aphrodite auf dem Gemälde an der Wand?«, fragte sie leise.

»Um ein Vielfaches schöner, meine Madeleine.«

»Und Ihr?«, fragte sie ein wenig kesser, wenn auch ganz leise. »Seht Ihr etwa so aus wie die Satyrn auf dem Gemälde? Ich meine nicht die Haare oder die Hörner, ich meine … ich meine Euer Glied.«

Plötzlich war es mucksmäuschenstill. Sie hörte nicht einmal mehr den Wind draußen oder seine Atemzüge. Sie hob den Kopf leicht, um sich zu vergewissern, ob der dunkle Schatten immer noch bei der Tür stand. Ja, da war er, starr und groß und still wie ein Monument aus Dunkelheit.

»Verzeiht«, wisperte sie. »Das hätte ich nicht fragen dürfen.«

»Deine Frage hat dazu geführt, dass das besagte Glied jählings gewachsen ist«, murmelte er. »Deine neugierigen Worte wirken auf mich wie ein magischer Zauber. Nun ist es fast so groß wie das der Satyrn auf dem Gemälde und es begehrt Einlass in deinen Leib.«

»Oh!« Seine Worte wirkten auch ein kleines bisschen wie ein Zauber auf sie. Sie wusste von den Pferden, wie eine Erektion aussah, und begriff durchaus, welchen Sinn der Schöpfer mit diesem erstaunlichen Vergrößerungsvorgang verband. Es konnte also nichts Schlechtes daran sein, wenn es auch bei einem Mann so vonstattenging. Warum sollte Gott etwas, was so vortrefflich funktionierte, nur bei den Pferden zum Einsatz bringen?

»Puste die Kerze aus«, sagte ihr Mann mit leiser Stimme.

Was dann folgte, waren die süßesten ehelichen Pflichten, die sich eine Frau nur vorstellen konnte. Wie in der Nacht zuvor streichelte er sie zärtlich und geduldig und brachte sie allein mit den Liebkosungen seiner Finger bis zu diesem einen, viel zu kurzen Moment, in dem sie meinte, vor Lust vergehen zu müssen.

»Ich sterbe gewiss«, flüsterte sie, während ihr Körper unter den Wellen dieses Glücksmoments zitterte.

»Die Franzosen nennen das la petite mort. Den kleinen Tod«, sagte er mit heiserer Stimme und dann legte er sich zwischen ihre Beine und drang in sie ein. Sie musste sich eingestehen, dass sie eine schlimme Sünderin war, denn der Moment, in dem er anfing, sich in ihr zu bewegen und leise zu stöhnen, fühlte sich sündhaft köstlich an, so höllisch verboten, verwerflich und verrucht und doch unbeschreiblich schön. Sie konnte nicht anders, als sich ihm entgegenzuheben und seine Bewegungen mit ihren zu beantworten. Sie folgte dem impulsiven Drang, noch mehr von ihm zu spüren, ihn enger an sich und tiefer in sich zu haben, und unweigerlich schlang sie ihre Hände um seinen Hals und versuchte, seine Lippen mit den ihren zu erreichen.

»Nein!«, rief er schnell und packte ihre Handgelenke, die er fest oberhalb ihres Kopfes in das Kissen presste. Seine Bewegungen in ihrem Leib wurden schneller und tiefer, und es dauerte nur wenige Augenblicke, bis sie spürte, dass sich sein warmer Samen in ihren Leib ergoss. Dann ließ er sich mit einem obszönen französischen Fluch neben sie auf das Bett fallen. Falls er dachte, dass sie kein Französisch sprach und nicht wusste, dass er sich selbst gerade als gottverdammten Hurensohn und Bastard beschimpfte, hatte er sich geirrt. Sie sprach fließend Französisch, aber sie begriff dennoch nicht, warum er sich selbst beschimpfte.

»Es tut mir leid, wenn ich Euch verärgert oder Euch missfallen habe«, sagte sie. »Ich wollte Euch nur küssen.«

»Du hast mir nicht missfallen«, knurrte er ungnädig. »Du erfreust mich, aber du darfst mich nicht anfassen. Niemals.«

»Niemals? Aber warum denn nicht?«

»Weil ich es sage, verdammt noch mal, darum.« Er brüllte so laut, dass Maddy vor Schreck zusammenzuckte.

»Schreit mich nicht an!«, rief sie. »Sonst werde ich Euch vor Schreck ohrfeigen. Damit hättet Ihr dann genau das Gegenteil von dem erreicht, was Ihr Euch wünscht.«

Das Schweigen, das folgte, war bleischwer, und Maddy bereute ihr eigenes Geschrei und die vorlauten Worte sogleich wieder. Eine Ehefrau schrie ihren Mann nicht an. Jesus Christus, das war womöglich eine noch schlimmere Sünde als die Wollust. Eine echte

Dame schrie grundsätzlich nicht. Niemals. Eine echte Dame hielt still und duldete. Aber sie wollte lieber für den Rest ihres Lebens als ungehobeltes Bauernmädchen gelten, anstatt sich das gefallen zu lassen. Niemand hatte das Recht, sie anzuschreien, auch ein Earl nicht. Und falls er es noch einmal wagte, würde sie das Zimmer verlassen, und er konnte ihretwegen in ihr Kopfkissen brüllen. Jawohl. Doch stattdessen brach er in Gelächter aus, in ein dunkles, männliches, sehr wohlwollendes Gelächter.

»Ich entschuldige mich in aller Form bei dir«, sagte er, nachdem sein Lachen endlich wieder verebbt war. »Ich verspreche, mich zu bessern. Aber wenn du mich noch einmal anfasst, werde ich dich von hinten nehmen, wie der Hengst die Stute nimmt, um weitere Berührungen durch dich zu verhindern. Verstanden?«

»Verstanden, Mylord!« Falls er das als Drohung gemeint hatte, so verfehlte er damit völlig den Zweck. Sie fand diese Vorstellung weder bedrohlich noch abstoßend, im Gegenteil, sie hatte bis vor Kurzem ja gedacht, dass genau jene Variante die einzig mögliche wäre, mit der man eheliche Pflichten erfüllte.

»Gut.« Mit einem leisen Ächzen setzte er sich auf und stieg aus dem Bett.

»Nein, nicht gehen!«, rief sie bestürzt und schnellte ebenfalls im Bett hoch. »Bitte geht noch nicht. Wir müssen doch noch miteinander reden.«

»Um Himmels willen, warum sollten wir denn reden?« Er klang verblüfft, aber immerhin setzte er sich wieder auf die Bettkante zurück.

»Aber wir sind Eheleute. Ich dachte, die reden miteinander und erzählen sich alles.«

Er grunzte abfällig. »In den Kreisen, in denen du aufgewachsen bist, mag das zutreffen, aber ein Earl und seine Gattin reden nicht miteinander. Sie erfüllen ihre Pflicht und gehen sich ansonsten aus dem Weg.«

»Aber das ist ja schrecklich! Warum sollten wir uns nicht auch unterhalten?«, brauste sie auf. »Was ist nicht recht daran, wenn zwei Menschen, die gemeinsam einen Erben hervorbringen wollen, zwischendurch auch ein wenig plaudern? Ich bin ganz allein hier in diesem riesigen, gruseligen Schloss. Ich habe doch sonst niemanden, der mit mir spricht.«

»Worüber willst du denn sprechen?«, fragte er ungeduldig.

»Nun ja, über alles. Darüber, wie mein Tag war, was ich erlebt habe, was mich bewegt, was ich gehört und gelesen habe.« Es kam ein ungeduldiges Schnauben von ihm, aber Maddy ließ nicht locker. »Habt Ihr denn gar nicht das Bedürfnis, jemandem Euer Herz auszuschütten?«

Wieder kam nur ein Schnauben von links.

»Man muss doch mit jemandem sprechen, sonst wird man krank«, beharrte sie. »Wenn Ihr Eure Gedanken und Gefühle nicht mitteilen wollt, dann könnten wir vielleicht über das Buch reden, das ich heute gelesen habe.«

»Welches Buch?« Immerhin schwang jetzt ein Hauch von Neugier in seiner Stimme.

»Ich habe den Roman über diesen Waverley angefangen, der in Eurer Bibliothek lag.«

»Wer hat dir gestattet, in meine Bibliothek zu gehen?«

»Ich habe es mir selbst gestattet«, antwortete sie lachend, und bevor er auf die Idee kam, deswegen laut zu werden, redete sie schnell weiter. »O Sutton, ich finde diese Geschichte so unsagbar spannend. Ich habe noch nie etwas Vergleichbares gelesen und es geht mir gar nicht mehr aus dem Kopf. Hat es Euch auch so gefesselt?«

»Ja, das hat es«, gab er brummend zu. »Diese Art von historischer Erzählung gab es noch nie zuvor. Was hat dir am besten gefallen?« Er wandte sich zu ihr herum und nach einem kurzen Zögern setzte er sich sogar wieder neben sie ins Bett.

»Ich bin erst in der Mitte«, sagte Maddy. »Aber ich kann kaum erwarten, zu erfahren, wie es weitergeht.« Und dann erzählte sie ihm, was sie bisher gelesen hatte und dass ihr am Charakter des jungen Waverly gefallen hatte, dass er eben ein durchschnittlicher Mann war, kein König, nur ein Dragoneroffizier, der rettungslos in die historischen Ereignisse verstrickt wurde. »Ein bisschen erinnert mich Waverly an meinen Bruder Edmund, der in Waterloo gefallen ist.«

»Ich besitze noch drei weitere Romane von diesem anonymen Autor und aus der Reihe«, sagte Sutton, ohne auf ihre Anmerkung zu Edmund einzugehen. »Sie tragen den Titel ‚Rob Roy' und spielen in Northumberland und in Schottland. Im Buch steht nur: Vom Verfasser von Waverly. Diese Geschichte wird dir auch gefallen. Ich schicke Franklin und lasse Waverly und Rob Roy morgen bei dir vorbeibringen.«

»Wie aufmerksam von Euch. Ich muss unbedingt wissen, wie es mit Waverley weitergeht. Ich hatte kaum noch Zeit zu lesen, seit mein Bruder zum Regiment gegangen ist.«

»Die Bücher in meiner Bibliothek stehen dir zur Verfügung«, knurrte er sie an. »Du kannst lesen, soviel du willst.«

»Danke.« Sie lachte, denn seine Erlaubnis war zwar nett, aber völlig überflüssig, niemand würde sie davon abhalten können, jedes Buch zu lesen, das sie finden konnte.

»Bist du jetzt also zufriedengestellt hinsichtlich unserer ehelichen Unterhaltung?«

»Für heute muss es wohl genügen. Ich hege allerdings die Hoffnung, dass wir das morgen Abend wieder so machen können. Wir können auch über Pferde reden oder über …«

»In Gottes Namen, ja«, unterbrach er sie. Dann stand er endgültig auf und gab dabei ein kaum hörbares, schmerzverzerrtes Zischen von sich.

»Ach Moment, da fällt mir noch etwas ein«, rief sie schnell.

»Du liebe Güte, Madeleine, ich bin müde und habe … nun ja, egal. Was ist denn jetzt noch so wichtig?«

»Es geht um Suppenschüsseln und Whiskyflaschen.«

»Suppenschüsseln?«

»Ihr werft eine Suppenschüssel an die Wand und zieht sie der Köchin vom Lohn ab.«

»Und das völlig zu Recht! Das war keine Suppe. Das Zeug hat geschmeckt wie Pferdepisse, verzeih, ich meinte, es hat abscheulich geschmeckt. Und das hat diese alte Hexe mit Absicht gemacht, um mich zu ärgern. Wie alle hier im Schloss hasst sie mich.« Er warf die Arme in die Höhe, was sie an den schattenhaften Bewegungen im Dunkeln erkannte.

»Warum sucht Ihr keine andere Köchin, anstatt Suppenschüsseln zu zertrümmern?«

»Was weiß ich! Larissa führt den Haushalt. Sie hat das Weib eingestellt, angeblich hat sie früher für Viscount Dayton gekocht. Man behauptet, er wäre ein echter Feinschmecker.«

Maddy lachte und schüttelte den Kopf. »Vielleicht ist sein feiner Gaumen ja der Grund, warum sie jetzt nicht mehr für den Viscount kocht. Du solltest schnell eine andere Köchin engagieren.«

»Herrje, Madeleine«, stöhnte er. »Überlasse diese Angelegenheiten doch Larissa, sie führt diesen Haushalt jetzt schon seit Jahren und hat sich zweifellos etwas dabei gedacht, als sie diese Köchin eingestellt hat.«

Maddy spürte einen scharfen Stich im Herzen. »Dann bin ich also nur dazu da, eheliche Pflichten zu erfüllen und einen Erben zu gebären? Im Haushalt habe ich nichts zu bestimmen?«

»Verdammt noch mal!«, schrie er, erinnerte sich dann aber offenbar, dass sie Geschrei nicht mochte, und fuhr flüsternd fort: »Du bist gerade erst hier angekommen und weißt noch nichts über Kelston Abbey. Überlass das einfach Larissa.«

»Ich führe den Haushalt von Colebridge Hall schon seit ich vierzehn bin, und unsere Geschäftsbücher führe ich, seit mein Bruder zu den Dragonern ging, und den ganzen Hof seit …«

»Was soll ich denn deiner Meinung nach tun?«, unterbrach er sie mit einem wütenden Ausruf. »Soll ich Larissa und die Köchin so mir nichts, dir nichts von ihren Aufgaben entbinden?«

»Sally kann nicht kochen«, beharrte sie trotzig und wischte sich eine Träne aus den Augenwinkeln. Er hatte ja recht. Sie war erst seit zwei Tagen hier und kannte weder die Leute noch die Gepflogenheiten im Schloss. Sie sollte akzeptieren, dass Larissa den Haushalt führte, zumindest so lange, bis sie sich eingelebt hatte, aber ihr Mund redete weiter, obwohl ihr Verstand ihr sagte, dass sie es gut sein lassen sollte. »Selbst ein Abdecker kann aus einer toten Katze noch eine bessere Suppe kochen.«

Sutton lachte über diese Bemerkung, und Maddy fasste Mut fortzufahren. »Warum weist Ihr der Köchin keine andere Arbeit in Eurem Haushalt zu und sucht Euch eine bessere? Meine Dienerin Anne kann kochen. Sie hat es mir beigebracht. Sie kocht sicher nicht gut genug für einen Earl oder ein Festgelage, und der Viscount Dayton würde sie vermutlich auch nicht einstellen, aber sie ist allemal besser als Sally. Sie bräuchte bloß etwas Unterstützung bei den anstrengenden Arbeiten in der Küche, schwere Töpfe heben oder den Herd anheizen, das kann sie nicht mehr. Aber es gibt schließlich genügend Küchenmägde, und wenn Ihr Anne nur die Hälfte des Lohns bezahlt, den Sally bekommt, dann spart Ihr sowohl die Kosten für zertrümmerte Suppenschüsseln, als auch laufende Ausgaben.«

»Jetzt soll ich mich also auch noch mit der Haushaltsführung befassen«, maulte er. »In Gottes Namen, Larissa wird nicht froh sein, aber ich erfülle deinen Wunsch. Vorausgesetzt, du erfüllst mir auch einen.«

»Wieder etwas Anstößiges?«, fragte sie lauernd.

»Wohl kaum.« Er lachte herzhaft und sein Ärger war hörbar verflogen. »Ich möchte, dass du mich beim Vornamen nennst. Du behauptest, dass Eheleute sich miteinander unterhalten müssen, und ich behaupte, dass Eheleute sich mit ihren Vornamen ansprechen müssen.«

»John«, sagte sie schnell, bevor er auf die Idee kam, noch mehr von ihr zu verlangen, außerdem kam sein Name dieses Mal leicht über ihre Lippen. Der Mann ohne Gesicht, der dunkle, verfluchte Earl, der womöglich eine grauenhafte Tat begangen hatte, hatte auf jeden Fall einen freundlichen Vornamen. »Siehst du? Es geht ganz leicht. John, mein Gemahl.«

»Nun gut. Dann sei es so, Madeleine, meine Gemahlin. Die Köchin wird ersetzt. Und was hat es mit der Whiskyflasche auf sich? Willst du mir jetzt auch noch deinen altersschwachen Knecht als Hausdiener aufschwatzen, weil Headly heimlich meinen Whiskey trinkt?«

»Du weißt davon?«, fragte sie überrascht.

»Wenn du es bereits am ersten Tag herausgefunden hast, meine liebe Gemahlin, wie sollte es mir, der ich seit und Jahr und Tag mit diesem Menschen zu tun habe, wohl entgangen sein? Dieser Taugenichts vergreift sich dreist an meinem Whisky und ist ab dem Mittag zu nichts mehr zu gebrauchen. Aber er ist schon im Dienst der Suttons, seit er ein kleiner Junge war, und vor ihm war sein Vater der Hausdiener in Kelston Abbey. Headly war früher ein zuverlässiger und treuer Diener. Nur weil es ihm jetzt schlecht geht, kann ich ihn nicht einfach vor die Tür setzen. Ein Dienstherr hat auch eine Fürsorgepflicht.«

»Das verstehe ich und es ist ehrenhaft von dir«, sagte sie und schämte sich, dass sie überhaupt über eine Entlassung nachgedacht hatte.

»Jetzt ist genug geredet für heute, ich bin erschöpft und ziehe mich zurück.« Nach diesen Worten blieb John noch eine ganze Weile als dunkler Schatten an der Seite ihres Bettes stehen. Vermutlich schaute er auf sie herab, aber im Dunkeln konnte er von ihr wohl kaum mehr als die Umrisse erkennen, so wie sie von ihm.

»Gute Nacht, Madeleine«, sagte er schließlich. »Schlaf gut.«

»Du auch, John.«

6. Countess und Gärtner

Vier Tage und vier Nächte gingen ereignislos dahin. Es regnete in Strömen, und man konnte keinen Schritt vor die Tür machen, ohne bis auf die Knochen durchnässt zu werden. Die Tage verbrachte Maddy in der Bibliothek, stöberte durch die Schätze in Johns Regalen oder schrieb Briefe an die Menschen in Stockton, an Mrs Oats und Lady Albright und auch an Anne. Sogar ihrem grimmigen Großvater, dem Viscount Campbell, der seit dem Tod ihrer Mutter nichts mehr mit ihr, ihrem Vater und Edmund hatte zu tun haben wollen, schrieb sie einen kurzen Brief, in dem sie ihm ihre Vermählung anzeigte. Er hatte die Gerüchte bestimmt schon längst gehört, und vermutlich war es ihm einerlei, was aus ihr geworden war; so wie ihm auch nach dem Tod der Mutter und nach Edmunds Dahinscheiden gleichgültig gewesen war, wie es ihr erging. Aber die Tage waren so langweilig und einsam, dass sie sogar an den alten Griesgram dachte und ihn mit einer Nachricht bedachte.

Sie hatte keine Arbeit für ihre unruhigen Hände, keine Unterhaltung für ihren unermüdlichen Mund und sie konnte nicht einmal hinaus ins Grüne. Ihr blieben nur die Bücher. Am dritten Tag schickte sie ihre Zofe zu Larissa und ließ anfragen, ob diese nicht Tee mit ihr trinken oder das Dinner mit ihr einnehmen wolle. Sie fand Larissa liebenswert und hätte sich gerne mit ihr angefreundet, doch die lehnte die Einladung mit tiefstem Bedauern ab, da sie Tee und Dinner jeden Tag mit der Dowager Countess einzunehmen pflegte. Die Zurückweisung tat Maddy trotzdem weh, auch wenn sie wusste, dass Larissa es nicht böse meinte.

Abends nach dem Dinner wartete sie ungeduldig auf Johns Besuch, jeden Abend mit ein wenig mehr Sehnsucht als am Tag zuvor. Die Erfüllung ihrer ehelichen Pflichten war der Höhepunkt eines jeden Tages. Jedes Mal, wenn er in der Dunkelheit zu ihr kam, streichelte er sie zuerst zärtlich und geduldig, bis sie vor Glück stöhnte und zitterte, dann nahm er sie in Besitz und ergoss sich in ihr. Danach legte er sich neben sie und sie unterhielten sich. Er gab ihr zwar regelmäßig zu verstehen, dass er diese nächtlichen Unterhaltungen als lästige Pflicht ansah, aber er schrie nicht, und manchmal schaffte sie es sogar, ihn zum Lachen zu bringen. Sie erzählte ihm von den Büchern, die sie tagsüber gelesen hatte, und er erzählte ihr von der Geschichte der Suttons. Er berichtete über die alte Abtei, die in der Zeit von Heinrich dem VII. erbaut worden war. Als Heinrich der VIII. mit der katholischen Kirche gebrochen und die Kirche von England gegründet hatte, hatte er alle Klöster aufgelöst und deren Besitztümer konfisziert. Einige Jahre später war Kelston Abbey von Heinrich dem VIII. den Earls von Dunlow übereignet worden. Johns Großvater George hatte all die neuen Gebäudeteile im Stile von Versailles errichten lassen und Johns Vater hatte den Stammsitz der Suttons hierher verlegt.

»Diesen Sonntag wird der Vikar unsere Vermählung in der Schlosskapelle verkünden«, sagte John am vierten Abend zu ihr. »Alle werden anwesend sein, die Dienerschaft, meine Mutter, Larissa und zweifellos auch die Einwohner aus Kelston und dem Umland. Du musst vorne auf einem der Armsessel Platz nehmen. Sie sind nur dem Earl und der Countess vorbehalten, der rechte mir, der linke dir.«

»Wenn du dabei bist, werde ich links und rechts schon nicht verwechseln«, lachte sie.

»Ich werde nicht zugegen sein«, antwortete er unwirsch. »Langsam solltest du begriffen haben, dass ich mich nicht unter Menschen begebe, erst recht nicht bei Tageslicht und ganz gewiss nicht zu einem Gottesdienst, bei dem sie wie die Aasvögel auf mein Erscheinen lauern und der Pfaffe einen Sermon über den Teufel und die Hölle halten wird.« Er stand auf und verließ das Schlafzimmer in einem Tempo, als wäre der besagte Satan hinter ihm her.

Am anderen Tag hatte der Regen endlich aufgehört, und Maddy wäre am liebsten gleich in den Park hinausgegangen, um ihn zu erkunden, doch nach dem Frühstück war die Schneiderin aus dem Städtchen Barnstake bestellt. Sie erschien mit großem Tamtam und Trara und hatte zwei Gehilfinnen und eine Hutmacherin im Gefolge. Sich selbst nannte sie Madame Couturier, was nichts anderes als Schneiderin bedeutete. Der französische Name sollte ihre Kundinnen in Barnstake wohl darüber hinwegtrösten, dass Paris und die neueste Mode sehr weit entfernt waren.

»Isch 'abe von Seiner Lordschaft den Auftrage er'alten, die Garderöbe von Madame la Comtesse du Dünloy auf elegantesten Stand zu bringen, complètement en nouvelle mode«, verkündete sie mit französischem Akzent. »Isch werde jeden Bekleidüngswünsche von Mylady nach 'öchstem Standard erfüllen. Dies ist eine wahre 'erausforderung.«

Maddy interessierte sich nicht für Mode. Ihr war es gleich, was gerade als letzter Schrei in Paris oder London galt, was bei den Bällen und Soireen getragen wurde oder wie sich die hochwohlgeborenen Damen bei Ausritten im Hyde Park zu kleiden pflegten. Soweit sie verstanden hatte, würde es niemals Bälle oder Abendgesellschaften auf Kelston Abbey geben. Und wenn sie ausritt, wollte sie kein unbequemes Reitkleid aus schwerem Samt tragen oder gar einen Hut mit ausladenden Federn auf dem Kopf haben. Sie brauchte ein bequemes Kleid, am liebsten sogar eine Hose, denn sie mochte den Damensattel gar nicht.

Aber die Schneiderin wollte davon nichts wissen, immerhin stand ihr guter Ruf auf dem Spiel. Außerdem hatte sie verschiedene Modemagazine mitgebracht, die direkt aus Paris stammten, sowie dreißig unterschiedliche Stoffmuster in allen Farben und Gewebearten. Kurz gesagt, sie war fest entschlossen, der Countess of Dunlow das ganze Ausmaß ihrer Kunst und ihres Stoffsortiments angedeihen zu lassen. Ihre Gehilfinnen nahmen noch einmal ganz genau Maddys Maße, während Madame Couturier ihr die Pariser Mode erklärte und ihr bei der Auswahl der Schnitte und Stoffe half. Hauchdünne, durchsichtige Leinen war für die ladyschaftliche Unterwäsche vorgesehen, zu der auch dünne Seidenstrümpfe und samtene Strumpfbänder gehörten. Musselin war in diesem Sommer der beliebteste Stoff überhaupt und je nach Tageszeit und Anlass trug man Weiß oder zarte Pastelltöne. Am Abend sah man die Dame gerne in edlem Batist oder Atlas, und Blumenmuster trug man im Prinzip in diesem Jahr gar nicht, allenfalls bei einer Matinee.

Die Hutmacherin zeigte kolorierte Zeichnungen von passenden Hüten mit bunten Schleifen, Bändern und Verzierungen. Obst, Federn, Figurinen und anderer Unsinn schmückten die Hüte und auch ausgestopfte Vögel waren in diesem Sommer nicht aus der Hutmode wegzudenken.

»Lieber setze ich eine Pickelhaube auf, als mit toten Vögeln auf dem Kopf herumzulaufen«, sagte Maddy zu der Hutmacherin und weigerte sich, einen Strohhut mit einem blauen Wellensittich in einem Nest aus grünem Moos anzuprobieren.

»Und weiße Kleidung will ich auch nicht. Die wird zu schnell schmutzig«, erklärte sie, als Madame Couturier ihr ein schneeweißes, fast durchsichtiges Musselinkleid mit rosaroten Bändern unter der Brust aufschwatzen wollte. Seit sie ihre Kleidung selbst hatte waschen müssen, wusste sie, was es für eine Mühe war, Schlamm- oder Grasflecken aus einem weißen Kleidersaum wieder herauszubekommen und wie wund die Finger wurden, wenn man zu lange auf dem Waschbrett geschrubbt hatte.

»Aber, Mylady, c'est le point, darüm geht es doch gerade«, erklärte Madame Couturier bestürzt. »Ihr 'abt ausreichend Personale, das sich um die Sauberkeit Eurer Garderöbe kümmert. Man muss Euren Stand an Euren Vêtements erkennen. Au fait, im Überigen werdet Ihr doch wohl niscisht über Stöck und Stein spazieren wie eine ... eine Gewöhnliche. Comme une ordinaire.«

O doch, genau das hatte Maddy vor! Sie konnte es kaum erwarten, endlich nach draußen zu kommen. Sie wollte durch den Park und den Wald bis zu den Farmen wandern, die in den Abbey Hills lagen. Sie wollte zu Fuß zum Fischerdorf Kelston gehen und am Meer entlangreiten – wie eine Gewöhnliche.

»Ich möchte nicht in meiner Bewegungsfreiheit eingeschränkt sein, nur weil ich ein weißes Kleid trage«, sagte sie zu der Schneiderin. »Ich beabsichtige, viel Zeit damit zu verbringen, draußen herumzulaufen.«

»'erümlaufehn?«, rief Madame Couturier und fächelte sich mit einem der Modemagazine Luft zu.

»Ja, herumlaufen.« Das war zweifellos etwas, was im Leben einer Dame nicht vorkam, erst recht nicht im Leben einer Countess, aber sie brauchte die Bewegung in der Natur, sonst würde sie in diesem düsteren Schloss schneller verrückt als schwanger werden.

»Isch abe für den Nachmittag ein wünderbares Modell«, antwortete Madame Couturier, als hätte sie Maddys Antwort gar nicht gehört. »Es 'at ein beaucoup Dekolleté und entzückendes Püffärmels. Isch stelle es mir enchanteur in einem zarten Müsseline mit dezente Pastelltön vor. Wie wäre es zum Beispiel mit vert? Ein 'übsches Lindegrüne? Findet Ihr das niscisht merveilleux, Mylady? Es wäre plus agréable, als draußen 'erumzu-zu-lüste-wandelen. Es wäre plus schicklischer.«

»Ich möchte Kleidung, die für jeden Tag geeignet ist. Nichts Festliches für Bälle oder Abendgesellschaften. Meine Kleidung soll leicht, luftig und bequem sein.«

»Isch verstehe bei den besten Willen nischt, was Ihr meint,

Mylady«, ereiferte sich Madame Couturier. »Seine Lordschaft bezahlt misch, dass isch Eusch verwandle in eine Countess.«

»Ich bin bereits eine Countess«, erwiderte Maddy bissig. Als ob allein die Kleidung einen Menschen zu etwas anderem machte. Aber so war es. Im Herzen wusste sie, dass die Schneiderin recht hatte und ihre Zeit als unbekümmertes Bauernmädchen vorbei war. Sie würde sich nicht mehr ungehemmt draußen bewegen dürfen, nicht mehr mit nackten Füßen durchs Gras laufen oder das Haar offen tragen und es im Wind wehen lassen. Deshalb gab Maddy ihren Widerstand schließlich auf und versuchte zumindest bei der Auswahl der Stoffe und Schnitte ein wenig Einfluss auf ihr künftiges Aussehen zu nehmen.

Als Madame Couturier sich nach vier Stunden wieder verabschiedete und mit ihren Gehilfinnen und der Hutmacherin in die Kutsche stieg, die Sutton für sie zur Verfügung gestellt hatte, fühlte sich Maddy so erschöpft wie nach einem ganzen Tag Feldarbeit.

Apropos Feldarbeit: Genau diese Zeit im Jahr hatte sie früher damit verbracht, das hohe Gras mit der Sense zu mähen und das Heu mit der Heugabel zu wenden, es aufzuhäufen und wieder zu verteilen, bis es trocken genug war, um es dann auf den Wagen zu laden. Dann hatte man es mit dem Pferd in den Stall gezogen, wo sie es wieder abgeladen hatte. Letztes Jahr um diese Zeit waren ihre Hände abends voller Blasen und Schwielen gewesen und ihre Füße dick geschwollen. Sie hatte von Anne zwei große Scheiben Lammbraten und jede Menge Yorkshire-Pudding zu essen bekommen, hatte alles hinuntergeschlungen und war dann wie tot ins Bett gefallen. Oft genug hatte sie an solchen Tagen die Spielsucht ihres Vaters verflucht und sich gewünscht, wenigstens einer der Stallknechte wäre dageblieben, um ihr bei der schweren Arbeit zu helfen. Dennoch kamen ihr jene mühseligen Tage in der heißen Sonne und auf dem Feld bei Weitem nicht so anstrengend vor wie Madame Couturiers belangloses Geschnatter über die Damenmode in Paris und London und über die Skandale, in welche diverse Duchesses und Countesses verwickelt waren.

Als Jane ihr den Lunch servierte, hatte Maddy keinen Appetit – die grüne Schleimsuppe sah sowieso nicht ansprechend aus. Sie wollte hinaus, denn die Sonne war hell und warm hinter den Wolken hervorgekommen.

Halb aus Rebellion gegen das Modediktat der Schneiderin, halb aus Sorge, sie könnte die beiden neuen Kleider beschmutzen, die sie von John bekommen hatte, entschied sie sich, eines ihrer eigenen Kleider anzuziehen. Sie wählte das schlichte, blau geblümte Sommerkleid aus, das sie immer bei der Gartenarbeit getragen hatte.

»Du brauchst ebenfalls bessere Kleidung, Jane«, sagte sie zu ihrer Zofe, während sie zu ihrer Truhe hinüberlief, um nach ihrem Sommerkleid zu suchen. »Dein grauer Kittel passt nicht zur Kammerzofe einer Countess, die ausstaffiert wird wie ein … ein Pfingstochse.«

»Ich hab nichts anderes als das, Mylady«, sagte Jane und zeigte auf ihre graue Kutte.

»Du kannst zwei von meinen alten Kleidern nehmen. Das schwarze und das dunkelblaue.« Sie kniete sich zu der Truhe hinunter und schloss sie auf. Sie hatte bisher keine Lust gehabt, ihre Sachen auszupacken, und als sie jetzt den Deckel öffnete und obenauf den bunt geblümten Schal entdeckte, den Edmund ihr zum fünfzehnten Geburtstag geschenkt hatte, brachen die Verzweiflung und der unendliche Schmerz auf einmal über sie herein, als hätte ihr jemand auf den Kopf gehauen. Edmund war nun schon seit drei Jahren tot, aber er fehlte ihr immer noch so sehr, dass der Anblick seines Geschenks ihr die Kehle zuschnürte. Wenn er sie jetzt nur sehen könnte, wie sie hier auf diesem Schloss residierte und in die schönsten Kleider gesteckt wurde.

»Kannst du dir das vorstellen, dass dein widerspenstiger Wildfang jetzt eine Countess ist?«, rief sie Edmund in Gedanken zu. Lieber Himmel, wie würde er lachen. Er würde sich vor Lachen auf die Schenkel klopfen, sie in den Arm nehmen, herumwirbeln und ihr einen dicken, nassen Kuss auf die Wange drücken. Wie sie ihn vermisste!

Sie schniefte und wischte sich verstohlen eine Träne von der Wange, dann suchte sie nach den Kleidern. Beide waren ordentlich gefaltet unten in der Truhe. Ihr geliebtes Sommerkleid für den Alltag in Colebridge Hall und die beiden dunklen Kleider, die sie in der Kirche getragen hatte oder wenn sie gelegentlich die Nachbarn besuchen ging.

»Aber, Mylady, das kann ich nicht nehmen«, rief Jane schockiert, als Maddy ihr das schwarze und das blaue Kleid mitsamt einer weißen Haube und einer gerüschten Leinenschürze überreichte.

»Kannst du denn nicht nähen?«

»Doch, sehr wohl, Mylady.«

Jedes Mädchen konnte nähen, musste es können, nur das Sticken war den feinen Damen der Gesellschaft vorbehalten. Maddy stickte allerdings nicht gern – lieber las sie dicke Bücher über die Krankheiten von Pferden und anderem Nutzvieh und Ratschläge, wie man diese Krankheiten heilte. Sie hatte das Veterinärbuch in der kleinen Bibliothek ihres Vaters gefunden, als sie alle Bücher zum Verkauf vorbereitet hatte. Aber das Buch »Erkrankungen bei Ross und Vieh und ihre Abhilfe« hatte sie für sich behalten und es sogar in ihre Truhe gepackt, während sie das Nähkörbchen mit dem Stickgarn in Colebridge Hall zurückgelassen hatte. Der schwere Wälzer hatte ihr bei der Behandlung diverser Entzündungen und Geschwüre der Pferde schon ausgezeichnete Dienste geleistet, während sie das Sticken und Nähen lieber anderen überließ.

»Nun, dann machst du dich jetzt gleich an die Arbeit und nähst dir die beiden Kleider enger und kürzer, sodass sie dir passen. Morgen möchte ich dich ordentlich angezogen sehen, mit Haube und Spitze.«

Jane riss ihre Augen und ihren Mund weit auf, eine Mischung aus Unglaube und ungebärdiger Freude zeigte sich in ihrem Gesicht. »Gott segne Euch, Mylady.«

Maddy drehte ihr den Rücken zu und schlüpfte schnell in ihr geliebtes Sommerkleid. Sie wusste nicht, was sie darauf antworten sollte, Gottes Segen für solch ein einfaches Geschenk zu erhalten, erschien ihr maßlos übertrieben, aber Gottes Segen konnte im Prinzip auch nicht schaden in diesem Schloss.

Ihr Lieblingskleid ließ sich vorn schnüren, und auf das Korsett verzichtete sie an diesem Tag ebenso wie auf einen Hut oder eine Haube. Jane war so fasziniert von den geschenkten Kleidern, dass sie es sogar vergaß, ihrer Herrin beim Ankleiden zu helfen. Als sie sich wieder erinnerte, welche Pflichten ihr als Kammerzofe oblagen, war Maddy bereits fertig und lief mit einem freudigen »Adieu!« hinaus. Sie war froh, dass sie auf ihrem Weg in den Park niemandem begegnete, der sie aufhalten oder mit lästigen Countess-Dingen ablenken würde. Sie hatte vor, sich die alte Meierei anzusehen, ob sie auch wirklich als Unterkunft für Anne und Caleb geeignet wäre.

Der Park war riesig, und schnell wurde Maddy klar, dass sie nicht einfach hätte darauf loslaufen sollen, ohne sich vorher zu erkundigen, wo sich die Meierei überhaupt befand. Kieswege, die von Rosensträuchern gesäumt waren, führten sie um einen großen See herum, dann durch ein kleines Gehölz und an vielen blühenden

Beeten vorbei bis an den Fuß eines Hügels. Sie beobachtete Eichhörnchen, Vögel und Kaninchen, sah sogar ein Reh und einen Fuchs, aber sie begegnete keiner Menschenseele, und weder die Meierei noch sonst irgendein Gebäude kam in Sicht. Schließlich stieg sie den kleinen Hügel hinauf und stand vor einem Pavillon, der von wilden Kletterrosen überwuchert war. Die Herbstwinde der vergangenen Jahre hatten trockenes Laub und Tannennadeln in seine Ecken geweht. Von hier oben konnte sie über den ganzen Park und die Umgebung blicken. In der Ferne erkannte sie die Dächer von Kelston Abbey. Das Schloss war eine merkwürdige Mischung aus den alten Klostergebäuden und den prunkvollen Anbauten, die Johns Großvater errichtet hatte. Die dicken Mauern des Ostturms, in dem sich ihr Rosenzimmer befand, leuchteten hellgrau in der strahlenden Mittagssonne, während die Sicht zum Zwillingsturm durch hohe Bäume verdeckt war. Zumindest wusste sie jetzt, in welcher Richtung das Schloss lag, auch wenn von einer Meierei oder anderen Gebäuden weit und breit nichts zu sehen war.

Sie hätte den Mann gar nicht bemerkt, der an einem der Kieswege hinter einem hohen Strauch stand und Rosen schnitt, wenn er ihr nicht zugewinkt und gerufen hätte.

»Holla, schönes Kind, wohin des Weges?«

Es war ein junger Gärtner, der sie grüßte. Er mochte in Franklins Alter sein, so um die dreißig Jahre, schätzte sie. Er trug einen großen Strohhut auf einem dunklen Haarschopf, und sein Gesicht war so braun gebrannt, als würde in Devonshire Tag und Nacht die Sonne scheinen. Er winkte mit beiden Armen und grinste sie mit weißen, makellosen Zähnen an.

»Ich suche den Weg zur alten Meierei«, sagte Maddy. Sie ging zu dem Gärtner hinüber und beschattete ihre Augen mit der Hand. Erst beim zweiten Blick fiel ihr auf, dass sein weißes Leinenhemd vorn offen stand und den Ausblick auf seinen nackten Oberkörper preisgab. Es war Sommer, es war warm und der Mann arbeitete schwer, sie konnte verstehen, dass er sich Luft und Erfrischung verschaffen wollte, dennoch errötete sie bis zu ihren blonden Haarwurzeln und schaute hastig weg – zu spät. Unwillkürlich hüpften ihre Gedanken zu John und zu den Nächten mit ihm. Wenn er in ihr war, spürte sie seinen nackten Oberkörper auf ihrem. Er hatte Haare auf der Brust, die ihre Brüste berührten. Das liebte sie. Sie holte tief Luft und schloss die Augen, um nicht daran zu denken. Das gehörte sich schließlich nicht für eine anständige Frau, dass sie bei Tageslicht an so etwas dachte.

»Da bist du ganz und gar falsch, meine Schöne«, rief der Gärtner lachend. »Die Meierei und die Ställe liegen jenseits des Schlosses, an der Straße in Richtung Kelston.«

Er zog den Hut, strich sich durch sein dichtes, schwarzes Haar und die Muskeln auf seiner nackten Brust strafften sich bei dieser Bewegung und wölbten sich vor. Maddy konnte nichts dagegen tun, ihre Wangen brannten. Sie war sich sicher, dass John ebenfalls solche kräftigen Muskeln hatte, und sie würde sie nur zu gern sehen, mit ihren Händen berühren und seine Haut fühlen. Aber all das blieb ihr ja verwehrt.

»Wenn du geradewegs den kleinen Wald durquerst, kommst du vorn am See wieder auf den Kiesweg«, fuhr der Gärtner fort und zeigte mit seinem Hut in die besagte Richtung. »Dort gehst du an der Abzweigung mit dem Torbogen aus Rosen rechts und folgst dem Weg. So umgehst du das Schloss und kommst direkt zur Meierei. Sie steht an der Biegung bei der alten Linde.«

»Danke.« Sie wandte sich ab, um in Richtung des Waldes weiterzugehen. Aber da sprang der Mann plötzlich aus den Rosenbeeten heraus und stellte sich ihr breitbeinig in den Weg, dabei schwenkte er seinen Hut und verbeugte sich. Er stolperte tollpatschig vorwärts, und Maddy musste von ganzem Herzen über diese Posse lachen, die er absichtlich vollführt hatte, vermutlich um die hochwohlgeborenen Herren zu verhöhnen.

»Warum läufst du so schnell davon? Hast du es eilig?«

»Nein.« Sie hatte es gar nicht eilig. Sie war ja immer allein, bis John nach dem Dinner zu ihr ins dunkle Schlafzimmer kam.

Der Gärtner steckte die große Rosenschere in den Gurt an seiner Hose und knöpfte eilig die Bändel des Leinenhemdes vorn zu. Zumindest hatte er nicht die Absicht, sie zu überfallen oder sich ihr unschicklich zu nähern.

»Ich begleite dich bis zur alten Meierei, wenn du möchtest.« Er wartete aber ihre Antwort gar nicht erst ab, sondern ging voraus, und als Maddy, die ein wenig überrumpelt war, nicht gleich folgte, blieb er stehen und winkte ihr zu. »Nun komm schon, ich bin hier sowieso fertig. Ich treffe selten jemanden in dieser Ecke des Parks. Drüben, bei den Ställen, habe ich ein kleines Häuschen, aber wenn ich ungestört sein möchte, dann komme ich hierher in diesen entlegenen

Winkel. In der Natur bin ich immer glücklich.« Er lachte.

»Ich auch«, sagte Maddy und schloss zu ihm auf. Der Gärtner schien nicht mal ansatzweise zu ahnen, wer sie war, und seine fröhliche Unbeschwertheit machte ihr Herz ganz leicht. Wie gut es tat, einem normalen Menschen zu begegnen.

»Ich habe ... hatte auch einen Garten. Er war klein, aber ich habe viele Stunden dort verbracht und Gemüse für die Küche angepflanzt. Ein paar Rosen hatte ich auch und viele verschiedene Heilkräuter.«

»Heilkräuter zu hegen ist eine hohe Kunst«, sagte der Gärtner und blieb stehen, um sie mit unverhohlener Neugier zu mustern. »Man braucht viel Erfahrung und muss um die Kraft und Wirkung der Kräuter und um die richtige Dosierung wissen. Ein falsches Kraut oder zu viel davon kann mehr Schaden anrichten als heilen.«

Maddy nickte. »Ich weiß, aber als meine Mutter krank wurde, habe ich notgedrungen angefangen, verschiedene Heilkräuter anzupflanzen, um ihr Leid ein wenig zu mildern. Der Arzt hat sie zwar zur Ader gelassen, aber danach ging es ihr selten besser.« Eines Tages hatten sie sich auch keinen Arzt mehr leisten können, aber das wollte sie dem fremden Mann nicht erzählen.

»Hast du Tee aus den Kräutern gemacht?«, fragte der Gärtner interessiert.

»Ja, und auch Salben und Tinkturen.«

Anne hatte das gar nicht gefallen, und sie hatte ihr vorgehalten, dass das gegen Gottes Willen sei. Nur alte Hexen befassten sich mit Kräuterkunde, sagte Anne, aber die Albrights waren oft zu Maddy gekommen, wenn eines ihrer Tiere krank war, und Lord Barnett hatte regelmäßig seinen Lakaien geschickt, um eine Dose von Maddys Salbe zu kaufen, die gegen seine offenen Beine half.

»Wie ist dein Name? Ich habe dich noch nie hier gesehen. Kommst du aus dem Dorf oder von drüben, von der Abbey?«

»Ähm, also ...«, begann Maddy und wusste nicht, welche der Fragen sie zuerst beantworten sollte oder ob sie überhaupt antworten sollte. Durfte sich eine Countess mit einem Gärtner unterhalten? »Ähm, ich heiße Madeleine.«

»Ich heiße Ian und bin Suttons Obergärtner«, antwortete der Mann, während Maddy überlegte, wie ihr vollständiger Name seit ihrer Heirat eigentlich lautete. »Vielleicht zeige ich dir einmal meinen eigenen Heilkräutergarten. Er ist mein ganzer Stolz. Sutton ist's einerlei, was ich tue und lasse. Er würde es wohl nicht mal bemerken, wenn die Hecken nicht geschnitten wären.«

»O ja, ich würde gerne den Garten ansehen. Ich interessiere mich sehr dafür«, rief sie, ohne nachzudenken. Vermutlich gab es aber eine strenge Regel, die es einer Countess verbot, sich mit einem Obergärtner über Heilkräuter zu unterhalten. »Ich war oben auf dem Hügel bei einem verlassenen Pavillon. Es ist umgeben von einer Wiese voller wunderbarer Pflanzen. Ich habe Beinwell entdeckt und sogar Lavendel. Die eignen sich gut für Tinkturen und Salben gegen Entzündungen und Prellungen.«

»So ist es«, bestätigte der Obergärtner überrascht. »Du scheinst nicht nur hübsch, sondern auch klug und tüchtig zu sein. Ich gehe auch manchmal zum Rosenpavillon hinauf und genieße die Ruhe und den Ausblick dort. Es wurde vor vielen Jahren für Madame Claire erbaut, aber nach deren Tod hat sich niemand mehr darum gekümmert.«

»Madame Claire?«

»Madame Claire war die Geliebte vom alten Earl George, der Großvater von Sutton. Ich kannte ihn nicht. Da war ich noch nicht geboren, aber sie erzählen, dass er gut aussehend und ein rechter Frauenheld war.« Der Obergärtner wackelte mit den Augenbrauen und Maddy musste herzhaft über die Grimasse lachen. »Er hat den Pavillon erbauen lassen, um sich dort mit seiner Liebsten zu verlustieren. Du weißt, was ich meine? Für die Madame hat er auch all die Rosen anpflanzen lassen. Sie war ganz vernarrt in Rosen, erzählt man sich.«

»Ich bin auch verliebt in Rosen«, rief Maddy und hüpfte übermütig über ein paar wilde Brombeerzweige hinweg. »Der Duft, die Blütenpracht, die Farben und die Vielfalt, ich kann mich gar nicht sattsehen daran.«

»Ach wirklich?« Der Obergärtner blieb plötzlich stehen und sah sie erneut an. Er musterte sie von oben bis unten mit schmalen Augen, schließlich gab er ein trauriges Seufzen von sich, als wäre er mit ihrem Erscheinungsbild unzufrieden, und zog dann die Schere aus seinem Gürtel.

»Einen Moment«, sagte er und lief ein paar Schritte voraus, bis er den Waldrand und den besagten Kiesweg mit der Abzweigung erreicht hatte. Dort rankten prächtige Rosen auf einem Gitter und bildeten einen Torbogen über dem Weg. Von da schnitt er eine faustgroße, weiße Rosenblüte ab, lief zurück zu Maddy und überreichte ihr die Blüte mit einer feierlichen Verbeugung.

»Verrat es nur niemandem, sonst bekomme ich am Ende noch Ärger für diesen unerhörten Diebstahl. Die neue Herrin ist angeblich auch ganz vernarrt in Rosen, und Sutton hat befohlen, dass man ihr jeden Tag ein frisches Gebinde in ihr Schlafgemach stellen soll.«

»Wirklich?«, rief Maddy mit ehrlicher Verblüffung. Heute hatte eine der Mägde tatsächlich wieder eine Blumenvase mit gelben Rosen gebracht und in ihr Fenster gestellt. Jetzt fragte sie sich, woher John wusste, dass sie Rosen so sehr liebte? Er hatte sie mit keinem Wort nach ihren Vorlieben gefragt und niemand sonst hätte ihm von ihrer Leidenschaft für Rosen erzählen können.

»Ja, so wahr ich hier stehe, werte Schönheit. Er hat befohlen, dass sie jeden Tag eine andere Farbe bekommen soll. Gestern habe ich rosafarbene geschnitten, heute die gelben und morgen werde ich wohl die weißen für sie binden.«

»Das ist aber sehr nett von ihm«, sagte Maddy mit einem glücklichen Lächeln und meinte sowohl John als auch Ian, den Gärtner.

»Die neue Countess scheint etwas Besonderes zu sein. Ich hoffe, sie besänftigt seine Wut und gibt ihm etwas Frieden«, murmelte dieser, dann stapfte er voran, ohne ein weiteres Wort zu sagen.

Als sie bei der alten Meierei ankamen, verabschiedete er sich mit einer Verbeugung und marschierte davon. Das kleine Häuschen war ganz bezaubernd und Maddy verliebte sich gleich auf den ersten Blick darin. Vor dem Haus wuchs eine alte Linde, dahinter war ein kleiner, verwilderter Garten, und ein Blick durch die winzigen Fenster sagte ihr, dass die Reparaturen, von denen John gesprochen hatte, bereits erledigt waren. Sogar das Dach war neu gedeckt. Alles sah sauber und solide aus. Es gab keine Stiegen und sogar einen separaten Raum mit einem Herd sowie einer Pumpe für das Wasser. Anne und Caleb würden sich hier wohler fühlen als in einer stickigen, engen Dienstbotenkammer oben im Turm. Und wenn sie die beiden sehen wollte, so hatte sie keinen weiten Weg – vorausgesetzt, man kannte die Richtung. Sie summte eine fröhliche Melodie vor sich hin, als sie eine Stunde später an der Tür zu Johns Räumen vorbeiging. Gleichzeitig malte sie sich aus, was sie ihm heute Nacht alles zu berichten hatte, von ihrem Spaziergang durch den Park und ihrer Begegnung mit dem heilkundigen Obergärtner. Sie würde ihm von ihrem Besuch bei der alten Meierei erzählen und ihm sagen, wie gut ihr das Häuschen gefalle und wie dankbar sie ihm dafür sei. Da öffnete sich plötzlich die Tür zu Johns Zimmer und Larissa trug ein Tablett heraus. Maddy fühlte einen scharfen Stich im Herzen, sie spürte Überraschung, Unverständnis und ja, auch so etwas Böses wie Eifersucht.

»*Warum wird Larissa in Johns Zimmer hineingelassen und mir, seiner Frau, ist der Zutritt verwehrt?*«, fragte eine neidische Stimme in ihrem Innern. »*Außerdem gehört es sich nicht für eine unverheiratete Dame, das Schlafzimmer eines verheirateten Mannes zu betreten*«, sagte eine andere Stimme, die sich sehr nach der ihrer Mutter anhörte. »*Sie ist immerhin seine Kusine. Es wird wohl kaum etwas Unschickliches passiert sein*«, entgegnete sie sich selbst in Gedanken. »*Es gehört sich trotzdem nicht.*«

»Ach, guten Tag, liebe Madeleine«, sagte Larissa freundlich und riss Maddy aus ihrem lächerlichen inneren Zwiegespräch. »Wie schön es ist, Euch zu sehen. Wie geht es Euch? Ihr seht so frisch und fröhlich aus.«

Maddy schämte sich sogleich für ihre unfreundlichen Gedanken. Sie war schließlich erst seit wenigen Tagen Johns Frau und kannte die Gepflogenheiten in diesem Haus noch nicht. Auch John und Larissa würden sich erst einmal daran gewöhnen müssen, dass es jetzt eine Ehefrau und neue Countess gab.

»Danke, gut, und wie geht es Euch?« Maddy schielte zu Larissas Tablett, auf dem ein Fläschchen und ein Glas standen. Und noch bevor Larissa antworten konnte, rief sie: »Ist das Medizin für John? Ist das Laudanum?«

»Er verlangt hin und wieder danach und wir können ja sonst nicht viel für ihn tun«, antwortete Larissa mit einem traurigen Lächeln.

»Hat John denn Schmerzen?« Sie kam sich dumm und ausgeschlossen vor. Laudanum war keine kostspielige Medizin, und die Ärzte verordneten sie für beinahe jedes Leiden, seien es Schmerzen oder Schlaflosigkeit, Schwermut oder Verdauungsprobleme. Ja, sogar gegen Husten half das Mittel. Ihre Mutter hatte in den letzten Monaten ihres Lebens unter schrecklichen Schmerzen gelitten und sie hatten jeden Abend eine hohe Dosis Laudanum in ihren Tee gegeben. Danach war sie entspannt und schmerzfrei und oft sogar gut gelaunt gewesen. Aber letzten Endes hatte das Laudanum ihren Tod nicht aufhalten können, so wenig wie Maddys Heilkräuter.

»Es sind die Verletzungen, die er sich bei dem Feuer zugezogen hat«, flüsterte Larissa.
»Aber wie ist das passiert?«, platzte es aus Maddy heraus.
»Ich bedauere, aber er hat verboten, darüber zu sprechen, und ich will nicht seinen Zorn auf mich ziehen, indem ich herumtratsche und den Gerüchten auch noch Vorschub leiste.«
Mit einem schwachen Knicks drehte Larissa sich um und lief eilends den Gang entlang bis zur Treppe. Für ein paar Momente verharrte Maddy betroffen vor der Tür ihres Ehemanns und rang mit sich. Sollte sie klopfen und einfach hineingehen? Sollte sie ihn fragen, wie es ihm ging, und ihn zur Rede stellen, was Larissa bei ihm zu suchen hatte? Sie hatte schon die Hand an der Türklinke, als sie es sich doch anders überlegte. Nein, sie wollte nicht über ihn herfallen wie eine wütende oder gar eifersüchtige Furie, erst recht nicht, wenn er Schmerzen hatte. Sie würde ihn heute Nacht fragen, nachdem sie mit ihren ehelichen Aktivitäten fertig waren.

7. John Sutton

Er wusste nicht, wie Larissa überhaupt in seine Gemächer gelangt war, normalerweise bewachte Franklin die Tür wie Cerberus die Pforte zur Unterwelt, zudem hätte es Larissa unter normalen Umständen niemals gewagt, in seinen Privatbereich vorzudringen. Wie alle fürchtete auch sie sich vor seinem Aussehen und seinen Wutanfällen. Aber da stand sie plötzlich und brachte das Laudanum, nach dem er schon vor zwei Stunden verlangt hatte. Es war nur ihr Glück, dass er gerade im Bett gelegen hatte und die Vorhänge vor den Fenstern zugezogen waren, sonst hätte er ihr ungebetenes Eindringen nicht geduldet.

»Was willst du? Wer hat dich hereingelassen?«, blaffte er sie an, was für seine Verhältnisse durchaus als Gelassenheit gelten konnte. Franklin musste ausgetreten sein und vergessen haben, die Tür abzuschließen, verflucht noch mal. Aber er hatte Madeleine versprochen, nicht mehr zu schreien, und er versuchte, sich tatsächlich daran zu halten – meistens jedenfalls.

»Verzeih, lieber John, wenn ich ungebeten eindringe«, entschuldigte Larissa sich gleich, während er sich unter Schmerzen aufsetzte und nach der schwarzen Maske tastete, die neben ihm auf dem Kopfkissen lag. Er hasste dieses abscheuliche Ding, doch er würde nicht riskieren, dass ihn irgendjemand ohne die Maske sah. »Aber ich weiß, dass du seit heute Vormittag auf dein Laudanum wartest, und vermute, dass du sehr starke Schmerzen hast.«

»Stell das Tablett auf den Tisch und dann geh wieder«, befahl er. Er brauchte dieses Höllenzeug heute unbedingt, fast so dringend, wie er Maddys Körper brauchte. Eine Stunde konnte sich wie eine Unendlichkeit anfühlen, wenn sie mit unerträglichen Schmerzen und dunklen Gedanken erfüllt war. Die Zeit in Maddys Bett fühlte sich hingegen wie ein Wimpernschlag an.

»Ich habe nach Headly gesucht«, sagte Larissa mit einem traurigen Auflachen. »Er war mal wieder von der Bildfläche verschwunden.« Jetzt ging sie zum Tisch hinüber und werkte dort. Er erkannte sie im Dunkeln nicht deutlich, aber er hörte, wie sie das benutzte Glas und das leere Laudanumfläschchen auf ihr Tablett stellte und ein frisches Glas mit einer vollen Flasche auf dem Tisch platzierte.

Er hasste dieses verwünschte Zeug, weil es ihn umnebelte und betäubte und den unstillbaren Wunsch nach immer mehr in ihm weckte, aber es war das Einzige, das gegen seine Schmerzen und die Albträume half.

»Ich habe Headly dann in der Nähe der alten Meierei entdeckt.« Larissa gab wieder dieses traurige Lachen von sich, das für sie so typisch war, leicht verzweifelt, aber schicksalsergeben. »Dort sitzt er ja zumeist unter der Linde und schläft seinen Rausch aus. Er denkt, man würde ihn da nicht ausfindig machen. Ach.«

Hoffentlich kam sie bald zum Ende mit ihrer Geschichte und verschwand schnell wieder. Dann würde er das Laudanum gleich unverdünnt und aus der Flasche trinken. Er konnte den widerwärtig bitteren Geschmack dieses Giftes schon beinahe auf seiner Zunge schmecken, bevor er es überhaupt getrunken hatte. Er hasste es, doch er brauchte es.

»Ich habe mich auch sehr gefreut, dass ich deine Gemahlin dort gesehen habe. Sie wirkte so frisch und … und ländlich und so überaus glücklich, beinahe verliebt. Ich war richtig erleichtert über ihr unbeschwertes Erscheinungsbild, denn ich hatte schon ein wenig Sorge, sie würde hier auf Kelston Ab…«

»Wann hast du Madeleine gesehen?«, unterbrach er sie herrisch. »Bei der Meierei? Was meinst du mit: Sie wirkte beinahe verliebt?« Schreck und Wut und noch tausend andere unbestimmte Gefühle griffen urplötzlich nach seinem Herzen und pressten es fest zusammen.

»Ach, rege dich bitte nicht auf. Ich hätte gar nichts sagen sollen, es war ganz gewiss nur ein harmloser Spaziergang, den sie mit dem Gärtner gemacht hat.«

»Mit dem Gärtner? Welcher Gärtner? Du meinst Ian?«, brüllte er.

Vergessen war sein Vorsatz, nicht mehr zu schreien. Dass Madeleine die Meierei besichtigte, war eine Sache, dass sie sich dort mit Ian traf, war eine ganz andere. Ian war weit mehr als nur ein Gärtner und das wusste Larissa genau. Aber aus Diskretion oder Prüderie nannte sie den Bastard seines Vaters nur den Gärtner. Ihm war es völlig gleichgültig, wie sie seinen Halbbruder nannte, sie könnte ihn seinetwegen auch Heiland oder Luzifer nennen, Ian war ein gut aussehender Hundesohn, der mehr Frauen in sein Bett zerrte, als es Tage im Jahr gab.

»Verdammt!« Er schrie so laut, dass jeder Muskel in seinem

Gesicht vor Schmerzen brannte, aber das war ihm jetzt egal.

»Wenn ich gewusst hätte, dass es dich so aufbringt, hätte ich lieber nichts gesagt. Ich habe gedacht, du freust dich, zu erfahren, wie gut deine Gemahlin sich einlebt.«

»Was hast du gesehen? Haben sie sich …« Er sprach die Worte nicht aus, die wie ein Brechmittel auf seiner Zunge lagen: berührt, umarmt, geküsst!

»Sie sind nur miteinander spazieren gegangen«, betonte Larissa schnell, doch ihr Versuch, ihn zu beschwichtigen, machte ihn nur wütender. »Sie haben sich angeregt miteinander unterhalten, und sie hat so fröhlich gelacht, dass mir das Herz dabei aufging.« Larissa hatte ihre Arbeit am Tisch inzwischen beendet und wandte sich mit dem Tablett in der Hand der Tür zu. »Ich gehe besser wieder und lasse dich allein. Verzeih mir, dass ich dich gestört und mit unnötigem Tratsch aufgeregt habe.«

»Bleib gefälligst hier! Ich will wissen, was du gesehen hast«, bellte John und sah es in seiner Vorstellung bildhaft vor sich. Wie Ian, der strahlend schöne, fröhliche Ian, der Frauenheld und Charmeur, sie in die Arme zog und an sich drückte. Wie er sie küsste mit seinen unversehrten Lippen, wie sie ihren Mund für ihn öffnete, wie ihre Zungen miteinander spielten. John würde seine Frau niemals küssen können, ohne dass sie dabei Ekel empfinden musste. »Was war zwischen den beiden?«, schrie er.

»Ach, süßer Jesus. Das erschien mir alles ganz harmlos. Sie haben sich an der alten Meierei voneinander verabschiedet und der Obergärtner ist in die andere Richtung davongegangen. Deine Gemahlin hat mich gar nicht bemerkt und ich war ja schon wieder auf dem Weg zurück zum Schloss und wollte sie nicht stören, während sie sich das Haus angesehen hat.«

»Gottverflucht! Hat er sie geküsst?«

»Lieber Himmel, John, wie kommst du auf die Idee? Natürlich nicht. Ich habe jedenfalls nichts dergleichen beobachtet.«

»Haben sie sich unschicklich berührt?« Das Monster in seinem Innern raste vor Wut. Sie hatte ihm in der Kutsche gesagt, dass sie ihrem Ehemann niemals untreu werden würde. Er hatte zwar abfällig darüber gelacht, aber dennoch hatten ihre Worte in ihm ein Licht entfacht, einen winzigen Hoffnungsschimmer, und jetzt herrschte schlagartig wieder dunkelste Nacht in seinem Herzen.

»John, du musst dich nicht zermartern durch solche Gedanken.

Sie ist so jung und ganz und gar unbekümmert. Ich zweifle nicht, dass sie ihre Pflichten als deine Gemahlin dennoch treulich erfüllen wird, auch wenn ihre ungebärdige Lebensfreude vielleicht hin und wieder die Oberhand gewinnt.«

Larissa dachte sich gewiss nichts dabei, aber ebendiese Worte, die ihm zum Trost dienen sollten, richteten den verheerendsten Schaden an. Wut, heißer als die Hölle, loderte in ihm auf und auch eine ganze Flasche Laudanum würde sie nicht betäuben.

Am Abend, als er zu Madeleine ging, hatte er kaum die Selbstbeherrschung, um freundlich zu bleiben oder sie zu streicheln. Am liebsten hätte er sie angeschrien, zur Rede gestellt und ihr Verrat und Untreue vorgehalten, aber in einem ungetrübten Winkel seines Verstandes wusste er, wie würdelos das wäre, wie er sich damit entblößen und verletzbar machen würde. Er würde sich vor seiner Gemahlin nicht lächerlich machen. Auf keinen Fall. Also schwieg er und versuchte, sich nichts anmerken zu lassen, souverän zu bleiben, obwohl ihn der Gedanke, sie könnte ihre plappernden Lippen für den Kuss eines anderen Mannes geöffnet haben, oder gar die Vorstellung, die Hand eines anderen könnte ihre zarte Haut berührt haben, rasend machte. Jede einzelne Sekunde ihres Zusammenseins begleitete ihn diese Vorstellung und schürte die Dunkelheit in ihm. Er nahm sie härter als an den Tagen zuvor und fasste es kaum, dass sie dennoch unter ihm bebte und stöhnte und ihren kleinen Tod erlebte wie an den anderen Abenden.

Danach aber brachte er es nicht über sich, mit ihr zu reden. Kaum hatte er sich aus ihrem Leib zurückgezogen, stand er vom Bett auf und lief zur Tür.

»John? Was ist mit dir? Geht es dir schlecht? Hast du Schmerzen?«, rief sie ihm nach und klang voll ehrlicher Sorge.

»Nichts, was dich interessieren müsste«, antwortete er kalt.

»Bitte geh noch nicht. Ausgerechnet heute muss ich dir so viel erzählen. Ich habe die alte Meierei angeschaut und einen …«

»Schweig still!«, brach es aus ihm heraus wie das Brüllen aus einem verwundeten Löwen. Dann stürmte er aus ihrem Gemach und schlug dabei die Tür hinter sich zu, als wollte er den Turm zum Einsturz bringen.

Am anderen Morgen bestellte er Ian zu sich, nachdem er sich die ganze Nacht im Bett gewälzt hatte und von Albträumen verfolgt worden war, Angstträume, die ihm seine Frau in den Armen des

Obergärtners zeigten.

Es war das erste Mal seit dem Feuer vor drei Jahren, dass er Ian wiedersah. John hatte ihn gemieden, wie er alle mied, die ihm früher nahegestanden hatten. Er hatte ihm nur hin und wieder kurze Botschaften mit Anweisungen zukommen lassen, auf die Ian genauso kurz antwortete.

Doch nun stand er da, in Johns Arbeitszimmer. Die dicken roten Samtvorhänge waren fest zugezogen, und sein Schreibtisch befand sich in der dunkelsten Ecke des großen Raumes, weit entfernt von den Fenstern, sodass selbst bei Tageslicht immer ein dunkler Schatten über dem Arbeitsplatz lag. Nur direkt an der Tür, die Ian hinter sich geschlossen hatte, standen zwei Kandelaber, die Franklin vorhin angezündet hatte. John sah Ian deutlich, aber Ian konnte lediglich Johns Schatten hinter dem Schreibtisch wahrnehmen.

Gottverdammt, dieser Bastard sah immer noch genauso einnehmend und stattlich aus wie eh und je. Groß und breitschultrig stand er da, hatte seinen Sonnenhut gezogen und trug das selbstbewusste, makellose Lächeln zur Schau, mit dem er reihenweise Frauenherzen eroberte.

»Sutton!«, rief Ian voll ehrlicher Freude zur Begrüßung und schwenkte seinen Sonnenhut. »Warum hat das nur so verdammt lange gedauert, bis wir endlich wieder miteinander reden?«

Ian nach all der Zeit wiederzusehen, machte ihm schmerzhaft bewusst, wie nahe sie sich früher gestanden hatten und wie sehr er Ians Gesellschaft vermisste, vor allem seine pragmatische Art, mit der er geradeheraus und ohne Beschönigungen sagte, was er dachte und fühlte. Aber nach dem Feuer hatte sich alles geändert, und er hatte Ian nicht mehr sehen wollen, weder das Mitleid noch das Entsetzen im Blick seines Freundes hätte er ertragen können. Der Einzige, den er um sich haben konnte, ohne dass er sein Gesicht hinter einer schwarzen Stoffmaske verstecken musste, war Franklin.

»Wie geht es dir?«, fragte Ian unbeschwert, als John nicht antwortete, sondern nur brütend aus seiner dunklen Ecke heraus zur Tür hinüberstarrte, wo dieser unerträgliche Schönling mit dem Sonnenscheinlächeln stand. »Sie sagen, du seist beim Feuer schwer verletzt worden, aber niemand wollte mich zu dir lassen, um nach dir zu sehen. Stattdessen hat dieser Quacksalber aus Barnstake an dir herumgepfuscht. Ich hätte dir besser helfen können.«

Da war es wieder, Ians unverblümte Art, die Dinge beim Namen zu nennen ohne Rücksicht auf die Etikette oder gar auf den Standesunterschied, der sie trennte.

»Ich habe dich nicht herbeordert, um mich über meine Gesundheit zu unterhalten«, zischte er Ian an.

John war nur wenige Wochen älter als Ian und als Kinder waren sie unzertrennlich gewesen. Sie hatten heimlich miteinander gespielt, denn seine Mutter hatte es verboten und sein Hauslehrer hatte ihn dafür mit dem Stock gezüchtigt. John hatte sich über das Verbot hinweggesetzt und sich zu Ian und den Ställen davongestohlen, wann immer er unbeobachtet war. Erst später, als er schon fast erwachsen war, hatte er erfahren, dass Ian sein Halbbruder war, der illegitime Sohn, den sein Vater mit einem Stubenmädchen gezeugt hatte. Ians Mutter war bei der Geburt gestorben und der Earl hatte seinen Bastard der Frau des Verwalters zur Pflege gegeben. Man hatte im Schloss kein Wort darüber verloren, auch wenn die Lakaien hinter vorgehaltener Hand natürlich darüber tratschten. Seine Mutter pflegte nach wie vor eine ausgeprägte Abneigung gegen den weiteren Sohn ihres Gatten, doch sein Vater hatte ihm besondere Zuwendung angedeihen lassen. Er hatte Ian sogar den Besuch einer Privatschule und das Studium an der ehrwürdigen Universität zu Oxford ermöglicht.

Früher, vor dem Feuer, hatten er und Ian sich recht ähnlich gesehen, und die Leute aus der Umgebung hatten sie beide manchmal miteinander verwechselt. Als sie ins Jünglingsalter kamen und ihnen der jugendliche Saft und Übermut aus allen Poren schoss, hatte Ian sich hin und wieder sogar als John Sutton ausgegeben. Denn auch einfache Mädchen machten die Beine lieber für den legitimen Sohn eines Earls breit als für dessen Bastard. Während aber Ian ein Frauenheld war und jedem Rock nachjagte, war John zurückhaltend und ernst und hatte sich nur selten zu Abenteuern mit leichten Mädchen hinreißen lassen.

Ihre Wege hatten sich getrennt, als Ian nach Oxford gegangen war, um Arzt zu werden, und John, als der zweite und entbehrliche Sohn, zum Militär geschickt worden war. Allerdings war Ian während seiner Studien – sehr zum Missfallen des Earls – in allerhand Skandale verwickelt, und nachdem er dem Enkel eines Viscounts die Zähne ausgeschlagen und die Tochter eines Geistlichen verführt hatte, war er kurz vor seinem Abschluss von der Universität verwiesen worden und nach Kelston Abbey zurückgekehrt. Johns Vater war inzwischen gestorben und sein Bruder George war der neue Earl of Dunlow. Er hatte Ian den Posten eines Obergärtners zugewiesen und ihm eine monatliche Rente ausgesetzt. Diese Rente war nicht annähernd so hoch ausgefallen, wie es im Testament ihres Vaters vorgesehen war, aber sie war hoch genug, dass Ian ein unbeschwertes Leben führen und seine Jagd nach Weiberröcken fortsetzen konnte, während John mit dem Regiment durch die Gegend zog.

»Warum bin ich also hier?«, fragte Ian munter, als wäre er sich keiner Schuld bewusst.

»Ich habe gehört, du hast meine Frau getroffen.«

»Hat sie sich etwa über mich beklagt, dass ich es am nötigen Respekt habe fehlen lassen?« Ian lachte unbeschwert. »Ich wusste nicht, wer sie ist, als ich sie angesprochen habe. Sie wirkte so freundlich und ungezwungen und war gekleidet wie ein einfaches Mädchen vom Land.«

John wusste, wie Madeleine gekleidet war. Schließlich hatte er sie gestern durch die Gucklöcher beobachtet und zugesehen, wie sie das besagte, ihm wohlbekannte Kleid angezogen hatte. Man schnürte es vorn und öffnete es auch ganz leicht auf die gleiche Weise. Und obwohl es so schlicht und schmucklos war, wirkte es dennoch wie ein Magnet auf die Augen von Männern … auf seine Augen. Als er sie gestern in diesem Kleid gesehen hatte, war er sich vorgekommen, als hätte jemand die ewige Nacht aus ihm getilgt und ihn wieder jung und gesund gemacht. Vielleicht traf ihn ihr Verrat deshalb so hart.

»Sie hatte sich verirrt, ist beim Rosenpavillon vorbeigekommen und ich habe ihr den Weg zurück gezeigt«, erzählte Ian weiter und lächelte unbekümmert wie der helle Sonnenschein.

John schnaubte. Wenn er jetzt sprechen müsste, würde er nur brüllen.

»Erst als sie erwähnte, dass sie Rosen liebt, habe ich es mir zusammengereimt, wer sie ist. Aber da wollte ich mir nicht mehr die Blöße geben und einen Bückling vor ihr machen.«

»Stattdessen hast du lieber mit ihr getändelt und ihr schöne Augen gemacht«, krächzte John.

Das Lächeln verblasste auf Ians Sonnenscheingesicht. »Wie meinen?«

»Ich sagte, du hast dich meiner Frau unschicklich genähert.«

»Ich kann nicht glauben, dass sie derlei Dinge behauptet hat, denn das wären Lügen, und sie kam mir nicht wie eine Lügnerin vor.

Eher wie jemand, der geradeheraus ist, ungeachtet jeder Konvention.«

»Sie hat mir nichts Derartiges erzählt«, zischte John. Tatsächlich hatte er ihr ja gar nicht gestattet, mit ihm zu reden. Sie hatte ihm in der vergangenen Nacht von ihrem Tag berichten wollen, aber er hatte keine Lügen hören wollen, also war er lieber aus ihrer Nähe geflohen, womöglich wäre seine Wut sonst außer Kontrolle geraten. Was hätte sie ihm schon sagen können, um das Techtelmechtel zu erklären, das Larissa beobachtet hatte?

»Hat sie sich über mich beschwert, weil ich sie nicht Mylady genannt und Kratzfüße gemacht habe?«, fragte Ian und seine glatte Stirn furchte sich vor Missbehagen. »Bei unserer Freundschaft, Sutton, ich habe sie nicht einmal berührt. Ich habe ihr eine Rose überreicht und sie bis zur Meierei begleitet, weil sie nach dem Weg fragte.«

»Und ihr habt euch blendend unterhalten und miteinander gelacht.«

»Herrje, ja!« Ian warf beide Arme hilflos in die Höhe. »Wir haben uns über Tiere und Heilpflanzen unterhalten.«

»Tiere und Heilpflanzen?«, schnaubte John.

»Sie ist klug und interessiert sich für Tiere, Pflanzen und Heilkunde. Und ich kann einfach nicht glauben, dass sie mich wegen dieser harmlosen Unterhaltung bei dir verunglimpft hat.«

Ja, Madeleine war klug, viel klüger als irgendeine andere Frau, die John kannte. Und ihre nächtlichen Unterhaltungen empfand er als belebend. Sie redeten nicht nur über Literatur, sondern auch über Politik und Geschichte, und Madeleine war an jedem Thema, das er anschnitt, interessiert, gleichgültig ob es Pferde oder Baukunst, Waffen oder gottverdammte Segelschiffe waren.

»Madeleine hat dich nicht verunglimpft«, gab er mit einem Brummen zu. »Jemand hat euch zusammen gesehen.«

»Jemand?« Aus Ians Kehle kam ein abfälliges Lachen. »Was will dieser jemand denn bitte schön gesehen haben? Da war nichts. Absolut nichts.«

John versuchte sich an Larissas genaue Worte zu erinnern, was nicht einfach war, denn sein einstmals brillantes Erinnerungsvermögen hatte seit dem Feuer und dank des verdammten Laudanums beträchtlich gelitten. Außerdem hatte er gestern Nachmittag wahnsinnige Schmerzen gehabt. Er erinnerte sich nur noch an die Wut, die ihre Worte verursacht hatten.

»Ich rate dir, dich von meiner Frau fernzuhalten«, antwortete er barsch, weil ihm leider keine klügere Antwort einfiel.

»Wer ist dieser Jemand, der mich verleumdet?«

»Das brauchst du nicht zu wissen.«

»Soll ich diese Verunglimpfung einfach so hinnehmen? Was auch immer derjenige erzählt hat, es ist eine infame Lüge, und er ist ein intriganter Mistkerl, dem ich dafür die Zähne einschlagen möchte«, brauste Ian in ehrlichem Zorn auf. Das ungezügelte Temperament hatten sie beide von ihrem Vater geerbt, und Ians Wut klang aufrichtig, genauso wie seine Unschuldsbeteuerungen, dennoch war John keineswegs beruhigt.

»Ich kenne dich und deine Jagd nach Weiberröcken.«

»Ja, sie ist eine Schönheit und ich bin fasziniert von ihrer Natürlichkeit und ihrer Klugheit, aber die Zeiten, in denen ich jedem Mädchen schöne Augen gemacht habe, sind lange vorbei«, fuhr Ian eindringlich fort. »Und in dem Augenblick, als mir klar wurde, wer sie ist, habe ich mich von ganzem Herzen für dich gefreut, mehr nicht. Sutton, du kennst mich doch, wir waren einst Freunde. Wir sind es immer noch, wenn es nach mir geht. Sag mir, wer dieser Jemand ist, damit ich ihn zur Rede stellen kann.«

»Larissa hat euch gesehen.«

»Larissa? Und du glaubst dieser falschen Schlange mehr als mir?«, rief Ian empört.

John antwortete nicht.

»Herrgott, sie lügt doch!« Ian schüttelte ungestüm den Kopf.

»Sie ist gewiss keine falsche Schlange. Sie hat es gut gemeint«, verteidigte er seine Kusine halbherzig. Larissa war für ihn die unwichtigste Nebensache der Welt. Sie war eine verarmte Verwandte, die vor vielen Jahren Aufnahme im Schloss gefunden hatte und seither als Gesellschafterin für ihre Mutter diente. Sie hatte sich mit ihrer stillen Freundlichkeit überall beliebt und nützlich gemacht, aber das war auch schon alles, was er über Larissa wusste und was ihn an der Kusine interessierte. John hatte in seinem ganzen Leben noch keine zehn Gedanken an sie verschwendet.

»Gut gemeint? Dass ich nicht lache!«, zischte Ian. »Weißt du nicht, dass ihre Worte dazu geführt haben, dass dich jetzt alle für einen Mörder halten? Larissa hat herumerzählt, dass sie dich mit einer Fackel gesehen hat, wie du in jener Nacht zur Hintertür des

Westturms gelaufen bist, als wärest du vom Teufel besessen.«

John schüttelte müde den Kopf. »Natürlich weiß ich davon, und ich wünschte, ich könnte dem, was Larissa in jener Nacht gesehen hat, irgendetwas entgegenhalten.«

Jene Nacht! Jene Nacht war wie ein schwarzer Abgrund in seinen Erinnerungen. Manche Dinge waren klar und deutlich, zum Beispiel die Erinnerung an den kleinen George, der schreiend vor Angst am Rockzipfel seiner Mutter hing. Und da war stets das wilde Flackern einer Fackel, welches grausige Schatten an die alten Mauern des Turms warf. Aber alle anderen Erinnerungen lagen verschüttet in den dunkelsten Kammern seines Gedächtnisses, und als er nach dem Feuer wieder zu sich gekommen war, war seine linke Gesichtshälfte verbrannt gewesen und die rasenden Schmerzen, die ihn mit glühenden Krallen gefangen gehalten und seinen Verstand gelähmt hatten, hatten alles andere überlagert. Dann war das Fieber gekommen und die Fieberträume, in denen er sich einbildete, er wäre bereits in der Hölle und würde bei lebendigem Leibe geröstet.

»Was ist nun?«, fragte Ian und riss ihn aus seinen grauenvollen Gedanken. »Wirst du mich wegen einer Lüge davonjagen?«

»Nimm dieses Gespräch als Warnung«, antwortete er barsch. »Halte dich von meiner Frau fern, sonst jage ich dich tatsächlich davon.«

Ian verneigte sich umständlich, was nicht besonders elegant wirkte, aber das war nur sein übliches spöttisches Theater, denn Ian hatte eine erstklassige Erziehung genossen und würde überall als Lord durchgehen, wenn er sich entsprechend kleidete.

»Warum kommst du nicht aus deinem dunklen Loch heraus an die Sonne und spazierst selbst mit deiner Liebsten durch den Park?«, fragte Ian. Sein Tonfall war scherzhaft, doch sein ernstes Gesicht und die Sorgenfalten auf seiner Stirn straften diesen Lügen. »Du solltest endlich wieder unter Leute gehen und vor allem hinaus in die Natur. Reitet doch zusammen aus. Das wird deine schweren Gedanken vertreiben und deine Gemahlin wird es sehr glücklich machen. Sie liebt Tiere und ganz besonders Pferde. Sie erzählte mir, wie traurig sie ist, weil sie ihr Pferd Plummer in ihrem Elternhaus zurücklassen musste.«

»Ich werde nichts dergleichen tun«, blaffte John. »Hinausgehen und bei Tageslicht durch die Gegend flanieren? Denkst du, ich will mit meinem schwärenden Gesicht begafft werden wie eine von diesen Monstrositäten auf dem Jahrmarkt? Ich verlasse meine Räume nicht. Nur wenn es Nacht oder wenn es absolut unerlässlich ist.«

»Aber du bist nach London gefahren, um bei White's Karten zu spielen«, kam es herausfordernd von Ian.

»Ich hatte meine Gründe.«

»Welche Gründe denn?« Ian ließ nicht locker. »Was hat dich veranlasst, die Reise nach London auf dich zu nehmen, um an einem Spieltisch zu sitzen, obwohl du angeblich niemals deine Räume verlässt?«

»Ich hatte beschlossen, eine Frau zu finden und einen Erben zu zeugen.«

»Am Spieltisch?« Ian lachte abfällig.

»Den Erben zeuge ich im Bett, nicht am Spieltisch.« Das war beinahe wie ein Verhör, und er war für einen Augenblick lang versucht, Ian in seine wahren Beweggründe einzuweihen, wie früher, als sie Freunde gewesen waren. Aber die Zeiten, in denen er Freundschaft pflegen und anderen sein Herz öffnen konnte, waren vorbei. »Im Übrigen gehen dich meine Motive nichts an. Das Gespräch ist jetzt beendet.«

Ian schnaubte nur, und anstatt zu gehen, trat er einen Schritt näher. »Lass mich einen Blick auf dein Gesicht werfen, damit ich mir ein Bild machen kann, wie schlimm die Entstellung ist.«

»Bleib, wo du bist!«, bellte John und hob die Hand abwehrend hoch.

»Ich bin ein besserer Arzt als dieser Knochensäger aus Barnstake, und vielleicht kann ich dir helfen, die Schmerzen erträglicher machen oder dir eine ...«

»Nein!«, unterbrach ihn John und schlug mit der Faust auf den Tisch. »Raus jetzt mit dir, bevor ich es mir anders überlege und dich doch noch von meinem Grund und Boden jagen lasse.«

Sofort trat Ian wieder einen Schritt zurück und hob abwehrend die Arme. »Wovor fürchtest du dich, Sutton? Etwa, dass ich angewidert wäre? Ich habe schon Schlimmeres als ein vernarbtes Gesicht gesehen. Oder ist es dumme und unberechtigte Eifersucht, weil du nun nicht mehr so ein strahlender Schönling bist wie ich? Ich bin dein Freund.«

»Verschwinde endlich«, brüllte John. »Ich habe keine Freunde.«

Ian setzte den Hut auf, wirbelte herum und stürmte aus dem

Raum; John starrte mit brennenden Augen auf die Tür. Er bereute seine Worte im gleichen Moment, in dem er sie ausgesprochen hatte, aber es war besser so.

Ian hatte recht. Die Tatsache, dass sie beide sich früher ähnlich gesehen hatten und er jetzt das verstümmelte Monster war, während Ian in der vollen Pracht und Blüte der besten Mannesjahre stand, schürte Eifersucht in John. Es war unerträglich, Ian zu sehen, auch wenn ihm der Freund fehlte. Aber was wäre das für eine Freundschaft, die nur von Neid und Bitterkeit genährt wurde? Er konnte keine Vertrautheit mehr zu Ian pflegen, zu niemandem.

Das war schmerzhaft und so unendlich anstrengend.

Arbeit war von jeher die beste Ablenkung, wenn man Kummer hatte. Deshalb verbrachte Maddy den ganzen Tag in der alten Meierei. Anne und Caleb waren endlich angekommen. Johns Kutsche hatte sie und ihre Habseligkeiten in Colebridge Hall abgeholt und direkt bis vor die Tür der alten Meierei gefahren, und Maddy war den beiden nun bei ihrem Einzug behilflich.

Im Grunde hätte gestern schon jemand die Böden kehren und aufwischen sollen. Die Fenster hätten geputzt und frisches Stroh in die Matratzen gefüllt werden müssen, aber das war aus unerfindlichen Gründen vergessen worden. Maddy war allerdings nicht traurig darüber, denn so hatte sie etwas zu tun und musste nicht einsam in ihren Gemächern sitzen und nachgrübeln, warum John verärgert über sie war oder was sie falsch gemacht hatte.

Gerade als sie angefangen hatte, ihn ein wenig zu mögen und sich nach seinen Besuchen zu sehnen, stieß er sie zurück. Sie hatte die Kälte und Ablehnung in der vergangenen Nacht zunächst nur als eine seiner vielen unerklärlichen Launen abgetan, aber dann hatte sie am anderen Morgen eine merkwürdige Überraschung erlebt, als sie in die Küche kam, um den Korb mit Essen für Anne und Caleb zu holen, den sie bereits am Vortag dort bestellt hatte.

Das Gesinde war in der Küche um den Tisch versammelt gewesen, angefangen bei den jungen Küchenmägden und Laufburschen und aufgehört bei Headly, der bereits einen umnebelten Blick hatte, obwohl es noch nicht einmal Mittag war. Sie schienen sich die Zeit mit Tratschen zu vertreiben, und auch als Maddy den großen

Raum betrat, gönnte ihr kaum einer einen Blick oder einen Gruß. Die lähmende Furcht, die das Personal noch vor einer Woche in ihrer Gegenwart gezeigt hatte, schien sich in Wohlgefallen aufgelöst zu haben.

Maddy fragte nach dem Korb mit Brot, Schinken und Käse. »Und einen Krug Bier, bitte«, fügte sie hinzu, als Mrs Longfields sich endlich vom Tisch erhob.

»Die Köchin hat es wohl vergessen«, murmelte sie.

»Sie ist eingeschnappt, weil Seine Lordschaft ihr gesagt hat, dass sie in die Waschküche muss, und jetzt macht sie nichts mehr«, plapperte eine der Mägde dazwischen. Es war Rose, diejenige, die vor einer Woche noch vor Angst gestottert hatte.

»Ab morgen wird meine Dienerin Anne kochen«, antwortete Maddy unbekümmert, erntete aber nur Schweigen. »Sie ist schon älter und braucht Unterstützung, aber sie kann gut kochen.«

Wieder bekam sie nur Schweigen zur Antwort. Vermutlich war Sally trotz ihrer miserablen Kochkünste bei den anderen beliebt, und es war verständlich, dass die Dienerschaft einer neuen Köchin und dazu noch einer fremden Person, die aus einer ganz anderen Gegend stammte, ablehnend gegenüberstand. Aber sie würden schon bald merken, wie umgänglich Anne war und wie gut sie kochte. Außerdem war Sally ja nicht entlassen worden. John hatte ihr die Leitung der Waschküche und der Molkerei übertragen und er hatte ihr sogar die Erstattung der zerstörten Suppenterrine erlassen. Sie konnte also zufrieden sein, und im Grunde hatten doch alle etwas davon, wenn das Essen künftig nicht mehr nach Knochenleim schmeckte.

»Was steht für diese Woche auf dem Speiseplan?«, fragte sie unbekümmert. Anne würde diese geschmacklosen Mehlsuppen vermutlich durch Stews und Sandwiches oder vielleicht auch mal durch gefüllte Pasteten ersetzen. Ihr Lammbraten war eine Delikatesse.

»Um den Speiseplan kümmert sich Miss Larissa«, antwortete Longfields.

»Ich möchte ihn dennoch sehen. Ich will auf keinen Fall wieder Schleim auf meinem Teller haben.«

»Miss Larissa macht das schon seit Jahren«, erwiderte Longfields trotzig und rührte sich nicht von der Stelle.

»Ich bin dankbar, dass sich Miss Larissa um all das kümmert, dennoch möchte ich den Speiseplan sehen und eventuell ein paar Änderungen vornehmen.« Maddy kam sich lächerlich vor, weil sie ihren Wunsch wie ein eigensinniges Kind zum dritten Mal wiederholen musste.

»Aber Miss Larissa hat die Pläne bereits für die nächsten vier Wochen festgelegt, Mylady. Es wurde schon bestellt und eingekauft, man kann nichts mehr ändern«, antwortete Longfields störrisch wie ein Esel.

Maddy wollte nicht als verschwenderisch erscheinen und wusste genau, wie sparsam man mit Lebensmitteln haushalten musste, die man nicht selbst produzierte oder die verderblich waren, dennoch …

»Ich möchte den Speiseplan sehen und selbst entscheiden, ob noch etwas daran geändert werden soll.« Aus Eiern und Mehl konnte man schließlich mehr machen als nur Yorkshire-Pudding.

»Aber Miss Larissa sagt, dass Ihr vielleicht nicht mehr lange hier sein werdet, Mylady«, sagte Longfields und reckte ihre Nase in die Höhe.

»Warum sollte ich nicht mehr lange hier sein?«, lachte Maddy, auch wenn ihr das Herz in den Magen rutschte. »Hat vielleicht jemand vor, mich umzubringen?«

»Sie meint, dass Seine Lordschaft Euch vielleicht bald wieder wegschicken wird«, nuschelte Headly kaum hörbar vor sich hin, ohne aufzublicken.

»Wie bitte?« Warum sollte John sie wegschicken? War er deswegen in der vergangenen Nacht so abweisend gewesen? Was war denn falsch mit ihr? Alle schwiegen und gafften sie an, als lauerten sie nur darauf, dass sie in Tränen ausbrach.

»Wir werden ja sehen«, sagte sie leichthin, obwohl ihre Kehle wie zugeschnürt war. »Im Augenblick bin ich jedenfalls noch hier und bin die Herrin, deshalb werden meine Wünsche befolgt!« Sie sah die Anwesenden der Reihe nach an. Jetzt guckten sie betreten zu Boden oder zur Seite, wie Kinder, die etwas ausgefressen hatten.

»Packt mir nun diesen Korb mit Essen und zwei Krüge Bier, denn heute ist es sehr heiß.« Ihre Augen brannten vor Ärger und von den Tränen, die sie mit aller Macht zurückhielt. Niemand in diesem Raum brauchte zu merken, wie tief getroffen sie war. Wenn ein Rudel von Hunden spürte, dass man Angst hatte, fing es erst recht an, zu knurren und die Zähne zu fletschen.

»Headly!«, sagte sie streng zu dem benebelten Butler. »Ich brauche jemand, der mir die Sachen bis zur alten Meierei trägt, und zwar sofort. Und ein Mädchen soll mich begleiten, das beim Putzen hilft. Und ich will den Speiseplan heute Abend vorgelegt bekommen.«

Sie wirbelte auf dem Absatz herum und wäre fast mit Franklin zusammengestoßen, der in der Tür stand und ein Tablett mit einer halb leeren Whiskeykaraffe und einem leeren Fläschchen Laudanum trug. Sie war viel zu empört, um ihm weitere Beachtung zu schenken, obwohl sie sich in einer anderen Situation gesorgt hätte, dass John innerhalb nicht mal eines Tages eine ganze Flasche Laudanum zu sich genommen hatte. Aber nicht jetzt, nicht mit diesem inneren Zittern und der Empörung. Sie musste aus der Küche, bevor jemand sah, wie gekränkt sie war. Sie wollte sich nicht ausmalen, wie die Lakaien gleich lostratschen würden, wenn sie gegangen war, und sie wollte sich noch weniger vorstellen, warum Larissa zu der Überzeugung gelangt war, dass John sie wegschicken würde. Hatte sie darüber mit John gestern Nachmittag gesprochen? Hatte er Larissa anvertraut, dass er seine Frau wieder loswerden wollte?

Anne und Caleb verschafften ihr Ablenkung. Nachdem das Häuschen geputzt und die wenigen Habseligkeiten der beiden ausgepackt und verstaut waren, saßen sie bei einer Tasse Kräutertee an dem kleinen Tisch der Wohnstube und plauderten. Maddy berichtete von ihrem Leben als Countess – ihren jüngsten Besuch in der Küche ließ sie weg –, und Anne erzählte von Mrs Oats, von den Albrights und Barnetts, während Caleb von dem neuen Verwalter von Colebridge Hall berichtete und davon, wie es Plummer und Pepper erging. Pepper hatte die vier wilden Kinder des neuen Verwalters sofort ins Herz geschlossen und seinen angestammten Platz auf der Treppe vor dem Haus durch einen sehr viel gemütlicheren Schlafplatz im Bett vom Sohn des neuen Hausherrn gefunden. Hin- und hergerissen zwischen Wehmut und Wiedersehensfreude lachte Maddy mit den beiden und vergaß dabei die ärgerlichen Vorgänge in der Küche. Erst kurz bevor es Zeit für das Dinner war, verabschiedete sie sich und rannte zurück zum Schloss, wobei sie die Röcke hochraffte, um schneller laufen zu können. Sie musste sich beeilen, denn sie wollte sich vor dem Dinner noch umziehen und waschen.

Sie war außer Atem, als sie endlich vor ihrer Tür ankam. Davor wartete bereits Franklin auf sie und bedachte sie mit einem unergründlichen Blick. Wie es sich für den perfekten Kammerdiener gehörte, war er ein Ausbund an Diskretion. Er überreichte ihr mit einer kurzen Verbeugung einen Brief und marschierte dann nach nebenan in die Räume ihres Gemahls.

»*Behalte das Kleid an, das Du gerade trägst*«, hatte John ihr mit zackiger Schrift geschrieben. Offenbar hatte er sie gesehen, wie sie mit hochgezogenen Röcken quer durch den Park gelaufen war. »*Schnüre das Oberteil ganz auf, sodass ich einen guten Ausblick auf Deine Brüste habe und Deine rosigen Brustspitzen gerade noch erkennen kann. Zünde eine Kerze an, die Du auf den Boden stellst. Knie Dich daneben, sodass ich Dich von vorne und kniend im Lichtkegel der Kerze erblicke. Dein Haar sei hochgesteckt. Ich möchte Deinen Hals und Dein Dekolleté sehen, wenn ich Deine Gemächer betrete. Sehnsüchtig, John.*«

Das klang nicht wie der Brief an eine Frau, die er wegzuschicken gedachte. *Sehnsüchtig, John.* Die Worte ließen ihr Herz schneller pochen und ihren Leib begierig pulsieren. Einerseits war es natürlich unmöglich, verrucht und sündhaft, sich einem Mann so zu präsentieren – die Brüste entblößt –, aber andererseits musste eine Frau ihrem Ehemann gehorchen. So stand es schließlich in der Bibel. Das galt erst recht, wenn die Ehefrau ihren Gatten besänftigen wollte, selbst wenn sie gar nicht wusste, warum er verärgert war.

»*Ich bin ein wollüstiges Monster*«, dachte John, während er Madeleine vom Fenster aus beobachtete, wie sie ins Schloss zurücklief. Allein der Anblick ihrer nackten Beine erregte ihn. Die Vorstellung, unter ihr Kleid zu fassen, seine Hand zwischen ihre Schenkel zu führen und die Zartheit dort zu fühlen … Er kniff die Augen zu und ließ den schweren Brokatvorhang wieder vor das Fenster fallen, dann verfasste er die Nachricht an sie.

»Ich werde dafür gewiss in der Hölle schmoren«, sagte er zu Franklin, als er ihm den Brief überreichte.

»Mit Verlaub, Mylord, es erscheint mir keine Sünde, sein eigenes Eheweib zu begehren. Dafür hat Gott ja die Institution der Ehe geschaffen und uns diesen Körper mit all seinen Bedürfnissen geschenkt«, antwortete der Kammerdiener mit ernstem Gesicht.

»*So wie ich sie begehre, ist es ganz gewiss Sünde*«, dachte John, aber er nickte Franklin nur zu und ersparte seinem Kammerdiener intimere Einblicke in die unerhörten Wunschträume eines monströsen Earls.

»Wenn mir Mylord noch einen Hinweis erlauben«, sagte Franklin eine Stunde später, als er John dabei half, sich auszukleiden und in den Hausmantel zu schlüpfen.

»Was noch?« John war jetzt ungeduldig. Es war kurz vor zehn und er wollte keine Sekunde zu spät in Madeleines Gemach erscheinen.

»Die Dienerschaft braucht möglicherweise eine Anordnung von Eurer Lordschaft, wer dem Haushalt nun vorsteht.«

»Warum sollte das erforderlich sein?«, fragte John und wedelte Franklin weg, als der den Gürtel des Hausmantels zubinden wollte. »Ich möchte nicht mit Bagatellen aus der Küche behelligt werden. Darum soll sich Larissa kümmern.«

»Dann ist Miss Larissa also nach wie vor die Hausherrin?«

»Unfug!«, knurrte John und band seinen Hausmantel selbst zu. So war es leichter, ihn schnell wieder zu öffnen. »Larissa war nie die Hausherrin. Wie kommst du darauf? Sie hat meine Mutter nur bei dieser Aufgabe unterstützt und jetzt wird sie meine Gemahlin dabei unterstützen. Die Countess ist selbstverständlich die Herrin des Hauses.«

»Verstehe«, sagte Franklin, spitzte die Lippen und nickte bedächtig, was ein untrügliches Zeichen dafür war, dass man sein Problem noch nicht aus der Welt geschafft hatte. »Gewisse Vorgänge in der Küche haben bei mir den gegenteiligen Eindruck erweckt. Aber ich gehe davon aus, dass Ihre Ladyschaft Euer Lordschaft über etwaige Unannehmlichkeiten informieren würde, sollte sich mein Eindruck bestätigen.«

»Selbstverständlich würde meine Frau mich informieren, wenn es Probleme gibt«, antwortete er und wedelte ungeduldig mit der Hand als Zeichen, dass es jetzt aber gut sein musste mit diesem lächerlichen Thema.

»Dann werde ich mich in Fragen des Haushalts und des Personals also stets nach den Wünschen von Lady Sutton richten?«

»Natürlich, was sonst?« John verdrehte die Augen, weil ihm der Sinn dieser ganzen Unterhaltung nicht einleuchtete und er im Übrigen mit den Gedanken nicht bei der Sache war. Er wollte jetzt zu Madeleine, um sich endlich den ehelichen Freuden hinzugeben.

Er trat an die verborgenen Gucklöcher und warf einen letzten kurzen Blick in ihr Schlafzimmer nebenan. Das war stets einer der schönsten Momente des Tages, wenn er sie bei Licht sah, bevor sie alle Kerzen bis auf die eine löschte.

»Herr im Himmel«, flüsterte er atemlos, als er sah, dass sie seine Anweisungen befolgt hatte. Sie kniete, so wie er es ihr geschrieben hatte, auf dem Boden. Der Blick auf sie war zur Hälfte verdeckt durch das Bett, aber er sah, dass sie ihre wilden Locken hochgesteckt und ihren Kopf gesenkt hatte. Ihre Schultern waren entblößt, das Mieder heruntergezogen. Jetzt zählte nur noch sie, diese Sirene nebenan, die ihm allein gehörte, die ihm half, die Schmerzen zu vergessen und seine Albträume zu verscheuchen.

Als er ihr Gemach betrat, konnte er sein Glück kaum fassen. Da kniete sie im Kerzenschein. Ihre weißen Brüste schauten aus dem Oberteil ihres Kleides heraus, festes junges Fleisch und rosig zarte Spitzen. Ihm wurde schwindelig vor lauter Wollust. Er war unfähig zu sprechen, stand nur da und starrte sie an, ihre Brüste, ihre nackten Schultern, ihren schlanken Hals, die gesenkten Augen ... Wenn er jetzt tot umfiele, dann würde er glücklich sterben.

»Guten Abend«, sagte sie leise, ohne aufzublicken.

»Madeleine«, brachte er mühsam hervor. Seine Zunge war schwer und sein Herz donnerte wild. Das Verlangen, zu ihr hinzugehen, sich zu ihr hinunterzuknien und ihre entblößten Brüste zu berühren, ihr Kleid hochzuschieben und sie dort auf dem Boden im Schein der Kerze zu nehmen, dieses Verlangen war so schmerzhaft, dass er am liebsten geschrien hätte. »Leg dich auf den Boden, Madeleine«, befahl er. »Entblöße deine Beine. Ziehe dein Kleid gerade so weit nach oben, dass ich ahnen, aber nicht sehen kann, wo der Ort meiner Wonne beginnt.«

Sie schaute kurz auf und bohrte ihre strahlenden Augen in die Dunkelheit, in der er verborgen stand, dann folgte sie seiner Bitte.

»Lieber Gott, du kannst nicht so ein wunderbares Wesen wie meine Frau geschaffen und dann nicht gewollt haben, dass ich mich an ihrem Anblick ergötze«, betete er im Stillen.

»Tu so, als wärest du ohnmächtig oder in einen tiefen Schlaf gesunken, aus dem dich nichts erwecken kann.«

»Ich soll mich schlafend stellen?«, fragte sie verwirrt und nestelte gleichzeitig am Saum ihres Kleides, sodass er genau so lag, wie er es gewollt hatte – ihre Scham war zwar bedeckt, aber doch sah man genug, um eine dunkle Ahnung dessen zu erhalten, was dort so leicht erreichbar war. Er bräuchte nur einen Schritt auf sie zuzugehen, seinen pochenden Schwanz auszupacken ... Er stöhnte laut und Madeleine erschlaffte sofort und stellte sich leblos. Da lag sie, hingestreckt, wie ohnmächtig, halb entblößt, hilflos, ausgeliefert ...

»Gott seht mir bei«, wisperte er und öffnete seinen Hausmantel. Warum ihn das so unsagbar erregte, vermochte er selbst nicht zu sagen, aber er hätte sich augenblicklich ergießen können, so lüstern war er. Doch er wollte seinen Samen in ihren Leib pflanzen, in diesen hingestreckten Leib. »Halte die Augen geschlossen, wenn ich jetzt näher komme«, befahl er. »Du bist ohnmächtig, wehrlos, deine Gliedmaßen sind schlaff. Verstanden?«

»Ja, John«, sagte sie mit zittriger Stimme.

Er schlich auf leisen Sohlen näher, während er den Hausmantel unterwegs fallen ließ. Sie hatte die Augenlider geschlossen, als er sich zu ihr hinunterbeugte. Trotzdem blies er zuerst die Kerze aus, auch wenn ihm das des wundervollsten Anblicks auf dieser Erde beraubte. Dann kniete er sich zwischen ihre Beine. Sie machte ihre Gliedmaßen absichtlich schwer und das erregte ihn umso mehr – falls sein bedauernswerter Zustand überhaupt noch steigerbar war. Er umfasste ihre entblößten Brüste und knetete sie, aber Madeleine gab keinen Mucks von sich. Sie spielte ihre Rolle als bewusstloses Opfer so gut, wie er es sich in seinen perfiden Fantasien nur wünschen konnte.

»Bist du feucht, meine süße Maddy?«, fragte er. Es war eine schmutzige und völlig unangebrachte Frage, die kein anständiger Gatte an seine Frau richten würde. Aber sie war ja bewusstlos und konnte ihn nicht hören. Also wusste sie nicht, was für sündige Gedanken er gerade laut aussprach. »Sehnst du dich nach meinem Schwanz in deinem Leib?« Er schob ihr Kleid weiter nach oben und tastete mit den Fingern zwischen ihre Scham, und zu seiner allergrößten Freude war dieses angebetete Wesen nicht nur nass, sondern sie spielte sein Spiel exakt nach seinen Spielregeln und gab kein Geräusch von sich. Sie ließ es zu, dass er ihre Arme nahm und sie oberhalb ihres Kopfes wieder ablegte, schwer und schlaff.

Er vermochte sich kaum zu erklären, warum ihn das so unsäglich erregte, wo er sich doch gewünscht hatte, dass sie nicht stillhalten solle, wenn er zu ihr kam. Aber das hier war anders – ungleich verruchter, verbotener, verdorbener. Und vor allem erinnerte es ihn an jenen Tag, als er sie das erste Mal erblickt hatte, dieser Anblick, der sich in sein Gedächtnis eingebrannt hatte und ihn drei Jahre lang davor bewahrt hatte, sich vom Turm in die Tiefe zu stürzen.

»Ich werde dich ficken, dich mit meinem Samen füllen. Ich werde dich schwängern, bis du anschwillst. Ich will dich dick von meinem Kind haben.« Das und hundert andere unerträglich obszöne Dinge sagte er zu ihr, während er sein eisenhartes Glied tief in ihren Leib schob und sich in ihr bewegte. Zuerst langsam, jeden Zoll von ihr auskostend, dann immer schneller. Sie war ja ohnmächtig, tat so, als hörte sie nicht, was er sagte, ließ alles mit sich geschehen, was er wollte. Sie würde keine Scham dabei empfinden, da sie ja bewusstlos war. Er trieb es ungezügelter mit ihr, als er es je mit der verruchtesten Kurtisane getan hatte. Und als er sich mit einem seligen Stöhnen in ihr ergoss, hätte er es vor lauter Glück beinahe nicht bemerkt, das Zucken ihres Leibes, das Gefühl, wie ihr Inneres sein Glied umfasste und es massierte, während ihr Körper bebte. Er hatte so etwas noch nie erlebt, noch nie gespürt, aber es riss seinen Verstand in schwindelnde Höhen empor, als würde er von der Erdoberfläche abheben und zum Himmel hinaufrasen.

Vielleicht war er ja gestorben.

Als er wieder zu sich kam, atemlos und bebend vor Leidenschaft, lag sie immer noch schlaff und leblos unter ihm.

»Madeleine? Geht es dir gut?«, flüsterte er und zog sich langsam aus ihr zurück. Sie lag da wie tot und sein ursprüngliches Glücksgefühl verwandelte sich in helle Panik. Was hatte er ihr in seiner irrsingen Wollust angetan?

»Madeleine?«, krächzte er, aber es kam keine Antwort, und es war zu dunkel, um zu sehen, ob er sie womöglich verletzt hatte. »Madeleine?« Er schob die Arme unter sie, hob sie hoch und zog sie an sich. Sie lag schlaff in seinen Armen, und ihre Gliedmaßen baumelten herunter, als er aufstand und mit ihr zum Bett hinüberging. Behutsam legte er sie auf die weiche Decke und tastete vorsichtig ihr Gesicht ab, dabei berührte er sachte ihre Lippen mit seinen Fingerspitzen, um zu fühlen, ob sie überhaupt noch atmete. Gelobt sei Gott, sie atmete langsam und gleichmäßig.

»Madeleine, wach auf, das Spiel ist jetzt vorbei.«

Sie gab ein Stöhnen von sich, wie jemand, der gerade wieder zu Bewusstsein kam. »Was ist geschehen?«, murmelte sie schlaftrunken. »Ich wurde plötzlich ohnmächtig.«

John schloss vor Glück die Augen. Wie großartig sie mitgespielt hatte, bis zum Ende und jetzt spielte sie immer noch.

»Du lagst halb entblößt und bewusstlos auf dem Boden und ich habe dich ge-rettet«, flüsterte er mit kratziger Stimme.

»Ich danke dir«, hauchte sie in spielerischer Erleichterung. »Mir ist ganz leicht zumute, als würde ich auf Wolken schweben.«

»Mir auch, meine liebe Gemahlin. Mir auch.« Ein Lachen kam aus seiner Kehle. Er war ein Idiot, ein närrischer, lüsterner, glückseliger Idiot und er lachte aus vollem Herzen.

»Ich entschuldige mich ausdrücklich für meinen überstürzten Aufbruch vergangene Nacht«, sagte er später zu ihr, nachdem er sich neben sie aufs Bett gelegt und sein rasender Puls sich wieder etwas beruhigt hatte. Die Schmerzen, die sein Lachanfall und die Zügellosigkeit ihm beschert hatten, waren nichts verglichen mit der Leichtigkeit, die jetzt gerade in seinem Herzen herrschte. Es war, als würden in seinem Innern hundert Schmetterlinge flattern.

»Du warst vergangene Nacht also nicht verärgert über mich?«, fragte sie.

»Aber nein, wie kommst du denn auf so eine absurde Idee?« Er räusperte sich ein paarmal, um die Lüge zu kaschieren. »Ich bin … Ich hatte noch etwas Dringendes zu erledigen. Was wolltest du mir gestern erzählen? Jetzt habe ich alle Zeit der Welt, um dir zuzuhören.«

Wie konnte er erwarten, dass sie ihm ehrlich antwortete, wenn er nicht den Mumm aufbrachte, ihr reinen Wein einzuschenken? Aber sie ahnte nichts von seiner rasenden Eifersucht und erzählte sofort drauflos, von ihrem gestrigen Spaziergang durch den Park, den traumhaft schönen Rosen dort, dem Pavillon, den sie entdeckt hatte, und den Heilpflanzen, die da wuchsen. Sie berichtete unverstellt, wie sie dem Obergärtner begegnet war und der gar nicht gemerkt hatte, wer sie in Wirklichkeit war. Alles klang so unschuldig und harmlos, dass er sich nachträglich noch bis ins Mark für seine Wut und die widerwärtigen Gedanken schämte.

»Wie hat er dir gefallen?«, fragte er. Ein kleiner neidischer Teufel in seinem Innern wollte es unbedingt wissen.

»Du meinst die alte Meierei?«

»Nein, den Gärtner.«

»Welcher Gärtner?« Sie war bei ihrer Erzählung längst weitergewandert, weg von Ian, und schwärmte gerade von dem kleinen Häuschen, in dem ihre Diener heute eingezogen waren. Offenbar spielte Ian keine große Rolle in ihren Gedanken. »Ach, du meinst Ian«, fiel ihr plötzlich wieder ein.

»Ja, das ist sein Vorname. Sieht er nicht sehr stattlich aus?«

»Hm, ja, mag sein«, kam es gleichgültig von ihr. »Er kennt sich gut mit Heilpflanzen aus und ich würde sehr gerne einmal seinen Kräutergarten besichtigen, ich bin nämlich ...«

»Nein.« Lieber Himmel, diese Eifersucht war absurd, das wusste er selbst, und doch zerfraß sie ihn. »Wenn du Kräuter aus Ians Garten brauchst, dann schickst du einen Laufburschen mit einer Nachricht zu ihm.«

»Aber es wäre viel besser, wenn ich die Pflanzen selbst sehen könnte und ...«

»Ich sagte Nein.« Er holte tief Luft, um sich zu beruhigen. »Es geht nicht, dass du dich allein mit dem Obergärtner triffst. Das ist kompromittierend und schadet deinem Ruf. Manche Leute, die dich in seiner Gesellschaft beobachten, könnten das falsch auslegen.«

»Sehr wohl«, sagte sie und schwieg.

Ach, verflucht sei dieses Gift des Argwohns, das Larissa in seinen Kopf geträufelt hatte, dabei war er sich in diesem Moment vollkommen sicher, dass seine Frau nichts für Ian empfand, außer vielleicht Bewunderung für seine Kräuter. Von Küssen konnte gar nicht die Rede sein. Er musste unbedingt Abbitte bei ihr leisten für sein ruppiges und eifersüchtiges Verhalten gestern, und falls die Vorgänge in der Küche, über die Franklin unverständliche Andeutungen gemacht hatte, seiner Frau tatsächlich Unannehmlichkeiten bereiteten, dann wollte er ihr jetzt die Gelegenheit geben, ihm davon zu erzählen.

»Gibt es vielleicht sonst etwas, worüber du mit mir sprechen möchtest? Ein Kümmernis? Etwas, was dich bedrückt?«

»Im diesem Augenblick bin ich sehr glücklich«, zwitscherte sie fröhlich.

»Aber vielleicht hast du ein Problem, das du mit mir besprechen möchtest, oder einen Wunsch, den ich dir erfüllen kann.«

»Einen Wunsch?«, rief sie.

»Du brauchst ihn nur zu äußern, und ich setze alles daran, um ihn dir zu erfüllen.« Er griff nach ihrer Hand, die sie auf ihren Bauch gelegt hatte, und streichelte jeden einzelnen ihrer Finger. Wie gerne er ihre Hand küssen würde, wie gerne er ihre vollen Lippen schmecken würde.

»Ich wünsche mir von Herzen, dass wir abends das Dinner gemeinsam einnehmen«, sagte sie und riss ihn damit aus seinen Träumen. »Ich bin immer allein. Larissa muss mit deiner Mutter zusammen speisen und ich sitze verlassen hier in meinem Gemach und ...«

»Nein!«, rief er entsetzt und ließ sofort ihre Hand los. »Das geht nicht.« Wie stellte sie sich das denn vor? Er konnte nicht essen, wenn er die Maske trug, ganz abgesehen davon, dass er ihr seinen Anblick mit der Henkersmaske fast ebenso zwingend ersparen wollte wie den Anblick seines unmaskierten Gesichts. Und es war wohl kaum möglich, bei absoluter Dunkelheit zu dinieren. Nein, ausgerechnet dieser Wunsch war nicht zu erfüllen.

»Wünsche dir etwas anderes.«

»Du möchtest nicht, dass ich dich beim Essen sehe?« Sie tastete nach seiner Hand und zog sie wieder zurück auf ihren Bauch.

»So ist es und deshalb können wir nicht zusammen dinieren. Es kommt nicht infrage, dass du mein Gesicht siehst, nicht bei Tageslicht und erst recht nicht, wenn ich esse.«

»Aber wie wäre es, wenn ich mir die Augen verbinde?«

»Wie willst du dann imstande sein zu essen?«, fragte er ruppig.

»Du müsstest mich füttern, damit ich mich nicht bekleckere, aber du könntest dafür ganz ungezwungen in meiner Nähe sein«, fuhr sie fort, ohne zu ahnen, was ihre Worte sogleich in seinem sündhaften Verstand bewirkten. »Wir könnten zusammen bei Tisch sitzen, gemeinsam essen und uns dabei unterhalten.«

»Das ist albern, du bist doch kein Kind mehr und ich keine Kinderfrau.«

»Dann betrachten wir es als Spiel. Wie das Ohnmachtsspiel.«

Er hielt den Atem an. Tausend obszöne Ideen und eine geballte Ladung Wollust rasten durch seinen Kopf.

»In Gottes Namen, dann dinieren wir eben zusammen, wenn das so ein großer Wunsch von dir ist.« Er klang weitaus unwilliger, als er war. Seine Gedanken tanzten bereits einen wilden Reigen bei der Vorstellung, wie er dieses Vorhaben in die Tat umsetzen könnte. Sie mit verbundenen Augen ... Heißes Blut schoss in sein ermüdetes Glied. Warum war er nicht selbst auf diese geniale Idee gekommen?

8. Bitteres und Süßes

Maddy plante den Freitagslunch etwa so, wie ein Feldherr eine Schlacht planen würde. Sie analysierte ihren Gegner, dessen Stärken und Schwächen sowie seine vermeintlichen Absichten und Ziele. Dem stellte sie ihre eigene kleine Armee und ihre Interessen gegenüber und kam zu dem ernüchternden Ergebnis, dass der Lunch mit der Dowager Countess vermutlich in einer Art zweitem Waterloo enden würde. Wobei sie selbst geschlagen wie Napoleon aus dieser Schlacht davonziehen würde.

Sie war dennoch entschlossen, Larissa auf den Vorfall in der Küche anzusprechen und klare Verhältnisse zu schaffen. Kurz hatte Maddy überlegt, ob sie das demütigende Ereignis einfach hinnehmen und es als Missverständnis auf sich beruhen lassen sollte. Immerhin hatte der Speiseplan in ihren Räumen gelegen, als sie abends zurückgekommen war, und John hatte in der Nacht überhaupt keine Anzeichen dafür gezeigt, dass er vorhatte, sie wegzuschicken. Der Vorfall in der Küche erschien rückblickend eher lächerlich, und womöglich wäre es besser, ihn zu vergessen. Außerdem war Larissa nicht bösartig, sie hatte es gewiss nicht so gemeint. Die Dienstboten hatten Larissa vielleicht nur falsch verstanden, und weil Lakaien zu Tratsch und Klatsch neigten und die Skandale ihrer Herrschaften mehr als alles andere liebten, hatten sie das Ganze aufgebauscht. Was war sensationeller und pikanter als die Vorstellung, der Earl würde seine frischgebackene Countess einfach wieder vor die Tür setzen?

Es wäre so viel leichter, das Ganze einfach zu vergessen. Es ersparte ihr Unfrieden und eine Konfrontation, die sie sowieso verlöre. Aber so war sie nun mal nicht veranlagt. Dinge, die ihr Herz bedrückten, mussten aus ihr heraus und Missverständnisse mussten geklärt werden, sonst wuchsen sie zu immer größeren Problemen an.

Ja, sie fühlte sich tatsächlich ein bisschen wie Napoleon, als sie beherzt an die Tür klopfte und Camille, die Kammerzofe, ihr öffnete.

Anne hatte ihr erstes Gericht gekocht und sie hatte sich dabei an die Vorgaben des Speiseplans und an die vorhandenen Vorräte gehalten, deshalb gab es an diesem Freitag wieder Mehlsuppe mit

Kresse. Allerdings hatte Anne ein paar Brotstückchen geröstet und sie mitsamt einer ordentlichen Portion gewürfelten Specks in die Suppenschüssel gefüllt, außerdem hatte sie nicht an Gewürzen gespart. Jeder, der auch nur einen Löffel von der Suppe kostete, musste zugeben, dass Anne eine drastische Verbesserung für die Erzeugnisse aus der Küche bedeutete. Deshalb war Maddy enttäuscht, dass die Dowager Countess kein lobendes Wort für das Essen übrig hatte, sondern mit dem Löffel darin herumstocherte wie in einem Ameisenhaufen. Auch Larissa schien nicht begeistert zu sein. Sie starrte in ihren Suppenteller, hatte die Lippen schmal zusammengekniffen und wirkte, als hätte man ihr Heuschrecken vorgesetzt.

»Miss Larissa, ich muss etwas mit Euch besprechen«, begann Maddy und lächelte die Kusine aufmunternd an. Sie wollte nicht unbedingt mit ihr streiten, und vielleicht ließ sich die Schlacht von Waterloo ja mit gutem Willen und gegenseitigem Respekt sogar verhindern.

»Mylady?« Larissa blickte von der Suppe auf.

»Mir ist bewusst, dass Ihr den Haushalt seit Langem führt und hier alles zum Besten geregelt ist. Ich möchte Euch diese Aufgaben auch nicht streitig machen, aber nach Recht und Gesetz bin ich jetzt die Countess und damit ist der Haus...«

»Ihr müsst uns nicht auf Euren Stand hinweisen«, schnitt ihr die Dowager Countess das Wort ab und legte ihren Löffel mit einem lauten Klirren auf den Tisch. »Ich war lange vor Euch die Countess of Dunlow und weiß besser als Ihr, welche Rechte und Pflichten damit einhergehen, also erspart uns eine Belehrung.«

Maddy behielt ihr Lächeln bei. Sie hatte eine Schlacht erwartet, und da brach sie schon los, noch bevor sie überhaupt ihre Banner entrollt hatte.

»Ich möchte niemanden belehren«, sagte sie freundlich und aß in aller Ruhe einen Löffel von der Suppe. Es war wie das Nachladen der Artilleriegeschütze, es dauerte ein wenig, bis sie zurückschießen konnte. »Ich möchte nur darlegen, dass ich keine Mätresse bin, die man einfach wegschicken kann, wenn sie unbequem wird. Ich bin mit dem Earl of Dunlow verheiratet.«

»Niemand behauptet, dass Ihr eine Mätresse seid. Was für ein Unsinn!«, brauste ihre Schwiegermutter auf.

»Die Dienstboten sind der Ansicht, sie bräuchten mir nicht Folge zu leisten, weil Seine Lordschaft mich sowieso bald wegschicken würde.«

»Eine Countess gibt nichts auf das Gewäsch von Dienstboten.«

»Angeblich hat Miss Larissa dem Personal erzählt, dass ich nicht mehr lange hier sein werde. Stimmt das, Larissa?«

»Unterstellt Ihr Larissa etwa, dass sie mit dem Personal tratscht und Euch diffamiert?«, empörte sich die Dowager Countess. »So ein albernes Ränkespiel ist vollkommen unter Larissas Würde und es sollte erst recht unter der Euren sein.«

»Ich frage nur, ob es stimmt.« Maddys Lächeln war inzwischen wie festgewachsen in ihrem Gesicht. Die Schlacht war in vollem Gange, und auf welcher Seite die Dowager Countess kämpfte, war klar. Sie war der gegnerische Feldmarschall, der zur Attacke blies, während Larissa sich hinter den Linien verbarrikadierte.

»Also ... also ... so habe ich das doch gar nicht gemeint«, stotterte Larissa. »Ich ... ich habe lediglich gesagt, dass Ihr ... dass Ihr als Hausherrin noch unerfahren seid. Die Dienstboten haben meine Worte völlig falsch verstanden und verdreht.«

»Das beruhigt mich. Ich hätte mir beim besten Willen nicht vorstellen können, dass Ihr zu solchen Intrigen fähig wäret.« Maddy seufzte erleichtert, denn sie glaubte Larissas Beteuerung. Fast bereute sie, dass sie ihren Mund nicht gehalten und das Thema überhaupt angeschnitten hatte, aber ihr war jetzt trotzdem leichter ums Herz.

»Mir ist meine Zeit zu schade, um mich noch länger mit solchen Ränken und dem Tratsch der Dienerschaft zu befassen«, verkündete die Dowager Countess erbost und schüttelte ihre Serviette aus, bevor sie sich damit die Mundwinkel abtupfte. Dann wandte sie sich mit strengem Blick an Larissa. »Gib ihr den Schlüsselbund.«

Larissa riss verblüfft die Augen auf und holte Luft, als wolle sie widersprechen.

»Nun mach schon.«

Nach längerem Zögern, das so zäh wie Sallys Schleimsuppe war, erhob sich Larissa und ging zur Anrichte, von wo sie einen großen Schlüsselbund holte, den sie Maddy überreichte.

»Bitte sehr, Lady Sutton«, sagte sie und knickste, während Maddy die Schlüssel verwundert anschaute. An einem eisernen Ring hingen mindestens zwanzig Schlüssel in unterschiedlichen Größen und mit verschiedensten Bärten und Griffen. Manche waren riesig und aus Eisen, andere winzig und aus Messing.

»Das sind alle Schlüssel von Kelston Abbey. Die zu den Vorratskammern und zum Weinkeller und ebenso die für die Wäscheschränke und für die Schränke mit Porzellan, Tafelsilber und Kerzen, natürlich auch für die Schatulle mit dem Haushaltsgeld. Der Schlüssel für den Ballsaal und der für die Orangerie hängen ebenfalls daran. Die beiden großen Eisenschlüssel sind für die Hintereingänge des Ost- und Westturms. Die Tür des Westturms ist aber durch das Feuer zerstört worden«, leierte sie herunter.

»Das ... das habe ich doch gar nicht verlangt.« Maddy blinzelte ungläubig. Die Übergabe der Schlüssel hatte eine symbolische Bedeutung, mit der Larissa die Herrschaft über den Haushalt offiziell an Maddy abgab. Die Schlüssel standen grundsätzlich der höchsten Frau im Haus zu, und es hätte sich gehört, dass man ihr den Schlüsselbund gleich am ersten Tag übergeben hätte, aber trotzdem hatte sie das nicht erwartet.

Hatte sie die Schlacht von Waterloo etwa gewonnen?

»Eine Countess gibt sich normalerweise nicht mit lächerlichen Haushaltsdingen ab, denn sie hat gesellschaftliche Verpflichtungen und weitaus Wichtigeres zu tun«, kam es herablassend von ihrer Schwiegermutter.

»Gesellschaftliche Verpflichtungen? Dass ich nicht lache«, dachte Maddy.

»Die Führung des Haushalts, die Befindlichkeiten des Personals und ähnliche Banalitäten überlässt eine Countess ihrem Major Domus oder der Haushälterin. Aber Ihr habt ja penetrant auf Euer Recht gepocht und nun gehören die Schlüssel Euch.«

»Penetrant auf mein Recht gepocht?«, echote Maddy und riss die Augen abermals weit auf. Das stimmte doch gar nicht.

Ihre Schwiegermutter wedelte nur ungeduldig mit der Hand und ging nicht auf ihre Frage ein. »Ihr wisst nichts über dieses Schloss. Ihr seid noch nicht einmal zwei Wochen hier, aber Ihr maßt Euch an, dem Haushalt vorstehen zu wollen. Und offensichtlich wisst Ihr auch nichts über Euren Gemahl. Ihr wisst nicht, wie er ist, wenn er nicht ... nicht ... in Eurem Ehebett liegt. Ihr ahnt nicht einmal, wie grausam er sein kann, wenn er wütend ist. Aber diese Erfahrung wird Euch früher oder später ereilen, dessen dürft Ihr gewiss sein.«

»Was hat John denn damit zu tun?«, rief sie verdutzt.

»Still jetzt! Ich rede.« Die Dowager Countess hob die Hand und winkte herrisch in Richtung ihrer Kammerzofe, die mit einem tiefen Knicks nach draußen huschte und binnen weniger Augenblicke mit einer Schatulle zurückkam. Sie war aus hellem, lackiertem Holz und mit aufwendigen Intarsien verziert, die Maddy an den Sekretär im Rosenzimmer erinnerten.

»Die Sutton-Juwelen«, sagte die Dowager Countess, nachdem ihre Kammerzofe die Schatulle mit einem plumpen Rums neben Maddy auf den Tisch gestellt hatte. »Ich hatte heute Morgen einen unerwarteten und ausgesprochen unangenehmen Besuch meines Sohnes, wutschnaubend und angetan mit dieser abscheulichen Maske hat er mich noch vor dem Frühstück heimgesucht.«

Maddy war viel zu überrumpelt, um etwas darauf zu erwidern, denn die Kammerzofe drehte nun den kleinen Messingschlüssel im Schloss um und klappte den Deckel der Schatulle auf. Auf schwarzem Samt gebettet glitzerten ihr unzählige Schmuckstücke entgegen. Sie waren aus Gold und Silber und mit Edelsteinen in allen Farben und Schliffen verziert. Halsketten und Colliers mit Rubinen und Saphiren, Ohrhänger mit Diamanten und Smaragden. Goldene Armbänder, Haarnadeln und Kämme füllten die Schatulle bis obenhin.

»Ich … ich verstehe nicht«, gackerte Maddy.

»Mein Sohn hat befohlen, dass ich die Sutton-Juwelen umgehend an Euch übergeben soll, und dies tue ich hiermit. Ich tue es allerdings gegen meinen ausdrücklichen Willen«, verkündete ihre Schwiegermutter und reckte ihre aristokratische Nase noch ein wenig höher in die Luft. »Wenn es nach mir ginge, hättet Ihr erst dann ein Anrecht auf den Familienschmuck, wenn Ihr einen Erben geboren habt, und keine einzige Stunde vorher.«

Maddy schaute mit offenem Mund zwischen der Schatulle und der Dowager Countess hin und her und versuchte sich zusammenzureimen, was das zu bedeuten hatte. John musste nach der vergangenen Nacht auf die verrückte Idee gekommen sein, ihr den Familienschmuck zukommen zu lassen. Sie wollte lieber nicht so genau wissen, wie er seine Mutter dazu gebracht hatte, sich von dem Schmuck zu trennen – und das, obwohl noch kein Erbe aus der unliebsamen Schwiegertochter herausgekommen war.

Diese Art von Schlacht hatte sie wahrlich nicht schlagen und auch nicht diese Art von Sieg davontragen wollen. Jetzt war sie auf einmal nicht mehr Napoleon, sondern Wellington und Blücher, aber ein Siegestaumel stellte sich beileibe nicht ein.

»Nun komme ich zu einem weitaus wichtigeren Thema und dem

Grund für diesen Freitagslunch. Wie steht es um den Erben für den Earl?«

Maddy hörte die Frage kaum. Sie wollte diesen Schmuck nicht, erst recht nicht, wenn die bisherige Besitzerin so unwillig war, ihn abzugeben. Außerdem brauchte sie keine Juwelen. So wie sich ihr Leben als Countess of Dunlow gestaltete, würde sie eh nie Gelegenheit haben, irgendein Stück davon anzulegen, und das empfand sie als Erleichterung. Sie schüttelte den Kopf und schob die Schatulle von sich weg.

»Ich will das nicht. Behaltet den Schmuck, bitte.«

»Das hättet Ihr Euch überlegen sollen, bevor Ihr danach verlangt habt.«

»Ich habe nicht danach verlangt«, rief sie aufgebracht.

»Ich wünsche, nicht weiter mit dem Thema behelligt zu werden.« Hätten die hellblauen Augen der Dowager Countess Giftpfeile abfeuern können, dann würde Maddy jetzt zweifellos tot vom Stuhl fallen. »Wie steht es um Eure Schwangerschaft?«

»Schwangerschaft?« Maddy zuckte hilflos die Schultern, wohl wissend, dass eine Dame niemals die Schultern zuckte und dass sie damit nur noch tiefer in der Gunst ihrer Schwiegermutter sank.

»Seid Ihr endlich schwanger?«

»Ich ... ich weiß es nicht«, keuchte Maddy.

»Ihr werdet es doch wohl wissen, wenn Ihr guter Hoffnung seid. Ich gehe davon aus, dass mein Sohn trotz seiner Verletzungen imstande ist, seine Pflichten zu erfüllen.«

Maddy war hin- und hergerissen zwischen Scham und Unmut. Sie würde mit ihrer Schwiegermutter gewiss nicht über ihre ehelichen Betätigungen reden. »Ich bin noch nicht einmal zwei Wochen verheiratet.«

Die Dowager Countess schnaubte und stach mit ihrem Löffel wieder in die Suppe. »Wenn der monatliche Besuch ausbleibt, will ich umgehend unterrichtet werden. Sofort.«

»Monatlicher Besuch? Ich habe niemanden eingeladen.«

Ihre Schwiegermutter verdrehte die Augen, und Larissa räusperte sich dezent, wobei sie unbehaglich auf ihrem Stuhl herumrutschte.

»Ach so, Ihr meint meine Blu...«

»Wir müssen die Details nicht weiter erörtern. Sobald sich Anzeichen dafür ergeben, dass Ihr guter Hoffnung seid, müssen geeignete Maßnahmen getroffen werden.«

»Was für Maßnahmen denn?«, rief Maddy mit einem ungläubigen Auflachen. Diese ganze Unterhaltung wurde immer kurioser, und sie überlegte schon, ob sie nicht aufstehen und sich mit einer höflichen Entschuldigung verabschieden sollte. Sie hatte ihren Teller leer gegessen und das Thema Empfängnis war für ihren Geschmack ausreichend erörtert.

»Die Geburt meines Enkelsohnes hat oberste Priorität, deshalb werden wir bei den ersten Anzeichen auf eine Schwangerschaft umgehend einen Arzt zurate ziehen, und Ihr werdet dann gewisse Regeln beachten müssen. Strapaziöse Aktivitäten müssen unterbleiben. Ausgedehnte Spaziergänge oder gar Ausritte sind durch Bettruhe zu ersetzen. Und nach meiner Erfahrung schadet schweres Essen dem Kinde.«

»Wie bitte?« Bettruhe und keine Spaziergänge mehr? Das konnte ja wohl nur ein gemeiner Scherz sein. Wenn Tiere trächtig wurden, lebten sie ganz normal weiter, bis ihr Nachwuchs da war.

»Und man muss natürlich John informieren, damit er sich ... sich ... nun ... zurückhält«, warf Larissa ein, die bisher schweigend und mit gesenktem Kopf in ihren Teller geschaut hatte.

»Es ist ja wohl selbstverständlich, dass er dann dem Ehebett fernzubleiben hat«, stimmte die Dowager Countess ihr zu.

John sollte dem Ehebett fernbleiben? Maddys Mund klappte herunter und die Augen sprangen ihr fast aus dem Kopf. Bettruhe, keine Spaziergänge, keine Nächte mehr mit John? Nein! Davon hatte er kein Wort gesagt, als sie ihr Arrangement verabredet hatten.

»Ihr macht ein Gesicht wie eine tumbe Bäuerin. Schließt, in Gottes Namen, Euren Mund. Dachtet Ihr denn, es wäre eine Bagatelle oder gar ein Geschenk von Fortuna, den Sutton-Erben zu gebären?«

Maddy klappte den Mund zu und sagte gar nichts mehr. Nicht mal ein Nicken oder ein Kopfschütteln brachte sie zustande. Ein Kind zu gebären war ganz gewiss keine Bagatelle, gleichgültig ob es sich dabei um den Sutton-Erben oder um das Kind eines Fischers handelte. Frauen starben oft bei Geburten, Kinder starben noch öfter, und häufig überlebten beide nicht. Die inbrünstigsten Gebete halfen nicht dagegen und genauso wenig Bettruhe oder andere absurde Verhaltensregeln. Diese Last war dem weiblichen Geschlecht nun mal von Gott aufgebürdet worden. Die Frauen hatten gar keine andere Wahl, auch eine Countess nicht. Aber wenn Gott es gut mit ihr meinte, dann würde sie ein gesundes Kind bekommen und die Geburt überleben. Nicht mehr und nicht weniger konnte sie hoffen.

»Das eigene Kind in den Armen halten zu dürfen ist das größte Geschenk, mit dem Gott die Frauen für ihre Schmerzen belohnt«, sagte sie. Dieser Satz stammte von Anne, die zwei Kinder bei der Geburt verloren hatte, zwei weitere im Kindesalter, und ein Sohn, der als Matrose zur See gegangen war, war nicht wieder zurückgekehrt. Keines von Annes unter großen Schmerzen geborenen Kinder lebte noch.

»Verzeiht, mir ist gerade nicht wohl. Ich werde mich mit Eurer Erlaubnis zurückziehen.« Sie stand auf, warf ihre Serviette auf die aufgeklappte Schatulle und trat vom Tisch zurück. Ihre Schwiegermutter rümpfte zwar die Nase, aber sie nickte.

»Zieht Euch zurück, in Gottes Namen, es ist alles besprochen für heute. Vielleicht könnt Ihr mir nächste Woche dann endlich erfreulichere Nachrichten überbringen.«

Maddy nahm den Schlüsselbund und ließ die Schatulle auf dem Tisch zurück. Sollte Ihre durchlauchtigste Ladyschaft, die Dowager Countess, doch selbst sehen, was sie damit anstellte. Sie ging hinaus und beachtete auch Larissa nicht weiter, obwohl diese aufgestanden war, um zu knicksen. Am liebsten hätte Maddy die Röcke hochgerafft und wäre davongerannt, raus aus dem Zimmer und aus dem Schloss, aber sie riss sich zusammen und holte zuerst einmal tief Luft, nachdem sie die Tür hinter sich geschlossen hatte. Dann strich sie ihr Kleid glatt und setzte sich auf den Sessel neben dem Kamin, auf dem sie vergangene Woche schon unfreiwillige Zeugin der Tiraden ihrer Schwiegermutter geworden war. Nur dieses Mal nahm sie dort absichtlich Platz. Und da hörte sie auch schon, wie ihre Schwiegermutter die Zofe anblaffte, sie solle das Essen abräumen und in Gottes Namen die Schatulle wegschaffen, und zwar plötzlich. Von Larissa war nur ein leises Weinen zu vernehmen.

»Nun hör schon auf zu jammern wie ein dummer Backfisch«, befahl die Dowager Countess nach einer ganzen Weile, die vom Klappern des Geschirrs und von Larissas Schniefen erfüllt war. »Die Schlüssel stehen ihr zu. Sie ist nun mal die Countess. Ich gehe davon aus, dass die Vorwürfe, die sie gegen dich erhoben hat, unwahr sind. Oder hast du etwa tatsächlich vor den Ohren der Dienstboten Mutmaßungen über die Ehe meines Sohnes angestellt?«

»Kein Wort davon ist wahr«, beteuerte Larissa.

»Gut«, antwortete die Dowager Countess. »Das würde ich dir auch nicht durchgehen lassen, dass du die Autorität der Countess of Dunlow untergräbst, erst recht nicht gegenüber der Dienerschaft.«

»Aber, Tante, du hast selbst gesagt, sie sei keine Schwiegertochter nach deinem Wunsch.«

»Natürlich ist sie nicht nach meinem Wunsch, sie ist eine ungehobelte Bäuerin mit ein paar Tropfen blauen Blutes. Dennoch ist sie jetzt die Countess und die Mutter des nächsten Earls of Dunlow, so Gott will und mein Sohn dazu imstande ist. Sollte ich herausfinden, dass du die Dienerschaft tatsächlich aufgehetzt hast, dann Gnade dir Gott.«

Maddy hätte zu gern noch weiter gelauscht, aber das Klappern des Geschirrs drinnen war beendet, und das hieß, dass die Zofe bald mit dem Tablett zur Tür herauskäme. Also war es höchste Zeit zu verschwinden.

Maddy zog wieder ihr schlichtes Kleid an. Am Morgen war ein dunkelgrünes Reitkostüm von der Schneiderin aus Barnstake geliefert worden, und Maddy hatte darüber lachend den Kopf geschüttelt. Wie unpraktisch diese Schneiderin doch war. Was sollte sie denn nur mit einem Reitkostüm anfangen, wo sie gar kein Pferd hatte? Nicht mal die Stallungen hatte sie bisher in Augenschein nehmen dürfen. Aber für den Ausflug, den sie plante, benötigte sie auch kein Pferd und erst recht kein Reitkostüm. Sie brauchte nur feste Schuhe, Jane als Begleitung und einen Korb mit ein paar Kleinigkeiten für die Kinder in Kelston. Es widerstrebte ihr zwar, dass sie bei ihren Ausflügen künftig jemanden mitnehmen musste, denn sie wäre lieber allein gegangen, um in Ruhe über diesen absurden Lunch nachzudenken, aber John wollte nicht, dass sie ohne Begleitung spazieren ging, und sie konnte seine Gründe verstehen, auch wenn sie ihr nicht behagten.

Bevor sie losging, machte sie einen Abstecher in die Schlossküche, wo Anne an diesem Morgen ihren Dienst am Herd angetreten hatte. Maddy füllte zwei Körbe mit Orangen und den süßen Pastetchen, die Anne gerade erst aus dem Backofen geholt hatte.

»Deine Suppe war köstlich. Ich bin froh, dass du jetzt kochst.

Und Seine Lordschaft wird deine Kochkunst gewiss auch zu schätzen wissen. Kein zerschlagenes Porzellan mehr«, sagte sie zu ihrer alten Dienerin, bevor sie die Küche wieder verließ und den Hinterausgang in Richtung Kelston nahm. Sie wollte vermeiden, dass die Dowager Countess oder Larissa sie vom Fenster aus beobachteten und sich womöglich über ihre unangemessene Bekleidung echauffierten. Anne, die soeben zwei Küchenmädchen herumkommandiert und mit der Schöpfkelle bedroht hatte, lief ihr nach draußen hinterher, so schnell es ihre alten, geschwollenen Beine zuließen, und hielt sie mit einer Geste zurück.

»Da kam heute Morgen dieser eingebildete, geschniegelte Kammerdiener Seiner Lordschaft in die Küche. Er sagte, dass Seine Lordschaft wünscht, dass ich heute zum Dinner Euer Lieblingsessen koche.«

»Mein Lieblingsessen?« Ein Lächeln breitete sich über Maddys Gesicht aus. John würde heute Abend mit ihr zusammen dinieren und er wollte ihre Leibspeise serviert haben? Lammbraten und Yorkshire-Pudding. »Wie lieb von ihm.« Ihre Wangen wurden ganz warm vor Freude.

»Es wird viel Schlimmes über ihn erzählt hier unter den Leuten. Furchtbare Dinge soll er getan haben«, flüsterte Anne ihr zu. »Er scheint Euch zwar imponieren zu wollen, aber dennoch mache ich mir Sorgen.«

»Er ist gut zu mir, Anne«, sagte Maddy und war erstaunt, wie leicht ihr das über die Lippen kam. Doch es entsprach der Wahrheit. Gleichgültig, was die Leute sich über John erzählten, und unabhängig davon, was er angeblich getan hatte, sie hatte wenig Grund, sich über ihn zu beklagen. All die Aufmerksamkeiten, die er ihr zeigte, sprachen von seinem Respekt und seiner Sympathie für sie. Zugegeben, die Sache mit dem Familienschmuck war ein wenig unglücklich verlaufen, aber er hatte ihr damit Achtung zollen und ihr vermutlich sogar eine Freude machen wollen. Der Gedanke, dass er seine Mutter dadurch brüskierte, war ihm offenbar nicht gekommen.

»Ich bin alt und kenne die Menschen«, sagte Anne, aber das sagte sie immer, wenn sie eine vorschnelle Meinung über einen ihrer Mitmenschen gefasst hatte. Leider lag sie mit ihrer Einschätzung aber auch oft genug richtig. »Gebt nur Acht auf Euch, Miss Maddy. Mir ist das alles nicht geheuer. Sie sagen, er sei ein abstoßender und durch und durch unfreundlicher Mann.«

»Manchmal ist er unfreundlich und manchmal sehr liebevoll«, antwortete Maddy und umarmte ihre Dienerin. »Außerdem sagst du doch selbst immer, dass die Arglist ein hübsches Gesicht hat und mit süßer Zunge spricht.«

»Das ganze Haus ist erfüllt von Arglist«, wisperte Anne und schüttelte müde ihren Kopf. »Seid vorsichtig, Miss Maddy, und vergesst Eure Gebete nicht. Ich habe kein gutes Gefühl. Man will Euch hier nichts Gutes. Nein.«

Sie ließ sich Annes Worte durch den Kopf gehen, während sie gefolgt von Jane den Weg an der alten Meierei entlangwanderte, der bis zum Meer und nach Kelston hinunterführte. Anne war schon immer eine Schwarzseherin gewesen, und sie misstraute Fremden grundsätzlich, aber ihre mahnenden Worte machten Maddy trotzdem Angst.

Das Dorf Kelston war knapp zwei Meilen entfernt und lag in einer Bucht, von der aus die Fischerboote aufs Meer fuhren. Der Weg dorthin war schmal und unwegsam, und das letzte Stück bis zum Meer wand sich steil bergab. Maddy fragte sich, wie jemals eine Kutsche oder ein Fuhrwerk ohne Achs- und Radbruch dorthin gelangen konnte.

»Sie bringen ihre Fänge mit den Booten nach Barnstake oder sie tragen sie in Körben hinauf zur Straße, wo zweimal die Woche ein Händler kommt«, erklärte Jane, während Maddy den steilen Hang hinabstieg und dabei mit den Armen und dem Korb balancierte, um nicht auszurutschen und auf ihrem Hinterteil zu landen. Wie viel beschwerlicher mochte es für die Dorfleute sein, ihre Körbe voller Krabben und Fische hier hinaufzuschleppen?

»Das machen die Frauen und Kinder«, sagte Jane und winkte ab, als wäre es dann ja nur halb so schlimm, wenn nicht Männer, sondern Frauen die schwere Last trugen.

Es gäbe einen Pub, den sie Georges' Inn nannten, in Erinnerung an den Großvater des jetzigen Earls, erzählte Jane weiter. Die Bewohner lebten vom Fischfang und der Krabbenfischerei. Die Häuser im Dorf gehörten Sutton und die Fischer bezahlten Pacht an ihn. Aber die Fischerei war ein unsteter und gefährlicher Broterwerb. Die Leute konnten kaum von dem leben, was sie fingen, und waren abhängig von Wetter, Wind und Strömung. Jeder musste mithelfen, auch Frauen und Kinder, und viele Männer blieben draußen auf der stürmischen See. Seitdem der letzte Herbststurm einen Teil des

Deichs zerstört hatte, waren mehrere Häuser vom Meer verschlungen worden, und die Bewohner hatten sich an etwas höher gelegenen Stellen mit einfachsten Mitteln neue Hütten errichtet.

Die Armut war himmelschreiend, aber es war an allen Küstenorten das Gleiche. Viele Männer betätigten sich als Schmuggler, um ihre Familien über den Winter zu bringen, und es wurde auch gewildert. Die Wilderer riskierten harte Strafen, wobei eine Reise zu den Strafkolonien nach Australien noch als Gnade angesehen wurde. Meist baumelte ein Wilddieb am Strick, und das, obwohl er nur seine hungernden Kinder hatte satt bekommen wollen.

Die Häuser im Dorf waren marode, und meistens wohnten große Familien in nur einem Raum. Die Alten und die Kinder litten an den üblichen Krankheiten, die die Armut mit sich brachte. Maddy kannte das von Stockford, dem Dorf, das zwischen Colebridge Hall und dem Anwesen der Albrights lag. Hatte sich die Armut erst einmal in dein Leben eingenistet, konntest du rackern und dich abmühen, sie klebte wie eine Krankheit an dir und schwächte dich mit jedem Winter ein wenig mehr.

Deshalb hatte sie ja die Orangen und Pasteten dabei. Die Kinder im Dorf würden sich freuen, dessen war sie sich sicher. Die Kinder in Kelston waren nicht anders als die in Stockford oder sonst wo in England. Das dachte sie zumindest, bis sie mit Jane zusammen die Dorfstraße entlangging und alle Türen und Fenster zugeschlagen wurden, während die Kinder – von Natur aus die neugierigsten Lebewesen der Welt – sich wegduckten oder davonrannten.

»Warum laufen sie denn weg?«, fragte Maddy verdutzt.

»Sie fürchten sich vor den Herrschaften vom Schloss, Mylady.«

»Aber Sie wissen doch gar nicht, wer ich bin?« Sie zeigte auf ihr schlichtes Sommerkleid, das im Prinzip eine vorzügliche Verkleidung war, um nicht als Countess erkannt zu werden. Sie hätte eine Pfarrersfrau oder eine Gouvernante oder eine Bürgerliche aus Barnstake sein können, auch wenn sich natürlich keine von den genannten Damen in ein kleines, abgelegenes Fischerdorf wie Kelston verirren würde.

»Ihr seid die schönste Frau weit und breit, Mylady. Das hat sich herumgesprochen, von Exeter bis Barnstake. Die Leute hier wissen genau, wer Ihr seid.«

»Und deshalb fürchten sie sich vor mir, weil ich angeblich so schön bin?«

Jane kicherte über den Spaß, wurde aber schnell wieder ernst. »Sie fürchten sich vor allen Leuten aus der Abbey. Der vorherige Earl war sehr streng und hat keine Gnade walten lassen. Der neue Earl, Euer Gemahl, ist ... ist ... eben ... unheimlich. Sie sagen, er ist schlimmer als der Leibhaftige.«

»Er ist überhaupt nicht so böse, wie alle erzählen«, behauptete Maddy, wohl wissend, dass sie John gar nicht gut genug kannte, um sich dessen gewiss zu sein.

»Er hat auf jeden Fall noch keinen von uns verhaften oder schlagen lassen so wie der vorherige Earl, George«, räumte Jane nach kurzem Überlegen ein.

»Ich kann nicht verstehen, dass die Angst der Kinder vor mir größer ist als ihre Lust auf Orangen und süße Pasteten«, sagte Maddy und blieb mitten auf der Dorfstraße stehen, die steil zum Meer hin abfiel. Dabei schaute sie sich um, die Fäuste empört in die Hüften gestemmt. Orangen waren teuer und selbst an Feiertagen kamen sie bei armen Leuten nicht auf den Tisch. Als Kind hatte sie sich wie ein wilder Barbar darauf gestürzt, wenn ihr Vater gelegentlich ein paar vom Markt in Plymouth mitgebracht hatte, wo sie von den Schiffen aus Spanien abgeladen wurden.

»Aber sie wissen doch nicht, dass Ihr ihnen etwas schenken wollt«, erklärte Jane mit einem albernen Kichern, als würde sie am Verstand ihrer Herrin zweifeln.

»Kommen denn Miss Larissa oder die Dowager Countess nicht regelmäßig her, um nach den Leuten zu sehen?«, fragte Maddy verdutzt. Das war eine der wichtigsten Pflichten einer Herrin, die Armen, Alten und Kranken zu besuchen oder zumindest jemanden zu schicken, der das in ihrem Auftrag erledigte.

»Der Weg vom Schloss ist weit und nicht für eine Kutsche geeignet, nur für Pferde, Mylady. Die Töchter vom Verwalter kamen früher und kauften Fisch oder haben Almosen gebracht, aber die sind jetzt verheiratet und nach Barnstake gezogen. Der Vikar ist ledig. Seine Schwestern kommen immer an Allerheiligen und beten mit den Kranken. So ist es halt.«

»So ist es halt«, wiederholte Maddy kopfschüttelnd, denn so dachten alle Menschen. Sie ergaben sich in die Dinge, wie sie eben waren, und fragten nicht, ob es anders vielleicht besser wäre.

»Nun, ich will den Kindern aber Orangen und Pasteten bringen«, rief Maddy so laut, wie sie ihre Stimme nur erheben konnte. Sie wusste, dass das ein absoluter Fauxpas für eine Dame von Stand war. Eine Dame schrie nie, nicht einmal, wenn sie überfallen wurde. *»Dann sollte sie lieber in Ohnmacht fallen, anstatt zu brüllen wie ein Marktweib.«* Das waren die Worte ihrer Mutter gewesen, als sie einmal über dieses Thema gesprochen hatten. Aber wie so oft war Maddy anderer Meinung und rief jetzt nur noch lauter durch die Straße.

»Pasteten mit Johannisbeerfüllung und saftige Orangen!«

Ihr Geschrei brachte recht schnell den gewünschten Erfolg. Die ersten mutigen Kinder kamen aus ihren Verstecken hervor, ein Mädchen mit rotem Haarschopf und frechen Sommersprossen auf der Nase und ein Junge mit gigantischen Segelohren. Maddy überreichte dem Mädchen eine Pastete und dem Jungen eine Orange. »Mit Gruß von Lord Sutton«, sagte sie, aber kaum hatten die Kinder ihre Beute ergattert, nahmen sie sofort wieder Reißaus. Es dauerte nicht lange, da wagten sich auch die anderen aus ihren Verstecken. Wie kleine gierige Mäuse wuselten sie aus den Türen heraus und unter umgedrehten Booten und hinter verfallenen Mauern hervor. Ein paar neugierig gewordene Mütter und alte Weiber streckten auch bald die Köpfe aus den Fenstern. Das Wenige, was Maddy mitgebracht hatte, war schnell an die immer größer werdende Meute von Rotznasen und Zahnlückengesichtern verteilt. Sie ließ es sich nicht anmerken, aber sie war entsetzt über das Ausmaß der Armut, das sich bei einem genaueren Blick auf die Kinder offenbarte. Zerlumpte Kleider, schmutzige Gesichter, krumme Gliedmaßen, die auf schwere körperliche Arbeit und harte Winter schließen ließen, und nicht selten sah sie offene Wunden, Schnitte, Schwielen, Kratzer und Blutergüsse. Letztere stammten natürlich von Vätern und Müttern, die die Geduld mit ihren Sprösslingen verloren hatten.

Einer der Jungen, vielleicht zehn oder elf Jahre alt, hatte einen Klumpfuß, nur umwickelt mit schmutzigen Lappen. Ein dunkelblauer Bluterguss zierte sein Auge und eine Platzwunde seine Lippe. Er konnte von der Pastete, die Maddy ihm gegeben hatte, nicht einmal abbeißen, so geschwollen war sein Gesicht.

»Wie heißt du?«, fragte sie und hielt ihn an seinem zerlumpten Ärmel zurück, als er mit seiner Beute eilig die Flucht ergreifen wollte.

»Will, Euer Hoheit. Will Blackstone. Aber sie sagen Hoppel-Will zu mir.«

Hoppel-Will? Das war nicht gerade charmant, aber beim Erfinden von Spitznamen waren die Menschen selten liebenswürdig.

Sie nannten John ja auch den teuflischen Earl. Maddy überreichte dem Jungen noch eine Orange und lächelte ihn aufmunternd an.

»Wenn ich nächstes Mal komme, bringe ich Arznei für dein blaues Auge mit. Essigsaure Tonerde und eine Beintinktur«, sagte sie. Es war schon schlimm genug für ihn, dass er mit einer Missbildung geboren war, aber wie nicht anders zu erwarten, wurde er von den anderen Kindern deswegen schikaniert und traktiert.

»Nicht nötig, Euer Hoheit«, antwortete Will und verbeugte sich erstaunlich galant vor ihr. »Der Gärtner kann das verarzten. Ich bin nur ausgerutscht und hingefallen.«

»Der Gärtner?«, fragte sie verdutzt. Meinte er etwa Ian?

Bevor er noch etwas sagen konnte, stürmte seine Mutter aus einem der niedrigen Bruchsteinhäuser heraus. Es war eine Frau mit breiten Hüften und einem kleinen Kopf, auf dem sie eine schmuddelige graue Haube trug.

»Hör auf zu quatschen und geh an die Arbeit!«, befahl sie dem Jungen und verpasste ihm einen kräftigen Hieb in den Nacken. »Patty Blackstone zu Diensten, Ihro Ladyschaft, und wir nehmen Ihro Gnaden mildtätige Gaben untertänigsterweise dankend an«, verkündete die Frau und knickste. »Wir können eine Trinkur immer gut gebrauchen. Bitter nötig haben wir die, Ihro Ladyschaft.«

»Tinktur«, berichtigte Maddy. »Das ist eine Medizin.«

»Medizin? Ach so?« Pattys Interesse erlahmte merklich. »Davon krieg ich die Bälger nicht satt, mit Verlaub, Euer ladyschaftliche Gnaden. Das soll keine Beschwerde sein, aber es ist so.« Patty zog die Nase hoch und spähte neugierig in Maddys leeren Korb.

»Ich komme bald wieder«, versprach diese der Fischersfrau.

»Hab meinen Mann verloren. Wurde beim Schmuggeln erwischt«, erzählte Patty ungeniert und ohne gefragt worden zu sein. »Sie haben ihn erschossen, was besser war, als dass er am Galgen gelandet wäre. Aber mich hat er hier sitzen lassen mit fünf Kindern, und eines hatte ich noch im Bauch. Will taugt für nichts, den muss ich durchfüttern. Die anderen Bengel in seinem Alter fahren schon mit raus zum Fischen, aber er hockt mir den ganzen Tag in der Stube herum und frisst mir die Haare vom Kopf.«

»Er soll zum Schloss kommen, dort gibt es bestimmt Arbeit für ihn«, schlug Maddy vor.

»Da war er schon. Die wollen keinen Krüppel. Haben ihn weggejagt, Euer Durchlauchtigste. Er ist nicht dumm, wisst Ihr, aber keiner kann sein Rumgehoppel ertragen. Sie nennen ihn Hoppel-Will und so ist es halt. Ich bin mit dem Kind gestraft. Jawoll, gestraft.«

»Er soll sich bei Mrs Longfields melden und sagen, dass ich ihn als meinen Pagen haben möchte.« Irgendeine Arbeit würde sich für den Jungen finden und wenn er das Silber polierte oder die Kartoffeln schälte.

»Ihr seid zu gütig, Euer Ladyschaft!«, rief Patty und ergriff Maddys Hand, um sie ungeniert mit nassen Küssen zu übersäen, bis Maddy es schaffte, sie ihr zu entziehen und sie unauffällig an ihrem Rock abzuwischen.

»Wen meinte Will, als er vom Gärtner sprach?«, fragte Maddy, um Patty von weiteren überschwänglichen Dankesbezeugungen abzuhalten, außerdem war sie neugierig. Eigentlich konnte es nur Ian gewesen sein, da er sich ja so gut mit Heilpflanzen auskannte.

»Den Bastard vom alten Earl, der kommt manchmal her und lässt sich mit Fisch und Krabben für seine Dienste zahlen. Er ist ein richtiger Arzt, wisst Ihr, Durchlauchtigste. Der alte Earl hat ihn extra zum Studieren geschickt und so ist er Gärtner und Arzt in einem, aber trotzdem lass ich ihn nicht in die Nähe von meinen Gören, denn er ist hinter jedem Rock her, und das kann ich gerade noch gebrauchen, dass der einem meiner Mädchen einen Braten in die Röhre schiebt, wie es sein Vater schon getan hat. Ich kann dann sehen, wo ich mit dem Balg bleibe.«

»Ian?« Ian war der Bastard vom alten Earl, Ian war Arzt und ein Schürzenjäger, und all das hatte sie in nur einem Satz erfahren? Patty war ein Phänomen.

»Ian der Herzensbrecher. Jawoll!«, rief die. »Hält sich immer für was Besseres, obwohl seine Mutter eine von uns war. Da unten hat sie gewohnt.« Patty zeigte mit roten, rissigen Fingern den Weg entlang bis zum Ende der grauen Häuserzeile. »Dann hat er ihr ein Kind gemacht und plötzlich hielt sie sich für 'ne feine Dame. Sein Erzeuger hat das Kind behalten und zur Schule geschickt. Ist Arzt geworden. Und ein verdammt hübscher noch dazu, Ihro Durchlaucht.« Patty zwinkerte ihr verschwörerisch zu. »Der Earl war früher genauso hübsch. Sie sehen sich ziemlich ähnlich, wisst Ihr? Aber jetzt ist er natürlich hässlicher als wie der Teufel, aber das ist die Strafe Gottes für seine Tat, das sagt man.«

»Hässlicher als der Teufel?«, fragte Maddy und fühlte sich gekränkt, dass die Leute so über John redeten.

Patty, deren Mundwerk eindeutig größer war als ihr Verstand, schlug sich die Hand vor den Mund, als ihr bewusst wurde, dass sie den Earl vor den Ohren seiner Frau beleidigt hatte. »Ich sag ja nur, was man sich sagt, Euer Ladyschaft«, beteuerte sie schnell. »Ich sag ja nicht, dass ich das auch denke. Ich würde nie so was von Euer durchlauchten Ladyschaft ihrem Ehemann denken und meine Kinder würden das auch nicht denken. Und mein Will denkt nur das Beste über unseren Earl. Ich flehe Euch an, dass Ihr den Jungen trotzdem in den Dienst nehmt. Er frisst mir die Haare vom Kopf.«

Will war mager wie ein ausgehungerter Welpe und wirkte eher so, als würde er gar nichts essen, aber Maddy nickte und schenkte Patty ein schwaches Lächeln.

»Schick ihn morgen ins Schloss.« Bevor Patty noch einmal ihre Hand abküssen konnte, verabschiedete sich Maddy und trat den Heimweg an. Sobald sie im Schloss war, würde sie Longfields anweisen, dass sie den kleinen Will nicht wegschicken durfte. Sie hatte zwar keine Ahnung, was sie mit einem Pagen anfangen sollte, aber darum ging es ja nicht. Zuerst musste der Junge etwas zu essen bekommen und gebadet werden, dann musste man ihn von den Heerscharen an Läusen befreien, die zweifellos auf seinem Lockenkopf lebten, und ihm etwas Vernünftiges zum Anziehen verpassen. Danach würde sie sich um seine Blutergüsse und die Platzwunde kümmern, dafür brauchte er keinen Arzt.

Apropos Arzt, sie würde John zu gern nach seinem Halbbruder Ian fragen, aber sie ahnte, dass er nicht unbedingt freundlich auf ihre Neugier reagieren würde. Hatte er früher tatsächlich auch so blendend ausgesehen wie Ian? War ihm die Existenz seines Bastardbruders ein Dorn im Auge oder war es ihm gleichgültig? Wieder einmal versuchte sie, sich das Gesicht ihres Ehemannes vorzustellen, sie sah die dunklen Augen von Ian vor sich, sein dunkles, dichtes Haar, das kantige Kinn, die klassische, gerade Nase, die eines Cäsars würdig war. Wenn John früher ähnlich schön gewesen war, traf ihn die Entstellung vermutlich umso härter. Das Feuer hatte seine Schönheit zerstört und seine Seele verdunkelt.

Als Maddy in ihr Rosenzimmer zurückkehrte, wanderte Franklin ungeduldig vor ihrer Tür auf und ab. Mit einer knappen Verbeugung und ohne ein Wort zu sagen, überreichte er ihr einen schwarzen seidenen Schal, in den ein Brief von John eingewickelt war.

»Lass alle Kerzen in Deinem Gemach anzünden. Binde den Schal fest um Deine Augen und erwarte mich pünktlich um acht Uhr zum Dinner. Voller Ungeduld, John«, stand in dem Brief und Maddys Herz wummerte schneller. Voller Ungeduld? O ja, das war sie ebenfalls. Endlich würde sie nicht mehr allein zu Abend essen müssen, sondern mit ihrem Ehemann, wie es sich gehörte, und sie hatte ihm so viel zu erzählen und noch mehr zu fragen, angefangen bei dem unsäglichen Lunch mit seiner Mutter bis zu ihrem Besuch im Dorf.

Sie entschied sich, das pfirsichfarbene Kleid anzuziehen, das sie bei ihrer Trauung getragen hatte, und verlor die Geduld mit Jane, weil diese so ungeschickt mit dem Lockeneisen hantierte und einfach nicht die Frisur zustande bekam, die Maddy sich vorstellte. An diesem Abend wollte sie wunderschön aussehen.

Punkt acht Uhr saß sie mit verbundenen Augen am Tisch und wartete. Das Essen stand vor ihr. Anne hatte Lammbraten in Soße gekocht, dazu gab es Erbsen und Kartoffeln und Yorkshire-Pudding. Der Duft des Fleisches und der Soße stiegen ihr in die Nase und machten ihr den Mund wässrig. Der weite Fußmarsch ins Dorf hatte sie hungrig gemacht und das Warten auf John ließ sie innerlich vor Ungeduld zittern.

Als es endlich klopfte, konnte sie vor Aufregung kaum antworten.

»Guten Abend, Madeleine«, hörte sie Johns dunkle Stimme.

Sie wandte den Kopf in Richtung der Tür, erkannte aber durch die schwarze Seide nichts, nicht mal einen Schatten. Sie spürte, wie er dicht zu ihr trat, konnte ihn riechen, seinen typischen Duft nach Mann, nach Seife, aber auch diesen süßlich harzigen Geruch. Der stammte, wie sie nun wusste, vom Laudanum. Vielleicht wedelte er mit seiner Hand vor ihren Augen, um zu prüfen, ob sie auch wirklich nichts sah, vielleicht schaute er sie auch nur an, auf jeden Fall war er nahe bei ihr und schwieg. Eine Gänsehaut, erzeugt von Spannung und Vorfreude, rieselte über ihren Rücken. Dann hörte sie, wie er sich neben sie setzte. Die Stuhlbeine kratzten über den Boden, das Besteck klirrte und das Porzellan klapperte leise. Er legte sich vermutlich etwas von Annes Essen auf den Teller.

»Das sieht köstlich aus und es riecht sehr gut«, sagte er.

»Meine Leibspeise, Anne hat sie gekocht«, erklärte sie, obwohl er das natürlich wusste. »Das war sehr lieb, dass du dir meine Leibspeise gewünscht hast.«

»Ich möchte dir etwas von dem Genuss zurückgeben, den du mir bereitest.«

»War das auch der Grund, warum du deine Mutter gezwungen hast, den Familienschmuck an mich zu übergeben?«

»Ich habe meine Mutter nicht gezwungen, ich habe ihr nur mit Nachdruck erklärt, dass sie nicht mehr die Countess ist – mit allen Konsequenzen, die sich daraus ergeben.«

»Ich brauche keinen Schmuck, um glücklich zu sein.«

»Der Schmuck steht dir zu und damit ist alles besprochen.«

»Deine Mutter war nicht gerade erfreut über deinen Besuch.«

»Sie ist nie erfreut, mich zu sehen, oder gar, sich meinen Anweisungen unterzuordnen. Sie wünscht, ich wäre gestorben anstelle meines Bruders.«

»Das tut mir leid.« Das war wohl kaum ein Satz, der einem ungeliebten Sohn Trost spendete, aber was sollte sie sonst sagen? Dass die Dowager Countess um ihren toten Sohn und dessen Familie trauerte, war mehr als verständlich. Es grenzte für Maddys Geschmack eher an ein Wunder, wie gefasst und souverän die Frau trotz der schrecklichen Tragödie nach außen hin wirkte. Die Vorstellung, dass John der Mörder seines Bruders sein sollte, musste sie innerlich zerstören. Keine normale Mutter hielt diese seelischen Qualen aus. »Deine Mutter leidet gewiss sehr unter der Situation.«

»Kein Wort mehr über meine Mutter«, befahl John in einer Mischung aus Ärger und Ungeduld. »Ich möchte jetzt dinieren.« Dann legte er plötzlich den Finger unter ihr Kinn und drehte ihren Kopf ein wenig in seine Richtung.

»Öffne den Mund, Madeleine.« Eine Gabel berührte ihre Unterlippe. »Hier kommt ein wenig von dem Lamm. Zuerst füttere ich dich, und wenn du satt bist, dann esse ich selbst.«

»Nein, wir essen abwechselnd. Einen Bissen für mich, einen für dich.«

»Nun gut«, gab er mit einem Lachen nach. »Einen Bissen für dich, einen für mich.« Dann schob er vorsichtig eine Gabel mit dem Braten in ihren aufgesperrten Mund.

»Und wir müssen uns angeregt unterhalten wie bei einem richtigen Dinner und gelegentlich einen Schluck Wein trinken«, fügte sie hinzu während sie kaute.

»Angeregt unterhalten?«

Sie hörte wieder das Besteck leise klappern und stellte sich vor, wie er selbst ein Stück von dem köstlichen Lammfleisch probierte – mit der Gabel, die eben noch zwischen ihren Lippen gewesen war. Wie es ihm auf der Zunge zergehen würde und wie er genüsslich die Augen schloss.

»Ich würde dir gerne von dem Lunch mit deiner Mutter erzählen, aber du hast gesagt: Kein Wort mehr davon, also reden wir über etwas anderes. Über Pferdezucht oder über Literatur oder Wissenschaft oder über ... über ...« Sie wollte sagen: »Über eine mögliche Schwangerschaft«, aber sie schluckte den Satz im letzten Moment hinunter. Sie hatte während ihres Spaziergangs überlegt, ob sie John auf das Problem mit der Schwangerschaft ansprechen sollte. Sie wünschte sich von Herzen ein Kind, aber sie würde es nicht aushalten, im Haus eingesperrt zu sein wie eine Haremsdame im Orient. Und vor allem wollte sie nicht, dass er dann nicht mehr zu ihr kam; kein Dinner mehr, keine Unterhaltungen mehr, keine Zärtlichkeiten mehr.

Sie befürchtete nämlich, dass er in dieser Frage womöglich seiner Mutter recht geben würde. Er könnte sagen: »*Meine Mutter hat zwei Söhne geboren, sie weiß besser, was zu tun ist, und ich möchte nicht, dass meinem Erben irgendetwas zustößt.*« Der Erbe war für jeden Mann das Wichtigste überhaupt und weitaus bedeutsamer als das seelische Wohl einer Gemahlin. Deshalb wollte sie erst einmal abwarten. Noch wusste sie nichts von einer Schwangerschaft, und wenn es irgendwann so weit war, dann konnte sie immer noch mit John darüber sprechen. Eines wusste sie aber sicher: Ihre Schwiegermutter würde es nicht als Erste erfahren.

»Worüber?«, fragte er nach, weil sie mitten im Satz verstummt war.

»Über meinen Besuch in Kelston.«

»Du warst im Dorf?« Er klang nicht erfreut.

»Ich war in Begleitung meiner Kammerzofe Jane.«

»Madeleine ...« Er hörte sich an, als würde er sich mühsam zurückhalten, um nicht zu schreien. »Da im Dorf ... diese Menschen ... du solltest da jemanden hinschicken und nicht selbst gehen. Du bist eine Countess und keine Pfarrersfrau.«

»Ich habe Hunger«, sagte sie und sperrte ihren Mund auf, weil sie keine Lust auf weitere Rechtfertigungen hatte. Gleichzeitig leckte sie sich über ihre Unterlippe als Einladung, dass er sie weiter füttern solle. Sie hoffte, das würde ihn von der Wut ablenken, die offenbar schon wieder in ihm aufflackerte.

»Lieber Gott, steh mir bei«, krächzte er, erklärte aber leider nicht näher, warum er den Herrn um Hilfe anflehte. Seine Finger schienen ein wenig zu zittern, als er sie nach einer Weile mit ein paar Erbsen und etwas Yorkshire-Pudding fütterte und ihr danach ein Glas mit Rotwein an die Lippen hielt. »Gut so?«, fragte er und klang kein bisschen mehr wütend.

Maddy fuhr sich noch einmal mit der Zunge über ihre Unterlippe, um die Soße abzulecken, und John stöhnte leise.

»Es ist wichtig, dass ich mir einen eigenen Eindruck von den Menschen und deinen Ländereien verschaffe. Ich will nicht Herrin über etwas sein, was ich nicht kenne.« Als sie hörte, dass er selbst einen Bissen aß, nahm sie das Gespräch über ihren Besuch in Kelston vorsichtig wieder auf. »Du hättest diese Armut sehen sollen. Wusstest du, dass letzten Herbst der Deich gebrochen ist?« Bevor er antworten konnte, öffnete sie schon wieder den Mund. »Kann ich noch mehr von dem Yorkshire-Pudding haben?«

Diese Methode der Unterhaltung erwies sich als ideal. Solange John damit beschäftigt war, sie zu füttern, redete er nicht, sondern richtete seine ganze Konzentration auf die Aufgabe. Nur ab und zu gab er ein Seufzen von sich. Wenn er selbst aß, erzählte sie ihm von den Zuständen in Kelston, von der Armut, den Krankheiten, den heruntergekommenen Häusern und den Herbststürmen. Vier Männer waren im vergangenen Jahr nicht vom Meer zurückgekommen – alles Familienväter.

»Kann ich noch etwas von dem köstlichen Wein haben?«, fragte sie schnell, als sie hörte, dass er Luft holte, um zu antworten. Sie wollte nicht mit ihm diskutieren, ob ihr Ausflug nach Kelston richtig und einer Countess überhaupt gestattet war. Vermutlich hätte sie seiner Ansicht nach eine bewaffnete Eskorte und eine Kutsche mitnehmen müssen, aber das konnte er vergessen. Sie wollte ihm einfach nur erzählen, was sie gesehen hatte und wie sie darüber dachte, und er brauchte nicht zu antworten oder ihr Vorträge zu halten.

»Hier kommt der Wein. Vorsicht«, sagte er und legte seine Hand sachte an ihre Wange. Er hatte vergessen zu schimpfen, in Wut zu geraten oder ihr Befehle zu erteilen, die sie sowieso nicht befolgen würde. Er kippte das Glas ein wenig zu stark, und sie trank nicht schnell genug, sodass der Wein an ihrem Kinn hinunterlief.

»Oh, mein Kleid«, rief sie und tastete schnell nach einer Serviette, aber da spürte sie schon, wie er vorsichtig an ihrem Kinn entlangstrich und die Tropfen wegwischte. Dann glitt sein Daumen auf einmal langsam über ihre Unterlippe. Ihre Zunge schnellte vor und berührte die raue Daumenkuppe. Er sog die Luft scharf ein, hielt aber still. Mit angehaltenem Atem ließ er zu, dass sie seinen Daumen mit ihrer Zunge streichelte, ihre Lippen um seinen Finger schloss und daran saugte. Sie tat das instinktiv und gewiss nicht in der Absicht, ihm wehzutun, aber er gab einen gequälten Aufschrei von sich, wie manchmal, wenn er sich in ihr ergoss. Sie war sich nicht sicher, ob es ein Ausdruck der Freude war oder ein Schmerzenslaut, deshalb öffnete sie den Mund schnell wieder und entließ seinen Daumen daraus.

»Verzeih«, murmelte sie. »Ich wollte dir nicht wehtun.«

Er krächzte ein Lachen heraus. »Willst du wissen, was mir wehtut?«

Sie nickte eifrig, natürlich wollte sie das wissen, unbedingt. Er hasste es angeblich, wenn jemand Mitleid mit ihm hatte, aber wie sollte sie ihr Mitgefühl unterdrücken, wenn seine Stimme so furchtbar gequält klang? Er stellte das Glas weg und ergriff ihre Hand.

»Versprich mir, dass du nicht angewidert sein wirst oder gar deine Hand zurückziehst.«

»Das verspreche ich«, sagte sie ernst. »Hab keine Angst.«

Er lachte. »Ich habe keine Angst, Madeleine. Hoffentlich hast du auch keine.«

Sie war sich sicher, dass er ihre Hand zu seinem verbrannten Gesicht führen und sie dort die Narben fühlen lassen würde. Das wäre ein Anfang. Wenn sie ihn erst einmal dort berührt hatte, würde er über kurz oder lang auch den Mut aufbringen, ihr sein Gesicht zu zeigen. Sie war fest entschlossen, kein Erschrecken und keine Abscheu zu zeigen, ja nicht einmal welche zu empfinden. Sie hatte schon schlimmere Dinge gesehen als Brandnarben. Aber zu ihrer größten Überraschung legte er ihre Hand nicht an sein Gesicht, sondern ... Lieber Gott, was war das? Er hatte ihre Hand vorn auf seine Hose gelegt. War das, was sie da warm und hart unter ihren Fingern spürte, etwa ... etwa ... Sie hielt die Luft an, um einen Aufschrei zu unterdrücken, und blähte dabei die Wangen auf. John gab ein leises, unglückliches Lachen von sich.

»Weißt du, was das ist?«

»Ja«, wisperte sie.

»Das ist das, was du mit mir machst, wenn ich dich füttere, wenn du deinen Mund weit aufsperrst wie ein hungriger kleiner Vogel und ich mir vorstelle ... Nun, das sage ich dir besser nicht. Du bist ehedem schon angewidert von dem, was du in deiner Hand hältst, nicht wahr?«

»N-nein, gar nicht.« Merkwürdigerweise war sie tatsächlich nicht angewidert, sondern nur neugierig. Dennoch wagte sie nicht, allzu vorwitzig zu sein und das abzutasten, was sie da fühlte. Aber da nestelte er schon seinerseits an den Knöpfen seiner Breeches und öffnete die Hose vorn. Dann nahm er ihre Hand, führte sie in die Hose und legte sie um seinen harten Schaft herum, sodass sie ihn in der Hand hielt wie den Stiel einer Mistgabel, nur war er ein wenig dicker und wärmer, hart und gleichzeitig zart.

»Was fühlst du, Madeleine?«, raunte er mit heiserer Stimme.

»Das ist dein ... dein ...«

»Mein verdammter Schwanz. Du wolltest doch unbedingt wissen, wie er aussieht. Ob er so groß ist wie bei den Satyrn. Versuche, ihn mit deinen Händen zu sehen, Madeleine. Halte ihn fest und fühle ihn.«

Maddy schluckte. Sie schluckte ihre Scheu hinunter und überließ ihrer Neugier und ihrer wachsenden Erregung die Oberhand. Sie fuhr seine ganze harte Länge hinauf und wieder hinab und spürte, wie sein Fleisch unter ihrer Berührung zuckte. Als sie hörte, wie John schmerzerfüllt stöhnte, hielt sie sofort inne.

»Tut es weh?«, wollte sie wissen.

»Die Schmerzen sind schier unerträglich.«

»O Gott, das tut mir leid.« Bevor sie ihre Hand zurückziehen konnte, packte er sie und umfasste sie fest.

»Nicht doch, du dummer kleiner Schatz, du musst meine Schmerzen lindern. Willst du das tun, mein Eheweib?«

»Ja, gern«, antwortete sie mit bebender Stimme, denn eine Ahnung regte sich in ihr und floss heiß und lüstern in ihren Unterleib. Sie würden bestimmt schon sehr bald der Erfüllung ihrer ehelichen Pflichten nachgehen und Maddy liebte diesen Teil ihrer Ehe ganz besonders.

»Kannst du reiten, Madeleine?«

»O ja, ich liebe es, zu reiten, ich mag nur den Damensattel nicht.«
»Das kommt mir gerade äußerst gelegen«, sagte er mit einem gequälten Auflachen. »Denn ich möchte, dass du mich reitest.«
»Aber ... wie ... wie ...«
»Setz dich auf meinen Schaft und reite ihn.«
»Oh, ich verstehe.« Sie stand langsam vom Tisch auf, dann raffte sie ihre Röcke so weit nach oben wie nur irgend möglich. Zum Glück hatte sie auf Unterröcke verzichtet, und somit hatte sein entblößtes Glied freien Zugang zu ihrem nackten Schoß, wenn sie sich auf ihn setzte. Wenn sie ihn nur sehen könnte, wie er auf dem Stuhl vor ihr saß und wie seine Männlichkeit sie erwartete. Während sie ihren Kleidersaum mit der einen Hand hochhielt, streckte sie die andere Hand aus, um nach ihm zu tasten.

»Nein«, rief er und ergriff ihre Hand. Vorsichtig, sodass sie mit ihrer Augenbinde nicht stolperte, lenkte er sie rückwärtsgehend bis zum Bett. »Fass mich nicht an, wenn du mich reitest«, befahl er und dirigierte sie in die richtige Position, bis er quer auf dem Bett lag und sie über ihm kniete. Sie spürte schon seine weiche Spitze an ihrem Fleisch, als sie sich langsam herabsenkte und er laut aufstöhnte.

»Tut das weh?«, fragte sie besorgt.

»Ganz im Gegenteil. Das ist das Einzige, was meinen Schmerz lindert«, sagte er mit einem Stöhnen und überließ sich dann ihrem Ritt.

Als Maddy die Augen wieder aufschlug, weil die Morgensonne sie in der Nase kitzelte, lag sie quer im zerwühlten Bett und trug immer noch das Kleid, das sie am vergangenen Abend zum Dinner angezogen hatte. Ihre kunstvoll gesteckte Frisur war zerzaust. All die Löckchen und Kringel, die sie sich selbst mühsam frisiert und mit zig Haarnadeln befestigt hatte, hatten sich in Wohlgefallen aufgelöst und fielen wirr über ihre Schultern und in ihre Augen. Das seidene Haarband, das sie in ihre Frisur geflochten hatte, war nun um ihr Handgelenk gebunden und ein aufgerolltes Stück Papier war am anderen Ende des Bandes mit einer Schleife befestigt.

Sie brauchte gar nicht neben sich zu tasten, sie wusste, dass John gegangen war. Er war verschwunden, ebenso wie die schwarze Augenbinde, mit der sie eingeschlafen war.

Nach ihrem Ritt, wie er es genannt hatte, war sie völlig verausgabt auf seinem Körper liegen geblieben, und er hatte es zugelassen, dass sie ihren Kopf auf seine Brust gebettet hatte. Er war ja ebenfalls bekleidet gewesen, abgesehen von dem Stück Stoff, das er vorn an der Hose aufgeknöpft hatte. Dennoch hatte sie die Wärme gespürt, die er ausstrahlte, und die Festigkeit seines Körpers unter sich. Sie hatte sich in dieser Position so geborgen gefühlt wie seit vielen Jahren nicht mehr – was im Grunde ja verrückt war, wenn man bedachte, dass alle anderen Menschen sich vor ihm fürchteten und ihn einen Teufel nannten.

»Bist du jetzt schmerzfrei?«, hatte sie geflüstert und er hatte leise gelacht.

»Nicht reden«, hatte er gesagt. Dann war seine Hand unter ihre Röcke gewandert, die sich um ihre Hüften bauschten, und auf ihrem nackten Hinterteil gelandet. Er hatte sie gestreichelt, ihren Rücken, ihren Po und auch die empfindliche Stelle zwischen ihren Beinen, die noch erregt war und nass von seinem Samen. Sein rhythmisches Streicheln hatte sie müde gemacht und schließlich waren ihr die Augen zugefallen. Wie schade, dass er nicht bei ihr geblieben war. Sie wäre so gern neben ihm aufgewacht, selbst wenn sie die Augenbinde noch hätte tragen müssen.

Jetzt löste sie die Nachricht von dem Band und rollte das kleine Stück Papier auf.

»Heute wirst Du die Ställe besichtigen. Trage Dein neues Reitkostüm. Franklin wird Dich nach dem Lunch abholen. Dir ergeben, John«, stand da.

Ihr ergeben? Sie musste lachen, denn das passte gar nicht zu John Sutton, dem düsteren und dauerhaft schlecht gelaunten Ehemann und Herrscher von Kelston Abbey, oder doch?

9. Pferde, Ställe und Wahrsager

Obwohl Johns Schmerzen an diesem Morgen so schlimm waren wie seit Langem nicht mehr, saß er schon seit Stunden am Schreibtisch und arbeitete. Zuerst hatte er einen Brief an Gibson, seinen Advokaten, verfasst, dann hatte er ein langes Gespräch mit Morris, seinem Verwalter, und seinem Sekretär Brown geführt und mit den beiden die Pläne für diverse Veränderungen besprochen. Er hatte vor, eine große Summe Geld zur Verfügung zu stellen, um die Katen der Pächter und die Häuser im Dorf reparieren zu lassen, außerdem war es höchste Zeit für andere, längst überfällige Maßnahmen.

Madeleine hatte ihm zwar keine Vorwürfe gemacht, aber als sie ihm von ihrem Besuch in Kelston erzählt hatte, war ihre Empörung über die Armut und die Zustände im Dorf deutlich herauszuhören gewesen, und das hatte ihn zutiefst beschämt. Die Häuser seien völlig heruntergekommen, hatte sie erzählt, die Fensterläden und Türen windschief und die Dächer beschädigt und undicht. Die Kloake fließe quer über die Dorfstraße und die Deichmauer sei verfallen. Sie hatte vermutet, dass die Pachthöfe in den Abbey Hills kaum besser aussahen, ebenso all die anderen Ortschaften und Flecken, die zu den Kelston-Ländereien gehörten wie Bainsmouth, Weford, Kelseigh oder Ferrymoor. An die Namen der anderen Gehöfte und Orte hatte sie sich nicht mehr erinnern können.

John war seit drei Jahren nicht mehr bei Tageslicht in den Abbey Hills gewesen, genau genommen war er das letzte Mal zwei Tage vor dem Feuer nach Ferrymoor geritten und hatte sich dort mit ein paar Pächtern unterhalten. Schon damals, als sein Bruder noch das Sagen gehabt hatte, war es traurig um die Liegenschaften bestellt gewesen. George war engstirnig und geizig und hatte die Meinung vertreten, dass die Leute an ihrem Elend selbst schuld seien. Wären sie fleißiger, würden sie auch nicht hungern. Diese Ansicht hatte er immer postuliert, wenn ein Pächter vorgesprochen und um Stundung der Pacht gebeten hatte oder wenn mal wieder ein Wilderer gefangen genommen und ins nächste Gefängnis verfrachtet worden war. John hielt diese Anschauung von jeher für borniert und ignorant. Früher hatte er immer behauptet, wenn er Earl wäre, würde er viel besser und gerechter mit den Menschen verfahren. Er würde für seine Leute sorgen und sie in ihrem Elend nicht sich selbst überlassen – gar nicht erst zulassen, dass sie gezwungen wären, zu schmuggeln oder zu wildern. Er würde ein Abwassersystem und Kanäle bauen sowie die Straßen erneuern lassen, um damit den Handel anzukurbeln, und vor allem würde er eine Hafenmauer in Kelston errichten lassen, ein Projekt, zu dem er George immer wieder gedrängt hatte. Die ganze Grafschaft profitierte vom Krabbenfang, aber George hatte nichts davon wissen wollen. Er hatte nichts von Johns Idee gehalten, die Kirche in Kelston sanieren zu lassen und sie mit einem Anbau für die Sonntagsschule zu versehen. John war von den Ideen des Verlegers Robert Raikes begeistert, der sich für die Kinder der Ärmsten einsetzte und dafür kämpfte, dass sie Lesen und Schreiben lernten. Er hatte sogar ein Lesebuch für den Unterricht verfasst und in einigen Stadtteilen Londons gab es Sonntagsschulen. Aber George hatte die Ideen als verrückte und idealistische Spinnerei abgetan. Das würde bloß Geld kosten und die Leute nur noch unzufriedener machen.

»Wenn ich Earl wäre, würde ich dafür sorgen, dass die Leute glücklich und fleißig sind«, hatte John sich immer gedacht, aber er war nur der zweite Sohn gewesen ohne die Chance, irgendetwas von seinen Plänen verwirklichen zu können. Sein Vater hatte ihm die Wahl gelassen, ein kirchliches Amt anzustreben oder zum Militär zu gehen, und beides hatte ihm nicht behagt. Er war sich sicher, er wäre ein weitaus besserer Earl als jeder andere Sutton vor ihm. Doch jetzt, wo er selbst der Herr der Grafschaft war, hatte er noch keinen einzigen seiner damaligen Vorsätze in die Tat umgesetzt. Er hatte nicht einmal darüber nachgedacht. Das Feuer hatte all seine Pläne und Träume zunichtegemacht. Die Verletzung und die Schmerzen, die mit ihr einhergingen, die Verzweiflung, die ihn in dunkle Tiefen gerissen hatte und auch das Laudanum, das ihn oft tagelang umnebelte, hatten dazu geführt, dass er seine Pflichten ärger vernachlässigte als sein Bruder. Er hatte sich drei Jahre lang nur dem Schmerz und seinem Selbstmitleid hingegeben.

Würde Madeleine verstehen, warum er so ein schlechter Grundherr war? Würde sie ihn verachten oder womöglich bemitleiden? Er wollte kein verdammtes Mitleid von ihr, aber noch weniger wollte er ihr Missfallen. Er schämte sich, und es war höchste Zeit, dass er etwas gegen die Missstände auf seinem Land unternahm.

Nachdem der Verwalter und der Sekretär wieder gegangen waren, machte er sich selbst auf den Weg zu den Ställen. Er zog die abscheuliche schwarze Kapuze über, die nur Aussparungen für die Augen und den Mund hatte und direkt von einem Henkersknecht hätte stammen können. Er hatte schon Scharfrichter bei ihrer Arbeit gesehen, die freundlicher wirkten, aber das war eben das Opfer, das er bringen musste, wenn er sich bei Tageslicht anderen Menschen zeigen wollte. Der Stallmeister hatte sein Kommen erwartet, dennoch schien er vor Angst erstarrt zu sein. Er hatte dem Mann allerlei unsinnige Strafen angedroht, wenn der Stall heute nicht wie geleckt aussehen würde und das neue Pferd nicht erholt und gestriegelt wäre. Natürlich hatte er nicht vor, dem Stallmeister die Ohren abzuschneiden oder ihn eigenhändig mit der Mistgabel zu pfählen, er hatte eigentlich nur zum Ausdruck bringen wollen, wie wichtig ihm die Angelegenheit war.

Jetzt hatte der Narr solche Angst, dass er beim Sprechen stotterte wie der Dorftrottel von Kelston. Aber Angst war John allemal lieber als Mitleid. Dennoch sprach er freundlich zu dem Mann, beinahe so freundlich, wie er mit Madeleine redete.

»Ich will nur das Pferd sehen.«

»S-s-sehr wohl, Euer Lordschaft. D-d-der Bote, d-den ich geschickt habe, ist ... ist ... ist gestern mit ihm eingetroffen. Ein schönes Tier. Es hat s-s-sich inzwischen gut erholt.« Er zeigte zur Wand, wo Madeleines Pferd gesattelt bereitstand und sich an einer Extraladung Hafer gütlich tat. John ging hinüber zu dem Tier und legte seine Hand an dessen Flanken. Es schien ein gutmütiger Kerl zu sein, denn es fraß unbeeindruckt weiter.

Das Pferd war ein brauner Hengst, eine Kreuzung aus einem Vollblüter und einem kräftigen Kutschpferd, gezüchtet, um den wachsenden Bedarf nach schnellen und repräsentativen Kutschpferden zu decken, die gleichzeitig aber auch für die Jagd und für elegante Ausritte eingesetzt werden konnten. Das war der Traum von Madeleines Bruder gewesen: eine eigene Pferderasse zu züchten. Wenn John den Braunen als Maßstab für diese Bestrebungen nahm, so war Stewart schon recht erfolgreich gewesen. Aber Edmund Stewart war im Krieg gefallen und Madeleine hatte die Pferde nach und nach verkaufen müssen. Der braune Hengst war das einzige Tier, das aus Edmunds Zucht noch geblieben war.

John tätschelte den schlanken Hals des Tieres, das erfreut über die Zuwendung mit dem Kopf nickte. »Da scheint ein arabisches Vollblut im Stammbaum zu sein«, sagte er mehr zu sich selbst, aber der Stallmeister verneigte sich beflissen.

»Ja, Mylord, und ein Galloway ist auch dabei. Ich habe noch nie so ein kräftiges Pferd gesehen, das gleichzeitig so viel Eleganz besitzt. Ein harmonischer Körperbau, der auf Gesundheit und eine gute Tragkraft schließen lässt. Es ist eine gelungene Kreuzung aus mehreren Rassen und hat von jeder Rasse die besten Merkmale auf sich vereinigt.« Immerhin hatte der Mann über seine Begeisterung für das Tier das Stottern und die Angst vergessen und John stimmte ihm mit einem freundlichen Lächeln zu – auch wenn die Maske das Lächeln weitestgehend verbarg.

»Das Fell soll noch mal gebürstet werden, bevor sie kommt«, befahl er dem Stallmeister, obwohl das Fell glänzte wie reine Seide. Der Mann wusste genau, wen er mit »sie« meinte. Jeder im Stall wusste es. Die jüngeren Stallburschen hatten sich sogar das Gesicht geschrubbt und die Haare gekämmt für den Besuch der Countess. Die älteren Stallburschen hatten ihre Hemden gewaschen, und der Stall war wie befohlen blitzsauber, sodass nirgendwo auch nur der Hauch von altem Stroh oder Mist herumlag.

»Das ist bereits geschehen, Mylord. Tommi hat ihn gebürstet.«

»Ich sagte noch mal!«, blaffte er und vergaß, dass er doch eigentlich ruhig und freundlich hatte bleiben wollen. Das Pferd sah prachtvoll und gesund aus und hatte sich von seinem gestrigen Ritt gut erholt. Madeleine würde nichts zu beklagen haben. Fast nichts.

»Und nehmt den verdammten Damensattel wieder herunter. Die Countess of Dunlow hasst den Seitsitz. Sie reitet im Herrensattel.« Lieber Himmel, allein wenn er an das Wort Reiten im Zusammenhang mit seiner Gemahlin dachte, spürte er schon Regungen in den tieferen Körperregionen. Er hoffte, dass die Schneiderin aus Barnstake das Reitkostüm seiner Frau weit genug genäht hatte und Madeleine einigermaßen schicklich darin aussah, wenn sie sich rittlings auf ihr Pferd setzte.

»Sie koooommt!«, rief einer der Burschen, der vorn an der Wegbiegung gestanden und nach der Herrin Ausschau gehalten hatte.

»Jetzt schon?« John hatte erst in einer Stunde mit ihr gerechnet. Er hatte Franklin klare Anweisungen erteilt: nach dem Lunch. War sie etwa so ungeduldig, dass sie sich nicht mal Zeit für das Essen genommen hatte?

»Kein Wort zu ihr, dass ich da bin!«, blaffte er den Stallmeister an und ließ seinen Blick ein letztes Mal über die Schar der sieben Männer wandern, die aufgereiht wie Soldaten vor der Tür warteten. Dann lief er nach drinnen in den Stall, wo er sich hinter einem Holzverschlag verbergen und durch ein Astloch nach draußen spähen konnte. Wie gerne stünde er direkt neben ihr, wenn sie ihr Pferd sah, aber sie durfte ihn niemals in dieser Henkersmaske sehen, niemals seine Abscheulichkeit erblicken.

Maddy war aufgeregt wie ein Kind am Weihnachtsabend, als sie gefolgt von Franklin zu den Ställen lief. Sie hatte keinen Lunch zu sich nehmen wollen und das Mädchen mitsamt dem beladenen Tablett wieder in die Küche zurückgeschickt. Sie konnte es kaum erwarten, endlich zu den Ställen zu kommen und Tiere zu sehen, egal welche.

Noch bevor sie bei der Wegbiegung war, roch sie bereits den typischen Duft der Pferde und des Dungs. Das weckte Erinnerungen an glückliche Tage und unweigerlich schlug ihr Herz noch wilder vor lauter Freude und sie lief immer schneller. Erst als sie an einer Koppel vorbeikam, auf der ein großer Araberhengst übermütig herumgaloppierte, blieb sie stehen. Sie schnalzte mit der Zunge, um ihn anzulocken, damit sie den Burschen näher ansehen und streicheln konnte, aber genau in dem Moment, als der Araberhengst stehen blieb, die Ohren spitzte und den Kopf in ihre Richtung drehte, entdeckte sie das andere Pferd drüben am Stall. Sie blinzelte ein paarmal, weil sie ihren Augen kaum traute. Er stand an der Wand, die aus großen Feldsteinen gemauert war, und hatte seine Nase in einem Sack Hafer vergraben. Einige Stallburschen hatten sich dort auf dem Platz vor dem Stall versammelt und waren aufgereiht wie Gardesoldaten, aber die Männer beachtete sie gar nicht, denn ihre ganze Aufmerksamkeit galt dem bildschönen braunen Hengst.

»Plummer!«, kreischte sie. Das Pferd erkannte sie an der Stimme. Es nahm seinen Kopf aus dem Hafer und antwortete mit einem lauten Wiehern: »O Gott, Plummer!« Sie vergaß alle Anstandsregeln für vornehme Damen und rannte los. Die fünfzig Yards, die sie von Plummer trennten, legte sie mit gerafften Röcken zurück und scherte sich nicht um den kleinen Zylinder, der sich aus ihrer Frisur löste und zu Boden fiel oder darum, dass man ihre Knie und ihre Strumpfbänder sehen konnte. Hätte man sich einem Pferd in die Arme werfen können, dann hätte sie es getan. Plummer wieherte zur Begrüßung und scharrte mit den Hufen, und wäre er nicht an der Stallmauer angebunden gewesen, wäre er gewiss auf sie zu galoppiert. Sie schlang ihre Arme um seinen Hals, schmiegte ihre Wange an das Fell und schluchzte vor Freude, während Plummer schnaubte und mit dem Kopf nickte, als würde er sagen: *»Reg dich nicht auf, ich bin ja da.«*

»O Plummer! Ich hab dich wieder. Du bist da! O mein Plummer!«, rief sie unentwegt unter Schniefen und Schluchzen und bekam vor lauter Freude kaum Luft. »Wie ist das nur möglich?« Sie sah bei dieser Frage zwar den Stallmeister an, aber Franklin antwortete ihr.

»Seine Lordschaft hat befohlen, dass er aus Colebridge Hall geholt werden soll.« Er war ganz außer Atem, weil er ihr hinterhergerannt war, und brachte die Worte kaum heraus. »Er ist gestern erst eingetroffen.«

»John?«

»Das Pferd«, antwortete Franklin, der ihre Frage missverstanden hatte.

»Wie lieb von ihm«, rief sie. Zuerst Anne und Caleb, dann die täglichen Rosen und der Familienschmuck und jetzt auch noch Plummer. Wie konnte jemand, der ihr so viele liebevolle Aufmerksamkeiten zukommen ließ, ein Teufel sein?

»Er ist auch bereits für einen Ausritt gesattelt«, antwortete Franklin steif. »Aber vielleicht möchten Mylady zunächst den Stall besichtigen und die anderen Pferde in Augenschein nehmen? Seine Lordschaft lässt anfragen, ob Ihr Euch vorstellen könntet, dass Euer Hengst eine seiner Stuten, ähm, also deckt?« Das letzte Wort wisperte Franklin hinter vorgehaltener Hand.

»Er kann decken, soviel er will«, rief Maddy und lachte unbekümmert. Plummer gehörte doch sowieso dem Earl, warum sollte er sie überhaupt um Erlaubnis fragen? Oder meinte er das etwa zweideutig? Seit dem Dinner gestern Abend und dem Ritt auf seinem wunderbaren … Nun, auf jeden Fall war sie sich jetzt nicht mehr sicher, ob ihr Gatte nicht etwas anderes meinte, wenn er Worte wie Reiten und Decken verwendete. Ach herrje, sie sollte jetzt nicht daran denken. Wie sollte sie John nur ihre Dankbarkeit für diese wundervolle Überraschung zeigen?

Als Maddy eine halbe Stunde später mit Plummer losritt und im Galopp den Weg zu den Abbey Hills einschlug, war sie überzeugt, dass dies der glücklichste Tag ihres Lebens war, abgesehen vielleicht von ihrem vierzehnten Geburtstag. Damals hatte Edmund sie mit verbundenen Augen in den Stall geführt und ihr das braune Fohlen gezeigt, das in der Nacht geboren worden war. Er hatte sie gebeten, dem Fohlen einen Namen zu geben, und sie hatte das zierliche Wesen, das ganz wackelig auf seinen dünnen Beinen stand, Plummer getauft – nach ihrer geliebten Gouvernante Miss Plummer. Die hatte ihr Vater eine Woche zuvor entlassen, angeblich, weil Maddy jetzt erwachsen war und keine Gouvernante mehr benötigte. In Wahrheit aber, weil er sie nicht mehr hatte bezahlen können.

»Das ist mein Geburtstagsgeschenk für dich«, hatte Edmund zu ihr gesagt und sie in die Arme genommen. »Du bist ab heute für ihn verantwortlich. Und wenn er sich so entwickelt, wie ich es hoffe, wird er einmal unser bester Zuchthengst sein und vielleicht die einzige Mitgift, die ich dir geben kann.«

Erst als sie sich bei ihrem Ritt einer der Katen näherte, kam ihr in den Sinn, dass sie nicht ohne Begleitung hätte losreiten sollen, denn vor der niedrigen Hütte stand ein buckliger Mann, der sie unfreundlich beäugte. In seiner Hand hielt er einen Hammer und Maddy wurde es ein wenig mulmig zumute. Zu Hause in Colebridge Hall war sie grundsätzlich allein ausgeritten und hatte sich vor niemandem gefürchtet. Die Leute hatten sie gekannt und gemocht. Wenn ihr jemand unterwegs begegnet war, hatte sie angehalten und geplaudert. Jeder hatte irgendetwas zu erzählen gehabt oder sie um Rat gefragt, wenn es um ein krankes Tier ging. Selbst die Ärmsten der Armen hatten Maddy gegrüßt, weil sie immer ein paar Almosen in der Tasche hatte. Hier hingegen hatten die Menschen eine abergläubische Angst vor dem Earl und begegneten auch ihr mit scheelen Blicken.

Einen kurzen Moment überlegte sie, ob sie nicht nach links schwenken und einen großen Bogen um die Kate machen sollte, aber da sie sich fest vorgenommen hatte, mit allen Pächtern und Bewohnern der Abbey Hills zu sprechen, konnte sie nicht gleich beim Ersten wie ein Hasenfuß Reißaus nehmen. Sie verlangsamte die Gangart und ritt über eine Steinplatte, die einen schmalen Bach überbrückte, auf die Kate zu. Das Häuschen lag eingebettet in einer

Senke und war umgeben von wild wucherndem Farn. Die Farne waren zum Teil so groß, dass ihre Wedel bis zu der niedrigen Dachtraufe reichten.

»Gott zum Gruß!«, rief sie schon von Weitem, um ihre freundliche Gesinnung zu zeigen. Der bucklige Mann war mager und gebrechlich, auch wenn er noch nicht besonders alt zu sein schien. Sein schwarzes Haar zeigte kein Grau und sein Gesicht keine einzige Falte.

»Verschwindet!« Der Bucklige schwenkte bedrohlich seinen Hammer. »Ich will keine Besuche von Hochwohlgeborenen. Weg mit Euch!«

»Ich will nur ... nur ...« Ja, was wollte sie eigentlich? Mit dem Mann reden und ihn fragen, wie es ihm ging? Das war lächerlich. Der Buckel des Mannes war so groß wie ein Suppenkessel und seine Kate war mickerig, mit nur einem winzigen Fenster, das durch einen Holzverschlag verrammelt war. Ein winziger Stall für eine Ziege und ein paar Kaninchen war windschief an die Ostseite des Hauses gelehnt, aber er hatte keine Tür und schien leer zu sein. Der Mann war ganz offensichtlich bettelarm, und sein Buckel verursachte ihm Schmerzen, die ihm anstrengende körperliche Arbeit unmöglich machten. Ihn zu fragen, wie es ihm gehe, wäre der reinste Hohn. Als ihre Augen noch einmal über ihn und seine Kate glitten, entdeckte sie den langen Wasserbottich direkt vor der Tür. Darin waren Weidenzweige eingelegt, und da, auf einer kleinen Holzbank, stand auch ein Korb, der gerade erst zur Hälfte geflochten war, sodass die langen, unverarbeiteten Zweige stachelig in die Höhe ragten wie bei einer übergroßen Dornenkrone. Der Bucklige war ein Korbmacher. Das erklärte die geschnittenen Weiden unten am Bach.

»Ich will nur ein paar Körbe kaufen für meine Rosen«, rief sie und tatsächlich senkte der unfreundliche Geselle jetzt seinen Hammer.

»Und wer seid Ihr? Eine Mätresse von Sutton?« Er deutete mit dem Werkzeug auf ihre entblößten Beine, und Maddy zog schnell das Kleid, das beim Reiten nach oben gerutscht war, über ihre Knie hinunter bis zu den Waden.

»Das verrate ich dir, wenn du mir sagst, wer du bist.«

»Man nennt mich den buckligen Abe.«

Maddy schwang sich mit einer geschmeidigen Bewegung von Plummer herunter und trat auf den Buckligen zu. »Und mich nennt man die neue Countess of Dunlow, aber ich mag den Titel nicht.« Bevor der arme Mann sich vor Schreck überschlug, sprach sie schnell weiter: »Hast du fertige Körbe, die ich ansehen kann?«

»Ich hab genug Körbe für die ganze Grafschaft«, murmelte er und versteckte den Hammer hinter dem Rücken. Es war bekanntlich nicht gern gesehen, wenn man eine Countess mit einem Hammer bedrohte. »Zweimal im Jahr kommt ein Händler und kauft mir ein paar ab.« Er zeigte auf die niedrige Tür, die in seine Kate führte, und versuchte es jetzt doch mit einer Verbeugung. »Ich werde meine besten Körbe herausbringen und sie Euch zeigen, Mylady.«

»Das ist nicht nötig, ich schaue sie mir in deinem Haus an.« Sie wollte dem buckligen Mann keine zusätzlichen körperlichen Anstrengungen aufbürden. »Wovon lebst du in der übrigen Zeit?«, wollte sie wissen und ließ Plummers Zügel los, um die Kate zu betreten. Er würde nicht davonlaufen. Er war weder schreckhaft noch übermütig und würde hier draußen vor der Tür auf ihre Rückkehr warten.

»Vom Wahrsagen.« Der bucklige Abe humpelte ihr voran in seine dunkle Behausung hinein.

»Wahrsagen?«, fragte sie interessiert. »Kannst du in die Zukunft sehen oder Krankheiten erkennen?« Unter den einfachen Leuten war es sehr beliebt, jemanden um Rat zu fragen, der in die Zukunft blicken konnte oder mit sonstigen übersinnlichen Fähigkeiten Hilfe leistete, wann immer man ratlos oder verzweifelt war. Auf Jahrmärkten erfreuten sich Wahrsager größter Beliebtheit, und meist lebte an jedem Dorfrand irgendeine alte Frau oder ein seltsamer Kauz, dem man das zweite Gesicht nachsagte.

Vikar Oats hatte es überhaupt nicht gefallen, wenn die Leute von Stockton direkt nach dem Gottesdienst zur alten Bridget gegangen waren. Dort hatten sie sich aus dem Kaffeesatz und aus Teeblättern lesen lassen oder sich geheimnisvolle Mittel für Manneskraft oder gegen Schwangerschaft geholt. Hinter vorgehaltener Hand erzählte man sich, dass sogar Lady Albright eines Nachts heimlich zur alten Bridget gegangen sei, um ein Kind wegmachen zu lassen. Der Junge war dann aber doch geboren worden, und im Vergleich zu seinen nicht gerade klugen Brüdern war er sogar noch dümmer ausgefallen.

»Ich kann alles, was gewünscht ist, Mylady. Soll ich der Herrin aus der Hand lesen oder gibt es ein verborgenes Leiden?«, fragte der bucklige Abe.

»Ich möchte nur deine Körbe sehen«, sagte Maddy mit einem Lachen und schaute sich um. Der kleine Raum war gefüllt mit Körben in allen Größen und Formen, es war gerade noch Platz für einen winzigen Tisch und eine Matratze, die auf dem Boden lag und vermutlich mit Heu oder Heidekraut gefüllt war. Über einer offenen Feuerstelle hing ein Kessel, aber es brannte kein Feuer. Sie fragte sich, ob wohl alle Katen in den Kelston Hills so armselig und heruntergekommen aussahen.

Sie nahm einen der flachen Körbe, die aufeinandergestapelt waren, und drehte ihn im Lichtstrahl, der durch die Tür hereinfiel, hin und her. Es war eine schlichte, solide Arbeit, nichts, was eine feine Dame bei einem Picknick am Arm tragen würde, aber zum Blumenschneiden wäre er durchaus geeignet. Sie brauchte zwar eigentlich keinen Korb für die Rosen, denn die schnitt ja Ian, aber sie wollte nicht weggehen, ohne dass der Mann ein wenig Geld verdient hatte. Sie würde die Körbe, die sie kaufte, Jane schenken oder Patty Blackstone oder sonst einer Frau aus dem Dorf.

»Ich nehme den und den und noch zwei von den hohen Körben dort oben.« Sie reichte ihm die vier Körbe, die sie ausgesucht hatte. »Morgen schicke ich jemand vom Schloss, der sie abholt und dir Geld bringt.«

»Sehr wohl, Mylady.« Der bucklige Abe versuchte sich mit einer weiteren ungelenken Verbeugung.

»Reicht eine Krone aus?« Das war vermutlich mehr, als er im ganzen Jahr verdiente, und er hatte wahrscheinlich wenig Gelegenheit, das Geld überhaupt auszugeben. Der Bucklige nickte eifrig.

»Ihr seid ein guter Mensch, Mylady, und ich sehe, dass Ihr gesunde und kräftige Söhne zur Welt bringen werdet.«

»Ach wirklich?« Maddy lachte.

»Ihr glaubt mir nicht, Mylady?«

Sie zuckte die Schultern, ohne zu antworten, denn es war ja klar, dass er das nur sagte, um seine Dankbarkeit auszudrücken. Außerdem war Aberglaube nicht christlich. Edmund hatte an die moderne Wissenschaft geglaubt und die These vertreten, dass übersinnliche Dinge nichts als fauler Zauber seien, die dazu dienten, den ungebildeten Leuten das Geld aus der Tasche zu ziehen. Er hatte alle Veröffentlichungen über Elektrizität und Magnetismus gelesen, die er auftreiben konnte, und war der festen Überzeugung gewesen, dass es für jedes noch so mysteriöse und metaphysische Phänomen eine wissenschaftliche Erklärung gab, auch wenn man sie noch nicht gefunden hatte.

Plötzlich ergriff der Bucklige ihre linke Hand und zog sie zu sich her, aber er schaute nicht in ihre Handfläche, wie die Wahrsagerinnen auf dem Jahrmarkt es machten, sondern er blickte in ihre Augen, während er mit seinem Daumen ein Kreuz in ihre Handfläche zeichnete.

»Drei Söhne sehe ich und vier Töchter. Ein Kind werdet Ihr verlieren, alle anderen werden das Erwachsenenalter erreichen und Euch Ehre machen.«

Sie entzog ihm die Hand schnell und lachte, aber ihr Lachen war von Erschrecken geschwächt.

»Ihr werdet bald schon eine schreckliche Entdeckung machen und Euer Herz wird brechen«, fuhr der bucklige Wahrsager ungebeten fort. »Aber am Ende siegt die Gerechtigkeit für alle.«

»Lieber Himmel, das reicht.« *Am Ende siegt die Gerechtigkeit für alle.* Das ließ sich doch auf alles im Leben anwenden. Am Ende, wenn man vor den Thron Gottes trat, dann siegte immer die Gerechtigkeit.

»Ihr werdet schon sehen, dass ich wahr gesprochen habe.« Der Bucklige nickte bedächtig. »Die Kusine von Seiner Lordschaft ... ich weiß den Namen nicht. Sie hat mir auch nicht geglaubt, aber in der Nacht hat der Turm gebrannt.«

»Du meinst Larissa?«

Abe nickte. »So wird sie wohl heißen. Eine arme Verwandte, die geduldet wird. Sie hat diesen Blick.«

»Welchen Blick?«

»Diesen leidenden Blick einer Jungfer mit gebrochenem Herzen.«

»Ach?« Maddy riss neugierig die Augen auf. »Und in wen ist sie verliebt?« Das hatte Larissa dem Buckligen gewiss nicht erzählt, aber schließlich behauptete Abe ja, er könne wahrsagen, also wusste er es ja vielleicht trotzdem.

»Kommt hinaus in die Sonne und setzt Euch auf meine Bank, ich habe keinen Stuhl hier drinnen«, sagte der, ohne auf ihre Frage einzugehen. »Dann erzähl ich Euch mehr von der Kusine und meiner Wahrsagung.«

Maddy war froh, als sie aus dem engen und dunklen Raum wieder nach draußen kam. Sie verbrachte schon zu viel Zeit in der Dunkelheit. Da draußen herrschte ein heller, lauer Sommertag und am stahlblauen Himmel war nicht das kleinste Wölkchen zu sehen. Der Duft des Heidekrauts, der aus der warmen Erde emporstieg, erfüllte die Luft und vertrieb jeden dunklen Gedanken. Abe nahm den halb geflochtenen Korb von der Bank. So war gerade genug Platz für sie beide. Er setzte sich neben sie, nachdem sie ihm ein Zeichen gemacht hatte. Normalerweise durfte ein Gemeiner nicht dicht bei einer Countess sitzen, sondern musste stehen, während sie saß, aber es brauchte ja niemand zu erfahren, dass sie eine Ausnahme gemacht hatte.

»Vor dem Johannisfest im Juni kommt immer die Haushälterin und kauft Körbe fürs Schloss«, begann er mit seiner Erzählung, und Maddy fragte sich, was das mit Larissa zu tun hatte. Sie wollte den Mann aber nicht unterbrechen und nickte deshalb. »Geizig ist sie wie ein alter Schotte und handelt mit einem armen Mann um sein letztes Hemd, aber sie erzählt mir immer den Klatsch vom Schloss, und so erfährt ein einsamer Mann wenigstens ein paar Neuigkeiten. Doch an diesem Tag vor drei Jahren kam nicht die Haushälterin, sondern die Kusine, ganz allein zu Pferd, ohne Begleitung von Lakaien.« Der Korbmacher legte eine theatralische Pause ein.

»Was wollte sie?«

»Sie wollte eine Weissagung. Sie hatte einen Viertel Penny dabei und wollte wissen, ob der Earl und Major Sutton sich bald wieder versöhnen würden.«

»Major Sutton?« Sprach er von ihrem Ehemann? War John etwa ein Offizier Seiner Majestät gewesen, bevor er ein Earl geworden war?

»Der Nämliche, der jetzt Euer Gemahl ist. Früher als stattlicher Dragoner besuchte er mich manchmal.«

»John war bei den Dragonern?«, keuchte sie. Warum hatte er nichts davon erzählt? Er musste Edmund gekannt haben.

»Früher war er ein guter Junge, gut und gerecht und rechtschaffen, anders als sein Bruder. Wenn er mich besucht hat, haben wir geredet, und er hat mir erzählt, was draußen in der Welt passiert. Sonst erfährt ein einsamer Mann ja nichts. Und er war sich nicht zu vornehm, mir unter die Arme zu greifen, wenn ich etwas nicht geschafft habe. Das Dach da …« Er zeigte mit dem hochgereckten Daumen nach oben. »Ein Herbststurm hatte die Hälfte davon heruntergerissen. Als Seine Lordschaft es gesehen hat, hat er einfach sein Hemd ausgezogen, ist nach oben gestiegen und hat die

Schindeln wieder an Ort und Stelle gelegt.«

Maddy lächelte und fühlte Wärme für John in ihrem Herzen.

»Als er aus Frankreich zurückkam, ist er mit seinem Bruder in einen Streit geraten.«

»John war in Frankreich?« Maddy schüttelte ungläubig den Kopf, wenn er mit den Dragonern in Frankreich war, dann musste er Edmund gekannt haben. Das Offizierskorps war nicht so groß. Die beiden waren sich bestimmt begegnet, auch wenn John ein Major und Edmund nur ein Lieutenant war. Aber der Bucklige antwortete nicht auf ihre Frage, sondern fuhr unbeirrt mit seiner Geschichte fort.

»Der Major hat gedroht, seinen Bruder umzubringen, und der Earl hat ihn hinausgeworfen und gesagt, er soll sofort packen und für immer von seinem Land verschwinden. So erzählte es mir die Kusine. Sie hat den ganzen Streit mitangehört und wollte von mir wissen, ob die beiden sich wieder versöhnen. Sie hat anscheinend sehr unter dem Streit gelitten und befürchtet, dass es noch schlimmer werden könnte.«

»Hat sie auch gesagt, warum die beiden sich gestritten haben?«

»Es ging um eine Frau, die der Major heiraten wollte. Das ist alles, was ich weiß.«

»Heiraten?«, rief Maddy. Ihr war durchaus bewusst, dass es schon vor ihr Frauen in Johns Leben gegeben haben musste, schließlich war er ein meisterhafter Liebhaber. Aber sie hatte noch nie daran gedacht, dass er früher als gut aussehender Sohn eines Earls die besten Chancen auf dem Heiratsmarkt gehabt haben musste und die Debütantinnen seinetwegen vermutlich reihenweise in Ohnmacht gefallen waren.

»Ich habe der Kusine gesagt, was ich gesehen habe«, fuhr der bucklige Abe unbeeindruckt von ihrem Ausruf fort. »Hab ihr gesagt, dass die Brüder sich niemals mehr versöhnen werden, dass der Turm lichterloh in Flammen stehen wird und dass alle, die darin sind, umkommen werden.«

»Wirklich? Du hast den brennenden Turm gesehen?«, keuchte Maddy, halb ungläubig, halb entsetzt.

»In einem Traum. Ja.« Abe nickte bedächtig. »Ich habe der Kusine gesagt, dass der Major erst heiraten wird, wenn er selbst der Earl ist, und dass der Turm brennen wird. Das habe ich gesehen.«

Der Bucklige stand plötzlich auf, ergriff seinen Hammer, den er auf die Bank neben sich gelegt hatte, und lief an den Rand der Senkung, die sein Haus wie eine kleine Mauer umgab. Er beschattete sein Gesicht mit der Hand und schaute hinunter zum Bach und dann zum Himmel hinauf, was seine Gestalt ein wenig grotesk wirken ließ angesichts des Buckels, der es ihm erschwerte, den Kopf zu drehen.

»Ist da jemand?«, wollte Maddy wissen. Sie war angespannt von der gruseligen Geschichte und ihre Stimme zitterte ein wenig.

»Es zieht ein Gewittersturm auf. Ihr geht jetzt besser wieder, Mylady. Reitet nicht weiter in die Hügel hinein, sondern kehrt auf direktem Weg zurück zur Abbey.«

»Ein Gewitter?« Maddy lachte. Nicht mal ein winziger weißer Streifen war am azurblauen Himmel zu sehen. Der ganze bisherige Sommer hatte noch keinen so schönen Tag gesehen wie den heutigen. Aber sie erhob sich dennoch und nahm Plummers Zügel, um ihn bis zu der Stelle zu führen, an der Abe stand und mit misstrauisch zusammengekniffenen Augen in die Ferne blickte.

»Nicht immer sieht man ein Unwetter kommen und nicht immer ist hinter einem schrecklichen Gesicht auch ein böser Mann, Mylady.«

»Morgen schicke ich jemanden für die Körbe«, sagte sie und nickte freundlich. »Ich komme gern einmal wieder, um zu plaudern und Neuigkeiten vom Schloss und von der Welt zu erzählen, wenn ich eingeladen bin.«

»Ich würde mich sehr geehrt fühlen, Lady Sutton.« Der bucklige Abe verneigte sich ungelenk, während Maddy sich auf Plummer schwang. »Gebt Acht auf Euch und hütet Euch vor schwarzen Katzen, die von links Euren Weg queren, und vor der Möwe, die lächelt. Und die Mondgöttin lebt.«

Maddy lachte aus vollem Hals, weil sie diese kryptische Äußerung an die alte Bridget erinnerte, die umso unverständlichere Dinge geäußert hatte, je wichtiger sie sich machen wollte. Aber auf dem Weg zurück war sie dennoch von düsteren Gedanken erfüllt und die Geschichte von Abe ließ ihr keine Ruhe. Ohne sich dessen bewusst zu sein, ritt sie nicht zu den Ställen zurück, sondern machte einen Umweg über die Westseite des Schlosses. Als sie aus dem kleinen Wäldchen herauskam, sah sie den viereckigen Turm und den Westflügel des Schlosses zum ersten Mal von außen und zog vor Schreck die Zügel an. Der Anblick traf sie wie ein Schlag in den Magen. Der wuchtige Westturm ragte einem gigantischen, verkohlten Stumpen gleich in den Himmel hinein. Die leeren Fenster wirkten wie schwarze Augen. Der Westflügel, der an den Turm angebaut worden war, sah aus wie das rußfarbene Gerippe eines verwesenden Kadavers. Der Dachstuhl bestand nur noch aus den Stümpfen verbrannter Balken, die Fenster waren zerborsten, und an der Fassade zogen sich schwarze Streifen von Ruß empor, die davon erzählten, dass bei dem Feuer dicke Rauchschwaden aus den Fenstern herausgequollen waren, weil im Innern alles wie Zunder gebrannt hatte. Sie ließ Plummer langsam näher traben, und je dichter sie an das Gebäude kamen, desto deutlicher wurde das verheerende Ausmaß des Brandes. Der Turm war innen hohl, nur seine dicken Außenmauern hatten das Feuer überstanden. Die Feuersbrunst musste höllisch gewütet haben, und es war ein Wunder, dass sie nicht auf die anderen Teile des Schlosses übergegriffen hatte. Der Turm wirkte wie ein Mahnmal, das weithin von einer schrecklichen Tragödie kündete und alle zu warnen schien:

Kommt nicht näher! Hier ist etwas Teuflisches geschehen.

Maddy lief ein eisiger Schauder den Rücken hinunter. Hatte John wirklich so ein furchtbares Verbrechen auf sein Gewissen geladen? Nein, sie konnte und wollte das nicht glauben! Der Mann, der jede Nacht zu ihr ins Bett kam und so zärtlich und rücksichtsvoll war, der ihr zuliebe Anne und Caleb und Plummer hatte holen lassen – dieser Mann konnte nicht so ein Monster sein. Eine ganze Weile saß sie wie erstarrt auf Plummer und sah mit tränenverschleierten Augen zu der Ruine hinüber. Sie wollte all die furchtbaren Fragen und Gedanken einfach nicht denken. Ändern konnte sie es doch ohnehin nicht mehr. Sie war durch einen Eheschwur an John Sutton gebunden, im Guten wie im Schlechten.

Nachdem sie das Pferd gewendet hatte, entdeckte sie ein großes Gewächshaus im Park, das vor dem Westflügel lag. Es war bis auf einen niedrigen Steinsockel ganz aus Glas und mit kunstvoll verschnörkelten Eisenkonstruktionen errichtet. Das musste die Orangerie von Madame Claire sein, von der Franklin ihr bei der Besichtigung erzählt hatte. Jetzt verstand sie auch, warum der Kammerdiener sie nicht dorthin geführt hatte. Sie hätten an all den grauenerregenden Ruinen vorbeigehen müssen.

»Die Orangerie wurde für die Rosenzucht von Madame Claire errichtet«, hatte Franklin ihr nur erklärt. »Nach ihrem Tod wurde sie nicht mehr genutzt und seither ist sie verschlossen und verfällt.«

Maddy gab Plummer die Sporen und ritt über den Rasen, hinüber zu dem einsamen Gewächshaus. Im Vergleich zu der Ruine des Westflügels sah die Orangerie prächtig aus. Alle Fenster waren noch heil und das Eisen zeigte kaum Spuren von Rost oder gar Verfall. Außer einem unübersichtlichen Wildwuchs um das Glashaus herum deutete nichts darauf hin, dass die Orangerie seit vielen Jahrzehnten ungenutzt war.

Plötzlich hatte Maddy eine Eingebung. Sie könnte dieses Gewächshaus für sich nutzen. Sie könnte dort Heilkräuter züchten und andere Pflanzen über den Winter halten, die man für die Herstellung von Salben und Tinkturen benötigte, oder sie könnte seltene, südländische Blumen züchten, solche, die wunderschön waren, aber zu exotisch, um im englischen Klima zu überleben. Sie kannte exotische Pflanzen nur aus Büchern und aus den Beschreibungen ihrer Gouvernante Miss Plummer, die als junges Mädchen mit ihrem Vater in Indien gewesen war.

Voller Tatendrang kehrte sie in ihre Räumlichkeiten zurück. Sie war sich sicher, dass John ihren Wunsch nicht ablehnen würde, wenn sie ihn nur freundlich und von ganzem Herzen darum bat.

10. Unwetter und Unhold

Maddy saß mit verbundenen Augen am Tisch und wartete, dass John zum Dinner erschien, da zuckte der erste grelle Blitz über den Himmel, gefolgt von einem krachenden Donnerschlag. Und schon prasselte der Regen mit Getöse auf die Dächer der Abbey nieder. Da war er also, der Gewittersturm, von dem der bucklige Abe gesprochen hatte. Auch wenn er ein paar Stunden hatte auf sich warten lassen, machte es Maddy doch Angst, dass der Mann mit seiner Voraussage Recht behalten hatte. Vielleicht konnte er ja wirklich in die Zukunft schauen. Oder er kannte sich einfach nur gut mit dem Wetter in seiner Heimat aus. Ach, es war auch unwichtig, denn sie fürchtete sich bei Gewittern, egal ob prophezeit oder nicht.

Sie kniff die Augen zu, und obwohl sie hinter der schwarzen Binde von den grellen Blitzen nur ein schwaches Aufflackern sah, zuckte sie jedes Mal zusammen und umklammerte die Armlehnen des Stuhles. Wer auf dem Land lebte, der wusste, welchen Schaden ein Blitzeinschlag anrichten konnte oder dass manchmal ein einziger Sturm eine ganze Ernte vernichten konnte. Sie hoffte inständig, dass John bald käme und sie nicht länger allein hier sitzen und das Gewitter abwarten musste. Sie war noch nie bei einem Unwetter allein gewesen. Ihre Mutter oder Edmund hatten sie immer geweckt, wenn früher mitten in der Nacht ein Sommergewitter losgebrochen war. Dann hatten sie sich angezogen und zusammen im Salon gewartet, bis es vorbei war. Auch die Dienstboten und Miss Plummer waren dabei gewesen. Die Schatulle mit dem Tafelsilber, dem Schmuck und dem Geld hatte ihre Mutter auf den Knien gehabt und ihr Vater hatte eine lederne Mappe mit wichtigen Unterlagen und Urkunden im Arm. Später, als ihr Vater kaum noch zu Hause war, hatte Edmund auf die Ledermappe aufgepasst. Es war unerlässlich, dass man bereit war, falls ein Blitz in das Haus einschlug. Ganz schnell konnte alles in Flammen aufgehen und dann hatte man wenigstens die Kleider am Leib und das Notwendigste bei sich. Einmal hatte ein Blitz in einen Heuschober bei den Albrights eingeschlagen und das Feuer hatte sofort auf die Ställe übergegriffen. Für die Tiere dort war jede Hilfe zu spät gekommen.

Wieder krachte ein Donner über den Himmel, und sie hatte sogar durch die Augenbinde das grelle Aufblitzen gesehen, das dem Rumpeln vorangegangen war. Wo blieb John nur? Sie betete stumm ein Kindergebet, das sie früher immer vor dem Schlafengehen gesprochen hatte. »*Lieber Gott, ich bitte dich, beschütze und bewahre mich. Amen.*« Sie war schon lange nicht mehr in der Kirche gewesen, dachte sie. Morgen, am Sonntag, würde sie eine extragroße Spende in den Opferstock legen, wenn das Gewitter nur bald vorüber wäre. »*Und bitte schicke John zu mir. Amen*«, fügte sie in Gedanken hinzu.

Endlich ging die Tür auf und jemand kam herein.

»Guten Abend, Madeleine«, sagte John und klang so gelassen, als würde da jenseits des Fensters nicht gerade die Welt untergehen.

»O John! Gott sei Dank!«, rief sie begleitet von einem Donnergrollen. Mit einem Aufschrei sprang sie auf die Beine. Ohne zu überlegen, lief sie zur Tür hinüber, in die Richtung, aus der seine Stimme gekommen war. Im Grunde wusste sie selbst nicht, was für eine Narretei sie dazu trieb, mit verbundenen Augen und ausgestreckten Armen auf John zuzulaufen, zumal sie nicht sehen konnte, wo er stand. Sie stieß mit dem Schienbein gegen einen Stuhl, stolperte über die Teppichkante und wäre fast lang gestreckt hingefallen, wenn John sie nicht aufgefangen und in seine Arme gezogen hätte.

»Was, um Himmels willen ...«, krächzte er, aber da folgte schon der nächste Donnerschlag und sie presste sich fest an ihn, bettete ihr Gesicht an seine Brust und gab einen weiteren Schrei von sich. Auf jeden Fall trug er eine Hose, und in der regte sich jetzt etwas, was hart gegen ihren Bauch drückte, aber dennoch erwiderte er ihre Umarmung nicht. »Was ist denn los?«, fragte er. »Ich dachte, du bist heute glücklich.«

»Ich habe nur Angst vor dem Gewitter, aber sonst bin ich sehr glücklich«, flüsterte sie an seine Brust. »O John, ich bin sogar überglücklich wegen Plummer. Ich weiß gar nicht, wie ich dir je dafür danken soll.« Sie rieb ihre Nase an seinem Hemd, während sie sprach, und legte die Hände auf seinen Brustkorb, wo sie nichts als harte Muskeln fühlte. Unweigerlich wanderten ihre Hände höher bis zu seinen breiten Schultern und schlangen sich um seinen Hals. Da brauchte eine Frau sich auch vor einem Gewitter nicht zu fürchten, wenn sie an so einer Brust Schutz gefunden hatte.

»Du sollst mich doch nicht ... nicht ungefragt anfassen. Verflixt noch mal!«, rief er, packte ihre Handgelenke und zog sie von seinem

Hals weg. Aber dann legte er ihre Arme um seinen Bauch als Aufforderung, dass sie ihn hier festhalten durfte. Sie verschränkte ihre Finger hinter seinem Rücken ineinander und da entspannte er sich endlich. Seine Hand drückte er auf ihren Allerwertesten und presste sie damit fest gegen sich, während er mit der anderen Hand ihren Hinterkopf umfasste und ihn auf diese Weise sanft an Ort und Stelle festhielt – an seine Brust gebettet. Der Donner im Hintergrund klang plötzlich nicht mehr annähernd so bedrohlich und das Prasseln des Regens hatte mit einem Mal etwas Melodisches an sich.

Sie standen eine ganze Weile so da, eng umschlungen und aneinandergedrängt. Maddy lauschte auf den schnellen Herzschlag ihres Ehemanns, während sie den Donner da draußen kaum noch hörte.

»Wir sollten essen, bevor es kalt wird«, unterbrach John schließlich die andächtige Umarmungszeremonie, deren einzige Unbequemlichkeit für ihn vermutlich darin bestand, dass sein Glied in unverminderter Härte gegen ihren Bauch drückte. »Ich habe Hunger.«

Vorsichtig steuerte er sie zu ihrem Stuhl und hielt sie an der Taille umfangen, bis sie sich wieder an den Tisch gesetzt hatte.

Anne hatte Rindfleischeintopf gemacht, mit Kartoffeln, Möhren, Erbsen und Grießklößchen, und vermutlich wäre dieses schlichte Essen bei jedem anderen Earl niemals auf den Tisch gekommen, aber John gab ein genüssliches Seufzen von sich, als er den Deckel der Suppenterrine hob und ihm der Duft der kräftigen Brühe entgegenkam.

»Wenn du mir deine Leibspeise verrätst, dann setze ich sie nächste Woche auf den Speiseplan.«

»Meine Leibspeise?« Er klang verwundert, als hätte ihn noch nie jemand nach seiner Leibspeise gefragt oder als wüsste er selbst nicht, was sein Lieblingsessen war. »Hm.« Er überlegte. »Nun, ich mag süße Pasteten, Kuchen, Cremes, alles, was süß ist.«

»Ich mag Kuchen ebenfalls und nächste Woche werde ich dich mit süßen Dingen verwöhnen lassen. Es gibt so wenig, was ich sonst für dich tun kann, um dir eine Freude zu machen.« Außer ihm vielleicht einen Erben zu schenken.

»Unsere abendlichen ehelichen Aktivitäten sind meine größte Freude.«

»Mir bereiten sie auch Vergnügen«, platzte es aus ihr heraus, bevor sie darüber nachdenken konnte, ob es sich für eine Ehefrau schickte, so etwas zuzugeben.

»Ich konnte nicht umhin, zu bemerken, dass du dich mit einer nicht geringen Begeisterung in unserem Ehebett engagierst.«

Maddy kicherte, ein Donner grollte und John nahm ihr Kinn und drehte ihren Kopf ein wenig nach rechts. »Öffne deinen Mund, hier kommt die erste Portion Stew.«

Während John sie fütterte und selbst zwischendurch aß, redete sie ohne Unterlass und erzählte ihm von ihrem Wiedersehen mit Plummer; wie sie ahnungslos zum Stall gekommen war und dann vor lauter Freude geweint hatte.

»Wenn du in diesem Moment da gewesen wärst, ich hätte dich vor Glück geküsst.« Sie tastete nach seiner Hand, die er noch an ihr Kinn gelegt hatte. »Es ist mir gleichgültig, was alle anderen über dich sagen«, flüsterte sie. »Du bist ein guter Mann, freundlich und großzü…«

»Du bist mit dem Pferd also allein ausgeritten?«, unterbrach er sie barsch, bevor sie ihr unbeholfenes Kompliment zu Ende bringen konnte, gleichzeitig schob er ihr einen weiteren Löffel voll mit Stew in den Mund, was ihr eine Antwort schwer machte.

»Natürlich«, sagte sie mit vollem Mund und nickte.

»Ich hatte dir ausdrücklich verboten, allein herumzuwandern.«

»Ich bin ja nicht gewandert, sondern geritten und ich hatte Plummer. Ach, John, es war so wundervoll, bitte sei mir nicht böse«, sagte sie schnell, um seinen Ärger gar nicht erst aufkommen zu lassen. »Ich bin in die Heide hinausgeritten in Richtung der Abbey Hills. Ich dachte, ich würde ein paar Pächter treffen und Schafe sehen, aber ich bin nur bis zum Korbmacher gekommen und habe bei ihm ein paar Körbe gekauft.« Sie erzählte ihm von ihrer Begegnung mit dem buckligen Abe. Dass der Mann sie mit einem Hammer begrüßt hatte, ließ sie weg. John hätte das womöglich falsch verstanden und als Angriff gegen seine eigene Person aufgefasst.

»Und weißt du, was Abe über unsere Kinder vorausgesagt hat?«, fragte sie mit einem übermütigen Lachen. Sie wollte ihm von den sieben Kindern erzählen, aber John gab ein missmutiges Knurren von sich.

»Der Mann ist ein Gaukler. Er erzählt den Leuten, was sie hören wollen, damit sie ihn bereitwillig bezahlen. Niemand gibt einen Penny her, wenn er eine schlimme Prophezeiung erhält. Du solltest nichts auf sein Geschwätz geben.«

»Du klingst genau wie mein Bruder Edmund. Er hat an die moderne Wissenschaft geglaubt und behauptet, dass es nichts zwischen Himmel und Erde gibt, was die Wissenschaft nicht erklären könnte eines Tages.«

»Und er hatte recht.«

»Du musst meinen Bruder gekannt haben. Der bucklige Abe hat mir erzählt, dass du Major bei den Dragonern warst, in Frankreich während des Krieges«, sagte sie und schluckte schnell eine ganze Ladung Eintopf hinunter.

Das leise Klappern des Bestecks verstummte und eine seltsame Starre schien John ergriffen zu haben.

»Edmund Stewart«, fügte sie hinzu, um Johns Erinnerungen auf die Sprünge zu helfen, aber außer dem fernen Grollen des Donners war nichts zu hören. »Er ist in Waterloo gefallen. Wir haben das Offizierspatent vom Schmuck unserer Mutter gekauft. Ihr beide müsst euch begegnet sein. Er war sehr groß. Seine Freunde nannten ihn Goliath ...«

Mit einem lauten Bums haute John die Faust auf den Tisch, sodass die Teller und die Schüsseln von der Wucht des Aufschlags hüpften.

»Ich hatte dir verboten, mich anzufassen«, blaffte er sie an.

»Was meinst du? Ich verstehe nicht.« Sie hatte ihn doch gar nicht angefasst, sie hatte ihre Hände im Schoß liegen, während sie erzählte und er sie fütterte.

»Vorhin, als ich hereinkam, bist du auf mich losgestürmt und hast dich an mich gedrückt, deine Arme um meinen Hals geschlungen.«

»Ja, das Gewitter war mir unheimlich, und ich war so erleichtert, als du gekommen bist.«

»Ich habe dich gewarnt, wenn du mich anfasst, werde ich dich von hinten nehmen.«

»John, du ...« Sie versuchte etwas zu ihrer Verteidigung zu sagen, denn sie fand seine Reaktion ungerecht, aber warum sollte sie sich gegen diese Strafe wehren? Allein die Vorstellung jagte ihr einen aufgeregten Schauder den Rücken hinunter. »... du willst mich besteigen, wie ein Hengst die Stute besteigt?«, vollendete sie ihren Satz ein wenig atemlos.

»Ob es dir passt oder nicht.«

»Oh!« Es passte ihr – sehr sogar, auch wenn er offenbar der Meinung war, sie damit zu bestrafen. Sie war überaus neugierig, wie das vonstattengehen und, vor allem, wie es sich anfühlen würde.

»Ich will, dass du dich auf alle viere hinunterlässt.« John ergriff ihren Oberarm und zog sie auf die Beine. Dann führte er sie weg vom Tisch und hielt sie fest, bis sie kniete. An dem weichen Teppich unter ihren Knien spürte sie, dass er sie neben das Bett geführt hatte, denn hier lagen dicke Webteppiche. Sie fühlte mehr, als dass sie hörte, wie er hinter sie trat, dann raffte er den dünnen Musselin ihres Kleides zusammen und schob es bis hinauf zu ihren Hüften. Außer den blauen Strumpfbändern, mit denen sie die Kniestrümpfe befestigt hatte, trug sie nichts unter dem Kleid. Im Sommer war das unpraktisch und zu warm. Im Winter behalf man sich mit einem oder zwei weiteren Unterröcken. Aber wie auch immer, ihr Gatte hatte jedenfalls dank der vielen brennenden Kerzen zweifellos einen deutlichen Blick auf jene sündhafte Körperpartie.

»Was mache ich falsch?«, fragte sie nach einer endlosen Weile, während der er still hinter ihr gestanden und anscheinend nicht einmal geatmet hatte.

»So kann ich dich nicht nehmen, ich bin zu groß für dich. Du musst dich an die Wand stellen und dann nach vorn beugen. Aber warte noch«, rief er, als sie sich gerade wieder aufrappeln wollte. »Ich will den Anblick deiner roten Rose noch einen Moment genießen.«

»Rote Rose?« Oh, er meinte ihre ... ihre, nun ja, ebenjenen Bereich, für den es keinen Namen gab.

»Dein Kätzchen, wie die Franzosen es nennen«, erklärte er unter lautem Räuspern. »Ich nenne es einen Blick in den Himmel.«

»Ist das nicht eher ein Blick in die Hölle, weil es eine Sünde ist?«, fragte sie und drehte den Kopf ein wenig nach hinten. Auf dem Boden zu knien war nicht gerade bequem und erinnerte sie an die Tage, an denen sie die Böden in Colebridge Hall geschrubbt hatte, weil Anne viel zu alt dafür war.

»Es ist keine Sünde, sein eigenes Weib zu betrachten und zu begehren. Dafür hat Gott ja die Institution der Ehe geschaffen, sodass wir derlei Dinge frei von Schuld tun können. Das habe ich mir aus berufenem Munde sagen lassen.«

»Dann bin ich erleichtert«, rief sie mit ehrlicher Freude. »Denn ich mag es, wenn wir derlei Dinge tun.«

»Lieber Himmel, ahnst du eigentlich, was deine Worte bei mir bewirken?« Sie spürte, wie er ihren Arm umfasste, und ließ sich von ihm beim Aufstehen helfen. Er blieb hinter ihr stehen, sodass sich ihre Körper gerade berührten und sie seine Härte mit sanftem Druck an ihrem Hinterteil fühlte. Ein ferner Donnerschlag erinnerte sie daran, dass da draußen, jenseits ihrer pochenden Sehnsucht, noch immer ein Gewitter tobte.

»Ich will mir vorstellen, dass ich dich im Stall treffe«, flüsterte er von hinten in ihr Ohr. Seine Finger nestelten an ihrem hochgesteckten Haar und zerrten ungeduldig ihre Haarnadeln heraus. »Ich will mir vorstellen, dass du von einem Ausritt zurückkommst, dein Haar ist zerzaust vom Galopp.« Er fächerte mit seinen Fingern durch ihre Locken und zog das lange, hellblaue Seidenband heraus, das sie hineingeflochten hatte.

»Du kennst mich nicht, ich bin nur ein Fremder, der sich zufällig im Stall aufhält. Sonst ist niemand da. Wir sind allein. Du bist erhitzt von deinem Ritt in der Sonne, deine Wangen sind gerötet, Schweiß läuft von deiner Stirn und dein Dekolleté ist feucht. Ich erblicke dich in diesem wundervollen, absolut ungehörigen Zustand und begehre dich sofort.«

»Oh«, sagte sie nur. Seine Worte erzeugten ein deutliches Bild in ihrem Kopf, das ihr überraschend gut gefiel. Unwillkürlich wurden ihre Brustspitzen hart.

»Ich hebe dich vom Pferd herunter und dränge dich in eine Ecke im Stall.« Jetzt nahm er sie an den Hüften und steuerte sie bis hinüber zu der Wand mit dem Aphroditegemälde. Er drängte sie mit seinem Körper dagegen, sodass sie den Kopf zur Seite drehen musste. Die Brüste quollen ihr aus dem Mieder heraus, weil er sie so fest an die Wand presste.

»Ich will dich hier in diesem Stall richtig hart nehmen, Madeleine, wie ein Stallbursche eine Magd nimmt, und ich will dich von hinten nehmen, auch wenn es dir gar nicht gefällt.«

»Aber du hast gesagt, dass du ein Fremder bist. Ich würde niemals mit einem Fremden so etwas tun. Nur mit meinem Ehemann.«

»Nun, dann musst du dich vielleicht gegen meine Zudringlichkeiten wehren.« Er lachte leise, während seine Hand in ihr Haar fasste und ihren Kopf leicht nach hinten zog.

»Du möchtest, dass ich mich gegen meine ehelichen Pflichten wehre?«, fragte sie mit einem lüsternen Ächzen, denn jetzt schob er auch noch sein Knie zwischen ihre Beine und zwängte sie auseinander, was sich alles andere als unangenehm anfühlte.

»Wir spielen wieder ein Spiel. Du willst das nicht und wehrst dich gegen mich, aber ich nehme dich trotzdem.«

»Oh.« Sie war sich nicht sicher, ob sie dieses Spiel abscheulich oder sehr aufregend finden sollte. »Aber du wirst mich nicht schlagen, oder?«, fragte sie atemlos. Viele Ehefrauen wurden von ihren Männern geschlagen, ohne dass sie dabei obszöne Spiele spielten, das wusste sie. Jeder Ehemann hatte das Recht, seine Frau zu züchtigen. Aber für sie wäre es unerträglich, wenn John sie schlagen würde, selbst wenn es nur ein Spiel war.

»Nichts liegt mir ferner, als dir wehzutun. Wenn irgendetwas an unserem Spiel dir Schmerzen verursacht oder dir missfällt, dann sag es und ich höre sofort auf damit.«

»Gut.« Sie nickte, soweit sein fester Griff in ihr Haar das zuließ, und schloss unter dem schwarzen Seidenschal die Augen, um sich besser in die Szene hineinversetzen zu können. »Ich komme also in den Stall und denke nichts Böses. Mir ist heiß und ich schwitze. Ich raffe die Röcke hoch, um ein wenig Luft an meine Beine zu lassen. Ich habe mir draußen am Trog auch schon frisches Wasser auf mein Dekolleté gesprengt, um mich zu erfrischen, und mein Kleid ist vorne nass und durchsichtig.«

»Guter Gott, ja. Dein Kleid ist feucht und klebt an dir und du trägst kein Mieder. Man sieht deine harten, roten Nippel durch den Stoff. Du bist das erregendste Geschöpf, das dieser Mann je erblickt hat. Selbst Aphrodite ist dir nicht ebenbürtig.«

»Und deshalb fällst du einfach über mich her?«

»Ich spiele einen schwachen und wollüstigen Mann, der bei deinem Anblick den Verstand und die Selbstbeherrschung verliert. Keine andere Frau hat ihn jemals so erregt. Du bist wie ein Rauschmittel für ihn. Er will dich, er sehnt sich danach, deine Haut zu spüren, deine Brüste zu berühren, in dich hineinzustoßen. Diese Sehnsucht bringt ihn beinahe um.«

»Also gut«, sagte sie mit einem Kichern. »Dann spielen wir ab jetzt.« Sie machte einen schwachen Versuch der Gegenwehr, indem sie sich mit beiden Händen von der Wand wegdrückte und ihn mit ihrem Hinterteil von sich schob. Aber er presste sie umso fester gegen die Wand, sein Glied war hart wie ein Stock und bedrohlich groß, außerdem stöhnte er lüstern.

»Wehr dich nur, es nützt dir ja doch nichts, ganz im Gegenteil. Ich mag es, wenn du wild und ungezügelt bist. Ich mag deine Natürlichkeit, deine Frechheit, deinen Mut.« Seine Stimme bebte, so sehr steigerte er sich in das Spiel hinein.

»Lasst mich los, Unhold! Was wollt Ihr von mir?«, rief sie in gespielter Empörung und wand sich. Sie spürte, dass sein Glied dabei nur noch steifer wurde. Er liebte dieses Spiel offensichtlich über alle Maßen. Es war berauschend für sie, zu wissen, dass sie solche Macht über ihn hatte.

»Was ich will? Ich werde dich ficken, zur Strafe«, zischte er in ihr Ohr. Er packte sie an den Handgelenken und presste ihre Hände über ihrem Kopf gegen das Gemälde an der Wand.

»Zur Strafe?«, schrie sie aufgebracht und bäumte sich erneut auf, was nichts bewirkte. »Aber was habe ich denn getan?«

»Zur Strafe, weil du so schön und verführerisch bist, weil du einen Mann um den Verstand bringst und ihn jede Ehre und jeglichen Anstand vergessen lässt. Ich werde dich so hart ficken, dass du denkst, du bist eine läufige Hündin; bis du winselst und nach mehr verlangst.«

»O Gott!« Sie hätte von seinen Worten eigentlich angewidert sein sollen, doch das Gegenteil war der Fall. Er fand sie schön und verführerisch und verlor den Verstand ihretwegen? Dieser Gedanke behagte ihr. Wie sollte sie sich da nur gegen ihn wehren, wenn seine Worte sie so erregten? »Hilfe! Mein Gemahl wird Euch töten«, rief sie.

»O das würde er, mein Ehrenwort darauf. Er würde so einem Bastard den Wanst aufschlitzen und ihn an seinen eigenen Gedärmen erhängen, aber hier gibt es keinen Earl weit und breit, nur mich und dich. Du bist ganz allein auf der Welt und bist mir hilflos ausgeliefert.« Bevor sie antworten konnte, hatte er schon die Einfassung ihres Dekolletés gepackt und mit einem einzigen kräftigen Ruck das Oberteil entzweigerissen. Ihr erschrockener Aufschrei war nicht gespielt, aber John erstickte ihn mit der Hand. Mit der anderen Hand zerrte er an den Schnüren des Mieders und gleichzeitig schob er sein Knie höher und drückte es zwischen ihre Beine. Doch anstatt sich zu wehren, stöhnte und zitterte sie vor Erregung. Sie bewegte sogar ihr Becken langsam vor und zurück, um ihr nacktes Fleisch an seinem Knie zu reiben. Auch wenn das ein Verstoß gegen die Spielregeln war, ließ er zu, dass sie sich auf diese Weise selbst in Wallung brachte, während er ihr Mieder öffnete, und ihre Brüste entblößte.

»Du wildes Ding, warum hast du nur so wundervolle Brüste, die einen ehrbaren Mann in einen lüsternen Idioten verwandeln?« Er schob seine Hände von hinten unter ihren Busen, hob sie an und knetete sie fest. »Ich will deine roten Spitzen quälen, bis sie noch dunkler sind, feuerrot wie die Rosenknospe zwischen deinen Beinen. Stütze dich an der Wand ab und beuge dich so weit nach vorn, dass diese wundervollen, prallen Früchte wippen, wenn ich jetzt gleich in dich eindringe.«

»Lasst mich!« Maddy machte noch einen letzten, ziemlich halbherzigen Versuch, seine Hände wegzuschieben, obwohl es ihr gefiel, was er mit ihren Brustwarzen tat. Wie er sie rieb, sie zwickte und so sehr daran zog, dass die Lust wie ein scharfer Schmerz zwischen ihren Beinen pulsierte. Sie lechzte nach dieser süßen Qual und seine obszönen Worte sandten heiße Wellen ihren Rücken hinunter und in ihren leeren Leib hinein, der sich gierig zusammenzog. Aber er wollte ja, dass sie sich wehrte, also wand sie sich, drückte ihren Rücken durch, ächzte und keuchte und versuchte seine Hände wegzuziehen.

»Du willst dich nicht fügen, du freches Ding?« Er klang glücklich. »Du denkst, du kannst mir entkommen, du ungebärdige Stute, aber du gehörst mir, und ich bespringe dich, wie es mir beliebt. Danach werde ich an deinen prallen Brüsten saugen.«

Nun riss er sie von der Wand weg und zerrte sie rückwärts durch das Gemach. Unsanft, aber nicht schmerzhaft schleuderte er sie bäuchlings auf das Bett, und sie schrie, als ihre nackten Brustwarzen über den kratzigen Brokatüberzug streiften, mit dem das Bett für den Tag bedeckt war. Ihre Füße berührten noch den Boden, und sie versuchte, sich schnell zur Seite wegzudrehen, um aufstehen zu können, aber da drückte er seine große, kräftige Hand in ihren Rücken und presste sie nieder. Dann packte er den Saum ihres Kleids und schob ihren Rock hektisch nach oben. Seine Finger waren fahrig, sein Atem ging schnell und rasselte in ihren Ohren. Das, was er eine rote Rose genannt hatte, pochte wie ein Herz aus Feuer zwischen ihren Beinen, es gierte nach ihm, und als er sie dort mit seinen Fingern berührte, stöhnte sie vor Lust. Er schien das für einen Teil ihres Schauspiels zu halten.

»Missfällt dir das?« Er zupfte an ihrer Rose, sodass es auf die süßeste nur denkbare Weise schmerzte. Sie schrie vor Glück und Wollust. »Missfällt es dir, dass ich mich an dir gütlich tue und dich für dein freches Temperament und deine schamlose Leidenschaft bestrafe?« Seine Berührungen dort unten wurden noch fester, er rieb sie, kniff sie, kratzte sie mit dem Fingernagel. Sie wusste nicht, was er genau mit ihr anstellte, sie wusste nur, dass sie sterben würde, wenn er aufhörte.

»Ja«, wimmerte sie. »Ja! Ja! Es missfällt mir über alle Maßen.« Sie bog ihren Rücken durch und öffnete ihre Beine so weit, wie diese Position es zuließ, nur damit seine Finger den bestmöglichen Zugang zu ihrer Weiblichkeit hatten.

»O Gott, vergib mir«, rief er, und schon spürte sie, wie er in sie eindrang und sein hartes Glied tief in sie stieß. Was dann geschah, hatte nichts mit dem zu tun, was ein Hengst mit einer Stute tat. John stieß hart und tief in sie hinein. Es war, als könnte sie jeden einzelnen Inch von ihm spüren, wie er in sie eindrang, sie dehnte, ihren innersten Kern berührte, sich wieder aus ihr zurückzog und dann wieder kraftvoll in sie stieß. Sie war schon durch die Berührungen seiner Finger kurz vor ihrem eigenen intimen Gewittersturm gewesen, und als er jetzt ein viertes Mal in sie hineinkam, übermannte das Glück sie mit brachialer Wucht. Sie schrie seinen Namen, bäumte sich auf und ihre Weiblichkeit zuckte um sein Glied wie eine gierige Hand. Er wurde schneller, noch ein paar harte Stöße, dann stöhnte auch er, und sie spürte, wie seine heiße Flüssigkeit sie füllte.

»Das ist mein Ende«, ächzte er. Er hielt ihre Hüfte noch eine Weile fest, schob sein Glied noch einmal tief in sie hinein und zog es wieder heraus, während er ein paar weitere sinnlose Dinge hinausstöhnte wie »Du bist mein Untergang«, »Das ist der Himmel«, »Ich sterbe«. Dann ließ er sich mit einem erschöpften Stöhnen neben sie aufs Bett fallen, sodass die Matratze kräftig wackelte. Nach einer ganzen Weile, in der sie sich nur dem Pulsieren ihrer Weiblichkeit hingegeben hatte, ergriff er ihre Hand und streichelte sie zärtlich mit dem Daumen. Sie hätte zu gern diese verdammte Augenbinde abgenommen, um jetzt in seine Augen schauen zu können; um zu sehen, ob dort das gleiche Gefühl zu finden war, das sich warm und mit süßem Schmerz in ihrem Herzen ausbreitete.

»Du hast mich sehr glücklich gemacht mit diesem Spiel«, sagte er nach längerer Zeit. »Ich habe dein Kleid ruiniert, das tut mir leid, aber ich werde die Schneiderin beauftragen, sofort zwei neue zu nähen.« Maddy lachte nur, denn sie würde das zerrissene Oberteil selbst flicken, damit niemand es bemerkte und sich wunderte, wie es zu diesem Riss gekommen war.

»Ist das deine Vorliebe, Frauen gegen ihren Willen zu nehmen?«, fragte sie mit einem unsicheren Auflachen und drehte sich nun auf die Seite zu ihm. Auch wenn sie ihn nicht sehen konnte, wollte sie sich doch vorstellen, sie würden sich gegenseitig in die Augen schauen.

»Um Himmels willen, nein. Natürlich nicht. Meine Fantasien beziehen sich nicht auf andere Frauen, sondern nur auf meine Gemahlin, aber ich würde dich niemals gegen deinen ausdrücklichen Willen nehmen, deshalb bin ich so glücklich, dass du das Spiel mit mir gespielt hast.«

»Mir hat dein Spiel gefallen«, wisperte sie.

»Das habe ich bemerkt.« Seine Fingerspitzen streichelten jetzt zart über ihre Lippen, und sie begriff, dass das seine Art war, sie zu küssen, deshalb öffnete sie den Mund und gab ihm seine Berührung mit der Zunge zurück.

»Darf ich dich etwas fragen?«, sagte sie, als er einige Momente innehielt.

»Das kommt darauf an, was du fragst«, brummte er und klang zufrieden wie ein gut genährter Bär. »Aber ich bin gerade sehr entspannt und redselig. Einen besseren Moment für deine Neugier wirst du wohl nicht mehr so schnell finden.«

»Versprich mir, nicht zu schreien oder wütend zu werden.«

»Herrje, was willst du denn wissen? Nun frag schon, in Gottes Namen.«

»Was ist bei dem Feuer damals wirklich passiert? Stimmt es, was die Leute erzählen, dass du es warst? Dass du einen schlimmen Streit mit deinem Bruder hattest?«

»Ich habe dir gesagt, dass ich nie wieder ein Wort über dieses Thema von dir hören will!«, brauste er sogleich auf.

Sie hatte das ein wenig anders in Erinnerung. Er hatte in der Kutsche herumgeschrien, weil sie sein Gesicht hatte sehen wollen, vom Feuer war nicht die Rede gewesen. Aber jetzt war nicht der richtige Zeitpunkt für Rechthaberei.

»John«, sagte sie sanft. »Alle reden über das Feuer, und ich weiß nicht, was ich glauben soll. Ist es dir nicht lieber, wenn ich diese Geschichte aus deinem eigenen Munde höre, anstatt die schlimmen Gerüchte, die die Lakaien und Dorfbewohner verbreiten?«

»Und was wäre, wenn die Gerüchte wahr wären?« Seine Stimme klang kalt.

Herrje, sie würde jetzt so gern diese verfluchte schwarze Binde abnehmen. Sie musste doch in seine Augen schauen, sein Gesicht und seine Mimik sehen. Sie wollte wissen, ob er traurig, wütend, ängstlich oder hasserfüllt war. Ein vernarbtes Gesicht wäre ihr tausendmal lieber als gar keins.

»Dann würde ich es nicht glauben können.«

Er lachte spöttisch. »Du kennst mich nicht. Was weißt du schon von mir? Was weißt du schon über die Bosheit der Männer?«

»Ich weiß, wie andere Männer sind. Lord Albright schlägt seine Frau regelmäßig, und die Dienstmägde zwingt er, mit ihm das Bett zu teilen, und wenn sie dann in anderen Umständen sind, jagt er sie davon. Mein Vater hat sich nicht für die Krankheit meiner Mutter interessiert oder für die Armut, in die er uns getrieben hat. Nur sein eigenes Vergnügen war ihm wichtig. Und der ehrenwerte Reverend Oats ist so dick wie zehn Bierfässer und isst den ganzen Tag, aber den zwei Waisenkindern, die an Weihnachten im vergangenen Jahr bei ihm anklopften und um etwas zu essen baten, hat er die Tür vor der Nase zugeschlagen. Ich weiß nicht viel über dich, aber das, was ich über andere Männer weiß, sagt mir, dass sie nicht besser sind als du, ganz im Gegenteil.« Er gab nur ein spöttisches Lachen von sich, doch Maddy ließ sich nicht beirren. »Du bist voller Wut und Verzweiflung, aber ich spüre nichts Teuflisches in dir.«

»Erspar mir um Himmels willen dein Mitleid!«, rief er. »Ich habe mehr als genug Menschen getötet.«

»Du warst Soldat, gewiss hast du Menschen getötet und vielleicht auch bei einem Duell oder gar in Notwehr.«

Er antwortete nicht, sondern drehte sich weg.

»John?«, rief sie, weil sie dachte, er würde aufstehen und gehen.

»Ich hatte Streit mit meinem Bruder«, sagte er auf einmal. Er redete leise und seine Stimme klang belegt, dazu sprach er in die andere Richtung, als hätte er sich von ihr weggedreht. »Wir haben uns nie besonders nahegestanden, aber nach dem Tod unseres Vaters stritten wir uns nur noch. Meist ging es um die Verwaltung der Ländereien oder um Geld, aber er ließ sich nie eines Besseren belehren. Unsere Streitereien endeten stets damit, dass er mir sagte, er sei der Earl und der Herr im Haus, und ich könne ja gehen, wenn mir nicht passe, wie er sein Vermögen verwalte oder seine Frau und seine Pächter behandele. Da ich sowieso die meiste Zeit beim Regiment war und ein Haus in London hatte, ging ich ihm so gut wie möglich aus dem Weg. Als ich aus Frankreich zurückgekehrt war, besuchte ich ihn und meine Mutter, um die beiden über meine Zukunftspläne zu informieren. Außerdem wollte ich George um die Auszahlung meines Erbes bitten, das unser Vater in seinem Testament für mich vorgesehen hatte.«

Er machte eine Pause, als würde er mit sich ringen, weiterzusprechen, und Maddy hielt die Luft an vor Anspannung.

»Aber weder meine Mutter noch George waren mit meinen, ähm, Zukunftsplänen einverstanden.« John gab ein bitteres Lachen von sich, führte aber leider nicht näher aus, worin seine Zukunftspläne bestanden hatten.

»George weigerte sich, mir das Geld auszuzahlen, und behauptete, die Testamentsklausel unseres Vaters sei nie rechtmäßig gewesen, weil der älteste Sohn grundsätzlich alles erbe. Unser Streit eskalierte, nicht nur wegen des Geldes, sondern auch, weil er zunehmend beleidigend wurde. Schließlich geriet ich so in Wut, dass ich ihm die Faust ins Gesicht gedonnert habe und wir uns an die Kehle gegangen sind wie zwei Kampfhunde. Ich habe ihn auf einen Tisch geschleudert, der unter ihm zusammengebrochen ist. Er hat sich aufgerappelt, ist zu seinem Schreibtisch geschwankt und hat eine geladene Pistole herausgezogen, die er auf mich abgefeuert hat. Zum Glück war er ein ebenso miserabler Schütze, wie er auch ein miserabler Grundherr war. Der Schuss ging daneben und ich bin mit neu angestachelter Wut wieder auf ihn losgegangen. Ich habe ihm die Nase blutig geschlagen und sein Gesicht mit meinen Fäusten traktiert. Wer weiß, ob ich ihn nicht wirklich totgeschlagen hätte, wenn Larissa nicht ins Zimmer gekommen wäre und Diener zu Hilfe geholt hätte, die uns trennten. ‚Morgen verlässt du mein Haus und mein Land! Ich will dich nie wiedersehen' hat George mich angebrüllt, während die Diener ihn und mich auseinanderhielten. ‚Vorher dreh ich dir noch den Hals um, du erbärmlicher Feigling' habe ich zurückgebrüllt und bin aus dem Raum hinausgestürmt. Drei Diener und Larissa haben meine Drohung gehört.«

»Und deshalb denken sie, dass du den Turm angezündet hast?«, fragte Maddy. »Aber du warst es nicht, oder? Warst du es, John?« Ihre Stimme zitterte.

»Die Wahrheit ist, ich weiß es nicht. Ich bin erst zwei Tage nach dem Feuer wieder zu mir gekommen. Die Hälfte meines Gesichts war verbrannt, mein Bruder und seine ganze Familie waren tot und der Westflügel mitsamt dem Turm lag in Trümmern, aber ich konnte mich an nichts erinnern. Zwei Wochen lang war ich mit Fieber und Schmerzen ans Bett gefesselt und wünschte mir, ebenfalls zu sterben.«

»Also ist es auch möglich, dass jemand anders das Feuer gelegt hat oder dass es vielleicht sogar von allein ausgebrochen ist. Ein Funke aus dem Kamin, eine umgestoßene Kerze, irgendeine Unachtsamkeit.«

»Alles deutet darauf hin, dass ich es getan habe«, sagte er kalt. »Sogar das Wenige, an das ich mich selbst noch erinnere, lässt keinen anderen Schluss zu. Ich weiß noch, dass ich nach dem Streit in meine Räume gegangen bin und tatsächlich das unstillbare Verlangen verspürte, George den Hals umzudrehen. Ich weiß noch, dass ich Franklin befohlen habe, meine Sachen zusammenzupacken, aber in meinem Innern entschlossen war, zu bleiben und George Verstand einzubläuen. Er konnte mir nicht einfach das Erbe vorenthalten, das mein Vater für mich vorgesehen hatte. Ich brauchte das Geld.« Er zögerte, und sie merkte, dass er sich wieder umdrehte und sich ihr zuwandte. »Ich brauchte das Geld, um ... um ein Landgut zu erwerben und um ein Versprechen zu erfüllen. Ich erinnere mich an die Agonie, die ich empfand. Ich habe zu Franklin gesagt: ‚Ich wünschte, mein Bruder würde tot umfallen, und ich wäre der Earl.'«

»Aber das heißt doch nicht, dass du diesen Wunsch auch in die Tat umgesetzt hast.«

»Was soll es sonst heißen?« Er lachte hart. »Ich kann mich, verdammt noch mal, nicht mehr erinnern. Ich weiß noch, dass Larissa einige Stunden später, am Abend, an meine Tür klopfte, wohl in der guten Absicht, mich zu trösten, aber Franklin hat sie nicht hereingelassen und ich wollte sie auch nicht sehen. Ich schäumte immer noch vor Wut und bot, weiß Gott, keinen freundlichen Anblick für die Augen einer sensiblen Dame.« John schnaubte. »Ich habe gehört, wie sie sich an der Tür mit Franklin unterhielt. Sie wolle noch einmal mit George reden, hat sie zu meinem Kammerdiener gesagt, und wolle an ihn appellieren, dass er mich bei meinen Zukunftsplänen unterstützen solle und mir das Erbe auszahlen solle, das mir zustünde. Als ob ausgerechnet Larissa einen Einfluss auf diesen überheblichen Dummkopf haben könnte, wo er nicht einmal von seiner Gemahlin Rat oder Bitten hören wollte. Ich dachte noch, was für ein dummes Ding Larissa doch sei, und das ist in etwa die letzte Erinnerung, die ich an jenen Abend habe. Alles, was danach geschah, ist in meinem Gedächtnis wie ausgelöscht. Und weißt du, warum, Madeleine? Weißt du warum?«

Sie sagte nichts und wartete, bis er weitersprach.

»Weil die Wahrheit so schrecklich ist, dass ich sie nicht ertragen kann. Also hat mein Geist mich gezwungen, sie zu vergessen.«

»Gibt es denn Zeugen, die gesehen haben, wie du den Turm in Brand gesteckt hast?«, beharrte Maddy.

»Mein Gesicht ist verbrannt. Was denkst du wohl, wie das geschehen konnte? Außerdem hat Larissa mich gesehen, wie ich mit einer brennenden Fackel zum Turm gerannt bin und ihn durch die Hintertür betreten habe.«

»Larissa ist die Einzige, die dich gesehen hat, und du selbst kannst dich nicht mehr erinnern. Könnte es nicht auch andere Gründe gegeben haben, warum du mit der Fackel in den Turm gegangen bist? Oder Larissa hat sich geirrt, und es war jemand anders, den sie gesehen hat?«

»Hör auf damit, die Wahrheit schönzureden. Es ändert nichts daran. Der Fall wurde zur Genüge untersucht. Hätte der Prinzregent nicht dafür gesorgt, dass das Verfahren gegen mich eingestellt wurde, wäre ich längst hingerichtet worden. Nur wegen meiner Verdienste als Soldat und meiner engen Freundschaft zum Herzog von Wellington und zu Thomas Garth, dem General der Dragoner, bin ich noch am Leben. Aber ich weiß, dass ich den Tod verdient hätte, und alle anderen wissen es auch. Dein Gemahl ist ein Mörder, ein Mann, der Frauen und Kinder und seinen eigenen Bruder auf dem Gewissen hat.«

»Nein!«, sagte sie mit erstickter Stimme.

»Du wolltest die Wahrheit hören. Jetzt finde dich mit ihr ab«, zischte er, dann wackelte das Bett von seiner schnellen Bewegung. Er war aufgesprungen und ging mit großen Schritten durch den Raum.

»Nein, ich kann das nicht glauben. Ich will das nicht glauben. Das wäre unerträglich, wenn es so wäre«, rief sie ihm hinterher und riss sich die Augenbinde vom Gesicht. Sie hatte genug von diesem dummen Spiel, aber da schlug die Tür schon mit einem lauten Knall zu. John war fort.

11. Das Geheimnis der Orangerie

Der Gottesdienst zog sich in die Länge wie ein Fußmarsch zwischen Plymouth und Exeter, und in der kleinen Schlosskapelle war es so stickig, dass Maddy immer wieder die Augen zufielen, während der Reverend seine Liturgie abhielt. Sie hatte in der vergangenen Nacht kein Auge zugetan und bis zum Morgengrauen in der Fensternische gesessen, während sie auf den dunklen Park hinuntergestarrt und gegrübelt hatte.

Mit übertriebener Betonung verkündete der Reverend die Eheschließung des Earls, ohne zu erwähnen, dass dessen Gemahlin rein zufällig direkt vor ihm in der ersten Reihe saß.

»Seine Lordschaft John Sutton, der Earl of Dunlow, kann leider an diesem zweiten Sonntag nach Trinitatis nicht am Gottesdienst teilnehmen«, sagte er und machte dabei ein Gesicht wie die Jungfrau Maria am Grab ihres Sohnes. »Wie auch schon an den Sonntagen davor ist Seine Lordschaft bedauerlicherweise mit unaufschiebbaren Angelegenheiten beschäftigt, die es verhindern, dass er geistliche Labsal und Trost im Schoße der Gemeinde findet ...« Es folgten noch viele weitere bildhafte Umschreibungen über diverse Formen von Labsal und Trost, welche der Glaube einer gepeinigten Seele zu bieten vermochte. Sie mündeten schließlich in der Vermutung, dass der Vermählung Seiner Lordschaft gewiss schon bald die Geburt eines Erben folgen würde. An diesem Punkt seiner Predigt tauschte der Reverend ein wissendes Lächeln mit der Dowager Countess aus, die steif wie ein Stock neben Maddy saß. Es schien sie nicht zu bekümmern, dass es sich dabei um den Sessel handelte, der eigentlich dem Earl vorbehalten war.

Was nun den besagten Erben anging, so nahm der Reverend dieses Thema gleich zum Anlass, um in seiner Epistel jede Form von Fleischeslust zu rügen, und nachdem er die Begierde wortreich als Todsünde verdammt hatte, kam er dann auch auf weitere Sünden wie Neid, Habgier, Hochmut, Faulheit, Völlerei und Wut zu sprechen, um zum Schluss dann alle Katholiken in Irland sowie die Ungläubigen in Ägypten zu verurteilen.

Wäre Maddy nicht so schrecklich müde gewesen, hätte sie sich gefragt, was der Reverend gegen Ägypten einzuwenden hatte. Der ganze Orient war voller Ungläubiger, nicht nur Ägypten.

Ihre Gedanken schweiften nach Ägypten ab. Schließlich kam das Reich der Pharaonen sogar im Alten Testament vor, und sie träumte davon, die Pyramiden zu sehen und den Nil. Ihre Augenlider waren so schwer. Als die Gemeinde mit wenig Enthusiasmus das letzte Lied anstimmte, zuckte ihr Kopf hoch, und sie riss erschrocken die Augen wieder auf. Ach herrje, sie war eingeschlafen, während der Reverend über die Sünde gepredigt hatte.

Die Schlosskapelle war bis auf den letzten Platz gefüllt mit Leuten aus der ganzen Umgebung. Sie alle hatten weite Wege auf sich genommen, nur um die neue Countess zu sehen, und Maddy hatte zum ersten Mal von ihrer Schlüsselgewalt Gebrauch gemacht und sich aus der Geldtruhe, die für den Haushalt bestimmt war, einen Beutel mit Halfpennys füllen lassen. Es war Tradition und auch eine Pflicht, dass die Reichen und Vornehmen nach dem Gottesdienst Almosen an die Armen verteilten. Wie sonst sollte man die besagten Armen überhaupt in ein Gotteshaus locken, in welchem man ihnen predigte, dass die Armut ihre eigene Schuld sei, der Reichtum der anderen hingegen der Wille Gottes?

Nachdem der Reverend sich mit einer tiefen Verbeugung für ihre großzügige Gabe in den Opferstock bedankt hatte, machte sie sich auf den Weg nach draußen, aber die Dowager Countess hielt sie am Arm zurück.

»Wie geht es Euch?«, fragte sie streng. Während des gesamten Gottesdienstes hatte sie wie eine Statue neben ihr gesessen, den Blick geradeaus auf den Reverend gerichtet. Jetzt allerdings musterte sie Maddy mit schmalen Augen von oben bis unten.

»Sehr gut«, log die. Ihr war übel von der Hitze und schummrig vor lauter Müdigkeit.

»Ihr seht blass aus und habt Schatten unter den Augen.«

Maddy lächelte unverbindlich. So sah man wohl aus, wenn man kaum geschlafen und sich die ganze Nacht den Kopf zerbrochen hatte, während das Herz wehtat. Unentwegt waren ihr Johns Worte durch den Kopf gegangen. *»Dein Gemahl ist ein Mörder, ein Mann, der Frauen und Kinder und seinen eigenen Bruder auf dem Gewissen hat.«*

Sie konnte sich nicht damit abfinden. Wenn John dieses Verbrechen wirklich begangen hatte, würde es ihr das Herz brechen.

Denn nichts, einfach gar nichts auf Gottes Erdboden, rechtfertigte so furchtbare Morde. Sie fragte sich, was Edmund tun würde, wenn er noch lebte. Seine Ehre würde es ihm verbieten, mit einem Mörder überhaupt zu sprechen, und er würde niemals akzeptieren, dass seine Schwester mit solch einem Monster verheiratet wäre. Wenn er wüsste, dass sie langsam, aber unaufhaltsam dabei war, ihr Herz an ebendieses Monster zu verlieren, würde er sie genauso verachten wie den Mörder selbst. Ehre und Rechtschaffenheit waren für Edmund immer das Wichtigste gewesen.

»Ich habe schlecht geschlafen«, sagte sie zu ihrer Schwiegermutter und zwang sich zu einem Lächeln.

»Achtet darauf, dass Ihr genügend Schlaf bekommt«, befahl die Dowager Countess. »Nehmt vor dem Einschlafen etwas Laudanum und vermeidet schweres Essen am Abend. Wenn Ihr nicht gesund seid, dann empfangt Ihr nie ein Kind.«

»Ja, Mylady.« Maddy hatte keine Energie für eine Debatte, sonst hätte sie ihrer Schwiegermutter erklärt, dass auch kranke Frauen Kinder empfingen. In Stockton hatte die klapperdürre Elinor Balfer jedes Jahr ein Kind zur Welt gebracht, obwohl sie an der Schwindsucht litt und letztendlich auch daran gestorben war, während die kerngesunde Pfarrersfrau, Mrs Oats, trotz täglicher Gebete und sittsamem Lebenswandel nicht schwanger wurde.

»Ich will sofort informiert werden, wenn sich Neuigkeiten bezüglich Eures Zustandes ergeben«, ordnete die Dowager Countess ungehalten an.

Maddy antwortete nicht. Seit dem Lunch am Freitag waren noch nicht einmal zwei volle Tage vergangen. Man konnte ein Thema auch über Gebühr strapazieren.

»Larissa, verteile du die Almosen, ich begebe mich in meine Gemächer. Die Menschenmenge ist mir heute zu aufdringlich.« Lady Imogen überreichte Larissa einen Pompadour aus blauem Samt und stolzierte mit erhobenem Kopf zur Tür hinaus, an den wartenden Menschen draußen vorbei. Larissa, die in der ersten Reihe hinter Maddy und der Dowager Countess gesessen hatte, drückte das Täschchen an ihre Brust und schenkte Maddy ein aufmunterndes Lächeln.

»Es tut mir so unsäglich leid für Euch. Ich kann mir vorstellen, dass diese Aufgabe grauenhaft sein muss«, flüsterte sie und warf dabei einen verstohlenen Blick auf den Reverend, der der Dowager Countess nach draußen hinterherlief wie ein treuer Hund.

»Welche Aufgabe?« Meinte sie das Verteilen der Almosen?

»Nun ...« Larissa bedachte Maddy mit einem wissenden Blick. »Ich meine die Bürde, einen Erben zu ... zu empfangen.«

»Bürde?« Maddy unterdrückte ein Auflachen.

»Die Bürde, die einer Frau im Ehebett auferlegt ist.« Sie sprach leiser und hielt die gekrümmte Hand an die Seite ihres Mundes. »Das ist schon schwer genug, aber John ist ja so grausam und abstoßend geworden. Man sieht Euch an, welche Qualen Ihr Nacht für Nacht erleiden müsst. Ich wünschte, ich könnte irgendetwas tun, um Euer Los zu erleichtern.«

»Sorgt Euch nicht um mich«, antwortete Maddy und versuchte freundlich zu klingen, obwohl die Worte bitter in ihrem Mund schmeckten. Was sollte das Gerede von Bürde und Qualen? Wusste Larissa überhaupt, wovon sie sprach? Gewiss hatte sie noch nie die zärtlichen Hände eines Mannes auf ihrer Haut gespürt oder das unendliche Glück gefühlt, das die eheliche Vereinigung mit sich brachte. »Seid versichert, dass ich keinerlei Qualen erleide, ganz im Gegenteil.«

Larissa blinzelte irritiert.

»Und mein Gemahl ist auch nicht grausam zu mir.«

»Nun, dann ... dann will ich nichts gesagt haben.« Larissa schaute sich in der Kapelle um, aber außer ihnen beiden war niemand mehr da. »Dann fürchtet Ihr Euch gewiss auch nicht vor seiner rasenden Wut, wenn er erfährt, dass Ihr die Orangerie wieder in Gebrauch nehmen wollt.«

»Warum sollte er darüber wütend sein? Die Orangerie ist unbenutzt und niemand sonst interessiert sich dafür.« Und woher wusste Larissa überhaupt von ihren Plänen mit der Orangerie? Sie hatte sich lediglich bei Mrs Longfields erkundigt, ob und wann sie ein paar Diener und Mägde zur Verfügung stellen könne, die ihr dabei halfen, das Gewächshaus aufzuräumen und die Fenster zu reinigen.

»John hat ausdrücklich angeordnet, dass niemand je wieder den Westflügel der Abbey betreten soll.« Larissa warf ihr einen entsetzten Blick zu, als wäre es ein unverzeihlicher Fehler, dass sie nichts von dieser Anordnung wusste.

»Die Orangerie liegt nicht im Westflügel, sondern auf dem Gelände davor.« Maddy kam sich albern vor. Larissa wusste das so gut wie sie. »Sie ist groß und hell und die Eisenkonstruktion ist wunderschön. Man muss nur die alten Pflanzkübel mit neuer Erde befüllen und die Scheiben putzen. Ich möchte auch ein paar Möbel hineinstellen lassen, dann kann man im Frühjahr und im Herbst, wenn es kühl und windig draußen ist, dort sogar den Tee einnehmen.«

»Mrs Longfields befürchtet, dass John die Lakaien schlagen und entlassen wird, wenn sie das Gewächshaus betreten.«

»Das ist absurd«, rief Maddy ärgerlich. Sie hatte doch mit Longfields gesprochen, und die Haushälterin hatte mit keinem Wort erwähnt, dass es da ein Problem geben könnte. Stattdessen hatte sie sich offenbar mit ihren Sorgen an Larissa gewandt.

»Und nicht nur das«, fuhr die Kusine mit leiser, drängender Stimme fort. »Wir sorgen uns vor allem um Euch, liebe Madeleine. Es ist zu befürchten, dass sich Johns rasender Zorn ungebremst gegen Euch richten wird.«

»Ich werde es darauf ankommen lassen.« Maddys Lächeln schwächelte ein wenig. »Mein Gemahl hat mir bisher noch keinen Wunsch abgeschlagen, und ich sehe nicht, warum er wegen der Orangerie wütend auf mich werden sollte.«

»Ihr seid so jung und ahnungslos. Ich möchte doch nur nicht, dass er Euch auch … dass er Euch ein Leid antut, Euch womöglich Schmerzen zufügt. Johns Raserei kann mörderische Formen annehmen«, flüsterte Larissa.

Ihre Betroffenheit schien aufrichtig zu sein, dennoch ärgerte sich Maddy so sehr, dass sich ihr Magen förmlich zusammenkrampfte. Was versprach sich Larissa davon, wenn sie zwischen den Zeilen andeutete, John würde Maddy vielleicht wehtun? »Ich weiß, was über meinen Ehemann erzählt wird, und ich fürchte mich nicht.«

»Wisst Ihr auch, dass man ihn nach dem Feuer in der verschlossenen Orangerie gefunden hat?«

»Nein.«

»Seine Oberbekleidung war zerfetzt und sein Gesicht war von Brandwunden übersät. Wie er in die Orangerie hineinkam, obwohl sie von außen verschlossen war, das vermag niemand zu sagen. Die Leute behaupten, es sei Teufelswerk gewesen, ebenso wie das Feuer, das einem Inferno gleich im Turm gewütet hat. Niemand kann sich erklären, warum es so schnell um sich gegriffen hat, gerade so, als hätte der Höllenfürst persönlich es angeheizt.« Larissa warf ihr einen traurigen Blick zu, und Maddy konnte nicht verhindern, dass ihr Kiefer nach unten klappte.

»Die Tür war von außen verschlossen?«, fragte sie. Bestimmt gab es eine einleuchtende Erklärung dafür, die man nur bisher noch nicht in Erwägung gezogen hatte. John konnte nicht mit dem Teufel im Bunde stehen. Das war alberner Aberglaube.

Larissa nickte und fuhr mit tragender Stimme fort. »Ein Lakai hatte Johns Körper in dem Gewächshaus liegen sehen, und man hat mich sogleich geweckt, damit ich die Orangerie aufschließe. Sonst hätte man ihn nicht herausholen können, denn ich hatte die Schlüssel.« Ihr Flüstern klang unangenehmer als schrilles Geschrei.

»Ihr wart die Einzige, die einen Schlüssel zur Orangerie hatte?«

»Georges Frau, Lady Selena, wollte nicht mit den Banalitäten der Haushaltsführung behelligt werden. Sie war oft niedergeschlagen und antriebslos, und deshalb war sie mir dankbar, dass ich diese Aufgabe übernommen habe.« Sie bedachte Maddy mit einem süßen Lächeln.

»Und Ihr habt geschlafen, während der ganze Turm und das Dach des Westflügels in Flammen stand?«

»Das war am anderen Tag, nachdem das Feuer endlich gebändigt war. Die meisten von uns waren die ganze Nacht auf den Beinen, und alle waren so erschöpft, dass wir beim Morgengrauen wie betäubt in unsere Betten gingen. Aber einige der Diener versuchten in den Turm zu gelangen, um zu sehen, was man noch retten konnte, und natürlich um nach den … den Toten zu suchen. Aber das Feuer hat so schrecklich gewütet, dass man nicht einmal mehr Leichen fand, die man hätte bestatten können.« Larissa atmete tief ein und war sichtlich um Fassung bemüht. »Wir alle dachten ja, dass John zusammen mit seinem Bruder und dessen Familie im Turm verbrannt wäre, weil er … weil er …« Der Rest ihres Satzes ging in einem leisen Schluchzen unter.

»Die Leute sind nur deshalb davon überzeugt, dass John das Feuer gelegt hat, weil Ihr behauptet, Ihr hättet ihn mit einer Fackel gesehen.«

Larissa schlug sich die Hand vor den Mund. »Glaubt mir, ich hätte das lieber nicht mit eigenen Augen gesehen«, presste sie mit erstickter Stimme hervor.

»Warum seid Ihr an diesem Abend überhaupt dort beim Westturm gewesen? Wie war es möglich, dass Ihr John sehen konntet? Liegen Eure Gemächer nicht weit entfernt, im Südflügel?«

»Ich hatte kurz zuvor noch mit George gesprochen. Er und John hatten sich furchtbar gestritten, und er hatte ihm befohlen, Kelston Abbey sofort zu verlassen. Ich wollte George davon abbringen und habe ihn angefleht, sich mit seinem Bruder wieder zu versöhnen, aber meine Anstrengungen waren vergeblich. George hat mich beschimpft und mich aus dem Zimmer gewiesen. Ich war auf dem Weg zurück in meine Räume, doch weil es eine helle, warme Sommernacht war, ging ich durch den Park zurück, um noch etwas Luft schnappen. Das Gespräch mit George hatte mich sehr aufgewühlt. Da habe ich John gesehen, wie er durch die Hintertür den Turm betrat. Als ich die brennende Fackel in seiner Hand sah, habe ich geahnt, dass er nichts Gutes im Schilde führt. Ach, hätte ich doch gleich jemanden zu Hilfe geholt, jemanden, der ihn hätte aufhalten können.« Larissa schluchzte in ihre Hand. »Aber ich hätte niemals, nicht in meinen schrecklichsten Träumen, erwartet, dass er so weit gehen und sie alle auslöschen würde.« Larissa schüttelte heftig den Kopf und weinte nun unverhohlen. »Und all dieser Wahnsinn geschah nur wegen der Liebe.«

Maddy fragte nicht nach, denn sie wusste ja schon von Abe, dass der Streit zwischen den Brüdern wegen einer Frau entstanden war, die John hatte heiraten wollen, aber Larissa war offenbar in Plauderstimmung.

»John hatte sich unsterblich verliebt.« Sie seufzte, sah Maddy eine ganze Zeit lang direkt in die Augen und senkte dann mit einem wissenden Lächeln den Blick.

»Ach ja?«

Offensichtlich sprach Larissa von sich selbst, oder wie sonst waren ihr Blick und ihr verschämtes Lächeln zu verstehen, mit dem sie auf ihre Schuhe hinunterschaute? »Hat er Euch denn nicht erzählt, dass er sich vermählen wollte? Ach, ich sollte das traurige Thema ruhen lassen und kein Wort mehr darüber sprechen, denn inzwischen ist ja alles kaputt und es ist längst zu spät. Es wird niemals wieder Glück für uns geben.«

»Natürlich hat er mir davon erzählt«, schwindelte Maddy. Das waren die Zukunftspläne gewesen, von denen John gestern Abend gesprochen hatte, für die er von George sein Erbe eingefordert hatte.

Er hatte ein Landgut für sich und seine zukünftige Frau kaufen wollen.

»Als er aus Frankreich zurückkehrte, hat er sich Hals über Kopf verliebt. Er wollte seinen Abschied von den Dragonern nehmen und sich vermählen. Er hat den Namen seiner Auserwählten nicht genannt, da er sich der Dame noch nicht offiziell erklärt hatte, aber alle ahnten natürlich, wen er meinte.« Larissa lächelte wieder dieses traurige, wissende Lächeln. Furchen zeigten sich auf ihrer Stirn und in ihren Augen glitzerten sogar Tränen. »John war stets ein Ehrenmann, darum wollte er zuerst die Zustimmung seiner Mutter und seines Bruders zu seiner Vermählung, bevor er sich seiner Auserwählten offenbarte und ihr einen Antrag machte.« Sie blickte direkt in Maddys Augen, und all die Worte, die sie nicht aussprach, aber mit ihren Blicken mitteilte, schnürten Maddy die Luft ab.

Als John heimkehrte, hatte er seine Kusine nach langer Zeit wiedergesehen und sich in sie verliebt. Das war kein Wunder. Larissa war schön und sanftmütig, sie hatte tadellose Umgangsformen und war ein Muster an Tugendhaftigkeit und Anstand. Welcher Gentleman würde sein Herz nicht an so ein zartes Wesen verlieren?

»Aber George hat diese Ehe verboten, weil ... weil sie verarmt war.« Larissa holte tief Luft. »Er ist sehr ärgerlich geworden, denn er hatte schon eine andere Gemahlin für John ins Auge gefasst, die eine beachtliche Mitgift mit in die Ehe gebracht hätte. John wollte jedoch nichts davon wissen. Er blieb bei seiner Wahl. Darüber ist er mit George in Streit geraten. Keiner der beiden wollte nachgeben, und sie wurden immer lauter, sodass ich schließlich drei Diener rufen musste, um sie voneinander zu trennen. George hat sogar auf seinen Bruder geschossen und John hat ihm mit dem Tod gedroht.« Über Larissas Wangen rannen nun dicke Tränen. »Und nun seht nur, was John in seinem Jähzorn angerichtet hat: Anstatt die Frau heiraten zu können, die er liebte, hat er alles zunichtegemacht und jede Chance auf diese Liebe vertan. Welche achtbare Frau könnte eine solche Bestie ehelichen? Deshalb hat er Euch nehmen müssen, statt ... statt ...« Sie schluchzte laut auf, dann drehte sie auf dem Absatz herum und lief mit wehenden Röcken hinaus aus der Kirche.

Maddy stand da wie vom Blitz getroffen.

Sie hörte ein schrilles Pfeifen in den Ohren und suchte Halt an der Rückenlehne einer Kirchenbank. Ihr war so schlecht, sie hätte sich geradewegs auf den Boden übergeben können.

Falls Larissa hoffte, ihre Worte würden Maddy wehtun, dann war ihr Wunsch in Erfüllung gegangen. Die Erkenntnis, dass John eigentlich Larissa geliebt hatte und vielleicht immer noch liebte, tat ihr weh und machte sie eifersüchtig. *»Welche achtbare Frau könnte eine solche Bestie ehelichen? Deshalb hat er Euch nehmen müssen«,* hatte Larissa gesagt und den Nagel auf den Kopf getroffen. Anstatt die Frau zu heiraten, die er liebte, hatte er eine Frau am Spieltisch gewonnen, einen minderwertigen Ersatz. Es fühlte sich an, als würde jemand ein Messer in ihre Brust stechen und es herumdrehen, dabei war sie nicht einmal sicher, ob es ihr verletzter Stolz war, der da so schmerzte, oder etwas anderes. Jetzt verstand sie wenigstens, warum Larissa nicht mit ihr befreundet sein wollte. Sie war mit dem Mann verheiratet, den Larissa einst geliebt hatte. Aber falls die Kusine hoffte, ihre Geschichte würde Maddy davon abhalten, die Orangerie zu betreten oder ihr Vorhaben fortzuführen, dann hatte sie sich gewaltig geirrt. Jetzt war ihr die Orangerie erst recht eine willkommene Abwechslung, um nicht an Larissa und John und deren zerstörte Liebe denken zu müssen.

Nachdem die Almosen verteilt waren und die Leute sich langsam zerstreut hatten, holte Maddy den Schlüsselbund aus ihren Räumen und schlich zur Orangerie. Sie hatte Jane freigegeben, damit sie den Sonntag zu Hause bei ihrer Familie verbringen konnte. Jetzt kam es ihr gerade gelegen. Sie wollte weder von Larissa noch von John oder von sonst jemandem gesehen werden. Deshalb stieg sie die Dienstbotentreppe hinab, die in die Bibliothek führte, schlich auf Zehenspitzen durch den dunklen Raum und lief den einsamen Flur entlang, durch den sie mit Franklin gegangen war, als er ihr einen kurzen Blick in den Westflügel gewährt hatte. Wenn sie die verlassene Empfangshalle des Westflügels durchquerte und durch die Vordertür hinausging, kam sie auf direktem Weg zur Orangerie, ohne dass sie irgendjemand vom Süd- oder Ostflügel aus sehen konnte.

Gab es einen bestimmten Grund, warum Larissa sie so dringend von dort fernzuhalten versuchte, oder wollte sie nur nicht Johns Wut heraufbeschwören? Außerdem musste es eine Erklärung geben, wie John in die von außen verschlossene Orangerie hineingelangt war. Sie wollte die Wahrheit über das Feuer und über John herausfinden.

John würde niemals Frieden finden, solange er nicht wusste, ob er diese Freveltat wirklich begangen hatte, und sie selbst würde niemals Glück finden, wenn sie nicht die Gewissheit hatte, dass ihr Gemahl kein Mörder war.

»Nur weil unser Blick am Horizont endet, heißt es nicht, dass die Erde eine Scheibe ist«, hatte Edmund immer zu ihr gesagt. »Manchmal fehlt den Menschen einfach nur das Wissen, um ein Phänomen erklären zu können.«

Als sie kleiner war, hatte er ihr die Geschichte von den Gelehrten der Antike wie Platon und dem Mathematiker Eratosthenes erzählt, wie die allein durch logisches Denken herausgefunden hatten, dass die Erde eine Kugel und keine Scheibe ist. Er hatte ihr auch Geschichten von mutigen Seefahrern und Abenteurern wie Kolumbus und Magellan erzählt. Er hatte von den Forschern der Neuzeit geschwärmt, die zu gefährlichen Reisen in unbekannte Regionen der Welt aufbrachen, um die Natur zu erforschen. Sie hatte damals an Edmunds Lippen gehangen und davon geträumt, selbst so ein Naturforscher zu sein, der auf einem Segelschiff die Welt umrundete. Sie war zwar nur eine Frau, und ihr Wunsch von Reisen in ferne Länder würde immer ein Traum bleiben, dennoch besaß sie Verstand. Und dieser Verstand sagte ihr, dass nicht der Teufel ihren Gemahl in der verschlossenen Orangerie abgelegt, sondern dass dort ein Mensch seine Hand im Spiel gehabt hatte und dass es dafür einleuchtende Gründe geben musste.

Es dauerte eine ganze Weile, bis sie endlich den richtigen Schlüssel für die Schiebetür der Orangerie fand, und sie fragte sich, warum das Gewächshaus überhaupt abgeschlossen war. Es war schließlich keine Schatzkammer, sondern ein normales Glashaus mit einer kniehohen Mauer aus Feldsteinen und kunstvoll verschnörkelten Eisenkonstruktionen, die die großen Seitenfenster und das gläserne Dach hielten. Im Innern stand ein kleiner, rostiger Kanonenofen, den man im Winter mit Holz beheizen konnte, um die Kälte von den empfindlichen Pflanzen fernzuhalten, aber ansonsten gab es in dem Gewächshaus nichts von Wert. Natürlich waren Orangenbäume auf englischem Boden eine Seltenheit, aber sie waren allesamt längst verdorrt, und wer würde sich die Mühe machen, schwere Pflanzkübel zu stehlen? Warum also war die Tür damals wie heute abgeschlossen?

Sie zog und rüttelte mit aller Kraft an der Schiebetür, die

vermutlich seit Jahren nicht mehr bewegt worden war. Endlich lockerte sich die festgerostete Schiene und die Tür ließ sich mit einem metallischen Quietschen zur Seite bewegen. Von innen kam ihr warme Luft entgegen, die nach Fäulnis und Moder roch. Sie hielt sich die Nase zu, als sie eintrat und sich umschaute. Die meisten Pflanzen waren vor Langem ausgeräumt worden oder abgestorben. Nur noch drei große Pflanzkübel standen zusammengerückt in einer Ecke. Allerdings hatte man schon vor Jahren aufgehört, die Pflanzen in den Kübeln zu bewässern, und die Orangenbäumchen waren inzwischen dürr und blattlos. Vermutlich waren die drei Kübel einfach zu schwer gewesen, um sie von der Stelle zu bewegen. Andererseits war da eine Metallschiene im Boden eingelassen, die dazu diente, die tönernen Kübel im Haus herumzuschieben. Sie trat näher, um sich das genauer anzusehen. Die Pflanzerde in den Kübeln war staubtrocken, und ausgedörrte Orangenblätter raschelten auf dem Boden unter ihren Füßen, der feuchte modrige Geruch könnte also nicht von verfaulenden Früchten oder Blättern stammen. Sie lehnte sich gegen einen der hüfthohen Kübel, um einen Blick dahinter zu werfen, vielleicht lag da ja ein totes Tier. Da bewegte sich der Bottich auf den Schienen mit einem metallischen Quietschen nach hinten, und Maddy wäre fast über ihre eigenen Füße gestolpert, als sich direkt unter dem Pflanzkübel ein dunkler Schacht auftat, aus dem der Geruch nach altem, feuchtem Mauerwerk heraufströmte. Sie beugte sich weit vor, um zu sehen, ob da im Dunkeln womöglich Treppenstufen waren. Vielleicht diente der Schacht zu Heizungszwecken oder als Keller für Kartoffeln und Rüben. Sie ließ sich auf die Knie nieder und ignorierte die Tatsache, dass sie ihr elegantes Sonntagskleid trug. Mit einer Hand hielt sie sich die Nase zu, mit der anderen stützte sie sich am Rand des Schachts ab, während sie sich noch tiefer in das Loch hinunter bückte. Da war eine gemauerte Wand und eine Leiter, die hinab in die Dunkelheit führte.

»*Das ist also der Weg, über den John in die Orangerie gelangt ist*«, dachte sie, und das war ihr letzter Gedanke für lange Zeit, denn plötzlich traf sie ein brutaler Schlag auf den Hinterkopf. Ein stechender Schmerz jagte durch ihren ganzen Körper und sie kippte vornüber. Mit einem leisen Aufschrei versuchte sie, sich festzuhalten, um nicht in die Tiefe hinabzustürzen, als ein zweiter, noch härterer Schlag sie traf. Dann war alles schwarz und still.

Maddy wusste nicht, wie lange sie bewusstlos unten in dem dunklen Schacht gelegen hatte. Als sie wieder zu sich kam, war es stockfinster und totenstill, und bis auf den penetranten Geruch nach Fäulnis und Moder nahm sie nichts wahr. Erst als sie versuchte, sich aufzusetzen, spürte sie einen pulsierenden Schmerz in ihrem Hinterkopf. Vorsichtig tastete sie nach der dicken Beule, die sich dort unter ihrem aufgelösten Haar gebildet hatte, aber wenigstens blutete sie nicht. Ihre Knie taten weh und waren vermutlich aufgeschürft, zumindest fühlte sich das Brennen so an, aber ansonsten hatte sie den Schlag und Sturz in die Tiefe überraschend unversehrt überstanden. Der Saum ihres Kleides hatte sich irgendwo oberhalb ihres Kopfes verfangen. Sie konnte nicht genau erkennen, wo das Kleid festhing, an einem Nagel vielleicht oder am Holz der Leiter, aber das war ihre Rettung gewesen, denn der Stoff des Rockes hatte wie eine Art Rettungsseil gewirkt und ihren Sturz gebremst. Vermutlich hätte sie sich sonst weitaus schlimmer verletzt, vielleicht sogar das Genick gebrochen.

»Hallo?«, rief sie. »Ist da jemand?« Nur ihre eigene, angsterfüllte Stimme hallte als Antwort von den Wänden wider. »Hört mich jemand?«

Sie zerrte mit aller Kraft an ihrem Rocksaum, bis dieser endlich riss und sie freigab. Der Boden unter ihr war matschig und die Feuchtigkeit drang in ihre dünnen Seidenschuhe ein. Die Wände, an denen sie sich festhielt, um aufzustehen, waren kalt und glitschig wie eine Wasserleiche. Von irgendwoher kam ein Luftzug und erzeugte ein unheimliches Geräusch wie das Heulen eines Geistes. Sie zitterte vor Angst, und die Beule an ihrem Hinterkopf schmerzte, als sie nach oben schaute. Über ihr musste irgendwo das Loch sein, durch das sie heruntergestürzt oder gestoßen worden war, doch offensichtlich hatte jemand den Pflanzenkübel wieder an seinen Ausgangspunkt zurückgeschoben, sodass kein Licht zu ihr herunterschien. Sie verschob ihre Überlegungen, wer ihr wohl so übel mitgespielt hatte, auf einen späteren Zeitpunkt. Erst einmal musste sie aus diesem schwarzen, stinkenden Loch herauskommen.

So schnell sie konnte, kletterte sie die knarzende Leiter wieder hinauf, rutschte mit dem Schuh ab und wäre fast ein weiteres Mal hinuntergefallen, wenn sie sich nicht gerade noch gefangen und festgehalten hätte. Endlich war sie am Ende der Leiter angelangt. Ihre Knie schlotterten vor Schwäche und Aufregung, und ihre Hände zitterten, als sie versuchte, den Kübel über ihrem Kopf wegzubewegen. Vergeblich.

»Hallo! Hört mich jemand? Aufmachen!«, schrie sie und schlug mit der Faust von unten gegen den Pflanzkübel, aber es kam keine Antwort und der schwere Topf bewegte sich nicht von der Stelle.

»Hilfe!«, rief sie immer wieder, bis irgendwann nicht nur ihre Stimme, sondern auch ihre Kräfte versagten. Sie konnte sich nicht länger auf der Leiter halten, und die Hoffnung, dass jemand sie hörte, war schon längst der Furcht gewichen, dass sie hier unten verloren war.

»Nur nicht weinen, nur nicht aufgeben!«, sagte sie zu sich selbst, als sie mit schlotternden Beinen wieder unten auf dem matschigen Boden gelandet war. Ein Echo antwortete ihr mit ihrer eigenen gespenstischen Stimme. »Weinen ... aufgeben.« Aber wo ein Echo war, war auch Weite. Das hätte sie fast nicht bemerkt vor lauter Angst. Vor ihr in der Dunkelheit musste sich ein Raum befinden oder ein Weg, der von hier weg und sehr wahrscheinlich hinüber zum Schloss führte. Langsam tastete sie sich an der glitschigen Wand entlang. Auch wenn sie nichts sah, konnte sie hören und ertasten, dass von der Leiter aus ein Gang wegführte. Der Boden unter ihren Füßen war rutschig. Einmal stolperte sie über einen Stein oder eine Unebenheit und landete auf allen vieren. Mit einem schmerzerfüllten Wimmern rappelte sie sich wieder auf und taumelte weiter. Die Orangerie befand sich nicht einmal zwanzig Yards vom Westflügel entfernt, und wenn ihre Vermutung stimmte, dann endete dieser unterirdische Gang irgendwo in einem Keller des Westflügels oder im Westturm, und sie würde schon bald auf eine weitere Leiter oder eine Treppe stoßen.

Das hoffte sie ... betete sie.

Zwanzig Yards konnten sich wie zwanzig Meilen anfühlen, wenn man sich in undurchdringlicher Nacht voranbewegte, umgeben von einem matschigen, stinkenden Etwas und von unheimlichen, geisterhaften Geräuschen; Heulen, Seufzen, Pfeifen, Ächzen ...

Sie hatte in ihrem Leben noch nie solche Angst gehabt und zitterte am ganzen Körper vor Schwäche, Schmerzen und Furcht. Aber dann auf einmal stieß ihr Schuh an eine Treppenstufe, und ein

Freudenschrei löste sich aus ihrer Kehle, der zigmal von den dunklen Weiten des Gangs widerhallte. »Juhu-huu-huuu.« Die Treppe hatte zweiundzwanzig Stufen, und sie zählte laut mit, bis sie oben an einen Absatz und zu einer Tür gelangte. Durch die Holzlatten, aus denen die Tür gezimmert war, drangen schwache Lichtstrahlen hindurch.

Es war noch Tag, da draußen hinter der Tür.

Sie drückte zaghaft die Klinke nach unten und die Tür öffnete sich mit einem unheimlichen Knarzen, ohne dass sie sich allzu sehr anstrengen musste. Auf wackligen Beinen stolperte sie in einen aus großen, unbehauenen Steinen gemauerten Raum hinein. Das Tageslicht kam von weit oberhalb, und sie legte den Kopf in den Nacken, um sich umzusehen. Autsch! Die Beule an ihrem Kopf schmerzte höllisch.

Sie befand sich am Fuße des gigantischen Westturms. Über ihr war eine halbe Zwischendecke, die andere Hälfte war herabgestürzt und die verkohlten Mauerstücke bedeckten den Boden um sie herum. Weit oben, jenseits der schwarzen Mauern, war der wolkenverhangene Himmel zu sehen und dazwischen ragten ein paar dunkle Stümpfe von verbrannten Balken, die einst die anderen vier Etagen des Turms getragen hatten. Ein paar Steinstufen, die sich an der Mauer entlang nach oben wanden, hatte das Feuer übrig gelassen. Der gewaltige Turm war wie ein hohler Zahn und wirkte von innen genauso schrecklich wie aus der Ferne. Nichts hatte die Feuersbrunst hier übrig gelassen, nur Geröll und ein paar wenige verkohlte Balken. Vereinzelte Laubblätter lagen auf den schwarzen Steinen. Der Wind musste sie hereingepustet haben, denn er pfiff mit einer eisigen Brise durch den Turm. Er kam vom Geheimgang her, fasste unter ihre Röcke und fegte hinauf bis zur obersten Zinne wie ein Wirbelsturm. *Wie bei einem Schornstein*, ging es ihr durch den Kopf.

Larissa hatte gesagt, dass das Feuer einem Inferno gleich im Turm gewütet habe und niemand sich erklären könne, warum es so schnell um sich gegriffen habe. Die Erklärung lag für Maddy auf der Hand. Das Feuer musste hier unten im Erdgeschoss ausgebrochen sein und die Luftströmungen hatten wie ein riesiger Blasebalg gewirkt und es angeheizt. Vermutlich hatte es gereicht, dass ein Vorhang oder ein Wandteppich Feuer gefangen hatte, und schon hatte sich der Brand in kürzester Zeit in ein Inferno verwandelt. Türen und Fenster waren im Sommer weit geöffnet, um Wärme in das alte

Gemäuer hereinzulassen, und das hatte für einen noch stärkeren Luftzug gesorgt. Es wäre also in der Tat nicht schwer gewesen, mit einer einzigen Fackel den ganzen Turm anzuzünden. Und bis die schlafenden Bewohner gemerkt hatten, dass es brannte, war es schon längst zu spät für eine Rettung.

Der Brandstifter – lieber Jesus, sie konnte den Namen nicht einmal denken – hatte sich gerade noch rechtzeitig durch den Geheimgang in Sicherheit bringen können.

Maddy merkte nicht, dass ihr die Tränen über die Wangen rannen, während sie in der Ruine stand. Sie kletterte über ein paar Geröllbrocken hinweg und stieg zu der Tür hinauf, die ein wenig höher als der Boden lag und in die verlassene Halle des Westflügels führte. Sie weinte noch immer, als sie durch den langen, einsamen Flur zurück zur Bibliothek lief und über die Dienstbotentreppe hinauf in ihre Gemächer.

Obwohl sie sich so fest vorgenommen hatte, couragiert zu bleiben, hörte sie ihr eigenes Schluchzen über allen anderen Geräuschen. Sie weinte nicht nur, weil ihr Kopf wehtat und ihre aufgeschürften Knie brannten. Sie weinte auch wegen dem, was sie von Larissa erfahren hatte, wegen Johns unerfüllter Liebe zu seiner Kusine. Sie weinte aus Eifersucht und Einsamkeit. Aber vor allem weinte sie angesichts ihrer Entdeckung. Ihre schlimmste Angst, dass John ein grausamer Mörder war, hatte sich bestätigt. Wie könnte sie sich jemals wieder mit Freude seinen Berührungen hingeben? Wie könnte sie es jemals wieder genießen, seine Hände auf ihrem Körper zu fühlen, die Hände eines grausamen Mörders?

Sie schluchzte immer lauter, als sie durch die Tapetentür heraustrat und sich direkt vor der Tür zu Johns Gemächern befand.

Und dann sah sie ihn, als hätten ihre furchtbaren Gedanken direkt vor ihr Gestalt angenommen. Er stand im Flur, groß wie ein Riese, breitschultrig wie ein archaischer Krieger, schwarz gekleidet von Kopf bis Fuß und mit einer Maske im Gesicht. Einer abscheulichen, schwarzen Maske. Er sah aus wie ein monströser Henkersknecht.

»Wo in drei Teufels Namen warst du?«, brüllte er sie an, und die Stimme hinter der Maske klang, als würde sie direkt aus der Tiefe der Hölle kommen. »Ich habe überall nach dir suchen lassen.«

Sie war schockiert von seinem Gebrüll und seiner bedrohlichen Körperhaltung, aber am ärgsten entsetzte sie die abstoßende Maske, die er trug. Sie konnte nicht antworten. Sie starrte nur mit weit aufgerissenen Augen zu ihm hinauf und japste nach Luft.

»Gottverdammt!«, brüllte er so laut, dass ihre Ohren gellten. »Wo hast du dich herumgetrieben?« Er trat auf sie zu und sie wich mit einem entsetzten Aufschrei vor ihm zurück. Doch da packte er sie an den Schultern und schüttelte sie grob. »Warum ist dein Kleid zerrissen? Mit wem hast du dich im Dreck gewälzt?«

»Lass mich los!«, rief sie mit einem Aufschluchzen und schlug nach ihm, aber er fing ihre Hand ab und knurrte dabei wie ein Höllenhund. Ein Geisteskranker, der einen Tobsuchtsanfall hatte, hätte ihr keine solche Angst einjagen können wie ihr eigener Ehemann in diesem Moment.

»Fass mich nicht an, du ... du Unmensch. Geh weg, ich habe Angst vor dir.« Sie stieß ihn mit all ihrer Kraft von sich und schluchzte noch mehr.

Sei es wegen ihres kräftigen Stoßes oder wegen ihres lauten Geschreis und Weinens, endlich ließ er sie los und wankte wie vor den Kopf gestoßen zurück, bis er gegen die Wand prallte und ein entsetztes Keuchen unter seiner Maske von sich gab.

»Wie kannst du es wagen, mir Untreue vorzuwerfen, wo du selbst eine andere liebst«, schrie sie. Ihre Ohren brausten und ihre Knie schlotterten. »Du ... du hast eine schreckliche Tat begangen. Ich ... ich kann das nicht glauben. Und dann beschuldigst du mich? Ich habe mich mit niemandem herumgewälzt. Ich wurde überfallen!« Ihre eigene Stimme klang auf einmal fern und dumpf in ihren Ohren und die Knie gaben unter ihr nach.

Madeleines Anblick, als sie aus der Tapetentür heraustrat, wirkte auf John, als würde jemand einen Strick um seinen Hals legen und langsam, aber unaufhaltsam zuziehen. Ihr Kleid war zerfetzt, ihre Beine bis zu den Knien bloßgelegt, das Oberteil war entzweigerissen. Ihre Frisur war aufgelöst und die Wangen bleich. Verzweiflung und Dunkelheit griffen mit eisigen Krallen nach seinem Verstand und er verlor die Kontrolle über sich.

Er wollte nicht schreien. Er hatte ihr versprochen, es nicht mehr zu tun, und er hatte ihr niemals, unter keinen Umständen, mit dieser grauenhaften Maske gegenübertreten wollen. Vor allem aber wollte er um nichts in der Welt wie ein bemitleidenswerter, eifersüchtiger Gatte vor ihr dastehen. Trotz allem hatte ein Blick auf sie ausgereicht, um ihn in ein irrwitziges Monstrum zu verwandeln, das vor Eifersucht geiferte.

Seit Stunden war sie verschwunden gewesen. Zigmal hatte er durch die versteckten Gucklöcher in ihr Zimmer hineingeschaut, aber sie war nicht aufgetaucht. Dann hatte er Franklin losgeschickt, damit der in den Ställen nach ihr fragte. Vielleicht war sie ja ausgeritten. Aber dort war sie nicht gewesen. Dann hatte er jemanden zu ihren beiden Dienstboten gesandt, Anne und Caleb, aber die hatten Madeleine seit gestern nicht gesehen. Die Haushälterin wusste ebenso wenig. Schließlich hatte er sogar Headly und Larissa herbestellt, aber auch die beiden wussten nicht, wo sich seine Frau befand. Seine Kusine erzählte, sie habe Madeleine nach dem Gottesdienst gesehen, wie sie Almosen verteilt und sich dann eingehend mit Ian unterhalten habe. Danach war sie wie vom Erdboden verschluckt. Getrieben von brennender Eifersucht war John durch den Park marschiert und zu Ians Hütte gelaufen. Dort hatte er fast die Tür eingetreten, aber das Cottage war leer und Ian war nicht da gewesen. Anstatt sich zu beruhigen, hatte John sich nur noch mehr in eine irrationale Eifersucht hineingesteigert.

John war vor ihren Räumen auf und ab gegangen wie ein eingesperrtes Tier und hatte sich alle nur denkbaren Szenarien ausgemalt. Sie könnte ihn verlassen haben. Nachdem er ihr vergangene Nacht die Wahrheit über das Feuer gesagt hatte, hatte sie vielleicht nicht länger bei ihm bleiben und das Bett mit ihm teilen wollen. Oder sie traf sich mit Ian im Park und weinte sich an dessen Brust über ihren hassenswerten und perversen Ehemann aus. All diese Gedanken hatten Johns Gehirn in einen brodelnden Sud aus Hass, Wut und Aggression verwandelt.

Erst als sie in Ohnmacht sank, kam er zur Besinnung.

Er fing ihren Körper auf, bevor sie zu Boden fiel, und sah die Schürfwunden an ihren Unterarmen und Knien, den Bluterguss an ihrer Stirn und den Kratzer an ihrem Kinn. Ihr Körper war ganz kalt und klamm, ihre Lippen blutleer und die Schatten unter ihren Augen dunkler als ihre Wimpern.

Was für ein dummer, unsicherer und verblendeter Idiot musste ein Mann sein, wenn er sich nicht eine Sekunde fragte, ob seiner Frau vielleicht ein Unheil zugestoßen war? Anstatt ihr vor ihrer Tür aufzulauern wie ein rachsüchtiger Dämon, statt sie anzuschreien und ihr Untreue vorzuwerfen, hätte er sie in seine Arme nehmen und sie trösten sollen ... jemanden zu Hilfe holen ... einen Arzt rufen müssen.

»Franklin!«, schrie er, während er mit dem Fuß die Tür zu Madeleines Zimmer aufstieß und sie zu ihrem Bett trug. Franklin hatte seinem idiotischen Gebrüll zweifellos schon seit Längerem zugehört und sich gefragt, ob sein Herr noch ganz bei Trost war. Vorsichtig legte John sie aufs Bett und eiskalte Panik fasste bei ihrem Anblick nach seinem Herzen.

»Franklin!«, schrie er erneut. »Hol Hilfe. Schnell. Schick nach Madeleines Zofe, der Haushälterin, ihrer alten Dienerin, nach Larissa, jemand soll nach Barnstake reiten und den Arzt holen!«

Er bekam kaum noch Luft. Schmerzhafte Stiche fuhren in sein Herz und strahlten in den Brustkorb und den linken Arm aus. Mit fahrigen Händen strich er Maddy das nasse Haar aus dem Gesicht und zerrte an ihren Schuhen, die so schmutzig und nass waren, dass sie sich kaum von ihren Füßen lösten. Ihre Knie waren blutig und ein paar hässliche Kratzer verunzierten die weiße Haut ihrer Schenkel.

Warum war er nur so blind vor Eifersucht gewesen? Jeder normale Mann hätte auf den ersten Blick gesehen, in welch schrecklichem Zustand seine Frau sich befand.

»Franklin!«, brüllte er ein drittes Mal, oder vielmehr heulte er wie ein wahnsinniger Wolf. Endlich erschien Franklin, gefolgt von Larissa und einer Dienerin. Als sie ihn mit der Maske auf Madeleines Bett sitzen sahen, schrie die Dienerin vor Schreck und lief davon, während Larissa erstarrte wie ein hypnotisiertes Kaninchen.

»Sie wurde überfallen!«, bellte er Larissa an. »Hilf ihr in Gottes Namen. Irgendjemand soll ihr helfen.«

»Blu-blutet sie? Ist sie verletzt?«, gackerte Larissa, aber anstatt sich um Maddy zu kümmern, stand sie nur da wie festgewachsen.

»Ich weiß es nicht.« Er nahm Madeleines eiskalte Hand und presste sie so fest, dass es ihm selbst wehtat.

»Ich ... ich schicke gleich jemanden nach dem Arzt in Barnstake«, sagte Larissa mit bebender Stimme, bewegte sich aber nicht von der Stelle. Ihre Augen wanderten panisch zwischen ihm und dem reglosen Körper von Madeleine hin und her. Natürlich war sie schockiert von der Maske, aber sie wäre noch weitaus entsetzter gewesen, hätte sie sein Gesicht ohne Maske sehen müssen. Was hatte sie wohl gedacht, warum er sich vor der Welt verbarg? Damals, als er mit seinen Verbrennungen und mit Fieber im Bett gelegen hatte, war außer dem Arzt niemand von ihnen gekommen, um nach ihm zu sehen. Nur Franklin hatte ihn Tag und Nacht gepflegt, bis er wieder auf eigenen Beinen stehen konnte.

»Mach schon!«, knurrte er.

»Soll ich nicht lieber den Obergärtner holen?«, schlug Franklin vor, der als Einziger besonnen blieb. »Er ist doch auch Arzt.«

»Nein!« Allein die Vorstellung, dass Ian seine Hände auf Madeleine legte ... Andererseits würde der Arzt aus Barnstake Stunden benötigen, bis er hier war. »Ja, verdammt, holt Ian, aber plötzlich. Und den anderen Quacksalber aus Barnstake ebenfalls.«

Er wandte sich Larissa zu, aber die stand nur da, blass und zitternd.

»Muss ich selbst loslaufen und Hilfe holen?«, bellte er sie an, und endlich löste sie sich aus ihrer Erstarrung, wirbelte auf dem Absatz herum und lief hinaus. Dabei stieß sie beinahe mit Maddys Dienerin Anne zusammen. Die alte Frau war außer Atem, als sie eintrat, aber sie bewahrte einen kühlen Kopf. Sie beachtete John mit keinem Blick, sondern trat an Maddys Bett und nahm deren Gesicht zwischen ihre alten Hände.

»Sie atmet noch. Das ist gut. Man soll heißes Wasser aus der Küche bringen«, befahl sie.

»Sag mir, ob sie schlimm verletzt ist.« Als Offizier hatte er schon viel Blut gesehen, Hunderte verstümmelter und sterbender Menschen, aber Madeleines regloser Körper auf diesem Bett erschütterte seine Welt mehr als ein ganzes Schlachtfeld voll toter Soldaten.

»Euer Lordschaft«, antwortete die Köchin streng, die inzwischen Maddys Strümpfe ausgezogen hatte. »Bitte um Vergebung, aber es ist besser, wenn Ihr jetzt geht.«

»Nein. Ich bleibe bei ihr.« Er hatte sie beleidigt und beschuldigt, sich aufgeführt wie der Leibhaftige. Sie hatte ihn einen Unmenschen genannt, und das mit vollem Recht. Er konnte sie jetzt nicht hier alleinlassen.

»Verzeiht, Mylord, aber Ihr zerquetscht ihr die Hand und Ihr seid, mit Verlaub, im Weg. Ich ziehe Miss Maddy jetzt aus und wasche zunächst den Schmutz ab. Dann kann ich sagen, ob sie schlimme Wunden hat.«

»Ja, das ist ... ist eine gute Idee. Tu das. Beeil dich.«
»Ich warte noch auf das Wasser.«
»Ja. Gut. Wo bleibt das heiße Wasser denn so lange?« Ihm war durchaus bewusst, dass die Magd eben erst losgelaufen war, aber seine Nerven waren dünn wie Papier, und er wollte nichts davon wissen, dass der Weg bis zur Küche weit war.

»Mylord, ich bitte Euch, Ich kann Miss Maddy nicht ausziehen und waschen, wenn Ihr dabei zuseht. Als Gentleman solltet Ihr Eurer Gemahlin Diskretion gewähren.«

»Gottverdammt, sie ist meine Frau. Ich habe schon alles von ihr gesehen.«

Annes altes, faltiges Gesicht wurde über und über rot und sie schnappte empört nach Luft.

»Mylord, kommt.« Franklin trat zu ihm und verneigte sich knapp. »Es ist besser, wenn Ihr Platz für die helfenden Hände macht und der Dienerin Raum gebt. Ich empfehle, dass Ihr Euch nach nebenan in Eure Räume begebt und dort abwartet.«

Als John sich nicht bewegte, streckte Franklin die Hand aus und berührte ihn vorsichtig am Ärmel seines Hemdes. »Man sucht gerade nach dem Obergärtner, er scheint nicht zu Hause zu sein, und niemand weiß, wo er ist. Wir müssen also auf den Arzt aus Barnstake warten und die Köchin so lange gewähren lassen. Zwei weitere Mägde aus der Küche sind unterwegs und Longfields, die Haushälterin. Sie sagt, dass sie sich mit Wunden auskennt. Ihr Schwager ist Metzger. Eure Anwesenheit macht den Helferinnen womöglich Angst und behindert sie.«

John erhob sich vom Bett, denn mehr als Franklins Worte war es dessen vertrauliche Geste, die ihn ernüchterte. Sein Kammerdiener hatte recht. Die Frauen, die Madeleine zu Hilfe eilten, würden seine Gegenwart kaum ertragen können und es schon aus Gründen der Schicklichkeit nicht wagen, Madeleine vor seinen Augen auszuziehen.

Er folgte Franklin nach nebenan in seine eigenen Räume, wobei er sich kaum noch aus eigener Kraft auf den Beinen halten konnte. Dennoch stellte er sich an die geheimen Gucklöcher und beobachtete das aufgeregte Treiben nebenan mit rasendem Herzen. Erst als Maddy unendlich erscheinende Minuten später wieder zu sich kam und verkündete, dass ihr Kopf wehtue, es ihr aber ansonsten gut gehe, trat er von den Gucklöchern weg, sank auf sein

Bett und trank das Laudanum, das Franklin ihm reichte. Sein ganzer Körper brannte vor Schmerz, und sein Herz schien innerlich zu verbluten.

Mit zitternder Hand schrieb er einen kurzen Brief an sie, den er Franklin überreichte.

»Ich werde Dich heute Nacht selbstverständlich nicht mit meiner abscheulichen Gegenwart behelligen. Erhol Dich gut, und vergib mir, auch wenn mein Benehmen unverzeihlich war.«

Morgen würde er alles mit ihr klären. Er würde sich persönlich bei ihr entschuldigen, auf Knien. Er würde sie genauestens nach dem Überfall befragen, und denjenigen, der ihr das angetan hatte, würde er eigenhändig ausweiden. Vor allem aber musste er ihr erklären, dass er keine andere Frau liebte. Dass es nur eine einzige Frau in seinem Leben und seinen Gedanken gab, nur eine Einzige je gegeben hatte ...

Aber jetzt war er zu nichts mehr in der Lage. Langsam ergriff das Laudanum von ihm Besitz und erlöste ihn von seinen unerträglichen Schmerzen.

12. Einsam

Als der Arzt aus Barnstake endlich eintraf, ging es Maddy längst wieder gut. Sie hatte ein heißes Bad genommen, und Anne hatte ihre Schürfwunden mit einer Ringelblumensalbe eingerieben, die Maddy selbst hergestellt hatte. Bis auf die dicke Beule an ihrem Hinterkopf und einem Bluterguss an der Stirn gab es keine schlimmeren Verletzungen, und der Weidenrindentee, den Anne ihr mit Honig zubereitet hatte, vertrieb die Schmerzen. Vielleicht hatte Anne auch ein paar Tropfen Laudanum dazu gemischt, denn Maddy war ganz träge und fühlte sich überaus entspannt. Das Pulsieren an ihrem Hinterkopf war kaum noch zu spüren. Dennoch bestand Doktor Davidson darauf, sie zur Ader zu lassen.

»Ich behandle Lady Sutton, die Dowager Countess, schon seit dreißig Jahren, und ihre unverwüstliche Konstitution ist nicht zuletzt meinen medizinischen Fähigkeiten zu verdanken«, erklärte der Arzt, und Maddy war viel zu erschöpft, um ihm zu widersprechen oder sich zu wehren.

Nach dem Aderlass verabschiedete sich der Arzt mit vielen Ratschlägen, die von der Dowager Countess persönlich hätten stammen können. Sie solle kein schweres Essen am Abend zu sich nehmen, jede körperliche Betätigung vermeiden, für ausreichend Schlaf sorgen und zur Not mit etwas Laudanum nachhelfen. Der Mohnsaft war neben dem Aderlass das Allheilmittel von Doktor Davidson und allen anderen Ärzten, die Maddy kannte. Was den Schlaf anbelangte, so fiel es ihr nicht schwer, seinen Anweisungen Folge zu leisten. Sie hatte Mühe, die Augen offen zu halten. In ihrer Hand hielt sie die kurze Nachricht von John, von der sie nicht wusste, was sie davon halten sollte. *»Ich werde Dich heute Nacht selbstverständlich nicht mit meiner abscheulichen Gegenwart behelligen. Erhol Dich gut, und vergib mir, auch wenn mein Benehmen unverzeihlich war.«*

Erwartete er etwa Dankbarkeit, weil er ausnahmsweise auf die eheliche Pflichterfüllung verzichtete? Wenn es ihm wirklich leidtat, warum war er dann jetzt nicht bei ihr? Warum hielt er sie nicht in seinen Armen und tröstete sie? Warum fragte er nicht, was ihr zugestoßen war, und erkundigte sich, wie sie sich fühlte? Zum einen wünschte sie sich, dass er bei ihr wäre, zum anderen aber war sie nicht sicher, ob sie es überhaupt ertragen könnte, wenn der Mann, der seinen Bruder und dessen ganze Familie ermordet hatte, sie zärtlich in die Arme nähme.

Schwer vor Müdigkeit und erschöpft von den Aufregungen dieses schrecklichen Tages schlief sie ein. Morgen würde sie mit John über den Vorfall sprechen. Sie würde ihm von dem unterirdischen Gang erzählen und ihm darlegen, was sie daraus schlussfolgerte, nämlich, dass er es getan haben musste. Es würde ein abscheuliches Gespräch werden, und er würde vermutlich wütend reagieren oder in Verzweiflung stürzen, aber wenn er seine schriftliche Entschuldigung ernst gemeint hatte, dann würde er ihr zuhören und sich diesem Gespräch nicht entziehen.

Sie träumte von Larissa und John und sah im Traum, wie die beiden am See im Park entlangschlenderten, miteinander lachten und sich an den Händen hielten. Dann plötzlich tauchte George auf oder ein Mann, den sie im Traum für George hielt, und er schoss auf John, immer wieder, bis der zu Boden fiel und liegen blieb. Im Traum lief Maddy schreiend zu ihm und beugte sich über ihn, aber John hatte keine Schusswunde, sondern sein ganzer Körper war bis zur Unkenntlichkeit verbrannt. Weinend wachte sie auf, nur um wenig später in einen noch schlimmeren Traum zu fallen, in welchem die Geister der Ermordeten sie heimsuchten. Lady Selena und ihre beiden Kinder waberten als durchsichtige Schleier über ihrem Bett. »Du darfst John nicht lieben!«, heulte Selenas Geist. »Er ist ein Mörder. Ein Mörder.«

Am anderen Tag schlief sie bis in den Nachmittag und wurde erst wach, als Jane Tee und Gebäck brachte. Auf dem Tablett lag eine einzelne blutrote Rose, aber kein Brief war dabei, und sie konnte nur mutmaßen, wer ihr die Rose geschickt hatte.

»War mein Gemahl heute hier, während ich geschlafen habe?«, fragte sie und roch an der Rose.

»Nein, Mylady«, sagte Jane und half ihr dabei, das Nachthemd über den Kopf zu ziehen, das ihr irgendjemand gestern angezogen hatte. Sie verdrängte den Gedanken, dass dies die erste Nacht auf Kelston Abbey war, in der sie mit einem Nachthemd bekleidet geschlafen hatte.

»Seine Lordschaft hat seit ... seit dem Vorfall gestern seine Räume nicht mehr verlassen.«

»Hat er sich gar nicht nach mir erkundigt?«

Jane senkte den Blick. »Nicht dass ich wüsste, Mylady.«
Warum tat dieser kleine Satz nur so furchtbar weh? Wann war das überhaupt mit ihr geschehen, dass sie ihr Herz an diesen schrecklichen Mann verloren hatte? Leise und unbemerkt hatte sich der mörderische Dämon, der ihr Gatte war, in ihr Herz geschlichen und es mit Zärtlichkeiten und Aufmerksamkeiten erobert, und jetzt war es zu spät, um das arme Ding in ihrer Brust vor dem Schmerz zu schützen, den diese unmögliche Liebe ihr zufügte.

Verärgert über John und sich selbst zog sie ihr einfaches Arbeitskleid an und setzte den Strohhut mit der breiten Krempe auf, denn draußen regnete es. Dann nahm sie einen dicken Gehstock aus dunklem Wurzelholz. Nicht um sich beim Gehen abzustützen, sondern um sich im Notfall verteidigen zu können. Wer immer ihr in der Orangerie aufgelauert und sie mit einem Schlag auf den Kopf niedergeschlagen hatte, der brauchte nicht zu hoffen, dass sie sich von jetzt an verängstigt in ihrem Zimmer verkriechen würde. Nun wollte sie erst recht wissen, was es mit der Orangerie auf sich hatte und warum jemand zu verhindern versuchte, dass sie sich dort umsah. Die Wucht des Schlages war so brutal gewesen, dass der Hieb nur von einem kräftigen Mann ausgegangen sein konnte, oder er war ihr mit einem schweren Gegenstand zugefügt worden.

»Ich bin in der Orangerie«, sagte sie zu Jane. »Falls ich bis zum Dinner nicht wieder zurück bin, weißt du, wo man mich suchen muss.« Dieses Mal würde sie sich nicht so unbedacht verhalten wie gestern. »Du bleibst hier, und falls mein Herr Gemahl nach mir sucht, sag ihm, dass ich ihn dringend sprechen muss.«

Sie nahm wieder die Dienstbotentreppe wie gestern und sprach sich selbst Mut zu, indem sie an Edmund dachte und daran, was er an ihrer Stelle getan hätte. Er hätte diesen Vorfall nicht einfach auf sich beruhen lassen. Jetzt, mehr denn je, hätte er alles darangesetzt, um das Rätsel aufzuklären.

Es regnete und sie rannte mit eingezogenem Kopf und hochgezogenem Kleidersaum über den Rasen zur Orangerie. Ihr Kopf pochte schmerzhaft und erinnerte sie daran, dass sie tot sein könnte, wenn sie gestern keinen Schutzengel beziehungsweise einen solide genähten Kleidersaum gehabt hätte.

Die Schiebetür stand immer noch offen, und Maddy umfasste den Stock unweigerlich ein wenig fester, während sie vorsichtig eintrat und sich umschaute. Niemand war hier und alles schien genau wie gestern zu sein. Die drei Kübel mit den vertrockneten Orangenbäumen standen wie gehabt am anderen Ende des Gewächshauses. Erst als etwas unter ihren Schuhen knirschte, bemerkte sie die Glasscherben, und dann entdeckte sie die Eisenstangen, die drüben bei den Pflanzkübeln auf dem Boden lagen. Sie schaute nach oben. Ein großes Loch klaffte im Glasdach. Die Eisenkonstruktion, die das Dach und die Glasscheiben gehalten hatte, war heruntergebrochen und hatte bei ihrem Fall das Glas mit sich gerissen. Die Stangen und Splitter lagen verstreut über den Pflanzkübeln und auf den trockenen, eingerollten Blättern der Orangenbäume. Sie bückte sich nach der langen, schweren Eisenstange, die neben einem der Pflanzkübel gelandet war. Hatte sie etwa eine von diesen Verstrebungen auf den Hinterkopf bekommen, als sie sich über den Schacht gebeugt hatte? Dann war das alles nur ein Unfall gewesen?

Vermutlich hatte das gewaltsame Öffnen der Schiebetür etwas an der alten Konstruktion verzogen und da waren die rostigen Verbindungen wohl gerissen. Sie betrachtete die Eisenstange, die tatsächlich angerostet war und altersschwach wirkte. Das Loch im Dach befand sich mindestens sechs Fuß über ihrem Kopf, genau oberhalb der Stelle, an der sie sich gestern über den Schacht gekniet hatte.

Sie stöhnte erleichtert auf und drehte die Augen in stiller Dankbarkeit zum Himmel. So wie es aussah, war sie gar nicht überfallen worden. Sie hatte sich die Attacke nur eingebildet, weil die herabfallenden Eisenstangen sie am Kopf getroffen hatten. Sie musste das Bewusstsein verloren haben und dann in den Schacht gefallen sein.

Ihre Erleichterung währte jedoch nur wenige Augenblicke, denn sie bemerkte noch etwas anderes. Während sie nach oben zu dem Loch im Glasdach hinaufschaute, fiel ihr der strömende Regen direkt ins Gesicht und in die Augen. Es regnete seit gestern ohne Unterlass. Wenn das Dach aber schon gestern Vormittag eingestürzt war, dann müsste der Boden zu ihren Füßen pitschnass sein und das Laub der Orangenbäume dürfte nicht rascheln vor Trockenheit. Sie bückte sich nach den eingerollten Orangenbaumblättern und hob eine Handvoll auf. Die Blätter, die obenauf lagen, waren nass vom Regen, die darunter jedoch trocken.

Das Loch im Dach konnte also unmöglich schon seit über einem Tag existieren. Vermutlich war es noch nicht mal eine Stunde alt.

»Jesus Christus!«, schimpfte Maddy und hob den Stock in ihrer Hand hoch, um sich für einen möglichen Angriff zu wappnen. War es denn die Möglichkeit? Irgendjemand, irgendein verflucht hinterhältiger Mensch war erst vor Kurzem hier gewesen und hatte das Dach zerstört, um seine Spuren zu verwischen und den Überfall wie einen Unfall aussehen zu lassen.

»Hallo, zeig dich, du Feigling!«, rief sie, aber natürlich war der Übeltäter nicht so dumm, auf ihre Rufe zu reagieren. Sie schleuderte das Orangenlaub verärgert zurück auf den Boden und hörte ein leises metallisches Klimpern. Vor ihre Füße rollte ein Knopf, den sie vermutlich mit dem Laub zusammen aufgehoben hatte. Sie bückte sich schnell und pickte das Fundstück aus den Blättern. Es war eindeutig der Knopf einer Livree, silbern glänzend mit einem runden Kopf und drei Rillen als Verzierung. Er war nicht so wertvoll wie die aufwendig verzierten Knöpfe an den Jacken vornehmer Aristokraten, aber er war weitaus edler als die meisten Knöpfe, die Bauern oder Fischer an ihren Kitteln hatten. Sie drehte ihn zwischen ihren zitternden Fingern hin und her. Er glänzte noch wie neu und zeigte keinerlei Anzeichen von Verwitterung.

»Ein Diener hat es auf mein Leben abgesehen«, dachte sie und schüttelte verzweifelt den Kopf. Es musste ein Mann sein, denn die weiblichen Lakaien trugen keine Livree, und es gab nicht einmal zehn Diener in Johns Haushalt, die eine Position innehatten, die das Tragen einer Livree erforderte. Sie kannte sie inzwischen alle namentlich und keinem hatte sie je etwas Böses getan. Warum wollte einer von ihnen ihren Tod?

Als sie an Johns Tür vorbeikam, klopfte sie energisch an. Jetzt war es genug. Er musste unbedingt erfahren, was in seinem Haus und unter seiner Dienerschaft vor sich ging. Franklin aber öffnete die Tür nur einen schmalen Spalt und reckte kaum die Nase heraus, dabei bedachte er sie mit einem so abweisenden Blick, als wäre sie ein lästiges Ungeziefer.

»Seine Lordschaft wünscht, nicht gestört zu werden«, zischte er sie an und schon machte er die Tür wieder vor Maddys Nase zu.

»Darf ich den Grund für diese Zurückweisung erfahren?«, schrie sie die geschlossene Tür an, aber sie bekam keine Antwort. Verärgert und verwirrt begab sie sich in ihre eigenen Räume. Wenn John heute Abend zum Dinner käme, würde er einiges zu erklären und sehr viel zu entschuldigen haben, andernfalls konnte er ihr für immer gestohlen bleiben.

Maddy saß mit verbundenen Augen am gedeckten Tisch und wartete. Sie hatte Anne gebeten, verschiedene Süßigkeiten zum Dessert zuzubereiten, und die hatte sich selbst übertroffen mit einer Pfirsichcreme und einer Heidelbeerpastete, die mit einer Honigglasur überzogen war. John liebte süße Speisen, hatte er gesagt, und sie hoffte, dass er diese Geste als ein Zeichen ihres guten Willens verstand und das Gespräch, das vor ihnen lag, nicht in Zorn und Raserei ausartete. Doch in ihrem Herzen wusste sie längst, dass er nicht zum Dinner kommen würde.

Trotzdem wartete sie geduldig, fragte sich, warum er wohl zu spät kam, was ihn aufgehalten haben könnte, und legte sich gleichzeitig die Worte zurecht, die sie zu ihm sagen wollte ... sagen musste. Es stand mittlerweile so viel zwischen ihnen, sie wusste nicht einmal mehr, wo sie anfangen sollte und was gerade ihr größtes Problem war. Sie nahm ein paar Schlucke von dem schweren Portwein, um sich ein wenig Mut anzutrinken, aber John erschien nicht. Statt seiner klopfte Franklin irgendwann.

»Seine Lordschaft lässt sich für heute Abend entschuldigen«, sagte er.

Maddy zerrte sich schnell die Augenbinde vom Kopf und kam sich plötzlich so lächerlich vor in dieser Pose.

»Warum?«, rief sie Franklin zu, der nur den Kopf zur Tür hereinstreckte, ohne einzutreten.

Franklin beehrte sie nicht mit einer Antwort, sondern schloss die Tür eilig wieder, bevor Maddy auch nur aufgestanden war. Wütend schleuderte sie die Augenbinde auf den Boden und warf sich schluchzend aufs Bett. Sie war nicht hysterisch. Wenn es ein Problem in ihrem Leben gab, dann packte sie die Angelegenheit an und suchte nach Lösungen. Aber das war einfach zu viel. Sie weinte sich in den Schlaf, ohne die Leckereien auf dem Tisch auch nur anzurühren.

Am anderen Morgen regnete es noch stärker, sodass sie durch die dicken Regenfäden nicht einmal die Bäume im Park erkannte. Es blieb ihr nichts anderes übrig, als in ihren Räumen zu hocken und Trübsal zu blasen.

Erst nach dem Lunch ließ der Regen nach und Maddy zog eilends ihr altes Kleid an und lief zur Küche. Sie hatte ihre Umhängetasche mit Salben, Tinkturen und Kräutern gefüllt und wollte sich bei Anne noch einen Rucksack mit Orangen und Scones holen. Auf der Treppe nach unten kamen ihr der Advokat, Mr Gibson, und ein älterer Mann mit schneeweißem Haar entgegen, den sie nur einmal flüchtig gesehen hatte. Es war Jeremias Brown, der Privatsekretär von John. Er wohnte in einem zweistöckigen Haus direkt an der Earls Road, wo auch das neue Haus des Verwalters erbaut worden war. Unter den Dienstboten wurde getratscht, dass Mister Brown zwar fünf Kinder habe, aber tatsächlich Jünglinge viel lieber möge als Frauen. Maddy verzichtete dankend auf die Gerüchte und das Geschwätz aus der Gesindeküche, denn sie fand den Sekretär sympathisch und begrüßte ihn schon von Weitem.

»Mister Brown, wie geht es Ihnen?« Dann winkte sie dem Advokaten zu, der aus Barnstake angereist sein musste. »Mister Gibson, was machen Sie denn hier?«

»Mylady«, sagte Gibson frostig und verbeugte sich, ohne auf der Treppe stehen zu bleiben. »Ich bin in Eile, verzeiht«, murmelte er und rannte weiter.

Johns Sekretär blieb für ein paar Sekunden stehen. »Mylady, Seine Lordschaft hat uns zu sich gerufen. Es ist dringend.« Er verbeugte sich knapp, dann lief er, zwei Stufen auf einmal nehmend und mit flatternden Rockschößen, hinter dem Advokaten her.

Ein Stich der Eifersucht jagte durch ihren Bauch. Für seinen Advokaten und seinen Sekretär hatte John also Zeit, aber für ein Dinner mit seiner Gemahlin ließ er sich entschuldigen. Das tat weh!

Verärgert und traurig zugleich ritt sie mit Plummer und ihren Gaben nach Kelston. Einer der Stallburschen begleitete sie. Er hieß Jack mit Vornamen und war ein ellenlanger, dürrer Kerl, der noch nicht einmal Bartwuchs, aber bereits zwei faulige Schneidezähne hatte. Man nannte ihn den langen Jack, um ihn von dem Lakaien Jack Sharp aus Kelston unterscheiden zu können. Letzterer war klein und stämmig und, nebenbei erwähnt, einer der männlichen Diener, die eine Livree trugen. Es gab auch noch einen jungen Laufburschen mit dem Namen Jack, der trug keine Livree und wurde wegen seiner Redefaulheit der stumme Jack genannt.

Der lange Jack zeichnete sich auf jeden Fall durch große Schüchternheit und geringe Körperkraft aus. Sollten sie wirklich in Gefahr geraten oder gar von Straßenräubern überfallen werden, die es auf Annes Scones abgesehen hatten, dann würde wohl eher sie den Jungen beschützen müssen als umgekehrt. Apropos, sie hatte in ihrer Umhängetasche auch eine geladene Pistole verstaut, und das nicht etwa, weil sie sich vor Straßenräubern fürchtete.

Als sie Kelston erreichten, kam die Sonne hinter den Wolken hervor und das Wasser in der Kelston Bay glitzerte wie ein grüner Edelstein. Nur ein einzelnes seeuntüchtiges Fischerboot dümpelte schaukelnd vor sich hin. Die übrigen Boote waren draußen auf dem Meer. Die Kinder hatten dieses Mal keine Scheu, sondern rannten ihr jubelnd und schreiend entgegen und bestürmten sie mit Fragen, was sie wohl in den Körben und in ihrer Tasche versteckt habe.

Sie blieb bis zum späten Nachmittag in Kelston und versorgte ein paar harmlose Wunden wie Schnitte, Abschürfungen und Eitergeschwüre. Bei Patty Blackstone setzte sie sich auf die Bank, die vor dem niedrigen Haus stand – halb schräg, weil der Weg zum Meer hin abfiel –, und hörte ihrem unbeschwerten Tratsch zu. Die anderen Frauen, die zu Anfang Abstand gehalten hatten, kamen langsam näher, und hin und wieder trauten sie sich sogar ein paar Sätze in die Unterhaltung einzuflechten. Maddy erklärte ihnen, wie man Weidenrindentee gegen Fieber kochte und was man gegen Krämpfe tun konnte, wenn man Monatsschmerzen hatte. Die Frauen steuerten ihre eigenen Erfahrungen in Sachen Frauenheilkunde bei: Manche waren nichts als Hokuspokus, andere stammten von ihren Urgroßmüttern und klangen überaus weise.

»Wenn ich nicht schon wieder einen Braten in der Röhre haben möchte, dann lege ich mir eine getrocknete Hasenpfote unter das Kopfkissen«, sagte eine, die noch vor einer Weile erzählt hatte, dass sie mit dem fünften Kind schwanger sei.

»Essig hilft gegen den dicken Bauch! Ich tränke einen Lappen oder einen Schwamm mit Essig und steck ihn unten rein«, warf eine andere Frau ganz ungeniert ein.

»Rausziehen! Er muss ihn rechtzeitig rausziehen!«, erklärte Patty und die Logik dieses Verhütungsverfahrens leuchtete Maddy ein, deshalb nickte sie zustimmend.

»Ich habe Katzenleber vom buckligen Abe bekommen«, flüsterte eine Vierte hinter vorgehaltener Hand. »Die steckt in einem Beutel, den man um den linken Fuß wickelt, dann hält man die Luft an in dem Moment, wo er spritzt.«

»Der Beutel mit der Katzenleber spritzt?«, fragte Maddy verdutzt und alle Frauen brachen gleichzeitig in schrilles Gelächter aus.

»Nicht der Beutel, dein Alter spritzt und macht dir nen dicken Bauch«, rief die Frau mit der Katzenleber-Verhütung und prustete vor Lachen, dann schien sie sich plötzlich zu erinnern, dass Maddy ja eigentlich eine Countess und ihre Herrin war, und sie wurde kreidebleich. »Ich wollte sagen, er macht Euch einen dicken Bauch, nicht Dir, Euer durchlauchtigste Gnaden.«

Patty stieß der Frau den Ellbogen in die Seite.

»Also nein, das meine ich natürlich auch nicht. Ich will damit auch nicht sagen, dass Seine Lordschaft ein Alter wäre. Was ich sagen wollte … Jesus.« Sie biss sich in ihre geballte Faust und alle anderen Frauen wieherten vor Lachen, Maddy eingeschlossen.

Sie war sich dessen bewusst, dass sich eine Countess nicht mit dem einfachen Volk unterhielt, erst recht wieherte sie nicht wie eine Fischersfrau vor Lachen. Der Stallbursche starrte sie an, als würden ihr Hörner aus der Stirn wachsen. Zum Glück stand er weit genug entfernt und hörte nichts von der anrüchigen Unterhaltung.

»Ich bin die ganze Zeit schwanger«, rief eine andere dazwischen. »Mein Alter muss nur seine Hose an den Bettpfosten hängen, und schon hab ich wieder nen dicken Bauch, aber es hat auch sein Gutes, denn ich brauch keine Hasenpfoten und Katzenleber mehr, wenn er auf mich drauf will.«

»Heißt das, dass dein Mann dich trotzdem besucht, auch wenn du schwanger bist?«, rief Maddy überrascht und erntete von allen umstehenden Frauen schiefe Blicke.

»Von Besuch kann nicht die Rede sein, Euer Hoheit. Er steckt ihn rein, raus, fertig.«

Die anderen Fischersfrauen grölten vor Vergnügen, und auch Maddy musste lachen. »Was ich meinte, ist, ob dein Mann nicht Rücksicht auf die Schwangerschaft nimmt?«

Wieder gackerten alle Frauen wie Hühner.

»Glaubt Ihr, unsere Männer würden sich von einem dicken Bauch abhalten lassen?«, sagte Patty. »Ein Mann will auf seine Kosten kommen, wenn er von draußen vom Meer zurückkommt. Dann will er was Warmes essen und zwischen deine Beine. Was stört ihn da schon ein dicker Bauch?«

»Aber ist das nicht gefährlich für das ungeborene Kind?« Maddy kannte die Antwort längst, noch bevor sie die verwunderten Blicke und das Schulterzucken der Frauen sah. Selbstverständlich schadete es dem ungeborenen Kind nicht. Die meisten der Fischersfrauen hatten mehr Kinder, als sie zählen konnten, und weder die schwere körperliche Arbeit noch die Armut oder der Verkehr in der Schwangerschaft verhinderte, dass sie alle zur Welt kamen, die meisten von ihnen gesund.

Sie kehrte erst kurz vor dem Dinner nach Kelston Abbey zurück und hatte gerade noch Zeit, sich zu waschen und umzuziehen. Beinahe hatte sie erwartet, nein, gehofft, dass John vor ihrer Zimmertür auf und ab defilieren und ihr Vorhaltungen machen würde. Dann hätte sie wenigstens mit ihm reden können. Sie hätte ihm ihre Meinung gesagt, und das nicht gerade zurückhaltend, denn inzwischen war sie wütend auf ihn.

Das Dinner wurde serviert, sie saß mit verbundenen Augen auf ihrem Stuhl und wartete. Doch sie wusste es längst, er würde auch heute Abend nicht kommen. Der Duft des Roastbeefs und der Rotweinsoße stieg ihr in die Nase, aber der Appetit war ihr vergangen. Mit einem zünftigen Schimpfwort, das sie heute erst in Kelston gelernt hatte, sprang sie vom Tisch auf und marschierte vor Johns Zimmertür. Sie musste eine ganze Weile kräftig klopfen und rufen, bis Franklin endlich öffnete. Obwohl sie ihren Fuß sofort in den schmalen Türspalt schob, wich der Kammerdiener keinen Inch zurück.

»Ich möchte mit John reden«, verlangte sie und stemmte ihre Fäuste in die Hüften, aber Franklin schaute sie traurig an und schüttelte nur den Kopf.

»Wer ist da?«, kam es dumpf von drinnen.

»Eure Gemahlin, Mylord«, antwortete Franklin, ohne seinen traurigen Blick von Maddy abzuwehren.

»Ich will sie nicht sehen. Sie soll weggehen«, rief John.

Die Worte trafen Maddy wie Giftpfeile. Seine Stimme war schwach, und seine Aussprache undeutlich, so als wäre er betrunken, und gleichzeitig hörte er sich erbittert an, als würde er lieber sterben, als sie zu sehen. Sie prallte mit einem Keuchen zurück, zog ihren Fuß eilig aus der Tür und wankte mit weichen Knien in ihr Zimmer, wo sie das Dinner abermals stehen ließ und sich weinend auf das Bett warf.

Normalerweise liebte Maddy den Regen. Er war wichtig für die Tiere und das Land. Er erfrischte stickige Sommertage und brachte reiche Ernten. Aber an diesem Mittwochmorgen trieb der unablässige Niederschlag sie zur Verzweiflung. Sie konnte nicht zu Plummer oder zu Caleb, nicht in den Park zu den Rosen, nicht zum Pavillon, um Heilpflanzen zu sammeln, oder nach Kelston. Stattdessen hockte sie wieder einmal eingesperrt in ihren vier Wänden und starrte mit leerem Blick auf die graue Suppe aus Niesel, Dunst und noch mehr Regen.

Das Rosenzimmer wurde für sie langsam zu einer Art Folterkammer der Einsamkeit und Ablehnung und das verflixte Bild von der nackten Aphrodite und den Satyrn mit ihren übergroßen Geschlechtsorganen empfand sie mittlerweile als widerwärtig und beleidigend.

Was war nur mit dem Menschen geschehen, der letzte Woche so zärtlich und gut zu ihr gewesen war? War das nun sein wahres Ich, vor dem Larissa sie gewarnt hatte: ein wütender, ungerechter Mann, der sich in seinen Räumen verbarrikadierte und sie wie einen Feind behandelte? Leider passte dieses neue Bild, das er von sich zeigte, allzu gut zu dem des kaltblütigen Mörders, der er vermutlich war.

Um auf andere Gedanken zu kommen, bestellte sie ihren neuen Pagen, den kleinen Will Blackstone, in die Bibliothek. Sie wollte den Jungen nicht in ihrem Gemach empfangen, weil er das obszöne Gemälde an der Wand nicht sehen sollte, und die Bibliothek erschien ihr als passender Ort für eine Unterhaltung. Sollte John sich ruhig ärgern, dass sie sich dort einnistete.

Will hatte seinen Dienst schon gestern angetreten, und Mrs Longfields hatte ihn wie von Maddy befohlen gebadet, ihm die verlausten Haare vom Kopf rasiert und ihn neu eingekleidet. Dabei hatte die Haushälterin ein Trara veranstaltet, als würde sie sich lieber deportieren lassen, anstatt sich um den Jungen zu kümmern.

»Ich frage mich, was die Countess mit einem Krüppel anfangen will«, hatte sie vor den Ohren der anderen Dienstboten geschimpft. »Einen Pagen will sie haben? Pah! Sie denkt wohl, sie ist eine Herzogin, dabei weiß doch jeder, woher sie selbst kommt. Vom Spieltisch nämlich. Und ich muss mich jetzt mit dem ganzen Gesindel herumärgern, das sie mir in meinen Haushalt schleppt.«

Jane hatte ihrer Herrin ausführlich von Longfields' Tiraden berichtet, aber Maddy war so deprimiert über Johns Verhalten, dass ihr das Gezeter der Haushälterin dagegen lächerlich erschienen war.

Als Maddy die Bibliothek betrat, wartete der kleine Will bereits auf sie. Ohne Schmutz im Gesicht und angetan mit einem sauberen Hemd und einer langen Hose sah er richtig hübsch aus. Seine geplatzte Lippe war fast verheilt und seine Blutergüsse waren verblasst. Der missgebildete Fuß war mit sauberen Fußlappen umwickelt. Durch sein stachelig kurz geschorenes Haar kamen seine freche Stupsnase und seine großen, aufmerksamen Augen noch stärker zur Geltung, und Maddy erkannte auf den ersten Blick, dass ein wacher Verstand hinter seiner Stirn wohnte.

»Eure Myladyschaft. Ich soll Euch sagen, wie dankbar ich Euch bin, hat meine Mutter gesagt!«, rief er überschwänglich und hüpfte aufgeregt herum. Seine unverstellte Freude und sein Gezappel entlockten ihr das erste Lächeln des Tages.

»Wie geht es dir, Will?«, fragte sie, nachdem der Junge sich mit einer tiefen Verbeugung abgemüht hatte.

Hoppel-Will Blackstone war eindeutig das Kind seiner Mutter, denn er plapperte sofort drauflos und erzählte ohne Luft zu holen von seinen aufregenden Abenteuern, seit er Kelston zu Fuß verlassen hatte und ganz allein bis hierher zum Schloss gewandert war. Ein selbst geschnitzter Wanderstock war sein einziges Hab und Gut. Die fette Kinderhasserin – er meinte Mrs Longfields – und die widerlich stinkende Badewanne, in die sie ihn eingetunkt hatte wie ein Stück Siedefleisch, erhielt in seiner Geschichte ein besonders ausführliches und lustiges Kapitel, und Maddy brach immer wieder in Lachen aus über den köstlichen Humor des Jungen. Der kleine Kerl erzählte einfallsreich und heiter, und wenn er ein paar andere Wörter lernen und sich eine etwas vornehmere Ausdrucksweise zulegen würde, dann wäre er ein erstklassiger Unterhalter auch für die anspruchsvollsten Gemüter. Sie vergaß beim Lauschen seiner Geschichte sogar ihren Kummer wegen John.

»Kannst du lesen und schreiben?«, unterbrach sie ihn, als er gerade davon erzählte, wie er die fette Kinderhasserin ganz aus Versehen von oben bis unten nass gemacht hatte, als sie ihn gewaltsam mit der Bürste hatte abschrubben wollen.

»Ne, Eure Myladyschaft«, antwortete Will und verbeugte sich wieder. »Ein Fischer braucht das nicht, und der Pfarrer sagt außerdem, das ist gegen Gottes Wille.«

Im Grunde hatte Maddy keine andere Antwort erwartet. Wer

nicht lesen konnte, kam nicht in die Versuchung, sich aufrührerische Gedanken anzueignen oder gar seinen eigenen Kopf zum Denken zu benutzen.

»Es ist nicht gegen Gottes Wille. Er hat uns alle gleich ausgestattet und uns einen Verstand gegeben, damit wir denken können. Ich werde dir daher Lesen und Schreiben beibringen«, verkündete sie. Wenn Will wirklich so schlau war, wie seine Mutter behauptete und wie seine launigen Erzählungen es vermuten ließen, dann würde ihm das Lernen nicht schwerfallen. Vielleicht konnte er später irgendwo als Sekretär oder Gehilfe eines Advokaten eine Anstellung finden. Sein Klumpfuß wäre ihm dabei jedenfalls kein Hindernis. Sie schaute sich in der Bibliothek um in der Hoffnung, Tinte, Feder und Papier zu finden und den Unterricht gleich beginnen zu können. Aber da fiel ihr Blick auf den Tisch mit der Whiskykaraffe. Dort saß John sonst jeden Abend und rauchte eine Zigarre, während er las.

Jetzt erst fiel ihr das aufgeschlagene Buch und die halb leere Karaffe auf. Es hatte sich absolut nichts verändert, seit sie am Montag auf ihrem Weg zur Orangerie durch die Bibliothek geschlichen war. Selbst das gebrauchte Glas und der Zigarrenstummel im kupfernen Aschenbecher befanden sich noch an Ort und Stelle. Das konnte nur bedeuten, dass John seither nicht mehr hier gewesen war und kein Dienstbote es für nötig erachtet hatte, den Aschenbecher oder das Glas abzuräumen. Hatte John seine Räume überhaupt verlassen seit jenem unsäglichen Sonntagnachmittag? Oder hatte er sich dort verbarrikadiert, besessen von seiner Wut auf sie? Sie wagte nicht einmal, Vermutungen darüber anzustellen, was dieser schreckliche Mann tat oder dachte.

»Ich würde sehr gern lesen lernen, Eure Myladyschaft. Geschichten über Piraten und Ritter und von Hans dem Riesentöter«, plapperte Will aufgeregt, während Maddy näher an den Tisch trat, um zu sehen, was John zuletzt gelesen hatte. Plötzlich stockte ihr der Atem. In dem aufgeschlagenen Buch steckte ein Stück Papier, auf dem ihr Name stand. Genau genommen stand da: *»Miss Madeleine Evangeline Stewart, Colebrigde Hall in Devonshire, an der Straße nach Stockford gelegen.«*

Das Sonderbarste war aber nicht, dass John das Papier als Lesezeichen verwendete, sondern dass ihr Name in *Edmunds* Handschrift geschrieben war. Edmund! Sie würde seine Handschrift unter Tausenden herauskennen.

Edmund hatte John gekannt! Er hatte ihre Adresse für ihn aufgeschrieben. Himmel noch mal! Und sie hatten über sie gesprochen. Maddy ließ sich auf den Sessel fallen, denn ihre Knie wurden weich. Im Hintergrund hörte sie die kindliche Stimme von Will, wie er voller Eifer sämtliche Abenteuergeschichten aufzählte, die er gerne lesen würde, aber sie verstand seine Worte nicht mehr. In ihren Ohren brauste das Blut.

»Warum?«, murmelte sie vor sich hin. Warum hatte John ihr nichts davon gesagt? Als sie ihn danach gefragt hatte, hatte er die Frage einfach ignoriert und sich den ehelichen Pflichten zugewandt. Hier war eine weitere Lüge, die sich auf alle anderen Lügen und Geheimnisse von John Sutton türmte. Wer war dieser Mann? Was hatte das nur alles zu bedeuten?

»Myladyschaft, geht es Euch schlecht? Ihr seht aus wie eine weiße Seerobbe«, rief Will und humpelte zu ihr herüber, aber sie winkte ab.

»Wir beginnen den Unterricht ein anderes Mal, Will«, sagte sie mit zittriger Stimme und steckte das Stück Papier vorn in ihr Dekolleté. »Geh zu Anne in die Küche, sie soll dir Pasteten und Pudding geben.« Ohne Wills Antwort abzuwarten, stürmte sie zur Tapetentür und stampfte ohne Kerze, aber dennoch ungebremst die dunkle Dienstbotentreppe hinauf. Dieses Mal klopfte sie nicht einfach nur an Johns Tür, sie donnerte mit der geballten Faust dagegen, so kräftig, dass diese in ihren Angeln wackelte. Als sich Franklin auch nach dem zweiten und dritten Getrommel nicht zeigte, drückte sie die Türklinke hinunter, fest entschlossen, sich nicht mehr länger zurückweisen zu lassen. Es war jetzt genug. Aber die Tür war verschlossen.

»John!«, rief sie. »Mach auf. Ich muss mit dir reden.« Sie hämmerte noch ein paarmal gegen die Tür, rief seinen Namen immer wieder, aber niemand öffnete. Irgendwann gab sie auf. Tränen der Wut liefen über ihre Wangen.

»Der Teufel soll dich holen!«, schrie sie und trat so fest gegen die Tür, dass ihr der Zeh in dem seidenen Schuh wehtat. Schnaubend stürmte sie zurück in ihr verfluchtes Rosenzimmer. Wieder verbrachte sie den Abend allein, aber dieses Mal weinte sie sich wenigstens nicht in den Schlaf – sie schlief erst gar nicht.

Kaum war die Sonne am anderen Morgen aufgegangen, zog Maddy ihr Reitkleid an und frisierte ihre Locken ohne Janes Hilfe zu einem strengen Haarknoten. Sie wollte nicht warten, bis Jane auftauchte oder eines von den anderen Mädchen, die das Frühstück und das Wasser zum Waschen brachten. Es hatte endlich aufgehört zur regnen und die Abermillionen Regentropfen draußen funkelten im ersten Sonnenlicht wie winzige Sterne. Sie musste raus.

Sie machte nur einen kurzen Abstecher in die Küche, um sich einen Korb mit Proviant füllen zu lassen. Dort herrschte schon Trubel. Anne stand am Herd und bereitete das Frühstück vor. Mrs Longfields kommandierte zwei Mägde herum, die etwas nicht zu ihrer Zufriedenheit erledigt hatten, und Headly saß am Tisch mit einem Krug in der Hand. Als sie eintrat, knicksten die Frauen nur hastig und die Burschen neigten kaum den Kopf zum Gruß. Headly stand nicht einmal auf, als er ein brummiges »Guten Morgen, Mylady« in den Krug nuschelte. Nur der kleine Hoppel-Will Blackstone, der mit einer Schüssel zwischen den Knien in einer Ecke kauerte und Erbsen pulte, strahlte von einem Ohr zum anderen, als er sie sah. Maddy machte sich nichts aus dem unhöflichen Verhalten der anderen Dienstboten. Je weniger Beachtung man ihr schenkte, desto besser.

»Ich brauche eine Flasche Gin, Kartoffeln, Speck, Eier, Käse und ein bisschen Obst«, sagte sie zu Anne.

»Wollt Ihr ein Picknick machen, Miss Maddy? Es hat doch die ganze Nacht geregnet. Das Gras ist nass und die Wege sind matschig«, flüsterte Anne ihr zu und warf dabei vorsichtige Blicke über die Schulter zu den anderen, dann winkte sie Maddy, sie solle ihr in die Speisekammer folgen.

»Ich möchte jemanden besuchen«, erklärte Maddy, als sie im Vorratsraum außerhalb der Hörweite der anderen waren. Anne riss entsetzt die Augen auf.

»Guter Gott, Ihr geht doch nicht etwa zu diesem Obergärtner, Miss Maddy? Ich will nicht glauben, dass es wahr ist.«

»Dass was wahr ist?« Maddy schüttelte den Kopf.

»Dass Ihr und dieser Gärtner eine Liaison habt.« Anne war kaum zu hören, so leise sprach sie, und Maddy lachte nur. Aber es war ein unbehagliches Lachen, denn sie fragte sich, wer dieses neue Gerücht in die Welt gesetzt hatte. Franklin vielleicht? Oder John höchstpersönlich? Oder vielleicht die liebe Larissa?

»Ich habe sie Lügenmäuler gescholten«, fuhr Anne fort, während sie einen Beutel mit Kartoffeln füllte und dann eine dicke Scheibe Speck von einem großen Schinken abschnitt, der über ihren Köpfen hing. »Aber mein Wort gilt hier nicht viel, und sobald ich ihnen den Rücken kehre, tuscheln sie sofort weiter über Euch.«

Maddy schüttelte ärgerlich den Kopf. »Anne, du kennst mich seit meiner Geburt, denkst du wirklich so schlecht von mir? Denkst du, ich würde meinen Ehemann betrügen?«

»Ich weiß nicht«, murmelte Anne und senkte den Blick. »Euer Gemahl ist ein furchtbares Ungeheuer. Der liebe Gott selbst würde es verstehen, wenn Ihr Euer Herz an einen freundlichen jungen Mann verlöret. Der Obergärtner ist zudem ein hübscher Anblick für die Augen.« Sie legte zehn Eier in ein Tuch und bettete es zwischen eine Flasche Gin, einen goldgelben Laib Brot und ein Stück Cheddar. Zum Schluss packte sie noch ein paar Äpfel obendrauf und deckte ein Tuch über den Korb, den sie Maddy überreichte.

»Ich betrüge meinen Gemahl nicht«, sagte Maddy. »Aber er behandelt mich wie eine Aussätzige, und ich weiß nicht, wie ich mein Herz vor dem Schmerz schützen soll, den er mir zufügt.« Sie wartete Annes Antwort nicht ab, sondern wandte sich um und marschierte mit dem Picknickkorb und dem kleinen Sack Kartoffeln davon.

Die windschiefe Kate sah aus der Ferne aus wie ein übereinander geworfener Haufen schwarzer Steine. Nur der dünne Rauchfaden, der aus dem Kamin zum Himmel hinaufstieg, deutete darauf hin, dass dort unter dem Steinhaufen ein Feuer brannte und ein Mensch lebte. Der Bach war über die Ufer getreten und sie setzte mit Plummer in einem hohen Sprung darüber weg. In der Senke, in der das Haus stand, hatte sich das Wasser in riesigen Pfützen gesammelt, und ein paar Krähen saßen herum, um ihren Durst zu stillen. Als Maddy näher ritt, flatterten sie krächzend davon. Das Wasser spritzte unter Plummers Hufen, denn es machte ihm sichtlich Spaß, in jede Pfütze hineinzutraben.

Abe kam vor die Tür und machte einen unbeholfenen Kratzfuß. »Mylady, wenn ich gewusst hätte, dass Ihr kommt, dann hätte ich meine goldenen Tassen und Teller herausgeholt und Honigpasteten für Euch gebacken.«

Sie lachte, zum ersten Mal an diesem Tag. »Ich dachte, du bist ein Hellseher, dann hättest du doch wissen müssen, dass ich komme und ein Picknick mitbringe.« Sie schwang sich vom Sattel, nur um direkt mit den Schuhen in einer tiefen Pfütze zu landen.

Abe machte ein ernstes Gesicht und winkte ihr, ihm ins Haus zu folgen. »Hellsehen und Wahrsagen ist nicht dasselbe, aber beides ist ein Geschenk Gottes. Es kommt nicht auf Befehl, sondern dann, wenn der Herr es für notwendig erachtet.«

Maddy nahm den Korb und die Kartoffeln, die sie an den Sattel gebunden hatte, mit ins Haus. Abe hatte die kleine Bank, die bei ihrem letzten Besuch noch draußen neben der Tür gestanden hatte, hereingeholt und nahe an die Feuerstelle gerückt. Er zeigte auf die beiden Keramikbecher, die dort bereitstanden.

»Ich habe sie extra ausgerieben«, sagte er. »Für den glücklichen Fall, dass Ihr Bier oder Gin mitbringt. Setzt Euch, Mylady Sutton! Setzt Euch.«

Maddy schaute den Mann verwundert an, während sie sich vorsichtig auf die wackelige Bank niederließ. Hatte er etwa doch gewusst, dass sie kommen würde? Oder hatte er nur das Pferd herantraben gehört? Abe begutachtete indessen den Inhalt des Korbes. Die Flasche mit dem Gin stellte er neben die Becher auf die Bank und schlug dann vorsichtig das karierte Tuch auf, in das Anne die Eier gewickelt hatte. Als er die Eier sah, zog sich ein Grinsen über sein ganzes Gesicht, von einem großen Ohr zum anderen. Dieses Strahlen verlieh ihm eine Art von Schönheit, die nur wahre Herzensfreude einem Menschen schenkt. Er nahm eines der Eier heraus, hielt es in den Händen, als wäre es ein kostbarer Edelstein, dann drückte er die Schale mit den beiden von der Flechtarbeit krumm und braun gewordenen Daumen auf und ließ sich den Inhalt direkt aus der Schale in den Mund laufen. Ein wenig Eiweiß klebte noch an seinem Kinn, als er sich ihr wieder zuwandte.

»Ihr seid eine gute Herrin, Mylady. Weise und gütig. Möge der Herr Euch segnen.«

»Wegen ein paar Eiern?« Maddy lachte, obwohl sie geahnt hatte, dass Abe sich über Gin und Essen mehr freuen würde als über eine Handvoll Halfpennys.

»Frische Eier sind nicht mit Gold aufzuwiegen. Doch sagt mir, was führt Euch zu mir, Mylady?«

»Ich brauche deinen Rat.«

Abe lachte und bedachte sie mit einem verblüfften Blick, als wollte er sie fragen, ob sie niemand Besseren kannte, den sie um Rat fragen konnte. Aber tatsächlich gab es keine Menschenseele, der sie sich in dieser Angelegenheit anvertrauen konnte. Anne, die ihr hin und wieder mütterliche Ratschläge erteilte, kannte John und seine Familie nicht gut genug. Sie kannte nur die Gerüchte über das Feuer und all die abscheulichen Dinge, die man John nachsagte. Anne wusste nichts von Johns Beziehung zu seinem Bruder, ganz zu schweigen von dessen Liebe zu Larissa. Und wenn sie ihr erzählte, dass John und Edmund sich offensichtlich gekannt hatten, würde Anne die Welt nicht mehr verstehen und sich nur aufregen. Das wollte sie der alten Frau nicht antun.

»Ich würde mir niemals anmaßen, einer Countess of Dunlow einen Rat zu erteilen. Alles, was ich Euch geben kann, ist eine Wahrsagung«, sagte Abe und schenkte die beiden Becher randvoll mit Gin. Mit einer tiefen Verbeugung überreichte er ihr den einen, aber sie trank nicht. Es war noch nicht mal Lunchzeit, ihr Magen war leer und sie hatte kaum geschlafen. Sie würde vermutlich rückwärts von der Bank herunterkippen, wenn sie auch nur einen winzigen Schluck davon zu sich nähme.

»Nenn es, wie du magst, aber ich bin ratlos. Ich verstehe meinen Gemahl nicht. Zuerst war er liebevoll und gütig zu mir, und jetzt weigert er sich, mich überhaupt zu sehen. Er unterstellt mir Untreue, gibt mir aber keine Gelegenheit, mit ihm zu sprechen, während er selbst immer noch Larissa liebt. Und das Feuer …« Sie schüttelte wild den Kopf. »Ich … ich wollte nicht glauben, dass er es getan hat, dass er eine ganze Familie ausgelöscht haben soll, doch jetzt …« Sie unterdrückte ein Aufschluchzen und sprach den angefangenen Satz nicht zu Ende. »Mein Herz tut so weh deswegen, und ich verstehe nichts von dem, was in der Abbey vor sich geht. Ich weiß nicht, was ich von Larissa halten soll. Ist sie wirklich so arglos, oder ist sie eifersüchtig und schürt heimlich Zwietracht zwischen John und mir? Und die Dowager Countess?« Maddy stellte den Gin wieder auf den Tisch und wischte sich mit dem Handrücken die Nase ab. »Sie verachtet mich für meine Herkunft und sieht in mir nichts weiter als eine Zuchtstute für den Sutton-Erben. Irgendjemand trachtet mir nach dem Leben und ich weiß nicht, wer. Doch auch davon will John nichts wissen. Er will mich nicht sehen. Jetzt habe ich immer eine geladene Pistole dabei aus Angst um mein Leben. Und nachts? Nachts verfolgen mich die Geister von Selena und ihren Kindern, und … und …« Sie unterbrach sich, um sich zu fassen.

Abe setzte sich mit einem leisen Ächzen neben sie und trank den Becher mit dem Gin in wenigen Schlucken leer. Dann nahm er ihre Hand in seine beiden Hände. Mit seinem schrundigen Zeigefinger zeichnete er, wie schon einmal, ein Kreuz in die Innenfläche ihrer Hand. Danach schaute er ihr direkt in die Augen.

»Ich habe Euch den Kummer vorausgesagt. Und jetzt ist Euer Herz gebrochen und Eure Augen sind rot von Euren Tränen.«

Sie blinzelte und nickte. Das konnte man auch ohne hellseherische Kräfte erkennen.

»Ihr glaubt, dass der Major diese farblose Kusine liebt, obwohl er eine schillernde Rose wie Euch an seiner Seite hat?«

»Das hat Larissa mir gesagt. Ich bin nur der Notbehelf.«

Abe lachte und schüttelte den Kopf. »Wenn Ihr das glaubt, dann kennt Ihr den Major aber schlecht.«

»Er will ja nicht mit mir reden oder mich sehen.«

»Dafür muss es andere Gründe geben«, sagte Abe streng. »Der Mann, den ich vor dem Feuer kannte, war gerecht und loyal und ein ehrenwerter Gentleman.«

»Aber das Feuer und seine schreckliche Tat haben ihn verändert.«

Abe legte seine Handfläche, die voller Schwielen war, auf ihre Handfläche, sodass seine Finger ihr Handgelenk umspannten, dann schloss er die Augen und schwieg eine Weile. Maddy war sich nicht sicher, ob er nur ein Schauspiel vollführte oder ob er wirklich gerade in ihre Zukunft blickte.

»Ich sehe nichts von einem Notbehelf«, murmelte er nach längerer Zeit. »Ihr seid die Countess, die Suttons Herz erwählt hat, und die Herrin, die Kelston Abbey dringend braucht.«

»Ich bin mir nicht sicher, ob John wirklich ein Herz hat.« Maddy schüttelte den Kopf und versuchte, ihm die Hand zu entziehen, aber Abes Griff war fester als erwartet.

»Vielleicht ist es ja gerade sein Herz, das ihm so zu schaffen macht, Mylady Sutton.«

»Du redest viele rätselhafte Worte, die alles und gar nichts bedeuten könnten. Ich verstehe dich nicht.«

»Ich kann Euch nicht sagen, was Ihr tun sollt. Ich kann Euch nur sagen, was ich in Eurer Zukunft sehe.«

»Und was ist das?« Noch einmal zerrte Maddy an ihrer Hand, aber Abe ließ sie nicht los.

»Ich sehe, dass Euer jetziger Kummer bald enden wird und einem anderen, viel schlimmeren Kummer weicht. Ich sehe, dass Ihr Euch nicht länger zurückweisen lasst, sondern um Euer Recht kämpft.«

»Mit meiner Pistole vielleicht?«, spottete Maddy. Aber Abe schenkte diesem Kommentar keine Beachtung. Er hatte immer noch die Augen geschlossen, während er vielleicht, vielleicht auch nicht in ihre Zukunft sah.

»Ich sehe, dass Ihr Euch auf Eure Stellung als Countess besinnt. Ihr nehmt das Zepter in die Hand und niemand wird es Euch je wieder abnehmen.«

»Das Zepter? Wie sollte ich das wohl anstellen?«

»Ich weiß nicht, *wie* Ihr das tun werdet, ich sehe nur, *dass* Ihr es tun werdet.«

»Und was ist mit John? Wie wird es ihm wohl gefallen, wenn ich das Zepter an mich reiße?«, fragte sie mit einem nervösen Auflachen.

»Ich sehe den Major nicht in Eurer Zukunft«, sagte Abe und öffnete die Augen wieder. »Aber das heißt nicht, dass er nicht da ist«, fügte er schnell hinzu, als er Maddys Keuchen hörte. »Manchmal ist die Zukunft noch unentschieden und dann sehe ich nichts.«

»Was meinst du mit unentschieden?«

»Manchmal kann es so oder so gehen, je nachdem, wie Gott sich entscheidet. Wenn etwas unentschieden ist, kann ich nichts sehen.«

Maddy schluckte trocken und starrte Abe eine ganze Weile sprachlos an. Je nachdem, wie Gott entscheidet? Machte er es sich nicht etwas einfach mit dieser Antwort?

»Ich muss mich wieder auf den Heimweg machen. Danke für deine Gastfreundschaft und deine Weissagung«, sagte sie und stand auf.

»Wartet!«, rief er ihr zu, als sie sich unter der niedrigen Tür hindurchducken wollte. »Ich habe noch ein Geschenk für Euch.« Er trat an den kleinen Alkoven, in dem seine Matratze lag, und nahm ein Lederband mit einem grauen Anhänger, das dort an einem Nagel über seinem Kopfkissen hing. Dann überreichte er ihr das Amulett. »Es ist das Wertvollste, was ich besitze. Ich habe es von meiner Großmutter bekommen, die es von ihrer Mutter bekommen hat.«

»Was ist das für ein Amulett?« An dem dünnen Lederband hing ein schwarzer ungeschliffener Stein, der glitzerte, als sie ihn im Licht hin und her drehte.

»Das ist ein schwarzer Turmalin, ein Schutz für das Ungeborene. Tragt ihn immer bei Euch.«

»Vielen Dank.« Sie hängte das Amulett um ihren Hals, hauptsächlich, um ihn nicht zu kränken. Von einem Ungeborenen wusste sie nichts, und sie wollte auch nichts davon wissen. Nicht auch das noch.

Als Maddy ins Schloss zurückkehrte, wartete Madame Couturier bereits auf sie. Die Schneiderin aus Barnstake hatte zwei junge Gehilfinnen und eine ganze Wagenladung mit den neu gefertigten Kleidern mitgebracht. Zumindest erschien es Maddy so, als wäre es eine Wagenladung. Die Kleider stapelten sich in allen Farben auf ihrem Bett. Samtene Jäckchen mit Zobel verziert, Handmuffs aus Pelz und Schals aus weicher Wolle hingen an den Stuhllehnen, während unzählige Hauben und Hüte mit Federn und Bändern und Spitzen aufeinander und nebeneinander auf der Spiegelkommode thronten. Hauchzarte Unterröcke und durchscheinende Hemden aus Musselin lagen drapiert auf den Sesseln. Zehn Paar seidene Strümpfe waren auf dem Tisch aufgereiht, daneben Strumpfbänder in allen Variationen und Farben, manche davon mit feinster Brüsseler Spitze verziert.

Maddy trat an einen der Sessel und nahm das weiße Hemdchen hoch, das dort obenauf lag. Der Saum und die Träger waren mit Spitze verziert, und wenn sie die Hand unter den Stoff schob, konnte sie die blauen Adern auf ihrem Handrücken durch das dünne Gewebe scheinen sehen. Dieses Hemd diente nicht dazu, Wärme zu spenden oder der Sittsamkeit Genüge zu tun, nein, ganz im Gegenteil; es sollte alles zeigen und die Lust des Betrachters anstacheln.

Warum hatte John solches Zeug in Auftrag gegeben, wenn er sie nicht mehr darin sehen wollte? Mit einem ärgerlichen Zischen schleuderte sie das hauchdünne Nichts wieder zurück auf den Sessel.

»Vous n'aimez pas?«, fragte Madame Couturier und tänzelte durchs Zimmer auf Maddy zu. »Entsprischt die Couture nischt die Vorstellüngen von Euer Ladyschaft? Isch"abe extra mit meine Ge'ilfin gekommen, falls Mylady ün Reklamation oder Änderungswünsche 'aben.«

»Alles sieht gut aus und ich habe keine Änderungswünsche«, sagte Maddy unbeteiligt. Sie hatte die übrige Lieferung der Schneiderin noch gar nicht angesehen, aber Kleidung und Tand waren von jeher die unwichtigsten Dinge in ihrem Leben gewesen, und gerade heute erschien ihr diese bunte Pracht an Seide und Taft,

Brokat und Musselin wie ein Hohn. Das alles kostete John zweifellos ein Vermögen, aber wozu?

»Meine Zofe wird alles wegräumen.« Sie hielt nach Jane Ausschau, die sich in die hinterste Ecke des Raumes geflüchtet hatte und das aufgeregte Gackern der hübschen Schneidermädchen mit entsetzten Blicken beobachtete. Sie erinnerte Maddy an ein verängstigtes Rehkitz, das von einer Meute bellender Hunde umringt war. Später würde sie Jane erklären, dass die Zofe einer Countess gesellschaftlich höher stand als eine Schneidergehilfin und sie sich deshalb nicht zu verstecken brauchte.

»Aber non, non, non, Mylady. Isch bitte Euch. Isch werde nischt von 'ier weggehen, bevor Ihr nischt alle Vêtements anprobiert 'abt. Wir werden müssen Änderungen dürchführen, wenn etwas nischt passt.«

»Sie haben Stunden damit zugebracht, jeden Inch von mir zu vermessen, Madame. Ich bin mir sicher, dass die Modelle wie angegossen sitzen«, wehrte sich Maddy. Sie wollte die Schneiderin schleunigst loswerden, denn das aufgeregte Geschnatter der Gehilfinnen zehrte an ihren Nerven.

»Merci für Eure 'üldvollen Worte, Madame la Comtesse, aber das ist nischt d'accord mit meine Gewissen. Alles müss très, très exquisit sein. Seine Lordschaft wünscht, dass Ihr gekleidet seid comme une Reine. Königlich. Und isch will Seine Lordschaft nischt versetzen in Wüt.«

»Wenn es gegen Euer Gewissen ist, dann muss es wohl sein.« Mit einem Seufzen ergab sich Maddy in ihr Schicksal. Königliche Kleidung anzuprobieren war immer noch besser, als am Fenster zu sitzen und sich den Kopf über John zu zerbrechen.

Herrje, wenn Edmund sie jetzt sehen könnte. Wie sie ausstaffiert wurde wie ein schillernder Pfau und vor einem Spiegel auf und ab paradierte, umgeben von gackernden Mädchen und weibischem Tand, während draußen die Sonne warm und verlockend auf die Welt herabschien. Er würde ihr vermutlich mit einem Zitat seines Lieblingsphilosophen Immanuel Kant antworten:

Der Ziellose erleidet sein Schicksal, der Zielbewusste gestaltet es.

13. Ungnade

Am Freitag regnete es – wieder einmal –, und die Welt war grau in grau. Das Wetter war so miserabel, dass Maddy sich sogar auf den Lunch mit der Dowager Countess freute. Immerhin war das das einzige gesellschaftliche Ereignis in ihrem Leben. Sie zog eines der neuen Kleider an, die Madame Couturier gestern gebracht hatte. Ein dunkles, nicht allzu tief dekolletiertes Gewand, das für gediegene Anlässe wie Gottesdienste, Krankenbesuche, Bestattungen oder Besuche bei Schwiegermüttern gedacht war.

Kaum dass Maddy den Salon der Dowager Countess betreten hatte, wünschte sie sich, sie wäre in ihrem Turmzimmer und am besten unter der Bettdecke geblieben. Zwischen Larissa und der Dowager Countess saß Reverend Pollard am Tisch. Er erhob sich, als Maddy eintrat, und verbeugte sich, nachdem er eine huldvolle Kreisbewegung mit der Hand beschrieben hatte. Der Reverend war kein besonders ansehnlicher Mann. Obwohl er noch keine vierzig war, war sein Haupthaar schon recht dünn. Er hatte ein fliehendes Kinn, das ihm die Anmutung eines Fisches gab, während sein kugelrunder Bauch auf reichhaltige Ernährung schließen ließ. Sein unschönes Aussehen versuchte er mit prächtiger Kleidung auszugleichen. Sein Frack entsprach der allerneuesten Mode und Madame Couturier hätte gewiss ihre Freude an dem engen Schnitt und den zwei Knopfreihen gehabt. Um den Hals hatte er einen Krawattenschal in einem aufwendigen Knoten gebunden, der mit einer goldenen Krawattennadel befestigt war. Selbst Beau Brummell, der bestgekleidete Mann des Königreichs, wäre beim Anblick des Krawattenknotens vermutlich vor Neid erblasst. Ganz bestimmt war Pollards Aufmachung der letzte Schrei in London, und Maddy erinnerte sich unweigerlich an die Sonntagspredigt, in der er mit Enthusiasmus gegen die Todsünde Superbia gewettert hatte, die Sünde des Stolzes und der Eitelkeit.

Zum Essen wurde Lady Imogens bevorzugte Haferschleimsuppe gereicht. Anne hatte sie zum Glück wieder mit Speck und geröstetem Brot verfeinert, aber Maddy aß dennoch nicht mit Appetit.

Der Reverend sprach ein weitschweifiges Tischgebet, in welchem er hauptsächlich über sich selbst redete.

»Herr, ich danke dir, dass du mir diesen Weg gezeigt hast, über den ich meine große Begabung einsetzen kann, um Gutes zu tun, und dass du mich in diese Pfarrei geführt hast, in der mein geistlicher Beistand so dringend benötigt wird. Ich danke dir, dass du mir die Klugheit geschenkt hast, den Großen und Mächtigen mit meinem herausragenden Wissen zur Seite zu stehen, und dass ich die ungewöhnliche Stärke besitze, den Verlockungen der Sünde zu widerstehen. Ich danke dir, dass du mir eine tugendsame Seele geschenkt hast, damit ich ...«

Maddy hörte nicht mehr zu. Insgeheim betete sie, der Lunch wäre bald vorbei und der Regen würde aufhören. Dann würde sie sich umkleiden und hinaus in den Park zum Rosenpavillon laufen, um Lavendel und Beinwell zu sammeln oder um auf der Marmorbank zu sitzen und ein Buch zu lesen. Hauptsache, sie wäre aus diesem Salon und diesem bedrückenden Schloss hinaus.

»Herr, ich danke dir auch, dass du mich an den Tisch von Lady Sutton, der Countess of Dunlow, geführt hast, die allen Anwesenden als ein Exempel an Tugend und Bescheidenheit dient. Amen.«

Hatte der Reverend ihre Schwiegermutter nur aus alter Gewohnheit als Countess of Dunlow bezeichnet, oder meinte er etwa Maddy, wenn er von einem Exempel an Tugend und Bescheidenheit sprach?

»Ich habe gehört, dass mein Sohn seine Besuche in Eurem Bett eingestellt hat.« Die Dowager Countess störte Maddys abschweifende Gedanken mit ihrer herrischen Stimme und stocherte mit ihrem Löffel in der Suppe herum, wie es ihre Art war. Maddy kniff die Lippen zusammen und antwortete nicht.

»Darf ich also hoffen, dass er seine Aufgabe erfüllt hat und Ihr nun endlich in gesegneten Umständen seid?«

»Nein!«, rief Maddy. »Da gibt es nichts zu hoffen. Ich bin nicht ... Ich weiß nicht ...« Sie unterbrach ihren Satz und warf einen verstohlenen Blick zum Reverend. Wie konnte ihre Schwiegermutter so ein Thema vor den Ohren eines Mannes anschneiden, der zu allem Überfluss auch noch ein Geistlicher war?

»Ihr seid also nicht schwanger?«, fragte ihre Schwiegermutter unerbittlich nach.

Maddy spürte, wie ihre Wangen brannten, als sie den Kopf schüttelte.

»Der monatliche Besuch hat sich also eingestellt? Ich bin über alle Maßen enttäuscht von Euch«, sagte die Dowager Countess mit winterlichem Eis in der Stimme.

»Tante, ich bitte Euch, dieses Thema ist doch nichts für die Ohren von Reverend Pollard«, flüsterte Larissa und senkte dabei sittsam den Blick.

»Macht Euch keine Gedanken, verehrte Miss Larissa«, säuselte der Reverend. »Ich bin ein Mann von großer Weltgewandtheit und Lebenserfahrung. Als Seelsorger für die Schäfchen, die Gott mir anvertraut hat, ist es meine heilige Pflicht, in allen Bereichen des Lebens zu raten und zu helfen, gerade auch in jenen Bereichen, die aus der Sünde entstehen und der Schwachheit des Fleisches entspringen.« Reverend Pollard schenkte zuerst Larissa, dann Maddy ein väterliches Lächeln. »Meine beiden Schwestern, Mrs Adelia Young und Miss Prudence Pollard, leben mit mir zusammen im Haus, das Seine Lordschaft mir zur Verfügung gestellt hat, und somit bin ich aus erster Hand über die Befindlichkeiten und Gefühle der Damenwelt informiert. Ihr könnt Euch mir also jederzeit getrost anvertrauen, da ich über eingehende Erfahrungen in derlei Angelegenheiten beiderlei Geschlechter verfüge, Mylady, ähm, Eure Ladyschaft.«

Selbst wenn sie sich den Satz des Reverends ein weiteres Mal durch den Kopf gehen ließ, war sich Maddy nicht sicher, was er ihr eigentlich hatte sagen wollen. Hatte er gemeint, dass sie mit ihm unbefangen über ihre Monatsblutungen reden könne? Sie lächelte ihn ungläubig an. Ihre Mutter hatte ihr stets einen Mangel an Anstand und gutem Benehmen vorgeworfen, aber diese Unterhaltung überbot alles an Geschmacklosigkeit.

»Das bedeutet dann wohl, dass ich diese Mesalliance noch länger ertragen muss!«, konstatierte die Dowager Countess frostig und bedachte Maddy mit einem verächtlichen Blick.

»Mesalliance?«, fragte Maddy. Natürlich hatte John unter seinem Stand geheiratet, aber sie war schließlich keine Magd und auch keine Fischersfrau. »Mein Vater war ein Gentleman und mein Großvater ist ein Viscount. Ich spreche drei Sprachen, spiele das Piano Forte, bin imstande, zu malen und zu sticken, Tee zu servieren und eine einigermaßen kluge Unterhaltung zu führen, vorausgesetzt meine Gesprächspartner sind klug genug, um mich zu verstehen. Ich beherrsche alle Fertigkeiten, die von einer Dame von Stand erwartet werden.«

»Gleichwie.« Die Dowager Countess winkte ab. »Ich möchte wissen, ob die Gerüchte stimmen, von denen Larissa mir berichtet hat, dass Ihr bei meinem Sohn in Ungnade gefallen seid und er Euer Bett deshalb nicht mehr mit seiner Gegenwart beehrt. Hat er Euch verstoßen?«

»Vielleicht richtet Ihr diese Frage besser an Euren Sohn, Mylady«, sagte sie mit bebender Stimme. Die Augen von Larissa und Reverend Pollard schienen sich in ihre Stirn zu bohren, als wäre sie da mit einem Zeichen markiert: *verstoßene Ehefrau, Mesalliance, nicht standesgemäß!*

»Ich will wissen, ob mein Sohn gedenkt, seine Pflichten bald wieder aufzunehmen, oder ob wir diese Ehe annullieren müssen.«

»Nun, nun«, begann der Reverend und legte seinen Löffel bedächtig beiseite. »So einfach ist es beileibe nicht, eine Ehe zu annullieren, wie Ihr sehr wohl wisst, werte Countess, ich meine Mylady Dowager Countess, insbesondere dann, wenn die Ehe bereits vollzogen wurde. Im Grunde entspricht dieses Vorgehen auch nicht dem Willen der Kirche.« Der Reverend verstummte für einen Moment, weil die Dowager Countess mit ihrem Löffel missbilligend gegen den Tellerrand schlug.

»Natürlich gibt es immer Ausnahmen, selbstverständlich«, fügte er hastig hinzu. »Dennoch sollten wir zuvörderst beraten, ob es nicht einen anderen Weg gibt, um doch noch zu dem erforderlichen Erben zu gelangen. Ich vermute, die Ursache des Problems liegt darin, dass die junge Countess in ihrer Unerfahrenheit und aus Mangel an hinreichender Anleitung einige schwerwiegende Fehler begangen hat. Ich kann Ihrer Ladyschaft nicht nur mit Gebeten, sondern auch mit meiner großen Lebenserfahrung und meinem Rat in dieser Angelegenheit behilflich sein. Wie ich auch schon Seiner Lordschaft George Sutton und dessen Gattin zur Hand gegangen bin.« Er tupfte sich die Mundwinkel mit der Serviette ab und bedachte Maddy mit einem Blick, der von ihrer Gouvernante Miss Plummer hätte stammen können, wenn sie eine Partitur auf dem Piano schlecht gespielt hatte oder die Verse von Horaz nicht korrekt hatte aufsagen können.

»Auch wenn Fleischeslust per se eine Sünde ist, so hat der Herr die Ehe doch vorgesehen, um den Bedürfnissen des Mannes Rechnung zu tragen. Tatsächlich kann ich mit Fug und Recht behaupten, dass die Ehe nicht allein dem Behufe der Fortpflanzung dient, sondern auch dem Manne als Hafen für sein stürmisches Schiff.«

Maddy hob die Augenbrauen und biss sich auf die Lippe. Sollte sie schallend losprusten oder vor Scham unter den Tisch sinken? Edmund hätte sich spätestens jetzt erhoben und sich freundlich, aber entschieden aus dieser fragwürdigen Unterhaltung verabschiedet. Er hatte absolut keinen Sinn für solche Übergriffigkeiten und die Einmischung anderer in seinen privatesten Bereich gehabt.

»Deshalb ist es die Pflicht einer Ehefrau, dem Gatten willfährig zu sein«, setzte der Reverend seinen Sermon fort. »Das Weib soll die Aufmerksamkeit des Gatten erdulden, ohne dabei die Contenance zu verlieren, weder soll sie ein ablehnendes Verhalten an den Tag legen, noch soll sie sich der Sünde der Wollust ergeben. Womöglich seid Ihr Eurem Gatten im Ehegemach nicht angemessen begegnet, indem Ihr zu abweisend wart.«

»Oder zu zügellos?«, fragte Larissa mit einem sorgenvollen Blick auf Maddy.

»Das wäre allerdings noch verwerflicher. Kein ehrbarer und christlicher Ehemann möchte das Gefühl haben, einer Kurtisane beizuwohnen.«

Maddys Mund klappte auf, und sie blickte zwischen dem Vikar und Larissa hin und her. Dieses Gespräch entwickelte sich immer mehr zu einer Art Tribunal, bei dem sie die Angeklagte war – angeklagt wegen unpassenden Verhaltens im Ehebett.

»Ich danke Euch für Euren geistlichen Beistand in dieser Angelegenheit«, sagte sie zu Reverend Pollard und versuchte, ihre Stimme ruhig klingen zu lassen. Den Löffel hielt sie so fest, dass der Griff in ihre Handfläche schnitt. »Seid Ihr selbst denn verehelicht, Reverend, da Ihr über so eingehendes Wissen in diesem Bereich verfügt?«

Der Reverend war tatsächlich für ein paar Augenblicke sprachlos. »Nun, in der Tat ist mir dieses Glück bisher nicht vergönnt gewesen. Nicht dass es mir an Chancen oder interessierten Damen gemangelt hätte, aber ich muss die künftige Mrs Pollard mit Bedacht auswählen und dabei große Weisheit und Sorgfalt an den Tag legen, denn meine Position ist mit hohem Ansehen und großer Verantwortung verbunden. Ich danke Gott, dass er mir genügend Weisheit gegeben hat, um letztendlich die richtige ...«

»Ihr braucht eine Kammerzofe, Madeleine«, unterbrach die Dowager Countess den ausufernden Vortrag des Reverends ohne

Rücksicht auf Höflichkeit.

»Ich habe bereits eine Kammerzofe«, antwortete Maddy.

»Ein halbes Kind, das dumm und ungehobelt ist. Stammt sie nicht aus dem Fischernest?«

»Ich mag Jane.« Maddys Lippen bebten vor unterdrückter Wut.

»Sie hat zuvor in der Küche Gemüse geschält. Sie weiß nicht, was sie tut, und kann ein Strumpfband nicht von einem Haarband unterscheiden. Wenn ich sie nach Eurer weiblichen Unpässlichkeit frage, schaut sie mich an, als hätte ich Französisch mit ihr gesprochen.«

»Meine Unpässlichkeit?«, krächzte Maddy und glaubte für einen Moment, ihre Schwiegermutter würde auf ihren Sturz in den Schacht anspielen. Sie hatte niemandem von dem Angriff erzählt, nicht einmal Jane und Anne, aber natürlich war es kein Geheimnis, dass sie am Sonntag verletzt in ihr Zimmer zurückgekehrt war.

»Tante, ich bitte Euch. Das Thema!«, rief Larissa und warf dem Vikar verzagte Blicke zu, während Maddy verwirrt die Stirn krauste. Ging es etwa schon wieder um ihre verflixte Monatsblutung. Himmel noch mal!

»Eine Kammerzofe muss darüber Bescheid wissen. Wer soll sich wohl sonst um das Notwendige kümmern?«

»Mit welchem Recht erkundigt Ihr Euch bei meiner Zofe nach meiner ... meiner Unpässlichkeit?«, brauste sie auf.

»Macht Euch nicht lächerlich, Kind. Ich muss es wissen, sobald Ihr schwanger seid. Deshalb bin ich dem Rat von Larissa und Reverend Pollard gefolgt und habe dieses dumme und unbeholfene Mädchen aus Kelston entlassen.«

»Entlassen? Ihr könnt Jane nicht einfach so entlassen, ohne mich zu fragen«, schrie Maddy und sprang auf.

Die Dowager Countess ignorierte ihren Ausbruch vollkommen. »Ab morgen wird Mrs Young, die verwitwete Schwester des Reverends, Euch als Eure Zofe dienen. Sie hat Erfahrung und besitzt angemessene Umgangsformen, zudem hat sie einen untadeligen Ruf und kann sich in gehobenen Kreisen einigermaßen sicher bewegen.«

»Meine liebste Schwester ist darüber hinaus eine gute Christin und erfahren in all diesen ... nun ja, in diesen Frauendingen, für die sich Ihre Ladyschaft die Countess, ähm Dowager Countess, interessiert. Sie wird Euch, angeleitet durch meine brüderliche Weisheit, mit Rat und Tat zur Seite stehen, sodass Ihr auch Eurer Aufgabe als

Gemahlin und neue ... ähm, Countess, eines Tages gewachsen sein werdet. Meine liebste Schwester Adelia ist außerdem eine Autorität in Fragen des Anstands. Ich möchte sagen, sie ist ...«

»Nein!«, sagte Maddy. Genau genommen schrie sie, schrill und hysterisch. Ihre eigene Stimme klang fremd in ihren Ohren. »Das reicht jetzt. Das reicht jetzt wirklich. Ich ... ich lasse mich nicht länger von Euch schikanieren. Ich suche meine Zofe selbst aus und Jane wird bleiben.« Sie schleuderte den Löffel, den sie in der Hand hatte, auf den Tisch, mitten in ihren Suppenteller hinein, sodass die Suppe in alle Richtungen spritzte, hauptsächlich auf den Krawattenschal des Reverends.

»Du liebe Güte, benehmt Euch nicht wie ein Marktweib. Ihr werdet meine Entscheidung akzeptieren und damit ist alles besprochen.«

»Nein!«

»Wollt Ihr Euch vielleicht bei Eurem Gemahl über mich beschweren wie beim letzten Mal?«

Maddy schüttelte fassungslos den Kopf. Sie hatte sich mit keinem Wort bei John über seine Mutter beschwert, aber jetzt gerade wünschte sie, sie hätte es getan, als er ihr noch zugehört hatte.

»Nur zu! Geht zu ihm und beklagt Euch über mich. Soweit ich informiert bin, weigert er sich nicht nur, Euer Bett aufzusuchen, sondern er möchte Euch auch weder sehen noch sprechen. Er hat Euch verstoßen und ohne seine Gunst und Gnade seid Ihr ein Nichts hier im Schloss.«

»Liebe Tante, ich bitte dich ...«

Maddy hörte nicht mehr, was Larissa zur Dowager Countess sagte. Sie lief aus dem Zimmer hinaus, knallte die Tür zu und rannte mit gerafften Röcken und kochend vor Wut zurück in ihre Gemächer.

Genug war genug.

Maddy war fest entschlossen, ihre paar Habseligkeiten zusammenzupacken und davonzulaufen. In diesem Moment der Wut und Verzweiflung dachte sie weder an Anne und Caleb, die John vor Kurzem erst hierhergeholt hatte, noch an Plummer, der sich im Stall so gut eingewöhnt hatte. Sie dachte nicht an die Leute in Kelston oder die armen Pächter in den Abbey Hills. Sie dachte nur an sich selbst, an die Enge und Düsternis, in der sie hier gefangen war. An die Kaltherzigkeit und die Zurückweisung, die ihr jeden Tag zuteilwurde. Sie konnte das nicht länger ertragen.

Sie würde sich nicht von der Schwester des Vikars ausspionieren lassen, ob, wann und wie ihr monatlicher Zyklus stattfand, und sie würde sich von der Dowager Countess auch nicht vorschreiben lassen, wie sie sich als werdende Mutter zu verhalten hatte. Am Ende würde diese Frau ihr noch das Kind wegnehmen, weil sie der Meinung war, Maddy sei unwürdig, den nächsten Earl of Dunlow im Arm zu halten. Und das alles würde John einfach zulassen, weil er in seinem dunklen Zimmer hockte und nichts mehr von ihr wissen wollte.

Nein, nein und nochmals nein! Lieber würde sie irgendwo in bescheidenen Verhältnissen und von der Arbeit ihrer eigenen Hände leben als unter einem Dach mit all diesen mörderischen und gefühllosen Menschen. Für ein paar Momente überlegte sie sogar, ob sie den buckligen Abe oder Patty Blackstone um Unterschlupf bitten sollte. Aber die beiden durften es nicht wagen, sich gegen den Earl zu stellen. Ach, es war im Grunde gleichgültig, wo sie hinging, sie würde auf jeden Fall keine einzige Nacht mehr hier verbringen.

Wie ein wütender Stier stapfte sie die Treppen zu ihrem Gemach hinauf und an Johns Tür vorbei. Kurz hielt sie inne. Sollte sie ihm sagen, was seine Mutter und der Reverend vorhatten, und ihm ein Ultimatum stellen? Sollte sie ihm androhen, dass sie ihn verlassen würde, wenn er nicht endlich aus seinem Loch herauskäme und mit ihr redete? Natürlich vorausgesetzt, sie käme überhaupt dazu, ihr Ultimatum zu äußern.

»*Ich will sie nicht sehen. Sie soll weggehen*«, hatte er aus dem Zimmer herausgerufen.

»Das war zweifellos ein klarer Befehl«, sagte sie zu der verschlossenen Tür. »Ich soll weggehen.« Sie warf der Tür mörderische Blicke zu, als könnte sie mit den Augen Löcher hineinbohren, und genau in diesem Moment öffnete sie sich schwungvoll, und Maddy erschrak so sehr, dass sie mit einem schrillen Quieken rückwärts hüpfte.

Doktor Davidson kam heraus und bedachte sie mit einem freudlosen Lächeln. »Mylady«, murmelte er, neigte den Kopf und ging eilig weiter.

»Doktor, was machen Sie hier?« Maddy stellte sich ihm in den Weg.

»Ich habe Seine Lordschaft zur Ader gelassen.« Er zog ein Gesicht, als würde demnächst das Jüngste Gericht über die Welt hereinbrechen.

»Warum? Was fehlt meinem Mann?« Ein mulmiges Gefühl breitete sich in ihrem Magen aus.

»Darüber darf ich leider nicht sprechen. Man hat es mir ausdrücklich untersagt. Aber es steht nicht gut um ihn.«

»Es ... es ... steht nicht gut um ihn?«, rief Maddy. »Mein Gemahl ist krank?«

»In der Tat und ich bin mit meiner Kunst am Ende«, seufzte der Doktor.

»Seit wann ist er krank, was ist geschehen?« Warum wusste sie nichts davon?

»Nun, seit dem Sonntag, als ich bei Euch war. Der Kammerdiener kam in der Nacht noch einmal nach Barnstake und hat mich geweckt. Er hat verlangt, dass ich sofort zur Abbey komme. Aber ich muss Euch sagen, Mylady, für einen Mann meines Alters ist es eine Zumutung, diese Strecke am gleichen Tag zweimal auf sich zu nehmen. Ein Ritt über zehn Meilen, zumal in der Nacht, ist eine große Strapaze für mich und mein Ross. Auch wenn es sich nicht ziemt, vor Euren Ohren über Geld zu sprechen, so kann ich nicht umhin, Euch in Aussicht zu stellen, dass ich diese Strapazen nicht noch einmal auf mich nehmen kann, wenn ich nicht angemessen dafür entlohnt werde.«

Herrgott, dieser Mensch redete von Geld, während John krank in seinem Zimmer lag. »Was meinen Sie damit, dass Sie mit Ihrer Kunst am Ende sind?«

»Ihr müsst Euch auf das Schlimmste gefasst machen. Das Fieber ist angestiegen und inzwischen ist er nicht mehr bei Bewusstsein.«

»Fieber? Nicht mehr bei Bewusstsein?« Maddys Knie wurden so weich, dass sie sich gegen die Wand lehnen musste, um Halt zu finden. John war die ganze Woche krank gewesen und sie hatte nichts davon gewusst. Hatte Franklin überhaupt jemandem Bescheid gegeben? Er hatte Johns Krankheit ihr gegenüber mit keinem Ton erwähnt und offensichtlich wusste auch Johns geliebte Larissa nichts davon. Sogar die Dowager Countess schien nicht im Bilde zu sein, sonst hätte sie sich wohl kaum gewundert, warum John seinen ehelichen Pflichten nicht mehr nachkam. Ja, selbst die Dienstboten schienen nichts zu ahnen, sonst hätten sie es doch längst herumgetratscht und Jane hätte ihr den ganzen Tratsch haarklein berichtet.

»Nun liegt sein Leben in Gottes Hand«, sagte Doktor Davidson, machte eine knappe Verbeugung und eilte davon. Er lief so schnell den Gang entlang, wie ihn seine krummen, gichtigen Beine tragen konnten. Bevor Maddy seine Worte überhaupt richtig verstanden hatte, war er schon aus ihrem Blick entschwunden.

Sie stand noch eine Weile bewegungslos im Flur und sah in die Richtung, in die der Doktor davongeeilt war. John ging es schlecht und niemand wusste es oder interessierte sich dafür. Diese Vorstellung war kaum auszuhalten.

Zitternd vor Sorge und Ärger stürmte sie in ihre Gemächer, aber nur für den kurzen Augenblick, den sie benötigte, um ihre geladene Pistole zu holen. Dieses Mal würde sie sich nicht von Franklin abweisen lassen! Falls er ihr nicht öffnete, würde sie diese verflixte Tür einschlagen oder kaputt schießen.

In der rechten Hand hielt sie die Waffe und schlug mit dem schweren Griff so kräftig gegen das Türblatt, dass das Holz tiefe Kerben bekam, während sie gleichzeitig mit der linken Faust dagegen hämmerte, bis die Tür in ihren Angeln bebte. »Bumm! Bumm! Bumm!«

Ihre ganze Wut auf John und den Vikar, auf Larissa und die Dowager Countess war einer Angst gewichen, die ihr den Atem raubte.

»Franklin, aufmachen! Sofort! Franklin! Mach auf!«, brüllte sie und wummerte gegen Johns Tür. »Bumm! Bumm! Bumm!« Das Klopfen konnte man vermutlich bis hinüber zum Südflügel hören. Aber Franklin regte sich nicht.

»Wenn du nicht aufmachst, schieße ich das Schloss weg und komme mit einer Axt wieder!« Ihre Kehle brannte von ihrem lauten Geschrei und endlich öffnete sich die Tür einen winzigen Spalt und Franklin streckte seine blasse Nase heraus. Maddy überlegte nicht lange, sondern warf sich sofort mit ihrem ganzen Körper gegen die Tür. Der Kammerdiener war auf solch einen Angriff nicht vorbereitet gewesen und wurde von der Wucht des Aufpralls derartig überrumpelt, dass er zurückprallte und Maddy endlich in das Zimmer gelangte, bevor er sie davon abhalten konnte.

»Ihr dürft nicht herein!« Franklin stellte sich ihr breitbeinig in den

Weg, die Hände abwehrend von sich gestreckt. »Seine Lordschaft hat ausdrücklich verboten, dass Ihr ihn seht. Ihr bringt mich in große Gewissensnot, denn ich möchte keine Gewalt gegen Euch anwenden, um Euch wieder hinaus zu expedieren.«

»Aber *ich* werde Gewalt gegen dich anwenden, wenn du mich aufzuhalten versuchst.« Maddy richtete die Pistole direkt auf den Kammerdiener. Er wurde bleich vor Schreck, wobei nicht klar war, ob er sich mehr vor ihrem Wutgeschrei fürchtete oder vor der Waffe, die zugegebenermaßen in ihrer Hand zitterte. »Ich schieße, wenn du nicht sofort zur Seite trittst und mich zu meinem Mann lässt. Und wage es nicht, mich auch nur anzufassen, ich schreie so laut, dass der Turm in den Grundmauern bebt und alle hier zusammenlaufen werden.«

Franklin schüttelte den Kopf und machte ein todunglückliches Gesicht. »Er wird mich umbringen, wenn er erfährt, dass ich Euch zu ihm lasse.«

»Und falls mein Gemahl stirbt, werde ich dich umbringen, mein Wort darauf.« Sie pfiff auf irgendwelche Anstandsregeln und rempelte Franklin mit der Schulter an. Dann preschte sie an ihm vorbei in das stockfinstere Gemach hinein. »Ich will ihn sehen und mit ihm sprechen.«

»Er ist nicht ansprechbar, Mylady. Seit Tagen liegt er im Fieberdelirium und redet nur wirre Dinge.« Franklin lief ihr hinterher, versuchte aber nicht mehr, sie zurückzuhalten. Das war auch besser für sein Wohlbefinden, denn Maddy war in diesem Moment fest entschlossen, die Pistole zu benutzen.

»Zieh die Vorhänge auf und mach die Fenster auf. Lass frische Luft herein. Hier stinkt es wie in einem Leichenhaus.«

»Ihr sollt ihn nicht sehen. Er möchte nicht, dass Ihr sein Gesicht erblickt und angewidert seid«, beschwor Franklin sie.

»Franklin«, zischte sie. »Der Earl hat nichts von deiner Treue und Fürsorge, wenn er stirbt. Du hättest mir am Montag sofort sagen müssen, dass er krank ist, anstatt mich abzuweisen. Ich bin seine Frau, verflixt noch mal.«

»Er denkt aber, dass Ihr ihn hassen werdet, wenn Ihr sein Gesicht gesehen habt«, beharrte Franklin.

Maddy hatte keine Nerven für so eine dumme Debatte. »Öffne jetzt sofort diese Vorhänge und die Fenster, oder ich schlage die Scheiben mit der Pistole ein.« Sie tastete sich durch das Halbdunkel bis zum Fenster vor. »Wenn ihm meine Gefühle wichtig wären, dann hätte er … hätte er …« Lieber Himmel, was hätte er wohl getan? Er war die ganze Zeit schwer krank gewesen und gar nicht in der Lage, irgendetwas zu tun. »Ich hasse ihn nicht wegen seines Aussehens.« *Allenfalls wegen der schrecklichen Dinge, die er verbrochen hat*, gestand sie sich selbst ein, und gemessen daran war sein Aussehen unwichtig.

»Ich mache mir Sorgen um ihn, und ich will nicht, dass er stirbt«, sagte sie laut und das war die Wahrheit.

Franklin zog nun einen der Vorhänge auf, und ihr Blick fiel auf das riesige Vierpfostenbett, das an der gegenüberliegenden Wand stand, und dann auf John.

»Großer Gott!«, keuchte sie, als sie ihn sah, und der Schock zog ihr beinahe die Beine unter dem Körper weg. Im ersten Moment war da nur Entsetzen und Fassungslosigkeit, und sie konnte einfach nicht anders, als starr wie eine Statue dazustehen und den Mann im Bett anzugaffen, dessen vernarbte Gesichtshälfte in ihre Richtung zeigte und vom eindringenden Sonnenlicht hell erleuchtet wurde. Die Haut war feuerrot, als wäre die Brandwunde noch ganz frisch und zerfurcht von den geschwollenen Strängen verbrannten Fleisches. Von seiner Oberlippe aus bis hinauf zu seinem linken Auge zog sich die Verletzung, die sein linkes Auge mitsamt den Augenbrauen und der Stirn zu einer grausigen Arabeske von roten Wülsten und Furchen verschmolz.

»Gott steh mir bei«, wisperte sie und wollte einen Schritt auf ihn zugehen, aber ihr Körper verweigerte ihr den Dienst. Dabei war es nicht der Schreck über sein Aussehen, der sie so lähmte, sondern ihr Mitleid mit ihm, das wie eine glühende Faust nach ihrem Herzen griff. Wie konnte John das nur ertragen? Die Schmerzen, die diese entzündeten Narben verursachten, mussten höllisch sein, ganz zu schweigen von dem eigenen Anblick im Spiegel.

Vom Bett her kam ein leises, peinvolles Wimmern, das Maddy aus ihrer Erstarrung riss. John sagte irgendetwas mit schwacher Stimme, aber sie verstand ihn nicht. Da endlich raffte sie sich auf und näherte sich mit stockenden Schritten dem Bett. Vorsichtig, ohne die Matratze zum Wackeln zu bringen, setzte sie sich auf die Bettkante und nahm Johns Hand zwischen ihre beiden Hände, die zitterten wie Espenlaub. Seine Hand war heiß, ihre Hände waren eiskalt, und John murmelte etwas Unverständliches vor sich hin, während er den Kopf von einer Seite zur anderen warf.

Er hatte gesagt, dass er ihr Mitleid nicht ertragen könne, aber wie konnte sie denn kein Mitgefühl haben mit einem Menschen, der so schrecklich litt. Möglicherweise war das ja die Strafe Gottes für seine Schandtat, aber seine Taten und Gott waren ihr in diesem Moment völlig gleichgültig. Er war ein menschliches Wesen, das unsägliche Qualen litt und dringend Hilfe brauchte. Außerdem wollte sie nicht, dass er starb.

»Was fehlt ihm?«, fragte sie mit tränenerstickter Stimme und merkte jetzt erst, dass sie weinte. »Woher kommt dieses Fieber?« Auch seine andere, unversehrte Gesichtshälfte war rot vom Fieber und seine Augen waren tief in die Augenhöhle versunken.

»Ich möchte darauf hinweisen, dass Doktor Davidson sich einem Lakaien gegenüber nicht zu den Erkrankungen des Earls äußert«, antwortete Franklin ein wenig pikiert, gleichzeitig ging er jetzt zum nächsten Fenster hinüber und zog den Vorhang dort auf.

»Dieser Arzt ist ein Dummkopf«, zischte Maddy. Hatte der Mann denn nicht gesehen oder gerochen, dass John in diesem Raum fast erstickte?

»Aber Seine Lordschaft wollte niemand anderen zu sich lassen. Ich durfte nur Doktor Davidson rufen.«

»Und dem fiel nichts Besseres ein als ein Aderlass?«

»Offensichtlich nicht, Mylady«, kam es verschnupft von Franklin. »Am Sonntag, als Ihr verschwunden wart, geriet Seine Lordschaft außer sich.«

»Aus Sorge oder aus Eifersucht?«, fragte Maddy mit einem Anflug von Zynismus.

»Ganz ohne Zweifel waren Gefühle unterschiedlichster Art im Spiel. Ich würde mir allerdings niemals ein Urteil darüber anmaßen. Nachdem Ihr zurückgekehrt wart und Seiner Lordschaft bewusst wurde, dass er Euch falsch verdächtigt hatte und jemand Euch angegriffen haben muss, hat Lord Sutton völlig die Contenance verloren. Ich möchte nicht wiederholen, welche Äußerungen er tat, als Ihr ohnmächtig auf dem Bett lagt, aber ich versichere Euch, dass es mir nur mit großer Überredungskunst möglich war, ihn von Euch wegzulocken, sodass Euch geholfen werden konnte.«

»Er wollte nicht von meinem Bett weg?« Er hatte die Contenance verloren, bedeutete in übertragenen Worten, dass er völlig verrücktgespielt und vermutlich wütend herumgebrüllt hatte – aus Sorge, nicht aus Eifersucht. »Aber warum hast du kein Wort davon gesagt, als ich zigmal an die Tür geklopft habe? Jeden Tag war ich hier und wusste nicht einmal, dass er krank ist. Ich dachte, er hätte mich ... er hätte mich verstoßen, weil er mich für eine Ehebrecherin hält.«

Franklin schloss die Augen und holte tief Luft.

»Kaum hatte Lord Sutton seine Räume betreten, brach er förmlich zusammen. Er fasste sich an sein Herz und sagte, er habe unsägliche Schmerzen. Dennoch wollte er sich nicht hinlegen, sondern ... Nun, er wartete so lange, bis Ihr wieder zu Bewusstsein gekommen wart. Dann schrieb Seine Lordschaft einen Brief an Euch und nahm eine doppelte Dosis des Laudanums. Mit letzter Kraft hat er es noch bis in sein Bett geschafft. Er wollte sich nicht einmal von mir helfen lassen. In der Nacht musste ich den Arzt holen, denn ich fürchtete, Seine Lordschaft würde sterben. Der Doktor ließ ihn zur Ader und sagte, nun würde alles gut werden, aber am Montag ging es Seiner Lordschaft nur noch schlechter. Als Ihr am Montag an die Tür geklopft habt, weigerte er sich, Euch zu empfangen. Er sagte, dass Ihr ihn auf keinen Fall in diesem erbärmlichen Zustand sehen dürftet. Er verabscheut es, schwach zu sein.«

»Und er hasst es, bemitleidet zu werden, ich weiß«, fügte Maddy wispernd hinzu.

Franklin bedachte sie mit einem seltsamen Blick, als würde er sich wundern, dass eine Frau zu solchen Einsichten fähig war, dann nickte er knapp. John gab einen Schmerzensschrei von sich und bäumte sich in einem Krampfanfall auf, dann wurde sein Körper wieder schlaff und er fiel in die Kissen zurück. Maddy legte die Hand auf seine heiße Stirn, die zur Hälfte von Narben zerfurcht war.

»Lieber Gott, er glüht wie ein Eisen in der Esse. Was hat der Doktor denn gesagt?«

»Er hat Laudanum verordnet und gesagt, Seine Lordschaft solle etwas Nahrung zu sich nehmen, damit er wieder zu Kräften komme, aber er behält nichts bei sich. Kein Essen, keine Flüssigkeit und somit auch kein Laudanum.« Dem hellen Tageslicht folgte jetzt ein Schwall frischer Luft von draußen, nachdem Franklin die beiden Fenster nun geöffnet hatte. Obwohl es im Freien sommerlich warm war, wehte eine erfrischende Brise vom Meer her, die den Gestank von Schweiß und Urin endlich vertrieb. »Er hat ihn erneut zur Ader gelassen«, fügte Franklin nach einer Weile hinzu. »Aber Seine Lordschaft hat das Wundfieber. Ich habe solche Wunden im Gefängnis gesehen. Das bedeutet nichts Gutes.«

»Welche Wunde denn?«, krächzte Maddy. Die Frage mit dem Gefängnis verschob sie auf später.

»Der Schnitt vom ersten Aderlass.«

Mit fahrigen Fingern schob Maddy den Ärmel von Johns nassgeschwitztem Nachthemd zurück, und da sah sie den Verband, der um seinen Unterarm gewickelt war und durch den rötlich gelbe Wundflüssigkeit sickerte. Eilig wickelte sie die Binde ab und keuchte vor Ekel, als ihr der üble Geruch der eitrigen Wunde entgegenschlug, gefolgt von einem Schwall Wundsekret.

»Lieber Himmel«, schnaufte sie. »Warum hat der Arzt diese Wunde nicht versorgt?« Normalerweise entzündeten sich Schnitte von einem Aderlass nicht, weil das herausfließende Blut die Wunde reinigte, doch niemand kannte die genauen Gründe für Wundbrand. Man musste nicht im Krieg oder in einem Gefängnis gewesen sein, um zu wissen, wie schnell eine harmlose Wunde zu Wundbrand führte. Hatte das Wundfieber erst einmal begonnen, konnte man nur noch beten.

»Das weiß ich leider nicht, Mylady. Er sagte, man müsse den Arm abnehmen, aber Seine Lordschaft sagte, er solle sich zum Teufel scheren, lieber wolle er sterben. Und das war das Letzte, was er bei vollem Bewusstsein geäußert hat.«

»Wer pflegt meinen Gemahl? Wer wäscht ihn und wechselt die Wäsche?«

John lag in seinem Schweiß und das Hemd klebte an seiner Haut, als säße er in einer Badewanne. Maddy strich ihm vorsichtig die Haarsträhnen aus der glühenden Stirn. Seine Lippen waren spröde und eingerissen und zeugten davon, dass er unbedingt Flüssigkeit brauchte.

»Ich, Mylady«, antwortete Franklin und trat näher. »Lord Sutton hat mir ausdrücklich verboten, Hilfe zu holen. Ich musste es ihm bei der Mutter Gottes schwören. Er sagte, er wolle lieber sterben, als dass jemand ihn so sähe.«

»Er wird ganz gewiss sterben, wenn wir nichts tun«, rief Maddy und ein Schluchzer kam aus ihrer Kehle.

»Aber was können wir denn jetzt noch tun?« Franklin klang zum ersten Mal nicht gleichmütig, sondern verzweifelt. »Ich habe jede Nacht gebetet.«

»Diese Wunde muss sofort versorgt werden. Er muss gewaschen werden und er braucht ein frisches Hemd, neue Laken, das ganze

Bett ist doch nass von seinem Schweiß und von ...« Sie sprach das Wort nicht aus, sondern durchbohrte Franklin mit wütenden Blicken.

»Ich habe es ihm hoch und heilig bei Gott und bei meiner Seele geschworen, dass ich keinen Dienstboten ins Zimmer lasse«, sagte Franklin und schüttelte müde den Kopf. »Aber ich habe alles getan, was in meiner Macht stand.«

»Ich spreche nicht von Dienstboten, sondern von dir und mir. Ich kümmere mich um ihn und du wirst mir dabei helfen«, erklärte Maddy ungeduldig. Was dachte der Mann denn? Dass sie irgendeine unbeholfene Magd hereinlassen würde, die ihren entstellten Mann angaffte, als wäre er eine Jahrmarktskuriosität? Franklin schaute sie mit leicht hochgezogenen Augenbrauen an, sagte aber nichts.

»Nun los doch! Steh nicht tatenlos herum. Anne soll sofort Weidenrindentee kochen. Sie weiß, wie ich ihn möchte. Und sie soll Hühnerbrühe machen, sehr viel Hühnerbrühe. Schnellstens. Dann brauche ich frisches, warmes Wasser, Seife, frische Bettwäsche und sauberes Verbandsmaterial. Die Mägde sollen alles vor die Tür stellen und dann wieder verschwinden. Und jemand soll den Beutel mit meinen Heilkräutern aus meinen Gemächern holen und ihn ebenfalls vor die Tür stellen.« Dort war eine Salbe, die sie schon oft mit Erfolg bei entzündeten Wunden der Pferde und Schafe verwendet hatte. John stöhnte und warf den Kopf im Fieberdelirium hin und her. »Beeil dich doch. Er schwindet dahin.«

»Sehr wohl, Mylady«, sagte Franklin endlich und lief zur Tür.

»Und du musst jemanden schicken, der Ian holt.«

»Ian, den Obergärtner?« Franklins Stimme nahm einen schrillen Klang an. »Das würde Seine Lordschaft niemals gestatten. Seine Lordschaft ist ... ist sehr eifersüchtig auf den Gärtner. Euretwegen.«

»Ich will nichts von diesem Unfug hören«, fauchte Maddy, die allmählich die Geduld mit diesem störrischen Kammerdiener verlor. »Ian ist doch Arzt, oder nicht? Jeder Arzt ist besser als dieser Quacksalber aus Barnstake, der mit seinem Aderlass alles nur noch schlimmer gemacht hat. Und John braucht dringend Hilfe. Außerdem kennt Ian sich mit Heilpflanzen aus. Wenn überhaupt noch jemand helfen kann, dann er. Los jetzt! Schnell!«

Franklin wiegte seinen Körper hin und her wie ein gefangenes Tier, dann bekreuzigte er sich und warf einen Blick zur Zimmerdecke. »Lieber Gott, vergib mir, ich muss den Schwur brechen, den ich meinem Herrn geleistet habe, aber du hättest Ihre Ladyschaft nicht in sein Leben geschickt, wenn du nicht wolltest, dass sie ihn rettet. Amen.«

»Amen und jetzt los!«

»Er wird mich hassen und verdammen und Euch ebenso, Mylady.«

»Er kann mich verdammen, soviel er mag, falls er am Leben bleibt!«, zischte sie. Sie wusste, dass Franklin recht hatte. John war ein stolzer Mann. Er wollte weder bemitleidet noch verabscheut werden, das hatte er zu ihr gesagt. Und jetzt konnte sie verstehen, warum. Wer ihn anschaute, sah entweder ein entstelltes, wütendes Monster oder ein armes, bedauernswertes Opfer.

Franklin widersprach nicht mehr, sondern drehte sich auf dem Absatz um und lief aus dem Zimmer. Sie hörte, wie er sich auf dem Flur in großer Eile entfernte.

John wusste, dass er sterben würde. Der Engel des Herrn saß bereits an seinem Bett und lächelte auf ihn herab. *»Wenigstens ist es ein Engel und nicht der Teufel«*, dachte er umnebelt. Oder war das Madeleine? In seinen Fieberträumen war sie ganz nah bei ihm. Voller Hingabe wusch sie seinen glühenden Körper. Jeden stinkenden, widerwärtigen Inch davon berührte sie sanft mit kühlen Händen und seifte den Gestank von ihm ab. Er konnte sich nicht dagegen wehren und wollte es auch gar nicht. Sie war ja nur ein Produkt seiner Fantasie und zweifellos die letzte schöne Empfindung, die er mit in sein Grab nehmen würde.

In seiner Fantasie küsste sie ihn sogar. Er spürte, wie ihre Lippen sich so zart wie Daunen auf die seinen legten. Sie empfand keine Abscheu, sondern nötigte ihn mit dieser hauchzarten Berührung dazu, den Mund zu öffnen, und dann fühlte er, wie Flüssigkeit aus ihrem Mund in seinen Mund floss. War das Tee oder Ambrosia? Der Geschmack war bitter, aber auch süß, es schmeckte nach Honig und nach Madeleine. Er war gezwungen, die Flüssigkeit zu schlucken, wenn er nicht wollte, dass sie ihre Lippen von den seinen nahm. Es fiel ihm schwer, zu schlucken, und der Saft brachte ihn zum Würgen, denn seine trockene Kehle wehrte sich dagegen. Sein Magen verkrampfte sich, aber er durfte sich nicht übergeben. Nicht, wenn

Madeleines Lippen auf seinen lagen. Also schluckte er.

»Endlich«, hörte er ihre leise Stimme am Ohr. »Du musst den Tee bei dir behalten, mir zuliebe.« Dann lagen ihre Lippen schon wieder auf den seinen und die nächste Menge an Tee gelangte in seinen Mund. Was für ein himmlischer Traum das war! Seine Liebste fütterte ihn, wie eine Vogelmutter ihre Küken fütterte, während ihre sanften Hände über seine Stirn strichen. Und da waren ihre leisen, liebevollen Worte, die seine Seele berührten. Die Schmerzen in seinem Gesicht linderte sie, indem sie kühle, feuchte Lappen auf seine Narben legte. Oder war das eine Paste, die sie mit ihren zarten Fingerkuppen darauf verteilte?

Im Hintergrund hörte er die Stimmen von Männern, die er nicht zuordnen konnte. Waren das Franklin und Doktor Davidson oder waren es die Leichenbestatter, die ihn mitnehmen würden? War dies alles Wirklichkeit oder Traum? Das konnte nur ein Traum sein, denn Madeleine war ja bei ihm.

»Du sollst mich nicht sehen«, sagte er in seinem Fiebertraum zu ihr. »Ich bin ein Monster.«

»Ich sehe kein Monster«, antwortete sie.

Konnte ein sterbender Mann mit besseren Worten aus dem Leben scheiden?

»Verzeih mir, dass ich dich der Untreue beschuldigt habe«, murmelte er. Er durfte nicht sterben, bevor sie ihm nicht verziehen hatte, aber die Worte wollten nicht verständlich über seine Lippen kommen, es war nur dummes, unverständliches Gebrabbel. »Vergib mir, Liebste, ich war so ein Narr. Ich war eifersüchtig. Wahnsinnig vor Eifersucht«, wollte er sagen, aber alles, was er herausbrachte, war: »Narr ... eifersüchtig ... Wahnsinnig.«

»Nicht reden. Schone deine Kräfte«, sagte der Engel mit Madeleines Stimme. Einer Stimme, in der so viel Zärtlichkeit und Liebe schwang, dass es ihm das Herz wärmte.

So konnte er in Frieden gehen.

Aber Halt, er musste ihr noch von der Nacht des Feuers erzählen. Er hatte doch alles wieder ganz deutlich vor Augen. Auf einmal waren all die schrecklichen Bilder und Erinnerungen, die sein Verstand versteckt und eingesperrt hatte, wieder da. Das Fieber hatte die Kerkermauer des Vergessens eingerissen und alles herausgelassen. Er musste ihr erzählen, was damals geschehen war. Sie musste es wissen.

»Wir reden über alles, wenn du wieder gesund bist, John. Schone deine Kräfte«, sagte der Engel.

Gesund? Er wollte den Kopf schütteln und ihr erklären, dass er sterben würde und dass er auch bereit dazu war, sobald sie ihm vergeben hatte und sobald sie alles über das Feuer wusste. Aber schon fiel sein Geist in die Dunkelheit zurück.

Es dauerte fast drei Stunden, bis endlich jemand den Obergärtner gefunden hatte. Ian war nicht in seinem Häuschen und auch nicht im Park oder in den Ställen gewesen, sondern er hatte in dem fünf Meilen entfernten Ferrymoor Zwillinge zur Welt gebracht. Nachdem die Schwangere zwei Tage lang in den Wehen gelegen hatte und eines der Kinder in Steißlage war, grenzte es an ein Wunder, dass Mutter und Kinder die Geburt überlebt hatten – oder es war Ians Können als Arzt zu verdanken. Maddy hoffte auf Letzteres, denn was John jetzt brauchte, war ein Arzt, der Wunder wirken konnte.

Trotz seiner Erschöpfung hatte Ian nicht gezögert und war umgehend herbeigeeilt. Er hatte sich nur schnell gewaschen, ein frisches Hemd übergezogen und war dann zum Schloss gelaufen. Unrasiert und mit dunklen Schatten unter den Augen stampfte er in Johns Räume und erweckte den Eindruck, als wäre er bereit, ein ganzes Lazarett voller Kriegsversehrter zu operieren.

»Lady Sutton.« Ian grüßte Maddy nur mit einer kurzen Verbeugung, krempelte dann entschlossen die Ärmel seines Hemdes hoch und trat ans Bett. Vorsichtig hob er die Kompresse an, die sie in ihrer Hilflosigkeit auf Johns entzündetes Gesicht gelegt hatte. Er gab ein entsetztes Keuchen von sich und warf einen kurzen Blick auf Maddy, als wollte er sich vergewissern, dass sie noch nicht in Ohnmacht gefallen war.

»Was ist das für ein Umschlag?«

»Ich habe Johns Gesicht gewaschen, weil er so geschwitzt hat, und ein wenig Essig ins Wasser gegeben. In einem Buch über die Behandlung von Tieren habe ich gelesen, dass man auf diese Weise die Wunden sauber halten soll.« Maddy stand vom Bett auf, um ihm Platz zu machen, und als er zustimmend nickte, fuhr sie fort. »Danach habe ich etwas von meiner Paste auf die Kompresse aufgetragen. Ich habe sie selbst gemacht für unsere Tiere zu Hause, wenn sie offene Verletzungen hatten. Etwas Quark, Honig, Arnika und ...« Sie zögerte, weil sie Angst hatte, er würde lachen. »... und Spinnweben.« Vielleicht war das ja alles falsch und Ian würde ihre hilflosen Versuche, Johns Fieber und Schmerzen zu lindern, als dummen Aberglauben oder gar als Hexenkunst abtun, aber sie war so verzweifelt gewesen und hatte sich nicht anders zu helfen gewusst. Irgendetwas zu unternehmen war ihr besser erschienen, als tatenlos an Johns Bett zu sitzen, seinem fiebrigen Gebrabbel zuzuhören und darauf zu warten, dass er starb.

»Gut gemacht«, sagte Ian nur und dann wandte er seine Aufmerksamkeit der Wunde an Johns Unterarm zu und fluchte leise, aber ziemlich ausdrucksstark.

»Muss der Arm abgenommen werden?«, fragte sie mit angehaltenem Atem.

»Nein! Das kommt nicht infrage«, rief Franklin dazwischen, noch bevor Ian antworten konnte. Er stellte sich breitbeinig neben Ian, der den Kammerdiener allerdings um einen guten Kopf überragte und jetzt mit hochgezogenen Augenbrauen auf ihn hinabschaute. Franklin wirkte, als würde er es dennoch auf eine Schlägerei ankommen lassen, wenn es sein musste. »Seine Lordschaft hat ausdrücklich verboten, ihm den Arm abzunehmen. Er hat zu Doktor Davidson gesagt, er solle sich zum Teufel scheren.«

Maddy schüttelte den Kopf. Wenn eine Blutvergiftung erst einmal so weit vorangeschritten war, dann war die Amputation der betroffenen Gliedmaßen oft die einzige Rettung, das wusste jeder. Und selbst dann brachte sie in vielen Fällen keine Hilfe mehr.

»Seine Lordschaft sagte, er wolle lieber sterben, als auch noch den Arm zu verlieren. Er sei schon verkrüppelt genug.«

»Lieber tot, als den Arm verlieren?«, fragte Maddy aufgebracht. »Er muss verrückt sein.« Was hätte sie darum gegeben, wenn sie ihren Bruder Edmund lebendig aus dem Krieg zurückbekommen hätte, gleichgültig, wie schlimm entstellt oder verkrüppelt er gewesen wäre. »Das hast nicht du zu entscheiden.«

»Mit Verlaub, Mylady, ich weiß besser als jeder andere, was der Wille Seiner Lordschaft ist. Ihr kennt ihn noch nicht lange und wisst nichts von seinem ... von seinem Selbsthass und seiner Verzweiflung.«

Selbsthass und Verzweiflung? Sie schüttelte zwar wild den Kopf, aber sie konnte sich leider nur zu gut vorstellen, dass Johns

Entstellung und die Last auf seinem Gewissen ihn täglich marterten und er schlimme Seelenqualen litt – so sehr, dass er lieber sterben und sie allein zurücklassen wollte.

»Seine Lordschaft hat am Dienstag sein Testament zu Euren Gunsten geändert und eigens dafür seinen Anwalt herbestellt«, rief Franklin drängend. »Er wusste, dass er sterben wird. Ihr werdet Colebridge Hall erben, wenn Seine Lordschaft stirbt.«

»Was?« Maddy furchte die Stirn und schüttelte fassungslos den Kopf. Sie war am Dienstag tatsächlich Gibson und Brown auf der Treppe begegnet. Hatte John die beiden etwa gerufen, um sein Testament zu ändern? Lieber Himmel, und sie war eifersüchtig gewesen.

»Lord Sutton hat bereits alle Ländereien zurückgekauft, die früher zu dem Anwesen der Stewarts gehörten, und außerdem hat er die beträchtliche Summe von zwanzigtausend Pfund im Falle seines Todes für Euch vorgesehen, damit Ihr das Anwesen führen und die Pferdezucht wiederaufnehmen könnt.«

Zu jedem anderen Zeitpunkt hätte sie über diese Nachricht gejubelt und Freudentränen vergossen, zwanzigtausend Pfund, das war mehr als Colebridge Hall und alle Ländereien wert waren, aber in diesem Moment fand sie Franklins Offenbarung unerhört und geschmacklos. Redete er wirklich davon, dass sie bald eine reiche Witwe sein würde?

»Was willst du mit diesen Worten sagen? Dass ich John lieber sterben lassen soll, weil ich dann reich bin?«, rief sie empört.

»Seine Lordschaft wollte, dass Ihr abgesichert seid, wenn er tot ist. Sodass Ihr keine Angst vor Armut zu haben braucht und dass Ihr die finanzielle Freiheit erhaltet, möglichst schnell einen neuen Ehemann zu wählen. Einen, der Euch besser gefällt.«

Maddy wusste nicht, wie ihr geschah, es passierte einfach, sie holte aus und verpasste Franklin eine schallende Ohrfeige.

»Wie kannst du es wagen?«, schluchzte sie. Tausend verrückte Gefühle tosten durch ihren Kopf: Überraschung und Hysterie, Verzweiflung, Angst und Mitleid, aber hauptsächlich Wut und Kränkung. Irgendeines dieser fürchterlichen Gefühle hatte soeben ihr letztes bisschen Selbstbeherrschung zerschmettert.

»Verzeiht, Mylady, aber das waren die Worte, die Seine Lordschaft dem Anwalt gegenüber geäußert hat«, sagte Franklin frostig, während er seine Wange rieb.

»Das war ihm wichtig? Dass ich möglichst schnell einen neuen Ehemann suche?«, schrie Maddy. Sie wusste nicht, ob ihre Ohren von ihrem Geschrei oder von ihrem Ärger so laut gellten.

»Schluss jetzt«, schnitt Ians scharfe Stimme in den Streit. »Ich werde alles tun, um sowohl den Arm als auch den Earl zu retten. Dafür muss ich zuerst das abgestorbene Gewebe in der Wunde entfernen und die verunreinigten Stellen ausbrennen.« Er sah zwischen der wütenden Maddy und dem rotgesichtigen Kammerdiener hin und her. »Ich brauche Eure Hilfe bei dieser Operation. Euch beide. Seid Ihr dazu imstande, Lady Sutton?«

»Selbstverständlich«, sagte Maddy und wischte sich unwirsch die Tränen von der Wange. Sie schämte sich zwar für ihren Gefühlsausbruch, aber kein bisschen für die Ohrfeige.

»Gut.« Ian nickte. »Wenn die Wunde sauber und vom Eiter befreit ist, kann kein weiteres Gift mehr in die Blutbahnen gelangen. Allerdings muss Johns geschwächter Körper dann trotzdem noch mit dem Gift fertig werden, das sich bereits in seinem Blut befindet.« Jetzt holte er ein Hörrohr aus seiner Tasche und setzte es auf Johns Brustkorb. »Sein Herz ist schwach. Aber wir müssen es dennoch wagen. Einen anderen Weg sehe ich nicht.«

Er sah Maddy fragend an und die nickte.

Die Zeit verging an unterschiedlichen Orten unterschiedlich schnell und sie schmeckte auch unterschiedlich. Wenn man auf dem Rücken eines Pferdes über die Heide galoppierte, raste die Zeit dahin und sie schmeckte süß, wenn man aber am Bett des Gatten saß, der vor Schmerzen schrie und sich wand, dann war die Zeit zäh wie Pech und ihr Geschmack war gallenbitter.

Während Ian konzentriert das vergiftete Gewebe aus Johns Arm herausschnitt, saß sie auf der einen Seite des Bettes und Franklin auf der anderen. Beide versuchten, John festzuhalten und ihn zu beruhigen. Obwohl er vom Fieber ergriffen und nicht bei klarem Verstand war, schien er die Schmerzen doch zu spüren und jeder seiner Schreie war wie ein Stich in Maddys Herz. Manchmal rief er ihren Namen, oder er flehte Gott an, ihn endlich sterben zu lassen. Maddy riss sich zusammen und kämpfte die Tränen nieder. Das Weinen und die Hysterie verschob sie auf später, wenn sie allein wäre, aber auf einmal verstummte John und sein Körper sank leblos in sich zusammen.

»Ist er tot?«, rief sie panisch und zitterte. »Jesus Christus!«

Ian blickte nicht einmal auf. »Noch nicht«, sagte er verbissen. »Setzt Euch ans Fenster, bevor Ihr ebenfalls das Bewusstsein verliert.«

Maddy schüttelte nur den Kopf. Sie würde nicht von Johns Seite weichen.

»Ich bin gleich fertig, also setzt Euch. Ihr habt schon mehr geleistet, als man es von einer schwachen Frau erwarten durfte, erst recht von einer Countess. Sutton hat nichts davon, wenn Ihr vor Schwäche zusammenklappt. Sollte er das überleben, wird er Eure Hilfe noch brauchen. Ich wiederhole mich also: Setzt Euch da drüben ans Fenster, Mylady, verflucht noch mal.«

Mit einem Seufzen stand Maddy auf und Franklin kam eilig um das Bett herum und hielt sie am Arm fest, damit sie nicht fiel. Ihr war gar nicht aufgefallen, dass sie wankte.

»Das ist alles, was ich im Augenblick für ihn tun kann«, sagte Ian schließlich nach einer weiteren Unendlichkeit, in der er Johns Wunde verbunden hatte. Er packte seine Instrumente zurück in die lederne Tasche, dann wandte er sich zu Maddy herum, die sich in einem Sessel zusammengekauert hatte. Die Beine hatte sie angewinkelt und an den Körper gezogen und ihre Arme um die Unterschenkel geschlungen.

»Der Verband am Arm muss immer sauber sein und regelmäßig gewechselt werden. Alles andere liegt in Gottes Hand.« Er schaute mit gefurchter Stirn auf sie hinab.

»Danke, Ian«, sagte sie dumpf. Für überschwängliche Dankesworte war sie zu erschöpft, aber sie würde dafür sorgen, dass Ian für seine Leistungen angemessen entlohnt wurde, und wenn es das Letzte wäre, was sie tat. Doch jetzt gerade konnte sie nicht an Geld denken. Weder an Ians Entlohnung noch an ihr Elternhaus, das John ihr im Falle seines Todes hatte hinterlassen wollen.

»Euer Wissen über Heilpflanzen ist überraschend gut«, fuhr Ian fort und schaute sie durchdringend an, als wollte er prüfen, ob sie nicht gleich vom Stuhl kippte. »Vor der Nacht komme ich noch einmal herüber, um nach ihm zu sehen. Ich will eine Stunde schlafen und dann werde ich eine Salbe mischen, die Zinkoxid enthält. Sie wird die Abheilung der Brandwunden in seinem Gesicht fördern. Seine Narben müssten nicht so abscheulich aussehen, wenn er sich nur hätte helfen lassen.«

Maddy nickte müde.

»Sutton wird natürlich nie wieder ein Schönling werden, das ist Euch klar, aber diese Rötungen und Schwellungen und die Entzündungen, die ihn so schwer entstellen, lassen sich deutlich abmildern und mit den Jahren werden die Narben selbst auch verblassen.«

»Falls er überlebt«, wisperte Maddy.

»Euer Einfall, Euren Gatten von Mund zu Mund zu füttern, ist sehr, ähm, ungewöhnlich.«

»Ich habe in einem Buch über die Reisen von James Cook gelesen, dass manche Eingeborene ihre Kinder auf diese Weise füttern«, sagte sie und schaute ihn trotzig an. »Es erschien mir die einzige Möglichkeit, um John Flüssigkeit und stärkende Suppe zukommen zu lassen.«

Ian nickte knapp. »Wenn es Euch nicht zu sehr abstößt, dann solltet Ihr vorerst an dieser Methode festhalten, bis er wieder allein essen und trinken kann.«

»Warum sollte es mich abstoßen?«

»Sutton kann sich glücklich schätzen«, sagte Ian, ohne auf ihre Frage zu antworten.

»Glücklich?«, zischte Maddy. »Sein Gesicht ... diese Brandwunden. Sie sind drei Jahre alt, und sie sehen aus, als ob sich niemals jemand darum gekümmert hätte. Hast du ihn damals behandelt?« Sie stellte ihre Füße wieder auf den Boden und nahm eine aufrechte Körperhaltung ein, dabei wedelte sie mit der Hand in Richtung des Bettes, in dem John reglos und tief vergraben in den Kissen lag, bleich wie der Tod.

»Nein, das habe ich nicht.«

»Er musste die ganze Zeit fürchterliche Schmerzen gelitten haben. Wie konnte man diese schrecklichen Wunden einfach so schwären lassen?« Sie wollte nicht undankbar erscheinen, nachdem Ian so eine langwierige Operation auf sich genommen hatte, aber ihr Ärger musste aus ihr heraus. »Du ... du bist sein Bruder. Warum hast du nicht nach ihm gesehen und ihm geholfen?«

Ian schwieg eine ganze Weile und machte ein nachdenkliches Gesicht, als müsste er sich erst ausgiebig überlegen, was er ihr erzählen sollte.

»Nachdem ich gehört hatte, dass man John in der Orangerie gefunden hat und dass er noch am Leben, aber schwer verletzt war, wollte ich sogleich zu ihm«, sagte er schließlich zögernd. »Aber man hat mich nicht zu ihm gelassen. Der Butler und zwei Knechte haben mich auf Anweisung der Dowager Countess mit Stöcken aus dem Haus gejagt. Man hat erst nach einer Woche diesen Quacksalber aus Barnstake gerufen.« Den letzten Satz spuckte Ian förmlich vor sich auf den Boden. »Stimmt es nicht, Franklin?« Ian wandte sich zu Johns Kammerdiener um, der mit vor der Brust gefalteten Händen am Bett stand, den Kopf gesenkt hielt und betete. Franklin bekreuzigte sich und beendete sein Gebet.

»Niemand hat sich damals um Seine Lordschaft gekümmert«, antwortete dieser leise. »Niemand hat ihn gepflegt oder seine Wunden behandelt. Nicht so wie jetzt.« Er nickte in Maddys Richtung. »Er war sich und seinen Verletzungen überlassen, und ich wusste nicht, was ich tun sollte. Ich habe Headly um Hilfe gebeten und Mrs Longfields. Ich habe sogar jemanden zu seiner Mutter und Miss Larissa gesandt, doch niemand ist gekommen.«

»Aber warum nicht?«, fauchte Maddy. Sie war immer noch böse auf Franklin.

»Weil alle dachten, er wäre ein Brandstifter und ein grausamer Mörder. Niemand wollte sich um ihn kümmern, nicht einmal der niedrigste Laufbursche. Alle haben gehofft, dass er sterben würde, ganz besonders seine Mutter. Nur weil Miss Larissa ihn angeblich gesehen haben will.«

»Angeblich? Du glaubst, dass sie lügt?«

»Ich würde mir niemals erlauben, eine Lady der Lüge zu bezichtigen«, sagte Franklin frostig und kniff die Lippen fest zusammen, als wollte er mit aller Macht verhindern, dass weitere Worte aus seinem Mund herauskamen.

»Du sagtest: angeblich gesehen haben will. Darin ist gleich ein doppelter Zweifel versteckt, also heraus mit der Sprache«, drängte Maddy. »Warum denkst du, dass Larissa lügt?«

»Ich kenne Seine Lordschaft seit zehn Jahren«, begann Franklin mit einem müden Seufzen. »Damals, als er einfach nur Lord Sutton war und noch kein Earl, hat er im Dragonerregiment Seiner Majestät gedient und war zwei Jahre lang in Irland stationiert. Ich war Priester in dem Städtchen Ardee.«

»Ein Katholikenpfaffe?«, rief Ian mit einem ungläubigen Auflachen. »Sutton hat einen Katholiken als Kammerdiener?« Offenbar hörte auch er diese Geschichte zum ersten Mal, aber Franklin schenkte ihm nicht mal einen Blick, sondern fuhr, an Maddy gewandt, fort zu erzählen.

»Ich wurde verhaftet wegen angeblich rebellischer Umtriebe. Der Major, ich meine, Seine Lordschaft, hat mich aus dem Gefängnis geholt und vor dem Galgen bewahrt, weil er der Meinung war, meine Verhaftung sei ungerecht und kein Mensch dürfe nur wegen seines Glaubens bestraft werden.«

»Und dann hat John dich zu seinem Kammerdiener gemacht?«, wollte Maddy wissen.

»Das war die Bedingung für meine Freilassung, dass ich meine Soutane ablege und dass Major Sutton für mich bürgt.«

»Hinter Johns mürrischer Fassade verbarg sich schon immer ein Menschenfreund«, sagte Ian mit einem traurigen Seufzen. »Er würde auch für einen schottischen Wegelagerer bürgen, wenn er der Meinung wäre, dass seine Strafe ungerecht und seine Behandlung menschenunwürdig ist.«

Maddy schaute von einem zum anderen und spürte ihren Herzschlag bis in die Kehle. »Ihr glaubt also beide nicht, dass John diese schreckliche Tat begangen hat?«

»Seine Lordschaft war von jeher sehr temperamentvoll und neigte zu Gefühlsausbrüchen wie alle Suttons«, antwortete Franklin mit ernster Miene. »Aber er hat einen hohen Sinn für Ehre und Gerechtigkeit. Er würde niemals einen Menschen mutwillig ermorden, erst recht nicht wehrlose Frauen oder gar unschuldige Kinder. Nie. Mals.«

»Nein, das würde er nie tun«, bestätigte Ian, und leise, kaum hörbar für die anderen, fügte er hinzu: »Ganz im Gegenteil, er wäre eher zur Rettung geeilt.«

Maddy atmete langsam aus und unterdrückte ein Schluchzen. *Er würde niemals einen Menschen mutwillig ermorden, erst recht nicht wehrlose Frauen oder unschuldige Kinder.* Dieser Satz wirkte, als hätte jemand eine eiserne Kette zerschlagen, die sich seit Tagen – seit sie in der Orangerie gewesen war – immer enger um ihr Herz gelegt und es abgeschnürt hatte.

14. Dunkle Erinnerungen

In der Nacht nach der Operation stieg Johns Fieber noch mehr an und auch die Essigumschläge, die Maddy um seine Waden und seinen Oberkörper wickelte, brachten keine Linderung. Er stöhnte und wand sich in einer Agonie, die nicht nur seinen Körper, sondern auch seine Seele peinigte.

»Es brennt, es brennt! Der Schmerz!«, rief er im Fieberwahn.

Zuerst glaubte Maddy, er meine seine frische Operationswunde, und sie wechselte den Verband in der Hoffnung, dass dies die Schmerzen mildern würde. Bald aber wurde ihr klar, dass die gestammelten Worte und die zusammenhanglosen Sätze seine Erinnerungen an das schreckliche Feuer waren.

»Selena ... Leg die Fackel weg ... Bist du des Wahnsinns? ... Selena! ... Nein! Lass sie! ... Die Kinder ... Geh weg! Nein!« Er schrie im Fieber, bäumte sich auf, nur um gleich darauf wieder kraftlos in seine Kissen zurückzufallen.

»John, was siehst du im Traum?«, wisperte Maddy drängend, bekam aber keine Antwort, sondern nur einen weiteren Schwall unverständlicher Satzfetzen.

»Die Fackel! ... Nein, nicht! ... Was tust du?« Er schrie und bäumte sich erneut auf. »Es brennt! Es brennt so sehr ... Die Schmerzen ... Die Kinder! ... Hör auf! ... Leg die Fackel weg.«

»Hat Selena das Feuer gelegt? John? Hörst du mich?« Sie versuchte, zu ihm durchzudringen, aber er warf den Kopf hin und her und fantasierte weiter. »Was ist mit Selena, John? Was siehst du?«

»Leg die Fackel weg!«, schrie er gellend. »Leg die Fackel weg! Die Kinder! Selena! Nein!«

Sie tauschte einen hilflosen Blick mit Franklin aus, der am Fußende des Bettes kniete und stumm betete.

»Es sind immer die gleichen Worte, die Seine Lordschaft im Fieber ruft, aber sie ergeben keinen Sinn.« Franklin bekreuzigte sich und betete weiter.

»Doch, sie ergeben einen Sinn«, sagte Maddy. »John kann das Feuer nicht gelegt haben. Wen immer er da in seinen Fieberträumen sieht, wen immer er anschreit, er solle die Fackel weglegen, das muss der wahre Täter sein. Womöglich war es Selena.«

Zwei Tage und zwei Nächte blieb Johns Zustand unverändert und er verharrte an der Schwelle des Todes. Maddy wich nicht von seinem Bett, fütterte ihn, wusch ihn, wechselte die Bettlaken, die Kompresse in seinem Gesicht und den Verband an seinem Arm.

Einmal nickte sie vor Erschöpfung ein. Es war nur ein kurzer Schlaf, eine Stunde, nicht mehr, doch als sie danach blinzelnd die Augen öffnete und die unversehrte Seite ihres Ehemannes betrachtete, da erkannte sie ihn auf einmal wieder. Seine gerade Nase, das kantige Kinn, die dunklen Haare, diese Lippen, die damals so freundlich auf sie herabgelächelt hatten. Es war wie ein Blitzschlag aus heiterem Himmel. Stunde um Stunde hatte sie an seiner Seite verbracht und es nicht bemerkt. Der junge Offizier, der ihr einst die Nachricht von Edmunds Tod gebracht hatte, war der Earl of Dunlow, ihr Gemahl!

Vielleicht lag es an seiner vernarbten Gesichtshälfte, vielleicht daran, dass er sehr viel stärker gealtert war als die drei Jahre, die seit der Begegnung vergangen waren, dass sie es nicht gleich bemerkt hatte. Vielleicht lag es auch an der schweren Krankheit, die ihn zeichnete. Damals, vor drei Jahren, war er jung gewesen, kaum dreißig, und ihr war er als der attraktivste und stattlichste Mann erschienen, den sie je gesehen hatte. Seine Uniform hatte perfekt gesessen und die Schulterklappen mit den goldenen Troddeln hatten seine breiten Schultern noch breiter erscheinen lassen. Er hatte unbefangen mit ihr gescherzt und kokettiert, und hätte er ihr an jenem Tag nicht so eine schreckliche Botschaft gebracht, wer weiß, vielleicht hätte sie sich mit Haut und Haar in ihn verliebt.

Aber von jenem jungen, charmanten Offizier war nichts mehr übrig geblieben, nicht die Schönheit und auch nicht Leichtigkeit, und dennoch war er es.

»So viele Lügen und Geheimnisse, John. Warum hast du mir nicht gesagt, dass du es warst?«, fragte sie ihren bewusstlosen Mann, wohl wissend, dass sie keine Antwort bekommen würde.

Als am Montagmorgen die ersten Sonnenstrahlen durch das offene Fenster hereinschienen, war Johns Fieber endlich gesunken und er in einen tiefen, ruhigen Schlaf gefallen. Sie legte sich mitsamt ihren Kleidern neben ihn ins Bett, nahm seine Hand und schlief selbst ein.

Irgendwann weckte ein lauter Disput an der Tür sie auf. Sie

musste lange geschlafen haben, denn die Sonne war schon am Ostflügel des Schlosses vorbeigewandert und stand jetzt hoch im Süden. Sie strich sich die wirren Haare aus dem Gesicht, rieb sich den Schlaf aus den Augen und hievte sich müde aus dem Bett. Sie fühlte sich, als wäre eine Herde wilder Pferde über sie hinweggaloppiert und hätte jeden einzelnen Knochen in ihrem Körper zertrampelt.

Aber das alles war gleichgültig, das Einzige, was zählte, war: John war über dem Berg! Und die Tränen, die ihr unwillkürlich in die Augen schossen, waren Tränen der Freude und Erleichterung und nicht des Schmerzes. John schlief immer noch, ohne etwas von dem Streitgespräch vor der Tür zu bemerken. Sein Brustkorb hob sich langsam und gleichmäßig und sein zuvor schmerzverzerrtes Gesicht hatte jetzt einen friedlichen Ausdruck.

Franklin stand an der Tür, die er nur einen Spalt geöffnet hatte, und zischte verärgerte Sätze nach draußen.

»Was ist das für ein Disput?«, murmelte sie und reckte ihre verkrampften Glieder.

»Doktor Davidson begehrt Einlass.« Franklin wandte sich zu ihr herum, ohne die Tür weiter zu öffnen. »Er besteht darauf, Seine Lordschaft zu untersuchen, und ich sagte ihm, dass Seine Lordschaft inzwischen einen anderen Arzt konsultiert.«

»Ich lasse mich doch nicht von einem Lakaien abweisen«, kam es empört von draußen. »Zur Seite, Mann!«

Maddy sprang sogleich aus dem Bett und nahm sich nicht einmal Zeit, ihr zerknittertes Kleid glattzustreichen. Sie drängte sich an Franklin vorbei zur Tür hinaus und baute sich breitbeinig vor dem massigen Doktor auf. Die Tatsache, dass ihr Nacken steif war, ihr Kopf schmerzte, ihr Haar offen über ihre Schultern fiel und sie alles andere als angenehm roch, war ihr in diesem Moment vollkommen gleichgültig. Diesen Kurpfuscher würde sie auf keinen Fall über die Türschwelle lassen.

»Ihre Dienste sind nicht länger vonnöten, Davidson«, sagte sie. Der rote Kopf des Mannes deutete darauf hin, dass er schon eine ganze Weile hitzig mit Franklin diskutiert und sich in eine Aufregung hineingesteigert hatte.

»Ich verstehe nicht. Ich habe eigens die beschwerliche Reise aus Barnstake auf mich genommen, um zu sehen, wie es meinem Patienten geht.«

»Sie meinen wohl, Sie wollten nachsehen, ob er nicht endlich gestorben ist, nachdem Sie so gründlich an ihm herumgepfuscht haben?«

»Ich muss doch sehr bitten, Mylady.« Der rote Kopf des Arztes wurde noch röter, beinahe blau, und sah aus wie eine überreife Pflaume.

»Übermitteln Sie dem Sekretär Seiner Lordschaft Ihre Honorarforderung und betreten Sie dieses Haus nie wieder.« Sie schenkte ihm ein unverbindliches Lächeln und wandte sich ab, um an Johns Bett zurückkehren.

»Ihr werft mich hinaus?«, rief Doktor Davidson und blies seine dicken Wangen auf. »Ich werde mich bei der Countess über Euch beschweren.«

»Ich bin die Countess.«

»Ich meinte die Dowager Countess. Ich werde mich bei ihr beschweren.«

»Sie können sich meinethalben beim Prinzregenten persönlich beschweren, es bleibt dabei: Wenn Sie noch einmal dieses Schloss betreten, werde ich Sie von den Dienstboten hinauswerfen lassen.«

Der Doktor lachte halb spöttisch, halb irritiert. »Ihr vergesst wohl, dass ich in hohem Ansehen bei der Dowager Countess stehe. Und ich habe sagen hören, dass man darüber nachdenkt, Eure Ehe zu annullieren«, antwortete Davidson mit gespitzten Lippen.

Sie wandte sich zur Tür um, wo Franklin nach wie vor seine Nase durch den schmalen Spalt herausstreckte und dem Streitgespräch lauschte. »Franklin! Läute bitte nach Headly, er soll Doktor Davidson hinausbegleiten.«

»Ich bin seit dreißig Jahren der Arzt von Lady Sutton und der Hausdiener kennt mich. Er würde sich niemals erdreisten, mich auch nur anzufassen.«

»Franklin, bring mir meine Pistole. Sie liegt auf dem Tisch direkt neben der Tür«, sagte sie und reckte ihre offene Hand demonstrativ Franklin entgegen mit der Aufforderung, ihr die Waffe zu überreichen, die seit Freitag dort lag. »Mr. Davidson möchte offenbar, dass ich ihn persönlich zur Tür begleite.« Es kostete sie ihre ganze Selbstbeherrschung, leise zu sprechen und gefasst zu wirken.

»Das ... das ... würdet Ihr nicht wagen.«

»Wenn ich es recht bedenke, habe ich sogar große Lust, Euch das Blei direkt zwischen die Augen zu schießen.«

Franklin streckte die Steinschlosspistole zur Tür heraus und sie zielte ungeniert auf den Doktor. Sie hatte natürlich keine Erfahrung mit Schusswaffen. Einer der älteren Stallburschen hatte die Waffe für sie geladen und ihr gezeigt, wie man den Hahn spannte. Die Pistole war groß und schwer, und vermutlich würde sie niemals etwas damit treffen, selbst wenn sie es ernst meinte. Aber der schwarze Lauf, den sie direkt auf Davidsons dicken Bauch richtete, reichte aus, um dem Arzt die Ernsthaftigkeit ihrer Drohung zu verdeutlichen und ihn in die Flucht zu schlagen. Er japste entsetzt nach Luft, schwang seinen massigen Körper herum und rannte.

»Das wird ein Nachspiel haben!«, drohte er im Davonlaufen. »Die Dowager Countess wird nicht erfreut sein.«

»Franklin!«, kam Johns Stimme von drinnen und Maddy fiel vor Schreck beinahe die Pistole aus der Hand. »Wo bist du? Ich habe Durst.«

John war aufgewacht. Er war zu sich gekommen. Endlich! Sie raffte die Röcke und wollte schleunigst zu ihm, aber Franklin verstellte ihr den Weg.

»Nein, bitte nicht.« Er trat auf den Gang heraus und zog vorsichtig die Tür hinter sich zu, dabei hatte er beide Hände hochgereckt und die Handflächen abwehrend nach außen gedreht. »Bitte geht nicht zu ihm.«

»Er ist zu sich gekommen, hörst du nicht? Er braucht mich.«

»Er darf nicht wissen, dass Ihr sein Gesicht gesehen habt. Ich flehe Euch an. Er darf das niemals erfahren.«

»Ich soll ihn ausgerechnet jetzt alleinlassen?«, flüsterte Maddy drängend.

»Er würde Euch kein Lob und keine Anerkennung für Eure selbstlose Hilfe zollen. Er würde rasen vor Wut und sterben vor Scham«, flüsterte Franklin genauso drängend zurück.

»Es geht mir doch nicht um Anerkennung. Er braucht Pflege, jemand, der ihn wäscht, füttert und umzieht. Nur weil er wieder bei Bewusstsein ist, heißt das nicht, dass er schon gesund oder außer Gefahr ist.«

»Das weiß ich«, seufzte Franklin. »Aber ich muss das ab jetzt wieder allein übernehmen, denn es würde Seine Lordschaft nur noch kränker machen, wenn er wüsste, dass Ihr ihn ohne Maske gesehen habt. Es würde ihn vernichten.«

»Aber ich bin seine Frau, und früher oder später muss er sich mir zeigen, wie er ist.«

Franklin schloss die Augen und seufzte. »Mylady, ich flehe Euch an. Er ist noch nicht bereit für diesen Moment. Er hat noch lange nicht akzeptiert, was damals mit ihm geschehen ist und wie er nun aussieht. Daher trägt er diese Maske und lebt in seiner eigenen endlosen Nacht.«

»Würde es ihn denn nicht erleichtern, wenn er wüsste, dass ich sein Gesicht kenne und mich nicht angewidert abwende?«

»Von allen Menschen auf dieser Welt seid Ihr die Allerletzte, der er sein Gesicht zeigen möchte. Seine Lordschaft möchte vor Euch stattlich und begehrenswert erscheinen. Lasst ihm seinen Stolz und seine Würde als Mann.«

Maddy schüttelte den Kopf, aber im Grunde ihres Herzens wusste sie, dass Franklin recht hatte. Wenn John sich selbst nicht akzeptieren konnte, wie er war, wie konnte er dann glauben, dass andere dazu in der Lage waren? In diesem Moment hatte Franklin nicht als Kammerdiener zu ihr gesprochen, sondern als Johns Seelsorger und auch als Freund, als Mann, der ihn in- und auswendig kannte.

»Franklin, wo bist du?«, kam es dumpf von drinnen.

»Geht nicht hinein, Mylady, ich bitte Euch«, beschwor Franklin sie und rang die Hände in einer flehenden Geste.

»Gut, ich gebe ihm noch Zeit, bis er bereit ist, sich mir zu zeigen. Aber irgendwann will ich in seine Augen schauen, mit ihm an einem Tisch sitzen, mit ihm draußen durch die Sonne spazieren und mich mit ihm unterhalten. Ich will einen richtigen Ehemann haben und keinen Earl der Nacht.«

Franklin zog die Nase hoch und fiel auf einmal vor ihr auf die Knie, dann ergriff er ihre Hand und küsste sie. »Gott wird Euch entlohnen, Mylady. Für all das.«

»Herrje, ich bin doch nicht der Papst. Steh auf!«, zischte sie und entzog ihm schnell die Hand. »Die Pflege für John muss gewährleistet sein. Ian muss jeden Tag zweimal nach ihm sehen, sonst bin ich nicht bereit, mich zurückzuziehen. Wird mein Gemahl es ertragen können, dass Ian ihn ohne Maske sieht?«

Franklin nickte. »Das wird er gewiss viel leichter ertragen, als zu wissen, dass Ihr sein Gesicht gesehen habt.«

»Ich möchte immer über seinen Zustand auf dem Laufenden gehalten werden.«

»Danke, Mylady!« Franklin verneigte sich. Hätte er sich noch tiefer verbeugt, wäre er vornübergekippt, aber sie war noch nicht fertig.

»Außerdem muss ich, sobald es sein Zustand zulässt, mit ihm sprechen.« Dieses Gespräch war mehr als überfällig. »Ich verbinde mir meinetwegen die Augen, oder er kann sein Gemach in völlige Dunkelheit hüllen, während wir reden, oder er kann sich diese abscheuliche Kapuze aufziehen. Es ist mir gleich wie, aber ich muss mit ihm reden.«

»Ich denke, das lässt sich einrichten, Mylady. Vielleicht morgen gegen Abend, wenn Seine Lordschaft in einer besseren Verfassung ist. Ihr solltet Euch ausruhen, wenn Ihr mir die Bemerkung erlaubt. Ihr seht sehr erschöpft und derangiert aus.«

»Ich weiß.« Sie bog ihren Rücken durch, denn ihr tat jeder Knochen und jeder Muskel weh. Außerdem musste sie sich dringend waschen und die Kleidung wechseln. Selbst nach einem Sommertag bei der Heuernte hatte sie sich nicht so schmutzig und lädiert gefühlt. Aber alles in ihr sträubte sich dagegen, in ihre eigenen Gemächer zurückzukehren, denn dort würde sie nicht Jane antreffen, sondern Mrs Young, die Schwester des Vikars und die Spionin der Dowager Countess.

Janes Entlassung und der schreckliche Lunch bei ihrer Schwiegermutter war für sie zur unwichtigsten Nebensache geworden, als sie Johns Räume betreten und ihn in seinem sterbenskranken Zustand vorgefunden hatte. Mrs Young hatte in den vergangenen Tagen immer wieder an Johns Tür geklopft, zuerst um sich bei Maddy vorzustellen und ihr zu sagen, dass sie nun ihren Dienst angetreten habe. Dann um ihr zu erklären, es sei Zeit, sich umzuziehen, das Dinner sei serviert, es sei Zeit, um zu schlafen, und sie könne nicht im Schlafzimmer ihres Gemahls bleiben, weil sich das nicht gezieme. Am anderen Tag hatte sie wieder angeklopft und mit sehr viel mehr Nachdruck danach verlangt, umgehend mit Lady Sutton zu sprechen. Eine Stunde später wollte sie auf Anordnung der Dowager Countess wissen, was mit John los sei, und dann am Abend kam sie im Auftrag ihres Bruders, der seinen geistlichen Beistand anbot, falls es ein Problem gäbe. Aber Franklin hatte sie jedes Mal kühl und unnachgiebig abgewiesen, ohne mehr als fünf Worte an sie zu verschwenden.

»Sie ist wie eine Aaskrähe«, hatte Franklin sie charakterisiert, und das, obwohl er sonst niemals über irgendjemanden urteilte oder schlecht sprach.

Einmal hatte Mrs Young frische Kleidung für Maddy gebracht, nicht aber ohne empört darauf hinzuweisen, dass sie es für unangemessen halte, wenn sich die Countess im Schlafzimmer ihres Gatten umziehe. Sie hatte darauf bestanden, Ihrer Ladyschaft in deren eigenen Gemächern beim Wechseln der Kleidung zu helfen, aber Franklin war von Mrs Youngs Bedenken unbeeindruckt geblieben, und Maddy hatte gar keine Zeit gehabt, sich um Bekleidungsfragen zu kümmern. Deshalb trug sie immer noch das dunkle Kleid, das sie für den unsäglichen Freitagslunch angezogen hatte. Doch jetzt konnte sie die Begegnung mit Mrs Young und mit frischer Kleidung nicht länger hinausschieben. Außerdem sehnte sie sich nach einem heißen Bad und nach Schlaf. Nach sehr viel Schlaf.

»Herrgott, Franklin, ich verdurste. Wo bist du?«, ließ John sich von drinnen mit erstaunlich kräftiger Stimme vernehmen.

»Er wird wieder gesund«, meinte Maddy und lächelte hoffnungsvoll. Franklin verbeugte sich erneut tief, bevor er in Johns Gemächer zurückkehrte.

Sein Engel war verschwunden und die altbekannten Schmerzen waren wieder da. Aber er lebte noch. Das war immerhin etwas Gutes. Auch seine Erinnerungen waren wieder da. Sie waren mit der Gewalt einer Sturmflut aus den verschlossenen Kammern seines Gedächtnisses zurückgekehrt, und sie waren alles andere als angenehm. Das ganze Grauen jener Nacht stand auf einmal wieder so bildhaft vor seinen Augen, als ob es erst gestern geschehen wäre.

»Wo ist ... meine Frau?«, fragte er Franklin mit müder Stimme, nachdem er sich zitternd wie ein alter Greis und unter unsäglichen Schmerzen im Bett aufgesetzt hatte. Er lehnte sich gegen das Kissen, das Franklin für ihn aufschüttelte und in seinen Rücken schob, und unterdrückte ein Stöhnen. Er hasste es, schwach zu sein. Seine Kehle war so trocken, dass er kaum einen Ton herausbrachte. Franklin hielt ihm einen Becher mit Tee an die Lippen, und er trank wie ein Kleinkind, das noch nicht Herr über seine Bewegungen war. Das lauwarme Getränk lief an seinen Mundwinkeln herab und tropfte auf sein Hemd.

»Verdammt!«, wollte er fluchen, aber es kam lediglich ein tonloses Krächzen heraus. Der Tee schmeckte bitter, dennoch nahm er gleich noch einen zweiten Schluck.

In seinen Fieberfantasien hatte der Tee süß, nach Honig und nach den Lippen seiner Frau geschmeckt. Aber der Fiebertraum war weg und das Leben mitsamt der Bitterkeit hatte ihn zurück. Als Franklin den Becher wegstellen wollte, hob John seinen rechten Arm, den unversehrten, der nicht schmerzte, und hielt den Diener am Handgelenk zurück. Allein diese lächerliche Bewegung sandte Schmerzensstiche bis unter seine Kopfhaut und brachte den besagten Arm zum Zittern. Er war zu einem erbärmlichen Schwächling geworden. Wie lange hatte er im Fieber gelegen?

»Meine Frau?«, fragte er noch einmal und bedachte seinen Kammerdiener mit einem finsteren Blick, obwohl er nur sein rechtes Auge dafür zur Verfügung hatte. Eine Bandage war um seinen Kopf gewickelt und verdeckte die vernarbte Hälfte mitsamt dem linken Auge. Aber zu seiner Überraschung schmerzte die Brandwunde unter der Bandage kaum. Sein linker Arm hingegen fühlte sich an, als wäre er von einem Schlächter in Stücke gehackt worden.

»Lady Sutton schläft«, sagte Franklin, ohne ihn anzusehen.

Die dunklen Vorhänge waren aufgezogen und das Fenster stand sperrangelweit offen, eine frische Brise wehte vom Meer herüber und direkt in sein Gesicht. Draußen war es taghell und Maddy schlief? Wirklich? Dabei hätte er schwören können, dass er ihre Stimme vorhin noch auf dem Flur gehört hatte, wie sie lautstark mit jemandem stritt. Aber offenbar war das ein Teil seiner Träume gewesen.

»Wie geht es ihr?« Er hasste es, dass seine Stimme ebenso kraftlos war wie sein ganzer Körper. Am liebsten wäre er sofort aus dem Bett gesprungen und nach nebenan gegangen, um sich selbst ein Bild von ihrem Zustand zu machen. Als er zuletzt mit ihr gesprochen – oder vielmehr gestritten – hatte, hatte er sie des Ehebruchs bezichtigt und sie hatte ihn einen Unmenschen genannt. Dann war sie ohnmächtig zusammengebrochen. Hatte sie nicht auch behauptet, er würde Larissa lieben? Wie lächerlich! Er hatte sie allein lassen und seine Entschuldigung auf den anderen Tag verschieben müssen.

Aber am anderen Tag hatte er nicht einmal mehr genug Kraft gehabt, um allein aufzustehen. Franklin hatte Doktor Davidson in der Nacht geholt, daran erinnerte er sich noch vage. Der hatte ihn zur Ader gelassen, aber es hatte nicht geholfen. Es war ihm danach nur noch schlechter gegangen. So miserabel, dass er sogar Gibson, seinen Advokaten, und Brown zu sich gerufen hatte. Das war sein verzweifelter Versuch gewesen, sich bei Maddy für alles zu entschuldigen, was er getan hatte: dass er ihren Vater in den Freitod getrieben hatte, dass er sie zu der Ehe genötigt hatte, dass er ein eifersüchtiger, übellauniger Bastard war, der seine perversen Gelüste an ihr auslebte, ja, dass ein Monster wie er es überhaupt wagte, ein Geschöpf wie sie zu lieben und zu begehren.

Hatte er eigentlich jemanden beauftragt, zu überprüfen, was es mit dem mysteriösen Überfall auf sich hatte? Er wusste es nicht mehr. Nachdem der Advokat und sein Sekretär gegangen waren, war seine Verbindung zur Realität endgültig abgebrochen und er war von einem Mahlstrom aus Fieberträumen und schrecklichen Erinnerungen fortgerissen worden. Leider hatte das Fieber nicht nur himmlische Visionen von seinem Engel Madeleine mit sich gebracht, sondern auch höllische Erinnerungen an jene Nacht des Feuers.

»Es geht ihr gut«, sagte Franklin überraschend einsilbig. Der Kammerdiener sah ebenfalls abgekämpft aus, mit dunklen Schatten unter den Augen und Bartstoppeln in seinem ansonsten stets makellos gepflegten Gesicht. Sein Krawattenschal war nachlässig gebunden und seine Weste aufgeknöpft. Der gute Mann hatte offenbar Tag und Nacht an seinem Krankenbett verbracht. »Lady Sutton geht es gut. Ihre Ladyschaft ist nur sehr entkräftet.«

»Warum ist sie entkräftet?« Franklin und auch Davidson hatten ihm noch in der Nacht nach dem Überfall geschworen, dass sie keine schlimmen Verletzungen davongetragen habe.

»Müde trifft es vielleicht besser, Mylord«, murmelte Franklin.

»Ich habe geträumt, dass sie hier war. Oder war das gar kein Traum?« Panik ergriff ihn und jagte heiße Stiche in sein Herz. Er wollte die Frage hinausschreien, aber es kam nur ein schwaches Krächzen aus ihm heraus. Wenn Maddy jemals sein Gesicht zu sehen bekäme, würde seine Welt untergehen und er mit ihr. Franklin antwortete nicht, sondern goss noch einmal Tee in die Tasse.

»Hat sie mich gesehen?«, fragte er. Es musste ein Traum gewesen sein. Maddy hatte seine entstellten Lippen geküsst und ihn gefüttert. Sie hatte ihn gehalten und sein Gesicht gewaschen. Das war unmöglich real gewesen. Er fasste unwillkürlich nach dem Verband um seinen Kopf. Hatte sie ihn angelegt? Sein Magen revoltierte, und der Tee stieg wieder nach oben, während er vor Schreck am ganzen Körper zitterte.

»Nein, Mylord«, beteuerte Franklin schnell. »Aber ich konnte Euren Zustand nicht länger vor Lady Sutton geheim halten. Sie hat sich große Sorgen um Euch gemacht. Sie hat, ähm, ständig nach Euch gefragt und sie hat mir ... hat mir Anweisungen erteilt, wie ich Euch behandeln soll, und dann hat sie befohlen, dass ich einen anderen Arzt holen soll. Doktor Davidsons Behandlung hatte Euren Zustand nur verschlimmert.« Er hielt die Tasse mit dem Tee hoch. »Ihr müsst noch mehr davon trinken. Das Laudanum wird Eure Schmerzen lindern und Euch in einen erholsamen Schlaf versetzen. Ihr sollt viel trinken und viel schlafen, Mylord, das hat der Obergärtner angeordnet.«

»Ian? Du hast Ian geholt?«, schrie John und dieses Mal hatte seine Stimme tatsächlich Kraft und Lautstärke, aber er japste gleichzeitig nach Luft von der Anstrengung. Ausgerechnet Ian, der Verführer, der Verräter.

»Lady Sutton hat mir keine andere Wahl gelassen. Das war die einzige Möglichkeit, um sie davon abzuhalten, sich selbst um Euch zu kümmern. Sie hat mir mit der Pistole gedroht und versucht, gewaltsam in Eure Räume einzudringen«, sagte Franklin und verzog sein Gesicht zu einer Leidensmiene. Das zeigte John, wie hartnäckig Madeleine gewesen sein musste, und ein schwaches Lächeln zuckte um seine Mundwinkel. Sie hatte sich Sorgen um ihn gemacht. Die Vorstellung, dass sie Franklin mit einer Waffe gedroht hatte, behagte ihm auf perverse Weise.

»Sie hat mich also nicht gesehen, nur Ian war hier?« Er konnte sich erinnern, dass er zwei Männerstimmen gehört hatte. Die Bilder und Stimmen hatten sich in seinem Kopf zu einem wilden Gewirr vermischt und er hatte Realität und Traum nicht mehr auseinanderhalten können. Er musste sich wohl oder übel auf Franklins Wort verlassen. Der Mann log nie.

»Ian hat Euch das Leben gerettet, Mylord, und Euch operiert«, sagte Franklin. »Er hat Euch vom Rande des Todes zurückgeholt und Euren Arm gerettet, obwohl die Vergiftung schon so weit vorangeschritten war, dass Doktor Davidson nichts mehr dafür tun wollte.«

John schaute auf den Verband an seinem linken Arm und schüttelte ungläubig den Kopf. Die ganze linke Seite schmerzte, als wäre er von einer Kutsche überfahren worden, aber der Arm war noch dran und er konnte ihn sogar anheben und die Finger bewegen. Das war ein Wunder.

»Das hat wirklich Ian gemacht? Freiwillig?«

Franklin nickte. »Und er hat den Verband in Eurem Gesicht angelegt, Mylord. Die Brandwunde ist beinahe abgeheilt und sieht nicht mehr so ... so entsetzlich aus. Soll ich Euch einen Spiegel holen?«

»Gott bewahre, nein!« Das Letzte, was er jetzt sehen wollte, war sein eigenes Gesicht. »Ian soll sofort kommen. Lass ihn rufen.«

»Mylord, Ihr solltet ruhen und schlafen«, sagte Franklin und rang die Hände. »Hat das Gespräch nicht Zeit bis später, bis Ihr wieder bei Kräften seid?«

»Ruf diesen Bastard sofort zu mir und bring mir eine geladene Pistole.«

»Ich muss schon sagen, das ist eine recht ungewöhnliche Art, deine Dankbarkeit zum Ausdruck zu bringen«, sagte Ian lachend, als er den Raum betrat und direkt in die Mündung von Johns New-Land-Pattern-Pistole schaute. Ian sah blendend aus wie immer: groß, stattlich, strahlend vor guter Laune und Zufriedenheit, glatte Haut, volles dunkles Haar, das ihm lockig bis zu den Schultern reichte – ein Adonis in der Blüte seiner Männlichkeit. »Wie schön, dass es dir schon so gut geht, dass du bereits wieder eine Pistole halten kannst.«

John konnte über Ians Späße nicht lachen. Er musste all seine Kräfte und Selbstdisziplin aufbringen, damit seine Hand nicht zitterte, während er die schwere Pistole hielt, aber er würde keine Schwäche zeigen, nicht vor diesem Hundesohn. Ian schien sich keiner Schuld bewusst zu sein, er schenkte ihm sein charmantestes Lächeln und kam durch den Raum spaziert, geradewegs auf Johns Bett zu.

»Du hättest mich nicht herbeordern müssen wie einen deiner Fußsoldaten. Ich wäre nachher sowieso gekommen, um nach deinen Wunden zu sehen und die Verbände zu wechseln.«

»Komm nicht näher. Bleib, wo du bist«, befahl John und zielte jetzt direkt auf Ians Herz. Nur nicht zittern.

»Was soll das? Ist dir das Fieber in den Kopf gestiegen?« Ian lachte immer noch und hob beschwichtigend die Hände in die Höhe.

»Sei bitte vorsichtig mit der Pistole, sonst löst sich noch ein Schuss.«
Die Pistole war so schwer, dass Johns Muskeln schon brannten. Das Fieber hatte ihn in eine Jammergestalt verwandelt, und sein Verstand war von dem Laudanum, das er mit dem Tee zu sich genommen hatte, bereits leicht umnebelt. Er konnte kaum noch klar denken, aber er würde sich nicht dem Schlaf hingeben, bevor Ian nicht die Wahrheit gesagt hatte. Er hatte Franklin befohlen, sich hinzulegen und auszuruhen, und selbst wenn er einen Schuss hörte, solle er bleiben, wo er war. Aber John wusste, dass Franklin direkt hinter der Tür lauerte und sofort herbeigerannt käme, wenn John auch nur ein zu lautes Stöhnen von sich gäbe.

»Setz dich dahin. Behalte deine Hände auf den Knien, sodass ich sie sehen kann.«

»Was ist denn nur los?« Ian setzte sich auf den Sessel, drei Armlängen von Johns Bett entfernt, und legte seine Hände wie befohlen auf die Knie. »John! Ich habe dein Leben gerettet«, beschwor er ihn.

»Das allein ist der Grund, warum ich noch nicht auf dich geschossen habe.«

»Was habe ich getan?«

»Ich erinnere mich wieder an den Abend des Feuers.«

»Was meinst du?« Ian zog ein ahnungsloses Gesicht und zuckte mit den Schultern, aber er hielt die Luft an, und sein Körper spannte sich, als wäre er nicht sicher, ob er davonlaufen oder sich auf John stürzen sollte. Er war kein besonders guter Schauspieler.

»Du hast mir eine Falle gestellt. Wolltest du, dass ich George für dich aus dem Weg räume, damit du freie Bahn bei seiner Frau hast? Oder wolltest du ihn selbst töten und mir die Schuld daran unterschieben?«

»Was?« Dieses Mal war Ians Überraschung nicht gespielt. »Das ist absurd. Wie kommst du auf diese Idee?«

»Du hast mir an dem Abend einen Brief geschrieben und mich in den Westturm gelockt. Ich erinnere mich nun wieder daran.«

»Was denn für einen Brief?« Ian schüttelte den Kopf. »Ich habe keinen Brief geschrieben.« Er wirkte irritiert und ertappt zugleich.

»*Komm zum Westturm. Hintereingang. Dringend. Selena ist in Gefahr. Ian*«, zitierte John die Worte des besagten Briefes.

Er erinnerte sich an diesen Brief auf einmal mit einer Klarheit, als würde er ihn immer noch in Händen halten. Jemand hatte an die Tür geklopft und er hatte sie selbst geöffnet. Er hatte Franklin zu den Ställen geschickt mit der Nachricht, dass er am anderen Morgen in aller Frühe aufbrechen wolle und dass bei Tagesanbruch zwei Pferde gesattelt sein sollten. Vor der Tür lag das gefaltete Papier. Er hob es auf und hoffte, eine Nachricht und eine Entschuldigung seines Bruders George vorzufinden. Aber es war ein Brief von Ian. Nur diese eine Zeile: *Komm zum Westturm. Hintereingang. Dringend. Selena ist in Gefahr. Ian.* Es war eine schnörkellose Schrift und da war ein großer Tintenklecks, der mit dem Wort Ian verschmolzen war, es wirkte, als hätte der Verfasser es über alle Maßen eilig gehabt und keine Zeit, die Feder abzustreifen oder die Tinte trocken zu tupfen.

Selena sei in Gefahr, stand da, und er hatte nicht lange gezögert oder gar nachgedacht. George war bekannt für seine Gewaltausbrüche, nicht nur dem Personal und den Pächtern gegenüber, sondern auch gegen seine Frau und die Kinder. John hatte Angst, dass George nach dem Streit noch stärker in Rage war, die er dann an Selena ausließ. Also rannte er los. Er nahm die Dienstbotentreppe, lief einmal um die ganze Abbey herum, an der Orangerie vorbei und geradewegs auf den Hintereingang des Westturms zu. Die Tür stand offen. Gleichgültig was Larissa glaubte, gesehen zu haben, er hatte keine Fackel dabeigehabt, denn es war noch nicht besonders dunkel. Er konnte sich an die beginnende Dämmerung erinnern. Die Grillen zirpten, ein paar Fledermäuse flatterten am Turm entlang, Regen lag in der Luft, aber es war hell genug, um den Weg ohne Laterne oder Fackel zu finden.

Er stürmte durch die Tür in das kühle, fensterlose Erdgeschoss hinein. In diesem unteren Teil des Turmes wohnte seit der Zeit der Mönche niemand mehr, aber von hier aus führte eine alte Steintreppe hinauf in die bewohnbaren oberen Geschosse. Niemand benützte diese Treppe, sie war zu rutschig und hatte kein Geländer. Nur wer sich heimlich in den Turm schleichen oder davonstehlen wollte, nahm diesen Hintereingang. Das Erdgeschoss, dessen Mauern aus wuchtigen, grob behauenen Steinen bestanden, war nur ein leerer, dunkler Raum, in dem jedes gesprochene Wort ein gespenstisches Echo erzeugte.

Als er hineinstürmte wie bei einer Attacke in der Schlacht, schlug ihm zuerst das wütende Geschrei von George entgegen, dann das Licht der Fackeln. Da war Selena. Sie trug den kleinen, acht Monate alten William auf dem Arm, in der anderen Hand hielt sie eine Fackel hoch über ihrem Kopf, während der dreijährige George sich an ihrem Kleid festklammerte und erbärmlich weinte.

»Du Hure!«, beschimpfte George seine Frau. Er trug ebenfalls eine Fackel und wedelte damit bedrohlich vor Selenas Gesicht herum, als wolle er sie brandmarken. Der kleine George presste sich eng an seine Mutter und weinte vor Angst. Das Baby auf ihrem Arm plärrte wie ein Lämmchen im Angesicht des Metzgers und Selena stand wie versteinert da, totenbleich.

»Mir Hörner aufsetzen! Mir Bastarde unterschieben! Und du bildest dir ein, ich lasse dich einfach durchbrennen mit deinem Liebhaber? Mit diesem Dreck von einem Obergärtner. Dem Bastard meines Vaters, der selbst nur Bastarde machen kann. Hast du gar keine Ehre in deinem verlotterten Leib? Bevor ich zulasse, dass du wegläufst, bringe ich dich lieber um, du Hure. Dich und deine Bälger auch!« George griff Selena wieder mit der Fackel an. Die taumelte schreiend rückwärts und landete auf ihrem Hintern, ihre eigene Fackel fiel ihr aus der Hand und rollte über den Boden, ohne zu verlöschen.

»Nein! George, nein«, wimmerte sie. Sie hatte versucht, Baby William bei ihrem Fall abzufangen, und riss dabei den kleinen George mit sich um. Alle drei lagen weinend auf dem Boden und George röhrte wie ein tollwütiger Drache. Das Echo dieser Kakophonie gellte in dem hohen Raum wie das Geschrei aller Gepeinigten aus der Hölle.

»Ich sollte dich anzünden. Wie eine Hexe solltest du brennen.« George preschte mit der Fackel auf Selena los, die rappelte sich auf und wich weinend zur Wand zurück. Sie zog den kleinen George mit sich, dessen Geschrei immer schriller wurde, aber George verfolgte sie mit der Fackel. »Diese beiden Bastarde sollten auch brennen.«

Er war völlig verrückt geworden.

»Nein!«, bellte John.

Er warf sich mit voller Wucht auf seinen Bruder und riss ihn von den Beinen. Sie wälzten sich auf dem Boden wie schon einmal an diesem Tag. Fäuste flogen, Georges Faust traf sein Kinn, seine Faust traf Georges Nase, Blut spritzte. George jaulte vor Schmerz und gab widerwärtige Flüche von sich, während er gleichzeitig die Hände in Johns Haare krallte, als wollte er sie alle auf einmal ausreißen. Dabei donnerte er dessen Hinterkopf immer wieder auf den Boden. Sie warfen sich herum, John schlug zu, einmal, zweimal und noch einmal. George hämmerte mit voller Wucht zurück und traf seinen

Kiefer. Noch ein Faustschlag folgte, ein ungeschickter Tritt – Zerren, Reißen, Herumrollen, Geschrei. Sie waren ein Gewirr aus Armen und Beinen, Flüchen und Geächze, aber in seiner Raserei war George stärker als ein normaler Mann, und er hatte es darauf abgesehen, John umzubringen – ebenso wie seine Frau und seine Kinder.

»Lauf weg, Selena!«, rief John und wandte den Kopf in ihre Richtung. Und da passierte es. Als er den Kopf wieder George zudrehte, stieß dieser ihm die brennende Fackel ins Gesicht. Er musste sie blitzschnell vom Boden aufgehoben haben und presste das lodernde Ende rücksichtslos in Johns Gesicht. Es brannte, heiß, höllisch. Die Schmerzen rasten über sein Ohr direkt in sein Gehirn und schienen es zu schmelzen wie Eisen in der Esse. Die Qual war unerträglich, unmenschlich. Er schrie und schrie, wand sich, bäumte sich auf und schlug um sich. Irgendwie rappelte er sich auf und ging halb blind noch einmal auf George los, aber die Flammen der Fackel trafen erneut sein Gesicht. Sein eigener gellender Schmerzensschrei war das Letzte, was er hörte, bevor ihm schwarz vor Augen wurde.

Erst Stunden später kam er in der Orangerie wieder zu sich.

Auch wenn er nicht wusste, wie er dorthin gelangt war, so wusste er nun doch endlich, dass er kein Mörder war. Die unerträgliche Schuld war von ihm genommen. George hatte die Katastrophe in seiner Rage sehr wahrscheinlich selbst angerichtet, weil Ian, dieser selbstgefällige Casanova, den Schwanz nicht in seiner Hose hatte behalten können. Weil er der Frau seines Bruders schöne Augen gemacht und sich vermutlich wie ein Gockel gefühlt hatte, nachdem Lady Selena weich geworden war. Ian hatte dieses gesamte Drama heraufbeschworen und zu verantworten.

Die Wut gab John die Kraft, sich im Bett noch einmal gerade aufzurichten. »Du hattest eine Liaison mit Selena«, fuhr er Ian an.

Ian leugnete es nicht, sondern senkte nur den Blick.

»George war dir im Weg«, fuhr John fort. »Und unser Streit an diesem Tag kam dir gerade recht. Ich habe ihm vor Zeugen mit dem Tod gedroht und so brauchtest du mich nur noch in den Westturm zu locken und zu hoffen, dass ich ihn für dich töte. Oder hattest du geplant, ihn selbst zu töten und mir die Tat anzudichten?«

»Bei Gott im Himmel. Ich habe nie geplant, irgendjemanden zu töten. Ich habe einen Eid geleistet, alles zu tun, um Menschenleben zu *retten*. Und ich habe auch keinen Brief an dich geschrieben«, rief Ian mit beschwörender Stimme.

Johns Augen brannten und die Wunde am Arm schmerzte. Er war so entkräftet, dass er kaum noch den Kopf hochhalten konnte, geschweige denn diese verdammte Pistole, aber er würde sich nicht unterkriegen lassen. »Wer hat den Brief dann geschrieben und warum?«

»Ich weiß es nicht. Es wäre doch absolut dumm von mir gewesen, solch einen Brief zu schreiben, schließlich wollte ich ja das genaue Gegenteil. Ich wollte, dass es geheim bleibt.« Er fuhr sich durchs Haar und schüttelte den Kopf. »Selena, die Kinder und ich wollten an jenem Abend zusammen fliehen, John.« Noch ein Kopfschütteln. »Ich war nicht begierig darauf, mich in Selena zu verlieben. Es ist einfach passiert. Ich habe sie gesehen und da war es um mich geschehen. Selena war meine große Liebe. Vom ersten Moment, als ich sie erblickt habe. Sie war meine Seele und mein Herz. Ich weiß nicht, ob du das verstehen kannst, aber Selena war nicht irgendeine weitere Weibergeschichte – sie war mein Leben.«

John legte den Abzug der Pistole in die Sicherheitsrast zurück und ließ sie langsam sinken. Leider verstand er nur zu gut, was Ian meinte.

»Es war die Hölle für uns beide«, fuhr Ian fort und raufte sich beim Sprechen die Haare. »Ich konnte es kaum ertragen, mitanzusehen, wie George sie behandelte. Er war brutal und grausam zu ihr und wurde immer unberechenbarer. Sie hatte Angst um die Kinder. Schließlich haben wir beschlossen, zusammen zu fliehen. Wir haben uns für diesen Abend verabredet. Selena sollte außer den Kindern nur das Nötigste mitnehmen. Ich wollte sie mit zwei gesattelten Pferden am Hinterausgang des Turms abholen. Wir hatten alles geplant. Ein Schiff legte in Plymouth am nächsten Tag ab. Wir hatten eine Überfahrt in die Neue Welt gebucht und wollten dort unter anderem Namen ein neues Leben beginnen.«

John nickte und wartete. Das erklärte, warum Selena sich überhaupt dort unten im Turm aufgehalten und warum George wie ein Irrer getobt hatte.

»Als ich mit den Pferden zum Turm kam, schossen bereits die Flammen aus den Fenstern des ersten Stockwerks.«

Eine Weile starrten sie schweigend vor sich hin. Jeder war in seinen eigenen düsteren Gedanken versunken.

»George hat irgendwie davon erfahren, dass Selena fliehen wollte«, sagte Ian schließlich und schaute auf seine Knie hinunter.

»In seiner Raserei hat er vermutlich den Turm und sich selbst angezündet.«

»Er hat Selena mit einer brennenden Fackel bedroht, und ich habe versucht, ihn aufzuhalten, aber er hat die Fackel in mein Gesicht gehalten, und die Schmerzen waren so schrecklich, dass ich das Bewusstsein verloren habe.«

Ian nickte und wischte sich verstohlen eine Träne vom Gesicht.

»Waren es deine Kinder?«, fragte John. »George hat behauptet, die beiden Jungen seien von dir.«

»Es ist die Wahrheit.«

»Dann hast du in jener Nacht ebenfalls alles verloren, deine Liebe und deine Kinder.«

Ian zog nur die Nase hoch, ohne zu antworten, und wieder schwiegen sie eine ganze Zeit. Langsam fiel die Anspannung von John ab und das Wissen um seine Unschuld verschaffte sich ganz allmählich Raum in seinen Gedanken. Er hatte das Feuer nicht gelegt. Er war kein Mörder. Er war entstellt, aber kein mörderisches Monster. Der Druck auf seinem Brustkorb nahm ab und die Schmerzen um sein Herz schienen schwächer zu werden. Er musste es Madeleine erzählen. Sie musste wissen, dass er kein Unmensch war.

War es das Laudanum oder die Erleichterung? Er wurde auf einmal träge und die Schmerzen lösten sich auf. Jetzt konnte er einschlafen. Ohne Fieber und ohne die Dunkelheit in seiner Seele.

»Es bleiben noch zwei Rätsel ungelöst«, murmelte er schlaftrunken.

»Welche denn?« Ian gab ein unbehagliches Lachen von sich.

»Wer hat den Brief an mich geschrieben und wie bin ich in die Orangerie gelangt?«

Ian sagte etwas, was John nicht mehr deutlich hörte. Seine Augen fielen zu und er schlief ein.

15. Die Herrin von Kelston Abbey

Mrs Young stand an Maddys Bett und schaute mit unbewegtem Gesichtsausdruck auf sie herab, während sie ein hellgraues Kleid hochhielt. Maddys Blick wanderte verwundert zwischen dem Kleid und ihrer neuen Zofe hin und her. Die Frau war klapperdürr und schwarz gekleidet. Sie trug eine weiße Haube ohne Rüschen und Spitzen, die sie unter dem Kinn gebunden hatte und die ihr hageres Gesicht käsebleich erscheinen ließ. Sie war gut zehn Jahre älter als der Reverend und zwischen ihren Augen sowie um ihre Mundwinkel hatten sich tiefe Falten der Griesgrämigkeit verewigt. Ihre Wangenknochen waren hoch und spitz und ihre lange Nase hatte einen unschönen Höcker in der Mitte. Niemand konnte etwas für sein Aussehen, aber diese Frau glich wirklich einer seelenlosen Aaskrähe, die gekommen war, um den Gehenkten am Galgen die Augäpfel herauszupicken.

Mit einem entsetzten »Huch!« setzte Maddy sich im Bett auf. Wer wollte schon gerne von einem Galgenvogel geweckt werden? Überrascht stellte sie fest, dass sie immer noch das dunkle Lunch-Kleid trug. Dann erst fiel ihr wieder ein, dass sie bei ihrer Rückkehr ins Rosenzimmer vor lauter Erschöpfung nicht mehr die Kraft aufgebracht hatte, zu baden oder zu essen. Sie war mitsamt den Kleidern am Leib auf ihr Bett gefallen und sofort eingeschlafen. Mrs Young hatte noch irgendetwas zu ihr gesagt. War es Tadel oder eine Begrüßung gewesen? Sie wusste es nicht mehr. Sie hatte nur abgewinkt und war sofort in einen tiefen Schlaf gefallen.

»Der Sekretär Seiner Lordschaft wünscht, Euch dringend zu sprechen. Er wartet im Arbeitszimmer Seiner Lordschaft«, sagte Mrs Young jetzt mit gespitzten Lippen und Missbilligung in der Stimme.

»Mr Brown ist in Johns Arbeitszimmer?« Maddy rieb sich verschlafen die Augen.

»Nun, es geziemt sich wohl kaum, einen fremden Mann in Eurem Schlafzimmer zu empfangen, Mylady«, antwortete Mrs Young. »Erst recht nicht in diesem Zimmer.« Sie presste die Lippen zu einem dünnen Strich zusammen, während ihr Blick für den Bruchteil einer Sekunde zu dem Wandgemälde hinüberhuschte.

»Im Übrigen verstehe ich nicht, warum eine Weibsperson mit dem Sekretär des Earls reden sollte. Aber dieser Brown ließ sich nicht abweisen, und er lässt Euch mitteilen, dass der Termin unaufschiebbar sei, dass er wichtige Angelegenheiten mit Euch besprechen müsse und dass dies auf Wunsch Seiner Lordschaft geschehe. Ich bin mir allerdings gar nicht sicher, ob die Dowager Countess das gutheißen wird.«

»Eine Weibsperson?«, fragte Maddy mit hochgezogenen Augenbrauen. Hatte ihre neue Zofe sie wirklich gerade eine Weibsperson genannt? Diese Frau übertraf bereits nach drei Sätzen ihre schlimmsten Befürchtungen. Sie machte nicht einmal einen Hehl daraus, dass sie für ihre Schwiegermutter spionierte, und bemühte sich auch nicht, ihre Geringschätzung für das auszuspionierende Subjekt zu verbergen.

»Verzeiht die Wortwahl, Mylady, aber keine Frau, auch keine Countess, sollte sich mit Angelegenheiten beschäftigen, die dem Manne obliegen, das ist nicht im Sinne des Herrn.«

In Ermangelung einer schlagfertigen Antwort erhob sich Maddy schweigend aus dem Bett und schaute an sich hinab. Sie hatte sogar noch ihre Schuhe an und die ungekämmten Haarsträhnen fielen ihr in die Augen. Die Haarnadeln hatten sich gelöst und hingen zum Teil in ihren Locken fest. Zweifellos würde Mrs Young die Dowager Countess auch darüber eingehend in Kenntnis setzen.

»Wie spät ist es?« Ihr Magen knurrte laut, und sie konnte sich nicht daran erinnern, wann sie das letzte Mal etwas gegessen hatte.

»Es ist Dienstag, der siebte Juli, zwei Stunden vor Mittag. Ihr habt zwanzig Stunden lang geschlafen und wart durch nichts zu wecken, obwohl Ihr in diesem Zustand einen äußerst unerquicklichen Anblick geboten habt.«

Zwanzig Stunden? Lieber Himmel, das war ja ein halbes Leben. »Wie geht es meinem Mann?«

»Dieser eingebildete Kammerdiener, der sich so furchtbar wichtig nimmt, ließ mir keine diesbezüglichen Informationen zukommen. Aber Ihr solltet Euch nicht den Kopf darüber zerbrechen, denn fraglos wird man Euch informieren, falls Seine Lordschaft Euch zu sehen wünscht.«

Maddy ersparte sich eine Antwort. Der gouvernantenhafte Tonfall der Zofe gefiel ihr nicht, aber sie war noch nicht wach genug für eine angemessene Reaktion. Sie strich sich die Haare aus dem

Gesicht, streckte sich ein wenig und trat an die Fensternische, um einen Blick hinunter auf den Park und zum Meer hinüber zu werfen, so wie jeden Morgen.

Der Himmel war voller weißer Schäfchenwolken und die gewaltigen Kronen der alten Bäume im Park wiegten sich im Wind. Kein Regen mehr. Seit Freitag war sie in Johns Zimmer eingesperrt gewesen. Sobald sie heute Zeit hatte, würde sie mit Plummer ausreiten und sich den Wind um die Nase pfeifen lassen.

»Um das Panorama zu betrachten, ist nun leider keine Zeit«, sagte Mrs Young streng. »Wir werden Euch dieses Kleides entledigen und Euch eine dezente Haartracht angedeihen lassen, damit Ihr sittsam und angemessen dem Sekretär Seiner Lordschaft gegenübertreten könnt. Ich habe eine Garderobe gewählt, die ich für den vormittäglichen Empfang eines niedrig stehenden Besuchers für angemessen halte.« Wieder hielt sie das hellgraue Kleid hoch, das Maddy sogar recht gut gefiel. Es war ein Gewand aus Madame Couturiers jüngster Lieferung mit einem hellblauen Brustband und blauen Stickereien am Saum, die dem schlichten Entwurf Leichtigkeit und Frische verliehen. Zudem hatte es ein sommerliches Dekolleté, das dennoch nicht allzu tief ausgeschnitten war. Es war wirklich schön, aber Maddy schüttelte den Kopf.

»Weg mit dem Kleid. Ich ziehe mein altes Sommerkleid an.«

»Das ist absolut unpassend und nicht standesgemäß.«

»Ich ziehe es dennoch an.« Sie wusste selbst, dass ihr uraltes Sommerkleid viel zu schäbig war und im Grunde nicht einmal mehr für ihre Ausflüge in der freien Natur taugte. Aber sie wollte es jetzt gerade zum Trotz, nur um Mrs Young zu verdeutlichen, dass sie nicht nach deren Pfeife tanzte.

»Ich protestiere.«

»Zur Kenntnis genommen.«

»Die Dowager Countess wird nicht erfreut sein.«

Maddy fixierte die Zofe mit einem Blick, der diese Aaskrähe hoffentlich an schwarze Magie und Hexenkünste glauben ließ. »Das Kleid liegt dort in der Truhe, ganz oben. Soll ich es selbst holen, oder kann sie diesen einfachen Auftrag bewältigen? Außerdem möchte ich etwas essen.« Eine sympathischere Zofe hätte Maddy vielleicht mit du angesprochen, aber Mrs Young war ihr sogar für die dritte Person noch zu unsympathisch.

»Das Mädchen aus der Küche hat Euer Frühstück vor einer

Stunde wieder abgeräumt, da Ihr nicht aufwachen wolltet.«

»Dann soll sie es zurückbringen.«

Lieber Himmel, ihre Nerven flatterten ja jetzt schon, nachdem sie nicht einmal ein paar wenige Sätze mit Mrs Young gewechselt hatte, und sie fragte sich, wie sie die Machtkämpfe und Diskussionen mit diesem Drachen in Frauengestalt auch nur einen Tag lang aushalten sollte. Hoffentlich würde es nicht regnen, damit sie nach draußen fliehen und sich vor der Aaskrähe verstecken konnte. Die besagte Krähe spitzte die Lippen missbilligend, aber sie zog an der Klingelschnur und läutete in der Küche, dann trat sie an die Truhe und holte das Kleid heraus. Zweifellos würde sie der Dowager Countess all ihre Unbotmäßigkeiten und gesellschaftlichen Entgleisungen bis ins kleinste Detail schildern und sich Anweisungen holen, wie sie künftig damit zu verfahren hatte.

Eine halbe Stunde später war Maddy wie ein Bauernmädchen gekleidet, streng wie eine Betschwester frisiert und hatte sich den Bauch mit reichlich Porridge gefüllt. Auf ihrem Weg zu Johns Arbeitszimmer klopfte sie leise an dessen Schlafzimmertür. Als hätte er sie bereits erwartet, streckte Franklin sofort die Nase heraus, ohne die Tür auch nur eine Handbreit zu öffnen.

»Es geht ihm viel besser. Er hat etwas gegessen und nun schläft er wieder«, sagte er, bevor sie eine Frage stellen konnte. »Seine Schmerzen haben nachgelassen und er hat kein Fieber mehr. Der Obergärtner hat angeordnet, dass er kein Laudanum mehr nehmen soll. Und seine Wunden heilen gut.«

»Danke«, sagte Maddy und lachte zum ersten Mal seit dem Aufwachen, denn das war genau das, was sie hatte hören wollen.

»Seine Lordschaft hat sich auch mehrfach nach Eurem Befinden erkundigt, und ich bin erfreut, ihm mitteilen zu können, dass Ihr nunmehr ausgeschlafen zu haben scheint und, mit Verlaub, sehr wohl ausseht.« Und schon schloss er die Tür wieder.

Maddy schüttelte über Franklin den Kopf und war versucht, noch einmal zu klopfen, um ihn zu fragen, wann sie mit John reden konnte und ob er wisse, was Mr Brown von ihr wollte und ob es John überhaupt recht war, wenn sie sein Arbeitszimmer benutzte, das ja direkt an sein Schlafzimmer angrenzte, aber dann schüttelte sie über sich selbst den Kopf. *Zu viele Bedenken schwächen den Mut*, hatte Edmund immer zu ihr gesagt. Außerdem wartete Mr Brown schon seit über einer halben Stunde auf sie.

In dem großen Raum war es düster, denn die Vorhänge waren zugezogen. Ein handbreiter Lichtstrahl drang durch den Spalt zwischen den Vorhängen herein und erhellte das Arbeitszimmer gerade so, dass man das Nötigste erkennen konnte. Dicke Orientteppiche dämpften ihre Schritte, als Maddy langsam durch den Raum ging und sich blinzelnd umsah. Mister Brown saß auf einer gepolsterten Bank direkt neben der Tür und balancierte eine lederne Mappe auf seinen Knien. Er wirkte wie ein Bittsteller, der beim König auf eine Audienz wartete, und sprang sofort auf die Beine, um sich zu verbeugen. Der kleine, rundliche Mann hatte ein graues Haarkränzchen und lockige Koteletten, die ihm bis zum Kinn reichten. Sein Gesicht war so ernst, dass Maddy sich unwillkürlich fragte, ob er sich in Trauer befand oder von Natur aus humorlos war.

»Verzeihen Sie, dass ich Sie habe warten lassen«, sagte sie und erhielt einen verblüfften Blick von Brown aus weit aufgerissenen Augen.

»Aber, Mylady, ich bin es, der um Vergebung bitten muss, weil ich Eure Zeit in Anspruch nehmen und Euch mit einem unerquicklichen Thema belästigen muss. Aber es ist leider unerlässlich, und Seine Lordschaft hat am vergangenen Dienstag ausdrücklich betont, dass Ihr während seiner Erkrankung und im Falle seines Todes die Geschäfte führen und alle erforderlichen Entscheidungen treffen sollt.« Er sah sie abwartend an und hatte dabei den Kopf leicht eingezogen, als befürchte er, sie würde sich über sein Ansinnen entrüsten oder ihn gleich davonjagen.

»Wirklich?«

»Seine Lordschaft hat alles schriftlich festgelegt und entsprechende Vollmachten für Eure Ladyschaft unterzeichnet.«

»Oh.« Ihr Herz machte ein paar schmerzhafte Holperer und ihr Grinsen verschwand wieder. John wollte, dass sie seine Geschäfte führte, und traute ihr das zu. Das machte sie stolz, aber gleichzeitig erinnerte es sie daran, dass er vergangene Woche, als er sein Testament geändert und all diese Vollmachten unterschrieben hatte, sterbenskrank gewesen war, und sie nichts davon gewusst hatte. Ja, sie hatte ihn derweil für einen Mörder und einen gemeinen Mistkerl gehalten.

»Ich bin untröstlich, Mylady. Wenn es nicht so dringend wäre, würde ich Euch gewiss nicht damit behelligen. Seine Lordschaft hat die Sanierung sämtlicher Pächterhäuser in den Abbey Hills und in

Kelston in Auftrag gegeben, und ich benötige Eure Entscheidung beziehungsweise Eure Unterschrift wegen der Bürgschaften.«

»John lässt die Pächterhäuser sanieren?«, rief sie verblüfft.

»Und auch die Mole in Kelston sowie ein paar der Wege und Straßen zwischen den kleineren Siedlungen. Seine Lordschaft erwähnte, dass Ihr über den Zustand seiner Besitzungen empört gewesen seid, und daraufhin hat er angeordnet, dass die Arbeiten unverzüglich in Angriff genommen werden sollen.«

»Meinetwegen?« Dabei war sie sich gar nicht bewusst, dass sie sich empört hatte. Zugegeben, sie war aufgebracht gewesen, als sie John von den Häusern in Kelston erzählt hatte, aber ihr Ärger hatte sich gar nicht gegen ihn gerichtet, sondern gegen die Armut im Allgemeinen.

»Nun ...«, sagte Mr. Brown bedächtig und schob seinen Zeigefinger zwischen den Hals und die Halsbinde, um sie zu lockern. Er hatte sie ein wenig schief und sichtlich zu eng gebunden. »Seine Lordschaft hatte seinem Bruder bereits vor Jahren diesbezügliche Vorschläge unterbreitet, aber der schien wohl nicht geneigt, hier Geld zu investieren. Eure Beschwerde hat Seine Lordschaft an sein damaliges Vorhaben erinnert. Pläne hatte er bereits damals entworfen, und nun hat er einen nicht geringen Betrag für diese Projekte vorgesehen, der über eine persönliche Bürgschaft abgesichert werden muss.«

»Ich kümmere mich sehr gern darum!«, rief sie aufgeregt. Sogar ihre Wangen brannten von dem Glücksgefühl, das sie gerade durchströmte. John hatte sich ihre Beschwerde zu Herzen genommen. O nein, er war kein Monster. Er war nicht herzlos und gleichgültig seinen Leuten gegenüber gewesen. Nur das Feuer hatte ihn abgehalten und ihm die Energie für das Leben geraubt. »Aber zuerst muss ich etwas Licht und Luft hereinlassen.«

Sie marschierte quer durch den großen Raum und zog die Vorhänge auf. Auf einmal verlor diese düstere Höhle ihre bedrohliche Atmosphäre und es kam ein vornehm eingerichtetes Herrenzimmer zum Vorschein. Die Möbel entsprachen dem typisch französischen Geschmack des letzten Jahrhunderts und waren voller Schnörkel und überbordender Ornamente. An den Wänden standen Schränke und Vitrinen, die Bücher und dicke, in Leder gebundene Kladden enthielten. Eine elegante Récamiere war an der Wand aufgestellt und aufwendig bestickte Kissen mit Spitzen und Troddeln türmten sich auf einer Chaiselongue am Fenster. In einer Ecke des Raums stand direkt neben der Verbindungstür zu Johns Schlafzimmer ein eleganter Sekretär in Nierenform. Darauf befanden sich Tinte, Feder und Bögen mit Papier und dahinter ein Armstuhl in dunklem Leder, dessen Beine und Armlehnen kunstvoll gedrechselt und aufwendig verziert waren. *Was für ein schöner Raum. Und wie gut er zu John passt*, dachte sie und stellte sich auf die Zehenspitzen, um an den hohen Griff des Fensters zu reichen.

»Mylady, wollt Ihr nicht lieber einem Diener läuten?«, rief Brown, der schnell herbeieilte, um ihr zu helfen.

Ja, sie hätte einem Diener läuten müssen. Aber der hätte eine ganze Weile gebraucht, bis er hier heraufgekommen wäre, und sie hätte dem Diener dann befehlen müssen, die Vorhänge aufzuziehen und die Fenster zu öffnen. Drei Handgriffe, die sie keine Minute kosteten, aber dennoch wäre keine Dame von Stand mit einer entsprechenden Erziehung auf die absurde Idee gekommen, selbst Hand anzulegen. Und ein Diener, der sie dabei beobachtete, wie sie seine Arbeit erledigte, wäre gekränkt gewesen oder hätte Angst um seine Anstellung gehabt.

»Beim nächsten Mal«, versprach sie, und endlich sprang das Fenster auf und frische Luft drang in den Raum. Sie wandte sich zu Brown um und lächelte, zufrieden mit sich selbst.

»Ich habe die bestehenden Verpfändungen und die Wirtschaftsbücher mitgebracht, um Euch einen Einblick zu verschaffen«, sagte Brown und hielt die lederne Tasche hoch.

»Wirtschaftsbücher? Ach herrje.« Obwohl sie es verabscheute, sich mit Wirtschaftsbüchern zu befassen, war ihr in den letzten Jahren gar nichts anderes übrig geblieben, als die Buchhaltung von Colebridge Hall selbst zu übernehmen und sie akribisch zu führen, sonst hätten sie am Ende nicht einmal mehr Geld für Kerzen übrig gehabt.

»Mylady, ich bedaure außerordentlich, dass ich Euch mit diesen Themen belästigen muss«, entschuldigte sich Brown noch einmal und verneigte sich tief. »Aber Seine Lordschaft war der Auffassung, dass Ihr über ausreichend Erfahrung verfügt, um all seine Angelegenheiten zu regeln.«

»Wir werden sehen, Mr Brown.« Sie setzte sich hinter Johns Schreibtisch und berührte voller Ehrfurcht das Papier und das Tintenfass. Dabei wurde ihr ganz warm ums Herz. John vertraute ihr und hielt sie für klug genug, seine Geschäfte zu führen. »Zeigen Sie mir die Unterlagen und die Wirtschaftsbücher, und wenn ich etwas nicht verstehe, werden Sie es mir erklären.«

»Sehr wohl, Mylady.«

Schon nach einer halben Stunde rauchte ihr der Kopf – nicht, weil sie Browns Erklärungen nicht verstanden hätte, sondern weil es so viel war, was sie bedenken und entscheiden musste. Die Liste der Pächter und Pachtstellen war ellenlang und Brown ging mit ihr jede einzelne Hofstelle durch. Sie redeten über die Schafzucht und den Wildbestand. Sie ließ sich von Brown erklären, warum die Kupferminen nach und nach stillgelegt wurden und warum die Krabbenfischerei derzeit eine der stärksten Einnahmequellen war. Er rechnete ihr vor, dass sich der Ausbau der Mole innerhalb eines Jahres amortisieren würde.

John hatte wirklich eine große Summe für die Instandsetzungsprojekte vorgesehen, was ihr ein weiteres Mal bewies, dass unter seiner unfreundlichen und abweisenden Schale ein guter und freigiebiger Mensch steckte. Es war eine große Verantwortung, über so viel Geld zu entscheiden, und sie wollte keine Fehler machen, deshalb blätterte sie immer wieder durch das dicke Wirtschaftsbuch des aktuellen Jahres. Die Einnahmen schienen die Ausgaben deutlich zu übersteigen und die Konten des Earls, die er bei drei namhaften Londoner Bankiers besaß, waren gut gefüllt. Es kam ihr beinahe so vor, als hätte sie den reichsten Mann Englands geheiratet.

»Wofür sind die fünfzig Pfund, die jeden Monat an Reverend Pollard gezahlt werden?«, fragte sie aus Neugier, denn das hatte nichts mit den Sanierungsmaßnahmen zu tun.

»Das ist die Miete für die Kirchenbank, Mylady.«

»Fünfzig Pfund im Monat?«, rief sie schrill vor Bestürzung. Die meisten Lords bezuschussten den Unterhalt der Geistlichen. Oft stellten sie Wohnung und Personal zur Verfügung, manchmal bezahlten sie auch eine sogenannte Miete für die Kirchenbank. Das sollte die Kleriker gewogen stimmen und ihnen ein angemessenes Leben ermöglichen. Aber fünfzig Pfund im Monat war entschieden zu viel. Schon von fünf Pfund könnte eine große Familie einen Monat lang gut leben. Sie wusste nicht, wie hoch die Bankmiete war, die Lord Albrights oder Lord Barnett bezahlten, aber sie war sich sicher, dass es nicht einmal ein Pfund im Monat war.

»Ja, Mylady, fünfzig Pfund Bankmiete, das Pfarrhaus sowie das

Hausmädchen und den Burschen, das stellt Seine Lordschaft dem Reverend zur Verfügung.«

»Das ist doch zu viel, finden Sie nicht auch? Schließlich bekommt der Reverend auch noch einen jährlichen Unterhalt von der Kirche, oder nicht?«

»Es ist über Gebühr großzügig, Mylady«, stimmte Brown zu und bedachte sie mit einem skeptischen Blick, als würde er sich fragen, ob sie vorhatte, die anglikanische Kirche aus ihren Angeln zu heben.

»Gibt es einen Grund für diese Großzügigkeit?« Der Reverend war schließlich ledig und hatte nicht einmal Kinder, für die er aufkommen musste.

»Ihre Ladyschaft, die Dowager Countess, hat es so angeordnet.«

»Und John ... der Earl, ist er damit einverstanden?« Sie hatte in den Wirtschaftsbüchern gesehen, welchen jährlichen Lohn Mr Brown und Johns Verwalter Morris oder der Stallmeister bekamen, dagegen lebte der Reverend wie ein König. Sogar Larissa, die so viele wichtige Aufgaben im Haushalt erledigte, bekam lediglich ein Pfund Nadelgeld im Monat als Anerkennungsbetrag. Das alles waren eher bescheidene Löhne, nur der Reverend wurde so überaus großzügig bedacht.

»Seine Lordschaft hat schon seit Langem keinen Blick mehr in die Wirtschaftsbücher geworfen, Mylady.«

»Dann wird dieser Unterhalt ohne Wissen meines Mannes ausgezahlt?«

»Die Bankmiete wird schon seit sechs Jahren bezahlt, als der Bruder Seiner Lordschaft noch lebte und der Earl war.«

»Kann man sie denn nicht kürzen?«, fragte sie kopfschüttelnd. Das alles ergab für sie keinen Sinn.

»Wenn Ihr es anordnet, Mylady, kann ich jederzeit eine Kürzung vornehmen.«

Ein Lächeln zog sich über Maddys Gesicht und vor lauter Aufregung sprang sie von ihrem Stuhl auf. »Kann ich auch Personal einstellen und entlassen oder Löhne erhöhen, wie ich möchte?«

»Selbstverständlich, Mylady. Ihr allein bestimmt über das Personal und deren Löhne.«

»Jederzeit?«

»Ihr braucht mir nur Eure Wünsche mitzuteilen und ich kümmere mich darum.«

»Aber was wäre, wenn meine Wünsche nicht mit denen der

Dowager Countess übereinstimmen?«

»Ich verstehe die Frage nicht, Mylady. Ihr seid die Countess, und Seine Lordschaft hat unmissverständlich verfügt, dass Ihr die alleinige Herrin von Kelston Abbey seid und ihn in jeder Hinsicht vertretet. Ihr habt die ausschließliche Verfügungsgewalt über Geld, Konten und Hausstand. Er hat die Rechtsgültigkeit dieser Verfügung durch seinen Advokaten, Mister Gibson, niederschreiben und beglaubigen lassen.«

Maddy hätte am liebsten einen lauten Triumphschrei ausgestoßen. Sie könnte Jane jederzeit wieder einstellen und diese Aaskrähe Mrs Young entlassen. Und niemand konnte sie daran hindern, nicht einmal ihre verehrte Schwiegermutter, die hochwohlgeborene Lady Imogen Sutton Dowager Countess of Dunlow.

»Was halten Sie für einen angemessenen Betrag für die Miete einer Kirchenbank in unserer eigenen Kapelle, Mr Brown?«

»Zwei Kronen ist üblich, sehr großzügige Herrschaften gewähren gelegentlich mehr, Mylady.«

Sie nickte. Durch eine Senkung der Bankmiete würde man viel Geld einsparen. Die Dowager Countess wäre zweifellos nicht und der Reverend noch weniger erfreut. Dann würde er sich keine eleganten Brokatwesten mit vergoldeten Knöpfen oder Biberpelzzylinder mehr leisten können, aber das eingesparte Geld könnte man in sinnvollere Dinge fließen lassen. Man könnte zum Beispiel die Löhne der Dienerschaft angemessen erhöhen.

»Soll ich die Kirchenbankmiete kürzen und den Reverend darüber informieren?«, fragte Brown beflissen.

»Zehn Kronen, ab sofort«, sagte Maddy und schämte sich nur ein ganz kleines bisschen dafür, dass dieses Gefühl der Macht ihr gerade warme Glücksschauder den Rücken hinabrieseln ließ.

Als sie nach zwei Stunden das Arbeitszimmer wieder verließ, wartete Mrs Young vor der Tür. Vermutlich hatte sie gelauscht oder es zumindest versucht, denn sie trat erschrocken ein paar Schritte zurück, als Mr Brown die Tür öffnete, um Maddy mit einer Verbeugung den Vortritt zu lassen.

»Ich wollte gerade klopfen und darauf hinweisen, dass der Lunch serviert ist.«

Anne hatte gewiss etwas Köstliches gekocht und Maddy hatte Hunger, aber die Vorstellung, allein in ihrem Zimmer essen zu müssen, während diese Frau um sie herumflatterte, verdarb ihr spontan den Appetit.

»Ich verzichte auf den Lunch, ich muss noch …« Ja, was? Hinaus an die frische Luft, weg von Mrs Aaskrähe, zu Plummer, den sie seit Tagen nicht gesehen hatte, nach Kelston zu Patty und den anderen Frauen, die ihr eine tausendmal angenehmere Gesellschaft waren als die dreiste Krähenzofe. »Ich muss noch weg.« Sie hob ihre Röcke hoch und lief mit weit ausladenden Schritten an Mr Brown vorbei den Flur entlang in Richtung Treppe.

»Regelmäßiges und pünktliches Essen ist wichtig für die Gesundheit«, rief Mrs Young und lief ihr hinterher. »Und eine Dame rennt nicht. Eine Countess rennt niemals.«

Maddy war schon am unteren Absatz der Treppe, als Mrs Young oben angelangt war.

»Wo lauft Ihr hin?«, verlangte die als Zofe getarnte Zuchtmeisterin zu wissen. Aber Maddy lief, ohne sich umzudrehen, zur vorderen Tür hinaus.

»Lady Sutton! Mylady!«, kam es von oben mit schriller Stimme. Falls Mrs Young vorhatte, ihr zu folgen, dann musste sie ebenfalls ihre Röcke raffen und rennen, denn Maddy lief so schnell sie nur konnte in Richtung der Ställe davon.

Ihrer Schwiegermutter würde bis zum Freitag zweifellos eine lange Liste an Verfehlungen vorliegen, über die sie beim Lunch dann mit ihr sprechen wollen würde, aber seit dem Gespräch mit Mr Brown hatte Maddy keine Angst mehr vor dem Mittagessen. Sie würde den Konflikt mit der Dowager Countess austragen. Wie hatte Abe es vorausgesagt? Sie würde sich auf ihre Rechte und ihre Macht als Countess besinnen und die Herrschaft in der Abbey an sich nehmen. Es würde nicht angenehm werden, weder für sie noch für die anderen, aber John hatte ihr die mächtigste Waffe für diesen Kampf in die Hand gegeben, Maddy musste sie nur benutzen.

Sie verbrachte den Nachmittag bei Plummer im Stall und im Rosenpavillon, bis es anfing zu nieseln und sie gezwungen war, in die Düsternis der Abbey zurückzukehren. Auf dem Rückweg nahm sie den Hintereingang und kam über den Kräutergarten in die Küche. Sie wollte sehen, wie es Anne und Will Blackstone ging, und sich irgendetwas zu essen stibitzen, denn ihr Magen knurrte ungnädig.

In der Küche herrschte wie immer reger Betrieb. Anne stand am Herd und schob Bleche mit Pasteten in den Ofen. Caleb saß am Tisch und schnippelte grüne Bohnen, während Mrs Longfields mit Will schimpfte, weil dieser das Tafelsilber nicht zu ihrer Zufriedenheit poliert hatte. Ein Laufbursche brachte einen Korb mit Holz für den Backofen und ein anderer rollte ein großes Fass mit Bier herein. Headly saß Caleb gegenüber und hielt in seiner altbekannten Pose einen Krug in der Hand.

Maddy stellte sich breitbeinig mitten in die Küche und erhob die Stimme.

»Ich möchte künftig nicht mehr in meinem Zimmer essen. Es gibt einen Speiseraum direkt neben dem Salon im Erdgeschoss, dort werden von jetzt an die Mahlzeiten für alle gereicht und gemeinsam eingenommen«, sagte sie und schaute zwischen Longfields und Headly hin und her.

»Es stehen keine Möbel mehr in diesem Raum. Alles ist leer«, gab Headly zu bedenken und hob den Krug an, um zu trinken.

»Dann wünsche ich, dass dort wieder Möbel aufgestellt werden und der Raum wohnlich eingerichtet wird. Auch der Lunch am Freitag wird dort eingenommen, gemeinsam mit der Dowager Countess und Miss Larissa.« Die Vorstellung, dass sie künftig nicht nur eine Mahlzeit in der Woche zusammen mit ihrer Schwiegermutter einnehmen würde, sondern jede, verursachte ihr regelrechte Magenkrämpfe, aber das gehörte zu ihrer Strategie, und sie würde die Zähne zusammenbeißen und den Machtkampf bis zum bitteren Ende austragen, selbst wenn ihr dabei diese verdammte Suppe im Halse stecken bliebe.

Auf einmal war es mucksmäuschenstill in der Küche. Das Besteckklappern verstummte, der Bursche, der das Fass rollte, hielt inne, und der Junge, der das Holz neben dem Ofen aufstapelte, verharrte mitten in der Bewegung. Man hätte eine Stecknadel fallen hören können. Das einzige Geräusch war das Rumsen, als Headly den Krug wieder auf den Tisch zurückstellte. Mrs Longfields schüttelte langsam und bedeutungsvoll den Kopf.

»Gibt es ein Problem, Longfields?«, fragte Maddy. Jetzt wünschte sie sich, sie hätte nicht das einfache Kleid angezogen, sondern das vornehme hellgraue, das ihr Würde und Autorität verlieh und sie wie eine Herrin aussehen ließ.

»Damit ist die Dowager Countess bestimmt nicht einverstanden«, murmelte Longfields vor sich hin, ohne Maddy anzusehen.

»Die Dowager Countess bezahlt nicht eure Löhne«, antwortete Maddy und schaute jeden der Anwesenden der Reihe nach an. Der Bursche mit dem Fass senkte den Blick und Headly starrte auf die Tischplatte. Nur Longfields verschränkte ihre Arme vor der Brust und schaute herausfordernd zurück.

»Nach gründlicher Prüfung der Wirtschaftsbücher habe ich beschlossen, den Bediensteten von Kelston Abbey eine Lohnerhöhung zu gewähren.«

»Ihr, Mylady?«, rief Headly und sprang auf die Beine.

»Allerdings gewähre ich die Lohnerhöhung nur jenen, mit deren Arbeit ich zufrieden bin und von deren absoluter Loyalität ich überzeugt bin.«

Headly rückte die Perücke zurecht und versuchte gerade zu stehen.

»Die Möbel für das Speisezimmer sind auf Anweisung der Dowager Countess im ganzen Haus verteilt, aber wir können alles bis … bis Freitag wieder zusammentragen.« Headly machte sogar eine leicht schwankende Verbeugung.

»Dann ist das besprochen. Die Mahlzeiten werden ab Freitag in dem wieder möblierten Speisezimmer serviert. Weiterhin möchte ich morgen nach dem Frühstück alle Dienstboten in der großen Halle sprechen.«

»Aber warum?«, rief Longfields mit einem ungehaltenen Zischen. »Die Dienstboten wurden Euch bereits bei Eurer Ankunft vorgestellt und das Personal hat schließlich auch was zu tun.«

»Das Warum werde ich morgen erklären«, antwortete Maddy und marschierte davon. Sie war dabei, die Herrschaft an sich zu nehmen, und so eine Revolution ging nun mal nicht ohne Blutvergießen ab und ohne dass Köpfe rollten, das hatte die Vergangenheit ja hinlänglich bewiesen.

»Der ganze Aufwand lohnt sich doch überhaupt nicht«, hörte sie Longfields lautstark meckern, da war sie noch nicht einmal zur Tür draußen. »In ein paar Wochen ist alles wieder beim Alten und sie ist weg. Miss Larissa sagt, dass die Ehe bald schon annulliert wird. Und wir schleppen jetzt Möbel rum und müssen nachher alles wieder zurücktransportieren.«

»Leise«, zischte Headly, aber Maddy hatte schon genug gehört.

Dabei ärgerte sie sich weniger über die Dreistigkeit der Haushälterin als über Larissa. Was hatte die nur davon, wenn sie den Lakaien immer wieder solche Gerüchte erzählte?

Maddys gute Laune war verschwunden, noch bevor sie ihre Räume erreichte, in denen Mrs Young ihr auflauern würde. Im Vorbeigehen klopfte sie an Johns Tür, um sich nach seinem Befinden zu erkundigen, aber nicht Franklin öffnete ihr die Tür, sondern Ian kam heraus.

»Es geht ihm besser«, sagte Ian. »Aber er ist der ungeduldigste Patient, den ich je hatte. Und nun will er um jeden Preis das Bett verlassen, nachdem er sich noch nicht einmal allein aufsetzen kann.«

»Was kann ich tun?«

»Ihr müsst ihm fernbleiben«, befahl Ian streng. »John legt eine gewisse – nun, wie soll ich sagen? – Unvernunft an den Tag, wenn es um Euch geht, doch er muss von ehelichen Betätigungen unbedingt noch Abstand nehmen. Sein Herz ist noch viel zu schwach und jede Aufregung oder körperliche Anstrengung könnte zu einem Rückfall führen.«

»Ich wollte doch gar nicht …« Maddy wurde unwillkürlich rot und behielt den Rest ihres Satzes für sich. Wie konnte er denken, dass sie eheliche Aktivitäten im Sinn hatte?

»Franklin, dieser Narr, hat ihm gesagt, dass Ihr Sutton unbedingt zu sprechen wünscht«, fuhr Ian flüsternd fort. »Und jetzt ist er ganz aus dem Häuschen, weil er baden möchte und darauf besteht, rasiert zu werden und sich anzuziehen und aufzustehen. Ich habe ihm all das verboten, einschließlich aufregender Gespräche. Was immer Euch auf dem Herzen liegt, stellt es in Gottes Namen zurück, bis er gesund ist.«

Maddy nickte stumm und kniff die Lippen zusammen, um ihr Lächeln zu verbergen. John war ihretwegen also aus dem Häuschen?

»John hat sich wieder an die Nacht des Feuers erinnert.« Ian packte sie plötzlich an beiden Schultern und sah ernst auf sie herab. Vor lauter Schreck vergaß Maddy sogar, sich zu wehren. »Er erinnert sich nun, dass er das Feuer nicht gelegt hat. Ich vermute, dass George es selbst war. Vielleicht in einem Anfall von Wahnsinn. Auf jeden Fall trägt John keine Schuld an alledem.«

Wieder nickte sie. »John hat im Fieber geredet, und daraus wurde deutlich, dass er es nicht gewesen sein konnte.«

»Was hat er geredet?«, fragte Ian aufgeregt und starrte sie

eindringlich an. Er wirkte, als hätte er es sich selbst zur Aufgabe gemacht, den Fall aufzuklären.

»Das meiste davon war unverständlich«, antwortete sie ausweichend. Sie wollte zuerst mit John über alles reden, bevor sie ihre Vermutungen mit irgendjemand anderem teilte. Ian ließ sie endlich los und verdrehte die Augen, als wäre er das Thema langsam leid.

»Leider gibt es noch ein paar Ungereimtheiten, die John keine Ruhe lassen, und jetzt will er unbedingt herausfinden, was tatsächlich geschehen ist. Ich konnte ihn soeben nur mit Mühe davon abhalten, den Konstabler zu rufen oder gar selbst in den Westturm zu gehen, um sich am Ort des Geschehens umzusehen. Nach drei Jahren und den Verheerungen, die das Feuer angerichtet hat, wird er dort nichts mehr finden, was ihm Aufklärung bringen könnte. Es wird ihn bestenfalls aufregen und das könnte seinem schwachen Herzen schaden. Ich musste sehr an mich halten, um nicht in einen Streit zu geraten. Er darf sich nicht aufregen, Lady Sutton. Versteht Ihr?«

»Ich darf ihn nicht sehen, damit er nicht weiß, dass ich sein Gesicht kenne, und sich darüber aufregt, und jetzt darf ich nicht einmal mit ihm sprechen, weil er sonst unvernünftig wird und sich auch aufregt. Das klingt, als wäre ich das reinste Gift für meinen Ehemann«, sagte sie anklagend.

»Aber nein, ganz im Gegenteil«, beteuerte Ian schnell. »Nur wäre Eure Nähe für ihn im Augenblick zweifellos zu viel. Männer sind nun mal – wie soll ich sagen – von Gott ein wenig anders gestaltet und oftmals Opfer ihrer Triebe, und bei Euch ...«

»Schon gut.« Maddys Wangen brannten. Ian war der Letzte, mit dem sie über die Triebe ihres Ehemannes reden wollte.

Wie schrieb man einen Brief, der den Empfänger nicht aufregte, wenn man vor lauter Mitteilungsbedürfnis fast platzte und hundert Fragen stellen musste? Maddy saß im Schein einer einzelnen Kerze an dem kleinen Sekretär in ihrem Schlafzimmer und hatte Papier und Feder vor sich. Mrs Young hatte sich endlich zur Nacht begeben, nicht, ohne ihr noch die strikte Anweisung zu geben. »Schreiben und Lesen bei Kerzenlicht ist schlecht für die Augen und ausreichend Schlaf bewahrt vor sündigen Gedanken«, hatte sie gesagt und alle Kerzen gelöscht, bevor sie gegangen war.

Kaum hatte sie die Tür hinter sich geschlossen, um sich in die Dienstbotenkammer am Ende des Flurs zurückzuziehen, war Maddy aus dem Bett gehüpft und hatte eine der Kerzen wieder angezündet. Jetzt brütete sie über jedem einzelnen Wort, das sie John mitteilen wollte.

»*Mein liebster Gemahl*«, schrieb sie. »*Ich muss Dir so viel erzählen, was seit unserer letzten unglücklichen Begegnung geschehen ist. Ich habe so viele Fragen an Dich, aber Franklin und Dein neuer Leibarzt sagen, ich würde Dich nur aufregen, und ich solle mich von Dir fernhalten, bis Du wieder gesund bist. So bleibt mir heute Nacht nichts weiter, als für Deine schnelle Genesung zu beten und Dich meiner ehelichen Treue zu versichern. Niemals würde ich mich mit einem anderen Mann als mit Dir ‚im Dreck wälzen'. Deine Maddy.*«

Sie faltete den Brief, versiegelte ihn und brachte ihn zu John – oder genauer gesagt bis vor seine Tür. Es dauerte eine ganze Weile, bis Franklin auf ihr Klopfen hin endlich öffnete und die Nase durch den Türspalt steckte. Als er sie mit dem Brief in der einen und einer Kerze in der anderen Hand im dunklen Flur stehen sah, riss er entsetzt die Augen auf.

»Mylady«, keuchte er leise. »Ihr könnt nicht zu ihm. Wenn Seine Lordschaft Euch so erblickt ...« Er streckte den Arm heraus und beschrieb ihre Figur von oben bis unten, kniff aber gleichzeitig die Augen zu. »Dann ... dann springt er mir aus dem Bett.«

Zugegeben, sie trug nur das dünne Hemd und hatte vergessen, einen Schal um die Schultern zu legen, aber sie wollte ja bloß den Brief abgeben und nicht unter Johns Bettdecke krabbeln.

»Für John.« Sie überreichte ihm den Brief und kehrte ohne ein weiteres Wort wieder zurück in ihr Zimmer.

Sie war gerade eingeschlafen, als es kräftig an der Tür klopfte. Bis sie aufgestanden war und eine Kerze angezündet hatte, war niemand mehr da, und beinahe hätte sie das Stück Papier übersehen, das direkt vor der Türschwelle lag. Sie bückte sich und hob es auf.

»*Ich liebe keine andere. John*«, stand da mit zittriger Handschrift verfasst. Mehr nicht.

Er hasste es, so ein Wrack zu sein. Wie sollte er jemals seine Frau wieder beglücken, wenn selbst das Verfassen eines einzigen Satzes ihn vor Schwäche zittern ließ?

Er las ihren Brief noch einmal, besonders der letzte Satz hatte es ihm angetan. »*Niemals würde ich mich mit einem anderen Mann als mit Dir ‚im Dreck wälzen'*.« Seine Fantasie spielte ihm einen schlimmen Streich, denn er stellte sich vor, er wäre mit ihr draußen in der freien Natur, irgendwo an einem versteckten Ort, umgeben von ihren geliebten Rosen. Nur sie beide. Er säße im Gras auf einer Decke, ein Picknickkorb stünde an seiner Seite. Sie hätte ihren blonden Lockenkopf in seinen Schoß gebettet und würde ihn anlächeln. Er wollte sie küssen, wollte ihre Lippen schmecken und ihre Zunge mit der seinen streicheln. Er wollte ihr Haar auffächern und das Gesicht darin vergraben. Er gab ein schmerzvolles Stöhnen von sich und Franklin, der sich soeben zur Nachtruhe hatte zurückziehen wollen, trat erneut an sein Bett.

»Mylord? Ist Euch nicht wohl? Soll ich den Arzt rufen?«

»Nein, bloß nicht schon wieder diesen besserwisserischen Schönling«, stöhnte John und presste Maddys Brief an seine Brust. »Mir geht es gleich besser.«

»Hat der Brief Euch aufgeregt?«

»Nein!«, rief John schnell. Wenn er ja sagte – und ja, der Brief hatte ihn aufgeregt –, dann würde sein überbesorgter Kammerdiener keine weiteren Nachrichten von Maddy mehr entgegennehmen, und das würde ihn noch mehr aufregen. »Er macht mich glücklich und traurig zugleich. Ich werde nie mit ihr in der Sonne liegen können, werde nie ihre Lippen auf meinen fühlen.«

Franklin holte tief Luft, als würde er etwas Wichtiges sagen wollen, doch dann schüttelte er den Kopf und zuckte die Schultern. »Vielleicht irrt Ihr Euch, Mylord, und Euer Aussehen stößt Eure Gemahlin weit weniger ab, als Ihr glaubt.«

»Jeder Mensch muss von diesem Aussehen abgestoßen sein. Wer etwas anderes behauptet, lügt.« Obwohl Ians Salbe und die Behandlung die Entzündungen und Schwellungen in Johns Gesicht deutlich gemildert hatten, war seine linke Gesichtshälfte immer noch scheußlich entstellt, und das würde sich niemals ändern. Nie.

»Jemand, der Euch liebt, wird Euch nicht hässlich finden.«

»Wenn ich also wissen will, ob meine Frau mich liebt, muss ich ihr nur mein Gesicht zeigen?«, rief er mit einem spöttischen Auflachen und schüttelte den Kopf. Dieses Risiko würde er gewiss nicht eingehen. Niemals.

6. Enthüllungen

Ausnahmslos alle Dienstboten hatten sich am nächsten Morgen in der Halle eingefunden. Sogar Anne und Caleb standen aufgereiht neben den anderen. Maddy schritt langsam an ihnen entlang und sah jeden Einzelnen schweigend an. Offensichtlich hatte sich die Ankündigung von der Lohnerhöhung schneller herumgesprochen, als sie erwartet hatte.

Wenig überraschend und überaus erfreulich.

Auch Larissa war da und stand etwas abseits, am Fuße der Treppe. Bestimmt war sie im Auftrag der Dowager Countess gekommen, um zu sehen, was die unmögliche Schwiegertochter sich hatte einfallen lassen – obwohl ja Mrs Young als Spionin sehr effizient arbeitete.

»Die Dowager Countess wundert sich sehr über diese von Euch befohlene Versammlung, welche die Leute nur von der Arbeit abhält«, hatte Mrs Young zu Maddy gesagt, während sie ihr dabei geholfen hatte, das graue Kleid anzuziehen, das sie gestern noch abgelehnt hatte. »Sie wünscht zu wissen, was der Sinn dieser Veranstaltung sein soll.« Sie bürstete energisch die Schultern und den Saum des Kleides ab, obwohl Maddy es noch nie getragen hatte und es somit staubfrei war.

»Meine Schwiegermutter ist herzlich eingeladen, an der Versammlung teilzunehmen, wenn sie so darauf brennt, deren Sinn zu erfahren«, hatte Maddy gesagt und sich hin und her gedreht, um zu sehen, wie der Stoff fiel und sich um ihre Beine schmiegte. Gleichzeitig flatterte das blaue Seidenband, das unter ihren Brüsten zusammengebunden war, und verlieh jeder ihrer Bewegungen etwas Frivoles. Ihr gefiel die schlichte Eleganz dieses grauen Kleides, und sie beschloss, es zu ihrem neuen Lieblingskleid zu ernennen und das alte Sommerkleid endgültig in die Kiste zu verbannen oder es zu verschenken.

Maddy hatte sich vorher genau überlegt, wie sie vorgehen wollte, um herauszufinden, wer sie in den Schacht gestoßen hatte. Sie blieb vor Headly stehen, der so früh am Tag noch ordentlich gekleidet war und sich aufrecht hielt, dabei schaute sie ihn eine ganze Weile stumm an, bis er unruhig von einem Bein auf das andere trat und sich unter der Perücke kratzte.

»Wo warst du am vorletzten Sonntag nach dem Gottesdienst?«, fragte sie ihn.

»Ich? Warum ich?«

»Wo warst du?«, wiederholte sie ihre Frage und wandte den Blick nicht ab.

»Na, wo werd ich wohl gewesen sein? In der Küche wahrscheinlich, Mylady«, murmelte er schulterzuckend und lachte unbehaglich dabei.

Maddy ging ein paar Schritte weiter zu Mrs Longfields. »War er in der Küche, Longfields?«

»Woher soll ich das wissen? Ich war nicht in der Küche.«

»Wo dann?«

»Hier und da. Ich bin nach dem Gottesdienst bisschen durch den Park gegangen und dann nach Kelseigh zu meinem Bruder. War erst am Nachmittag wieder da, als Seine Lordschaft ein Riesentrara Euretwegen gemacht hat, weil er sich eingebildet hat, dass Euch was passiert ist. Ich hab noch nie was Schrecklicheres erlebt als ihn so wütend. Wie der Teufel. Warum wollt Ihr das überhaupt wissen?«

»Weil ich die Countess bin und wissen wollen kann, was immer ich wissen will.«

Longfields furchte verwirrt die Stirn, offenbar fiel es ihr schwer, den Satz zu begreifen.

»Kann jemand bezeugen, dass du durch den Park spaziert oder nach Kelseigh gegangen bist? Hat dich jemand gesehen?«

»Ich, Mylady! Ich! Mrs Longfields ist am Stall vorbeigekommen, so wahr mir Gott helfe«, rief Hoppel-Will. Er reckte die Hand in die Luft und hüpfte dabei wie ein aufgeregter Frosch auf seinem gesunden Bein. Er musste die Wahrheit sagen, denn er hatte wirklich keinen Grund, ausgerechnet Mrs Longfields, die sogenannte fette Kinderhasserin, mit seiner Aussage zu decken. Sie hatte ihm die ersten Tage in der Abbey alles andere als leicht gemacht. Sie hatte ihn beleidigt und schikaniert, wann immer sich eine Gelegenheit dazu bot, und ihm die schwierigsten Aufgaben übertragen. Maddy lächelte Will Blackstone freundlich an, streichelte über seinen stacheligen Kopf und pickte dann ein Mädchen aus der Reihe heraus, von dem sie wusste, dass es meistens in der Küche arbeitete. Sie zeigte auf sie.

»Du da!« Ihr Name war Jenna und sie brachte hin und wieder Holz für das Feuer oder Wasser für das Bad in Maddys Zimmer. Sie war schüchtern und ängstlich und mit ihrer großen, flachen Nase nicht gerade eine Schönheit, aber sie war fleißig, arbeitete schwer und war immer zur Stelle, wenn man etwas von ihr wollte. In diesem Moment entschied Maddy, dass Jenna ganz oben auf der Liste derjenigen stehen würde, die eine Lohnerhöhung bekämen. »Wo warst du am Sonntag nach dem Gottesdienst?«

»I-ich w-war in der Küche, Mylady.« Jennas Lippen bebten vor Angst. Sie stand kurz davor zu weinen und dabei starrte sie Maddy mit weit aufgerissenen Augen an. »Musste den Ofen einheizen und Wasser holen, Mylady.«

»Und war Headly in der Küche, wie er behauptet?«

»N-n-nein, Mylady.« Sie schüttelte den Kopf.

»Weißt du, wo Headly war?«

»N-n-nein, Mylady. E-er kam erst viel später in die Küche und war ganz aufgebracht.«

»Ach Unfug, rede nicht«, rief Headly dazwischen. »Wenn du Lügen rumerzählst, fliegst du hier gleich raus. Was denkst du, was ich mit dir mache, du nutzlose Kröte?«

»Du wirst deine Arbeit nicht verlieren«, sagte Maddy zu Jenna mit sanfter Stimme, obwohl sie innerlich kochte und Headly am liebsten seinen Bierkrug über die Perücke gezogen hätte. »Wenn du mir die Wahrheit sagst, wirst du als Erste die versprochene Lohnerhöhung und eine halbe Krone extra bekommen. Was war mit Headly, warum war er aufgeregt?«

Jenna warf einen ängstlichen Seitenblick auf Headly, dann kam sie aber offensichtlich zu der Schlussfolgerung, dass die Countess die besseren Karten in diesem Machtspiel hatte.

»Mister Headly war … war ganz aufgeregt, als er in die Küche kam«, sagte sie und senkte dabei die Stimme. »Weil an seiner Jacke ein Knopf abgerissen war, und er wollte, dass ich ihn annähe, aber er hat ihn nicht mehr wiedergefunden, also hab ich einen anderen Knopf genommen aus Horn, und da hat er geflucht wie ein Krabbenfischer und hat verlangt, dass ich ihm Gin bringe, sonst schmeißt er mich in den Abort, hat er gesagt, Mylady.«

Maddy lächelte dem Mädchen zu und griff in das Ridikül, das an ihrem Handgelenk hing. Sie holte den Knopf heraus, den sie in der Orangerie unter dem trockenen Laub entdeckt hatte, und hielt ihn Headly direkt vor die Nase.

»Ist das der Knopf, den du vermisst?«

»Ja. Ich meine, nein. Nein, auf keinen Fall. Wieso?« Headlys Säufergehirn war nicht schnell genug, um zu begreifen, dass er längst überführt war, und Maddy konnte ein triumphierendes Auflachen nicht unterdrücken.

»Der Knopf ist abgerissen, als du mich bewusstlos geschlagen und in den Schacht der Orangerie hinuntergestoßen hast.« Das war beinahe zu einfach gewesen, den Täter zu enttarnen, aber andererseits war der Mann die meiste Zeit seines Lebens betrunken und hatte die Tat vermutlich begangen, ohne vorher oder nachher seinen Verstand zu benutzen. Dennoch schmerzte es, dass Headly sie hatte töten wollen. Sie hatte diesem Mann doch nichts Böses getan. Über das aufgeregte Raunen und die empörten Ausrufe der Leute hinweg erhob Maddy ihre Stimme und sprach so laut weiter, dass man sie auch im hintersten Winkel der Halle hören konnte.

»Warum hast du versucht, mich umzubringen? Was habe ich dir getan? Was wolltest du verbergen, oder sollte ich eher fragen: Wer hat etwas zu verbergen und dich deshalb beauftragt, mich zu töten?«

Unwillkürlich wandte sie sich um und schaute zu Larissa hinüber – die ach so sanftmütige, schickliche und fleißige Larissa, die immer wieder log oder die Wahrheit verdrehte und auch nicht davor zurückschreckte, gemeine Gerüchte zu verbreiten. Larissa war kreidebleich geworden und hielt sich mit einem Ausdruck des Entsetzens auf dem Gesicht am Treppengeländer fest. Es war schwer zu sagen, ob ihre Bestürzung von Headlys Verbrechen herrührte oder ob sie so schockiert war, weil sie diese Tat mit ausgeheckt hatte.

Jenen kurzen Moment, in welchem Maddy sich von Headly abgewandt und Larissa mit kritischem Blick fixiert hatte, nützte der Hausdiener aus. Er stieß die kleine Magd zu seiner Rechten zur Seite und rannte mit flatternden Rockschößen aus der Halle hinaus.

»Ihm nach! Haltet ihn auf!«, rief Maddy, aber da war er schon draußen. Sie wartete gar nicht erst, bis einer der Burschen in Gang kam, sondern raffte selbst ihr Kleid hoch und rannte zur Tür in den strömenden Regen hinaus und quer über die Vorfahrt. Ihr folgten zwei Laufburschen und der lange Jack aus dem Stall, aber Headlys dunkle Gestalt verschmolz bereits mit den grauen Regenfäden in der Ferne. Trotzdem verfolgte Maddy ihn noch eine ganze Zeit lang, lief über den Kiesweg zwischen Rosensträuchern hindurch und sprang über Buchsbaumhecken hinweg, bis sie zum See kam, wo sich der Weg gabelte und sie Headlys Spur endgültig verlor.

Nass vom Regen und außer Atem kehrte sie ins Schloss zurück und wurde von einer Heerschar fassungsloser Diener einschließlich einer maßlos empörten Mrs Young erwartet. Sie hatte mit ihrem Verhör im Grunde nichts erreicht. Sie wusste jetzt zwar, wer sie in den Schacht gestoßen hatte, aber sie wusste nicht warum oder in wessen Auftrag.

Die zwei Mägde, die draußen vor der Tür das Essen und frische Bettlaken ablegten, tratschten so laut miteinander, dass John jedes Wort verstand.

»Und er hat tatsächlich versucht, sie umzubringen«, ereiferte sich die eine Magd mit lauter Stimme. »Das ist kaum zu glauben, oder? Er steckt so, so tief in der Tinte, sag ich dir. Und davor hat er noch überall rumerzählt, dass Seine Lordschaft sie davonjagen wird und dass die Ehe für ungültig erklärt wird ... Wie sagt man?«

»Amuliert«, erklärte die andere. »Aber das hat nicht Headly behauptet, sondern Miss Larissa hat es der Longfields gesagt, dass die alte Countess es verlangt. Und ich hab gehört, wie die Longfields es Headly erzählt hat. Und alle haben über Mylady getuschelt.«

»Also ich nicht.«

»Doch wohl, ich hab's doch gehört, wie du's dem kleinen Jack zugeflüstert hast.«

John fuhr im Bett hoch, als hätte ihn eine Hornisse gestochen. Er ignorierte den stechenden Schmerz, der ihm den Arm hinauf und bis in den Rücken hineinfuhr und versuchte, so schnell wie möglich aufzustehen. Er wollte unbedingt näher zur Tür, um nichts von der Unterhaltung zu verpassen.

Es war ein Glück, dass Franklin gerade auf den Abort gegangen war und ihn allein gelassen hatte in der Annahme, er würde schlafen. Aber John konnte die Bemutterung durch Franklin kaum mehr ertragen. Der Kammerdiener versuchte ihn mit allen Mitteln zu schonen. Er schirmte ihn von Madeleine ab und ließ auch sonst nichts zu ihm vordringen. Natürlich handelte er aus Sorge, aber das war lächerlich. John fühlte sich von Stunde zu Stunde besser, nur sein Arm schmerzte noch. Es machte ihn verrückt, dass Franklin ihn wie ein Neugeborenes behandelte. Er war ein Mann, ein Soldat und keine Memme, und er wollte wissen, was da draußen los war.

»Aber jetzt stellt sich genau das Gegenteil heraus«, rief die erste Magd aufgebracht. »Und ausgerechnet die dämliche Jenna kriegt als Erste die Krone, weil sie Ihrer Ladyschaft alles erzählt hat.«

Johns Beine zitterten und die Welt um ihn herum schwankte, während er sich am Schrank und an der Wand entlang bis zur Tür vorantastete, aber er biss die Zähne zusammen und torkelte weiter. Bis zu dieser verdammten Tür würde er es doch wohl noch schaffen, ohne lang gestreckt hinzufallen.

»... und dann ist sie ihm einfach hinterhergerannt und ist ihm nachgejagt. Wenn das die alte Countess gesehen hätte, Jesus Christus.« Das Mädchen vor der Tür giggelte albern.

»Also ich hätte mich das nie getraut. Ich meine, den Headly verfolgen. Das hätt ich nie. Wenn es stimmt, dass er sie umbringen wollte, dann stell dir mal vor, was ihr passiert wäre, wenn sie ihn eingeholt hätte.«

John war endlich bei der Tür und umklammerte die Klinke mit zitternder Hand. Er holte einmal kurz Luft, fasste sich und dann riss er die Tür mit einem Ruck auf und stand direkt vor den beiden schnatternden Mädchen mit ihren weißen Hauben und ihren feisten, grobschlächtigen Gesichtszügen. Es war ihm gleichgültig, dass er nur ein Hemd trug, das ihm gerade bis zu den Knien reichte, und die Hälfte seines Gesichts mit dicken Bandagen verbunden war. Die beiden dummen Dinger sahen ihn, kreischten vor Schreck und stoben wie hysterische Hühner auseinander.

»Hiergeblieben!«, brüllte er. »Oder der Teufel soll euch holen.«

Beide blieben abrupt stehen, die eine bekreuzigte sich, die andere fiel sogar auf die Knie und faltete die Hände.

»Ihr beiden nichtsnutzigen Schwatzbasen sagt mir jetzt sofort, worüber ihr gerade gesprochen habt. Was ist mit Headly? Was hat er meiner Frau getan?« Seine Stimme zitterte, aber nicht vor Schwäche, sondern vor Wut. Hatte er richtig gehört? Hatte Headly wirklich versucht, Madeleine zu ermorden? Hatte seine kaltherzige Mutter allen Ernstes die Tage seiner Erkrankung ausgenutzt, um Intrigen gegen ihre Schwiegertochter zu spinnen? Annullierung seiner Ehe? Er hoffte sehr für diese Frau, die ihn geboren hatte, dass er das falsch verstanden hatte.

»Redet schon!«, bellte er. Seine Stimme war laut und so herrisch wie eh und je, aber unter der Oberfläche war seine zur Schau gestellte Stärke brüchig wie Glas. Doch die Mägde redeten. Sie redeten wie ein Wasserfall bei Hochwasser.

Als Franklin wieder zurückkehrte, saß John im Sessel neben dem Kamin und versuchte, gelassen und ausgeruht zu wirken. Er hatte von den verängstigten Mädchen alles erfahren, was es zu erfahren gab, aber auf halbem Wege zurück zum Bett hatte ihn die Kraft verlassen und er hatte sich setzen müssen. Doch das brauchte Franklin nicht zu wissen.

Mr Brown hatte tatsächlich Wort gehalten. In der Mittagszeit war Mrs Young verschwunden und Jane war wieder im Dienst. Sie brachte ein Tablett mit dem Lunch, der karg ausfiel: Lauchsuppe mit einem Stück Brot. Aber zum ersten Mal seit Tagen aß Maddy mit Appetit und ließ sich sogar ein zweites Mal herausschöpfen.

Während Jane ihr in das elegante Reitkleid von Madame Couturier hineinhalf, berichtete sie, was in Kelston passiert war und was unten in der Küche bei den Dienstboten getratscht wurde, nämlich genau das, was Maddy erwartet hatte. Alle waren begierig auf die Lohnerhöhung und empört über Headlys Tat. Mrs Longfields hatte es schwer, sich Respekt zu verschaffen, und Miss Larissa hatte sich mit starken Kopfschmerzen in ihr Zimmer zurückgezogen, sodass die Dowager Countess gezwungen war, den Tag allein zu verbringen. Wohingegen Lady Madeleine Sutton ganz spontan zum neuen Liebling der Dienerschaft aufgestiegen war.

Bevor sie sich auf den Weg zu den Ställen machte, klopfte sie an Johns Tür, um einen weiteren Brief abzugeben und um Franklin zu fragen, wie es ihm ging. Aber Franklin kam kopfschüttelnd auf den Flur, schloss die Tür schnell wieder hinter sich und weigerte sich, ihren Brief entgegenzunehmen.

»Ich weiß nicht, was Ihr Seiner Lordschaft gestern geschrieben habt, aber Euer Brief hat ihn sehr aufgeregt«, warf Franklin ihr vor.

»Nur liebe Worte und Genesungswünsche«, murmelte Maddy ein wenig verlegen. »Geht es ihm denn wieder schlechter?«

Franklin wiegte den Kopf bedächtig hin und her. »Der Arzt ist gerade bei Seiner Lordschaft und hat ihn genötigt, Laudanum zu sich zu nehmen. Ich habe ihn nur für eine Viertelstunde aus den Augen gelassen und da ist er einfach aufgestanden und durch das Zimmer gewandert.«

»Aber das ist doch gut, das heißt, er kommt wieder zu Kräften.«
»Steht etwas Aufregendes in diesem Brief, Lady Sutton?«, wollte Franklin wissen und zeigte auf das Papier in ihrer Hand.
»Nein, aber das geht dich nichts an.« Tatsächlich standen da nur zwei Worte. John hatte ihr gestern Nacht geschrieben *»Ich liebe keine andere.«* Und sie hatte auf das gleiche Stück Papier hinter seinen Satz noch eine Frage angefügt. *»Nur mich?«*

Daran war wenig Aufregendes, obwohl ihr Herz wummerte wie eine ausgeleierte Töpferscheibe, wenn sie daran dachte, wie er auf ihre Frage reagieren würde. Er bräuchte nur mit Ja zu antworten. Es ziemte sich natürlich nicht, dass sie diese Frage an ihn richtete, und es war auch nicht die übliche Vorgehensweise, um jemandem seine Liebe zu gestehen, aber es war besser als nichts. Franklin schnappte ihr den Brief aus der Hand und verbeugte sich förmlich. Dann verschwand er rückwärtsgehend wieder in Johns Zimmer, und sie machte sich auf den Weg, um sich mit dem Verwalter bei den Ställen zu treffen.

Die Pächterhäuser in den Abbey Hills waren, wie nicht anders zu erwarten gewesen, in einem desolaten Zustand. Sie hatte aus der Küche ein paar Sahnetörtchen für die Kinder mitgenommen und einen Beutel mit einer Handvoll kleinerer Münzen gefüllt, aber diese Gaben waren nur ein Tropfen auf den heißen Stein. Die Armut der Menschen konnte nicht mit Süßigkeiten oder einer halben Krone gelindert werden.

»Seitdem zwei weitere unserer Kupferminen stillgelegt wurden und die Männer ihre Arbeit verloren haben, geht es den Menschen immer schlechter«, erklärte der Verwalter, nachdem sie sich von einer achtköpfigen Pächterfamilie verabschiedet hatten und langsam über den matschigen Pfad bis zur nächsten Kate ritten. »Es ist jetzt nur noch die Saint-Marys-Mine in Weford in Betrieb. Sie bringt noch reichlich Erträge, aber die Kupferpreise sind schlecht dieser Tage.«

Maddy kannte das Problem mit den Kupferminen. Ihr Vater hatte die kleine Mine der Stewarts schon vor Jahren stillgelegt. Die Kupferader war beinahe versiegt, und der Abbau des spärlichen Erzvorkommens hatte letztlich mehr gekostet, als das Kupfererz an Einnahmen erzielt hatte.

»Man müsste ein eigenes Hüttenwerk betreiben, dann würde man die Kosten für den Transport sparen und das verhüttete Kupfer zu einem höheren Preis verkaufen können«, sagte sie. Das hatte

Edmund immer behauptet, und das war ihr als eine einleuchtende Idee erschienen, auch wenn ihnen das Geld für eine eigene Kupferhütte natürlich gefehlt hatte. Der Verwalter Morris sah sie erstaunt an.

»Seine Lordschaft hatte dieselbe Idee schon vor Jahren, als sein Bruder noch der Earl war. Erst jüngst, als er sich mit der Sanierung der Pachthäuser befasste, hat Seine Lordschaft diese Idee wieder aufgegriffen, und nun bin ich in Gesprächen mit Bankiers aus Plymouth, die sich möglicherweise als stille Teilhaber in einem derartigen Unternehmen engagieren möchten.«

»Man müsste vorher wissen, ob die Minen überhaupt noch genügend Kupfererze tragen.«

»Der Bergbau ist immer ein Risiko, Mylady, auch für die Männer, die unten im Schacht sind«, sagte der Verwalter und zügelte sein Pferd, weil Maddy mit Plummer stehen geblieben war, um den Anblick der welligen Hügel für einen Moment zu genießen. Verblühtes, rotbraunes Heidekraut bedeckte den Boden so weit das Auge reichte und ein paar vereinzelte Wacholdersträucher standen dazwischen gestreut und verströmten ihren eigenen kernigen Duft. Der starke Regen, der am Vormittag über das Land niedergegangen war, dampfte nun in der Nachmittagssonne wieder aus dem Boden heraus und Maddy war betört von dem Geruch der Heide. Gab es etwas Schöneres auf der Welt? Wer wollte da freiwillig den ganzen Tag in einem düsteren Schloss hocken?

»So ist es nun mal, Mylady.«

»Ja, so ist es nun mal«, seufzte sie und bezweifelte, dass sich jemals etwas daran ändern würde.

Die Brannagan-Farm war die letzte auf ihrer Tour, wobei der Ausdruck Farm für das winzige Cottage ungefähr so zutreffend war, wie wenn man Mrs Young eine bezaubernde Maid genannt hätte. Wie alle Pächter lebten auch die Brannagans mit ihren drei Kindern und einer gebrechlichen Großmutter auf engstem Raum in einem heruntergekommenen Häuschen. Rob Brannagan war einst Minenarbeiter gewesen, hatte aber bei einem Unglück unten im Schacht beide Beine verloren, weil das herabstürzende Geröll sie zerschmettert hatte. Sein ältester Sohn, der gerade erst zwölf war, stieg jetzt anstelle seines Vaters in die Mine hinab.

»Mein Vater war schon unten im Schacht und vor ihm sein Vater«, erklärte Rob und roch an der letzten Orange, die Maddy noch übrig gehabt hatte. »Wenn die Mine dicht macht ...« Er zuckte mit den Schultern.

»Dann haben wir kein Auskommen mehr«, sagte seine Frau, die kaum vierzig Jahre alt war und dennoch ausgezehrt wirkte. Tiefe Falten furchten ihre Stirn und ihre Mundwinkel, aber sie schien ihren Ehemann über alles zu lieben und bedachte ihn immer wieder mit zärtlichen Blicken und kurzen, liebevollen Berührungen.

»Seine Lordschaft wird schon für uns sorgen«, meinte Rob mit ehrlicher Überzeugung, und Maddy fragte sich, woher der gute Mann diese Gewissheit nahm angesichts der Tatsache, dass die Pachthöfe allesamt schwer vernachlässigt waren.

»Ach? Wird er das? Vielleicht kommt er ja auf einem weißen Ross und holt dich als Silberpolierer in sein Schloss«, zankte seine Frau mit ihm, aber sie lächelte ihn dabei liebevoll an, und Maddy wurde klar, dass die beiden diese Art von Gespräch nicht zum ersten Mal führten und sich offenbar einen Spaß daraus machten.

»Ja, das wird er. Er hat mich auch aus dem Schacht geholt damals, als niemand sonst sich mehr hinuntergetraut hat«, sagte er zu seiner Frau, dann wandte er sich Maddy zu, indem er sich mit den Händen mühsam von der Bank abstützte, um seinen Körper zu drehen, seine Beine waren oberhalb der Knie abgetrennt. »Er hat mir das Leben gerettet, Seine Lordschaft, Euer Gemahl. Er hat von dem Unglück gehört und ist gleich zur Mine geommen. War selbst noch ein junger Bursche damals, noch grün hinter den Ohren. Aber er hat keine Ruhe gegeben, bis ich oben am Tageslicht war. Hat sich ein Seil um die Hüften gebunden und sich hinabgeseilt ...«

»Nun hör schon auf, Rob«, unterbrach ihn seine Frau. »Hör schon auf! Als ob die Lady deine schaurige Geschichte hören will.«

»Er hat mich gerettet«, beharrte Rob Brannagan. »Und ich bin ihm ewig dankbar.«

»Und ich auch«, sagte seine Frau halblaut und schenkte ihrem Mann ein weiteres Lächeln voller Liebe.

Auf ihrem Weg zurück in ihre Gemächer klopfte Maddy wieder an Johns Tür, aber Franklin brauchte eine ganze Weile, bis er endlich öffnete und seine Nase zu dem schmalen Spalt herausreckte.

»Ich will wissen, wie es ihm geht«, herrschte sie Franklin an, obwohl er abgehetzt wirkte, als wäre er von irgendeiner wichtigen Beschäftigung herbeigeeilt und hätte ihretwegen alles stehen und liegen lassen.

»Ich befürchte, Seine Lordschaft übernimmt sich gerade«, flüsterte Franklin verschwörerisch zur Tür heraus. »Weder das Laudanum noch meine Wenigkeit konnten ihn davon abhalten, allerlei Leute herumzukommandieren und eine Suchaktion nach Headly anzuordnen. Erst als ich ihm angedroht habe, dass ich Euch zu Hilfe holen und Euch in sein Gemach hereinlassen würde, war er bereit, wieder in sein Bett zurückzukehren und endlich zu ruhen.«

»Das tut mir leid.« Offenbar hatte John von Headlys Flucht erfahren und sich darüber aufgeregt. Zu Recht.

»Es ist nicht Eure Schuld, Mylady. Wäre Seine Lordschaft nicht so schwer erkrankt, hätte er die Ereignisse, die an jenem unseligen Sonntag geschehen sind, sofort untersuchen lassen. Er hätte den Täter gefunden und hart bestraft. Nun ist er ärgerlich auf sich selbst, weil er zu schwach war, und er denkt, er hätte Euch in Eurer größten Not im Stich gelassen.« Jetzt überreichte Franklin ihr ein versiegeltes Stück Papier. »Seine Antwort auf Euren Brief, Mylady, und, wenn ich mir die Dreistigkeit einer Bitte erlauben darf, Mylady, bitte antwortet ihm etwas, was seine Schuldgefühle Euch gegenüber zerstreut. Er zerfleischt sich deswegen selbst und das ist nicht gut für ihn.«

»Er kann ja nichts dafür, dass er krank wurde«, sagte sie und drehte Johns versiegelten Brief zwischen ihren Fingern hin und her. Ihr Herz machte einen aufgeregten Hüpfer. »Ich hätte mich überhaupt nicht im Stich gelassen gefühlt, wenn du mir nur gesagt hättest, dass mein Mann krank ist, anstatt ein Staatsgeheimnis daraus zu machen und mich glauben zu lassen, er hätte mich verstoßen.« Gott, sie war so wütend auf John gewesen und jetzt schämte sie sich umso mehr dafür.

»Er hatte es mir ausdrücklich verboten«, antwortete Franklin flüsternd und dann schloss er die Tür wieder vor ihrer Nase. Sie presste den Brief an ihre Brust und seufzte. Er hatte ihr immerhin geantwortet.

»*Lass es ein Ja sein. Ein schlichtes Ja würde mir schon genügen. Er muss gar nicht wie Keats oder Byron schreiben*«, betete sie.

Sie konnte es kaum erwarten, den Brief zu lesen. Schwungvoll riss sie die Tür auf und wäre beinahe über einen Wassereimer gestolpert, der direkt hinter der Tür stand. In ihren Räumen herrschte ein Betrieb wie auf dem Wochenmarkt in Stockton. Drei Dienstmädchen waren aufgeregt schnatternd damit beschäftigt, weitere

Eimer und Tücher nach nebenan zu tragen, während ihr aus dem Nebenzimmer der Duft von Rosen entgegenströmte und noch mehr Gekicher und Geschnatter von den Dienstmägden.

Zögernd trat sie in die kleine Kammer, die sie für ein Kinderzimmer gehalten hatte, und schaute sich verdutzt um, Johns Brief an ihre Brust gepresst. Das Zimmer, das bislang leer gestanden hatte, war während ihrer Abwesenheit in eine Art Badekammer verwandelt worden. Dort hatte man mitten im Raum einen großen kupfernen Zuber aufgestellt und ein Bad für sie vorbereitet. Rosenblüten schwammen oben auf dem dampfenden Wasser und verströmten einen süßlichen Duft. Eine gepolsterte Sitzbank und eine Kommode waren in den Raum gebracht worden, gewobene Teppiche bedeckten den Boden und feinstes, schneeweißes Leinen zum Abtrocknen sowie verschiedene bunt gefärbte Seifen lagen bereit. Ein hoher Spiegel mit vergoldetem Rahmen stand rechts des Zubers und die Fensterbank war mit einem Rosenstrauß dekoriert. Die Kammer wirkte wie das Badezimmer einer Königin.

»Ich habe kein Bad verlangt«, sagte sie verdutzt, obwohl sie beim Anblick des Zubers vor Freude überwältigt wurde. Genau genommen konnte sie es kaum erwarten, aus der Reitkleidung heraus und in das dampfende Wasser hineinzukommen. Bisher war sie hier nicht allzu oft in den Genuss eines Bades gekommen, hauptsächlich, weil sie es den Mägden nicht hatte zumuten wollen, die schweren Wassereimer zu schleppen, aber auch weil Mrs Longfields sich in der Küche unverblümt darüber mokiert hatte, dass selbst eine hochwohlgeborene Countess nicht jeden Tag zu baden brauche, Miss Larissa und die Dowager Countess begnügten sich schließlich auch mit einem Badetag im Monat.

Die Mägde verstummten sofort und verharrten stocksteif an Ort und Stelle, als sie Maddy in der Tür entdeckten.

»Mrs Longfields hat angeordnet, dass man Euch von jetzt an jeden Abend ein Bad bereitet und dass die Kammer als Badestube hergerichtet wird, Mylady«, sagte Rose.

»Die Longfields?« Maddy traute ihren Ohren kaum. Wie einschneidend doch so eine kleine, in Aussicht gestellte Lohnerhöhung wirkte.

»Alle sind ganz entsetzt über das, was Headly Euch angetan hat, Mylady«, meinte Jenna, das Mädchen, dem sie heute Morgen die halbe Krone extra versprochen hatte. »Und alle reden darüber, wie mutig das war, wie Ihr ihn zur Rede gestellt habt und ihm nachgejagt seid.« Sie hielt den Kopf gesenkt und machte einen Knicks, nachdem sie gesprochen hatte.

»Und Seine Lordschaft«, flüsterte die dritte, die etwas kleiner war und sich hinter den anderen versteckte. »Sag ihr, was Seine Lordschaft gesagt hat.«

»Seine Lordschaft will alle entlassen, die sagen, dass er Euch wegschicken wird oder dass die Ehe annulliert wird und die schlecht über Eure Ladyschaft reden«, erläuterte Jane und scheuchte gleichzeitig die anderen drei Mädchen mit einer herrischen Geste aus dem Raum.

»Wie bitte?« John wollte alle entlassen, die über sie tratschten? Da hätte er aber viel zu tun und konnte gleich mit Larissa anfangen.

»Er war ganz furchtbar wütend, als er es gehört hat«, wisperte Rose und hob im Hinausgehen die zwei leeren Holzeimer auf. »Wir hatten große Angst vor ihm.«

Maddy musste lachen. Halb war sie entzückt über Johns Reaktion und halb erstaunt. Wusste er überhaupt, dass die hochgeschätzte Larissa die Quelle all dieser Gerüchte war und dass die Idee der Annullierung von seiner Mutter stammte? Mitsamt seinem Brief in der Hand stieg sie in den Zuber und ließ sich mit einem seligen Seufzen in das heiße Wasser sinken, während sie das Siegel erbrach. Das Herz pochte ihr wild gegen die Brust, als sie das Papier auffaltete. Nur ein Ja. Bitte. Der Brief war lang. Es stand nicht nur ein Wort darin, sondern er war dicht beschrieben mit einer wackeligen Handschrift und einigen Tintenklecksen, die darauf hindeuteten, dass John in Wahrheit noch zu schwach war, um eine Feder zu führen. Wo war das Ja? Ihre Augen rasten über den Text und ihr Atem stockte. Nirgendwo.

»Meine liebe Gemahlin«, stand da. *»Du möchtest wissen, ob ich nur Dich liebe? Du bringst mich dadurch in eine äußerst unangenehme Lage, denn wie könnte ich Dich bei so einer wichtigen Frage belügen? Andererseits kann ich nicht hoffen, dass meine Worte Dir gefallen werden.«* Maddys Herz schien für ein paar Schreckmomente stillzustehen. Lieber Himmel, drohte etwa eine neue Zurückweisung? Als Jane mit Schwamm und Seife kam, um ihr das Haar zu waschen, wedelte sie sie ungeduldig mit der Hand weg.

»Nicht jetzt. Warte draußen, bis ich dich rufe.«

»Liebste Maddy«, lautete der nächste Satz, und ihr Herz schlug inzwischen so schnell, dass sie es in ihren Ohren wummern hörte.

»Ich war niederträchtig zu Dir und habe Dich zu Unrecht des Ehebruchs beschuldigt. Ich habe Deinen finanziellen Ruin ausgenützt und Dich genötigt, meine Frau zu werden. Ich habe Dich jede Nacht mit meiner lasterhaften Wollust bedrängt und werde Dir niemals mein abstoßendes Gesicht zeigen. Wenn Du in meiner Nähe bist, werde ich zu einem triebhaften Tier und vergesse, dass ich ein Gentleman bin. Ich bin es nicht wert, eine Gemahlin wie Dich zu besitzen oder zu berühren. Aber trotz all meiner Fehler und meiner Unwürdigkeit gehörst Du nun mir und ich werde Dich niemals mit einem anderen Mann teilen – auch wenn Du das nicht gerne liest, weil ich Dir vor unserer Hochzeit in der Kutsche etwas anderes zugesichert habe. Doch diese Zusicherung kann ich nicht halten. Ohne Dich herrscht Dunkelheit in meiner Seele, denn Du bist meine erste und einzige Liebe, bis ich sterbe.«

»Die erste und einzige?«, keuchte Maddy und schlug sich die Hand vor den Mund. Beinahe wäre der Brief ins Wasser gefallen.

»In dem Moment, als ich Dich zum ersten Mal erblickte, war es um meinen gesunden Menschenverstand geschehen.«

»O Gott!«, rief sie und schluchzte. Ein heißes Glücksgefühl breitete sich in ihrem Herzen aus. In dem Moment, als er sie sah? Meinte er den Moment, als sie in seine düstere Kutsche gestiegen war, oder sprach er etwa von ihrer ersten Begegnung vor drei Jahren, als er nach Colebridge Hall gekommen war, um sie über den Tod ihres Bruders zu informieren? Himmel, wenn das stimmte, wenn sie seine erste und einzige Liebe war, vom ersten Augenblick an, als er sie in Colebridge Hall gesehen hatte ... Moment mal, sie stutzte. Dann hatte er damals gewiss auch nicht die Absicht gehabt, Larissa zu heiraten. War der schreckliche Streit zwischen John und George etwa ihretwegen entbrannt? Aber wie kam Larissa auf die Idee, dass sie Johns Auserwählte gewesen war?

»Gleichgültig welche Lügen andere verbreiten, ich würde Dich niemals wegschicken, und ich würde niemals gestatten, dass Du mich verlässt. Lieber sterbe ich. Unsere Ehe ist gültig und vollzogen, und wer es wagt, von Annullierung zu sprechen, der ist in meinem Haus nicht länger willkommen.«

»Lieber sterbe ich«, wiederholte sie und jetzt liefen Tränen über ihre Wangen. Es tat ihr unendlich weh, zu lesen, wie sehr er litt, und gleichzeitig machte es sie unsagbar glücklich, zu lesen, wie sehr er sie liebte. Obwohl das Wasser heiß war und dampfte, rieselte eine Gänsehaut ihren Rücken hinunter.

»Nun kennst Du also die Wahrheit über mich, liebste Gemahlin. Ob es Dir behagt oder nicht, Du bist nun mit einem hässlichen Monster verehelicht,

das Deiner nicht würdig ist, aber es gibt kein Zurück mehr für Dich.«

»Ach, John, was bist du nur für ein Dummkopf!«, rief sie ins leere Zimmer und zog schniefend die Nase hoch. Am liebsten wäre sie sofort aus der Wanne gesprungen und zu ihm gelaufen, um endlich von Angesicht zu Angesicht mit ihm zu sprechen. Sie wollte zu ihm und sich in seine Arme werfen.

»Das Einzige, was ich Dir, hoffentlich zur Erleichterung Deines Herzens, sagen kann: Du bist nicht mit einem Mörder vermählt. Ich erinnere mich wieder an jene Nacht des Feuers und weiß nun, dass ich das Feuer nicht gelegt und die Morde nicht begangen habe. Ich kann nur vermuten, dass George es selbst war, aber es gibt noch Ungereimtheiten in dieser Theorie, und sobald ich wieder gesund bin, werde ich herausfinden, was damals wirklich geschehen ist.«

»Und ich will genau von dir wissen, was in jener Nacht passiert ist«, sagte sie zu dem Brief. »Ich habe nämlich einen ganz ungeheuerlichen Verdacht.« Sie nahm den Brief wieder hoch und las den letzten Absatz.

»Bitte schreibe mir nicht mehr. Ich möchte keine mitleidigen Worte auf Papier verewigt finden oder gar wohlformulierte Ausflüchte, warum Du meine Gefühle nicht erwidern kannst. Sei einfach weiterhin meine bereitwillige und entzückend ungehemmte Gemahlin, wenn ich des Abends wieder zu Dir ins Ehebett komme. Schon bald, wie ich hoffe. Mehr darf ich nicht von Dir verlangen. Mit brennendem Herzen, John.«

Sie faltete den Brief zusammen und warf ihn im hohen Bogen in Richtung der Holzbank, die er nur um Haaresbreite verfehlte. Sie wollte nicht, dass er nass wurde, wenn sie sich gleich die Haare wusch. Sie würde den Brief später noch einmal lesen und dann noch einmal und dann noch einmal. Mit einem Seufzen ließ sie sich tief ins Wasser hineinsinken. Sie musste in aller Ruhe nachdenken, denn sie wollte diesem Unfug endlich ein Ende bereiten.

Jane war am anderen Morgen gerade dabei, ihr die Haare zu kämmen und sie mit dem neuesten Klatsch aus der Gesindestube zu versorgen, als jemand wütend anklopfte. Erschrocken sprang Maddy auf und rannte zur Tür, ohne Jane die Gelegenheit zu geben, die Bürste wegzulegen und diese Aufgabe zu beenden. Maddy befürchtete, es sei etwas mit John passiert. Vielleicht ging es ihm wieder schlechter, vielleicht hatte er einen Rückschlag erlitten, weil er sich übernommen hatte. Lieber Himmel, vielleicht war er sogar in der Nacht gestorben, während sie wie ein Baby geschlafen und von ehelichen Freuden geträumt hatte. Das war die schrecklichste Vorstellung überhaupt: Er könnte sterben und sie allein zurücklassen.

Panisch vor Sorge riss sie die Tür auf und prallte beinahe mit Mrs Young zusammen. Die schwarz gekleidete Frau hatte die Fäuste bedrohlich in die Hüften gestemmt und schaute mit zusammengekniffenen Augen auf Maddy herab, als wäre sie eine Gouvernante, die gekommen war, um ihren ungebärdigen Schützling mit dem Stock zu traktieren. Zweifellos war sie gekommen, um sich über ihre Entlassung zu beschweren.

»Was gibt es?«, fragte sie und reckte die Nase in die Höhe. Sie trat einen Schritt zurück und fixierte die ehemalige Zofe mit dem arrogantesten Aristokraten-Blick, zu dem sie fähig war. Zugegeben, in dieser Kunst musste sie noch ein wenig üben. Mrs Young war jedenfalls nicht beeindruckt.

»Mein Bruder wünscht, Euch umgehend zu sprechen«, schnappte sie Maddy an.

»Umgehend?« Maddy lachte und schüttelte den Kopf. Sie war weniger überrascht über die Tatsache, dass Reverend Pollard eine Unterredung wünschte, als über die Frechheit, mit der Mrs Young danach verlangte.

»Ihr habt mich sehr wohl verstanden. Mein Bruder hat Euch einiges zu erklären und er wartet unten in der Halle.«

»Der Reverend soll sich heute Nachmittag um vier Uhr bei mir einfinden im Arbeitszimmer Seiner Lordschaft«, antwortete Maddy hochnäsig.

»Aber er wartet jetzt«, begehrte Mrs Young auf. »Und wenn Ihr erst hört, was er Euch zu sagen hat, werdet Ihr es bereuen, dass Ihr ihn habt warten lassen.«

»Heute Nachmittag, sagte ich.« Maddy schlug die Tür vor Mrs Youngs Nase zu und lehnte sich mit dem Rücken dagegen. Sie schnaubte vor Empörung und unterdrückter Wut. Warum durften Damen eigentlich nicht hin und wieder mal handgreiflich werden und einer scheinheiligen, spionierenden Aaskrähe die Haare ausreißen?

»So eine unverschämte Person!«, rief Jane und eilte zu ihr. »Wenn das Seine Lordschaft wüsste, wie die mit Euch redet. Als wärt Ihr ein Kind. Glaubt sie denn, sie ist selbst eine Countess, dass sie so frech mit einer hochstehenden Dame sprechen darf? Und dann fordert sie ein Gespräch, als wäre sie die Herrin und nicht Ihr. Sie denkt wohl, weil ihr Bruder immer bei der Dowager Countess katzbuckelt, kann sie sich alles erlauben, aber die wird sich wundern, wenn sie erfährt ...«

»Ist gut, Jane«, unterbrach Maddy ihre aufgebrachte Zofe mit einem müden Abwinken. »Sie ist verärgert, weil sie nicht mehr meine Zofe ist.« Und nicht mehr spionieren kann.

»Dennoch darf sie nicht so mit Euch reden, Mylady«, brauste Jane auf.

»Sie denkt offenbar, dass sie sich diese Frechheit herausnehmen kann«, murmelte Maddy, mehr zu sich selbst, und wiederholte in Gedanken Mrs Youngs Worte: »*Wenn Ihr erst hört, was er Euch zu sagen hat, werdet Ihr es bereuen, dass Ihr ihn habt warten lassen.*« Das klang für Maddy wie eine Drohung, und obwohl sie darauf brannte, mit dem Reverend zu reden und herauszufinden, was es so Wichtiges gab, zügelte sie ihre Neugier. Eine Countess durfte einen Reverend warten lassen, solange es ihr beliebte, und es beliebte ihr über alle Maßen, den Reverend ihre Macht deutlich spüren zu lassen.

Die Zeit bis zum Nachmittag zehrte allerdings an Maddys Nerven. Draußen regnete es wieder einmal, und drinnen war es so dunkel, dass man nicht ohne Kerzenlicht auskam. Obwohl John sie gebeten hatte, ihm nicht mehr auf seinen Brief zu antworten, begann sie trotzdem, an ihn zu schreiben. Sie fing mit den Worten an: »*Mein liebster Gemahl*«, aber schon beim ersten Satz geriet sie ins Stocken. Sie musste ihm so viele Dinge sagen, ihm so unendlich viele Fragen stellen. Das ließ sich einfach nicht auf ein Stück Papier niederschreiben. Sie legte die Feder wieder weg, starrte hinaus in den strömenden Regen und träumte mit offenen Augen von ihm. Sie beide in ihrem Bett, seine zärtlichen Hände auf ihr, ihre nackten Leiber aneinandergeschmiegt, er in ihr und dieses einzigartige Gefühl, erfüllt zu sein, mit jemandem aufs Innigste vereint zu sein, jemandem zu gehören, jemanden zu besitzen, jemandem nahe zu sein ...

Nicht nur ihr Körper sehnte sich nach ihm.

»Seine Lordschaft hat heute Nacht ruhig und tief geschlafen«, sagte Franklin, als sie sich nach dem Frühstück nach Johns Befinden erkundigte. Den Brief an ihn hatte sie nicht geschrieben. »Heute geht es ihm sichtlich besser.«

»Seine Lordschaft hat mit maßvollem Appetit gegessen und hat sogar wieder etwas Farbe im Gesicht«, vermeldete Franklin nach dem Lunch.

»Seine Lordschaft schläft tief und lässt Euch ausrichten, dass er schon bald gesund sei und Euch wieder besuchen könne«, erklärte Franklin am Nachmittag, als Maddy auf dem Weg in Johns Arbeitszimmer war, um dort endlich Reverend Pollard zu empfangen. Diese Nachricht hob ihre Stimmung beträchtlich und in Gedanken an die baldige Wiederaufnahme ihrer ehelichen Betriebsamkeiten betrat sie frohgemut das Arbeitszimmer.

Der Reverend hatte schon an dem kleinen runden Tisch Platz genommen, den man wohl eigens für diesen Anlass ins Zimmer getragen hatte. Ein junger Lakai hatte Tee und frisches Buttergebäck bereitgestellt. Er stand mit stolzgeschwellter Brust im Raum. Der Bursche war von Mr Brown zu Headlys Nachfolger als oberster Hausdiener befördert worden und hatte nebst dessen Position offensichtlich auch dessen Dienstkleidung und Perücken übernommen. Die Livree war zu groß und der kleine, stämmige Mann ertrank darin. Die Rockschöße reichten fast bis zu seinen Schuhen, während ihm die gepuderte Perücke tief in seine Stirn hing. Das war Jack Sharp aus Weford, den man, nicht überraschend, auch den kleinen Jack nannte.

Er verneigte sich, als Maddy eintrat, und verlor fast seine Perücke. Auch der Reverend unterwarf sich der Etikette und stand auf, um sich zu verbeugen. Maddy war ein wenig aufgeregt, denn sie befürchtete, dass das Gespräch unangenehm verlaufen würde. Vermutlich kam Pollard im Auftrag ihrer Schwiegermutter, um ihr eine Moralpredigt zu halten, oder er wollte, dass sie seine Schwester wieder einstellte. Aber er irrte sich, wenn er glaubte, er könnte sie mit seinem christlichen Sermon zu irgendetwas bewegen. Sie war in kämpferischer Stimmung.

»Der Sekretär Seiner Lordschaft hat mich gestern aufgesucht«, begann er, während Maddy den Tee einschenkte, genauso wie sie es von ihrer Gouvernante und ihrer Mutter gelernt hatte. Zuerst die warme Milch, dann den Tee. Dann machte er eine lange Pause und schaute den Hausdiener abwartend an. Vermutlich wartete er darauf, dass Maddy den Mann hinausschickte. Einen Teufel würde sie tun, solange sie nicht wusste, was der Reverend von ihr wollte.

»Mr Brown hat mich in Kenntnis gesetzt, dass man mir das

Kirchenbankgeld verweigert«, fuhr er fort, als Maddy nicht reagierte, sondern das Einschenken des Tees mit großer Hingabe zelebrierte und ihm schließlich die Tasse reichte. »Ich kann nicht glauben, dass dies auf Eure Anordnung hin geschah.«

»Der Betrag erschien mir zu hoch. Ich habe ihn nicht gestrichen, sondern lediglich gekürzt. Auf zehn Kronen, das liegt deutlich über der allgemein üblichen Höhe«, sagte Maddy ruhig und nahm die Tasse mitsamt der Untertasse hoch, dabei spreizte sie natürlich den kleinen Finger ab, als sie die Tasse zum Mund führte. Sie konnte durchaus eine Countess sein, wenn sie wollte.

»Mit Verlaub, Lady Sutton, das liegt daran, dass Ihr als Frau nicht im Bilde über jene Angelegenheiten seid, die mich und meine Pfarrei betreffen. Gott hat das Weib schwach erschaffen und es so gefügt, dass es dem Manne untertan zu sein hat. Frauen fehlt der höherwertige Verstand, um derlei Entscheidungen zu treffen.«

»Dann bin ich froh, dass ich diesen gottlosen Zustand beseitigen konnte, denn es war ja die Dowager Countess, also eine Frau, die Ihnen, zweifellos aufgrund ihres minderwertigen weiblichen Verstandes, ein viel zu hohes Kirchenbankgeld zugebilligt hat.«

Reverend Pollard verschluckte sich an seinem Tee und stellte die Tasse mit einem Klimpern wieder auf den Tisch.

»Ja nun, es hat gute Gründe, warum die Dowager Countess mir dieses Geld zubilligte, und wenn Ihr nicht wollt, dass ich diese Gründe der ganzen Welt offenbare, dann solltet Ihr die weise Entscheidung von Lady Imogen hinnehmen und es bei dieser Zuwendung belassen.« Jetzt klang die Stimme des Reverends gar nicht mehr fromm, sondern bedrohlich. Gleichzeitig durchbohrte er Maddy mit einem kalten Blick, der dem seiner Schwester der Aaskrähe sehr ähnlich war.

»Das hört sich ganz so an, als wollten Sie mir drohen, werter Reverend.«

»Meine Schwester hat Euch darauf hingewiesen, dass es sich um eine heikle Angelegenheit handelt.« Der Reverend warf wieder einen Blick auf den Hausdiener und senkte dann die Stimme. »Ich kann Euch versichern, dass niemand in diesem Haus oder in der Familie glücklich darüber wäre, wenn ich preisgäbe, was ich weiß und was ich aus reiner christlicher Nächstenliebe bisher in meinem Herzen eingeschlossen habe, auch wenn es mein Gewissen jeden einzelnen Tag bedrückt. Ihr tätet gut daran, den Worten eines gottesfürchtigen

Mannes zu vertrauen, zumal dieser Mann sowohl von Alter als auch von Geschlecht und seiner großen Erfahrung her Euch weit überlegen ist. Wenn Ihr mich in Eurer Unerfahrenheit dazu nötigt, die schreckliche Wahrheit allen offenbaren zu müssen, wird es Euch selbst am meisten schaden.«

Deutlicher konnte ein Mann Gottes eine Erpressung wohl kaum in Worte fassen. Maddy nahm in aller Ruhe einen Schluck von ihrem Tee, hauptsächlich um sich innerlich zu beruhigen, dann nickte sie dem kleinen Jack zu. »Warte vor der Tür, aber bleib in Hörweite. Falls ich dich rufe, kommst du sofort herein.«

»Zu Diensten, Mylady«, sagte Jack, verneigte sich und verließ rückwärtsgehend das Arbeitszimmer. Kaum hatte er die Tür geschlossen, ließ Reverend Pollard jede Zurückhaltung fallen und zeigte mit dem Finger anklagend auf Maddy.

»Eure Entscheidung war äußerst unklug, Mylady. Sie zeugt nicht nur von jugendlicher Unerfahrenheit, sondern auch von einem unchristlichen Maß an Hochmut. Ihr hättet Euch nicht in das Arrangement einmischen sollen, das ich mit Lady Imogen, der Dowager Countess, schon vor vielen Jahren getroffen habe. Nun habt Ihr aus lauter weibischer Eitelkeit und Anmaßung die Verabredung gebrochen, und mein Gewissen treibt mich dazu, die unsägliche Wahrheit zu offenbaren.«

»Welche Wahrheit? Womit erpressen Sie meine Schwiegermutter?«

»Aber nicht doch, Mylady. Diese Wortwahl empfinde ich als äußerst unpassend. Äußerst unpassend. Es war Eure Schwiegermutter, die verehrte Dowager Countess höchstselbst, die mir seinerzeit sehr zugesetzt und mich angefleht hat, das Geheimnis um jeden Preis zu bewahren. Ich habe mit mir gerungen und tagelang gebetet und den Herrn um Rat ersucht, denn ich wusste wahrlich nicht, wie ich mit dem Wissen, in dessen Besitz ich gelangt war, verfahren sollte. Ihre Ladyschaft, die Dowager Countess, hat mir das Kirchenbankgeld geradezu aufgenötigt. Doch jetzt, da Ihr mir meine Lebensgrundlage entzogen habt und mich der Armut preisgebt, bleibt mir keine andere Wahl, als meinem Gewissen zu folgen. Ich kann nicht länger lügen, nur um die Ehre der Suttons aufrechtzuerhalten. Für mich war es von jeher ...«

»Was für ein Geheimnis?«, verlangte Maddy zu wissen und unterbrach den Reverend, bevor dieser ansetzte, den gleichen Sachverhalt zum vierten Mal darzulegen. Sie hatte es schon beim ersten Mal verstanden, nämlich, dass er irgendetwas wusste, was die Dowager Countess geheim halten wollte.

»Ja nun, es hängt mit dem vorherigen Earl, mit George, zusammen, der ja bekanntlich den Flammen zum Opfer fiel.« Er nahm seine Tasse wieder zur Hand und nippte. Offenbar fühlte er sich jetzt gerade überlegen, wohingegen Maddys Nerven zum Zerreißen gespannt waren, aber sie schwieg und wartete.

»Es gibt Dinge, die man als Geistlicher im Vertrauen erfährt, von denen sonst nur Gott weiß«, fuhr Reverend Pollard mit getragener Stimme fort. »So erging es mir mit einem Problem, an dem Seine Lordschaft litt. Ich spreche, wenn ich Seine Lordschaft sage, nun jedes Mal von George, dem Bruder Seiner Lordschaft. Sollte ich Seine Lordschaft, den aktuellen Earl, meinen, würde ich ausdrücklich darauf hinweisen. Versteht Ihr, Mylady?«

Maddy verdrehte nur die Augen.

»Ja nun, der Fall ist kompliziert und ich will Eure weiblichen Denkvorgänge nicht überstrapazieren.«

»Kommen Sie auf den Punkt, Reverend.«

»Der Fall lag also so ... ich muss vorausschicken, dass ich nun ein Thema anschneiden muss, das im Prinzip nicht für die Ohren einer Dame bestimmt ist. Ich komme jedoch nicht umhin, Euch mit der vollen unangenehmen Wahrheit zu konfrontieren, um Euch verdeutlichen zu können, welch unerhörte Bedeutung das Geheimnis, das ich zu hüten gezwungen bin, besitzt. Könnt Ihr mir folgen, Lady Sutton?«

Maddy hob abwartend die Augenbrauen und fragte sich, ob der Reverend das große Geheimnis noch lüften würde, bevor die Nacht hereinbrach. Annes warmes Buttergebäck duftete verlockend, und sie griff nach einem der goldgelb gebackenen Shortbreads, aber sie würde wahrscheinlich keinen Bissen davon hinunterbringen, bevor der Mann nicht endlich zur Sache kam.

»Ja nun, um also zu Seiner Lordschaft – Ihr versteht, ich meine George – zurückzukommen, so hat er mir vor langer Zeit, nämlich am Tage vor seiner Vermählung, sein größtes Geheimnis anvertraut und mich um meinen Rat gefragt.«

Er legte eine Pause ein, bis Maddy schließlich der Geduldsfaden riss. »Und weiter?«

»Seine Lordschaft, ich meine George, das habt Ihr jetzt

verstanden, nehme ich an, Seine Lordschaft war in seiner – nun, ich sage es jetzt freiheraus –, in seiner Männlichkeit beeinträchtigt und sah sich außer Stande, die Ehe mit Lady Selena zu vollziehen. Versteht Ihr, Mylady, über welches spezielle Problem ich gerade spreche?«

»Ein lustloser Zuchthengst«, sagte Maddy ungeduldig. So hatte Edmund es ihr gegenüber dezent ausgedrückt, nachdem sein neuer Hengst die Stute, die man ihm zugeführt hatte, nicht besteigen wollte, obwohl sie rossig war. Der Hengst war eine Fehlinvestition gewesen. Und das Problem von George schien ähnlich gelagert zu sein, aber Reverend Pollard fand ihre Ausdrucksweise offensichtlich nicht dezent genug und verschluckte sich an seinem Tee.

»Öhem, ich muss schon sagen …. Ja nun. Aber in der Tat, auch wenn der Vergleich ein wenig unangemessen erscheint, verhielt es sich tatsächlich so, dass Seine Lordschaft – Ihr versteht, dass ich George meine? – durch eine gewisse Unfähigkeit in diesem Bereich nicht imstande war, die Ehe zu vollziehen und hierdurch gewissermaßen auch nicht in der Lage war, Erben zu zeugen. Und darum bat er mich, in meiner Eigenschaft als sein geistlicher Beistand um meinen Rat.«

»Das sagten Sie bereits.«

»Ja nun, was sollte ich solch einem Manne raten, einem Earl dazu noch, dessen wichtigste Aufgabe es ist, einen Erben zu zeugen und die Dynastie zu erhalten?«

»Was haben Sie ihm denn geraten?«

»Die Wahrheit ist, Mylady, obwohl ich eine große Weltgewandtheit und umfassende Gelehrsamkeit besitze, wusste ich keinen Rat.«

»Aha.«

»Ja nun, ich war ratlos, ich gestehe es. Es wäre eine Sünde, sich nicht auch hin und wieder seiner Schwächen bewusst zu sein. Trotz meines unerschöpflichen Wissens und meiner reichhaltigen Erfahrung als Geistlicher und gebildeter Mann konnte ich Seiner Lordschaft, also ich spreche von George, keinen Ratschlag erteilen, der sein Problem gelöst hätte. Ich habe ihn natürlich in meine täglichen Gebete eingeschlossen, das versteht sich von selbst, und habe ihn ermuntert, durch körperliche Ertüchtigung und Enthaltsamkeit in allen anderen Bereichen seine Leistungsfähigkeit in jenem speziellen Bereich wiederzuerlangen.«

»Immerhin hatte George zwei Söhne. Letzten Endes scheinen Eure Gebete und Ratschläge also gewirkt zu haben.«

»Mitnichten, Mylady, mitnichten. Als Lady Selena guter Hoffnung war und alle über diese freudige Nachricht jubilierten, kam Seine Lordschaft, ich meine George, zu mir und war ausgesprochen erbost, da er sicher war, kein Kind gezeugt zu haben. Aus den bekannten, vorhin geschilderten Gründen hat er die Ehe mit seiner Gemahlin, Lady Selena, tatsächlich nie vollzogen.«

Maddy fiel das Shortbread aus der Hand, als ihr trotz all des Geschwafels bewusst wurde, was der Reverend soeben gesagt und welche Tragweite das alles hatte. »Sein Sohn war also nicht von George?«

»Weder der kleine George noch der kleine William stammen aus den Lenden Seiner Lordschaft, ich meine George.« Der Reverend nickte bedächtig und faltete die Hände.

»Und deshalb haben Sie die Dowager Countess erpresst?«

»Mylady, ich bin empört, dass Ihr mir eine derartige Schlechtigkeit unterstellt. Ich bin ein Mann Gottes, und als dieser ist es meine Pflicht, ein moralisches Vorbild für alle Mitglieder meiner Gemeinde zu sein und mit der Fackel der Rechtschaffenheit voranzugehen. Aber im Falle der Schwangerschaft von Lady Selena war ich trotz meiner unerschöpflichen Lebensweisheit und Bildung ganz und gar ratlos, wie ich mit der Erkenntnis, die mir zuteilwurde, verfahren sollte. Seine Lordschaft, ich meine George, raste vor Wut und bestand darauf, die Ehe zu annullieren. Dann wäre allerdings auch ans Licht gekommen, in welch bedauerlichem Zustand sich seine Zeugungsfähigkeit befand. Diese große, dynastische Verantwortung konnte ich nicht allein auf meine Schultern laden, schließlich bin ich trotz meiner überragenden Begabungen nichts weiter als ein Sterblicher im Dienste der Kirche.«

Er schlürfte lange und ausgiebig an seinem Tee, und Maddy verspürte den unstillbaren Drang, aufzuspringen und ihn an dem aufwendig gebundenen Krawattenschal zu packen. »Was haben Sie also getan?«, drängte sie.

»Ja nun, ich sah mich gezwungen ... ja, ich habe letztlich nach langen Gebeten keinen anderen Ausweg gesehen, als die Dowager Countess über die missliche Situation zu informieren und ihr im vollen Umfang die Wahrheit darzulegen. Lady Imogen Sutton hat mit allem Nachdruck befohlen, dass dieser Skandal unbedingt und um jeden Preis geheim zu halten sei, bis das Kind geboren wäre. Wäre es ein Mädchen, sollte die Ehe des Earls, ich meine George, umgehend annulliert werden, sollte es sich allerdings um einen Sohn handeln, so müsse die Verfehlung absolut geheim gehalten und das Kind als männlicher Erbe des Earls ausgegeben werden. Da man vom Earl, ich meine George, offensichtlich keine eigenen Erben erwarten dürfe, sei dies der einzig gangbare Weg, um den Fortbestand der Suttons zu sichern.«

»Hat die Dowager Countess ihrem anderen Sohn, ich meine John, nicht zugetraut, dass er Kinder zeugen könnte, die dann als Erben des Titels infrage kommen?«

»Nun ja, Mylady, ich kann gar nicht genügend Worte finden, um Euch das Ausmaß meiner Gewissensqualen darzulegen, die mich angesichts dieses Komplotts übermannten. Ein im sündhaften Zustand des Ehebruchs gezeugtes Kind sollte als rechtmäßiger Erbe ausgegeben werden, während man dem Bruder, der sich damals noch in unverehelichtem Zustand befand, seines Rechtes durch Täuschung beraubte. Ich habe meine moralischen Bedenken bezüglich dieser Vorgehensweise mit großer Bestimmtheit der Dowager Countess gegenüber zum Ausdruck gebracht. Aber Lady Imogen hat mir über alle Maßen zugesetzt, mir sogar gedroht, sie würde mir die Pfarrei entziehen und einen anderen Vikar an meine Stelle setzen. Nach durchwachten Nächten, die ich im Zwiegespräch mit Gott verbracht habe, kam ich schließlich zu der Entscheidung, zum höheren Wohl der Dynastie nachzugeben und mich dem Wunsch, nun ja, nennen wir es beim Namen: dem Befehl der Dowager Countess zu fügen. Es war nicht mein Begehren, für mein Schweigen in irgendeiner Weise entlohnt zu werden. Diese Entscheidung kam allein von der Dowager Countess, die meine Gewissenqualen sowie mein untrügliches Gefühl für Anstand und Gerechtigkeit durch eine großzügige Unterstützung meiner kirchlichen Auf- und Ausgaben zu mildern hoffte.«

Maddy schüttelte den Kopf. »Ich verstehe immer noch nicht, warum meine Schwiegermutter lieber das Kind eines Fremden als Enkel angenommen hat, anstatt zu warten, ob nicht einer Ehe ihres Zweitgeborenen ein rechtmäßiger Erbe entspringen würde. Immerhin war John damals noch jung und zudem ein attraktiver Mann ohne Entstellungen.«

»Nun ja, ich kann mir nicht anmaßen, die Dowager Countess

verstehen zu wollen. Aber ich versichere Euch, Mylady, dass meine Empörung über all diese Intrigen und Täuschungen bis zur jetzigen Stunde keine Grenzen kennt.«

»Meine Empörung kennt auch keine Grenzen«, rief Maddy und sprang vom Stuhl auf. Am liebsten hätte sie irgendetwas kaputtgeschlagen, vorzugsweise die Teekanne auf dem Kopf des Reverends. Was war das nur für ein Sumpf an Lügen, Bestechung und Unehrlichkeit? »Weiß mein Gemahl davon?«

»Mit Verlaub, Mylady, Euer Gemahl, Seine Lordschaft, war zu jenem Zeitpunkt beim Regiment, und es stand zu befürchten, dass er, wenn er jemals die Wahrheit erführe ... ja nun, ich drücke es dank meiner Wortgewandtheit einmal vorsichtig aus, nicht gerade wohlgesonnen auf dieses Täuschungskonstrukt reagieren würde.«

Eine eisige Gänsehaut kroch ihre Arme hinauf bis in ihren Nacken.

»Ganz gewiss nicht«, rief sie und marschierte zum Fenster hinüber, nur um etwas Abstand zwischen sich und den Reverend zu bringen. Wer weiß, sonst wäre sie womöglich noch handgreiflich geworden. Sie war fassungslos, und ihr erster Gedanke war, sofort nach nebenan zu John zu gehen und ihn aufzuwecken, damit er mit eigenen Ohren hörte, welche Ungeheuerlichkeit seine Mutter zusammen mit diesem scheinheiligen Pfaffen ausgeheckt hatte. Aber nachdem sie ein paarmal tief Luft geholt hatte, beruhigte sie sich wieder und kehrte an den Tisch zu Pollard zurück. Sie konnte John unmöglich mit so etwas überfallen. Nicht jetzt.

»Ihr erkennt also nun, in welch überaus schwierigen Lage ich mich befinde und unter welcher Gewissenslast ich seit vielen Jahren leide.«

»Sie leiden?«, zischte Maddy. »Sie haben sich Ihr Leiden wahrlich gut entlohnen lassen. George und seine Familie sind inzwischen lange tot, also nennen Sie mir einen Grund, warum ich weiterhin für Ihr Schweigen bezahlen soll. Niemand interessiert sich noch für seine Impotenz.«

»Trotz Eurer Jugend und Unerfahrenheit und obwohl Ihr nur eine Frau seid, kann Euch die große Tragweite dieser Angelegenheit nicht völlig entgangen sein, Mylady«, sagte der Reverend ein wenig spöttisch. »Ihr könnt nicht wollen, dass das betrügerische Vergehen der Dowager Countess in der Gesellschaft bekannt wird. Eine derartig frevelhafte Täuschung würde nicht nur Ihre Ladyschaft die

Dowager Countess, sondern die ganze Familie Sutton ruinieren. Zweifellos wären auch die Kinder Seiner Lordschaft, ich meine John, und somit auch Eure Kinder, die Ihr, so Gott will, noch von ihm empfangen werdet, in ganzem Umfang von diesem Skandal betroffen. Man würde aufgrund der Lügen und der Hinterlist der Dowager Countess stets auch berechtigte Zweifel an der Rechtmäßigkeit Eurer Kinder haben. Der Name Sutton wäre beschmutzt und stünde fürderhin nur noch für Betrug und untergeschobene Bastarde. Wollt Ihr Eurem Gemahl und der Dynastie etwa so einen Schaden zufügen?«

Der Ärger schnürte Maddy die Kehle zu und verhinderte eine Antwort.

»Gewährt mir weiterhin meine Kirchenbankmiete und Ihr findet in mir einen unvergleichlich klugen und gebildeten geistlichen Beistand sowie den treuesten, erfahrensten und verschwiegensten Freund, den Ihr Euch nur wünschen könnt, Mylady. Ich stelle meine Weltgewandtheit und meine große Lebenserfahrung von nun an ganz in Eure Dienste und distanziere mich von Ihrer Ladyschaft der Dowager Countess.«

»Geht mir aus den Augen!«, zischte Maddy. Sie hob die geballte Faust und hielt sie dem Reverend vors Gesicht. Sie wusste, dass das unklug und impulsiv war und dass Pollard tatsächlich die Macht hatte, die Suttons zu ruinieren. So ein Skandal könnte durchaus alle ruinieren, nicht nur die Dowager Countess, sondern auch John und sie selbst und ihre Kinder. Die feine Gesellschaft würde sich begierig auf so eine Geschichte stürzen.

Reverend Pollard rappelte sich mit einem empörten Keuchen auf die Beine. »Ich möchte nichts weiter als das, was mir zusteht. Die Miete für die Kirchenbank. Überlegt es Euch gut, ob Euer Hochmut den gesellschaftlichen Ruin der Suttons wert ist. Ich kann Euch alle zu Fall bringen.«

»Raus!«, schrie sie und zeigte auf die Tür. »Raus oder ich rufe den Diener.«

Der Reverend nahm seinen Zylinder, drehte sich auf den hohen Absätzen seiner schwarzen Schnallenschuhe herum und lief in leicht geduckter Haltung davon.

»Das war sehr unklug von Euch«, sagte er, bevor er zur Tür draußen war, und im Stillen musste sie ihm ausnahmsweise recht geben.

17. Geheimnisse der Herzen

Wie ein Wirbelsturm tosten die Fragen, Ängste und Sehnsüchte durch Maddys Kopf und sie konnte beim besten Willen nicht einschlafen. Es war schon weit nach Mitternacht, und die ganze Welt lag in tiefem Schlummer, als sie wieder aufstand. Sie schlang sich einen Schal um die Schultern und schlich im Schein einer einzelnen Kerze hinaus auf den Flur und hinüber in Johns Arbeitszimmer. Draußen rauschte immer noch der Regen und in dem uralten Gemäuer knarzte jede einzelne Holzdiele, während der Wind durch die Fensterritzen und Schornsteine pfiff. Das klang wie das schauerliche Heulen der Toten, die ihre knarrenden Sargdeckel öffneten und zur Geisterstunde herauskrochen, um die Lebenden heimzusuchen. Der Schein der Kerze warf gespenstische Schatten an die Wand und ließ Maddys Umrisse aussehen, als wäre sie selbst ein seelenfressendes Ungetüm, welches mit flatterndem Leichenhemd über die dunklen Flure huschte.

Langsam schlich sie durch Johns Arbeitszimmer und zuckte bei jedem Knacken der Dielen zusammen. Hoffentlich war Franklin in seiner eigenen Kammer und schlief. Sie hatte nach ihrem Gespräch mit dem Reverend noch einmal an Johns Tür geklopft, weil sie so bestürzt und ratlos gewesen war, aber Franklin hatte wieder nur seine Nase durch den Türspalt herausgestreckt und sie nicht hineingelassen.

»Soeben waren der Konstabler aus Barnstake und dessen Adlatus hier. Außerdem hat Seine Lordschaft einige Männer aus Kelston mobilisiert, die nach Headly suchen sollen. Der Konstabler wollte ebenfalls Leute einsetzen, und ich bin mir sicher, spätestens morgen Abend wird Headly gefunden sein.«

Das hätte Maddy eigentlich beruhigen sollen, aber sie war trotzdem enttäuscht. Sie musste mit John über den Reverend reden und wusste noch nicht, wie sie ihm all die Neuigkeiten beibringen sollte. Dass Franklin ihn bewachte wie eine Löwin ihr Junges, war nicht gerade hilfreich.

»Nach diesem Nachmittag ist Seine Lordschaft völlig erschöpft«, hatte er flüsternd erklärt. »Noch mehr Aufregung kann er beileibe nicht vertragen.« Und damit war die Tür wieder zugegangen.

Natürlich war Johns Gesundheit wichtiger als alles andere, aber das Gespräch mit dem Reverend und besonders seine Drohung ließen ihr keine Ruhe. Sie musste mit John reden – dringend, bevor es zu spät war. Sie würde versuchen, die Aufregung für ihn so klein wie möglich zu halten. Bevor sie die Zwischentür öffnete, pustete sie ihre Kerze aus, dann tastete sie sich in vollkommener Dunkelheit und auf Zehenspitzen an der Wand entlang und um das wuchtige Vierpfostenbett herum auf die rechte Seite. Das war die Seite mit dem gesunden Arm und Johns unversehrter Gesichtshälfte. Sie lauschte eine Weile auf seine gleichmäßigen Atemzüge, die nun so ganz anders waren als vor einer Woche, wo sein Atem schnell und stoßweise gegangen war und er sich stöhnend und schreiend hin und her geworfen hatte. Dann tastete sie nach dem Stuhl, der dort neben dem Bett stand, und setzte sich.

»John«, flüsterte sie und beugte sich zum Bett vor. »Bitte erschrick nicht, ich bin es.«

»Mein Engel«, murmelte John im Schlaf und drehte seinen Kopf in ihre Richtung. »Bleib bei mir. Bleib.«

»Wach bitte auf, wir müssen reden. John?«

Mit einem Japsen schreckte er auf. »Jesus Christus, ich dachte, ich träume. Du bist es wirklich.« Seine Schläfrigkeit war wie weggeblasen. Blitzschnell, viel zu schnell für einen angeblich Schwerkranken, setzte er sich im Bett auf, auch wenn sie das nur an den dunklen Umrissen erahnen konnte.

»Madeleine, was machst du hier?« Zum Glück brüllte er nicht, sondern zischte die Worte wütend heraus. Wenn Franklin ihn hörte, wäre er binnen weniger Augenblicke im Zimmer, und dann wäre das nächtliche Stelldichein abgeblasen, bevor es begonnen hatte.

»Sei unbesorgt«, flüsterte sie beschwörend. »Es ist stockdunkel, ich kann nicht mal die eigene Hand vor Augen sehen, geschweige denn dein Gesicht.«

»Du ... du kannst nicht einfach in mein Zimmer kommen«, krächzte es von links.

»Und du kannst nicht einfach so einen Brief schreiben und mir dann verbieten, dir zu antworten.«

»Ich wollte dich mit dem Geständnis meiner Liebe keineswegs in eine unangenehme Situation bringen oder dich nötigen, zu mir zu kommen«, flüsterte er aufgebracht.

»Ich fühle mich nicht genötigt, ich bin freiwillig gekommen.«

»Madeleine.« Er seufzte aus den Tiefen seines Brustkorbs, als wäre er durch ihre Anwesenheit hoffnungslos überfordert. »Du bist zu gut und zu warmherzig und willst mich nicht verletzen, aber ich erwarte keine Antwort auf diesen Brief. Ich hätte es niemals gewagt, dich überhaupt mit meinen Gefühlen zu belästigen, wenn ich nicht diese unerträglichen Gerüchte gehört hätte über eine angebliche Annullierung unserer Ehe. Das konnte ich nicht so stehen lassen und ich konnte dich nicht länger im Zweifel über das Ausmaß meiner Zuneigung lassen. Du sollst dir deiner Position in diesem Haus ebenso sicher sein wie deiner Bedeutung in meinem Leben. Du bist mein und ich werde niemals wieder von dir lassen. Nicht, solange ich lebe.«

»Warum klingt das wie eine Drohung?« Sie starrte in die Dunkelheit.

»Du musst wissen, dass meine Liebe zu dir unverbrüchlich ist«, antwortete er. »Aber ich erwarte selbstverständlich keine ... keine Gegenliebe von dir.«

»Das beruhigt mich ungemein«, rief sie spöttisch und ärgerte sich, dass er in dem einen Satz von seiner unverbrüchlichen Liebe sprach und die ihre im nächsten zurückwies.

»Du hast ein großes Herz, das für alle Schwachen auf dieser Welt schlägt, seien es Tiere, Arme, Alte, Kranke oder auch jämmerliche Krüppel, wie Abe und ich es sind. Aber ich will dein verdammtes Mitleid nicht, verstehst du?«

»Du bist so ein riesengroßer Dummkopf, John Sutton«, fuhr sie ihn leise zischend an. »Selbst wenn ich dir schwören würde, dass ich dich nicht für einen jämmerlichen Krüppel halte, sondern für einen stattlichen Mann, und dass ich dich überhaupt nicht abstoßend finde, sondern enorm anziehend, würdest du mir nicht glauben. Du würdest meine Worte als Mitleid abtun und mich zurückweisen, nicht wahr?«

»Ich habe alles dazu gesagt und geschrieben, was es zu sagen gibt«, kam es brummig vom Bett her.

»Woher willst du denn wissen, was ich fühle, wenn du mir nicht einmal zuhören möchtest?«

»Es ist besser, du gehst jetzt wieder, bevor Franklin dich hier findet.«

Obwohl sie über seine Zurückweisung verärgert sein sollte,

musste sie lachen. Er hatte Angst davor, verletzt zu werden, das hatte sie längst begriffen, nur wie sollte sie ihm in seiner Widerborstigkeit begreiflich machen, dass sie ihn nicht verletzen würde? Niemals.

»Ich gehe nicht, denn ich muss etwas Dringendes mit dir besprechen. Etwas, was keinen Aufschub duldet.« Sie beugte sich im Stuhl weiter vor, erkannte aber nicht mehr als seinen schwarzen Schatten. »Oder bist du zu schwach für ein Gespräch?«

»Nein!«, rief er empört, senkte aber seine Stimme, als er weitersprach. »Ich bin nicht zu schwach. Natürlich nicht. Es geht mir viel besser. Würden Ian und Franklin mich hier nicht wie einen Gefangenen festhalten, wäre ich längst wieder auf den Beinen und ginge meinem geregelten Tagesablauf nach.«

»Ich bin froh, das zu hören, das Gespräch könnte dich womöglich ein ganz klein wenig aufregen.«

»Es geht mir gut. Also heraus mit der Sprache, bevor Franklin dich hört.«

»Kann ich vielleicht zu dir unter die Decke kommen?«

»In mein Bett?«, krächzte er.

»Ich habe kalte Füße.« Das entsprach zwar nicht der Wahrheit, aber irgendwie musste sie ihn ja betören und besänftigen. »Schließlich bin ich deine Ehefrau. Steht es mir nicht von Rechts wegen zu, unter deine Bettdecke kriechen zu dürfen?«

Er schnaubte ein Lachen heraus, und sie hörte, wie er sich im Bett hin und her bewegte, wie er nestelte und Stoff raschelte. Vielleicht zog er seine unsägliche Maske auf, oder er legte sich nur anders hin, sodass sie Platz hatte, das war bei der Dunkelheit unmöglich zu sagen.

»Dann komm schon«, sagte er schließlich mit einem ungnädigen Ächzen.

Flink wie ein Wiesel sprang sie vom Stuhl auf und krabbelte unter die Decke. Sein Körper strahlte nicht mehr jene glühende Hitze des Fiebers aus, sondern wohlige und gesunde Wärme, und sie robbte langsam näher an ihn heran, so nahe, dass sie sich an seine Seite schmiegen konnte, die Brüste an seinen Arm und den Bauch an seiner Hüfte. Ganz vorsichtig legte sie die Hand auf seinen Brustkorb.

»Guter Gott.« Er klang schockiert, unternahm aber keinen Versuch, sie von sich zu schieben, und wich auch nicht vor ihr zurück.

»Ist es unbequem für dich?«

»Was gibt es nun also Dringendes?«, fragte er atemlos, ohne sich über Unbequemlichkeit zu beklagen.

Sie streichelte mit ihrer Hand sanft und rhythmisch über seinen Brustkorb, auf und ab. »Reg dich bitte nicht zu sehr auf.« Sie befürchtete allerdings, dass diese Ermahnung wenig nützen würde, wenn er erst einmal von dem Komplott seiner Mutter erfuhr. »Ich habe vielleicht einen Fehler gemacht, aber du musst mir vorher versprechen, nicht wütend zu werden oder zu schreien.« Sie legte das Bein angewinkelt über seine Beine. Wenn sie ihn ganz eng und zärtlich umfing, würde ihn das gewiss beruhigen.

»Herrje, nun erzähl schon, was du getan hast«, murmelte er. Seine linke Hand landete warm auf ihrer Taille. Die Verletzung an dem Arm schien ihn dabei nicht zu beeinträchtigen. »Ich werde nicht wütend. Ich verspreche es.«

»Gut.« Sie holte tief Luft und streichelte weiter über seinen Brustkorb. »Ich habe Reverend Pollard hinausgeworfen und das Bestechungsgeld gestrichen, das deine Mutter ihm seit sechs Jahren bezahlt, und jetzt will er aus Rache ein schmutziges Familiengeheimnis ans Licht bringen und uns alle damit ruinieren.«

John lachte. Es war ein kurzes, verblüfftes Lachen, nicht gerade glücklich, aber auch nicht so fassungslos, wie sie befürchtet hatte.

»Erzähl von Anfang an«, sagte er und seine Stimme klang überraschend gefasst.

Es war ein cleverer Schachzug von ihr gewesen, die kurze Zusammenfassung des Problems vorauszuschicken. So war der schlimmste Schock gleich vorweggenommen. Sie beglückwünschte sich selbst zu ihrer Strategie und erzählte flüsternd, wie sie die überhöhten Zahlungen an Reverend Pollard in den Wirtschaftsbüchern entdeckt und diese deutlich gekürzt hatte, wie der Reverend ihr daraufhin zu drohen versucht hatte und schließlich wutschnaubend aus dem Arbeitszimmer gestürmt war. John blieb still und hörte nur zu. Selbst als sie ihm von den Kindern seines Bruders und dem Verrat seiner Mutter berichtete, reagierte er völlig unaufgeregt. Er atmete ruhig weiter, seine Hand lag warm auf ihrer Hüfte, und der befürchtete Wutausbruch blieb aus. Gott sei Dank.

»Du bist gar nicht überrascht. Hast du etwa schon davon gewusst?«, fragte sie, nachdem sie mit ihrer Geschichte zu Ende war.

John seufzte. »Ich weiß nicht, was meine Mutter zu diesem Betrug veranlasst hat, aber ich wundere mich auch nicht darüber. Sie hat mich noch nie gemocht. George war stets ihr Liebling, ihr Ein und Alles, und ich war für sie eben nur der zweite Sohn, der Ersatz, falls George etwas zustoßen sollte. Sie wollte mich nicht, aber mein Vater ist ihrem Bett erst ferngeblieben, nachdem ich geboren war. Danach hatte sie ihre Ruhe vor ihm.«

»Ihre Ruhe?« Maddy schnaubte, sagte aber nicht, was sie dachte. Hoffentlich würde John ihrem Bett nicht fernbleiben, nachdem er seinen Erben hatte. John antwortete nicht auf ihren Ausruf, sondern redete leise weiter.

»Die beiden Söhne von George stammen von Ian«, sagte er und seine linke Hand drückte ihre jetzt ganz fest. »Er hat es mir am Montag erzählt. Ich habe ihn zur Rede gestellt, nachdem ich mich wieder an die Nacht des Feuers erinnern konnte. Jetzt weiß ich zumindest, dass ich die Tat nicht begangen habe.« Er rutschte unruhig im Bett hin und her, als wäre ihm die Position unbequem, und ihr blieb gar nichts anderes übrig, als von ihm abzurücken und ihn aus ihrer Umschlingung zu entlassen. »Ich bin zwar ein abstoßender Krüppel, aber ich bin immerhin kein grausamer Mörder oder Brandstifter.«

»Du musst unendlich erleichtert sein.«

»In der Tat, eigentlich sollte ich erleichtert sein, doch ich bin es nicht. Ich möchte herausfinden, wem ich es zu verdanken habe, dass ich mich drei Jahre lang für eine Bestie gehalten und mich dafür gehasst habe. Und ich möchte diesen Bastard eigenhändig erwürgen. Kannst du das verstehen?«

»Was ist in der Nacht des Feuers geschehen? Woran erinnerst du dich?«, fragte sie, anstatt zu antworten.

»Genügt es nicht, wenn ich dir versichere, dass ich es mit höchster Wahrscheinlichkeit nicht getan habe?«

»Dein Wort genügt mir, aber wenn du mich einweihst, kann ich dir vielleicht helfen, herauszufinden, was damals wirklich geschehen ist und wer es war. Ich glaube nämlich, dass es einen Zusammenhang zwischen Headlys Überfall auf mich und dem Feuer gibt.« Sie rückte wieder an ihn heran und legte erneut ihre Hand auf seine Brust. »Lass uns keine Geheimnisse voreinander haben, John, bitte.« Vorsichtig nahm sie ihr Streicheln wieder auf, langsam, sanft und beruhigend.

»Es fällt mir nicht leicht, alles noch einmal zu durchleben, was in jener Nacht geschehen ist«, sagte er zögernd, aber er begann doch zu erzählen und seine Erinnerungen an diesen Abend so detailliert zu schildern, dass Maddy das Gefühl hatte, selbst im Turm dabei gewesen zu sein. Nur einmal legte er eine Pause ein, um sich zu fassen, als er erzählte, wie sein Bruder mit der brennenden Fackel auf ihn losgegangen war, aber ansonsten war er überraschend gelassen.

»Ich stimme dir zu, was den Überfall auf dich anbelangt«, beendete John seine Erzählung schließlich. »Das alles scheint zusammenzuhängen. Jemand wollte verhindern, dass du dich in der Orangerie umsiehst, und es ist nicht ausgeschlossen, dass derjenige auch bei dem Feuer die Hand im Spiel hatte. Allerdings finde ich keine einleuchtende Erklärung für all das. Wenn Ian den Brief nicht geschrieben hat, wer wollte mich dann in den Westturm locken und vor allem warum? Und wer, zur Hölle, hat mich in bewusstlosem Zustand in die Orangerie geschafft, bevor er den Turm angezündet hat? Ganz gewiss nicht mein Bruder George. Headly vielleicht, aber warum?«

»Headly? Der ist doch abends viel zu betrunken, um sich auf seinen eigenen Beinen zu halten. Er kann keinen großen und stattlichen Mann wie dich so weit tragen.«

»Seine Trunksucht hat erst nach dem Unglück begonnen. Zuvor war er ein zuverlässiger und fleißiger Hausdiener. Aber du hast recht, um einen leblosen Mann wie mich zu schleppen, braucht man entweder zwei Männer oder einen Lastkarren.«

»Ich glaube, dass es Larissa war«, platzte es plötzlich aus Maddy heraus. Sie hatte diese Vermutung eigentlich für sich behalten wollen, da sie womöglich nur aus ihrer Eifersucht geboren war.

»Larissa?« John lachte. »Das ist absurd. Larissa könnte nicht mal ein Huhn schlachten, ohne in Ohnmacht zu fallen. So eine Tat, eine ganze Familie zu ermorden, erfordert Wut und Wahnsinn – Eigenschaften, die Larissa eindeutig fehlen. Ganz abgesehen davon, dass sie nicht kräftig genug gewesen wäre, mich bis zur Orangerie zu schleifen.«

»Vielleicht hatte sie einen Gehilfen. Headly zum Beispiel«, sagte Maddy gekränkt. Zum Glück konnte John nicht sehen, wie sie die Unterlippe vorschob.

»Außerdem sehe ich kein Motiv«, fuhr John fort. »Was hätte Larissa denn davon gehabt, meinen Bruder mitsamt Frau und Kindern zu ermorden?« Wieder dieses Lachen. »Sie war meines Wissens sogar mit Selena befreundet.«

»Ich nenne dir ein Motiv«, antwortete Maddy bissig. Sie wollte nicht mit ihm streiten, erst recht nicht wegen Larissa und während er noch krank war, aber der kleine eifersüchtige Teufel in ihr scherte sich nicht darum. Warum musste John lachen und Larissa auch noch in Schutz nehmen? »Larissa war in dich verliebt. Sie dachte, dass du *sie* heiraten wolltest, aber dein Bruder dagegen gewesen wäre. Ihr hattet diesen schrecklichen Streit, von dem sie Zeuge wurde. Sie dachte, wenn George tot wäre, dann stünde eurer Ehe nichts mehr im Weg. Abe hatte ihr vorausgesagt, dass du erst heiraten würdest, wenn du selbst Earl bist, und deshalb glaubte sie, wenn sie Georges Söhne auch gleich umbrächte, würdest du Earl und sie heiraten.«

»Madeleine, um Himmels willen, diese Theorie ist vollkommen verrückt«, schnaubte John entsetzt. »Wie kommst du überhaupt darauf, dass ich Larissa heiraten wollte?«

»Diese Idee stammt von Larissa selbst. Sie hat mir gegenüber angedeutet, dass du geplant hattest, ihr einen Antrag zu machen. Sie denkt, sie wäre der Grund für euren Bruderstreit.«

John keuchte und schwieg eine ganze Weile. Maddys Herz wummerte schnell und empört. Wenn er sich nur halb so sehr über diese Unterhaltung aufregte wie sie, dann wäre das gar nicht gut für ihn.

»Madeleine, du … du kannst nicht ernsthaft annehmen, dass ich jemals mit dem Gedanken gespielt habe, Larissa zu ehelichen«, sagte er schließlich. »Ich habe ihr niemals einen Grund gegeben, zu glauben, dass ich mehr als Respekt für sie empfinde. Als ich aus dem Krieg nach Kelston Abbey zurückkam, hatte ich mein Herz bereits für immer an dich verloren. Ich habe noch nie eine Frau so sehr gewollt, wie ich dich gewollt habe. Alles von dir wollte ich, deinen Körper, dein Herz und deine Seele.«

Maddys Atem stockte. Solche zärtlichen Worte auf einem Stück Papier zu lesen, hatte ihr gestern schon den Atem geraubt, aber sie aus seinem Mund, mit dieser männlichen kratzigen Stimme ausgesprochen, zu hören und dabei seinen Körper dicht neben sich zu spüren …

Lieber Gott, ihr Herz machte die wildesten Sprünge in ihrer Brust.

»Jetzt hast du dich verraten, John Sutton«, flüsterte sie atemlos. »Wir sind uns bereits vor dem Feuer begegnet. Du warst der Offizier, der zu uns nach Colebridge Hall kam, um uns über Edmunds Tod zu informieren.«

»Oje«, rief er erschrocken. »Jetzt habe ich mich tatsächlich verraten.«

»Aber wir haben uns damals doch nur ein paar wenige Minuten lang unterhalten. Und dann hast du einfach beschlossen, mich zu deiner Frau zu machen?« Sie rieb ihre Nase am Stoff seines Nachthemds. Ihre Gekränktheit war einer verzauberten Freude gewichen und ihr Herz polterte vor Glück und Übermut. Warum trug er nur so ein dummes Hemd? Sie hatte ihn während seines Fiebers oft genug nackt gesehen und wusste, was sich unter dem weiten Stoff verbarg. Sie hatte ihn mehr als einmal völlig entkleidet, gewaschen und ihm trockene Nachtwäsche angezogen. Und manchmal, wenn Franklin nicht aufgepasst hatte, waren ihre Augen voller Neugier an gewissen Stellen seines Körpers hängen geblieben. Nicht nur an seiner Männlichkeit, sondern auch an den kräftigen Oberarmen und der Wölbung seiner Brustmuskeln. Die dunkle Behaarung, die bis hinunter zu seinen Lenden führte, hatte ihr den Atem geraubt. Da war eine alte, lange Narbe an seiner Hüfte von einer Wunde, die man ihm wohl als Soldat während eines Kampfes mit einem Bajonett zugefügt hatte, und da war eine weitere Narbe an seinem Oberschenkel. Sie schien von einer Gewehrkugel zu stammen. Hätte der Schuss ihn nur ein wenig höher getroffen, wäre die Sutton-Dynastie wohl zum Aussterben verdammt gewesen. John hatte viele Narben und Verletzungen eingesteckt und überlebt, aber die größte Wunde, die er trug und die nicht zu heilen schien, war die in seiner Seele, weil er von sich selbst glaubte, hässlich, schlecht und unwürdig zu sein.

»Deine kecken Worte und deine ungekünstelte Art haben mich binnen weniger Augenblicke bezaubert, Madeleine«, sagte er und drehte sich umständlich zu ihr herum. »Und ich habe dich begehrt. Guter Gott, in jenem Moment, als ich dich mit halb entblößten Beinen in diesem Rübenbeet stehen sah, war es um mich geschehen. Ich gestehe, dass ein gewisser Körperteil von mir mindestens genauso stark in meine Entscheidung, um dich zu werben, involviert war wie mein Herz.«

»Aber ich war arm und unter deinem Stand.« Etwas in ihrem Innern öffnete sich ganz weit. Ihr Herz und ihre Seele glühten vor Glück.

»Ich bin ein Ehrenmann. Für mich wäre angesichts meiner Gefühle und meiner starken Leidenschaft für dich gar nichts anderes infrage gekommen, als um deine Hand zu bitten. Und außerdem ...«

Er schnaufte schwer, als würde ihm die Luft wegbleiben. »Da war noch ein Versprechen, das ich deinem Bruder gegeben hatte.«

»Was für ein Versprechen?« Ihr Kopf ruckte hoch und sie starrte mit weit aufgerissenen Augen in die Dunkelheit auf die Umrisse seines Gesichts.

»Er hat mich auf dem Sterbebett gebeten, nach dir zu sehen.«

»O Gott! Du warst bei ihm, als er starb?«, keuchte sie.

Jetzt war er es, der sie beruhigend streichelte. Er tastete nach ihrer Wange und fuhr zärtlich mit seinen Fingerknöcheln an ihrem Kinn entlang. »Er ist ... ist friedlich in meinen Armen gestorben«, sagte er mir heiserer Stimme, und sie wusste, dass es eine Lüge war, die er ihr zuliebe äußerte.

»Du bist ein guter Mann, John«, flüsterte sie. »Aber warum hast du mir nichts davon gesagt? Als ich dich bei unserem Dinner darauf angesprochen habe, hast du sogar ärgerlich reagiert.«

»Warum? Warum?«, sagte er leicht genervt. »Weil das Feuer all meine Pläne zerstört hat. Weil ich wütend war. Enttäuscht. Ich hatte gedacht, ich könnte den letzten Wunsch deines Bruders und mein eigenes Glück ganz perfekt unter einen Hut bringen. Mir erschien alles so einfach und verheißungsvoll. Ich plante, dir den Hof zu machen, deinen Vater um deine Hand zu bitten und ihm Colebridge Hall abzukaufen. Ich hatte vor, dort mit dir zusammen unsere eigene Familie zu gründen. Dein Bruder wäre zweifellos zufrieden und ich selbst wäre der glücklichste Mann auf Erden gewesen.«

»Und ich die glücklichste Frau. Ich hätte deinen Antrag angenommen, John, auch wenn du nicht so ein schneidiger und gut aussehender Dragoner gewesen wärest. Ich hätte nach Edmunds Tod dringend einen Mann an meiner Seite gebrauchen können. Alles um mich herum ist in die Brüche gegangen und mein Vater hat sich nicht im Geringsten für mich oder das Anwesen interessiert.«

»Ich bat George um die Auszahlung meines Erbes, damit ich das Notwendige in die Wege leiten konnte. Das Ergebnis dieses Gesprächs kennst du ja: ein mörderischer Streit. Und dann kam das Feuer dazwischen und danach, als ich entstellt war und mich selbst für einen bestialischen Mörder hielt, durfte ich es nicht wagen, mich dir als Ehemann anzubieten.«

»Warum nicht? Du bist immerhin ein steinreicher Earl. Mein Vater hätte gewiss gejubelt.« Sie lachte, obwohl ihr schwer ums Herz war seinetwegen. Was hatte er in den vergangenen drei Jahren für

Seelenqualen erleiden müssen!

»Bei jeder anderen Frau wäre es mir gleichgültig gewesen, wie ich aussehe oder was sie von mir denkt, aber nicht bei dir. Ich wollte dich nicht mit dem beschmutzen, was aus mir geworden war. Eine Bestie.«

»Herrje, John, du bist so dumm.« Mit einem wütenden Grunzen warf sie sich so heftig auf den Rücken, dass das ganze Bett wackelte.

»Du hättest meinen Antrag niemals angenommen, wenn du mein Gesicht gesehen oder die Gerüchte über das Feuer oder den Mord an meinem Bruder gehört hättest.«

»Hm.« Er hatte recht. Wenn sie ehrlich zu sich selbst war, musste sie zugeben, dass sie Johns Antrag abgelehnt hätte, nicht einmal wegen seiner Entstellung, sondern hauptsächlich wegen der Taten, die er angeblich begangen hatte. Auf einmal fiel bedrückendes Schweigen auf sie beide, und Maddy starrte mit aufgerissenen Augen in die Schwärze über ihr, während sie auf das Prasseln des Regens und auf Johns nervöse Atemzüge lauschte.

Er sollte sich doch nicht aufregen.

»So gesehen war es also ein großes Glück für uns beide oder Gottes Wille, dass du mich beim Kartenspiel gewonnen hast«, sagte sie leichthin, um die Stimmung wieder aufzulockern.

»Da waren weder Gott noch Glück im Spiel«, murmelte er. »Ich möchte nicht das Andenken deines Vaters beschmutzen oder dir das Gefühl geben, mir dankbar sein zu müssen, aber ich habe nur deinetwegen an jenem Kartenspiel teilgenommen.« Er holte ein paarmal tief Luft, bevor er mit einem Seufzen weiterredete. »Ich passe schon seit drei Jahren auf dich auf. Ich konnte dich nicht zu meiner Frau machen, aber ich habe dennoch auf dich achtgegeben. Ich wusste, dass dein Vater jeden Abend bei White's am Spieltisch saß und euer Hab und Gut verspielte. Wann immer es möglich war, habe ich die Schuldscheine gekauft, die er dort ausgestellt hat.«

»Was?«

»Ich wollte verhindern, dass dich irgendjemand unter Druck setzt oder dich aus deinem Elternhaus jagt.«

»O Gott … John … du hast mich vor dem Armenhaus bewahrt, ohne dass ich es wusste?« Ihr Herz setzte für einen Schlag aus und sie hielt die Luft an. Was da gerade heiß durch ihren ganzen Körper strömte, war mehr als nur Verblüffung oder Dankbarkeit. Es war große, heiße Liebe für den wundervollsten Mann, den sie kannte.

»Ich dachte, ich könnte weiterhin so verfahren, bis du einen Gatten gefunden hast, der für dich sorgt. Aber gleichzeitig betete ich inbrünstig, dass dieser schreckliche Tag niemals kommen würde.« Er lachte unglücklich.

»Und dann?« Sie verflocht ihre kalten Finger mit seinen.

»Dann habe ich erfahren, dass dein Vater, dieser widerwärtige Bastard, dich bei einem seiner Glücksspiele als Gewinn angeboten hatte. Verzeih, aber keine andere Beschreibung ist zutreffend für diesen Menschen. Mein Advokat Gibson hielt mich stets auf dem Laufenden, was das Tun und Lassen deines Vaters anbelangte. Als ich hörte, dass er dich bei einem Spiel diesem hässlichen, alten Fettwanst Lord Everett versprochen hatte, war ich außer mir. Ich habe nur noch rotgesehen. Wie konnte dieser Hundesohn es wagen, seine eigene Tochter einem wollüstigen und dummen alten Mann als Gewinn zu versprechen?«

Maddy keuchte vor Schreck. Obwohl sie ihrem Vater diese Schandtat durchaus zutraute, schockierte sie das Ausmaß seiner Rücksichtslosigkeit sogar noch nach seinem Tod.

»Everett hat die Herausforderung natürlich ohne zu zögern angenommen und dein Herr Vater hat prahlerische Worte über deine Schönheit und deine Tugend hinausposaunt und von Everett verlangt, er müsse noch mehr Geld einsetzen, so berichtete es mir Gibson, der es aus zuverlässiger Quelle wusste. Ich bezweifle, dass Everett dich auf ehrbare Weise zu seiner Frau gemacht hätte, hätte er das Spiel gewonnen. Dein Vater hatte an jenem Abend Glück und Everett verlor. Aber anstatt erleichtert zu sein und sich damit zufriedenzugeben, hat Sir Henry lauthals triumphiert und verkündet, dass er am darauffolgenden Mittwoch wiederum ein Kartenspiel veranstalten wolle, bei welchem die Teilnehmer die Gelegenheit hätten, seine Tochter, die schönste Jungfrau von ganz Devonshire, zu gewinnen, schließlich sei es höchste Zeit, dass diese unter die Haube käme.«

Ihre Kehle war wie zugeschnürt. Selbst wenn sie etwas hätte sagen wollen, sie hätte keinen Ton herausgebracht. John drückte ihre Hand sanft, als er spürte, wie sie zitterte.

»Ich tobte. Du kannst jeden hier im Haus fragen, wie ich mich an jenem Morgen aufgeführt habe, als Gibson mir davon berichtete. Sie dachten alle, ich sei vom Teufel besessen. Ich schäumte vor Wut und zerschlug Geschirr und Gläser und habe dabei vor Sorge und

Eifersucht fast den Verstand verloren. Die Vorstellung, dass dich jemand bei diesem Kartenspiel gewinnen könnte und dich ehrlos behandeln würde, verwandelte mich in einen tollwütigen Irren. Aber selbst wenn einer von den Gewinnern dich geehelicht hätte, ich wäre zugrunde gegangen bei der Vorstellung, dass ein anderer Mann dich berührt. Mir ist an diesem Morgen aufs Schmerzhafteste bewusst geworden, dass ich ohne dich nicht weiterleben wollte.«

»O John.« Mehr brachte sie nicht heraus.

»Deshalb bin ich an jenem Mittwoch nach London ins White's gefahren. Ich habe die Einsätze so hochgetrieben, dass kein anderer mehr mithalten konnte. Das Spiel gegen deinen Vater zu gewinnen, war eine Leichtigkeit, denn bei den Dragonern lernt man noch vor dem Fechten und Schießen ein paar einfache Kniffe für ein erfolgreiches Kartenspiel.«

»Du bist trotz deiner Narben nach London gefahren, um mich zu retten?« Sie hob seine Hand an ihre Lippen und küsste sie.

»Ich habe meine schwarze Henkersmaske aufgezogen und diese Feiglinge haben sich vor Angst beinahe in die Hosen gemacht, dein Vater an erster Stelle. Aber keiner von den geschniegelten Affen hat es gewagt, mir die Teilnahme am Kartenspiel zu verweigern. Vor lauter Angst hat dein Vater nicht einmal bemerkt, dass ich ihn betrüge. An jenem Abend war es mir gleichgültig, dass ich unehrenhaft handle. Und es war mir auch gleichgültig, dass dein unsäglicher Vater plötzlich einen Anfall von verspäteter Reue zeigte. Als ihm bewusst wurde, dass er das Spiel verloren hat und du nun mir gehören würdest, sprang er vom Tisch auf und rief: ‚Was habe ich getan? Was habe ich nur getan?' Dann stürmte aus dem Raum und nur wenig später knallte der Schuss.«

In ihrer Fantasie konnte sich Maddy jene Szene am Kartentisch deutlich ausmalen. Ihr Vater war gewiss schon reichlich betrunken gewesen und er hatte, wie immer, laute und angeberische Reden geschwungen. Es war ihm nicht einen Augenblick lang in den Sinn gekommen, er könnte das Spiel verlieren.

Dass sie zitterte, merkte sie erst, als John seine Arme um sie legte und sie nahe an sich heranzog.

»Ich wollte seinen Tod nicht, Maddy, aber ich bedaure ihn auch nicht. Offenbar erschien deinem Vater die Vorstellung, eine Bestie wie ich würde dich nun zur Frau bekommen, weitaus schrecklicher als die Vorstellung, dass ein fettes geiferndes Schwein wie Everett sich zwischen deine Beine legen würde.«

»Aber warum hast du mir all das denn nicht von Anfang an gesagt und mich stattdessen glauben lassen, du wärest ein gaunerhaftes Scheusal?«

»Du hast um deinen Vater getrauert – sollte ich sein Andenken gleich mit den ersten Sätzen beschmutzen, die ich mit dir wechselte? Ich wollte dir nicht das Einzige nehmen, was dir von diesem Mann geblieben ist: die Gelegenheit, seinen Tod zu betrauern.«

»Und da bildest du dir ein, du wärest ein Monster.« Sie gab ein unglückliches Lachen von sich. »Du bist ein wunderschöner Mensch, John.«

»Ich bin ein durch und durch verdorbener Sünder, und meine Gedanken dich betreffend sind kaum reiner als die von Everett dem fetten Bastard. Denke nur an all die obszönen Spiele, die ich dir aufgenötigt habe. In deiner Gegenwart verwandle ich mich in ein wollüstiges Tier.«

»Vielleicht mag ich das ja, dass du dich in ein Tier verwandelst und dass wir miteinander spielen.« Sie wanderte mit der Hand zu der Knopfleiste seines Hemdes und öffnete langsam den ersten, dann den zweiten Knopf. »Vielleicht bin ich ja auch ein Tier«, flüsterte sie ihm zu. »Deine lasterhafte Wollust, wie du es in deinem Brief genannt hast, hat mir bisher sehr gut gefallen. Weißt du das denn nicht? Ich habe jeden Tag sehnsüchtig auf die Stunde gewartet, zu der du zu mir kommst. Und mit jedem Tag wurde meine Sehnsucht nach dir ein wenig größer.«

Er berührte ihre Lippen zart mit seinen Fingerspitzen. »Was würde ich darum geben, dich jetzt küssen zu können.«

Sie nahm seinen Zeigefinger in ihren Mund auf und saugte daran, bis er ihn mit einem Keuchen wieder zurückzog.

»Küss mich einfach«, wisperte sie und drückte sich enger an ihn. »Es macht mir nichts aus, deine Lippen zu berühren.«

»Nein!«, krächzte er und schob sich schnell von ihr weg. »Niemals will ich den Moment erleben müssen, an dem du vor Ekel zurückzuckst.«

»Vor Ekel? Hältst du mich für so ein oberflächliches Geschöpf?«
»Du hast mein Gesicht nicht gesehen.«

»John ...« Für einen winzigen Moment war sie versucht, ihm alles zu sagen. »*Ich kenne dein Gesicht längst, und obwohl ich deine Narben schrecklich finde, finde ich dich trotzdem schön.*« Das sollte sie sagen, aber er würde ihr vermutlich gar nicht zuhören oder ihr nicht glauben. »Ich habe heute Nachmittag Rob Brannagan und seine Familie kennengelernt.«

»Brannagan? Brannagan? Der Mann, der vor elf Jahren in der St.-Marys-Mine verschüttet war?«

»Er war voll des Lobes über deinen Heldenmut. Denkst du, du hast ihm einen Gefallen getan, als du ihn gerettet hast? Er hat beide Beine verloren.«

»Ich weiß nicht«, sagte John zögernd und schwieg dann eine ganze Weile, als würde er die Falle wittern, die sie ihm gestellt hatte.

»Er hatte eine schwangere Frau und zwei kleine Kinder. Seine Frau war untröstlich. Sie schien ihn sehr zu lieben. In dem Moment habe ich nicht darüber nachgedacht, sondern bin einfach hinunter in den Schacht. Er hat überlebt.«

»Die Brannagans sind bettelarm. Sein Sohn geht jetzt in die Mine, aber er verdient nur den Bruchteil seines Vaters, weil er noch so jung ist. Robs Lohn fehlt der Familie hinten und vorn. Er sitzt den ganzen Tag in seinem winzigen Cottage und schnitzt aus Wurzelholz kleine Figuren, die seine Frau auf dem Markt verkauft.«

»Ich werde dafür sorgen, dass er eine Rente bekommt«, murrte John, der ihre Worte offenbar als Tadel auffasste.

»Ich wollte dich nicht kritisieren, sondern dir sagen, dass Rob Brannagan trotz allem glücklich ist. Er hat seine Beine verloren, aber seine Frau und seine Familie lieben ihn, und er ist glücklicher als mancher reiche Mann, den ich kenne.«

»Willst du mir damit etwas Bestimmtes sagen?«, fragte John lauernd. »Meine Situation ist wohl kaum vergleichbar mit der von ... von Rob Brannagan.«

»Sie ist sehr wohl vergleichbar. Wenn du es dir selbst verbietest, glücklich zu sein, dann könntest du der schönste Mann auf Erden sein und würdest kein Glück finden. Für Menschen, die dich lieben und kennen, bist du nicht hässlich. Küss mich und ich beweise es dir.«

»Niemals!«, schrie er und flüsterte dann ein zweites und ein drittes »Niemals!« hinterher.

»Dein Niemals wird nicht sehr lange dauern, Euer Lordschaft, denn ich gedenke, eine lange und glückliche Ehe mit dir zu führen, und wir werden sieben Kinder haben, außerdem werden wir noch sehr viele eheliche Spiele miteinander spielen. Da wird es gar nicht ausbleiben, dass ich irgendwann dein Gesicht sehe.«

»Das wäre der Moment, an dem ich lieber tot und in der Hölle wäre als in deiner Nähe. Aber bei dem Thema Kinder fällt mir ein, dass wir unsere diesbezüglichen Bemühungen durchaus wieder aufnehmen könnten. Jetzt vielleicht?«

Maddy kicherte halb erfreut und halb erschrocken. »Du bist wohl verrückt. Wir werden nichts dergleichen tun. Du bist krank und viel zu schwach dafür.«

»Ich bin nicht schwach«, murrte er. Dann packte er ihre Hand und legte sie auf die Stelle seines Nachthemdes, wo sie eine leichte Erhebung fühlte. Er war nicht so groß und so hart wie sonst, aber eindeutig erregt. »Du könntest mich reiten und ich müsste mich dabei gar nicht anstrengen«, schlug er mit einem hoffnungsvollen Zittern in der Stimme vor.

»Franklin würde vor Schreck tot umfallen, wenn er herausfände, dass ich dich zu einem ungenehmigten Akt der ehelichen Pflichterfüllung verführt habe.«

»Wir könnten sehr leise sein.«

Maddy lachte zwar, aber sie rückte vorsichtshalber von ihm ab und setzte sich auf. »Nein, wir werden nicht so unvernünftig sein. Ich möchte dich nicht verlieren, nicht wegen ein paar Momenten ehelichen Glücks. Denn ich will ein langes Leben mit dir zusammen verbringen. Es ist besser, wenn ich jetzt wieder zurück in mein Bett gehe.«

»Jesus Christus«, zischte John, und sie war sich nicht sicher, ob es Lust oder Ärger oder Glück war, das ihn zum Fluchen brachte.

»Wenn du möchtest, dann schleiche ich mich morgen Nacht wieder zu dir, sobald Franklin schläft, und dann reden wir und halten uns in den Armen. Nur so.« Sie war inzwischen aus dem Bett gekrabbelt, aber er hielt immer noch ihre Hand fest.

»Ich möchte.«

»Dann bis morgen, mein Liebster.«

Erst kurz vor dem Morgengrauen kehrte Maddy in ihr eigenes Bett zurück und fiel mit einem seligen Lächeln auf den Lippen in einen tiefen Schlaf. Als Jane sie weckte, war es fast Mittag – Zeit für den Freitagslunch mit der Dowager Countess.

Maddy entschied sich, ein freundliches pastellgrünes Nachmittagskleid anzuziehen. Es war opulent mit dunkelgrünen Blattornamenten bestickt und hatte ein recht beeindruckendes Dekolleté. Madame Couturier und ihre Schneiderinnen hatten sich mit den Stickereien und den Spitzenbesätzen selbst übertroffen, und zweifellos würde sich ihre Schwiegermutter an den fröhlichen Farben stören und erst recht am tiefen Ausschnitt, aber Maddy hatte keine Angst mehr vor deren Tadel. Sie war die Countess und entschied selbst, was sie wann anziehen wollte.

»Seiner Lordschaft ging es heute Morgen überraschend gut«, sagte Franklin, als sie auf dem Weg zum Lunch an Johns Tür klopfte. »Er hat das Frühstück ganz aufgegessen und sogar nach mehr verlangt. Seine Lordschaft wirkte so beflügelt wie seit Langem nicht mehr. Er hat mich sogar gefragt, ob ich gut geschlafen hätte. Das hat Seine Lordschaft mich noch nie gefragt.«

Maddy nickte bedächtig und versuchte, nicht zu grinsen.

»Der Arzt ist vorhin hier gewesen, um die Verbände zu wechseln, und er hat Seiner Lordschaft gestattet, etwas aufzustehen und im Zimmer herumzugehen. Er ist ebenfalls beeindruckt von dem heutigen Fortschritt.«

»Da ist wohl über Nacht ein Wunder geschehen.«

»In der Tat. Es scheint so. Wenn sein Zustand sich weiterhin so schnell bessert, könnt Ihr vielleicht schon morgen Abend mit ihm sprechen, Mylady.«

»Bis morgen Abend dann«, sagte sie fröhlich und tänzelte den Flur entlang zur Treppe.

Als sie das neu eingerichtete Speisezimmer betrat, rechnete sie fast ein wenig damit, dass ihre Schwiegermutter aus verletztem Stolz heraus gar nicht erst zum Lunch erschienen war und schmollend in ihren Räumen sitzen würde. Aber ihre Befürchtungen waren unberechtigt. Larissa und die Dowager Countess saßen an der Tafel, die man in den Raum geschafft hatte. Der Tisch bot Platz für zwölf Personen, wurde aber vom Personal trotzdem als die kurze Tafel bezeichnet. An der sogenannten langen Tafel, die im großen Speisesaal stand, fanden bequem zweiundsiebzig Personen Platz, wie ihr Longfields erklärt hatte. Maddy war froh, dass sie niemals in die Situation kommen würde, an solch einer Festtafel als Gastgeberin sitzen zu müssen. Der kleine Jack und zwei weitere livrierte Diener standen bereit, und nachdem Maddy sich mit einem unverbindlichen

Lächeln an den Tisch gesetzt hatte, servierten sie das Essen. Es bestand auf ihre ausdrückliche Anweisung hin aus den Resten des Dinners von gestern Abend, kalte Fleischpastete und hartgekochte Eier. Man konnte auch sparsam essen, ohne dass man jeden Tag Haferschleimsuppe vorgesetzt bekam.

Larissa trug ihr stets unverbindliches Lächeln auf den Lippen, während die Dowager Countess das Essen mit der gleichen Abscheu beäugte, wie man vielleicht einen Aussätzigen betrachtete. Maddy lächelte zufrieden, weil alles genau nach ihren Wünschen erledigt worden war.

»Ihr braucht Euch nicht so hämisch zu freuen, nur weil ich Eurer Laune nachgegeben habe und an diesem Tisch sitze«, sagte die Dowager Countess und stach ihre Gabel in die Pastete, genauso wie sie sonst in der Suppe herumstocherte.

»Das ist keine Laune, Mylady«, antwortete Maddy kühl. »Das habe ich aus Gründen der Sparsamkeit angeordnet und weil es praktischer ist. Dieses Zimmer ist einst als Speisezimmer gebaut worden. Es führt ein Aufzug von der Küche hier herauf.« Sie zeigte zur Wand, wo sich der kunstvoll verzierte Speiseaufzug befand. »Das Personal spart nicht nur Zeit und Kraft, unser Essen ist darüber hinaus auch noch warm, wenn es serviert wird.«

Die Dowager Countess, die ihre Gabel zum x-ten Male in die Fleischpastete stach, hielt inne und schien für ein paar Augenblicke nachzudenken. »Ich bevorzuge dennoch meine eigenen Räume«, sagte sie schließlich trotzig. »Ich habe mich Eurer Schikane nur aus einem einzigen Grund gebeugt. Um mit Euch über Eure Schwangerschaft zu reden.«

Maddy verdrehte die Augen. »Ich kann Euch dazu nichts Neues berichten.«

»Aber ich kann Euch etwas Neues berichten«, zischte Lady Imogen bissig. »Ich habe mich bei den Hausmädchen und Mägden sowie bei Eurer Zofe genauestens erkundigt, und die haben mir bestätigt, dass sie bisher noch kein Blut in Eurem Bett oder an Eurer Kleidung feststellen konnten.« Sie starrte Maddy mit schmalen Augen an, als könnte sie mit ihren Blicken Löcher in deren Stirn bohren, und Maddy stellte sich unwillkürlich vor, wie ihre Schwiegermutter die Mägde und die Zimmermädchen zu sich bestellt und sie einzeln verhört hatte, als wären sie bei einem Tribunal. Kein Blut auf den Bettlaken? Nicht ein Tropfen an den Unterröcken? Kein noch so kleiner Hinweis auf eine Monatsblutung? Hört, hört! »Ihr seid nun seit viereinhalb Wochen mit meinem Sohn verheiratet.«

»Ja.«

»Das heißt für mich, dass Ihr schwanger sein müsst.«

Maddy schüttelte zwar den Kopf, aber Lady Imogen hatte leider recht. Sie hatte, seit sie mit John verheiratet war, noch keine Monatsblutung gehabt und die war inzwischen mehr als überfällig. Die Wahrscheinlichkeit, dass sie schwanger war, war groß. Riesengroß. Ach, was redete sie sich ein? Sie war schwanger. Warum nur stellte sich keine Freude bei ihr ein? Larissa schien ebenfalls nicht erfreut zu sein, denn sie gab ein entsetztes Keuchen von sich. Bisher war nicht einmal Besteckklappern von ihrer Seite zu hören gewesen.

»Leugnet Ihr es etwa?«, rief die Dowager Countess und zeigte mit ihrer Gabel auf Maddy.

»Ich habe mich mit dieser Frage bisher nicht befasst«, antwortete sie und das entsprach der Wahrheit. Sie hatte es mit aller Macht vermieden, überhaupt daran zu denken.

»Wie könnt Ihr Euch nicht mit dieser Frage befassen?«, brauste die Dowager Countess auf. »Eine Schwangerschaft ist der einzige Grund, warum Ihr den Titel Countess tragt und sie ist Eure einzige Daseinsberechtigung hier in diesem Haus. Man muss einen Arzt rufen, der das überprüft, wenn Ihr Euch nicht sicher seid.«

»Das ist nicht nötig«, antwortete sie und schaute ihrer Schwiegermutter direkt in die Augen. Sie brauchte keinen Arzt, der sie womöglich an Stellen berührte, die nur John anfassen durfte. Es war sinnlos, die Wahrheit noch länger zu leugnen.

»O guter Gott, es stimmt also wirklich?« rief Larissa entsetzt. »Ihr seid in anderen Umständen? Jetzt schon? Nach nur vier Wochen?«

»Glückwünsche sind angebracht«, sagte die Dowager Countess, bevor Maddy antworten konnte, bevor sie überhaupt überlegt hatte, was sie antworten sollte. »Ich bin durchaus zufrieden mit Euch, Madeleine. Und ich bin erleichtert, dass mein Sohn seine Pflicht zu erfüllen vermochte.« Sie gab der Pastete mit ihrer Gabel den Todesstoß und schenkte Maddy das Lächeln einer Harpyie. »Überhaupt muss ich Euch meinen Respekt zollen.«

»Ach ja?« Maddy hob die Augenbrauen.

»Ihr habt binnen kürzester Zeit das ganze Haus und meinen Tagesablauf auf den Kopf gestellt. Das ist bislang noch niemandem gelungen. Ihr habt Euch über all Anweisungen hinweggesetzt und

Euren bösartigen Gemahl dazu gebracht, Euch wie ein zahmes Kätzchen aus der Hand zu fressen, ja, Euch jeden noch so absurden Wunsch zu erfüllen. Ihr habt die Dienstboten auf Eure Seite gelockt und die Leitung des Schlosses an Euch gerissen. Ich habe Euren Verstand und Euer Können unterschätzt und muss meine Meinung über Euch somit revidieren.«

Maddy hatte während des Kauens innegehalten und starrte ihre Schwiegermutter ungläubig an. Meinte sie das ernst?

»Ihr seid eine vorzügliche Countess und dieses Titels mehr als würdig. Ihr könnt Euch mit Fug und Recht eine Sutton nennen, und Ihr werdet ohne Zweifel einen recht klugen und überaus durchsetzungsfähigen Sohn zur Welt bringen. Ich bin erfreut.«

Ein Stück von der Pastete befand sich immer noch halb zerkaut in Maddys Mund, und das sah zweifellos ausgesprochen unappetitlich aus, als ihr vor Staunen der Mund aufklappte, während die Dowager Countess mit ihrer Lobrede fortfuhr.

»Angesichts meines Respekts Euch gegenüber gestatte ich Euch von jetzt an, mich Schwiegermama oder Imogen zu nennen, wie es Euch beliebt.«

»Tante?«, japste Larissa, und Maddy schnappte ebenfalls nach Luft, wobei sie sich an ihrer Pastete verschluckte und einen ordinären Hustenanfall bekam.

»Da Ihr inzwischen die Herrin in diesem Haus seid, muss ich eine Bitte an Euch herantragen«, fuhr die Schwiegermutter fort, ohne Larissas Zwischenruf eines Blickes zu würdigen.

Maddy war genauso überrumpelt wie die arme Larissa und nickte nur. Dabei räusperte sie sich zum wiederholten Mal, um das Stück Pastete aus ihrer Luftröhre herauszubekommen.

»Ihr habt meinen langjährigen Leibarzt Doktor Davidson des Hauses verwiesen und ihm verboten, je wieder einen Fuß über die Türschwelle zu setzen.«

»Ja«, antwortete Maddy, sich räuspernd. Sie erinnerte sich nicht mehr genau an ihre Worte, aber es war durchaus möglich, dass sie dem Mann auch Prügel oder einen Pistolenschuss in den Kopf angedroht hatte.

»Sollte ich erkranken, möchte ich auf keinen Fall von diesem unsäglichen Obergärtner behandelt werden.« Ihre Schwiegermutter sah sie abwartend an und klimperte nervös mit ihrer Gabel gegen den Teller.

»Ich werde das Hausverbot für Doktor Davidson wieder aufheben«, sagte Maddy. Sie konnte sogar verstehen, warum die Dowager Countess nicht von Ian, dem weitaus besseren Arzt, behandelt werden wollte. Er war der Bastard, den ihr Ehemann mit einem Dienstmädchen gezeugt hatte, und derjenige, der ihrem geliebten George zwei Kuckuckskinder untergejubelt hatte. Sie wusste nicht, wie sie selbst an der Stelle von Lady Imogen empfunden hätte.

»Danke«, sagte ihre Schwiegermutter ohne große Dankbarkeit in der Stimme und winkte nun einem der Lakaien. »Etwas Wein!« Wein um diese Tageszeit war ungewöhnlich, aber die Dowager Countess erhob das Glas und brachte einen Toast aus. »Auf Lady Madeleine Sutton Countess of Dunlow, und vor allem auf den Erben, der in ihrem Leib heranwächst.«

»Noch ist der Erbe nicht geboren«, zischelte Larissa zwischen zusammengebissenen Zähnen heraus. »Und wer weiß, ob es überhaupt ein Junge wird. In der Linie der Stewarts gibt es fast nur Mädchen. Im Übrigen muss man John umgehend informieren. Oder weiß er bereits Bescheid?«

»Ich informiere ihn, wenn ich es für richtig halte.« Maddy betrachtete Larissa mit gefurchter Stirn. Ihr aufgesetztes Lächeln war verschwunden und auf einmal zeigte sie ihr wahres Gesicht. Ein Ausdruck der Verbitterung spielte nun um ihre nach unten gezogenen Mundwinkel.

»Selbstverständlich muss John sofort in Kenntnis gesetzt werden«, fuhr die Dowager Countess dazwischen. »Ich werde ihn höchstpersönlich davon in Kenntnis setzen und ihm darlegen, dass er seine Bedürfnisse künftig anderweitig befriedigen muss.«

Maddy knallte ihr Besteck laut auf den Tisch. »Das kommt nicht infrage!« Nur über ihre Leiche würde sie zulassen, dass John zu einer anderen Frau ging. Sie würde ihm erklären, dass er seine Bedürfnisse jederzeit weiterhin bei ihr befriedigen konnte. Die Männer von Kelston ließen sich schließlich auch nicht von den Schwangerschaften ihrer Frauen abhalten. »John ist ein Gentleman mit Anstand und Ehre und Ehebruch käme für ihn nicht infrage.«

»Seid nicht naiv«, lachte die Dowager Countess herablassend. »Es ist üblich, dass Männer während dieser Zeit anderweitig Zerstreuung suchen, und je früher Ihr Euch damit abfindet, desto leichter wird es für Euch. Es obliegt mir als Mutter, meinem Sohn darzulegen, dass er auf Euch Rücksicht zu nehmen hat. Männer sind diesbezüglich recht unbekümmert.«

»Ich rede selbst mit John«, beharrte Maddy trotzig. »Außerdem ist er krank und muss geschont werden.«

»Da mein Sohn es nicht für nötig hielt, seine eigene Mutter über seine Krankheit zu informieren, sehe ich keinen Grund, warum ich jetzt plötzlich darauf Rücksicht nehmen sollte«, antwortete Lady Imogen mit gespitzten Lippen und knabberte ein wenig Fleisch von ihrer Gabel.

»Johns Wohlergehen war Euch doch bislang auch nicht wichtig.« Jetzt war Maddys Geduldsfaden gerissen. Diese Scheinheiligkeit war unerträglich. »Ihr zahlt seit Jahren Schweigegeld an Reverend Pollard, nur um zu vertuschen, dass Euer geliebter George keine eigenen Söhne zeugen konnte. Dass John vielleicht auch einmal Söhne haben könnte, wolltet Ihr gar nicht erst in Erwägung ziehen, oder?«

»Das ist kein Thema vor den Ohren der Dienstboten!«, sagte ihre Schwiegermutter und wandte den Blick nach rechts, wo der kleine Jack und die beiden anderen Lakaien standen.

»Aber warum denn nicht? Dienstboten kennen sowieso alle Geheimnisse ihrer Herrschaften. Nicht wahr, Miss Larissa?« Maddy war sich sicher, dass Larissa über die Potenzprobleme von George Sutton Bescheid gewusst hatte, und bestimmt war auch Headly im Bilde gewesen. Georges Kammerdiener und die Zimmermädchen hatten es ebenfalls gewusst, dass kein Verkehr im Ehebett des Earls herrschte und Georges Söhne somit nicht von ihm stammen konnten. Vermutlich hatten es alle außer John gewusst. Leider hatte sie mit John gestern nicht mehr darüber gesprochen, wie sie mit Pollards Erpressung verfahren sollten. Es schien ihn nicht im Mindesten gestört oder Sorgen bereitet zu haben, deshalb hatte sie es vergessen.

»Ich weiß beim besten Willen nicht, worauf Ihr anspielt, Mylady«, sagte Larissa leise und senkte den Kopf. »Aber ich würde niemals ein Familiengeheimnis preisgeben. Erst recht nicht, wenn es John oder der Familie schaden könnte.«

»Der größte Schaden geht von Lady Imogen aus. Sie muss John wirklich sehr hassen, wenn sie sogar Schweigegeld bezahlt hat, nur um die Wahrheit vor ihm zu verheimlichen.«

»Welch ein Unfug. Ich weiß nichts von Schweigegeld«, brauste die Dowager Countess.

Maddy sprang wütend von ihrem Stuhl auf und zeigte anklagend auf Lady Imogen. »Ihr habt sechs Jahre lang jeden Monat fünfzig Pfund an Reverend Pollard bezahlt. Das sind dreitausendsechshundert Pfund, Schwiegermama. Davon kann man ein herrschaftliches Leben führen. Das war es Euch wert, Euren verhassten Sohn John zu täuschen.«

»Das versteht Ihr nicht!«, brauste die Dowager Countess auf. Ihr Kopf war ganz rot, und Maddy hoffte, dass wenigstens ein Teil davon Schamesröte war. »Ihr seid ein naives Kind. Ich hasse John nicht, schließlich ist er aus meinem Leib hervorgegangen. Aber die Dynastie ist wichtiger als alles andere. Wichtiger als das persönliche Glück von irgendjemandem, der den Namen Sutton trägt. Wenn Ihr selbst Söhne habt, werdet Ihr vielleicht nachvollziehen, welche Qualen ich erlitt.«

»Qualen?« Maddy lachte höhnisch. »Den eigenen Sohn zu hintergehen, muss Euch wahrlich schwere Qualen verursacht haben.«

»Das hat es. Maßt Euch nicht an, über mich zu urteilen, bevor Ihr nicht selbst Söhne habt. John war damals Offizier und unverehelicht. Er hätte jederzeit bei einem Gefecht sterben können. Hätte John zu diesem Zeitpunkt bereits Kinder gehabt, hätte es ganz anders ausgesehen, dann hätte ich meinen leiblichen Enkelkindern niemals das Recht auf ihr Erbe verweigert, aber der Sohn von Selena war zu jener Zeit der einzige offizielle Sutton-Erbe. Hätte ich George bloßgestellt und bekannt gegeben, dass das Kind nichts als der Bastard eines Bastards ist und dass George gar keine Kinder zeugen kann, wäre ich das Risiko eingegangen, dass am Ende gar kein Sutton mehr übrig bleibt und der Titel mitsamt dem Besitz an einen alten Urgroßcousin in Schottland fällt.«

Maddy riss die Augen auf und schaute die Dowager Countess halb verblüfft, halb angewidert an.

»Ihr habt John betrogen, das könnt Ihr nicht mit dynastischen Erwägungen entschuldigen. Aber viel schlimmer als das ist Euer Verhalten nach dem Feuer. Ihr habt ihn in seinem Elend mit seinen schweren Verbrennungen einfach sich selbst überlassen und nicht ein einziges Mal nach ihm gesehen. Zweifellos habt Ihr darauf gehofft, dass er an den Verletzungen sterben würde.«

»Und das wäre besser für ihn gewesen«, brauste die Dowager Countess auf. »Er hat seinen eigenen Bruder ermordet.« Ein kaum wahrnehmbares Schluchzen kam aus ihrer Kehle.

»Er hatte nichts mit dem Feuer zu tun. Er hat versucht, seine Schwägerin und die Kinder vor Georges Raserei zu beschützen, und dabei hat George ihn angegriffen und sein Gesicht verbrannt.«

Ein paar Sekunden lang hingen Maddys laut hinausgebrüllte Worte in der Luft und die entsetzte Stille war nur von ihren schnellen Atemzügen erfüllt. Dann fiel Lady Imogens Gabel mit einem Klimpern auf den Tisch, und sie schlug sich die Hand vor den Mund, um ein Schluchzen zu unterdrücken.

»Ist das wahr?«, fragte sie hinter vorgehaltener Hand.

Maddy nickte. »Er kann sich wieder erinnern. Wer immer das Feuer gelegt hat, es war nicht John.«

»Gott steh mir bei!«, rief Lady Imogen und sprang nun ebenfalls vom Tisch auf. Sie war aschfahl und zitterte am ganzen Körper. Ohne ein weiteres Wort lief sie aus dem Raum.

»Verzeiht!«, murmelte Larissa und erhob sich auch. Sorgsam legte sie die Serviette zurück auf den Tisch und strich ihren Rock glatt. »Ich werde meiner Tante hinterhergehen müssen, um sie zu beruhigen. Es ist ganz bestimmt die Erleichterung, die sie überwältigt hat. Sie hat sehr gelitten, weil sie dachte, John wäre ein Brudermörder. Wir alle dachten es.«

Sie lächelte Maddy verständnisheischend an, aber Maddy reagierte gar nicht. Sie hatte den Kampf mit der Dowager Countess gewonnen und fühlte dennoch keinen Triumph.

18. Regen und Verrat

Maddy kehrte nicht in ihre Räume zurück, sondern lief direkt vom Speisezimmer hinaus in den Park und bis zum Rosenpavillon. Obwohl es in Strömen regnete, hielt sie es drinnen nicht aus. Sie musste hinaus und sich bewegen, sonst wäre sie womöglich geplatzt wegen all der Gefühle, die in ihr tosten.

Da war der Streit mit der Dowager Countess, der sie aufwühlte, und auch ihre Gefühle für John, derer sie sich erst in der vergangenen Nacht in ihrem ganzen Ausmaß bewusst geworden war. Diese Gefühle hatten nichts mit Begierde und erst recht nichts mit Mitleid zu tun – was sie empfand, war Liebe, tiefe und reine Liebe. Sie hatte sein wahres Gesicht gesehen und einen wunderschönen Menschen hinter seinen Narben entdeckt. Am meisten aber wühlten sie die Gedanken an das Kind auf, das in ihr heranwuchs. Sie hatte Angst, wie John darauf reagieren würde. Gewiss würde er sich darüber freuen, schließlich wollte er unbedingt einen Erben. Jeder Mann wollte einen Erben. Aber was wäre, wenn ihre Schwiegermutter recht hatte, wenn John sie dann nicht mehr in ihrem Bett besuchen würde aus Angst um seinen Erben, oder wenn er sie dann abstoßend fand? Was wäre, wenn er tatsächlich bei einer anderen Frau seine Bedürfnisse befriedigen würde, weil es nun mal so üblich war?

Wahrscheinlich hatte sie deshalb die eindeutigen Anzeichen ihrer Schwangerschaft so lange verleugnet, weil sie nicht wollte, dass ihr Eheglück vorbei war, bevor es überhaupt richtig begonnen hatte. Sie hätte John das Geheimnis am liebsten erst dann verraten, wenn es sich nicht mehr verbergen ließ. Aber nach dem Lunch heute würde es vermutlich schon bald die ganze Grafschaft wissen, und sie musste es John unbedingt sagen, bevor er es von irgendeinem Dienstboten oder von seiner Mutter erfuhr.

Als sie den Rosenpavillon erreichte, war sie durchnässt bis auf die Haut. In einer anderen Jahreszeit hätte sie sich bei solch einem Spaziergang eine schlimme Erkältung zugezogen, aber an diesem Freitag war es trotz der dicken dunklen Wolken so warm, dass der Boden dampfte. Die einzige Unannehmlichkeit war, dass ihr Haar in ihrem Gesicht und ihr Kleid zwischen ihren Beinen klebte, doch das nahm sie gern in Kauf zum Ausgleich dafür, ein paar ungestörte

Momente außerhalb des Schlosses verbringen zu können.

Sie saß fast eine Stunde lang unter dem Dach des Pavillons und dachte über John, ihr Kind und ihre Zukunft nach, während sie dem prasselnden Regen lauschte und dabei zusah, wie das Wasser in Sturzbächen von der Kuppel herunterschoss und sich seinen Weg den Hügel hinunter suchte. Es flutete über die ausgetretene Steintreppe und durch die Wiese. Der schmale Waldweg, der unten in der Senke entlangführte, sah bereits aus wie ein kleiner Fluss, der in Richtung Park strömte. Vor lauter Regen hätte sie den Mann fast nicht gesehen. Er trug einen langen Mantel und rannte in geduckter Haltung den Weg entlang. Von seinem schwarzen Dreieckshut sprudelte der Regen herunter wie vom Dach des Pavillons und bei jedem seiner Schritte spritzte das Wasser in alle Richtungen. Maddy hätte ihn wohl nicht weiter beachtet – er hatte es offensichtlich eilig, ins Trockene zu kommen –, wäre er nicht im nassen Schlamm ausgerutscht. Dabei fiel ihm der Hut vom Kopf und sie erkannte Headly.

Schnell presste sie die Hand auf den Mund, um einen Schrei zu unterdrücken, aber als Headly sich wieder aufrappelte und weiterrannte, raffte auch Maddy ihre Röcke und lief die rutschige Treppe hinunter und ihm hinterher. Headly war so damit beschäftigt, den Kopf eingezogen zu halten, um nicht nass zu werden, dass er gar nicht bemerkte, wie er verfolgt wurde.

Er lief in Richtung der Ställe, und sie wunderte sich, warum er sich nicht lieber in der einsamen Heidelandschaft in den Abbey Hills versteckte. Da wäre er jedenfalls sicherer vor Johns Männern als hier, direkt vor deren Nase. Headly steuerte geradewegs auf ein niedriges Haus am Ende der Stallungen zu und brauchte nicht lange anzuklopfen, bis jemand öffnete. Ian. Er ließ Headly sofort herein, beinahe so, als hätte er nur auf ihn gewartet. Maddy duckte sich schnell hinter einem Rosenspalier weg. Was hatte das zu bedeuten? Für einen Moment war sie versucht, ebenfalls zu klopfen und Ian zur Rede zu stellen. Wie konnte er diesen Verbrecher in sein Haus lassen, als wäre er ein alter Bekannter, der zu Besuch kam? Im nächsten Moment überlegte sie, ob sie den Stallmeister und ein paar Stallburschen zu Hilfe rufen sollte, damit sie Headly gleich festnahmen und Ian mit dazu. Aber auch den Gedanken verwarf sie wieder. Ian war ein ehrbarer Mann. Er hatte Johns Leben gerettet. Es war undenkbar, dass er etwas Böses im Schilde führte. Also schlich sie zu der Kate hinüber und spähte argwöhnisch durch das winzige Fenster nach drinnen.

Dort bot sich ihr ein rätselhaftes Bild. Headly saß tief über den Tisch gebeugt da und hatte das Gesicht hinter den Händen verborgen. Er wirkte aber nicht betrunken, sondern wie ein Mann, der am Boden zerstört war. Ian klopfte ihm immer wieder auf die Schulter und redete ernst auf ihn ein. Gewiss versuchte er, den Mann zur Vernunft zu bringen und ihn dazu zu überreden, sich zu stellen. Immer wieder schüttelte Headly wild den Kopf, während Ian gestikulierte.

Da plötzlich wandte Ian sich herum, schaute zum Fenster und erstarrte. Bevor sie unter dem Fenstersims in Deckung gehen konnte, hatte er sie schon gesehen, wie sie ihre vorwitzige Nase an der Scheibe plattdrückte. Was dann geschah, dauerte nur wenige Momente. Sie sah den Schock in seinem Gesicht und wie er sich aufrichtete und zur Tür herumwirbelte. Schlagartig wurde ihr bewusst, dass sie rennen musste, weil er nichts Gutes im Schilde führte, aber sie kam nur bis zu den Engelwurzstauden im Vorgarten, da war Ian schon aus der niedrigen Haustür heraus und hatte sie eingeholt. Er stürzte sich auf sie, wie ein Raubvogel sich auf eine kleine Maus stürzt. Maddy versuchte, sich mit einem Sprung über die niedrige Gartenmauer zu retten, aber die nassen Kleider klebten an ihren Beinen und sie rutschte auf dem glitschigen Boden aus. Ian war größer, schneller und kräftig wie ein Ochse, und er riss sie mit einem Ruck zurück, sodass sie ungalant mit dem Hintern in einer Pfütze landete. Sofort zerrte er sie wieder auf die Beine und presste gleichzeitig seine große Hand auf ihren Mund, um den Schrei zu ersticken, der sich in ihrer Kehle löste. So schleifte er sie rückwärts ins Haus und ihre Gegenwehr brachte ihn nicht einmal zum Wanken. Sie biss und trat um sich, aber dabei verlor sie nur ihren Schuh, ohne Ian abschrecken zu können. Sie hätte genauso gut gegen eine Wand treten oder in einen Stein beißen können.

»Seid still. Hört auf, Euch zu wehren, sonst muss ich Euch wehtun!«, zischte Ian und zerquetschte ihr dabei beinahe den Kiefer, während er sie in seine Stube hineinzog.

»Jesus und Maria!«, rief Headly und sprang auf. »Sie hat mich gesehen. Jetzt ist alles vorbei. Ich werde hängen!«

»Hmpf, grrr, hmpf!«, rief Maddy und zappelte wie ein gefangenes Kaninchen, das man auf den Schlachtpflock legen wollte. Das

Regenwasser spritzte aus ihrer Kleidung in alle Richtungen, als ob sich ein nasser Hund schüttelte.

»Jetzt ist alles vorbei!«, jammerte Headly weiter. »Überall muss sie herumschnüffeln. Nun werd ich hängen.« Er schaute sich mit wilden Blicken in Ians kleiner Stube um und entdeckte ein Messer, das neben dem Brot und dem Käse auf dem Tisch lag. Mit zitternden Fingern packte er es und ging auf Maddy los. »Ich will nicht hängen. Alles war gut, bis sie kam.« Er holte aus und stach auf sie ein, aber das Messer war zum Glück stumpf, und Ian drehte sich mit ihr in den Armen schnell zur Seite, sodass Headlys Stich sie nur leicht an der Hand kratzte.

»Bist du des Wahnsinns?«, brüllte Ian. »Willst du hier ein Blutbad anrichten?«

»Ich will nicht hängen. Ich habe das alles nur für dich und Lady Selena getan. Und jetzt soll ich dafür hängen. Er wird mir eigenhändig die Eingeweide herausreißen, wenn er herausfindet, was ich getan habe.«

»Sutton wird dir mehr als die Eingeweide herausreißen, wenn du seine Frau umbringst, du Idiot!«, schnauzte Ian.

»Sie wird ihm alles verraten. Das können wir nicht zulassen.« Headly zeigte mit dem Messer bedrohlich auf Maddy, die Ian mit seinem Körper vor einem weiteren Stich schützte. Sie hätte Zeter und Mordio geschrien, wenn sie nur gekonnt hätte. Aber Ians Hand verschloss ihr den Mund fester als jeder Knebel. Sie konnte ihn nicht mal beißen. Sie zappelte und strampelte und stöhnte, doch je mehr sie sich wehrte, desto härter packte er zu. Aua, das tat weh.

»Leg das Messer weg. Sonst schaffe ich dich eigenhändig zum Konstabler!«, befahl Ian.

»Dann bist du auch dran«, drohte Headly und umfasste die Klinge noch fester. »Dann hängst du auch.«

»Denkst du, ich will hier eine Blutlache auf dem Boden?«

»Wenn du sie am Leben lässt, wird sie alles verraten.« Headlys Hände zitterten inzwischen so sehr, dass er das Messer kaum halten konnte.

»Gib das Messer her. Ich finde eine Lösung.« Mit einem einzigen, blitzschnellen Griff wand er Headly das Messer aus der Hand und stach es mit einem wütenden Schnauben in den Käselaib. Den kurzen Moment, während Ian seine Hand von ihrem Mund nahm, um das Messer an sich zu bringen, nutzte Maddy und schrie aus vollem Hals.

»Hilfe! Zu Hilfe! Helft mir!« Aber im Grunde wusste sie, dass das nichts nützen würde. Keine Menschenseele war bei diesem Wetter draußen und konnte ihre Schreie hören. Sie war ganz eindeutig das einzige törichte Wesen weit und breit, das allein durch den Regen wanderte und durch fremder Leute Fenster spähte. Trotzdem holte sie Luft, um weiterzuschreien. Da traf sie ein harter Faustschlag an der Schläfe, und ihr wurde schwarz vor Augen, als hätte jemand eine Kerze in ihrem Kopf ausgepustet.

John lag hellwach in seinem Bett und wartete. Jedes noch so leise Knacksen könnten ihre Schritte sein. Sie hatte versprochen, dass sie in der Nacht wieder zu ihm kommen würde, und allein der Gedanke daran hatte ihn den ganzen Tag beflügelt und glücklich gemacht. Aber sie kam nicht. Er lauschte und wälzte sich im Bett herum, horchte wieder auf die Geräusche der Nacht und spürte, wie die Enttäuschung ein immer tieferes, dunkleres Loch in seine Seele riss. Beim Morgengrauen stand er auf, noch bevor Franklin ihn weckte, und trat an die geheimen Gucklöcher. Ihr Bett war leer und unberührt. Wie war es möglich, dass Madeleines Verschwinden von niemandem bemerkt worden war? Wo war ihre Zofe, und warum hatte man ihn nicht sofort verständigt, wenn sie die Nacht nicht in ihrem Bett verbracht hatte?

Franklin zuckte die Schultern und versuchte ihn zu beruhigen. »Lady Sutton ist gewiss früh aufgestanden und ausgeritten, jetzt wo der Regen aufgehört hat. Ihr wisst doch, wie gern sie draußen in der freien Natur ist. Bitte schont Eure Nerven und Eure Gesundheit.«

Aber John konnte sich nicht beruhigen. Er wusste es besser. Wenn Maddy über Nacht hier gewesen wäre, wäre sie zu ihm gekommen, wie sie es versprochen hatte. Irgendetwas war ihr zugestoßen. Etwas Schreckliches. Franklins Beschwichtigungen regten ihn nur auf und das Laudanum, das er ihm reichte, schlug er ihm zornig aus der Hand.

»Sie war schon einmal verschwunden, und da hat Headly versucht, sie umzubringen. Und der Schurke läuft immer noch frei herum.« John hielt es nicht länger aus im Bett, er musste sich anziehen. Es war ausgeschlossen, darauf zu warten, dass Madeleine irgendwann von allein wieder auftauchte. Er musste etwas tun.

Als Franklin endlich einsah, dass er ihn nicht abhalten konnte, nahm er die Suche nach der vermissten Countess selbst in die Hand und organisierte die Dienerschaft mit militärischer Effektivität. Das ganze Schloss wurde von der Turmspitze bis zum Keller durchkämmt. Als man keine Spur von Maddy fand, rief man die Männer der Umgebung zusammen, um weitere Suchtrupps zu bilden und die Gegend nach Madeleine zu durchkämmen. Aber erst zur Mittagszeit fanden sich genügend Leute aus Kelston und den Abbey Hills im Schloss ein. John hatte darauf bestanden, dass man in der Zwischenzeit das Schloss noch einmal durchsuchte und Maddys Rosenzimmer auf den Kopf stellte – ergebnislos.

Nun hatten sich etwa hundert Männer auf dem Hof vor der Abbey versammelt und sie alle starrten John an. Die meisten der Leute hatten ihn seit dem Feuer nicht mehr zu Gesicht bekommen und ihre Vorstellungen von ihm waren durch die vielen Gerüchte genährt. Vermutlich bestätigte sein Anblick all ihre Erwartungen von dem abscheulichen Teufel, der er angeblich war. Er war ausgezehrt von der Krankheit, bleich wie der Tod und schwarz gekleidet von Kopf bis Fuß, während die entstellte Hälfte seines Gesichts immer noch mit einem Verband versehen war. So stand er oben auf der Freitreppe, und sein langer, schwarzer Mantel flatterte im Wind. Hätte er selbst ein Bild vom Fürsten der Dunkelheit zeichnen müssen, es wäre ihm wohl recht ähnlich geworden.

Die Leute, seine Leute, die er so geliebt hatte und für die er sich mit Leib und Leben eingesetzt hatte, gafften ihn an. Ihre Augen waren vor Angst weit aufgerissen, als wären sie sich nicht sicher, ob sie sich vor ihm auf den Boden werfen und um Gnade winseln oder lieber davonrennen sollten. Noch gestern hätte er sich geweigert, sich bei Tageslicht einer ganzen Meute von Menschen zu zeigen. Er hätte diese Blicke, mit denen man ihn bedachte, und das angsterfüllte Gemurmel, die leisen Gebete oder die Rufe nach Jesus und Gott verabscheut. Doch seltsamerweise störte ihn das Grausen in den Gesichtern der Leute in diesem Moment kein bisschen. Selbst wenn er sich ihnen ohne den Verband zeigen müsste, um Madeleine zu retten, würde er das tun.

»Ich will, dass ihr jeden Stein im Umkreis von einem Tagesritt umdreht«, rief er den Leuten zu. Franklin hatte sie bereits zu jeweils fünf Männern in zwanzig Patrouillen aufgeteilt. »Bringt mir meine

Frau zurück! Wer sie findet, erhält zehn Pfund extra.« Zehn Pfund war ein Vermögen, aber die Männer reagierten nicht annähernd so überschwänglich, wie John gehofft hatte. Manche murrten sogar leise, als sie sich auf den Weg machten.

»Was ist los mit ihnen?«, fragte er Franklin, der neben ihm stand. Es war nicht schwer, die Zweifel und Unlust an ihren Gesichtern abzulesen.

»Sie lieben die Countess«, flüsterte Franklin ihm hinter vorgehaltener Hand zu. »Und sie befürchten, dass Ihre Ladyschaft nicht zu Euch zurückgebracht werden will.«

»Wie bitte?« Er lachte ein wenig pikiert. Das war doch völlig abwegig.

»Sie hat ihn verlassen, das ist doch klar«, hörte er eines der Fischerweiber laut hinausposaunen. Sie machte sich nicht einmal die Mühe, leise zu sprechen, um ihre Ansicht vor ihm zu verbergen. »Bei Nacht und Nebel ist sie über alle Berge, und man kann es ihr wirklich nicht verdenken, wenn man ihn so ansieht«, antwortete eine andere von den Kelston-Weibern, und dann warfen beide ihm böse Blicke zu, bevor sie in ihre armseligen Fischerhütten zurückkehrten.

Egal, was diese Tratschtanten glaubten, Madeleine hatte ihn nicht verlassen.

»Ich will alle Bewohner des Schlosses verhören«, befahl er Franklin. »Jeder soll einzeln in mein Arbeitszimmer gebracht werden. Angefangen bei der Dienerschaft und aufgehört bei den Stallburschen und den Gärtnern.«

Solange die Männer die Umgebung durchkämmten, saß John in seinem düsteren Arbeitszimmer und verhörte jeden, aber niemand hatte Madeleine gesehen. Seit dem gestrigen Lunch mit der Dowager Countess war sie spurlos verschwunden. Ihre Kammerzofe war in Tränen aufgelöst, denn sie hatte doch gestern von Ihrer Ladyschaft freibekommen, weil ihre Schwester krank geworden war und sie nach ihrer Familie in Kelston sehen musste. Sie konnte sich überhaupt nicht erklären, wo die Countess hingegangen sein könnte. Angeblich hatte Madeleine in der Küche ausrichten lassen, dass sie kein Dinner und kein Bad benötige, sodass auch am Abend kein Dienstbote mehr in ihre Räume gekommen war und ihr Verschwinden bemerkt hatte.

»Wer hat in der Küche ausrichten lassen, dass meine Gemahlin kein Dinner und kein Bad wünscht?«, schnauzte er ein dickes

Dienstmädchen an, das vor Angst gar nicht zu ihm aufblicken konnte und beim Sprechen stotterte.

»I-ich glaube, Mrs L-Longfields hat es zur Köchin g-gesagt.« Das Mädchen war den Tränen nahe, ebenso wie Mrs Longfields, die Franklin als Nächste in Johns Arbeitszimmer schleifte. Die Haushälterin beteuerte unter Schniefen und Wimmern, dass sie nichts damit zu tun habe, dass sie die Countess immer über alle Maßen verehrt habe und ihr treu ergeben sei und dass es nie eine bessere Herrin gegeben hätte. Ja, dass sie doch immer alles getan habe, was Ihre Ladyschaft von ihr verlangt habe, auch wenn es eine gewisse Eingewöhnungszeit gegeben habe. Sie sei die untertänigste aller Dienerinnen.

»Das Dinner gestern Abend war allerdings ein wenig befremdlich, Mylord«, sagte Longfields schließlich, nachdem sie ihre Krokodilstränen mit ihrer Schürze abgetrocknet hatte. »Die Dowager Countess und Miss Larissa haben im neuen Speisezimmer allein gesessen und diniert, und Eure Frau Mutter hat sich sehr darüber echauffiert, dass sie nun dem ausdrücklichen Wunsch ihrer Schwiegertochter nachgekommen sei und bereit sei, die Mahlzeiten gemeinsam einzunehmen, diese aber nicht einmal die Güte habe, selbst zum Essen zu erscheinen.«

»Wer hat angeordnet, dass meine Gemahlin kein Dinner und kein Bad haben möchte?«, fragte John inzwischen zum dritten Mal und schlug mit der Faust auf den Schreibtisch. Wenn die Anweisung nicht von Madeleine selbst gekommen war, dann kam sie von jemandem, der bei ihrem Verschwinden die Finger im Spiel hatte.

»Ich bin mir nicht sicher«, druckste Longfields herum. »Aber ich glaube, es war Miss Larissa. Sie kümmert sich ja um alles und sorgt sich voller Hingabe um jeden einzelnen im Haushalt.«

»Ja!«, knurrte John, allerdings schlug der Name in seinem Kopf eine Alarmglocke. Larissa, wieder einmal. Maddy unterstellte ihr, dass sie das Feuer gelegt hatte, was natürlich lächerlich war, aber langsam kamen Zweifel in John auf, ob Larissa wirklich so ein harmloses und scheues Reh war, wie sie zu sein vorgab.

»Aber warum denkt Ihr denn, dass Ihrer Ladyschaft etwas zugestoßen sein könnte, Mylord?«, fragte die Haushälterin und wagte nur einen kurzen Blick zu ihm hinüber. »Sie ist vielleicht nur wohin gegangen.«

»Ich habe nicht nach deiner Meinung gefragt«, blaffte er. »Ich will wissen, ob Larissa die letzte Person war, die mit meiner Gemahlin gesprochen hat.«

»Also ich weiß es beim besten Willen nicht, Mylord!«, rief Longfields und hob abwehrend die Hände. »Bestimmt hat Miss Larissa sich persönlich um das Wohlbefinden der Countess gekümmert, nachdem die ihrer Zofe ja wieder einmal freigegeben hat. Sie ist ja viel zu nachsichtig mit dem Personal. Ich weiß, dass Miss Larissa nach dem Lunch bei der Dowager Countess war, die sich hinlegen musste, weil sie sich nicht wohlfühlte. Die Neuigkeiten haben sie wohl zu sehr aufgeregt. Aber mehr weiß ich beim besten Willen nicht. Die Dowager Countess hat sich Tee aus der Küche kommen lassen.«

»Verdammt! Mich interessiert das Befinden der Dowager Countess nicht«, knurrte John. »Ich will wissen, was mit meiner Frau ist! Meine Gattin liebt das Dinner und sie isst gern und mit großem Appetit. Es muss ja wohl einen Grund gegeben haben, warum sie ausgerechnet gestern nichts essen wollte!« Er stand kurz davor zu schreien und das tat seiner Genesung gar nicht gut. Sein Herz raste und sein Atem ging schnell. Er holte ein paarmal tief Luft, denn er konnte Maddy nicht retten oder sie finden, wenn er einen Rückfall bekäme. Er musste ruhig bleiben und sich mäßigen.

»Nun, vielleicht hängt es ja mit ihren gesegneten Umständen zusammen, da bleibt der Appetit oft aus.«

»Welche gesegneten Umstände?« Seine mühsam aufrecht gehaltene Selbstbeherrschung verflüchtigte sich in diesem einen Augenblick. Gesegnete Umstände? Diese zwei Worte bohrten sich in sein Ohr, scharf wie eine Nadel. Es dauerte ein paar Augenblicke, bis ihre Bedeutung in seinen Kopf eindrang, aber dort explodierten sie wie ein Schlagwetter in einem Minenschacht. Gesegnete Umstände. Sie war schwanger. Jesus Christus! Warum wusste eine dumme Haushälterin darüber Bescheid und er nicht?

»Nun, Ihr wisst schon, Mylord.« Longfields kicherte dämlich. »Es wurde beim Lunch zwischen den Damen besprochen. Wie das nun mal so ist. Immer der Tratsch. Der kleine Jack, ich meine Mr Sharp, der neue Hausdiener, hat es gehört und es gleich in der Küche berichtet. Wir haben uns natürlich alle sehr gefreut über diese Neuigkeit, und es ist mir ein Bedürfnis, Euch zu beglückwünschen.«

»Raus, bevor ich mich vergesse!«, brüllte er und bekam kaum noch Luft. Es war erstaunlich, wie schnell eine so dicke Person wie

Longfields herumwirbeln und davonrennen konnte.

»Sie ist schwanger!«, bellte er Franklin an, als wäre es dessen Schuld. »Wusstest du davon?«

»Ich habe es erst gestern Abend erfahren, Euer Lordschaft, als der kleine Jack in der Küche erzählt hat, wie Eure Mutter der Countess beim Lunch zugesetzt hat, bis sie es schließlich nicht länger abstritt, schwanger zu sein. Ihr habt schon geschlafen und ich wollte Euch mit diesen Neuigkeiten nicht aufregen. Bitte echauffiert Euch nicht, Mylord. Die Männer werden sie gewiss schon bald finden und sie unversehrt zurückbringen.«

Nicht aufregen? Jetzt regte er sich noch viel mehr auf, weil er offenbar der Letzte war, der erfuhr, dass seine Frau ein Kind erwartete.

»Ich will sofort Larissa sprechen«, schrie er Franklin an und versuchte Luft zu bekommen. Aufregung war definitiv schlecht für seine Gesundheit, aber wie sollte sich ein Mann da nicht aufregen, bitte schön? »Sie hat irgendetwas damit zu tun, und ich werde sie so hart ins Kreuzverhör nehmen, dass sie sich wünscht, tot zu sein.«

»Liebe Güte, Mylord, ich verstehe nicht.«

»Bring mir diese Frau her, wenn du nicht willst, dass ich sie selbst hole und an ihren Haaren hierher zerre.«

Franklin eilte davon, um Larissa zu holen, doch der Nächste, den er dann in Johns Büro brachte, war nicht Larissa, sondern Ian. Er wirkte abgehetzt und unordentlich. Sein Haar war im Gegensatz zu sonst ungekämmt und er war nachlässig gekleidet, das Hemd hing aus den Breeches heraus und seine Jacke war schief zugeknöpft.

»Bist du denn lebensmüde?«, schimpfte Ian, als er sah, dass John nicht das Bett hütete. »Leg dich sofort wieder hin, das ist ein Befehl. Du nimmst jetzt sofort eine doppelte Dosis Laudanum und morgen, wenn du wieder aufwachst, dann ist deine Frau wieder bei dir.« In diesem Moment wirkte Ian cholerischer als John, und während er seine ärztliche Strafpredigt hielt, ruderte er wild mit den Armen und fuhr sich immer wieder nervös durchs Haar. »Was soll überhaupt die ganze Aufregung und die Suchtrupps, die jeden Winkel durchkämmen?«

»Was das soll?«, keuchte John und hob abwehrend die Hand, als Ian ihn nach nebenan in sein Bett führen wollte. »Meine Frau ist seit dem Lunch gestern Mittag verschwunden und Headly läuft immer noch frei herum. Diese Idioten, die mich umgeben, bilden sich ein, sie hätte mich verlassen ...« Er musste eine Pause machen, weil ihm die Luft zum Sprechen wegblieb. »Aber ich weiß es besser.«

»Sie wird schon wiederkommen«, beschwichtigte ihn Ian. »Bestimmt ist sie über Nacht bei einem der Pächter geblieben, weil es so geregnet hat. Vertrau mir, ihr ist nichts geschehen. Bestimmt hast du sie schon bald zurück.«

Maddy war nicht bei irgendeinem Pächter geblieben. Ihr Pferd Plummer stand im Stall und alle anderen Pferde ebenfalls. »Deine Worte sollen mich wohl trösten, aber dein Geschwafel ist dumm und bedeutungslos. Ich weiß, dass ihr etwas zugestoßen ist. Sie wollte mich vergangene Nacht besuchen. Wir ... wir waren verabredet und sie kam nicht.«

»Entgegen meinem ärztlichen Rat?«, rief Ian und klang, als hätte John ein Schwerverbrechen begangen.

Er hatte nicht die Nerven, Ian ausgerechnet jetzt in sein vorangegangenes nächtliches Abenteuer mit Madeleine einzuweihen oder gar zu erklären, dass es ihm gestern nur deshalb so gut gegangen war, weil er die Nacht davor mit Maddy verbracht hatte. Deshalb winkte er ungeduldig ab.

»Ihr ist etwas zugestoßen, das weiß ich. Und wenn ich mir vorstelle, wo sie jetzt gerade sein könnte oder wie es ihr geht, dann ... dann werde ich wahnsinnig. Was ist, wenn sie verletzt ist und niemand sich um sie kümmert, wenn sie friert oder Hunger hat? Wenn sie Schmerzen oder Angst hat.« Jetzt war es also so weit. Seine Beherrschung brach in sich zusammen wie ein Kartenhaus und seine Angst übernahm die Herrschaft. »Oder wenn sie tot ist? Sie ist verdammt noch mal schwanger.«

Er sprang von dem Stuhl auf und donnerte beide Fäuste auf den Schreibtisch, der unter der Wucht wackelte. Genau diese Gedanken hatte er bisher mit aller Macht zurückgedrängt, weil er wusste, wenn er sie erst einmal zuließe, wäre er verloren. Die Bilder tauchten unwillkürlich in seiner Fantasie auf: Maddy lag irgendwo in einem Graben, verletzt oder tot, zerschmettert, erschossen, erstochen, vielleicht sogar vergewaltigt ... Er heulte wie ein verwundeter Wolf und seine Knie hätten unter ihm nachgegeben, wäre Ian nicht zu ihm gesprungen, um ihn festzuhalten.

»Was sagst du da? Sie ist in anderen Umständen?«, rief Ian und machte ein entsetztes Gesicht. »Jesus Christus. Das wusste ich nicht.«

»Du hättest es noch früh genug erfahren.« John befreite sich mit einer ruppigen Bewegung aus Ians Griff. Er wollte nicht, dass jemand ihm Halt gab, er musste auf seinen eigenen Beinen stehen, wenn er seiner Frau helfen wollte. »Ich werde einen Teufel tun und mich ausgerechnet jetzt ins Bett legen. Ich finde heraus, wo sie ist, und wenn ich selbst nach ihr suchen und jeden einzelnen verdammten Stein auf meinem Land umdrehen muss.«

»Du musst sofort aufhören, zu schreien oder dich aufzuregen. Das schadet dir. Wenn du meine ärztlichen Anweisungen nicht befolgst, dann bitte ich deinen Diener, dich gewaltsam in dein Bett zu schaffen!« Ian tauschte vielsagende Blicke mit Franklin aus und der nickte auch noch zustimmend. Franklin war vor Sorge um seinen Herrn selbst schon das reinste Nervenbündel und John kannte seinen Mann gut genug. Er wusste, dass Franklin alles tun würde, was Ian anordnete, solange er der Meinung war, dass er damit das Leben seines Herrn rettete.

»In Gottes Namen«, gab John nach. »Ich lege mich eine Weile hin.« Er wies Franklins stützenden Arm zurück und ging auf eigenen Beinen nach nebenan, ließ sich aber von ihm aus der Kleidung helfen, während Ian ein Glas mit Whiskey und Laudanum füllte.

»Ich will sofort informiert werden, wenn es etwas Neues gibt«, befahl er, nachdem Franklin ihm ins Bett geholfen und ihn zugedeckt hatte, wie eine Mutter ihren Säugling zudeckte. Ian reichte ihm das Glas mit dem Laudanum, aber er trank nicht sofort. »Franklin, du kümmerst dich um die Suchtrupps, und Ian soll sich bereithalten, falls meine Frau gefunden wird, dass er ihr sofort Hilfe leisten kann, falls sie ... falls sie noch lebt.«

»Ich bin mir sicher, dass sie noch lebt«, beteuerte Ian.

»Raus mit euch. Lasst mir meine Ruhe.«

Beide verneigten sich und verschwanden. John wartete ein paar Minuten, während derer er langsam bis hundert zählte, dann stellte er das Laudanum zurück auf den Nachtschrank und stand wieder auf. Er zog sich, so schnell es ihm möglich war, wieder an. Seine Knie waren weich und der Schweiß brach ihm aus, aber darauf konnte er jetzt keine Rücksicht nehmen. Er musste sich beeilen, denn Franklin würde ihn kaum länger als eine halbe Stunde unbeaufsichtigt lassen. Mit einem vorsichtigen Blick nach draußen stellte er sicher, dass niemand vor seiner Tür lauerte, dann nahm er die Dienstbotentreppe nach unten. Es war eine Stunde nach dem

Lunch und er vermutete, dass seine Mutter sich, wie immer, hingelegt hatte und er Larissa allein in ihrem Zimmer antreffen würde.

19. Larissa oder Jan

Als Maddy wieder zu sich kam, lag sie auf kaltem und feuchtem Boden in einem düsteren Gemäuer. Sie hatte keine Schmerzen, aber sie war pitschnass und fror wie ein Vogelküken im Winter. Eine einzelne brennende Kerze stand auf dem Boden neben ihr und erhellte einen kleinen Lichtkreis um sie herum. Sie rappelte sich hoch und hob die Kerze über ihren Kopf, um sich umzusehen. Ihre Zähne klapperten vor Kälte, während sie sich an den dicken Mauern aus unbehauenen Steinen entlangtastete. An den Wänden hingen verrostete Eisenketten, an denen früher offensichtlich Gefangene angekettet waren. Ein riesiger Korb aus rostigem Eisen baumelte von der Decke und schwankte quietschend über dem Boden, als sie ihn vorsichtig berührte. O Gott, sie war in einem Verlies. Hier hatte man einst Menschen eingesperrt und gefoltert. Der unheimliche Raum war mit einer schweren eisernen Gittertür verschlossen und hinter dem Gitter erstreckte sich nichts als Dunkelheit, vielleicht ein Gang oder noch mehr Kerkerzellen, das Licht ihrer Kerze reichte nicht weit genug. Sie hörte das leise Echo von Wassertropfen, die langsam von der Decke in eine Pfütze tropften. »Plip. Plip. Plip.« Und irgendwo in der unheimlichen Dunkelheit heulte ein Windzug, der die Kerze zum Flackern brachte, je nachdem, wo sie sich hinstellte.

»Hilfe! Hallo! Zu Hilfe!«, rief sie, aber im Grunde wusste sie, dass sie niemand hören oder zu ihrer Rettung kommen würde. Was immer Ian und Headly geheim halten wollten – es war schlimm genug, um die beiden zu einem weiteren Verbrechen zu verleiten.

Dennoch gab sie nicht auf. Sie rüttelte an den Gitterstäben, bis sie keine Kraft mehr hatte. Sie weinte, bis keine Tränen mehr kamen, rief um Hilfe, bis ihre Stimme heiser war, und betete zu Gott, bis ihr nichts mehr einfiel, was sie ihm für ihre Rettung hätte versprechen können. Sie versuchte sogar den Mörtel zwischen den Steinen herauszukratzen, um die Scharniere der Tür zu lockern, aber das war genauso sinnlos wie alle anderen Versuche. Jetzt fror sie nur noch. Die Kälte ging ihr durch Mark und Bein. Das nasse Kleid klebte an ihr wie eine zweite Haut und schien das letzte bisschen

Körperwärme mitsamt aller Lebenskraft aus ihr herauszusaugen. Schließlich war die Kerze heruntergebrannt und alles um sie herum war nun rabenschwarz und kalt. Das letzte bisschen Hoffnung, lebend aus diesem Kerker herauszukommen, erlosch mitsamt der Kerze. Sie würde hier unten wohl oder übel sterben. Vermutlich würde sie zuerst erfrieren, dann verhungern und dann erst verdursten, und falls irgendwann jemand kam und sie fände, wäre sie nur noch ein Skelett aus bleichen Knochen.

Sie hatte das Gefühl, dass nicht nur Stunden, sondern Tage vergangen waren, seit sie wie die größte Närrin vor Ians Fenster stehen geblieben war, um zu spionieren. Sie dachte an das Kind und war traurig, dass sie John nicht gleich davon erzählt hatte. Das hätte ihn so glücklich und stolz gemacht. Sie war auch traurig, ihm nicht sagen zu können, was sie für ihn empfand. Sie hätte ihn gezwungen, ihr zu glauben. Sie hätte ihm sagen sollen, dass sie sein Gesicht längst gesehen hatte und dass sein Anblick sie nicht davon abgehalten hatte, sich in ihn zu verlieben.

Als sie in der Ferne Schritte hörte, war sie bereits in einen halb ohnmächtigen Schlaf abgedriftet.

»Hallo«, sagte jemand. Eine Kerze flackerte und irgendwer legte eine Decke über sie. Ihre Augen flatterten auf, und sie blickte in Ians Gesicht, das vom Kerzenschein seltsam verzerrt wirkte.

»Es tut mir leid, Mylady«, murmelte er mit leiser Stimme und hielt ihr gleichzeitig einen Becher an die Lippen. »Aber ich hatte keine andere Wahl.«

In dem Becher schien heißes Wasser oder Gin zu sein oder irgendetwas, das wärmer als die Umgebung war und in ihrer Kehle brannte, doch ihre Lippen zitterten vor Kälte und die Hälfte der Flüssigkeit lief an ihrem Kinn hinab. »Ich bedauere, dass ich nicht schon früher nach Euch sehen konnte, aber ich konnte nicht riskieren, dass mir jemand folgt. Es herrscht großer Aufruhr im Schloss, weil alle denken, Ihr hättet Euren Gemahl verlassen.«

Maddy konnte nicht antworten, nicht einmal den Kopf schütteln, sie fror zu sehr. Ian half ihr, sich aufzusetzen. Die Decke, die aus dickem warmem Wollstoff war, stopfte er um sie herum fest. »Ich habe etwas zu essen mitgebracht.« Er schob einen Teller zu ihr heran und stellte den Krug mit der dampfenden Flüssigkeit daneben. »Das ist Hühnerbrühe mit dem letzten bisschen Whiskey, das ich noch hatte. Ihr trinkt sie am besten, solange sie noch heiß ist. Es war nicht einfach, all das hier herunter zu schmuggeln, denn die Gegend wimmelt wie ein Ameisenhaufen von Leuten, die nach Euch suchen.«

Seine Worte drangen zwar an ihre Ohren, aber sie begriff nichts von dem, was er sagte. Erst als er ihr einen zweiten und einen dritten Schluck von der Whiskeyhühnerbrühe eingeflößt hatte, wich die Eiseskälte, die sie lähmte, allmählich aus ihren Knochen und ihrem Verstand.

»Hier sind noch ein Hemd und eine trockene Hose von mir«, sagte Ian. »Ihr müsst die nassen Sachen ausziehen, sobald ich weg bin. So könnt Ihr hier ausharren, bis man Euch findet.«

»Warum?«, krächzte Maddy, für jede andere Frage war sie zu schwach.

»Ich wollte Euch nicht wehtun, das müsst Ihr mir glauben. Ich mag John wirklich. Er war immer mein bester Freund und er hat mich nie wie einen Bastard behandelt. Ich habe auch nichts gegen Euch, aber ich kann nicht zulassen, dass Ihr meine Pläne durchkreuzt.«

Maddy schüttelte den Kopf, weil sie nichts von alledem verstand. Sie wollte ihn fragen, welche Pläne er meinte, was es mit ihm und Headly auf sich hatte und warum er so einen unfassbaren Verrat beging, aber all diese Fragen kamen nicht über ihre Lippen, sondern nur ein verzweifeltes Schluchzen.

»Lass mich hier raus! Bitte!«

»Das kann ich leider nicht. Ich bedaure es von ganzem Herzen, dass ich Euch das antun muss, aber Ihr hättet nicht herumschnüffeln sollen, sondern im Schloss bleiben, wie es sich gehört. Jetzt müsst Ihr hier unten ausharren, bis ich in Sicherheit bin. Ich reite nach Plymouth, wo übermorgen ein Schiff nach Amerika ablegen wird. Mit dem Zweimaster Lady Amber werden Headly und ich für immer von hier verschwinden. Ich habe seit drei Jahren auf diesen Tag gewartet und Geld auf die Seite geschafft für die Überfahrt und den Neuanfang. Das kann ich nicht alles opfern, nur weil Ihr dazwischengekommen seid. Sobald wir an Bord der Lady Amber sind, schicke ich einen Boten zu John. Der wird ihm den Schlüssel für diese Zelle und eine Nachricht bringen, in welcher steht, wo Ihr zu finden seid.«

»Wo bin ich denn?«, fragte sie kopfschüttelnd.

»In einem längst vergessenen Verlies der alten Klosteranlagen tief unter der Erde. Es liegt direkt unter der Orangerie.«

Maddy sah ihn nur dumpf an, nicht sicher, ob sie lachen oder weinen sollte.

»An der Stelle der Orangerie stand vor vierhundert Jahren noch eine Mauer mit einem Wehrturm, der zum Kloster gehörte, und unter dem Turm hat sich das Verlies befunden. Der alte Verbindungsgang zwischen Westturm und Orangerie stammt auch aus dieser Zeit und er erstreckt sich in die entgegengesetzte Richtung weiter bis zu einer Treppe, die ins Verlies hinabführt. Die Mönche haben damals im Auftrag der Krone einige Gefangene hier bewacht«, erklärte Ian, als wäre das eine Geschichtsstunde. »Headly kennt jeden verborgenen Winkel der Abbey in- und auswendig. Er ist hier geboren und aufgewachsen. Hier wird man Euch nicht suchen und auch nicht hören, wenn Ihr um Hilfe ruft. Also schont Eure Kräfte.«

Maddy überlegte, was das bedeutete, wie viele Stunden sie hier noch eingesperrt wäre. Übermorgen legte das Schiff ab, ein Ritt zwischen Plymouth und Kelston dauerte mindestens sechs Stunden … Gott, sie konnte nicht klar denken. »Über zwei Tage hier unten?«, sagte sie mehr zu sich selbst als zu Ian.

»Es ist leider nicht zu ändern. Aber Ihr werdet das überstehen. Ihr seid gesund und kräftig und jetzt habt Ihr etwas zu essen und zu trinken und eine warme Decke. Damit könnt Ihr ausharren, bis man Euch herausholt. Ihr werdet vielleicht nicht so angenehm schlafen wie in Euren Räumen, aber für uns wäre es noch viel unangenehmer, wenn man Euch findet, bevor wir auf hoher See sind. Headly würde zweifellos am Strick baumeln.«

»All das wegen Headly? Was hat er getan? Warum schützt du ihn?«

»Er hat George erschossen und den Turm angezündet.«

Maddy fiel beinahe der Krug mit der heißen Brühe aus der Hand. »Headly? Nein!« Sie schüttelte den Kopf.

»Er hat es getan, um Selena und die Kinder zu retten. Er musste es tun.«

»Um sie zu retten?« Langsam erwachte Maddy mitsamt ihrer Neugier wieder zum Leben. »Aber er hat sie doch alle verbrannt.«

Ian fühlte ihren Puls, vermutlich tat er das nur, um Beschäftigung für seine nervösen Finger zu haben. »Nein, er hat nicht alle verbrannt. Nur George.«

»Das verstehe ich nicht.«

»George war schon immer ein herzloser und gewalttätiger Mann, ganz besonders jenen gegenüber, die schwächer waren als er. Seine Frau, die Kinder und seine Untergebenen können ein Lied von seiner Bosheit und Brutalität singen. Aber an jenem Abend war er völlig verrückt geworden. Er wollte Selena und die Kinder töten.«

»John hat mir davon erzählt, nachdem er sich wieder erinnerte.«

»Ach ja? Er hat mit Euch darüber gesprochen?« Ian blinzelte verwirrt, fuhr dann aber fort. Er hatte offensichtlich das große Bedürfnis, auch zu erzählen. »Nun, aber John weiß nicht alles, und er kennt die wahren Hintergründe nicht. Ihr müsst es ihm erzählen, sobald man Euch gefunden hat. Dann werde ich auf hoher See sein, aber ich hoffe, wenn er die Wahrheit kennt, wird er vielleicht verstehen, dass ich keine andere Wahl hatte und dass ich ... dass wir ... dass es uns sehr leidtut, was er alles unseretwegen erdulden musste. Aber jetzt hat er Euch an seiner Seite, und ich weiß, dass Ihr ihn über das erlittene Unglück hinwegtrösten werdet. Sagt ihm bitte, dass ich nicht anders konnte, dass ich ihn wirklich sehr mag, aber dass mir keine andere Wahl blieb.«

»Ja, das sagtest du bereits mehrmals. Was war mit George und Selena?« Säße sie in einem eleganten Salon bei heißem Tee und Gebäck, hätte sie vielleicht etwas mehr Geduld und Interesse für Ians Entschuldigungsreden aufgebracht, aber ihre Zähne klapperten immer noch und dieser Mann hielt sie gegen ihren Willen gefangen, das verminderte ihre Freude an einem ausgedehnten Pläuschchen enorm.

»Irgendwie muss George an jenem Abend davon erfahren haben, dass Selena ihn verlassen und die Kinder mitnehmen wollte. Er wusste, dass ich sie am Hintereingang des Turms abholen und Pferde mitbringen wollte. Bevor ich noch dort ankam, war George schon da und er hat getobt wie ein Wahnsinniger. Er hat Selena und die Knaben mit der Fackel bedroht und wollte sie anzünden. John hatte versucht, ihn davon abzuhalten, und hat mit ihm gekämpft, so erzählte es mir Selena. Ich kam erst dazu, als das Drama schon vorbei war. Aber George war wie ein Geisteskranker. Er hat Johns Gesicht verbrannt, und als dieser leblos zu Boden fiel, ist George sofort wieder auf Selena los mit der brennenden Fackel. Ihr Kleid hatte bereits Feuer gefangen, und sie schrie und flehte ihn an, aufzuhören, aber er wurde nur noch verrückter und hat den kleinen

William ergriffen in der Absicht, den Kleinen über der Fackel zu rösten. Gott, der Junge war noch nicht mal ein Jahr alt und hat geschrien wie am Spieß. Die Kinderfrau hat sich auf George geworfen, um ihn abzuhalten.«

»Die Kinderfrau war auch dabei?« Von ihr hatte John nichts erwähnt, vielleicht war sie ihm unwichtig erschienen, oder seine Erinnerungen waren doch nicht so vollständig, wie er dachte.

»Sie war Selena treu ergeben und sollte eigentlich Wache halten, damit niemand unsere Flucht bemerkte. Sie kam hinter George hergerannt und hat versucht, ihn aufzuhalten. Sie riss ihn zu Boden, um zu verhindern, dass er dem Kleinen das Bein wegbrennt, aber George hat sie mit Fäusten traktiert wie ein Boxer, bis ihr Gesicht ganz blutig war und sie sich nicht mehr wehrte, dann setzte er sein widerliches Werk fort. Während Selena ihr brennendes Kleid löschte, schnappte George sich wieder das weinende Kind und griff erneut nach dieser Fackel. Gerade noch rechtzeitig kam Headly dazu. Er trug eine Pistole, die er aus Georges Schreibtisch genommen hatte, und schoss einfach, ohne lange zu zögern oder nachzudenken. Die Kugel ging direkt in Georges Herz, obwohl Headly noch nie zuvor eine Waffe angefasst hatte.«

Ian holte tief Luft und legte eine Pause ein, dabei hielt er die Kerze hoch, um Maddys Gesicht zu mustern, bevor er weitersprach. Seine Stirn war von tiefen Falten gefurcht und seine Stimme zitterte.

»George hat sein Schicksal selbst verschuldet und er hat nichts anderes verdient als den Tod, aber kein Richter, kein Konstabler hätte dafür Verständnis gehabt und Headly mit dem Leben davonkommen lassen. Sie sehen nur, dass ein Diener einen Earl erschossen hat, weil der seine Frau daran hindern wollte, ihn zu verlassen. Headly wäre gehängt worden, und niemand hätte gefragt, warum er das getan hat oder ob seine Tat moralisch gerechtfertigt war. Würde im umgekehrten Fall ein Earl das Gleiche mit einem Diener tun, der eine Frau angreift und ein Kind verbrennen möchte, dann würde man ihn als Helden feiern. Aber Gerechtigkeit ist ein Wort, das die Reichen nicht kennen.«

Ian hatte recht, aber sie würde ihm gewiss nicht beipflichten und ihm damit das Gefühl geben, dass sie sein Verhalten billigte. Sie hatte nichts mit alledem zu tun, nichts mit seiner geliebten Selena, nichts mit dem Feuer und den Morden und dennoch saß sie jetzt eingesperrt in diesem vermoderten, dunklen Verlies und fror.

Ian griff nach dem Teller, den er mitgebracht hatte, und hielt ihn Maddy hin. »Esst etwas, dann wird Euch schneller warm werden.«

Sie schnaubte zwar missmutig, aber sie griff doch nach einem Stück Brot. Das war so hart und trocken, dass es garantiert nicht von Anne gebacken worden war, trotzdem aß sie es gierig. Der Lunch mit der Herzogin war ihre letzte Mahlzeit gewesen, und sie wusste nicht, wie lange das schon zurücklag – eine Ewigkeit.

»Ich konnte nicht zulassen, dass Headly gehängt wird, nachdem er Selena gerettet hat. Also haben wir beschlossen, den Turm anzuzünden, um alle Spuren zu verwischen. Die Leute sollten denken, dass alle im Turm umgekommen waren, und da Georges Leichnam verbrennen würde, würde auch keiner die Schusswunde bemerken.«

»Das ... das heißt, Selena und die Kinder sind gar nicht tot?«

Ian schüttelte den Kopf. »Und auch die Kinderfrau lebt noch. Headly ist der Einzige, der all die alten und versteckten Gänge kennt. Er wusste auch von dem Verbindungsgang zwischen Turm und Orangerie. Deshalb haben wir Johns reglosen Körper durch den unterirdischen Gang in die Orangerie getragen, aber mehr konnten wir wirklich nicht für ihn tun, bevor wir den Turm in Brand gesteckt haben. Selena und die Kinder und ihre Kinderfrau sind mit den Pferden, die ich für uns gebracht hatte, nach Plymouth geflohen, wo unser Schiff am nächsten Tag ablegen sollte.«

»Du wolltest mit Lady Selena nach Amerika auswandern?«

»Wir wollten dort ein neues Leben beginnen, weg von Georges Grausamkeiten und in Freiheit, in der es keine Standesunterschiede gibt, zusammen mit unseren gemeinsamen Kindern. Aber ich musste meine Karte für die Überfahrt der Kinderfrau überlassen. Sie hat alles mitangesehen, und es wäre ein zu großes Risiko gewesen, sie hier zurückzulassen. Sie hätte womöglich alles verraten und Headly wäre doch noch am Galgen gelandet.«

»Am Ende hat es euch nichts genützt. Nun seid ihr trotzdem getrennt.«

»Selena hat mir gleich geschrieben, nachdem sie wohlbehalten angekommen waren. Sie hat inzwischen eine Stellung als Gouvernante bei einem reichen Kaufmann und den Kindern geht es gut. Seit drei Jahren lege ich Geld für Headly und mich auf die Seite, damit wir Selena in die Neue Welt folgen können. Die Überfahrten hatte ich schon bezahlt, und dann seid Ihr aufgetaucht und habt alles durcheinandergebracht, habt herumspioniert und Euch in alles eingemischt, und John ist plötzlich aus seinem Eremitendasein erwacht und aus seinem dunklen Loch herausgekommen. Auf einmal begann er sich wieder für die Dinge zu interessieren, die um ihn herum geschehen. Wir hatten Angst, dass er sich wieder erinnern könnte und Fragen stellen würde.«

»Zum Beispiel die Frage, warum ihn jemand in die Orangerie gebracht hat und ihn dort mit seiner schrecklichen Verletzung einfach zurückgelassen hat. Mir ist die Antwort inzwischen klar. So konntet ihr sicher sein, dass der Verdacht auf ihn fallen und niemand weitere Fragen stellen würde.«

»Es tut mir wirklich leid, sagt ihm das bitte. Ich habe mir immer Vorwürfe deswegen gemacht, aber wenn wir ihn in seine Gemächer gebracht hätten und ich ihn behandelt hätte, wären wir doch aufgeflogen. John hatte gute Chancen, die Verbrennungen zu überleben, so schlimm sahen sie nicht aus. Sie haben sich erst später durch die Entzündung verschlimmert. Es war auch klar, dass er die Anklage wegen Mordes unbeschadet überstehen würde. Er hatte sehr einflussreiche Freunde, aber Headly wäre längst den Hunden zum Fraß vorgeworfen worden.«

»Und der liebe, gute Headly wollte mich ja nur zu einem guten Zweck töten, weil ich den Geheimgang entdeckt habe. Dachte er denn, dass ich daraus auf ihn als Täter schließen würde? Das Gegenteil war der Fall: Nachdem ich den Gang gefunden hatte, war ich mir sicher, dass die Gerüchte stimmten und nur John es gewesen sein konnte, dass ich mit einem Unmenschen verheiratet bin.« Sie schluchzte leise bei der Erinnerung an ihre Gefühle. Wie hatte sie so einen ehrenwerten Mann jemals für einen grausamen Mörder halten können?

»Seit dem Feuer ist Headly dem Alkohol verfallen und er lebt in beständiger Angst vor seiner Entdeckung. Als Ihr Euch nach der Orangerie erkundigt und davon gesprochen habt, sie restaurieren und wieder herrichten zu wollen, hat er völlig die Nerven verloren. Gerade jetzt, wo unsere Abreise so kurz bevorstand. Inzwischen bedauert er es zutiefst, dass er Euch in den Schacht gestoßen hat.«

»Ach ja?«, rief Maddy aufgebracht. »Er bedauert es? Er bedauert es so sehr, dass er auch noch mit dem Messer auf mich losgehen wollte.«

»Er war betrunken und verzweifelt.«

»Ist das eine Rechtfertigung, um jemanden mit einem Messer anzugreifen?«

»Ihr seid selbst nicht als Countess geboren. Ihr wisst, dass die Ungleichheit der Stände gegen die unveräußerlichen Rechte eines jeden Menschen verstößt.«

Ja, das wusste sie. Edmund war ein großer Anhänger der Philosophen der Aufklärung wie John Locke oder Immanuel Kant gewesen, und er hatte mit ihr oft darüber diskutiert, dass die Französische Revolution den Beginn einer neuen Zeit eingeläutet habe. Auch wenn sie brutal und blutig war, früher oder später wären alle Menschen frei und gleich, hatte Edmund behauptet. Allerdings war Maddy gerade überhaupt nicht in der seelischen oder körperlichen Verfassung, um mit Ian über die Ideale des Humanismus und der Aufklärung zu debattieren.

»Erspar dir moralische Reden und Rechtfertigungen für dein Handeln«, entgegnete sie bissig. »Lass mich hier heraus und ich werde bei John ein gutes Wort für Headly und dich einlegen.«

»Das Risiko ist zu hoch. Bedaure.« Er stellte die Kerze wieder ab und sprang dann mit einem geschmeidigen Satz auf die Beine.

»Ich habe Angst hier im Dunkeln, und es ist kalt!«, rief sie furchtsam. »Und was ist, wenn dir etwas zustößt oder du den Brief an John aus irgendwelchen Gründen nicht schreiben kannst oder wenn der Bote zwischen Plymouth und Kelston überfallen wird? Wenn dein Brief und der Schlüssel niemals bei John ankommen. Dann werde ich hier unten vergessen und sterben.«

Ian blieb auf dem Weg zur Zellentür stehen und zögerte einen Moment. »Es wird nichts schiefgehen. In zwei Tagen seid Ihr wieder frei«, brummelte er und wandte sich ab. »Ihr seid eine kluge und gute Frau. Ihr werdet mit der Zeit verstehen, warum ich nicht anders handeln konnte, und mir verzeihen.«

Larissa öffnete ihre Tür schon beim ersten leisen Klopfen, als hätte sie jemanden erwartet. Aber definitiv nicht John. Sie keuchte vor Schreck und wurde kreidebleich, als sie ihn breitbeinig und wutschnaubend vor der Tür stehen sah.

»O lieber Gott, John! Du?«, rief sie und fächelte sich aufgeregt mit der Hand Luft zu.

Er wartete gar nicht darauf, dass sie ihn hineinbat. Es kümmerte ihn auch nicht, dass es unschicklich war, sie in ihrem Schlafgemach aufzusuchen. Er drängte sich einfach an ihr vorbei in das Zimmer hinein, das er bisher noch nie betreten hatte. Dabei nahm er sich nicht die Zeit, sich in dem engen Raum näher umzusehen, sondern legte sofort los, solange er noch die Kraft und die Wut in sich hatte.

»Ich will von dir jetzt die Wahrheit wissen. Und wehe, du lügst mich an.«

»Ich verstehe nicht, was du meinst, mein lieber John!«

»Ich will wissen, warum meine Frau verschwunden ist«, bellte er und zeigte mit dem Finger auf sie. Erschrocken wich sie zurück und fasste sich an den Hals.

»Du denkst doch nicht etwa, dass ich etwas damit zu tun hätte? Süßer Jesus, wie kannst du nur so etwas von mir annehmen, wo ich immer nur das Beste für dich im Sinn habe? Schon immer, John.« Ihre Augen schwammen in Tränen, herzerweichend. Kein anständiger Mann konnte bei so einem Anblick hart bleiben, aber sein Mitleid blieb dennoch aus. Er glaubte ihrem Gebaren nicht mehr. Irgendetwas hatte sie mit Maddys Verschwinden zu tun und er pfiff auf Anstand und gutes Benehmen. Zur Not würde er es aus ihr herausquetschen.

»Du hast als Letzte mit Madeleine gesprochen. Du hast in der Küche angeordnet, dass sie am Abend kein Dinner und kein Bad bekommen soll. Du wolltest verhindern, dass jemand ihr Verschwinden bemerkt.« Er baute sich bedrohlich vor Larissa auf und sie wimmerte ängstlich und wirkte wie eine Maus im Angesicht der Katze.

»Der Lunch gestern war … war sehr aufregend, John«, antwortete sie mit bebenden Lippen. »Danach sagte deine Gemahlin, sie fühle sich nicht wohl und müsse sich hinlegen. Sie sagte, sie wolle nicht mehr gestört werden. Kein Dinner und kein Bad, so lautete ihre unmissverständliche Anweisung, und das habe ich Mrs Longfields mitgeteilt und danach habe ich deine Frau nicht mehr gesehen.«

Er hatte von dem neuen Hausdiener Jack Sharp erfahren, dass es ein Wortgefecht zwischen Madeleine und seiner Mutter gegeben hatte und dass es dabei unter anderem um den Reverend und dessen Erpressung gegangen war. Er hatte mit einem Gefühl von innerer Genugtuung zur Kenntnis genommen, dass seine Gemahlin seiner

Mutter die Leviten gelesen hatte und für ihn wie eine Löwin eingetreten war. Das hatte der Dowager Countess verständlicherweise nicht behagt. Aber wenn er Jack Sharp glauben konnte, so war Madeleine als eindeutige Siegerin aus diesem Gespräch hervorgegangen. Sie war eine beherzte Frau, die sich nichts gefallen ließ, und sie neigte nicht zu solch einer hysterischen Reaktion nur wegen eines Streitgesprächs.

»Was hat meine Frau so aufgebracht?«, fragte er lauernd.

Larissa strich mit fahriger Hand das Haar nach hinten. »Ich kann nur Mutmaßungen anstellen, John, denn deine Frau hat mir leider ihre Freundschaft verweigert und mich nicht in ihre Gedanken eingeweiht, aber ich hatte den Eindruck, als hätte sie etwas vorgehabt, irgendetwas Haarsträubendes.«

»Etwas Haarsträubendes? Was denn?«

»Ich glaube, dass sie weggehen und nicht zurückkommen wollte«, wisperte Larissa mit angehaltenem Atem. »Ich befürchte, dass ihr Unwohlsein nur ein Vorwand war, damit sie sich ungestört davonmachen konnte. Wenn ich es nur geahnt hätte, ich hätte es dir doch gleich gesagt, dich gewarnt.«

»Du denkst, dass Madeleine mich verlassen wollte?« Er musste trotz seiner Angespanntheit über diese absurde Behauptung lachen.

»O mein lieber, armer John, es tut mir so unendlich leid, aber alle wissen es doch inzwischen, dass deine Gemahlin und der Gärtner ...« Sie unterbrach sich mit einem leisen Seufzen und schlug sich dabei beide Hände vor den Mund. »Bitte sei nicht wütend auf mich, nur weil ich diejenige bin, die es ausspricht. Ich würde mir das Herz herausreißen, wenn ich dadurch deinen Kummer lindern könnte, aber ich habe deine Gemahlin mehr als einmal beobachtet, wie sie sich mit dem Obergärtner traf. Erst ... erst gestern Nachmittag habe ich gesehen, wie sie in seinem Haus verschwand.«

»Gestern Nachmittag? Gerade hast du behauptet, du hättest sie seit dem Lunch nicht mehr gesehen.« Seine Geduld ging zur Neige und er ballte unwillkürlich die Fäuste.

»Ich ... ich wollte dir nicht wehtun, indem ich dir die Wahrheit so unverblümt sage«, schluchzte Larissa.

Herr im Himmel, entweder war sie die falscheste Schlange auf dem Erdenrund oder sie glaubte das, was sie sagte, wirklich. »Noch eine weitere Lüge, Larissa, und ich drehe dir den Hals um«, knurrte er. »Meine Gemahlin hat sich nicht mit Ian getroffen.«

»Aber ich habe sie doch gesehen.« Jetzt fing sie auch noch an zu weinen. »Sie lauerte versteckt vor dem Haus des Gärtners und dann kam er heraus und hat sie ... hat sie hereingeholt.«

»Deine Lügen werden immer abwegiger.«

»Ich schwöre es beim Leben deiner Mutter!« Weinend fiel Larissa vor ihm auf die Knie. Sie konnte unmöglich so eine gute Schauspielerin sein und so ein Gefühlsdrama nur vorspielen. »Ich ... ich bin ihr gefolgt, denn ich wollte sehen, wohin sie im strömenden Regen geht. Sie sollte nicht bei so einem furchtbaren Wetter draußen sein, nicht in ihrem Zustand. Deine Mutter hat ausdrücklich angewiesen, dass sie im Falle einer Schwangerschaft ihre Ausflüge einzustellen und in ihren Räumen zu bleiben habe. Aber sie gehorchte ja nicht.«

»Dich hat also die Sorge um meine Frau nach draußen in das furchtbare Wetter getrieben?«

»Ich war mir sicher, dass sie dich hintergeht und dass das Kind nicht von dir sein kann. Du, in deiner Verfassung. Ich ... ich dachte, wenn ich dir nur beweisen kann, dass sie dich hintergeht, dann siehst du gewiss ein, dass ich ... dass sie keine angemessene Gemahlin für dich ist und die Ehe annulliert werden muss.«

»Du irrst dich«, fuhr John sie an. Hatte Maddy mit ihrer Vermutung etwa doch recht gehabt? War Larissa wirklich in ihn verliebt? »Es gibt keinerlei Zweifel, dass das Kind von mir ist. Ich habe meiner Frau jede Nacht zu unser beider größtem Vergnügen beigewohnt.«

Larissa japste nach Luft und wurde feuerrot.

»Madeleine betrügt mich nicht.«

»Ich habe es mit eigenen Augen gesehen, John.« Sie schüttelte bekümmert den Kopf. »Du magst blind dafür sein aus lauter ... lauter Begierde, aber ich weiß, was ich gesehen habe. Ian kam aus seinem Haus, hat seine Arme um sie gelegt und sie nach drinnen getragen. Mich soll sofort der Zorn Gottes ereilen, wenn das eine Lüge ist.« Sie kniete immer noch, schaute mit feuchten Augen zu ihm auf und hatte sogar die gefalteten Hände zu ihm erhoben. Fast wirkte die Szene wie auf einem biblischen Gemälde und auch ihre Worte klangen ernst und wahr und geradezu biblisch. Kein Mensch würde solch einen Schwur leisten und dabei lügen.

»Steh auf, in Gottes Namen, und setz dich auf den Stuhl«, herrschte er sie an und stieß den Stuhl neben sich mit dem Fuß in ihre Richtung. Sie rappelte sich unter Schniefen auf die Beine und setzte sich tatsächlich.

Er hätte selbst eine Sitzgelegenheit vertragen können, aber es gab in dem kleinen Zimmer nur das Bett, diesen Stuhl und eine Frisierkommode. Das war eine überraschend armselige Ausstattung, gemessen an dem Reichtum der Suttons und an Larissas Position in der Familie. Er fragte sich, ob sie es selbst so wollte oder ob man sie in all den Jahren wirklich so knauserig behandelt hatte. Ihm wurde bewusst, dass auch er selbst sich, seit er Earl war, nicht besonders um ihr Wohlergehen gesorgt hatte.

»Du hast also gesehen, wie Ian meine Frau in seine Kate trug?«, fragte er mürrisch.

Sie nickte. »Ich schwöre es bei Gott.«

»Doch anstatt mich über das zu informieren, was du gesehen hast, bist du in die Küche gegangen und hast erklärt, dass meine Frau kein Dinner und kein Bad haben wolle?«

»Wie hätte ich dich denn über meine Beobachtungen informieren sollen? Dein Diener lässt doch niemanden zu dir. Niemanden.«

»Vielleicht hast du insgeheim gehofft, Madeleine wäre längst über alle Berge, bis man ihr Fehlen bemerkt, und dann wärest du sie los.« Er klang beherrscht und nicht einmal unfreundlich. Sie hatte es geschafft, dass er Mitgefühl für sie empfand, dennoch hatte er weiterhin Zweifel an dem, was sie sagte. Schließlich war auch sie diejenige gewesen, die allen Leuten erzählte, dass sie ihn mit einer Fackel gesehen hatte, wie er zum Hintereingang des Turms gelaufen war. Entweder sie war eine notorische Lügnerin oder ihre Sehkraft ließ zu wünschen übrig. Vielleicht hatte sie ihn damals mit Ian verwechselt, vielleicht hatte sie auch Madeleine mit einer anderen Frau verwechselt.

Vielleicht siegte auch gerade sein Wunschdenken über seinen logischen Verstand.

»Warum denkst du nur so schlecht von mir?«, kam es in einem Schluchzen von Larissa. »Ich habe bisher alles voller Dankbarkeit hingenommen, was mir in diesem Haus zuteilwurde, sogar den Umstand, dass deine Gemahlin mir meine Aufgabe streitig gemacht und die Dienstboten gegen mich aufgehetzt hat. Ja, sogar deine Mutter hat sie für sich eingenommen, sodass diese mich inzwischen nur noch tadelt wegen jedem Wort, das ich sage. Aber ich klage nicht. Ich hätte niemals etwas Schlechtes über deine Gemahlin geäußert, doch ... doch als ich gemerkt habe, dass sie dich hintergeht, konnte ich doch nicht einfach nur zusehen. Sie hat auch dich geblendet, John, merkst du das nicht? Sie hat dir Gefühle vorgegaukelt und dich betört. Als ich sah, dass sie zu diesem Gärtner geht, habe ich befürchtet, dass sich das Unheil wiederholen wird, und sie mit ihm durchbrennen will.«

»Wenn Ian mit meiner Frau hätte weglaufen wollen, wäre er längst fort«, knurrte John. »Er war aber noch vor einer halben Stunde bei mir.« Und er hatte ihm befohlen, im Bett zu bleiben und Laudanum zu nehmen. Hatte er ihn etwa ruhigstellen wollen, damit er sich ungehindert mit Madeleine vergnügen konnte? Was für ein Unsinn. Larissa log. Sie musste lügen.

»Ich werde sofort jemanden zu Ians Kate schicken und jeden Winkel dort durchsuchen lassen.« Nein, er würde höchstpersönlich an der Durchsuchung teilnehmen. Dann würde sich schon herausstellen, wer der Lügner war – Ian oder Larissa.

»Gebe Gott, dass alles sich zum Guten wendet«, sagte Larissa und legte mit einem Seufzen die Hände auf ihr Herz.

»Es kann sich nicht zum Guten wenden!«, schnauzte er, dann machte er eine knappe Verbeugung und stampfte zur Tür. Seine Beine waren schwer wie Blei und sein Herz hämmerte schmerzhaft und viel zu schnell. Gleichgültig wie es ausging, es würde nicht gut enden. Wenn Larissa gelogen und Maddy verleumdet hatte, würde er sie eigenhändig vom Turm hinunterwerfen, und falls sie die Wahrheit sagte, würde er sich selbst von dort in die Tiefe stürzen.

Unter normalen Umständen hätte John es vielleicht noch zurück in sein Bett geschafft, bevor Franklin seine Abwesenheit entdeckte, aber unterwegs auf der Dienstbotentreppe musste er sich setzen, um Luft zu schöpfen und sein rasendes Herz wieder ein wenig zur Ruhe kommen zu lassen. Herr im Himmel, wie sollte er jemals wieder mit seiner unersättlichen Frau verkehren können, wenn er schon beim Treppensteigen in Atemnot geriet?

Seine Frau. War sie wirklich mit Ian auf und davon? Larissa hatte so ehrlich geklungen.

Sein Atem ging immer schneller, die Brust war ihm eng und die Ohren brausten, wenn er nur daran dachte. Er musste sich zügeln, langsam Luft holen, tief durchatmen. Er hatte bei Gefechten im Krieg schon schlimmere Verletzungen erlitten und dennoch weitergekämpft; eine Kugel in den Oberschenkel, ein Bajonett in die Seite. Warum nur tat die Liebe so unendlich mehr weh? Mit zittrigen Fingern wickelte er sich den einengenden Verband vom Gesicht und spürte, wie die kühle Luft seine frisch verheilte, empfindliche Haut streifte. Das tat gut. Es war viel angenehmer als die kratzigen Leinenbinden.

»Schluss mit Masken und Lügen«, murmelte er und raffte sich wieder hoch. Langsam, Stufe um Stufe stieg er nach oben, zurück in seine Räume, wo Franklin ihn bereits mit hochrotem Gesicht erwartete. Der gute Mann stand kurz davor, die Nerven zu verlieren.

»Hol meine geladene Pistole und mein Bajonett und bewaffne dich selbst«, befahl er seinem Kammerdiener, bevor dieser ihm einen von Sorgen geschwängerten Vortrag halten oder ihn wieder ins Bett verbannen konnte. Es dauerte dann aber noch endlose Minuten, bis er Franklin endlich davon überzeugt hatte, dass er Ian selbst in seinem Cottage aufsuchen und ihn zur Rede stellen würde. Franklin wollte unbedingt Verstärkung mitnehmen, aber alle Männer waren in Suchtrupps eingeteilt. Die eine Hälfte suchte nach Headly, die andere nach Madeleine, und der einzig verfügbare Mann war ein kleiner Laufbursche, der wegen seines Klumpfußes nicht an der Suchaktion teilgenommen hatte.

Sie brauchten keine Verstärkung oder Waffen, wie sich herausstellte. Schon von Weitem sah er, dass etwas bei Ians Cottage nicht stimmte. Die Tür stand offen, die Hufspuren, die zwei Pferde im matschigen Grund hinterlassen hatten, führten weg vom Cottage. Im Innern des Häuschens sah es aus, als wäre Ian völlig überstürzt aufgebrochen. Die Schranktüren waren offen, die Schränke und die Truhen waren leer. Ians Kleidung und sonstige Habseligkeiten waren verschwunden. Über der Feuerstelle hing ein Kessel und die Asche war noch warm, aber andere Anzeichen dafür, dass hier bis vor wenigen Stunden noch jemand gelebt hatte, gab es nicht.

»Er ist weg!«, stellte Franklin überflüssigerweise fest, während John nach Atem rang und zu verkraften versuchte, was seine Augen ihm mitteilten.

»Sie ist mit Ian durchgebrannt«, sagte er mit leiser Stimme und ließ sich auf den wackligen Stuhl fallen, als die Welt um ihn herum sich zu drehen begann. Es auszusprechen tat mehr weh als jeder

Schmerz, den er je verspürt hatte. Er kniff die Lippen zusammen und bemühte sich, gelassen zu wirken, nicht zu zeigen, dass sich soeben der Boden unter seinen Füßen aufgetan hatte und er kurz davorstand, in dunkle Tiefen hinabzustürzen. Das war das Ende.

»Sie hat mich verlassen.« Er wunderte sich, wie gefasst er klang. Alles war schlagartig in ihm gestorben. Tot. Still.

»Nein, Euer Lordschaft, das glaube ich nicht«, sagte Franklin kopfschüttelnd und öffnete den Deckel der leeren Kleidertruhe zum dritten Male, als hoffte er, Maddy darin zu entdecken. »Ausgeschlossen. Eure Gemahlin hätte Euch niemals verlassen.«

»Im Grunde war das zu erwarten«, antwortete John kalt. Er würde sich nicht anmerken lassen, dass er durch Madeleines Verrat tödlich verwundet war. Wenn er schon an gebrochenem Herzen starb, dann wenigstens mit Würde und wie ein Mann. Seine Stimme klang überheblich und zynisch, als er weitersprach. »Ich habe sie zu dieser Ehe genötigt und weder meine einfühlsame Wesensart noch mein bildschönes Gesicht konnten sie wohl zum Bleiben bewegen.«

»Mutter Gottes, sagt doch nicht so etwas, Mylord«, rief Franklin.

»Larissa hatte recht, ich war blind vor lauter Begierde. Ich habe mir vorgemacht, dass Madeleine mich mit der Zeit, wenn sie mich besser kennt, vielleicht doch ein wenig gernhaben könnte.« Er wäre gerne vom Stuhl aufgesprungen und wie ein siegreicher Feldherr aus der Hütte hinausmarschiert, aber seine Knie waren zu weich für einen schneidigen Abgang. »Ich muss sie suchen lassen, immerhin ist das Kind von mir, aber …« Er schüttelte den Kopf, denn eigentlich war es ihm gleichgültig. Er war sich nicht sicher, ob er den morgigen Tag überhaupt noch erleben würde.

»Mit Verlaub, Eure Gemahlin ist Euch treu ergeben!«, behauptete Franklin und bedachte seinen Herrn mit einem Blick, der die Andeutung von Ärger enthielt. »Sie hat sich weder durch Eure reizbare Art noch durch die Lügen über Eure angebliche Schandtat und auch nicht durch Euer Gesicht davon abhalten lassen, für Euch zu sorgen, als Ihr im Sterben lagt.«

Fast hätte John diese Worte in seinem Selbstmitleid überhört, denn er hatte schon Luft geholt, um zur nächsten zynischen Jammertirade anzuheben. »Was sagst du da? Was heißt das, mein Gesicht hätte sie nicht abgehalten, für mich zu sorgen?«

»Sie kennt Euer Gesicht!«, rief Franklin und warf die Arme ungeduldig in die Höhe. »Sie weiß, wie Ihr ausseht, und kennt jeden Inch

Eures Körpers. Sie hat an Eurer Seite ausgeharrt, als Ihr im Wundfieber lagt. Sie hat Euch keinen Moment aus den Augen gelassen, keine Stunde geschlafen. Sie hat Euch gehalten, Euch gewaschen, Euch umgezogen und Euch mit ihrem eigenen Mund gefüttert, bis Euer Fieber endlich gesunken war. Das tut kein Mensch nur aus Pflichtgefühl.«

Franklin hatte ungewöhnlich laut gesprochen. Genau genommen hatte er geschrien, und als er jetzt verstummte, herrschte für ein paar lange Momente absolute Stille. Der Laufbursche war vor lauter Angst wieder aus dem Cottage geflohen, und John starrte seinen Kammerdiener verblüfft an, unsicher, ob er zurückschreien oder dem Mann um den Hals fallen sollte.

»Dann waren meine Fieberträume real?«, krächzte er. Sein Engel, der ihn vom Rand des Todes zurückgeholt hatte, war Wirklichkeit gewesen?

»Ich kenne Eure Fieberträume nicht, Mylord, aber ich schwöre bei der Heiligen Mutter Gottes, dass Eure Gemahlin Euch liebt und dass Euer Gesicht sie nicht davon abgehalten hat, um Euer Leben zu bangen, um Euch zu weinen und für Euch zu kämpfen.«

»Sie hat mich gesehen?«, wollte er rufen, aber seine Stimme versagte und es kam nur ein atemloses Keuchen heraus. »So?« Er zeigte auf seine linke Gesichtshälfte. »Du hast es zugelassen?«

»Ohne die Countess wärt Ihr gestorben, Mylord«, sagte Franklin trotzig.

Merkwürdigerweise fühlte John keine Wut, nicht einmal Scham, sondern es war, als wäre ein Fluch gebrochen, der ihn gelähmt und in tiefste Nacht gehüllt hatte. Erleichterung spülte über ihn hinweg wie eine warme Welle aus Glück. Und da war Liebe, tiefe, reine Liebe, die nichts mit körperlichem Verlangen zu tun hatte. Maddy hatte ihn gesehen und war trotzdem in der Nacht zu ihm gekommen, in sein Bett. Sie hatte sich an ihn geschmiegt und mit ihm gesprochen, obwohl sie wusste, wie er aussah. Sie hatte ihn sogar um einen Kuss gebeten.

Ein schwaches Lächeln stahl sich auf seine Lippen.

»Sie liebt Euch, Mylord«, beteuerte Franklin.

Johns Lächeln vertiefte sich zu einem dämlichen Grinsen, und dabei spürte er nicht einmal die sonst so vertrauten Schmerzen in seiner linken Gesichtshälfte. Aber sein Grinsen verging ihm genauso schnell wieder, wie es gekommen war, als ihm klar wurde, dass diese neue, wundervolle Erkenntnis wiederum zur logischen Folge hatte, dass seine Frau ihn nicht verlassen haben konnte, dass sie nicht mit Ian durchgebrannt war.

»Der Bastard hat meine Frau gewaltsam entführt.«

»Vielleicht hat er Mylady auch umgebracht, Mylord«, rief der Laufbursche und humpelte so schnell es ihm mit seinem verdrehten Bein möglich war, zu John. »Das hab ich draußen im Gebüsch gefunden, Euer Lordschaft.« In der einen Hand hielt er einen von Maddys Schuhen hoch, in der anderen ein weißes Spitzentaschentuch, das mit Blut getränkt war.

John hielt den Atem an. Wenn sie wirklich tot war ... wenn Ian sie umgebracht hatte ... Sein Herz schien sich plötzlich in einen eisigen Klumpen zu verwandeln.

»Er kann noch nicht lange weg sein!«, sagte er mit einer Stimme, die so eisig war wie sein Herz. »Wie viel Vorsprung hat er?« Er klang wie ein Feldherr, der entschlossen war, ein Massaker anzurichten.

»Vor einer knappen Stunde war er noch bei Euch zur Visite, Euer Lordschaft.«

Keine Stunde Vorsprung? Das war nicht viel, den könnte er leicht aufholen, wenn er das schnellste Pferd nahm. Ian war entweder zur Küste geritten, um mit einem Boot zu fliehen, oder er hatte die Straße nach Barnstake genommen, wo sich die Wege in Richtung Plymouth und Exeter gabelten. Alle Männer der Umgebung waren in Suchtrupps eingeteilt und die meisten von ihnen suchten in den Abbey Hills und an der Küste. Die Wahrscheinlichkeit, dass sie Ian abfangen würden, wenn der Maddy als Gefangene mit sich führte, war groß. Also würde John die Straße nach Barnstake nehmen. Er sprang auf die Beine und merkte, wie der Raum schwankte, während seine Knie weich waren.

»Wir satteln die schnellsten Pferde, Thunder und Renegade, und nehmen sofort die Verfolgung auf.« John lief zur Tür, genau genommen wankte er und musste sich für einen Moment am Türzargen abstützen, um nicht zu stolpern.

»Mylord!«, rief Franklin und hielt ihn am Arm zurück. »Wir sollten warten, bis die Suchtrupps zurückkommen. Mit Verlaub, Ihr seid nicht in der Verfassung für einen Ritt.«

John befreite sich aus Franklins Griff und hastete weiter, zu den Ställen hinüber. Er kam sich vor wie ein Greis, der auf einen Berg geklettert war, als er endlich die Ställe erreichte. Niemand war da.

Vom Stallmeister bis zum niedrigsten Stallburschen hatten sich alle auf die Suche nach Madeleine gemacht. Bei dem Versuch, sein Pferd selbst zu satteln, brach ihm der kalte Schweiß aus.

»Setzt Euch, Mylord!«, befahl Franklin herrisch und führte ihn zu einem der Strohballen. Obwohl John wie ein Bierkutscher fluchte, ließ er sich doch auf das Stroh nieder. Das war immer noch würdiger, als lang gestreckt hinzufallen wie ein gefällter Baum.

»Verflucht sei meine Schwäche!«, zischte er.

»Gebt mir Eure Waffe und lasst mich reiten, Mylord. Ihr bringt Euch sonst noch um«, sagte Franklin und streckte die Hand nach der Pistole aus, die John in seinen Gürtel gesteckt hat.

»Ich hasse es, so eine Memme zu sein«, fluchte er, aber er blieb sitzen und überreichte die Waffe seinem Kammerdiener, froh darüber, dass wenigstens seine Hand dabei nicht zitterte. Wenn er überhaupt jemandem vertraute, dann Franklin.

»Ich bedaure, Euch widersprechen zu müssen, Mylord, aber Ihr seid keine Memme«, erwiderte der Mann. »Vor einer Woche noch habt Ihr an der Schwelle des Todes gestanden und nun wollt Ihr ein Pferd besteigen und einem Verbrecher hinterherjagen? Bitte strapaziert die Gnade Gottes nicht zu sehr, indem Ihr Euch so unvernünftig verhaltet.«

John schüttelte den Kopf, was aber eigentlich Ja bedeutete. Seine Kräfte waren erschöpft. Franklin hievte den schweren Sattel auf den Rücken von Thunder, dem schnellsten Pferd im Stall, und schnürte ihn mit ein paar wenigen sicheren Handgriffen fest. Keenan Franklin begleitete ihn seit fast zehn Jahren wie ein Schatten, und er hatte als sein Bursche schon ungezählte Stunden auf dem Pferderücken verbracht. Er war ein vorzüglicher Reiter, aber ein schlechter Schütze und ganz gewiss kein Soldat. Franklin konnte keiner Fliege etwas zuleide tun, geschweige denn einem Menschen.

»Versprich mir, dass du ihm die Eingeweide herausschneidest, falls er meiner Frau wehgetan hat«, sagte er zu Franklin.

»Ich verspreche Euch, dass ich Eure Frau zurückbringen werde, sollte sie sich in Ians Gewalt befinden«, antwortete der und schwang sich auf den Araberhengst. Mit einem Zungenschnalzen trabte er aus dem Stall hinaus, und John blieb nichts anderes übrig, als ihm hinterherzublicken, zu warten und zu beten.

Er war sich im Moment nicht sicher, ob er überhaupt die Kraft aufbrachte, auf eigenen Beinen ins Schloss zurückzukehren.

20. Errettung

Der hinkende Laufbursche musste ins Schloss zurückgerannt sein, um Hilfe zu holen. Wie er es geschafft hatte, Johns Mutter aus ihren Räumen heraus bis zum Stall zu locken, war John ein Rätsel. Aber es war keine Einbildung, die hartherzige Frau kam plötzlich mit wehenden Röcken in den Stall marschiert, gefolgt von ihrem ewigen Schatten Larissa und in einigem Abstand humpelte der Junge hinterher.

John war nicht bewusstlos, aber er war geschwächt auf dem Strohballen sitzen geblieben. Den Kopf hatte er an die Steinmauer des Stalls gelehnt, und so hatte er versucht, seinen Atem zu beruhigen und Kraft zu schöpfen. Sein Arm schmerzte von den Anstrengungen mehr als sein Gesicht, und das hellrote Blut, das durch den Verband am Arm sickerte, deutete darauf hin, dass die Wunde sich erneut geöffnet hatte. Aber das würde wieder heilen. Wenn er Madeleine zurückbekam – falls er sie zurückbekam –, würde er brav in seinem Bett bleiben, bis er vollkommen genesen war.

Während seine Mutter schnurstracks auf ihn zumarschierte und den Eindruck erweckte, als ob keine Armee der Welt sie zurückhalten könnte, blieb Larissa, als sie John sah, wie vom Blitz gerührt stehen und kreischte schrill vor Schreck.

»Heiliger Himmel!« Mit vor Entsetzen aufgerissenen Augen starrte sie auf sein Gesicht und taumelte dann einige Schritte zurück. Ach, er hatte tatsächlich vergessen, dass er keinen Verband trug und die beiden Damen gerade zum ersten Mal in den unmaskierten Genuss seiner zweifelhaften Schönheit kamen.

»Mutter«, sagte er kalt, als die Dowager Countess sich vor ihm aufbaute. »Verzeihen Sie, dass ich nicht aufstehe, um Sie zu begrüßen, ich bin gerade etwas indisponiert.«

Seine Mutter warf den Kopf zurück und schnaubte ungnädig. »Spar dir deinen Sarkasmus für angenehmere Momente«, zischte sie und beugte sich zu ihm hinunter. Ihre Stirn war tief gefurcht und die Lippen schmal zusammengekniffen. War das etwa Sorge, die sich da in ihren Augen widerspiegelte?

»Guter Gott«, wisperte sie, nachdem sie ihn etwas genauer in Augenschein genommen hatte. So unglaublich das auch war, aber sie hatte sein Gesicht seit dem Feuer nicht mehr zu sehen bekommen. Der Streit, den er mit ihr und George gehabt hatte, war die letzte Unterhaltung gewesen, die er ohne Maske mit ihr geführt hatte. Aber sie wurde weder hysterisch noch zeigte sie irgendwelche Anzeichen von Ekel bei seinem Anblick.

»Dieser Junge kam schreiend und um Hilfe rufend ins Schloss gelaufen.« Sie deutete auf den kleinen Pagen mit dem Klumpfuß. »Er veranstaltete ein Trara wie ein Affe im Käfig und behauptete, dir ginge es schlecht und du bräuchtest unbedingt Hilfe. Das war wohl eine gehörige Untertreibung. Du siehst aus, als wärest du von Napoleons Artillerie überrollt worden.«

»Gemessen an Ihrer Geringschätzung für mich ist das ja geradezu eine Schmeichelei, Mutter.«

Seine Mutter holte Luft, um etwas Scharfzüngiges zu erwidern, das sah er ihr an ihren gespitzten Lippen an, aber dann plötzlich besann sie sich eines anderen.

»Ich bedaure mein Verhalten, das ich seit dem Tod deines Bruders dir gegenüber gezeigt habe«, antwortete sie mit überraschend freundlicher Stimme. Sie war noch nie ein warmherziger Mensch gewesen und insofern war ihre Entschuldigung geradezu überschwänglich gefühlsbetont. »Jetzt ist jedoch nicht der richtige Zeitpunkt, um alte Fehler zu bereuen. Du musst umgehend in dein Bett zurückkehren. Ich vermute, du kannst nicht allein aufstehen, also reich mir deine Hand, ich versuche, dir aufzuhelfen.«

War diese Frau, die da vor ihm stand, überhaupt seine Mutter, oder hatte sich ein wohlmeinender Geist in ihren Körper geschlichen? John sah sie eine ganze Weile skeptisch an und zögerte, aber schließlich streckte er ihr die rechte Hand entgegen und sie ergriff beherzt seinen Unterarm.

»Wo ist dein Arzt?« Sie zog ihn unter Schnaufen auf die Beine, und nachdem der erste Schwindel nachgelassen hatte, konnte er sich sogar ohne ihre Hilfe aufrecht halten.

»Ich habe ihn entlassen.«

»Guter Gott! Guter Gott!«, jammerte Larissa irgendwo im Hintergrund, sie war immer noch damit beschäftigt, den Schock zu verarbeiten, den sie beim Anblick seines Gesichts erlitten hatte. »Wie entsetzlich. Ich habe das nicht gewusst. Das tut mir ja so unendlich leid.«

Ihre Reaktion bekümmerte ihn erstaunlicherweise kein bisschen.

Dabei hätte er gestern noch geschworen, dass ihn solche Verhaltensweisen wütend machen und gleichzeitig beschämen würden.

»Hör auf zu jammern, und hilf mir lieber, meinen Sohn zu stützen.«

»O nein, das kann ich nicht. Gott möge mir vergeben, aber ich kann nicht!« Larissa wich noch weiter zurück und hielt sich dabei sogar die Hand vor die Augen. Direkt hinter ihr stand der kleine Page, sonst hätte sie sich höchstwahrscheinlich auf dem Absatz umgedreht und wäre davongerannt.

Seine Mutter hingegen schien ganz spontan so etwas wie Courage und fürsorgliche Gefühle zu entwickeln. »Du hilfst mir jetzt sofort, ihn ins Schloss zurückzubringen«, befahl sie Larissa, aber John schüttelte den Kopf.

»Ich bin imstande, allein zu gehen, und diese Lügnerin soll mir möglichst nicht zu nahe kommen, sonst kann es sein, dass ich ihr den Hals umdrehe.«

»Ich habe nur gesagt, was ich gesehen habe!«, schluchzte Larissa und wandte sich von ihm ab, immer noch die Hand vor Augen haltend.

»Du hast gelogen!«, rief John und marschierte auf sie zu. Sein unfreiwilliges Ausruhen im Stroh hatte ihm gutgetan, und er schaffte es ohne fremde Hilfe bis zur Stalltür, neben der Larissa stand.

»Ian hat meiner Frau Gewalt angetan«, fuhr er sie an und stützte sich an der Tür ab. »Sie ist verletzt, vielleicht sogar tot, und wenn du beobachtet hast, wie er sie angeblich ins Haus hineintrug, dann musst du auch gesehen haben, dass sie das nicht freiwillig hat geschehen lassen.« Es kostete ihn äußerste Mühe, zu sprechen, ohne zu keuchen wie ein alter Mann.

»Ich weiß nicht, was du meinst«, jammerte Larissa weinerlich.

»Zeig ihr den Schuh!«, befahl er dem Pagen, der Maddys hellgrünen Schuh und das blutige Spitzentaschentuch vorn in seinen Hosenbund gesteckt hatte wie zwei Trophäen. Larissa blinzelte wild mit den Augen, als der Bursche die Beweisstücke direkt vor ihrer Nase in die Höhe hielt, aber sie schüttelte den Kopf und sagte nichts. Da versagte seine Gefasstheit, und er ging auf sie los, die Hände bedrohlich erhoben und die Finger zu Krallen abgespreizt.

»Sag mir jetzt endlich die Wahrheit, zur Hölle noch mal!« Zum ersten Mal in seinem Leben verspürte er Lust, einer Frau wehzutun. »Du bist Maddy nachgeschlichen, also hast du auch gesehen, was passiert ist. Und wage es nicht noch einmal, mir Lügen über die Untreue meiner Frau aufzutischen. Ich stehe kurz davor, dich zu erwürgen.«

»Ja! Ja! Ja!« Larissa heulte wie eine Hündin. »Ich habe es gesehen. Ich habe gesehen, wie er sie ins Haus gezerrt hat«, stieß Larissa unter Schluchzern heraus. »Sie hat sich gewehrt, aber er war stärker.«

»Gottverdammt!«

Sein Fluchen wirkte wie ein Faustschlag in Larissas Gesicht. Sie taumelte zurück und prallte gegen die Stallwand.

»Ich muss doch sehr bitten, das Fluchen zu unterlassen«, ermahnte ihn seine Mutter, aber dann ging sie mit bedrohlich ausgestrecktem Zeigefinger auf Larissa los.

»Du hast das tatsächlich gesehen und niemandem etwas davon erzählt?« Ihre Stimme wurde mit jedem Wort schärfer, schneidend wie ein Messer. Larissa schluchzte jetzt herzerweichend in ihre Hände und antwortete etwas Unverständliches. »Warum?«, bellte seine Mutter und stieß ihren Zeigefinger grob gegen Larissas Oberarm. »Sie trägt den Sutton-Erben, du dummes, nutzloses Weibsstück. Ist das deine Dankbarkeit dafür, dass du unter meinem Dach lebst? Was ist in dich gefahren?«

Larissa hörte schlagartig auf zu schluchzen. Sie schaute auf, ihr Gesicht war vor Schmerz und Bitterkeit verzerrt, und als die Dowager Countess ein drittes Mal ihren Zeigefinger gegen Larissas Arm stoßen wollte, schlug sie die Hand ihrer Tante verärgert weg.

»Weil ich sie verabscheue!«, zischte sie. »Sie hat mir John weggenommen und alles andere auch, die Schlüssel, die Aufgabe in diesem Haus, die Dienstboten, die mir immer treu ergeben waren, schließlich hat sie sich auch noch deine Gunst erschlichen mit diesem ... diesem unsäglichen Kind, das sie angeblich erwartet. Als ob es eine Meisterleistung wäre, ein Kind zu empfangen. Jede Frau kann ein Kind empfangen. Ich könnte das auch.«

»Madeleine hat mich dir nicht weggenommen. Wie kommst du auf diese absurde Idee?«, sagte John. Er war durch Larissas plötzlichen und untypischen Wutausbruch mehr schockiert als durch ihr Geständnis.

»Sie hat dich nicht verdient nach allem, was ich für dich getan habe. Du wolltest mich heiraten. Ich habe so unendlich viel auf mich genommen deinetwegen. Ich bin an jenem Abend nach eurem Streit zu George gegangen und habe ihn auf Knien angefleht, dass er unserer Hochzeit zustimmen soll. Aber er hat nur gelacht und mich aufs Ärgste verspottet. Er war immer so unglaublich gemein und beleidigend im Gegensatz zu dir. Deshalb habe ich ihm gedroht.«

»Du hast meinem Sohn gedroht? Womit denn?«, rief Johns Mutter und lachte beinahe genauso höhnisch, wie er es von George kannte.

»Denkst du, ich hätte nicht Bescheid gewusst über die Lügen, die du, der Reverend und George euch ausgedacht hattet wegen der beiden Söhne?«, fauchte Larissa ihre Tante an. »Ich wusste alles, was in diesem Haus, in dem ich nur geduldet war, geschehen ist. Ich wusste, dass Selena und dieser ... dieser Obergärtner ein heimliches Paar waren, bevor es irgendjemand sonst wusste. Und ich wusste auch, dass der Reverend dich mit diesem Geheimnis unter Druck setzte. Aber ich habe zu allem geschwiegen, treu und ergeben. Ich hätte mir dieses Wissen nie zunutze gemacht, wenn es nicht um John gegangen wäre. Er war der Betrogene bei all diesen Ränken und Lügen. Deshalb habe ich zu George gesagt, ich würde seinem Bruder das Geheimnis über die illegitime Herkunft seiner Söhne offenbaren. Wenn er sich weiterhin gegen unsere Heirat sperrt, würde ich alles öffentlich machen, und dann würden Johns Söhne, unsere Söhne, einst alles erben und nicht seine Kuckuckskinder. Aber George hat mich nur noch mehr erniedrigt. ‚Selbst wenn ich meinem närrischen Bruder die Ehe erlauben würde, würde er dich nicht nehmen, du dummes, ausgetrocknetes Frauenzimmer.' So hat er mich ausgelacht.« Larissa schaute jetzt zum ersten Mal mit einem vorsichtigen Seitenblick in Johns Richtung, aber dann wandte sie schnell die Augen wieder ab. »Ich war zutiefst gekränkt und in meinem Schmerz habe ich alles verraten.«

»George wusste doch längst, dass die Kinder nicht von ihm waren. Was hättest du ihm wohl noch verraten können?«, warf die Dowager Countess herablassend ein. Larissas Beichte schien ihr nicht zu behagen und auch John hätte sich wahrlich einen anderen Zeitpunkt und einen besseren Ort für diese Enthüllung gewünscht.

»Aber George wusste nicht, dass Selena kurz davorstand, ihn zu verlassen. Dass sie sich an jenem Abend mit dem Obergärtner treffen und nach Plymouth davonlaufen wollte«, antwortete Larissa. »Als ich ihm das gesagt habe, hat er die Nerven verloren. Gott möge mir vergeben, aber ich habe das nicht gewollt. Was dann passiert ist, dass sie alle deswegen verbrennen mussten ... Wie hätte ich es denn ahnen sollen? George hat gebrüllt und nach mir geschlagen und mich aufs Ungehörigste beleidigt, er hat gedroht, dass er Selena lieber umbringen würde, als ihre Flucht zuzulassen, und er hat auch gedroht, mich umzubringen. Ich konnte nur noch fliehen. Ich war ratlos und durcheinander und wusste nicht, was ich tun sollte. Deshalb habe ich den Brief an John geschrieben.«

»Welchen Brief?« John verstand nicht gleich, was sie meinte, zu sehr erschütterte ihn ihr Geständnis.

»Komm zum Westturm. Hintereingang. Dringend. Selena ist in Gefahr. Ian«, leierte sie herunter, ohne ihn anzusehen.

»*Du* hast den Brief geschrieben?«, keuchte John und rang nach Luft. »*Du*?«

Seine Mutter legte ihre Hand auf seinen Arm, wohl in dem Versuch, ihn zu beruhigen. Das war die erste Berührung dieser Frau, seit er sich erinnern konnte.

»Nachdem ich Selenas Fluchtpläne verraten hatte, habe ich es sogleich zutiefst bedauert«, rief Larissa händeringend. »Ich ... ich habe Angst bekommen, dass George seine schreckliche Drohung wahr machen könnte, und wusste nicht, wen ich um Hilfe bitten sollte außer dir.« Sie sah nur kurz zu ihm hinüber, senkte dann aber schnell wieder den Blick. »Außerdem war ich der Meinung, dass du endlich die Wahrheit über all die Intrigen erfahren solltest, die hinter deinem Rücken gesponnen wurden. Ich wollte doch, dass unsere Kinder zu ihrem Recht kommen. Selenas Kinder waren doch nur untergeschoben.«

»Unsere Kinder?«, rief John und seine Stimme überschlug sich. »Ich habe nie ...«

»Was hast du nur angerichtet, du einfältige Närrin?«, schrie seine Mutter Larissa an und unterbrach ihn damit. »Du bist schuld an dem ganzen Unheil!«

»Ich konnte doch nicht ahnen, dass es solche Ausmaße annehmen würde und dass am Ende alle sterben. Ich mochte Selena doch. Ich dachte, John würde endlich herausfinden, wie böswillig man ihn betrogen hatte, und er würde George davon abhalten, eine Dummheit zu begehen. Ich wollte nicht, dass alles in einer Tragödie endet und John so ... so ...« Sie zeigte in seine Richtung, ohne zu ihm hinüberzusehen. »... so hässlich und so bösartig wird.«

»Du hast allen erzählt, dass du John mit einer Fackel gesehen hast, wie er zum Hintereingang des Turms ging. Dann war das auch eine Lüge?«, rief die Dowager Countess und schwenkte bedrohlich die Arme dabei. »All die Jahre dachte ich, mein Sohn hätte seinen eigenen Bruder und dessen Familie bestialisch ermordet. Nur wegen deiner Worte!«

»Ich habe ihn vielleicht nicht direkt mit eigenen Augen gesehen, aber ich wusste doch, dass er das Feuer gelegt und sie alle umgebracht hat. Ich war so unendlich wütend auf ihn, weil er alles kaputt gemacht hat. Unsere Liebe und unsere Hochzeitspläne, alles. Wie hätte ich ihn nach dieser Tat denn noch zum Mann nehmen können? Alles war ruiniert.«

»Du bist verrückt!«, rief seine Mutter und schlug sich die Hand vor die Stirn. »Du bist völlig übergeschnappt. Wie bist du nur auf diese absurde Idee gekommen, John hätte dich heiraten wollen? Denkst du wirklich, ich hätte das auch noch gutgeheißen?«

»Larissa!« John holte Luft. Er versuchte, nicht zu schreien, obwohl seine Kehle zugeschnürt war von dem Wutschrei, der darin feststeckte. »Wann habe ich dir je Anlass gegeben, zu glauben, dass ich dich liebe oder gar heiraten wollte?«

»Deine Mutter hat mir doch davon erzählt«, sagte Larissa, ohne ihn anzusehen.

»Ich habe nichts dergleichen erzählt!«, empörte sich die Dowager Countess und gab ein äußerst unkultiviertes Grunzen von sich.

»An dem Tag vor dem Feuer sagtest du, John beabsichtige, ein verarmtes Mädchen von niedrigerem Stand zu heiraten und wie empört George darüber sei. Du sagtest, George würde John eher aus dem Haus werfen, als dieser Vermählung zuzustimmen. Ich wusste, das konnte nur ich sein. Außerdem war John immer so überaus freundlich und höflich zu mir gewesen. Er hat stets gelächelt und sich nach meinem Befinden erkundigt im Gegensatz zu George und den anderen. Und er hat mich so angesehen.«

»Wie denn?«, rief John schrill.

»So verliebt eben.«

»Um Himmels willen, Larissa. Du hast dich in etwas verrannt, was nie existiert hat. Ich hatte nie vor, dich zu heiraten. Ich habe schon damals Madeleine geliebt. Sie war die Frau, die ich heiraten wollte.«

Larissa erstarrte und wagte es erstmals, ihn direkt anzusehen, wenn auch nur kurz. Ihre aufgerissenen Augen schwammen in Tränen, und er erkannte in ihrem Gesicht, wie ihre ganze Welt zerbrach. Er konnte nicht einmal über sie lachen oder verärgert über ihre deplatzierten Gefühle sein. Wie jede andere Frau hatte sie sich nach einer Ehe und nach Kindern gesehnt, aber sie war Ende zwanzig gewesen und hatte damit schon als alte Jungfer gegolten. Für eine solche Frau gab es absolut keine Chancen auf dem Heiratsmarkt. Larissas Zukunft war vorgezeichnet gewesen. Sie hatte gewusst, sie würde seiner Mutter Gesellschaft leisten und dem Haushalt vorstehen bis zu ihrem oder deren Tod. Sie hatte kaum Kontakt zu anderen Männern gehabt, und wenn doch, waren es Freunde von George gewesen, Herren von hohem Stand und Adel, die die farblose und brave Larissa vermutlich nicht mal als Mätresse in Erwägung zogen, geschweige denn als Ehefrau.

»Larissa, sag mir, was mit meiner Frau geschehen ist. Mit der Frau, die ich liebe.«

Larissa schüttelte den Kopf, während ihre Augen in Tränen schwammen.

»Benimm dich nicht wie ein neidisches Kind. Du kannst die Dinge nicht ungeschehen machen, indem du deine vermeintliche Konkurrentin beseitigst oder hoffst, dass sie beseitigt wird«, rief seine Mutter zornig und wedelte wild mit der Hand vor Larissas Gesicht herum. »Im Übrigen hattest du drei Jahre Zeit, während derer John in seinen Räumen hockte und die Welt gehasst hat. Da hättest du ihm deine Liebe gestehen sollen, vielleicht hätte ihm das geholfen. Jetzt kommt dein Liebeskummer reichlich spät.«

»Aber er ist so böse geworden und wollte niemanden sehen, und sie tuschelten alle darüber, wie abscheulich er jetzt aussehen würde«, schluchzte sie.

»Vielleicht hätte ich damals bemerken sollen, welche Gefühle du für mich hegst, und ich hätte dir zu verstehen geben sollen, dass ich sie nicht erwidern kann«, sagte John viel milder als beabsichtigt. »Aber meine Mutter hat recht, du kannst nicht Madeleine dafür büßen lassen. Sie hat mit alledem nichts zu tun. Ich hatte mich schon in sie verliebt, bevor ich nach Kelston Abbey zurückkehrte, und ich werde sie immer lieben, selbst wenn das Schicksal sie mir wegnehmen sollte. Es wird keine andere Frau mehr in meinem Leben geben, Larissa. Wenn Madeleine stirbt, sterbe auch ich.«

Larissa schluchzte auf und ihr verzweifelter Blick wanderte zwischen seiner Mutter und ihm hin und her. Guter Gott, er wünschte sich, er würde wieder auf dem Strohballen sitzen.

»Ich ... ich weiß, wo er sie hingebracht hat«, murmelte sie und senkte den Blick. »Ich bin ihnen gefolgt.«

Die Kerze, die Ian ihr gebracht hatte, war noch nicht zur Hälfte heruntergebrannt, da hörte Maddy merkwürdig schleppende Schritte. Tap, taptap, tap. Als würde ein schweres, verwundetes Tier durch den langen dunklen Gang herankommen.

»Hallo!«, rief sie in die Dunkelheit hinein. Vielleicht war es nur eine riesige Ratte oder ein gefräßiger Marder, aber vielleicht, ja vielleicht kam da jemand zu ihrer Rettung. »Hallo? Hilfe!« Die Schritte wurden schneller und da sah sie das Flackern einer einzelnen Kerzenflamme. Sie trat an das Eisengitter und umklammerte die kalten Stäbe. Sie hatte schon oft genug daran gerüttelt und war sich sicher, dass dieses Glanzstück der Schmiedekunst auch noch weitere vierhundert Jahre lang halten würde.

»Ian?« Womöglich hatte er doch auf sein Gewissen gehört und war zurückgekehrt, um sie herauszulassen. Die kleine Kerzenflamme kam schwankend näher, aber niemand antwortete ihr. Oder war es etwa der mordlustige Hausdiener, der gekommen war, um sein Werk zu vollenden? »Headly?« Wenn man stundenlang in einem düsteren Kerker eingesperrt war, kam man auf die schrecklichsten Gedanken. »Ian? Headly?«

Da erkannte sie die Umrisse einer großen, breitschultrigen Gestalt. Das war nicht Headly. Die Kerze warf einen gelben Lichtschein auf das vernarbte Gesicht. John! Er schwankte beim Gehen wie ein Betrunkener, aber er war es. Er war gekommen, um sie zu retten.

Jeder andere hätte bei dem Anblick dieses träge näher schlurfenden Riesen aus schierem Entsetzen einen Schreikrampf bekommen, aber Maddy wusste nicht, ob sie vor lauter Freude weinen oder jauchzen sollte. Ihr Herz wummerte bis zu ihren Ohren, denn da stand er plötzlich vor ihr, auf der anderen Seite der Gitterstäbe, und schaute auf sie hinab. Er sah aus der Nähe noch entsetzlicher aus. Er trug keine Maske und keinen Verband, und weil er die Kerze in der linken Hand hielt, war die entstellte Hälfte seines Gesichts gut beleuchtet. Aber es war ihr gleichgültig, dass er aussah wie ein Dämon aus den schlimmsten Albträumen ihrer Kindheit,

John war der Mann, den sie liebte.

Er stand da, rang um Atem und starrte sie an.

»Deine Maske?«, wisperte sie. Das war wahrlich nicht das Passendste, was man zu jemandem sagen sollte, der gekommen war, um einen aus einem dunklen Verlies zu retten. Aber die Tatsache, dass er keine Maske trug und ihr freiwillig sein Gesicht zeigte, war in diesem Moment weitaus überraschender als alles andere. Was hatte ihn dazu gebracht, sich ihr aus freien Stücken zu zeigen? Hatte er nicht vor Kurzem noch gesagt, das wäre sein Ende, wenn sie ihn je so sehen würde? Schnell wechselte er die Kerze in die andere Hand und hielt sich die linke Hand vor seine entstellte Gesichtshälfte.

»Verzeih«, murmelte er.

»Nein.« Sie streckte ihre Arme durch die Gitterstäbe und zog seine Hand weg von seinem Gesicht. Nur zögernd gab er ihrem Druck nach.

»Maddy, wie ...« Er verstummte schlagartig und versteifte sich, als sie sein Gesicht mit beiden Händen umfasste, die versehrte und die unversehrte Seite, ganz vorsichtig, ganz zart.

»Du bist gekommen, um mich zu retten«, flüsterte sie und dann herrschte Schweigen. Ein Schweigen, das von Zärtlichkeit erfüllt war, die sich in ihrem Blick spiegelte und in ihren federleichten Berührungen. Er ließ es geschehen, ohne zurückzuweichen oder sie anzuschreien.

»Maddy. Meine Maddy«, sagte er schließlich und fasste nun ebenfalls mit der freien Hand durch die Gitter. Mit den Fingerkuppen berührte er vorsichtig ihre Lippen. Seine Finger waren kalt und zitterten, aber seine Berührung war unendlich liebevoll. Eine halbe Ewigkeit schien zu vergehen, während der sie sich nur auf diese Weise berührten.

»Plip, plip, plip«, tropfte das Wasser im Hintergrund.

»Maddy«, sagte er zwischendurch immer mal wieder mit kratziger Stimme.

»Ich liebe dich, John. Ich liebe dich!« Das war das einzig Wichtige in diesem Moment.

»Bist du verletzt? Hat er dir wehgetan?«, brachte er schließlich mit erstickter Stimme heraus. »Hast du Durst oder Hunger? Hast du Schmerzen?«

»Nein. Ja. Ich meine, es geht mir gut.«

»Das ... das Taschentuch ... das Blut ... ich ... ich dachte ...«

Er unterdrückte einen Aufschrei.

»Nur ein Kratzer an der Hand. Ian hat mir Essen und Trinken und trockene Kleidung gebracht.«

Als würde seine ganze Lebenskraft auf einen Schlag aus ihm weichen, ging er plötzlich in die Knie, und sie musste sein Gesicht loslassen, um ihm nicht wehzutun. Die Kerze fiel aus seiner Hand, rollte brennend und flackernd über den Boden und unter dem Gitter in Maddys Zelle hinein, während John sich mit beiden Händen an den Gitterstäben festhielt in dem Versuch, nicht zur Seite zu kippen.

»Hilfe ist unterwegs«, sagte er. Er legte die Stirn an die Eisenstange und holte ein paarmal tief Luft, bevor er weitersprach. »Ich habe die ganze Grafschaft mobilisiert, um nach dir zu suchen, und jetzt ist kein Mann mehr in der Nähe außer dem Reverend. Deshalb wird es leider noch eine ganze Weile dauern, bis meine Mutter jemanden gefunden hat, der diese Tür aufbrechen kann oder einen Schlüssel hat. Aber ich konnte nicht warten, nachdem Larissa uns verraten hatte, wo Ian dich hingebracht hat.«

Maddy hob die Kerze auf und stellte sie neben sich auf den Boden, dann kniete sie sich ebenfalls hin und legte ihre Hände um die seinen, die sich so an den Gitterstangen festgekrallt hatten, dass die Knöchel schneeweiß hervortraten.

»Ich möchte nur, dass du mich küsst, alles andere kann warten.«

Er riss die Augen auf und sein Kopf fuhr hoch, aber sie ließ ihm keine Zeit zum Nachdenken, sondern streckte ihren Kopf so weit wie möglich durch die Eisenstäbe hindurch, spitzte die Lippen, schloss die Augen und wartete. Zuerst geschah nichts. Sie hörte nur das Wasser tropfen und Johns schnellen Atem, dann aber spürte sie auf einmal seine vorsichtige Berührung. Raue, vernarbte, aber warme Haut legte sich sanft auf ihre. Es fühlte sich nicht unangenehm an, im Gegenteil, die Berührung, die doch kaum eine war, kribbelte auf ihren Lippen und schickte warme Schauder ihren Rücken hinunter, sodass sie vor Glück seufzte. Dann spürte sie seine Hand, die sich in ihren Nacken schob und ihren Kopf festhielt, während seine Zunge weich und feucht über ihre Unterlippe streichelte. Sie öffnete ihre Lippen, und als seine Zunge in ihren Mund eindrang, erwiderte sie die Liebkosung mit ihrer eigenen. Es war, als stünde die Zeit still. Sie hatte das Gefühl zu schweben, Rosen dufteten in ihrer Nähe und eine sanfte Brise vom Meer wehte durch ihr Haar, während irgendwo in den Bäumen Vögel zwitscherten. Sie vergaß, dass sie in einem kalten, feuchten Kerker saß, und spürte nur Johns Zärtlichkeit, die gekonnten Liebkosungen seiner Zunge, das zaghafte Eindringen in ihren Mund, das Spielen, das Versprechen von Leidenschaft und ewiger Liebe. Ihr war schwindelig vor Glück und Sehnsucht.

Mit einem Keuchen riss John sich plötzlich wieder von ihren Lippen los.

»Ich muss aufhören, das bringt mich sonst schneller um als jede Verfolgungsjagd«, flüsterte er. Aber in seiner Stimme schwang Lachen und Fröhlichkeit und Maddy schmunzelte unweigerlich.

»Das war mein allererster Kuss«, stellte sie fest.

»Und den hast du ausgerechnet in einem feuchten, dunklen Kerker von einem hässlich entstellten Scheusal bekommen.«

»Wie in einem Märchen.«

»Mit dem Unterschied, dass sich die Bestie am Ende nicht in einen Märchenprinzen verwandelt.«

»O doch. Das hat sie bereits getan. In meinen Augen bist du ein Märchenprinz.« Vorsichtig legte sie die Hand an seine Wange, an die vernarbte, von Wülsten und Narben durchzogene Hälfte, und lächelte ihn im flackernden Kerzenlicht an, als wäre er der schönste Mann auf Gottes Erde.

Während sie auf Hilfe warteten, vielleicht eine halbe oder auch eine ganze Stunde lang, saßen sie auf dem feuchten Boden des Kerkers, hielten sich durch die Gitter an den Händen und erzählten sich alles, was seit vorgestern Nacht geschehen war.

John ging es nicht gut. Auch wenn er das herunterspielte, während er beinahe fröhlich davon erzählte, wie er die Suchtrupps mobilisiert hatte und wie seine geplante Verfolgungsjagd nach Ian gescheitert war, weil er nicht mal den Sattel hatte anheben können. Sie hörte es an seinem schweren Atem und an der brüchigen Stimme, und sie war sich sicher, dass er längst umgekippt wäre, wenn er nicht mit der Schulter an die Gittertür gelehnt hätte. Nur konnte sie leider nichts tun, außer seinen Handrücken sanft mit dem Daumen zu streicheln und ihm immer wieder zu beteuern, dass sie keine Schmerzen hatte, dass Ian ihr nicht wehgetan hatte und dass es ihr vermutlich ganz ausgezeichnet gehen würde, wenn sie erst einmal ein heißes Bad genommen hätte.

»Warum hast du mir nichts davon gesagt?«, fragte er plötzlich.
»Sogar die Dienerschaft wusste es. Und ich muss es von dieser dicken Kuh Longfields erfahren.«

»Was meinst du?«

»Das Kind!«, brauste er auf, soweit man ein wütendes Keuchen als Aufbrausen bezeichnen konnte. »Du hättest es mir zuerst sagen müssen!« Immerhin hatte er schon wieder genug Kraft, um sich aufzuregen.

»Ich bin noch gar nicht so lange über der Zeit und war mir selbst nicht sicher.«

»Du hättest mir dieses süße, wunderbare Geheimnis sofort verraten sollen. Gleich als du den leisesten Verdacht hattest. Lieber Gott, ich hätte dich in meinem Testament zur alleinigen Erbin von Kelston Abbey gemacht, und ich hätte dich auf Händen getragen, dich behütet und beschützt und dich niemals angeschrien. Ich wäre viel zärtlicher zu dir gewesen und vorsichtiger, unendlich vorsichtig. Ich hätte dich niemals mit meinen abscheulichen Neigungen belästigt, ich hätte dich …«

»Herrje!«, unterbrach sie ihn. »Das alles wollte ich doch gar nicht, ganz im Gegenteil. Außerdem ist es noch viel zu früh, um sich zu freuen. Man sagt, die ersten zehn Wochen zählen nicht, da kann noch alles Mögliche passieren. Ich könnte das Kind verlieren, und dann sind die Enttäuschung und der Schmerz umso größer, wenn wir uns zu große Hoffnungen machen.«

»Wer sagt das?«

»Alle Frauen, die Erfahrung haben.« Zumindest sagte Anne das und bei den Frauen in Kelston, die im Durchschnitt viermal so viele Kinder geboren hatten wie die Dowager Countess oder sonst irgendeine feine Dame, galt das ebenfalls als Faustregel. »Außerdem wollte ich nicht, dass du meinem Bett fernbleibst. Ich sehne mich doch so nach deinen Besuchen jede Nacht.«

»Das verstehe ich nicht, was haben meine Besuche damit zu tun?«

»Deine Mutter hat mir gleich beim ersten Lunch angedroht, dass ich das Schloss nicht mehr verlassen dürfe, wenn ich erst mal schwanger sei, und dass ich nicht mehr reiten dürfe und im Bett liegen müsse und nichts Schweres mehr essen dürfe.«

Er gab dieses typische Geräusch von sich, halb war es ein entsetztes Schnauben, halb ein unterdrücktes Lachen, als hielte er die Anordnungen seiner Mutter für absurd.

»Und sie sagte, dass du von da an meinem Bett fernbleiben müsstest.«

»Oh!« Er presste ihre Hand, als wollte er sie zerquetschen. »Darüber hatte ich noch gar nicht nachgedacht. Das ist ... ist in der Tat ... unerfreulich ... das ist ... verdammt.« Er verstummte und sagte eine ganze Zeit lang gar nichts. »Ich wusste nicht, dass unsere ... dass ich dem Kind damit schaden könnte.«

»Die Frauen von Kelston sagen, dass ihre Ehemänner sie oft bis zum letzten Tag vor der Niederkunft beglücken und dass sie dies als besonders vergnüglich empfinden.«

»Ach ja?« Hoffnung schwang in seiner Stimme.

»Aber vielleicht stößt es einen Gentleman ab, wenn er einer Frau beiwohnen soll, die einen dicken Bauch hat. Die einfachen Fischer haben eben keine andere Wahl. Sie können sich keine Mätressen leisten.«

John gurgelte ein Lachen heraus. »Eine Mätresse? Gute Güte, Gemahlin, du unterschätzt deine Schönheit und dein Können. Welcher Mann bräuchte eine Mätresse, wenn er dich hat? Im Übrigen kann ich nicht bestätigen, dass ein Gentleman durch den schwangeren Leib seiner Gemahlin abgestoßen wird. Mich erregt schon allein die Vorstellung, dich in diesem Zustand nackt zu sehen.« Er atmete stoßweise und schloss die Augen. »Ich versuche jetzt besser nicht daran zu denken, Liebste. Derlei Gedanken tun mir gerade nicht gut.«

»Noch habe ich ja keinen dicken Bauch.« Sie lachte und nahm seine Hand, um sie genau da zu platzieren, auf ihrem flachen Bauch, der derzeit in einer von Ians Breeches steckte. Seine zitternden Finger wurden still, als sie die Hand auf seine legte, und sie schwiegen wieder eine ganze Weile in süßem Einvernehmen, bis John plötzlich ein schmerzerfülltes Keuchen von sich gab.

»Was ist? Geht es dir schlechter?«, rief sie.

»Mir ist gerade bewusst geworden, dass du nicht mehr an unsere Abmachung gebunden bist, sobald du einen Sohn zur Welt bringst. Dann habe ich ja gar keine Rechtfertigung mehr, dich zu besuchen.«

»Das ist nicht dein Ernst?«, lachte Maddy. »Diese Abmachung ist der größte Unfug seit der Erfindung der Guillotine.«

John streichelte sanft über ihren Bauch und lachte ebenfalls, wenn auch ein wenig schwächlich. »Wenn du eine Tochter bekommst, hätte ich weiterhin eine ehrenwerte Entschuldigung, jede

Nacht dein Schlafzimmer aufzusuchen und dich mit meiner Gegenwart zu bedrängen. Viele Töchter viele Jahre lang wären im Grunde optimal. Und ganz zum Schluss zeuge ich noch einen Sohn«, sinnierte er, während ein schwaches Schmunzeln um seine Lippen zuckte.

»Abe hat gesagt, dass wir sieben Kinder haben werden. Vier Töchter und drei Söhne, wir müssen uns also sputen.«

Trotz seiner Erschöpfung und Kurzatmigkeit brach ein Lachen aus John heraus. »Ich muss dir gestehen, meine Liebste, dass ich vermutlich noch ein paar Tage Erholung brauche, bis ich wieder in der Lage bin, in dein Bett zu kommen und dich zu beglücken. Vergib mir.«

»Du musst nicht in mein Bett kommen. Mach dir keine Gedanken«, sagte sie. »Ich werde in dein Bett kommen und zu dir unter die Decke kriechen. Auch wenn wir keinen ehelichen Vergnügungen nachgehen, komme ich dennoch, weil ich deiner Nähe bedarf. Und wehe, Franklin versucht, mich an der Tür abzuweisen.«

»Er ist ein guter Mann.«

»Er wird sich daran gewöhnen müssen, dass ich jeden Morgen in deinem Bett liege und mich dabei vielleicht nicht immer in einem gesellschaftlich akzeptablen Zustand befinde.«

»Gott, Maddy, ich liebe dich so.«

»Und ich liebe dich.«

»Obwohl ich so sündhaft und abscheulich bin?«

»Du bist ein durch und durch schöner Mensch, John. Das kann man ganz deutlich sehen, wenn man in dein Herz schaut und dort dein wahres Gesicht sieht.«

Unter leisem Ächzen und schweren Atemstößen setzte er sich auf und kniete sich vor das Gitter. Sie machte es ebenso, sodass sie einander wieder gegenüber knieten. Er streckte ihr beide Hände entgegen und sie ergriff sie.

»Das klingt vielleicht absurd«, sagte er. »Aber das ist für mich wie die Erlösung von einem bösen Fluch. In diesem Moment bin ich der glücklichste Mann auf Erden.«

Sie lächelte und dann näherten sie sich gleichzeitig mit ihren Gesichtern den Gitterstäben. Sie kamen sich so nahe, dass sich ihre Lippen gerade berührten, zart wie Schmetterlingsflügel. Beide schlossen die Augen und genossen diese Berührung, da hörten sie vom Ende des langen Ganges die Rufe.

»Halloooo! Euer Lordschaft? Hallo!« Es war die aufgeregte Stimme des Reverends. »Wir kommen Euch zu Hilfe! Gleich seid Ihr erlöst!« Schritte trampelten heran, vier Fackeln wippten flackernd in der Dunkelheit und erhellten die Figuren von herannahenden Männern.

»Hierher!«, rief John.

»Wie kann er es wagen?«, fauchte Maddy. »Vor Kurzem hat er gedroht, uns zu ruinieren, und jetzt kommt er daher wie ein Erzengel – oder will er unsere Misere mit einem Sermon über seine eigene Großartigkeit krönen?«

»Sei unbesorgt wegen Pollard«, sagte John und zog sich an den Gitterstäben auf die Beine.

Der Reverend wurde von drei Fischern aus Kelston begleitet, die zu einem der Suchtrupps gehört hatten und inzwischen von ihrer Mission zurückgekehrt waren. Die Männer blieben erschrocken stehen, als sie John erblickten, und einer betete sogar leise ein Vaterunser.

»Zwei Kronen für jeden von euch, wenn ihr meine Frau hier rausholt«, sagte er und die in Aussicht gestellte Belohnung beendete das Gebet.

»… dein Wille geschehe«, sagte der Fischer, und dann machten sich die Männer ans Werk, indem sie versuchten, die Gittertüren mit Ziehen und Drücken, Stemmen und Hebeln aufzubrechen, während der Reverend die beiden Fackeln in den Ösen an der Wand befestigte und dann wie nicht anders zu erwarten zu einer seiner üblichen ausschweifenden Predigten ansetzte.

»Herr, ich danke dir, dass du der Dowager Countess die Weisheit verliehen hast, mich um Hilfe zu bitten, sodass ich dank meiner Geistesgegenwart und Schnelligkeit hierhereilen konnte, um meinem Earl und seiner Gemahlin in der allergrößten Not mit geistlichem Beistand zur Seite zu stehen. Du hast mir dadurch die Gelegenheit geschenkt, der Familie Sutton ein weiteres Mal meine unverbrüchliche Treue und Ergebenheit unter Beweis zu stellen …«

»Wie ich hörte, haben Sie sich Ihre unverbrüchliche Treue recht gut entlohnen lassen, Reverend«, knurrte John den Mann an und baute sich breitbeinig und mit verschränkten Armen vor Pollard auf. Er wirkte wie ein blutrünstiger Dämon, der vorhatte, dem Geistlichen die Gliedmaßen einzeln herauszureißen und sie dann zu verspeisen. Aber wenn man genauer hinschaute, erkannte man, dass er sich nur mit äußerster Disziplin aufrecht halten konnte. »Damit ist es jetzt vorbei. Sie haben den Bogen überspannt, als Sie meiner Gemahlin gedroht haben.« John packte den Reverend am Kragen seines azurblauen Fracks und schüttelte ihn. Maddy fragte sich, woher er die Kraft dafür nahm. »Ich werde den Bischof über Ihre erpresserischen Machenschaften informieren. Sie haben eine Woche Zeit, die Pfarrei zu räumen, wenn nicht, dann lasse ich Sie von meinen Leuten bei Kelston ins Meer werfen.«

»Euer Lordschaft, Ihr ... Ihr solltet nichts Unbedachtes tun«, japste der Reverend.

»Oder was? Wollen Sie mir drohen so wie meiner Gemahlin? Glauben Sie wirklich, dass ich mich nach den vergangenen drei Jahren mit diesem Gesicht vor irgendeinem lächerlichen Skandal fürchte, mit dem ein unbedeutender Pfaffe mir droht?«

»Ich ... ich weiß nicht, was Ihr meint, Mylord. Niemals hätte ich ...«

John ließ den Kragen von Pollards Jacke los und verpasste ihm einen Stoß, sodass er mit dem Rücken gegen einen der Fischer stieß. Die drei Männer hatten vergeblich versucht, die Angel der Tür aus dem harten Gestein zu stemmen und die dicken Eisenstangen auseinanderzubiegen. Jetzt waren sie auf die Idee gekommen, sie könnten alle gleichzeitig an einem Seil ziehen. Das Seil riss genau in dem Moment und die Männer landeten alle drei auf dem Boden. Der Reverend lag unter ihnen wie ein Käfer auf dem Rücken und zappelte mit allen vieren.

»Wir kriegen die verdammte Tür nicht auf, Mylady, verdammter Mist«, fluchte einer der Fischer und rappelte sich wieder auf, nicht ohne dem Reverend dabei, sei es mit Absicht oder aus Versehen, noch den Schuh auf die Nase zu drücken. »Wir müssen warten, bis der Schmied zurück ist, Mylady«, sagte ein anderer und versuchte, auf die Beine zu kommen, indem er sich auf dem Reverend abstützte.

»Ihr ungehobelten Banausen!«, schimpfte der und wollte sich ebenfalls aufsetzen, als der dritte Fischer ihn ganz aus Versehen mit der Hand wieder zurück auf den Boden drückte.

Niemand beachtete Pollards Proteste.

»Seid nicht verzagt, Mylady«, bat einer der Fischer.

»Wir gehen nicht, ehe wir Euch nicht befreit haben«, gelobte ein anderer und verneigte sich tief. Doch all die Ehrerbietung nützte nichts, der Kerker schien für die Ewigkeit gebaut worden zu sein. Einer der Männer lief los, um den Schmied zu suchen, und die anderen beiden stellten sich wie Wachposten an die Tür von Maddys Kerkerzelle, während der Reverend damit beschäftigt war, den Schmutz von seiner kostbaren Jacke zu wischen. John lehnte an der Wand und versuchte, sich nicht anmerken zu lassen, dass er kaum noch Kraft hatte. Da erschien auf einmal seine Mutter mit einer Fackel in der Hand.

Maddy traute ihren Augen kaum. Die erhabene Lady Imogen, ihres Zeichens Dowager Countess und unerbittliche Mutter, hatte sich wahrhaftig in das dunkle Verlies heruntergewagt, um nach ihr und ihrem Sohn zu sehen. Ihr folgte hinkend, aber stolz wie ein König der kleine Will Blackstone, der auf Befehl der Dowager Countess Wasser und Decken für Maddy brachte. Auch wenn Maddy längst nicht mehr fror oder durstig war, so war sie doch angenehm überrascht von dieser fürsorglichen Geste.

Johns Mutter trat an das Gitter und hob die Fackel hoch, um Maddy genauer in Augenschein nehmen zu können. Sie hatte bekanntlich die Hose und das Hemd an, das Ian ihr dagelassen hatte, und seine Decke um ihre Schultern geschlungen, deshalb sah sie vermutlich aus wie ein Wegelagerer.

»Guten Tag, Schwiegermama.«

»Wie ich bereits hörte, seid Ihr unversehrt«, sagte diese und ließ ihre kalten Augen noch einmal über Maddy wandern, von Kopf bis Fuß und wieder zurück. »Dafür bin ich Gott dankbar. Ich habe Larissa in ihr Zimmer einsperren lassen, bis mein Sohn entschieden hat, was mit ihr geschehen soll. Das Ausmaß ihres Verrates erschüttert mich zutiefst.« Sie holte Luft, um sich zu fassen, und fuhr dann mit schärferem Tonfall fort. »Allerdings wäre Euch kein Leid widerfahren, wenn Ihr in Euren Gemächern geblieben wäret, wie es sich für die Mutter des künftigen Sutton-Erben gehört.«

Selbst wenn Maddy eine schlagfertige Antwort parat gehabt hätte, wäre sie nicht zum Sprechen gekommen, denn jetzt mischte sich der Reverend wieder ein. Er hatte es endlich geschafft, den Moder von seiner kostbaren Jacke zu wischen und die aufwendig gebundene Krawatte wieder zurechtzurücken.

»Ich habe Ihre Ladyschaft bereits in eine Vielzahl meiner Gebete eingeschlossen, seit ich heute früh von diesem tragischen Unglück erfuhr. Natürlich wusste ich von Anfang an, dass Ihre Ladyschaft keineswegs freiwillig das Schloss verlassen hat, sondern das Opfer eines Verbrechens wurde, das, wie sich nun herausstellte, dem Herrn sei es gedankt, im Guten endet.« Er wandte den Blick zu der dunklen Gewölbedecke über ihren Köpfen. »Ich bin überzeugt, dass meine Gebete einen nicht unbeträchtlichen Anteil an dem segensreichen Ausgang dieser Tragödie hatten, die sich somit nicht als echte Tragödie erwiesen hat. Der Herr hat meine in größter Bescheidenheit vorgetragenen Gebete erhört. Ich möchte auch darauf hinweisen, dass ich keinerlei Groll gegen Ihre Ladyschaft hege, auch wenn es gewisse Unstimmigkeiten zwischen uns gab, was die Kirchenbankmiete anbelangt. Unglückliche Missverständnisse haben dazu geführt, dass ich in meinen guten Absichten für das Seelenheil von Lady Sutton und der ganzen Familie gänzlich missverstanden wurde. Ich bin selbstverständlich bereit, zu vergeben, in dem Wissen, dass die gesamte Grafschaft meines seelischen Beistandes bedarf und ich somit nicht ...«

»Ich bin nicht wegen Eures Sermons an diesen abscheulichen Ort hier heruntergekommen«, unterbrach ihn die Dowager Countess mit einer herrischen Geste. »Ich bin hier, um meinen Sohn ins Bett zu schaffen, da es ansonsten ja niemand für nötig hält.«

»Ihre jüngst erwachte Sorge um mein Wohlergehen in allen Ehren, Mutter, aber ich bleibe bei meiner Frau, bis sie befreit wird«, antwortete John und klang fast wie ein trotziger Junge.

»Du magst deinen Groll gegen mich pflegen, wie es dir beliebt«, antwortete sie spitz. »Aber wenn du erst selbst einen Erben hast, wirst du nachvollziehen können, was es bedeutet, ihn zu verlieren.«

»Sie hatten zwei Söhne, Mutter«, antwortete John und der unversehrte Teil seines Gesichts verzog sich zu einer zornigen Grimasse. »Während Sie dem einen nachtrauerten, der ein brutaler Schinder und Schläger war, haben Sie den anderen eines bestialischen Mordes verdächtigt.«

Seine Mutter blinzelte ein paarmal, als könnte sie damit den Vorwurf ungesagt machen, dann wandte sie sich zur Seite und sah Maddy an, während sie weitersprach. »John war schon immer so, genauso emotional wie sein Vater. Gefühl über Verstand.«

»Und Sie waren schon immer so kaltherzig wie George«, rief John.

Seine Mutter ignorierte ihn und sprach weiter mit Maddy durch die Gitterstäbe. »Seine zur Schau gestellte Verehrung für Euch wird ihn allerdings nicht gesund machen. Befehlt Ihr ihm, dass er in sein Bett zurückkehren soll, Madeleine. Ihr seht selbst, in welchem Zustand er ist.«

»John«, sagte Maddy sanft. Sie musste seiner Mutter leider recht geben. »Du kannst hier nichts tun.« Sie wollte nicht, dass er wegging und sie hier allein ließ, aber er sah wirklich furchtbar aus, und es würde sie nicht wundern, wenn er demnächst lang gestreckt hinfiel und liegen blieb. Wer konnte schon sagen, wie lange sie hier noch ausharren mussten, bis der Schmied kam?

»Ich gehe mit dir zusammen hier weg oder gar nicht!« Und er hätte seinen Dickkopf wohl durchgesetzt, wenn nicht genau in diesem Moment Franklin gekommen wäre und der ganzen Debatte ein Ende bereitet hätte. Er rannte den Gang entlang und trug einen großen Bartschlüssel vor sich her, wie der Erzengel Michael das flammende Schwert, mit dem er das Paradies bewacht.

»Ich habe ihn an der Kreuzung kurz vor Barnstake eingeholt«, verkündete er stolz. »Er war noch nicht weit gekommen und ich habe ihm den Schlüssel, ähm, abgejagt.«

»Hast du ihn umgebracht und Headly gleich mit dazu?«, rief John.

»Mylord«, sagte Franklin, ohne seine Frage damit zu beantworten. »Ich hatte erwartet, Euch in Eurem Bett liegend vorzufinden.«

John lachte, wenn auch nicht besonders kraftvoll. »Du hast sie also nicht von ihren Pferden geschossen? Diese beiden Schweinehunde. Hast du sie wenigstens gefangen genommen und in Ketten hinter dir hergezerrt?«

Franklin bedachte die Dowager Countess mit einem misstrauischen Blick, verneigte sich knapp vor ihr und steckte dann endlich den Schlüssel in das Schlüsselloch zu Maddys Kerkertür. »Das erkläre ich Euch später, Euer Lordschaft, unter vier Augen«, murmelte er kaum hörbar.

»Hast du diesen Bastard etwa davonkommen lassen?«, brauste John auf. »Hat er dich mit seinen Reden über Freiheit, Gleichheit und Brüderlichkeit verführt?«

Franklin antwortete nicht, sondern drehte mit Ächzen und Keuchen den Schlüssel in dem eingerosteten Schloss herum. Kaum war der Riegel aufgeschnappt, drängte Maddy zur Tür hinaus und warf sich in die Arme ihres Mannes. Genau genommen umfing sie seinen Oberkörper mit ihren Armen und bettete ihren Kopf an seine

Brust. Ihm blieb gar nichts anderes übrig, als sie ebenfalls zu umarmen und still zu sein. Sie standen eine ganze Weile so da und hielten sich. Sie hörte sein Herz unter ihrem Ohr schlagen und spürte seine Hände auf ihrem Rücken, mit denen er sie fest an sich presste. Und da liefen ihre Tränen. Um sie herum herrschte andächtiges Schweigen, bis die Dowager Countess ungeduldig in die Hände klatschte.

»Der Earl und die Countess ziehen sich jetzt in ihre Gemächer zurück«, verkündete sie. »Alles andere kann später geklärt werden.«

»Lass uns gehen, John«, flüsterte Maddy ihm zu, weil der sich auf Befehl seiner Mutter hin nur noch breitbeiniger hinstellte. »Sobald ich heiß gebadet habe, komme ich zu dir unter die Decke.«

Sie schlang den Arm um seine Hüften und endlich wandte er sich zum Gehen, wobei er sich schwer auf sie stützte – das einzige Anzeichen dafür, dass er am Ende seiner Kräfte war.

Es dauerte länger, als Maddy gedacht hatte, bis sie endlich ein heißes Bad nehmen und wie versprochen zu John ins Bett kriechen konnte. Bei ihrer Rückkehr ins Schloss warteten vor dem Hof und in der Halle Hunderte von Menschen. Die Männer, die von ihren Suchmissionen zurückgekehrt waren, die Frauen und Kinder aus den Dörfern und den umliegenden Höfen, die Dienstboten, die inzwischen die Suche eingestellt hatten, und nicht zuletzt Anne und Caleb, die den kleinen Will Blackstone an den Händen hielten und sorgenvolle Gesichter machten. Sie entdeckte sogar den buckligen Abe, der auf einen Stock gestützt ein wenig abseits der anderen stand. Er musste Stunden gebraucht haben, um den Weg von seiner Kate hierher zurückzulegen.

Sie alle hatten sich offenbar Sorgen um Maddy gemacht und klatschten und jubelten, als sie Arm in Arm mit John das Schloss betrat. Einige warfen ihre Hüte in die Höhe, andere pfiffen, manche knicksten oder verbeugten sich, aber niemand schien Johns entstelltem Gesicht Beachtung zu schenken. Bevor er die Treppe hinaufstieg, blieb er stehen und drehte sich noch einmal zu der Menge der Neugierigen herum. Er hob die Arme, um Ruhe zu gebieten, aber das Geschnatter der Leute verstummte nur langsam.

»Alle, die bei der Suche nach meiner Frau mitgeholfen haben, sollen sich am nächsten Sonntag nach dem Gottesdienst in der Halle einfinden, es gibt eine Krone für jeden«, rief er und auf den ersten Moment schockierter Stille folgten begeisterte Rufe und Klatschen.

Ein paar ganz Verwegene riefen sogar: »Hoch lebe der Earl!«
Maddy tauschte einen kurzen Blick mit Abe aus, der ihr zuwinkte und lächelte.

»Und es gibt Lamm und Wild und Schweine am Spieß und Kuchen und Zuckerware für die Kinder!«, rief Maddy und formte dabei die Hände zu einem Trichter um ihren Mund, damit die Leute in der hintersten Ecke des Schlosshofes sie auch noch hören konnten. »Und es wird Bier geben und Tanz und ...« Der Rest ihrer Worte ging im Jubelgeschrei der Leute unter.

Solange Maddy im heißen, nach Rosen duftenden Wasser der Badewanne die letzte Kälte aus den Knochen vertrieb, hatte jemand eine Platte mit süßen Himbeertörtchen aus der Küche gebracht, und Jane redete ohne Luft zu holen auf sie ein, während sie ihr den Rücken mit dem Schwamm einseifte. Sie berichtete genauestens über alles, was seit Maddys Verschwinden passiert war, zum Beispiel, wie Seine Lordschaft ausgesehen hatte, was er gesagt hatte, was die Dowager Countess gesagt hatte, was man schon immer über den Obergärtner gesagt hatte, dass man der lieben Larissa niemals so eine Gemeinheit zugetraut hätte ... und, und, und. Maddy wäre beinahe eingeschlafen bei dem Geschnatter, mit dem Jane sie berieselte.

Als sie schließlich eine Stunde später, nur mit ihrem Schlafrock bekleidet und der Platte voller Himbeertörtchen in der Hand, an Johns Tür klopfte, schlief dieser bereits. Zu ihrer Überraschung öffnete Franklin die Tür weit und ließ sie ohne Protest eintreten. Er legte den Zeigefinger auf die Lippen und zeigte dabei auf den schlafenden John im Bett als Zeichen, dass sie leise sein sollte.

»Ich habe es gerade noch geschafft, Seine Lordschaft auszukleiden und zuzudecken«, wisperte Franklin. »,Wehe, du schickst meine Gemahlin weg, wenn sie anklopft', hat er noch zu mir gesagt und dann sind ihm die Augen zugefallen und er ist sofort eingeschlafen.«

Sie betrachtete John eine Weile, wie er schlafend dalag und ruhig atmete. Es war früher Abend, aber draußen war es noch hell, und weil die Vorhänge aufgezogen waren, erkannte sie Johns Gesicht deutlich. Er wirkte entspannt im Schlaf. Sogar die entstellte Hälfte seines Gesichts sah milder, weicher und weniger zornig aus. Die Entzündungen waren abgeklungen und die Schwellungen zurückgegangen. Man erkannte die Konturen seiner markanten Wangen und des Kiefers. Sein Gesicht würde niemals wieder schön werden, aber sie fand die schwarze Henkersmaske weitaus abstoßender, und je länger sie John anschaute, desto mehr gewöhnte sie sich an die eigenartigen Wellen und Unebenheiten. Die große Narbe, die sich von seiner Schläfe bis zum Kinn zog, hatte fast schon etwas Vertrautes an sich. Sie lächelte und überreichte Franklin endlich die Platte mit den Himbeertörtchen.

»Nimm dir so viel du magst und setz dich«, flüsterte sie und nickte in Richtung des Tisches, der am Kamin stand.

Er schüttelte zwar den Kopf, denn ein Diener setzte sich eigentlich niemals an den herrschaftlichen Tisch, aber er hatte einen anstrengenden Tag hinter sich und hatte es verdient, sich auf einen bequemen Polsterstuhl zu setzen. Vermutlich hatte er seit seiner Rückkehr weder etwas gegessen noch sich waschen oder umziehen können aus lauter Fürsorge für seinen Herrn. Er versah seinen Dienst, ohne sich auch nur den Hauch von Missbehagen anmerken zu lassen, dabei hätte er vor Erschöpfung eigentlich umfallen müssen.

»Nun setz dich schon«, drängte sie.

»Wie Ihr meint, Mylady«, antwortete Franklin und nahm zwei Himbeertörtchen auf einmal, nachdem er sich gesetzt hatte.

Sie wartete, bis er eines der Törtchen gegessen und mit einem Seufzen in das zweite hineingebissen hatte, dann setzte sie sich zu ihm an den Tisch und griff ebenfalls nach einem der kleinen Kuchen. Sie hatte im Kerker zwar keinen Hunger gelitten, aber Ians altbackenes Brot konnte mit Annes Gebäck verständlicherweise nicht mithalten.

»Du hast Ian und Headly also an der Weggabelung nach Barnstake eingeholt und ihnen den Schlüssel abgenommen?«, fragte sie leise.

Franklin biss noch einmal in das Törtchen und nickte mit vollem Mund.

»Es war riskant, ihnen allein hinterherzujagen, ohne Verstärkung und mit nur einer Pistole bewaffnet. Sie waren zu zweit und Ian ist ein großer, kräftiger Mann.«

»Das war allemal besser, als Seine Lordschaft reiten zu lassen. Ich hatte Angst, er stirbt mir auf dem Pferd. Und ich wusste ja zu diesem Zeitpunkt nicht, dass Headly auch mit von der Partie war. Ich erwartete ja, Euch in Ians Gefangenschaft vorzufinden, Mylady.«

»Es ist ein Wunder, dass du unversehrt zurückgekommen bist.«

»Ich bin dem Herrn sehr dankbar für dieses Wunder«, flüsterte Franklin und griff nach dem nächsten Himbeertörtchen.

»Ich denke, da war der Herr eher nicht im Spiel. Ian hat dir alles erzählt, oder? Er hat dir seine ganze traurige Geschichte berichtet, und du hast die beiden aus lauter Mitleid laufen lassen, nachdem sie dir den Schlüssel übergeben hatten. Liege ich richtig?«, fragte sie und sprach dabei noch leiser als zuvor. Auf keinen Fall sollte John wach werden oder gar etwas von dieser Unterhaltung mitbekommen. Franklin hielt mitten im Kauen inne. Für einen winzigen Moment erhaschte sie den Schreck in seinen Augen, dann fasste er sich wieder und zeigte seine unerschütterliche Kammerdienermiene.

»Heraus mit der Wahrheit!«, zischte sie. »Das bist du mir schuldig.«

Franklin bekreuzigte sich schnell vor dem Gesicht, bevor er Luft holte. Dann beugte er sich weit über den Tisch, um zu antworten. »Headly trug Frauenkleider und ein Kopftuch, damit man ihn nicht erkennt, und er war ein jammervolles Häuflein Elend. Ich konnte nicht anders handeln, Mylady. Bitte versteht das. Ian hat immerhin das Leben Seiner Lordschaft gerettet, ganz ohne Eigennutz. Und ... und die beiden sind doch Brüder, zumindest fließt auch in Ians Adern Sutton-Blut. Alles, was er mir erzählt hat über das Feuer damals, über seine Liebe zu Lady Selena und dass Headly den Earl nur erschossen hat, um das Leben der Kinder zu retten ...« Er schüttelte den Kopf und legte das halb angebissene Törtchen weg. »Hätte ich die beiden hierher zurückgebracht, dann ... dann ...«

»Hätten sie ihr Schiff in die Neue Welt verpasst«, wisperte Maddy. »Und wären im Gefängnis oder am Galgen gelandet.«

»Es tut mir leid, dass Ihr in diesem abscheulichen Kerker eingesperrt wart, aber Ihr seid unversehrt und ... und ...« Er schaute sie flehentlich an. »Bitte vergebt mir, Mylady, wenn ich so offen spreche. Das ist kein Mangel an Respekt, im Gegenteil, ich habe den allerhöchsten Respekt vor Euch, aber die Strafen, die den beiden drohen, sind nicht gerecht. Nicht vor Gott.«

»Ich weiß«, sagte sie.

»Euer Gemahl hat mich damals vor dem Galgen gerettet, weil er der Meinung war, dass die Strafe, die mir drohte, nichts mit Gerechtigkeit oder Menschlichkeit zu tun hatte, und dass ich, obwohl ich rechtmäßig verurteilt war, den Tod nicht verdient hätte.«

»Weil er in seinem Herzen ein guter und ein wunderschöner

Mensch ist.«

Franklin schaute sie verdutzt an, als hätte er mit allem Möglichen, mit Tadel und Schimpfe, aber nicht mit Zustimmung gerechnet. »Ja, Mylady, das ist er, und wäre er nicht selbst betroffen, hätte er an meiner Stelle genauso gehandelt.«

»Ian hat einen Neuanfang verdient«, gab sie mit einem bedächtigen Nicken zu. »Auch wenn ich gefroren habe wie ein Schneider und eine ganze Zeit lang wirklich Todesangst da unten gelitten habe. Sogar Headly tut mir ein wenig leid, obwohl er versucht hat, mich umzubringen, im Grunde ist er das Opfer von schrecklichen und unglücklichen Umständen. Vielleicht kommt er ja tatsächlich wieder auf die Füße in der Neuen Welt. John wird eine Weile brauchen, um all das zu verdauen und zu vergeben, aber irgendwann wird er es verstehen und dir dankbar sein, dass du so gehandelt hast.«

Franklin schniefte leise.

»Danke, Mylady. Ich danke Euch. Seine Lordschaft sagte, Ihr seid das Licht in seiner Dunkelheit. Ich glaube, Ihr seid das Licht für uns alle hier in Kelston Abbey.«

»Ach wirklich? Und ich dachte, diese Position hätte schon Reverend Pollard inne«, entgegnete sie mit einem schiefen Lächeln, dann stand sie auf und überreichte Franklin die Platte mit den restlichen fünf Törtchen. »Nimm sie mit in deine Kammer, schlaf dich aus, und störe uns nicht vor dem Frühstück.«

»Seine Lordschaft ist noch sehr schwach, ich bitte Euch ...«

»Raus mit dir.« Maddy schnürte ihren Schlafrock auf und Franklin sprang wie vom Katapult abgeschossen aus dem Stuhl. »Keine Sorge, ich werde nichts tun, was die Gesundheit Seiner Lordschaft gefährdet.«

Er riss die Platte vom Tisch und lief hinaus, noch bevor Maddy den Schlafrock zu Boden fallen gelassen hatte. Nackt krabbelte sie zu John unter die Decke und schmiegte sich an seinen warmen Körper. Plötzlich landete seine Hand auf ihrer Hüfte und er drehte sich mit überraschender Geschmeidigkeit zu ihr herum. »So, ich bin also ein wunderschöner Mensch?«

»Du hast das gehört?«

»Du hättest wenigstens ein Törtchen für mich zurückbehalten können.« Die Heiterkeit in seiner Stimme irritierte sie. War er gar nicht wütend auf Franklin? Oder hatte ihr Kompliment ihn so

gnädig gestimmt, dass er seinen Ärger auf später verschob?
»Wie geht es dir?« Sie drückte sich ein wenig enger an ihn und er ließ die Hand von ihrer Hüfte langsam zu ihrem Hinterteil wandern.
»Jetzt, wo du endlich da bist, fühle ich mich, als würde ich zu neuem Leben erwachen, zumindest ein spezieller Körperteil von mir.«
Maddy lachte leise, reagierte aber nicht auf seine Anspielung. »Du bist nicht böse auf Franklin wegen Ian und Headly?«
»Ich weiß es nicht. Im Augenblick bin ich unfähig, auf irgendjemanden böse zu sein. Du bist bei mir, du liebst mich und wir erwarten ein Kind.«
Mit einem glücklichen Seufzen bettete sie ihren Kopf auf seine Brust und lauschte eine Weile seinem Herzschlag, während seine Hand zärtlich, aber nicht drängend ihren Allerwertesten streichelte.
»Was wirst du mit Larissa tun?«
Er schnaubte. »Ich will in diesem Augenblick wirklich nicht an Larissa denken. Diese falsche Schlange ist schuld daran, dass ich mich selbst drei Jahre lang verabscheut habe, weil ich mich für einen Mörder hielt. Ach, was sag ich? Wäre sie nicht gewesen, hätten Selena und Ian ungehindert fliehen können, und es hätte kein Feuer gegeben, kein verbranntes Gesicht, kein zerstörtes Leben. Ich hätte dir den Hof gemacht und dein Herz im Sturm erobert, oder etwa nicht?« Er legte eine abwartende Pause ein.
»Doch, das hättest du. Ein bisschen verschossen war ich durchaus in dich an jenem Tag, als du in dieser schneidigen Uniform, so groß und stattlich und hübsch plötzlich vor mir an der Gartenmauer standest und mich angestarrt hast, als wäre ich eines von Annes Himbeertörtchen. Aber dann hast du die schrecklichen Nachrichten über Edmunds Tod gebracht und es gab keinen Platz mehr für Tändeleien. Es war einfach noch nicht der richtige Zeitpunkt für unsere Liebe, John. Gott hat sich offenbar noch ein paar Umwege ausgedacht.«
»Umwege, auf die ich gerne verzichtet hätte«, schnaubte er. »Dank sei Larissa.«
»Hätten dein Bruder und deine Mutter sich ihr gegenüber besser verhalten, wäre sie niemals so verzweifelt gewesen und hätte sich auch nicht in dich verliebt. Du warst der einzige Mensch, der jemals freundlich zu ihr war und sie angelächelt hat. Da hat sie sich eingeredet, du würdest sie lieben.«

»Ich war der bestaussehende und stattlichste Mann in ganz England. Jede Frau war damals in mich verliebt«, behauptete John mit einem Auflachen. »Nur Ian, der Mistkerl, konnte es mit mir aufnehmen.«

»Dann ist es also deine Schuld, dass Larissa sich in dich verliebt hat«, neckte Maddy ihn lachend. Sie freute sich, dass er inzwischen über sich selbst scherzen konnte. Vor einer Woche noch hätte er wütend herumgebrüllt, wenn das Thema seines Aussehens angeschnitten worden wäre.

»Dass sie sich in mich verliebt hat, kann ich ihr nicht vorwerfen«, sagte er ernst. »Aber das rechtfertigt nicht ihre verwerflichen Handlungen.«

»John.« Sie streichelte mit der Hand über seinen Brustkorb. »Du solltest Larissa eine respektable Mitgift geben, damit sie einen Mann findet.«

»Ich soll diese falsche Schlange auch noch belohnen für das Unheil, das sie angerichtet hat?«, schnaubte John ärgerlich. »Sie kann meinetwegen den buckligen Abe heiraten. Obwohl, das nehme ich zurück. Abe hätte eine bessere Frau verdient als diese ... diese ...«

»Pst«, flüsterte sie und legte sanft ihre Hand auf seinen Mund, als sie merkte, dass er sich zu sehr aufregte. »Warum schickst du Larissa nicht in dein Haus nach London? Ich habe in den Rechnungsbüchern gesehen, dass du seit drei Jahren nicht mehr dort warst, aber jeden Monat hohe Beträge für den Unterhalt und das Personal ausgibst. Wir beide werden gewiss niemals Zeit in London unter all den eitlen Affen und Gaffern verbringen, also lass Larissa dort wohnen. Sie kann den Hausstand dort führen und soll an Bällen und gesellschaftlichen Ereignissen teilnehmen. Sie ist jung genug, um noch Kinder haben zu können, und sie ist schön. Die Mitgift wird ihr helfen, eine angemessene Partie zu finden und vielleicht sogar die Liebe.«

»Das kann nicht dein Ernst sein. Sie verabscheut dich und wollte dich in Ians Kerker umkommen lassen und du ... du ... willst ihr Gutes tun.«

»Deine Mutter müsste sie natürlich nach London begleiten«, sprach Maddy unerschütterlich weiter. »Schließlich braucht sie eine Anstandsdame und jemanden, der sie in die höheren Kreise einführt.«

»Das klingt schon besser.« John hob interessiert den Kopf.

»Wir verbannen beide nach London, weit weg von uns.«

»Manche würden das nicht unbedingt als Verbannung ansehen«, brummte er.

»Ich schon.«

John lachte leise. Oder war es ein Schnauben? Auf jeden Fall nahm er ihre Hand und führte sie an seine Lippen. »In Gottes Namen! Larissa soll diese verdammte Mitgift haben und mitsamt meiner Mutter nach London verschwinden, am besten für immer. Aber ich sage es ihr erst in ein paar Tagen. Bis dahin bleibt sie in ihrem Zimmer eingesperrt. Sie sollte dankbar sein, dass ich sie nicht in den feuchten, dunklen Kerker schaffen lasse.«

Maddy schloss die Augen und lächelte. »John?«

»Was noch?«, fragte er mit unendlicher Zärtlichkeit in der Stimme. »Gibt es noch weitere Sünder, Gauner, Bettler, Krüppel, Dienstboten oder abstoßende Bestien, die du unbedingt retten musst?«

»Ich wollte dir nur sagen, dass ich dich liebe, genauso wie du bist: sündig, abscheulich und wunderschön.«

Epilog

Fünf Jahre später

»Komm sofort zum Rosenpavillon. John.« Das stand auf dem kleinen Brief, den Franklin ihr zusammen mit einer ein-zelnen roten Rose überreichte.

John hatte schon kurz nach dem Morgengrauen das gemeinsame Ehebett verlassen und war mit dem Verwalter zu der Kupfermine westlich der Abbey Hills geritten. Sie erwartete ihn eigentlich nicht vor dem morgigen Abend zurück, denn er hatte vor, den Baufortschritt der neuen Verhüttungsanlage zu besichtigen, und weil der Weg weit war, würde er in dem kleinen und einzigen Gasthaus in Weford übernachten.

»Was ist denn geschehen?«, fragte Maddy besorgt, aber Franklin war schon wieder mit wehenden Rockschößen davongerannt. Sie roch an der Rose und atmete den schweren, süßlichen Duft tief ein. Es konnte nichts Schlimmes passiert sein, da war sie sich sicher, sonst würde John keine Rose schicken. Aber sie hatten sich am Morgen gestritten. Das war schlimm genug, denn eigentlich stritten sie nie.

Sie hatte John nach Weford zur Mine begleiten wollen, aber er hatte es abgelehnt. Die Strecke sei zu weit, der Ritt zu anstrengend, das Gasthaus zu primitiv für eine Countess und sie sei außerdem im siebten Monat schwanger. Er wollte auf keinen Fall, dass ihr oder dem Kind etwas zustieß. Aber das war Unsinn. Sonst hatte sie ihn immer begleitet, wenn er in der Grafschaft unterwegs war, und außerdem hatte sie bereits drei gesunde Kinder zur Welt gebracht und die Geburten waren stets problemlos verlaufen. Sie hatte während ihrer Schwangerschaft weder auf ihre Aktivitäten im Freien noch auf die Aktivitäten im Ehebett verzichtet. Es gab also keinerlei Grund, sie jetzt plötzlich wie eine der Mimosen in der Orangerie zu behandeln.

»Du bleibst hier. Das ist mein letztes Wort«, hatte John ihr barsch befohlen, und das hatte unweigerlich Trotz in ihr ausgelöst. Sie war aus ihrem gemeinsamen Bett gesprungen, nackt wie sie jede Nacht schliefen, und hatte sich ihm drohend in den Weg gestellt – oder zumindest hatte sie versucht, bedrohlich zu wirken, so bedrohlich, wie eine nackte Schwangere mit großen Brüsten und kugelrundem Bauch eben aussah.

»Ich weiß nicht, was in dich gefahren ist«, hatte sie ihn angefaucht. »Dieser düstere Befehlston wirkt vielleicht bei der Dienerschaft, aber mich kannst du damit nicht beeindrucken.«

John hatte mit weit aufgerissenen Augen auf ihren Bauch gestarrt und sich schnell abgewandt.

»Ich muss jetzt los.« Das war alles, was er geantwortet hatte, als er zur Tür ging.

»Gehst du zu einer anderen!«, rief sie ihm nach. »Gehst du etwa zu dieser rothaarigen Schauspielerin, die dir seit Tagen mit wackelnden Hüften hinterherläuft?«

Nächste Woche war das Johannisfest und Leute aus der ganzen Grafschaft waren eingeladen, hoch und niedrig. Es würde Essen und Bier für alle geben, fahrende Händler bauten Marktstände auf dem Schlosshof auf und Gaukler kamen von weither angereist, um ihre Kunststücke aufzuführen. Außerdem hatte John eine Theatergruppe eingeladen, die das Stück »Die Schöne und das Biest« nach der Geschichte der französischen Schriftstellerin Barbot aufführen würde.

Er hatte ein Vierteljahr lang mit allen möglichen Leuten aus Plymouth und London korrespondiert, um diese Theatergruppe zu verpflichten. Die Schauspieler waren vor zwei Tagen mit bunten Wagen voller Kostüme und Kulissen angereist und im neu restaurierten Westflügel der Abbey einquartiert worden. Maddy war noch nie so eifersüchtig gewesen. Immer wieder hatte sie beobachtet, wie die rothaarige Hauptdarstellerin sich mit John unterhielt, wie sie ihm zulächelte und zublinzelte und ihm schöne Augen machte, wie sie ihre straffen kleinen Brüste herausreckte und mit ihrem Hinterteil wackelte. Was Maddy am meisten aufgeregt hatte, war die Tatsache, dass John dem aufdringlichen Weib auch noch mit Freundlichkeit begegnete. Das brachte diese schamlose Person dazu, immer mehr mit ihm zu schäkern. Warum erinnerte sie sich ausgerechnet jetzt an die Worte ihrer Schwiegermutter, die ihr erklärt hatte, dass Männer ihren schwangeren Frauen fernzubleiben hatten und sich Mätressen suchen sollten?

John war kein untreuer Ehemann, aber sie hasste es, wenn andere Frauen ihn anschmachteten, und leider kam das häufiger vor, als ihr lieb war. Er trug längst nicht mehr die abstoßende Henkersmaske und sah bei Weitem nicht mehr so dämonisch aus wie einst. Nein, inzwischen sah er überaus geheimnisvoll und verwegen aus. Er hatte sich eine halbseitige Maske aus feinem hellbraunem Leder herstellen lassen, die er aufzog, wenn er unter Fremden oder unter vielen Menschen sein musste. Die Maske war das Meisterwerk eines Sattlers aus Plymouth. Sie war weich und elegant geschnitten und dabei kunstvoll verarbeitet. Die Augenbrauen waren mit dunklen Nähten angedeutet, die linke Lippenpartie war durch silberne Metallplatinen verziert und auf der Wangenpartie waren Muster geprägt, die sie an die Tätowierungen der Eingeborenen in Amerika erinnerte. Die Maske verlieh John das draufgängerische Aussehen eines wilden Indianers oder eines Seeräubers.

In Maddys Augen war John schon immer schön gewesen, auf seine eigene Weise. Aber seit er sich von seiner Krankheit erholt hatte und kein Laudanum mehr nahm, sah er viel besser aus. Er hielt sich jetzt oft im Freien auf, aß mehr und lachte wieder. Allein sein Lachen machte ihn zu einem atemberaubend schönen Mann. Er war noch kräftiger geworden, und wenn sie vor ihm stand und er sie mit seinen starken, muskelbepackten Armen umfing, dann kam sie sich vor wie ein Kind.

Ihr war schon mehr als einmal aufgefallen, dass gerade die jungen, melodramatisch veranlagten Mädchen vom Landadel ihren Gemahl mit verzückter Bewunderung anschmachteten. Seine stattliche Gestalt, die geheimnisvolle Maske und seine düstere, maskuline Präsenz schienen die dummen Dinger gleichermaßen zu erschrecken wie zu faszinieren. Dabei handelte es sich wohl um die verführerische Anziehungskraft des Gefährlichen und Geheimnisvollen, die bei vielen dieser ahnungslosen Geschöpfe ein Kribbeln auslöste. Diese naiven Mädchen bildeten sich ein, es wäre das Romantischste überhaupt, von einem düsteren Earl geliebt zu werden, dabei begriffen sie nicht, dass der besagte Earl einen hohen Preis für diese Düsternis und seine zweifelhafte Reputation bezahlt hatte.

»Du denkst doch nicht allen Ernstes, ich hätte eine andere?«, hatte John wütend auf ihren Vorwurf mit der Schauspielerin geantwortet und war an der Tür stehen geblieben. Da hatte er sich noch einmal zu ihr umgewandt. Sein glühender Blick ruhte auf ihr und seine unversehrte Gesichtshälfte zeigte Wut.

»Vielleicht bin ich zu abstoßend für dich, dick wie eine trächtige Kuh, mit unserem Kind in mir?« Sie zeigte auf ihren kugelrunden Bauch.

»Abstoßend? Du?«, keuchte er fassungslos. »Du scheinst unter Gefühlsschwankungen zu leiden wie bei deiner letzten Schwangerschaft.« Er holte Luft, suchte nach Worten, schnaubte und schüttelte dann entnervt den Kopf. »Seit fünf Jahren liege ich jede Nacht in deinem Bett und erfülle treulich und voller Hingabe meine Pflicht. Wenn du glaubst, ich hätte noch Saft und Kraft für eine andere, überschätzt du meine Manneskraft bei Weitem.«

»Was ist es dann?«, rief sie und konnte ihre Erleichterung doch nicht verhehlen. »Warum kann ich dich nicht nach Weston begleiten?«

»Ich erwarte, dass du mir gehorchst. Ich bin dein Ehemann und befehle dir, hierzubleiben, bis ich wiederkomme. Das ist alles, was es dazu zu sagen gibt.« Er öffnete die Tür und marschierte hinaus wie ein siegreicher General von der Schlacht. Sie rannte ihm ein paar Meter hinterher.

»Glaub bloß nicht, dass ich dich morgen Abend mit offenen Armen empfangen werde oder gar mit geöffneten Beinen«, rief sie ihm nach, während er den Flur entlangstampfte. Mit einem wütenden Fauchen knallte sie die Tür wieder zu. Es war nur sein Glück, dass sie den ganzen Vormittag mit Vorbereitungen für das Johannisfest beschäftigt war und keine Zeit hatte, sich ihrer Wut hinzugeben.

Am Vorabend, dem sogenannten St. John's Eve, würden sie wie auch in den letzten vier Jahren ein großes Volksfest auf dem Gelände der Abbey feiern. Nicht nur die Spielleute würden zum Tanz musizieren, sondern sobald es dunkel war, würde man das große Johannisfeuer entfachen, das Geister vertreiben und Krankheiten heilen sollte. An die Kinder würde Rosinenkuchen verteilt, und es war Tradition, dass man an diesem Tag Feindschaften und Streitereien beilegte. Die Frauen trügen Kränze aus weißen Lilien, das Schloss und der Festplatz würden mit bunten Girlanden geschmückt und überall würde man Lampen aufhängen und Fackeln in den Boden stecken, sodass es auch in der Nacht noch hell war. Alle würden von Ausgelassenheit und Lebensfreude erfüllt sein – aber all das vorzubereiten, kostete Maddy seit Wochen sehr viel Kraft.

Außerdem hatte die Dowager Countess ihren Besuch angekündigt, und Maddy wollte, dass bei ihrer Ankunft alles blitzte und blinkte. Lady Imogen versäumte es nämlich bei keinem ihrer – zum Glück seltenen – Besuche, auf diverse Defizite in der Haushaltsführung hinzuweisen. Seien es langsame und freche Dienstboten, staubige Möbel, Kamine, die nicht gereinigt, oder Räume, die nicht ausreichend gelüftet waren – ihre Schwiegermutter entdeckte alles.

Maddy hatte noch nicht entschieden, was schlimmer für sie zu ertragen war: der Besuch der Dowager Countess oder die Tatsache, dass sie in diesem Jahr von Mrs Larissa Pollard und Gemahl begleitet wurde.

Larissa hatte eine erfolgreiche Saison in London verbracht und sogar einen Heiratsantrag von einem, wenn auch nicht mehr ganz jungen, Marquess erhalten. Aber zur Überraschung aller hatte sie dessen Antrag abgelehnt und stattdessen Reverend Pollard geehelicht. John war kein bisschen erfreut über diese Ehe. Für ihn war klar, dass der Reverend deutlich mehr an Larissas Mitgift interessiert war als an ihr selbst. Aber er hatte dennoch widerwillig seinen Segen gegeben und zehntausend Pfund an Pollard ausgezahlt. Zu Maddy hatte er gesagt: »Ich hoffe, die beiden kommen niemals auf die Idee, uns mit einem Besuch zu beehren.«

Zumindest bis zum diesjährigen Johannisfest war Johns Wunsch in Erfüllung gegangen. Wäre nicht Johannistag gewesen, an dem man ja alle Feindschaften ruhen lassen sollte, hätte sie John nicht dazu überreden können, die beiden in seinem Haus willkommen zu heißen.

Maddy hatte also genug zu tun und keine Zeit, um über Johns unsägliches Verhalten am frühen Morgen nachzudenken. Was nur sein Glück war, so hatte sie sich nicht in ihren Ärger hineinsteigern können. Doch jetzt hielt sie die Rose in der Hand, die er ihr gesandt hatte, und erinnerte sich an den Streit am frühen Morgen.

»Komm sofort zum Rosenpavillon. John.«

Vielleicht war das ein Versuch, sich bei ihr für sein ungehobeltes Verhalten zu entschuldigen. Mit einem Lächeln legte sie die Rose auf den Tisch und suchte ihren Schal. Für eine halbe Stunde konnte sie sich wegschleichen, ohne dass jemand sie vermisste.

Die Zwillinge John und Edmund waren mit dem Kindermädchen draußen auf der Wiese und spielten Fangen, dabei quälten sie den unerschütterlichen Waverly und der fand das auch noch überaus lustig. Waverly war der bedauernswerte Hund, den John seinen beiden wilden Söhnen in einem Übermaß an väterlicher Liebe geschenkt hatte. Maddy warf noch einen kurzen Blick durch den Türspalt nach nebenan ins Kinderzimmer, wo der kleine Charles in seinem Bettchen unter der Obhut von Anne sein Mittagsschläfchen hielt. Anne schlief ebenfalls. Sie saß im Schaukelstuhl neben dem Bettchen, hatte ihr Nadelspiel im Schoß liegen und schnarchte leise.

Maddy schloss die Tür leise wieder und machte sich auf den Weg zum Pavillon, aber von schnell und eilig oder gar sofort konnte nicht die Rede sein. Sie lief so eilig, wie ihr Bauch mit dem vierten Sutton-Spross es zuließ, was bedeutete, dass sie etwa so flink war wie eine watschelnde Ente. Schon von Weitem sah sie, dass der Pavillon mit Rosengirlanden geschmückt war, die sich um die Dachrinnen und um die Säulen rankten. Zwischen den Säulen, die das Dach trugen, waren weiße Gazevorhänge aufgehängt, die sich im lauen Sommerwind sanft blähten. Die Treppe, die hinaufführte, war mit Rosenblättern bestreut und oben vor dem Pavillon stand ein reich gedeckter Tisch, der mit weißem Tischtuch, roten Schleifen und Rosenblüten dekoriert war. Das kostbare Porzellan aus dem Schloss war herangeschafft worden und Platten brechend voll mit Essen standen bereit, Lamm, Hühnchen, Gemüse, frisches Brot, Käse, Wein und nicht zuletzt Schalen mit Früchten und süßem Backwerk. Das alles sah aus, als wären zehn Gäste eingeladen, es standen aber nur zwei Stühle am Tisch.

Dies war also der Grund, warum John sie nicht hatte mitnehmen wollen, warum er so geheimnisvoll getan hatte. Er war nicht nach Weston geritten und traf sich auch nicht mit zudringlichen rothaarigen Schauspielerinnen. Er hatte sie wegen dieser Überraschung nicht bei sich haben wollen.

»Ich bin so dumm«, sagte sie, als sie nach Atem ringend oben ankam und sich umschaute. Auch hier lagen Tausende von Rosenblättern, die wie eine Spur an dem Tisch vorbei und in den verschleierten Pavillon führten. Sie schob den Vorhang zur Seite und spähte hinein. John war nicht da, aber drinnen hinter den Vorhängen sah es aus wie in einem türkischen Harem – oder so, wie Maddy sich einen türkischen Harem vorstellte. Dicke Webteppiche lagen auf dem Boden, bestreut mit einer Unmenge an Rosenblüten. Große Kissen in allen Farben und Formen türmten sich auf und verlockten sie dazu, sich in den weichen Berg hineinfallen zu lassen. Dann sah sie die Blumenvase mit dem üppigen Rosenstrauß, in dem ein Stück Papier steckte, das sie hektisch auseinanderfaltete. Sie war aufgeregt wie ein kleines Kind, dem man Sahnetorten und Bonbons versprochen hatte.

»*Liebste Maddy*«, stand da in Johns unverwechselbarer Handschrift. »*Heute ist es fünf Jahre her, dass Du in der Kirche in Exeter neben mir gestanden hast und meine Frau wurdest.*«

Ach herrje. Es war der 18. Juni. Sie hatte gar nicht daran gedacht. Den Tag ihrer Hochzeit hatten sie bisher nicht auf besondere Weise gefeiert.

»*Ich wusste, dass Du Angst vor mir hast, trotzdem war ich nicht sehr höflich oder gar rücksichtsvoll zu Dir. Ich hatte ein schlechtes Gewissen, weil ich Dir keine andere Wahl gelassen habe, als mich, jenes von sündigen Trieben beherrschte Scheusal, zu ehelichen. Ich war ein Egoist, aber ich bereue meine frevelhafte Tat nicht.*«

»Auch ich bin froh darüber«, sagte sie zu dem Brief in ihrer Hand. »Besonders über deine sündigen Triebe.«

»*Dann hast Du mich zum Lachen gebracht und plötzlich wurde es hell in meiner Welt. Jeden Tag ein bisschen heller. Du bist mein Sonnenlicht. Ich liebe Dich.*«

Maddy ließ sich auf den Berg mit Kissen sinken, denn ihre Knie waren weich vor Glück.

»*Heute möchte ich mit Dir eines unserer sündigen Spiele spielen.*«

»O ja!«, rief sie atemlos.

Sie hatten schon lange kein sogenanntes sündiges Spiel mehr gespielt – nicht mehr, seit sie ihm erzählt hatte, dass sie wieder schwanger war. John verzichtete während ihrer Schwangerschaften zwar nicht auf die ehelichen Betätigungen, aber er war zurückhaltend und vorsichtig, und manchmal wünschte sie sich, er würde einfach etwas Verbotenes mit ihr tun. Sie konnte nichts dafür, dass ihre Lust ausgerechnet in der Schwangerschaft so groß war.

»*Vielleicht habe ich Dir noch nie deutlich genug gesagt, wie schön und überaus verführerisch Du bist, wenn Du ein Kind erwartest. Ich wollte nie zu ungezügelt mit Dir umgehen, während Du unser Kind trägst, aber Dein runder Bauch und Deine vollen Brüste machen mich rasend vor Lust. Manchmal wache ich nachts auf und bin so hart, dass ich mit dem Schwert zwischen meinen Beinen einen Krieg gewinnen könnte. Ich möchte an Deinen vollen Brüsten saugen, während mein Glied gegen Deinen runden Leib drückt und ich mich auf Deinem Bauch ergieße...*«

Maddy keuchte und presste die Beine zusammen. Gleichzeitig schaute sie sich verstohlen um, ob jemand in der Nähe war, der sie sehen konnte, wie sie ihre Hand in den Ausschnitt ihres Kleides schob, um ihre Brust zu berühren. Ihre Brustwarzen hatten sich beim Lesen von Johns frivolen Zeilen verhärtet und zwischen ihren

Beinen pulsierte feuchte Sehnsucht.

»*Ich gestehe es freiheraus, je voller Dein Leib wird, desto anstößiger werden meine Fantasien.*«

»Meine auch!«

»*Ich möchte heute mit Dir spielen, dass Du eine mächtige Königin bist und ich bin Dein Gefangener. Du begehrst mich über alle Maßen, aber ich verweigere mich Dir.*«

»Was?«, lachte Maddy und streichelte ihre Brustwarze ein wenig fester.

»*Du wirst all Deine Künste einsetzen müssen, um mich dazu zu bringen, Dich zu besteigen und mich in Dir zu ergießen. Du willst mich um jeden Preis. Deshalb hast Du mich fesseln lassen. Ich bin wehrlos und Dir ausgeliefert. Du kannst mit mir verfahren, wie Du möchtest, um Deine eigene Lust an mir zu stillen.*«

Maddy schloss die Augen und gab sich einen Moment lang der wollüstigen Hitze hin, die vom Kopf bis zu den Zehen durch ihren Körper pulsierte. Sie durfte ihn benutzen und ihre Lust an ihm stillen und er wäre wehrlos.

»*Niemand wird uns stören und niemand wird uns sehen. Wenn Du mit meinem Vorschlag einverstanden bist, dann nimm die Schnüre, die auf den Kissen bereitliegen, um mich zu fesseln. Stell Dich damit vor den Pavillon und erwarte das Kommen Deines Gefangenen. Wenn ich Dich mit dieser Bitte zu sehr schockiere und Du lieber ein romantisches Picknick mit mir einnehmen und in meinen Armen liegen möchtest ohne sündhafte Ausschweifungen, dann setze Dich vor dem Pavillon an den Tisch. Dann werden wir zusammen speisen und uns hinterher in den Pavillon zurückziehen, um uns keuschen Zärtlichkeiten hinzugeben. Gleichgültig, wie du Dich entscheidest, ich bin der glücklichste Mann auf Gottes Erdboden. Ewig Dein, John.*«

Aufgeregt sah sich Maddy nach den besagten Schnüren um. Da lagen sie tatsächlich säuberlich aufgerollt auf einem der Kissen. Es waren Bänder aus roter Seide, die zu Zöpfen geflochten waren. Sie wirkten fest und unzerreißbar und würden dem Gefangenen dennoch keine Verletzungen zufügen. Mit fahrigen Fingern zog sie ihr Kleid über den Kopf. Ein Mieder trug sie schon seit dem dritten Monat nicht mehr. Dann hob sie schnell die Schnüre auf und wartete, nur bekleidet mit ihrem haudünnen Hemd, draußen vor dem Pavillon.

Bei der Vorstellung, was sie mit ihrem Gefangenen alles anfangen würde, wurde ihr ganz schwindlig vor Verlangen.

Zum Schluss

Liebe Leserin, lieber Leser,
vielen Dank, dass Sie meine Helden bis hierher begleitet haben. Wenn Ihnen die Geschichte gefallen hat, dann schreiben Sie doch eine kurze Rezension bei Amazon. Für mich ist Ihre Rückmeldung die Krönung meiner Arbeit und der Ansporn für neue Bücher.

Newsletter?
Möchten Sie künftig sofort über Neuerscheinungen informiert werden? Dann besuchen Sie meine Website und abonnieren Sie meinen Newsletter. www.clannonmiller.de

Zur Geschichte:
Die meisten Orte und Namen in der Geschichte sind frei erfunden. Ein paar entsprechen allerdings den realen historischen Gegebenheiten. Kelston Abbey darf man sich an der wunderschönen Nordküste von Devon vorstellen, irgendwo zwischen Barnstaple und Hartland.

Die richtige Anrede im historischen Roman ...
... ist eine Bitch, ganz besonders dann, wenn der Roman in Deutsch verfasst ist, aber in England spielt. Dort war und ist alles ganz einfach, die Leute reden sich mit »You« an, und aus dem Kontext der Unterhaltung erkennt der Leser, ob sich die Personen duzen oder siezen oder ihrzen.
Um meinen Lesern das Gefühl für die Standesunterschiede und die unterschiedlichen Stufen der Vertrautheit zweier Menschen besser zu vermitteln, habe ich im Text bewusst mit den unterschiedlichen Pronomen gearbeitet, die man seinerzeit im Deutschen verwendet hätte. Die Titel Earl, Countess und Dowager Countess habe ich bewusst Englisch gelassen, da die deutsche Übersetzung in Graf, Gräfin und Gräfin Witwe mir einfach nicht so gut gefiel.

Made in the USA
Monee, IL
08 December 2020